編集者　漱石

ars longa, vita brevis.

長谷川郁夫
Hasegawa Ikuo

新潮社

明治40年5月、朝日新聞社入社直後の漱石
日本近代文学館提供

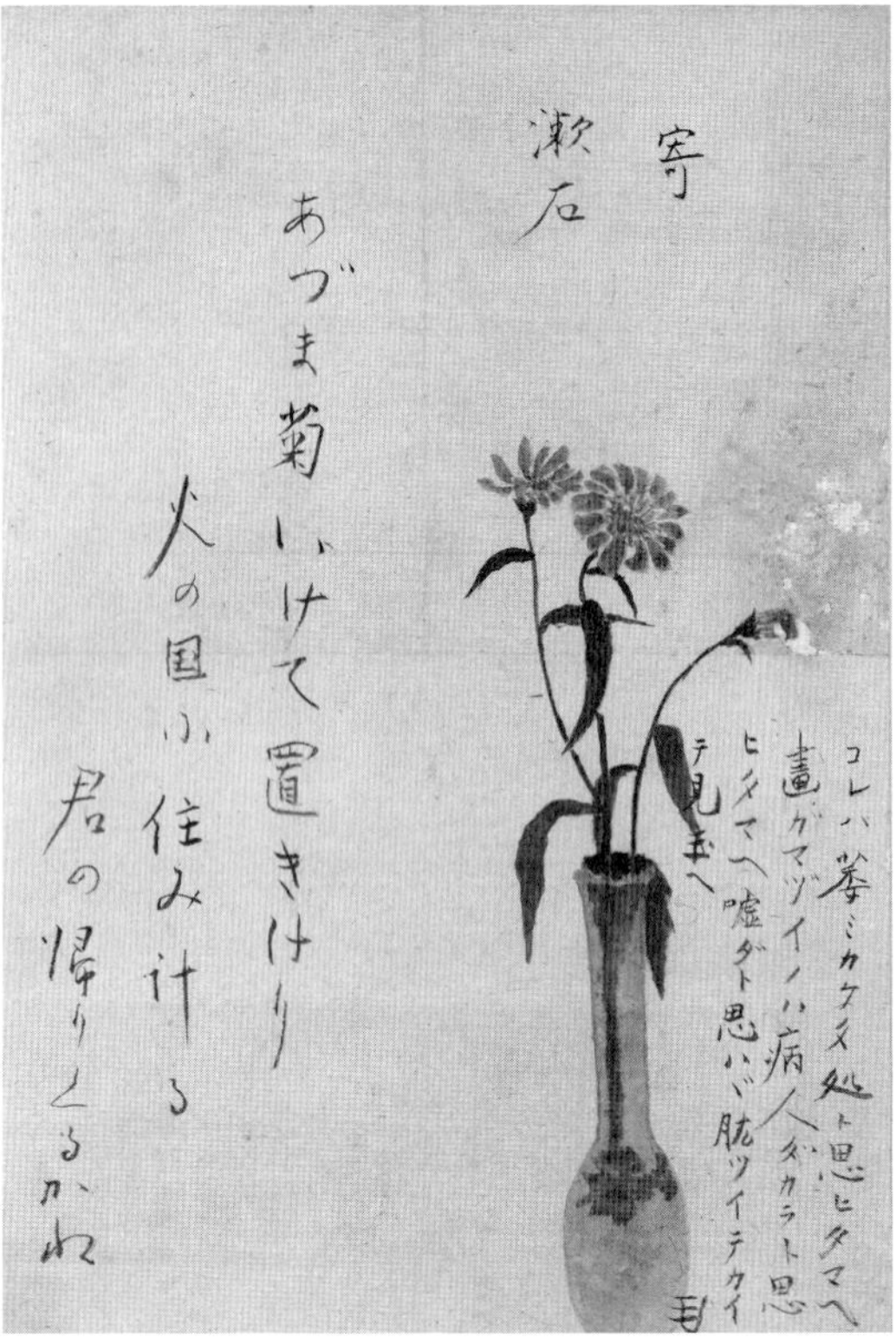

子規が漱石に与えた「あづま菊」の絵
岩波書店蔵

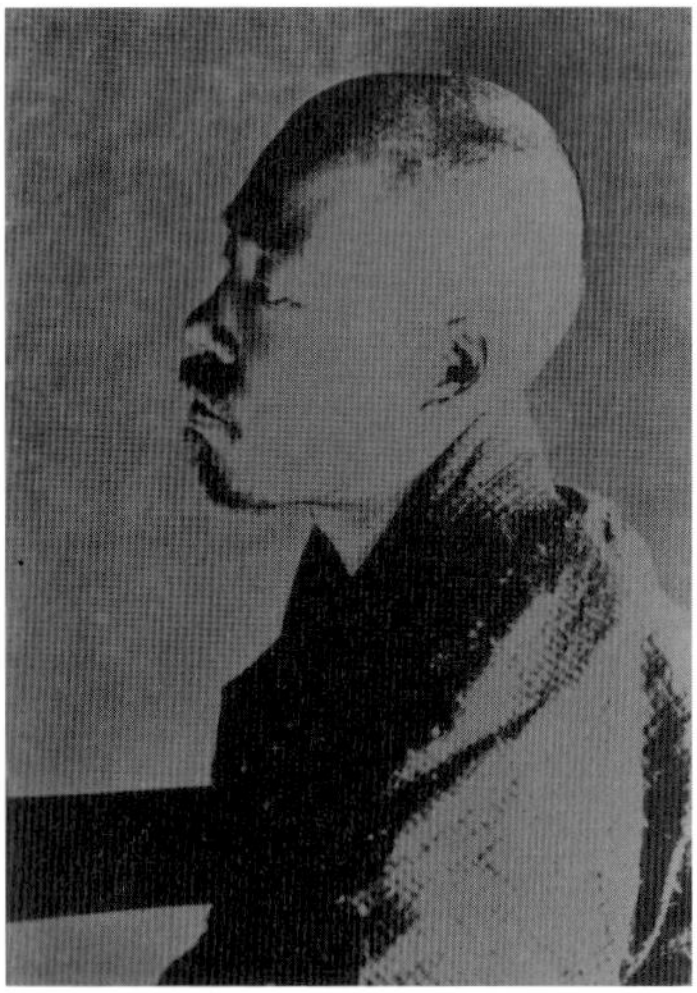

正岡子規
撮影・春光堂　日本近代文学館提供

目次

カバー写真　漱石山房にて　大正三年
（新潮社写真部）
表紙写真　漱石山房　大正六年
（荒川写真館）
扉　漱石自装『こゝろ』より
装幀　新潮社装幀室

写真提供　日本近代文学館
神奈川近代文学館

編集者　漱石

第一章　正岡子規

すぐれた文学者は、誰れもが自らのうちに編集という機能を備えている。表現することは見せる、聞かせる、読ませることであるからだ。言葉をもって表現する者は、言葉の有効で適切な生かし方を考え、文章を操作し、構成に工夫を凝らすことだろう。見せる、読ませる技術は編集のはたらきである。

この目に見えないはたらきを意識的にせよ、あるいは無意識にではあっても自らの作品に対してだけではなく、外に向って、とは具体的には読者という存在に向けて発揮させようとする者を編集者と呼びたい。編集者は、

——

一、集める、並べる、分類する。

一、見つけて、育てる。

そこに自ずと一つの主張が生じ、やがて世界観が構築される。編集という機能が立体物である「本」に作用するとき、作る、という要素が加わる。装飾的な美の世界が現出する。これらの諸要素は、それぞれが密接に有機的な繋がりをもって、十全なはたらきを示すのである。無から有へ。編集もまた、創造であることは記すまでもない。

私が見るところ、日本の近代文学において最初の、そして最高の文学者＝編集者は夏目漱石である。

森鷗外にも、永井荷風にも、編集者としてのすぐれた資質はあった。鷗外には評論雑誌「しからみ草紙」をはじめ「めさまし草」「藝文」「スバル」などの創刊があり、「東京方眼図」(明治四十二年)のアイデアマンでもあった。荷風は「三田文學」との関わりが深く、自ら籾山書店・籾山仁三郎(庭後)らと図って雑誌「文明」を発刊したりもした。與謝野鐵幹は詩誌「明星」を創刊する。

しかし、例えば、出版文化史の観点に立てば、漱石以前と以後では「本」そのものの型態までが歴然と変化する。わが国における最初の装幀家といえる橋口五葉を見つけ、育てたのが漱石だった。

「朝日新聞」に文藝欄が設けられ(明治四十二年)、漱石はその編集を任された。

また、漱石が晩年に芥川龍之介の「鼻」を激賞して励ましを与えたことは、文学史上にあまりにも有名なエピソードとなっている。

文学史にほんの少し照明をあてただけでも、寺田寅彦、鈴木三重吉、長塚節、中勘助、志賀直哉、と漱石がその稟質を直覚した何人もの文学者の名前が並ぶ。

漱石とは何者か、という疑問が渾然たるままに湧きおこるのである。

理想の編集者には、無私であることがもとめられる。無私、などといっても、たんに化学反応における触媒のように、自らは変化しない境地をいうのである。欧米諸国の実情は知らないが、日本では、編集者は作家の蔭となり、作品に編集というはたらきの痕跡を残さないのが理想とされる。一冊の本の内容は、作者が一人で百パーセント仕上げたものと見せるのである。また、オリジナリティーを尊重することは、必須の条件だろう。そして編集者の多くは、世話好き、人間好きといえる。飲酒、食、美術、観劇、スポーツなど、なるたけ多趣味であることが望ましい。〝遊び〟の余裕が欲しい、などと記していくと、編集者が作家に要求するところと変らなくなる。

漱石なら、と思う。こんな課題にも応えてくれそうな気がする。

*

編集者・漱石の誕生には、正岡子規との出会いが必須の条件であった。子規が桁外れの実行力をもち、すぐれた編集感覚を備えた青年だったからである。

夏目金之助（漱石）は明治十七年九月、東京大学予備門予科に入学して伊予・温泉郡（松山）出身の正岡常規（子規）と同級になった。予備門予科は一年半後に第一高等中学校と改称されるが、四年半近くの間、二人が親しい交渉をもったという記録はない。交流が生じたのは、本科一年の第二学期が始まった二十二年一月頃のこととされる。ともに満二十二歳となる年である。切っ掛けは、それぞれの漢文趣味によるものだった。

子規の記述に「余知吾兄久矣而与吾兄交者則始于今年一月也（余、吾兄を知ること久し。而れども吾兄との交りは、則ち今年一月に始まれり）」とある。これは漱石が二十二年九月に脱稿した漢語による紀行「木屑録」を示された子規が記した感想中の一文だが、そこには「余始得一益友其喜可知也（余ははじめて一益友を得る。その喜び、知る可し）」という文言も見られる。

二十二年の五月。——

一日、常規は漢詩、漢文、俳句、和歌など小品を集めて「七艸集」と題する小冊子を作製して友人たちに回覧したが、その一冊が金之助の遊びごころをいたく刺戟した。常規青年の創作意欲に共振した、といってもよい。

九日、常規は喀血、肺結核と診断された。その夜、「卯の花の散るまで鳴くか子規《ほととぎす》」などの句を詠んで自らを子規と号することにした。

十三日、金之助は本郷の常盤会寄宿舎に子規の友人二人とともに子規を見舞った。帰宅後、手紙を認《したた》め、末尾に「帰ろふと泣かずに笑へ時鳥」など二句を書き添えて、子規を慰めた。

二十五日、金之助は「七艸集」の巻末に七言絶句九首による批評を記して、そこにはじめて漱石と署名する。翌日、それを携えて子規を訪ね、長い時間話し合った。

と、漱石、子規の「年譜」を眺めているうちにも二人の交流が漢文、俳句を仲立ちとして深まっていく様子が察せられるのである。

この年の夏、漱石は夏季休暇を利用して房総半島を旅した。霊岸島（推定）から船で浦賀を経由して保田に渡り、海水浴を楽しんだあと、南総から北総へと廻った。八月七日から三十日まで、二十四日におよぶ行程だった。十日間ほどの保田滞在中にも、松山に帰省中の子規との間で文通が交された。

「木屑録」は、この旅の記録である。きれいに清書された本文二十五枚に表紙の一枚を重ね、さらに巻末に批評を請うための白紙五枚を加えて、それぞれを半分に折って綴じ合せた冊子。天地二四四×左右一六七ミリ（昭和八年の岩波書店複製本による）。表紙にはタイトルを挟んで「明治廿二年九月／九日脱稿」「漱石頑夫」と記されている。「漱石研究年表」に、「木屑録」は漱石が「他人に見せるために書いた最初の文章である」とある。たしかに、ブリコラージュという語が思い起こされるような丁寧な仕上げには、これを読者に示す作品にしたいとする明確な意図が籠められていると感じられる。漢文作品制作は子規に刺戟されたものだろうが、冊子制作もまた「七艸集」の工夫に倣ったものと察せられる。そして、漱石が想定した読者は子規ただ一人であったのかも知れない、と思う。漱石は「木屑録」を子規に宛てて送って、感想をもとめた。

子規は同級生として金之助青年が英語に秀でた優等生であるのは知っていたものの、その巧みな漢文・漢詩の表現力に舌を巻いた。批評用の白紙に細字一丁半（三頁）におよぶ感想を漢語で記して、そこに「天稟之才」「一驚」「再驚」などの語を用いて激賞した。日附は「明治二十二年十月十三日夜」とある。また、子規は日録ふうの随筆帖「筆まか勢」にも「其文、支那の古文を読むが如し」として、「独り漱石は長ぜざる所なく達せざる所なし、然れ共其英学に長ずるは人皆之を知る、而して其漢文漢詩に巧なるは人恐らくは知らざるべし、故にこゝに附記するのみ」と書きつけた。

友情という熱流がスパークした時であったといってよい。それぞれが互いの「益友」となり、「畏友」となったのである。

*

正岡子規は勝山学校最終学年の十二歳の頃から、回覧雑誌の制作に熱中する、早熟な〝編集少年〟だった。

最初の制作は「櫻亭雑誌」。明治十二年の四月二十四日(推定)に第一号が、以後毎週木曜日に発行された。今日、第一、四、五号が残る、という。「子規全集」第九巻の「解題」(渡部勝己)に、「『櫻亭雑誌』の名は、正岡家の老桜に因んで少年升《のぼる》が『櫻亭仙人』と号していたことに依る。社長人・編集長・書記長すべて子規が担当し自宅を発行所とする。子規の初めての企画編集であり、自ら投書作文・論説・雑報・詩歌・書画などを集め、中央の新聞雑誌の体裁を真似ている」とある。同級生から投稿を募り、自らがそれを筆写、表紙をつけて綴じ合せた。表紙や裏表紙に回覧者の署名をもとめている。当時、松山中学校の生徒たちが何種かの「新聞を集めたような雑誌を筆写で発行していたのを真似たのであろう」、という。「折しも民権県令と福沢諭吉門下の名弁家により松山に醸し出された新時代の気運盛んな時期であった」ともある。

つづいて、「松山雑誌」。これは月三回の発行とされるが、現存するのは第三号のみで、その発行は七―八月の間と推定される、という。「謎や文字解きの遊びがなくなり、国会論・民権論の論説が増えて、政治的、国家的論調が強くなり、書簡文や単なる紀勝文の所謂作文が少なくなってきている」との指摘がある。『櫻亭雑誌』に見た謎などの言語遊戯が、その社会的関心の高まりと共に、諷喩的なものに成長したものであろう」と記されたのは、論説の一つの表題が「蟹員ト民犬トノ話」(「官員と民権との話」の振り)とあるところからも窺われるように、升少年の諷刺精神の横溢が確認されるからだろう。

さらに、秋には「辨論雑誌」が制作される。現存する第六号の発行は明治十二年十月十三日。「松山雑誌」が三号で中絶したあとを受けて創刊されたものらしい。「有志諸君ニ演説ヲ勧ム」などの時局的発言に、政治少年時代の子規の痕跡が鮮かであるといえるだろう。

明治十三年三月、松山中学校に入学すると、升少年の課外活動はますます活潑なものとなった。有能なオルガナイザーあるいはコーディネーターとしての真価が発揮されるのである。

「五友雑誌」（のち「五友詩文」）が発刊される。子規の手許に遺された第五号の発行日は明治十三年十月十五日、第十号は明治十四年一月十五日。漢文・漢詩の同人誌である。

竹村鍛《きたう》（河東碧梧桐の兄）、三並良ら数人の漢詩仲間とともに「同親会」を結成し、最年少の升少年がその幹事となった。週に二回、月曜と金曜の夜に持回りでそれぞれの家に集い、例会が開かれたが、会合は一年間で百回に及んだという。子規の漢文の素養は、まずは幼時に受けた母方の祖父である漢学者・大原観山の薫陶によるもので、八歳の年の観山歿後、漢詩づくりに目覚め、土屋久明に指導を仰いだ。中学進学後は、竹村鍛の父である儒者・河東静渓のもとに通って漢詩制作に励んでいた。「筆まか勢」に「学校の課業抔はそつちのけとして詩を勉強した」とある通りの日々であったのだろう。

翌十四年には「莫逆詩文」が升少年の編集によって発行される。のちに「近世雅懐詩文」「近世雅感詩文」と誌名が変更されるが、一、二集は自作を採らず、友人の作品を集めて編んだものだった。「解題」（渡部勝己）には、「第四号以後自他の区別なく投稿したものを編集して自ら半紙に浄書し、綴じて諸友の回覧に供し、友人またそれぞれに自由に批評感想を書き加えている」とあって、さらに「少年ながら子規の編集者としての手腕とグループのリーダー性を見ることができる」と記されている。

つづく「明新社会稿」は、河東静渓の塾に通う仲間たちが「明新社」と称して作品を発表した会報だった。

明治十五年の「戯多々珍誌」については、かつて「サンデー毎日」昭和二十七年三月九日号で紹介されたことがある、という。「これは全文子規の自筆になる諧謔回覧雑誌である」とあって、本文十丁の奥附に記載された「舎主無茶苦茶散人」らの名前はすべて「八面六臂子規居士一人の戯名である」としている。これは「解題」によって得た情報ではあるが、そこには記事のなかから、「特に最後の『考物』には今の頓智教室、その他クイズもののヒントを豊富に秘めているが、（中略）『クロス・ワード・パズル』の原形が今から七十年以上前、当時十六歳の子規によって考案されているのは、正に一驚に値するだろう」という記述が引用されている。記事は升少年の潑溂たる諧謔滑稽の精神、言語遊戯のユーモア感覚に着目したものであると知られる。

この後も「北豫青年学術雑誌」の発刊がつづく。「筆まか勢」に「一の政治雑誌ヲ出ダサント企テ」と回想されている。正岡常規は明治十六年五月に松山中学校の中退を決意、六月に上京する。唯一現存するその第二号は上京後間もなく郷里から送られてきたものであった。

＊

回覧雑誌などの一つ一つは多種多様な、滾《たぎ》る表現の実験場であった。

しかし、早熟な編集少年・正岡子規の雑誌づくりの経験は、なにを物語るものなのだろうか。

政治的主張の言説はもとより、漢詩も、言葉遊びの戯文も、読んで貰わなくてはならない。読まれることによって「作品」となる。浄書して綴じ合せる。作業には、篤い期待と祈りの念が籠められていたことだろう。燈下、机に向って投稿原稿を丹念に筆写する少年の熱中が彷彿されるのである。編集とは、一つには見せる技術である。子規は少年時から見せる技術を体得し、習熟していたのだった。

すぐれた編集者には、組織者としての能力がもとめられる。人と人、事物と事物との間に、目に見えない有機的なつながりを発見して、集約する。新しい結合体を創造するのである。人であれば、資質を見出して、かつ育てる。升少年に同臭、同好の士を集める直感的行動力が備っていたのは明らかだろう。しかもかれはいつでもリーダー的な存在であった。

政治少年であることと文学少年であることは矛盾しない。これはその幼稚性をいうのではない。触媒として、「志」の一語をもって示せば足りるだろう。

子規の少年期は、自由民権運動に沸き立つ政治的言説の季節に重なる。松山でも土佐出身の民権派県令・岩村高俊がいたり、民権思潮が異様なほどの昂りを見せていた。明治十五年、満十五歳の暮れのあたりから子規は演説会での演説に熱中、少年の情熱は東京遊学へと駆り立てられる。翌年六月に上京した少年が早々に訪ねたのは、八歳年長の叔父・加藤拓川に紹介された陸羯南《くがかつなん》だった。加藤拓川はのち外交官、政治家。陸羯南は太政官御用掛として文書局につとめていた。新聞「東京電報」を創刊して主筆兼社長となるのは二十一年三月のことである。拓川と羯南の二人は司法省法学校での同級生だった。やがて少年の関心の視野に、ジャーナリズムの世界が開けるのである。羯南は子規の才能を尊重して、それを庇護することになる。

大原観山の三男である加藤拓川はいうまでもなく、津軽藩出身の陸羯南の素養もまた幼時に私塾で培われた漢学であり、東奥義塾で学んだ漢学と英学である。政論家・羯南の生涯については、「維新の波に乗りおくれた東北出身の青年が、はじめ官僚を志しつつも、ついにそこに安住しえず、言論人として独立して、犀利な文明批判をなしとげるにいたった一つの典例である」（鹿野政直）と要約されることがある。「維新の波に乗りおくれた」という記述に注視していえば、私には、正岡子規は二世代遅れてきた志士であったように思われる。少くとも、その気質の大いなる持ち主であったことは、例えばこんな感懐に明らかだろう。「病牀六尺」からの引用である。

「明治維新の改革を成就したものは二十歳前後の田舎の青年であつて幕府の老人ではなかつた。日本の医界を刷新したものも後進の少年であつて漢法医《ママ》は之れに与らない。日本の漢詩界を振はしたも矢張り後進の青年であつて天保臭気の老詩人ではない。俳句界の改良せられたのも同じく後進の青年の力であつて昔風の宗匠は寧ろ其の進歩を妨げやうとした事はあつたけれど少しも之に力を与へた事は無い。何事によらず革命又は改良といふ事は必ず新たに世の中に出て来た青年の仕事であつて（後略）」

*

正岡子規の生家は松山藩の下級藩士だから、冗談でいうのだが、子規には維新の志士になる資格があった。

少年のこころに志士の気分が醸された要因の一つには、漢学の素養が挙げられるだろう。訓読によって、過剰な誇張と慷慨のリズムが叩き込まれた。優婉な原音を無視した男性型言語の昂揚感に陶酔させられていたのである。大原観山の私塾で、升少年は「終生不読蟹行書」という座右銘を与えられ、断髪も許されなかった、という。蟹《かい》行書《こうしょ》は横文字の本。ながい歴史のなかで、学問とはすなわち漢学であり、訓読に儒者たちの誇りもあった。どうやら日本の漢語という一種の死語は、危機の時代に際して妖しい光を放つもののように思われる。明治維新がその最期の時であった。子規は幼少時をその埋み火のなかで過したのである。しかし、この言文不一致の鎖ざされた言語空間に留まっていては、新文学は生まれない。

（もっとも、死語たる漢語の有用性は、西洋から移入された新しい概念の訳語に充てられたことにも明らかだろう。その活用と定着がなくてはきわめて男性的であったといえる日本の急速な近代化は進まなかった。奈良、平安の昔から今もなお繰り返される日本語と国家の宿命ともいうべき事情である。）

明治八年に祖父・観山が亡くなると、升少年は土屋久明のもとに素読に通い、やがて十一年八月頃から久明の手ほどきを得て漢詩作りに熱中する。「即ち幼学便覧を携へ行きて平仄のならべかたを習ひしは明治十一年の夏にて　それより五言絶句を毎日一ツづゝ作りて見てもらひたり」とは、「筆まか勢」にみられる回想である。

……明治十三年春に至りて竹村　三並　太田数子と同親吟会なるものをたて　毎金曜日の夜各人の家へ集り詩稿を河東静渓先生に見てもらひ　闘詩をなして甲の者が之を取ることと定め　学校の課業抔はそつちのけとして詩を勉強したりしが　もと〳〵詩が子供に出来る筈なければ上達の度は極めて遅々たりき　此会は明治十五年の秋頃まで続きたり

この回想につづけて、「小説」への関心が芽生えたことが記されているのは興味ぶかい。「余が軍談を好みしも明治十二三年の頃に始まりたれど　親が許し給はざりし故　月に一度か二度位行きしのみ　小説を読むも其頃にて　浅井氏の内にありし源平盛衰記　保元　平治物語を読みしを始めとし　終に書肆に行きて書を借りることを覚え　重に馬琴の著作を見たり　人情本は東京て《ママ》来て後始めて知りたり」とある。「軍談」好きの少年らしい読書傾向が窺えるが、やがて弁論に熱中する政治少年の血が滾る、昂揚する性質もまた想像されるのである。同時に、頓智や戯文記事、漢詩づくりや歴史物語の世界に遊ぶ升少年の、いわば言葉の運動神経の敏捷なはたらきを思って、圧倒されるのである。

常規青年は上京後、明治十八年九月、六月に刊行が始まった坪内逍遥の「当世書生気質」（和綴じ、全十七冊）に触れて衝撃を受けた。「此書生気質を見た時に文章の雅俗折中的なる所から、趣向の写実的でしかも活動してをるところから、其上に従来の小説の如く無趣味なものでなく或る種の趣味を発揮してをるところから、何れ一つとして余を驚かさぬものは無かつた」と回想されている。「小説神髄」に啓発されたことは記すまでもない。

其上に坪内氏は小説神髄などいふ書物に自己の思ふ所を議論的に発表せられたので、我々のやうな今迄研究したこともない、従つて定見もない子供には、この議論と実際の小説と相待《ママ》つて非常に我心を動かした。この頃予は最早この種の小説この種の文体より外に我々が執るべき筋道はないと思ふて、ぞつこん惚れ込んで仕舞た。

（「天王寺畔の蝸牛廬」）

新文学勃興の瞬間《とき》に際会したのである。「当世書生気質」の文体に、未来を拓く文学表現を感知したのだった。豁然と目が醒める思いであったことだろうと推察される。

幸田露伴の「風流仏」を本郷の夜店で手にしたのは、明治二十三年夏のことだった。これには心酔した。はじめその読みにくさに閉口したのは常規青年の「趣味」は七五調を脱けきらず、西鶴調の破格なリズムに親しめなかったからである。ところが馴れるにつれて、「その西鶴調の処が却て非常に趣味があるやうに思はれて、今度は反対に文章の極致は西鶴調にありと思ふた位であつた」という。「そこで今迄は書生気質風の小説の外は天下に小説はないと思ふて居つた予の考へは一転して、遂に風流仏は小説の尤も高尚なるものである、若し小説を書くならば風流仏の如く書かねばならぬといふ事になつて仕舞ふた」とある。黎明期とはいえ、いまだ暗中に新表現を模索するような文学状況の混乱が、青年の体験を通して率直に語られている、というべきだろう。青年は自己実現に繋がる一筋の線を見出したようだ。

それからは言ふ迄もなく露伴崇拝となつて其対髑髏なども尤もすきな小説の一つであつた。これより後予は少し風流仏に心酔して熱に浮されたやうな塩梅《あんばい》でどうか一生のうちにたゞ一つ風流仏のやうな小説を作りたいといふ念が常に頭の中を往来して居つて、今迄小説には疏くなつて居たものが、遽に小説中の人間となつて、自ら立騒ぎたい程の勢ひであつた。そこで一つの風流仏的小説を書くことが殆ど予の目的となつてそれが為めにいろ〳〵の参考書を集めたこともある。

「さうして其極、予は小説を草する為めに寄宿舎はうるさいといふので、遂に本郷の駒込に一軒の家を借りて住むことにした。それは明治廿四年の暮近くであつた」と回想されている。子規が常盤会宿舎を出て、駒込追分町の奥井家の離れに転居したのは明治二十四年十二月、遅くとも十一日までのことであった。子規はそこで小説の制作に取り組み、「月の都」と題して、翌二十五年二月の中旬に脱稿した。数日後、清書した本文に「月乃ミやこ」と記した表紙を重ねた袋綴じの冊子を携えて、谷中天王寺町に幸田露伴を訪ねて批評を乞うた。「拙著中の趣向君の著述中より偸ミ来る者多し故に一応君の承諾を経且批評を乞ふ云々」と申し出たという。「僕拙著一巻あり友人皆出板を勧む僕之に応ぜんと欲す」とあるところから、併せて出版についての斡旋を依頼するつもりもあったことと推察される。

二日後、露伴は使いの者に託して、読み終えた原稿を子規に返却する。添えられていた手紙の内容があまりに簡略なものであったので、「多少の評あり然れども尽さず」と、三月一日、子規はあらためて露伴を訪ね、出版は難しいであろうことを聞かされ、作中に見られる俳句が面白いと褒められた。この条りは河東秉五郎《へいごろう》（碧梧桐）と高濱清（虚子）の両名に宛てた子規の三月一日附書簡によって知られる経緯だが、そこには「相逢ふて談じ去り談じ来り快窮まつて躍らんと欲す。事半ハ小説上なり」とある。露伴にもまた、俳句への興味が沸々と湧きあがってきた頃だった。「近者露伴子と俳諧を闘ハすの約あり、俳況ハ後便に報ずべし」なども記されている。この手紙の末尾には追伸のように、「拙著ハまづ。世に出《イツ》る事。なかるべし／（以上ノ一行覚えず俳句の調をなす呵々）」との二行が置かれているのだが、「呵々」は自嘲の表徴であったのかも知れない。「月の都」の出来は、露伴からは期待していたほどの評価を得られなかったものの、会見の内容には十分満足した様子である。

露伴が「月の都」を評して、「覇気強し」と指摘したのは、三月十日のことであったと思われる。同日附の河東秉五郎宛て子規書簡によると、露伴は遠慮勝ちに「僕の風流仏の如きも当時は後篇を書かんと楽しみ居りしに今はいやになりたり云々」と、小説に過剰な「覇気」はうるさいものと忠告したのだろうが、この言に対して子規は、「覇気強からざるべからず、覇気強き時は目的も亦大なり。目的は如何に大なりとも段々に小になるの傾きあり故に目的は大ならざるべからず又覇気は強からざるべからず」と主張したという。壮気さかんな青年の姿が彷彿される。覇気は子規の生来の性質なのである。

文中に、「俳書年表に上りし書冊四百部以上（尤極少きものも有り候）に上り其中過半は小生文庫中の書籍に御座候（此外に著作年代も出版年代も精密に知れぬ者沢山有之候）」などという記述があり、子規が本気で俳句革新の緒に就いた気配が察せられる。また、「（露伴は蕉翁の年譜を造りゐるやうなり。これは俳諧には極大切のことでもあり又つくるもいと容易のことながら小生未だ着手せず）。」と記されているところから、露伴の存在が子規を刺戟して、俳句へと方向づけたことは明らかだろうと観察される。二ヵ月半後、五月二十八日附の河東秉五郎宛ての手紙に、子規が小説家か詩家かを自問して、

「人間よりハ花鳥風月がすき也」と特筆するに至ったことは、ひろく知られる通りである。

二月二十九日に下谷・上根岸に転居していた子規は、翌年一月に露伴が京橋・丸屋町に引っ越すまでの間、頻繁に天王寺の蝸牛廬を訪問した。後年、露伴は碧梧桐の質問に答えて、「天王寺の家は根岸から御院殿坂を上がると、僅か二三町で、近かつたからねえ」と回想する(「会見録」昭和十年)。序でに記しておくと、「覇気」については、「自分の気持や何かを勝手に書いて出すと云ふ事を、その時覇気と云ふ様に言つた」までか、と語っている。

明治二十五年頃から、子規の俳句革新への取り組みは始動するとされる。陸羯南が主宰する新聞「日本」で「獺祭《だっさい》書屋《しょおく》俳話《はいわ》」の連載が六月下旬から始まるのを、その起点とするのだろう。この年、子規は夏の学年試験に落第。隣家に住む陸羯南と相談して、十月に文科大学国文科を退学する。十一月、松山から母・八重と妹・律を呼び寄せて同居するが、この件に関して、叔父・大原恒徳に宛てて二人の上京をつよく促す子規の十月二十二日附の手紙が遺されている。巻紙三メートルにおよぶ長尺の書簡であったという。

……陸氏のいふ所ハ「私病身ナレハ家族を呼び寄せて養生の出来る丈力を尽すがよかろふ　それに付て要する生計費はどうか工面の就かぬ事ハない」と箇様に注意致しもらひ候事故此場合に於て移転費さへ出来るならバ其説を採用せぬハ陸に対しても親切に負く様に存候　又当地生計ハ陸氏が引き受けるといふからハ此人ハ一言一語の然諾をさへ容易にする軽薄之人物ならねバあてにする方が却て其人を信ずるの厚き所以にして宜敷かるべしと存候

「今日之処でハ私ハ社へハ一度も行かねどもまづ半社員の有様に御坐候」とあるが、十二月、子規は日本新聞社の「本社員」となって一日から出社する。以後、子規の文学活動は陸羯南の理解と支援のもとに、「日本」および日本新聞社を中心として展開されることとなる。

露伴は「本統に俳諧はうまいと思ひましたねえ」と語っていた(「会見録」)。幸田露伴と陸羯南。そして河東碧梧桐や高濱虚子ら子規を慕う郷里の俳句好きの後輩(碧梧桐は明治六年、虚子は七年の生まれ)たちの期待を背に受けて、子規はその資質のすべてを短詩型文学の消長のために賭けることになる(――子規は三月十日の露伴との会見で「明治時代に俳諧の最期を見んといふ」自論を開陳していた)。

そこに、——子規の俳句革新運動の出発点に、漱石・夏目金之助の存在の影がどのようにおよんでいたのか。その内実を探ることが、差し当っての私の課題となる。二人の友情の襞に分け入りたいと考えるのである。編集者としての漱石の無自覚、無意識の作用の痕跡を確認したい。

＊

漱石は「正岡子規」(明治四十一年)という談話のなかで、「大将(——記事中で子規はそう呼ばれている)の漢文たるやはなはだまづいもので、新聞の論説の仮名を抜いたやうなものであつた」と語る。「けれども詩になると彼は僕よりもたくさん作つて居り平仄もたくさん知つてゐる。僕のは整はんが、彼のは整つてゐる。漢文は僕のはうに自信があつたが、詩は彼のはうが旨かつた。もつとも今から見たらまづい詩ではあらうが、まづその時分の程度で纏つたものを作つて居つたらしい」と回想するのだった。

漱石が漢学へのふかい素養の持ち主であったことはひろく知られるところだろう。「文学論」(明治四十年)の「序」に「余は少時好んで漢籍を学びたり。これを学ぶこと短かきにもかゝはらず、文学はかくのごときものなりとの定義を漠然と冥々裏に左国史漢より得たり」とあるのは、漱石研究家の多くに引かれ、文学史にすっかり有名なフレーズとなった。

金之助少年が第一中学校正則科を二年で中退して、麴町一番町の漢学塾・二松学舎に通ったのは明治十四年のことだった。荒正人「増補改訂漱石研究年表」(小田切秀雄・監修)(以下、「研究年表」と略記する)によると、「経書から始め、唐宋の詩文を好む。特に陶淵明を好む。(赤木桁平への談話)『唐宋数千言』(「木屑録」序)から文学の理念を得たと思われる」という。経書は四書五経など儒教の経典。漱石自身は「元来僕は漢学が好でずゐぶん興味を有つて漢籍はたくさん読んだものである」と語っている。手当り次第に読み漁ったのだろう。のちにロンドンで大量の原書を蒐め、読破した驚嘆すべき記録を思えば、少年時の漢籍への傾倒も並大抵のものではなかったと想像される。「研究年表」には、「小学校時代からの幼な友達である画家島崎友輔(柳塢)の父親が浅草の鳥越に寺子屋風な漢学塾を開いていたので、そこに学んだこともある」とあって、「数え年十歳」の頃のことと推定されている。

何んでもやり徹さなければ気がすまない、というのが漱石生来の性分であったと承知はしていても、「文学の理念を得た」（「漠然と冥々裏に」であったにせよ、「文学はかくのごときものなりとの定義を」「得たり」）とは、漢学への集中に窮理の精神の発現が確認されるのである。それを科学的関心のあらわれであったといってよいのかも知れない。二松学舎では、講義は朝の六時か七時に始まる。「真黒になつた腸《はらわた》の出た畳が敷いてあつて机などはさらにない。そこへ順序もなく坐り込んで講義を聞くのであつた」という（「落第」）。金之助少年は翌十五年の春頃まで、およそ一年間二松学舎に通ったものと推定される。

　明治十六年の夏に、駿河台の成立学舎に入って英語を学ぶことにしたのは、「大いに発心して」、大学予備門入学を目指したからだった。「考へてみると漢籍ばかり読んでこの文明開化の世の中に漢学者になつたところが仕方なし、別にこれといふ目的があつたわけでもなかつたけれど、このままで過ごすのは充《つま》らないと思ふところから、とにかく大学へ入つてなにか勉強しようと決心した」と語っている（「落第」）。少年はここで初めて英語に接した訳ではない。漢学に熱中していた頃、「そのころは英語ときたら大嫌ひで手に取るのも厭なやうな気がした」が、家で十一歳年長の長兄・大助（大一）からリーダーの手ほどきを受けたことがある。大助は肺患のため開成学校（のちの東京大学）を中退、内務省警視局で翻訳係を勤めていた。「教へる兄は疳癪持、教はる僕は大嫌ひときてゐるからたうてい長く続くはずもなく、ナショナルの二くらゐでお終ひになつてしまつた」という。意を新たにしての英語再挑戦だった。

……入学して、ほとんど一年ばかり一生懸命に英語を勉強した。ナショナルの二くらゐしか読めないのが急に上の級《クラス》へ入つて、頭からスウキントンの万国史などを読んだので、初めのうちは少しも分らなかつたが、その時は好な漢籍さへ一冊残らず売つてしまひ夢中になつて勉強したから、終にはだん／＼分るやうになつて、その年（明治十七年——引用者・註）の夏は運よく大学予備門へ入ることができた。（傍点・引用者）

漢籍をすっかり手放してしまった、とあるところ、漱石の潔さ、気性のはげしさが読み取れる。

　それにしても、と思う。さまざまな言葉の陰翳《ニュアンス》に富んだ金之助少年の家庭を、である。神田川を船で下っての歌舞伎観劇を楽しみとする母や姉。少年自身の素読の声。弟に向ってナショナル・リーダーを読み聞かせる長兄の英語。「唐桟の着物なんか着て芸者買やら吉原通ひに」と、道楽者で鳴らした三兄・直矩《なおただ》の鼻唄。漱石は、「従兄にも通人がゐた。全体にソワ〳〵と八笑人か七変人のより合ひの宅見たよに、一日芝居の仮声を遣ふやつもあれば、素人落語《ばなし》もやるといふ有様だ」と回想している。

落語《はなし》か。落語はすきで、よく牛込の肴町の和良店《わらだな》へ聞きにでかけたもんだ。僕はどちらかといへば小供の時分には講釈がすきで、東京中の講釈の寄席はたいてい聞きに回つた。なにぶん兄等が揃つて遊び好きだから、しぜんと僕も落語や講釈なんぞが好きになつてしまつたのだ。落語家で思ひ出したが、僕の故家からもう少し穴八幡の方へ行くと、右側に松本順といふ人の邸《やしき》があつた。あの人は僕の小供の時分には時の軍医総監で羽振りが利いてなか〳〵威張つたものだつた。円遊やその他の落語家がたくさん出入りしてをつた。

（「僕の昔」）

金之助少年が養子先の四谷・大宗寺門前の塩原家から牛込馬場下の生家に戻ったのは明治九年のこと。落語や講釈、漢学の素養などが漱石の文学言語の素地になったことは疑いない。それらの余響が入り混って増幅する、東京っ子の家庭の「有様」が想像されるのである。遊びに凝ることも、漱石が少年時代に身につけた習癖の一つだった。講釈といえば、松山時代の正岡升少年が十一、二歳の頃、「友達が軍談を聞きに行たなどいふ話が羨ましくなり、其から後は二月に一度三月に一度位は母の許しを得て軍談を聞きに行く事もあつた」（「天王寺畔の蝸牛廬」）のを思い出す。

大学予備門は五年。予科が三級から一級までの三年、本科が二年となっていた。入学はしたものの、金之助にはっきりした目標があった訳ではない。ただ、国家にとって有用な人材でありたいという漠たる思いを抱いていただけである。「惰《なま》けてゐるのは、はなはだ好きで少しも勉強なんかしなかつた」と、漱石は回想している。クラスでは「怠け者の仲間」入りして、「試験の点ばかり取りたがつてゐるやうな連中はともに談ずるに足らずと観じて、僕等はただ遊んでゐるのを豪いことのごとく思つて怠けてゐた」という。予備門のすぐ近く、神田猿楽町の下宿屋に月額五円の部屋を借りて下宿。同宿の中村是公《よしこと》（のちに南満洲鉄道総裁、東京市長）や太田達人らと「十人会」を組織して、ボートなどのスポーツに興じた。金之助少年は予備門の北側に接した校有地に設けられた高いブランコに乗るのを得意とした（「研究年表」）。

「十人会」は十八年の初夏に、江の島までの徒歩旅行を企てている。

金之助青年は明治十九年七月に腹膜炎に罹り、一級に進むための学年試験を受けることができず、平常の成績不良のせいもあって落第する。しかし、青年はこの落第を自ら良薬としたのである。「今までのやうにうつかりしてゐてはだめだから、いつそ初めからやり直したはうがいゝ」と。あの決然たる態度だった。「友達などが待つてゐて追試験を受けろとしきりに勧めるのも聞かず、自分から落第して再び二級を繰返すことにした」という。


……人間といふものは考へ直すと妙なもので、真面目になつて勉強すれば、今まで少しも分らなかつたものもはつきりと分るやうになる。まへにはできなかつた数学なども非常にできるやうになつて、一日《あるひ》親睦会の席上で誰は何科へ行くだらう誰は何科へ行くだらうと投票をした時に、僕は理科へ行く者として投票されたくらゐであつた。元来僕は訥弁で自分の思つてゐることが言へない性《たち》だから、英語などを訳しても分つてゐながらそれを言ふことができない。けれども考へてみると分つてゐることが言へないといふわけはないのだから、なんでも思ひ切つていふに限ると決心して、その後は拙くてもかまはずどし〳〵言ふやうにすると、今まで教場などで言へなかつたこともずん〳〵言ふことができる。

(「落第」)


「こんなふうに落第を機としていろんな改革をして勉強したのであるが、僕の一身にとつてこの落第は非常に薬になつたやうに思はれる」と語られ、回想は「もしその時落第せず、ただ誤魔化してばかり通つて来たら今ごろはどんな者になつてゐたかしれないと思ふ」とつづいている。

明治二十年三月二十一日、長兄・大助が他界した。享年三十二。肺結核で死の床に臥った兄を、金之助が熱心に看病した。ときには、徹夜で看病しながら屏風の蔭で書物を読んだ、という(「研究年表」)。大助は末弟の監督係だった。漱石は「処女作追懐談」(明治四十一年)のなかに、「私も十五六歳のころは、漢書や小説などを読んで文学といふものを面白く感じ、自分もやつてみようといふ気がしたので、それを亡くなつた兄に話してみると、兄は文学は職業にやならない、アッコンプリッシメント(たしなみ、教養のこと。――引用者・註)にすぎないものだと言つて、むしろ私を叱つた」というエピソードを遺している。開成学校在学中は化学を専攻していた長兄らしい意見であったというべきだろう。あるいは、長兄の死に際して、金之助青年の脳裡に兄の叱言が思い出されたのかも知れない。

二級を繰り返して、一級に進んだ金之助青年は二部のフランス語を選択した。二部は工科で、青年は建築科を選んだのだった。「飯の喰外れはないから安心だといふのが、建築科を択んだ一つの理由。それと元来僕は美術的なことが好であるから、実用とともに建築を美術的にしてみようと思つたのが、もう一つの理由」とされる（「落第」）。「処女作追懐談」には、「何か己を曲げずして趣味を持つた、世の中に欠くべからざる仕事がありさうなものだ」と考えているうちに、「ふと建築のことに思ひあたつた。建築ならば衣食住の一つで世の中になくて叶はぬのみか、同時に立派な美術である。趣味があるとともに必要なものである。で、私はいよ〳〵それにしようと決めた」とある。ピラミッドでも建てる心算になっていた、という。その頃の金之助青年は、自身のことを「いち〳〵こつちから世の中に度を合せてゆくことはできない」、「変人」「変物《かはりもの》」と認識して、自他ともに憚らなかった。ところが、——

米山保三郎、という同級生がいた。加賀・金沢の士族の出身。一八六九（明治二）年の生まれだから、金之助青年より二歳年下である。天然居士、大愚山人などと号した。「それこそ真性変物で、常に宇宙がどうの、人生がどうのと、大きなことばかり言つてゐる」と漱石は語る。

……ある日この男が訪ねて来て、例のごとくいろ〳〵哲学者の名前を聞かされた揚句のはてに君は何になると尋ねるから、実はかう〳〵だと話すと、彼は一も二もなくそれを却けてしまつた。その時かれは日本でどんなに腕を揮つたつて、セント・ポールズの大寺院のやうな建築を天下後世に残すことはできないぢやないかとかなんとか言つて、盛んなる大議論を吐いた。そしてそれよりもまだ文学のはうが生命があると言つた。元来自分の考はこの男の説よりも、ずつと実際的である。食べるといふことを基点として出立した考である。ところが米山の説を聞いてみると、なんだか空々漠々とはしているが、大きいことは大きいに違ない。衣食問題などはまるで眼中に置いてゐない。自分はこれに敬服した。さう言はれてみるとなるほどまたさうでもあると、その晩即席に自説を撤回して、また文学者になることに一決した。ずゐぶん呑気なものである。

（「処女作追懐談」、傍点・引用者）

「しかし漢文科や国文科のはうはやりたくない。そこでいよ〳〵英文科を志望学科と定めた」という。米山保三郎との会見は気宇壮大なもので、いかにも、と文明開化の書生談義が彷彿される。ここでは実際家が夢想家に押し切られたかたちだが、実際家の方も「しかしその時分の志望は実に茫漠極まつたもので、たゞ英語英文に通達して、外国語でえらい文学上の述作をやつて、西洋人を驚かせようといふ希望を抱いてゐた」と、漱石は回想する。大望のようにはみえても、漢学でいえば和臭漢詩制作を夢みるがごとき錯誤の段階にあったと知るべきだろう。

米山保三郎は哲学科を志望して、のち明治二十六年に帝国大学文科大学哲学科を卒業すると、英文科卒業の漱石とともに大学院に進んだ。「空間論」を研究した、という。しかし、三十年五月に急性腹膜炎で死去。満二十八歳の夭折だった。熊本で訃報に接した漱石は、友人に宛てた手紙のなかに、「米山の不幸返す〳〵気の毒の至に存候文科の一英才を失ひ候事痛恨の極に御座候同人如きは文科大学あつてより文科大学閉づるまでまたとあるまじき大怪物に御座候蟄龍未だ雲雨を起さずして逝く碌々の徒或は之を以て轍鮒《てっぷ》に比せん残念」と記して、その死を悼む。「蟄龍《ちつりょう》」（とは、活躍する機会を得ずに世に潜む英雄のこと）の一語には自身の現在の姿が重ねられたようで、哀惜の思いとともにやり場のない憤りに似た感情が籠められていると感じられる。

のちに漱石は「吾輩は猫である」のなかに、米山保三郎を「天然居士」「曽呂崎」として登場させる。文科へと背中を押してくれた恩人である親友を忘れることはなかった。その存在の影はながい間、漱石のこころに生きつづけた。

*

明治十九年の秋のこと、という。

ある日、神田猿楽町の下宿に、米山保三郎が正岡子規を訪ねて来た。二人は予備門（十九年四月に第一高等中学校と改称されていた）で同級・同クラスの学友ではあったが、これまで特に親しく言葉を交したことはなかった。子規が米山について知るところは、「氏の長所は数学のみ（氏の父ハ金沢ニテ有名ナル数学者なりしと）其他は真ニ小供のみ」といった程度だったので、いきなりの訪問に子規は訝しく思う。だが、部屋に招じ入れ、話しはじめてから子規は「一驚を喫したり」と讃歎する。「何となれば氏の話は数学上の最高等なる部分、微分積分に移りたればなり」とある。

……余は二驚を喫したり　何となれば氏の話は数理より哲理にうつりたればなり、余は氏が哲学を知らんとはこれまた意想外の出来事なりき。余は三驚を喫したり　何となれば氏は已に哲学書の幾分を読めり、少くもスペンサーの哲学原論を読みたればなり　而して最後に尤はげしく余は四驚を喫せり。何となれば氏の年齢は余より二歳も若ければなり。（中略）而して今米山氏は余より幼にして、しかも其談話する所は余等の夢想にだも知り得ざりし高尚超越の事のみなれば　此時余の心は生来未だ曾て知られざるの刺激を受けたり。此日の晩餐は氏と共に松本の西洋料理を食ひ　再び我寓に来りて夜半まで談話し、余は猶未だ君に別るゝを欲せず「余が家へ一泊し給はずやといへば　氏はたやすく「泊るべしと答へたり。翌朝氏は帰りたり。

（「筆任勢」第二編）

子規は明治十七年入学組だが、学年試験に落第して原級にとどまり、十八年入学の米山と同級になっていた。漱石は十九年に二級を繰り返して米山と同級になったのである。米山が正岡、夏目という二人の級友に接近した理由は不明ながら、議論好きの「天然居士」の嗅覚には、二人の文学的傾向がことに気になるものであったのだろうと考えたい。

　正岡常規が「七艸集」を回覧した級友のうちに、米山保三郎がいたことは疑いない。あるいは、明治二十二年一月、常規と金之助青年との間にはじめて交流が生じた、その仲立ちとなったのが米山の存在であったとも推察されるのである。

　五月十三日、金之助青年が常盤会寄宿舎に常規を見舞ったときも、米山保三郎は同行した。

　二十六日に「七艸集」に七言絶句九首による感想を添えて持参したときも、遅れて米山はやって来た。感想は、そこにはじめて「漱石」と署名したものだった。

　翌日、子規に宛てて綴った手紙に「漱石」は、追伸のように「七草集には流石の某も実名を曝すは恐レビデゲスと少しく通がりて当座の間に合せに漱石となんしたり顔に認め侍り」と戯けて、「後にて考ふれば漱石とは書かで漱石と書きし様に覚へ候」との懸念を記した。このあとに、「米山大愚先生傍より自己の名さへ書けぬに人の《（ママ）》文を評するとは『テモ恐シイ頓馬ダナー』チヨン々々々々」とあって、隣から文面を覗き込む米山の姿が想像されるのである。

「木屑録」のなかにも、米山の名前はあらわれる。文中で「大愚山人は、余が同窓の友なり。賦性恬澹《てんたん》、書を読み禅を談ずるの外、他の嗜好無し」と評される。

……一日、書を寄せて曰く、閑居して事無く、禅刹《ぜんさつ》に就きて仏書を読み、時に童児と園に遊んで蟬を捉うるのみ、と。其の高逸なること此《か》くの如し。山人嘗て余に語《つ》げて曰く、深夜結跏《けっか》し、萬籟《ばんらい》尽く死せば、覚えずして身は冥漠に入るなり、と。余、庸俗にして、露地の白牛《びゃくご》を見るに慵《ものう》く、無根の瑞草《ずいそう》を顧みず。之を山人に視《くら》ぶれば、愧《は》ずる有ること多し。(一海知義・訳註)

禅、といえば二十三年一月の子規宛て書簡(日附不明)に漱石は、「当年の正月は不相変雑煮を食ひ寐てくらし候寄席へは五六回程参りかるたは二返取り候」などと新年の近況を伝え、「米山は当時夢中に禅に凝り当休暇中も鎌倉へ修行に罷越したり」と報じた。仙人・米山は暇を見出しては、鎌倉・東慶寺に参禅していた様子である。(序でに記しておくと、書簡中には、「一日神田の小川亭と申にて鶴蝶と申女義太夫を聞き女子にてもかゝる掘り出し物あるやと愚兄と共に大感心そこで愚兄余に云ふ様『芸がよいと顔迄よく見える』と其当否は君の御批判を願ひます」という記述もみられる。芸がよいと顔までよく見える、とは三兄・直矩がもらした思いつきの一言であったのかも知れない。しかし意外なことに、人生においてはこんな言葉がながく耳にのこって、時折思い出されるものなのだ。)

こうして私が米山保三郎なる飄逸で、どことなくユーモラスな印象の人物に格別の関心を抱くのは、かれの存在が化学における「触媒」の一語を思わせるからである。触媒とは説明するまでもなく、自らは変化せずに化学反応の速度を変化させる物質をいうのだが、子規と漱石との間にあって米山保三郎は、反応を速める正触媒の機能を確実に発揮したものと理解される。漱石の活躍をみずに死んだ、その二十八歳の夭折が痛々しいものとして惜しまれる。

*

子規と漱石。思えば、生い立ちとその背景、境遇から性格まで、さまざまな点で対照的な組み合せではある。しかし友愛とは、そんなところに生じるものといえるかも知れない。喩えるなら、やはり化学反応の一語が相応しいものなのだろう。

共通するのは漢文趣味、負けず嫌いの頑固者、探求心の旺盛さ、そしてつよい自負心。いずれも兄たり難く弟たり難し、と思われる二人の関係ではあっても、「立身」に対する意志（野心、といってもよい）は、地方出身の子規の逞しさが優っていた。

学生時代の二人の交情には、他の何人かの先輩、級友間の親交にみられる、いかにも旧制高等学校生といった和やかな馴れ合いが微塵もなかった、とはいえない。漱石が子規に宛てて進級試験の合否を速報する手紙なども遺されているからである。それでも、二人の心裡に生じた変化は、あきらかに他の場合とは異る超越したものと観察されるのである。

漱石は「正岡子規」（明治四十一年）のなかで、「とにかく正岡は僕と同じ歳なんだが僕は正岡ほど熟さなかつた。ある部分は万事が弟扱ひだつた」（傍点・引用者）と語っている。「したがつて僕の相手し得ない人の悪い事を平気で遣つてゐた。すれつからしであつた。（悪い意味でいふのではない。）」とも。

> また彼には政治家的のアンビションがあつた。それでしきりに演説などをもやつた。あへて謹聴するに足るほどの能弁でもないのに、よくのさばり出て遣つた。つまらないから僕等聞いてもゐないが、先生得意になつてやる。
> 何でも大将にならなけりや承知しない男であつた。二人で道を歩いてゐても、きつと自分の思ふ通りに僕をひつぱり廻したものだ。尤も僕がぐうたらであつて、こちらへ行かうと彼がいふと其通りにして居つた為であつたらう。

子規は疾患により政治への途を断念、露伴によって小説家への夢を断たれ、やがて俳句革新と近代短歌自立を図るに至る。表現者の途とは、つまりは断念の積み重ねなのである。漱石はいつまでも、自らの将来像を思い描けずにいた。あたかも駄馬か鈍牛かのように、子規が零した夢の欠片を拾いながら、持ち前の科学的探求心を頼りに文学理論の構築を目指して、学究への途を歩むことになる。

取り急ぎ、学生時代、漱石が大学を卒業する頃まで、それぞれの歩みを確認して、二人の交情の軌跡をできるだけ簡略に辿っておきたい。

「木屑録」の年、明治二十二年の大晦日に記された漱石の手紙には、「御前兼て御趣向の小説は已に筆を下し給ひしや」という文言がみられる。「今度は如何なる文体を用ひ給ふ御意見なりや委細は拝見の上逐一批評を試むる積りに候へども兎角大兄の文はなよ〳〵として婦人流の習気を脱せず近頃は篁村流に変化せられ旧来の面目を一変せられたる様なりといへども未だ真率の元気に乏しく従ふて人をして案を拍て快と呼ばしむる箇処少きやと存候」と、漱石の筆は手厳しい。篁村は饗庭篁村《あえばこうそん》、安政二（一八五五）年生まれの小説家・劇評家。この年の七月から小説・紀行文集「むら竹」全二十巻を春陽堂から刊行していた。案（台や机のこと）を拍《う》って、快と呼ばしむる、とは自身の読書体験から導き出された言だろうが、漱石は文章には読者のこころを摑むなにかが必要であることに気付いていた。それを「秘すれば花」の〝花〟とも、〝山〟ともいいたいところだが、この時点では「思想」の一語にそれらすべてのニュアンスを含ませているように見受けられる。

……総て文章の妙は胸中の思想を飾り気なく平たく造作なく直叙スルガ妙味と被存候さればこそ瓶水を倒して頭上よりあびる如き感情も起るなく胸中に一点の思想なく只文字のみを弄する輩は勿論いふに足らず思想あるも徒らに章句の末に拘泥して天真爛漫の見るべきなければ人を感動せしむること覚束なからんかと存候今世の小説家を以て自称する輩は少しも「オリヂナル」の思想なく只文字の末をのみ研鑽批評して自ら大家なりと自負する者にて……

と、文章談義は延々とつづく。近代文学の草創期だった。二人の関心がもっぱら文章とは何か、新時代の文章表現のあり方に向けられていたのは当然なことだろう。ただし、この手紙の目的は、子規を督励することにあった。「小生の考にては文壇に立て赤幟を万世に翻さんと欲せば首として思想を涵養せざるべからず」「余暇を以て読書に力を費し給へよ」と。子規には、こまめにものを書き綴る習癖があって、一日中、机に向っていた。「筆まかせ」もそんな手仕事の一つであったといえる。漱石は「御前の如く」「毎日毎晩書て〳〵書き続けたりとて小供の手習と同じこと」と指摘するのである。Ideaを養え。掉尾の数言は尋常の友情の域を超えて、生への覚悟を迫るものだった。そこに自身の感懐も籠められていたことは、いうまでもない。

……伏して願はくは（雑談《じょうだん》にあらず）御前少しく手習をやめて余暇を以て読書に力を費し給へよ御前は病人也病人に責むるに病人の好まぬことを以てするは苛酷の様なりといへども手習をして生きて居ても別段

馨《かんば》しきことはなしknowledgeを得て死ぬ方がましならずや塵の世にはかなき命ながらへて今日と過ぎ昨日と暮すも人生にhappinessあるが為也されど十倍のhappinessをすてゝ十分の一のhappinessを貪り夫にて事足り給ふと思ひ給ふや併し此Ideaを得るより手習するが面白しと御意遊ばさば夫迄なり一言の御答もなし只一片の赤心を吐露して歳暮年始の礼に代る事しかり穴賢

　御前此書を読み冷笑しながら「馬鹿な奴だ」と云はんかね兎角御前のcoldnessには恐入りやす

　宛名は「子規御前」。この文面が示すのは当初、とは交流のはじめからそれぞれの文学に臨む態度、考えにかなりな径庭があったことである。それを乗り超えての、気が置けない交情だった。高級な友情、である。厳しくも親愛感にみちた助言に、漱石がもつ教育者としての最良の資質が読み取れることも確かだろう。しかし私には、この柔軟な批評的距離の置き方に、編集者・漱石の行跡の第一歩が確認されるのである。

　二十三年一月の、正月の近況を伝えた手紙には、別紙に記した横書き、原稿用紙に換算すれば六、七枚におよぶ長文の文章論が添えられていた。そこには、「Best 文章 is the best idea which is expressed in the best way by means of words on paper.」（最良の文章とは、言葉を用いて紙上にもっとも有効な手立てで表現された、最良の idea である）との自説が開陳され、「文章（余ノ所謂）ハ決シテ Rhetoric ノミヲ指スニ非ズ此儀上ノ解ニテ御合点アリタシ」とある。idea が何を意味するかは、前便同様精確には不明なのだが、それを「涵養」するには「Culture ガ肝要ニテ次ハ己レノ経験ナリ」という。culture を得る方法は「読書ヲ捨テ、他ノ方ナキ」とあって、ここでも子規に本を読めと強く勧めるのだった。レトリックを優先させる傾向が強い子規を戒めるつもりがあったのだろう。

　数ヵ月後のこととして、子規には叔父・加藤拓川（大原恒忠）から貰ったハルトマン「美学」の分厚い原書を教室に持ち込んで、やたらに振り回すという愛すべき稚気があった。漱石に「ろくに読めもせぬものをしきりにひつくりかへしてゐた。幼稚な正岡がそれを振り回すのに恐れを為してゐたほど、こちらはいよ〳〵幼稚なものであつた」（「正岡子規」）という回想がある。序でに紹介しておくと、これもこの年のある日、「正岡が易を立ててやるといつて、これも頼みもしないのに占つてくれた。畳一畳くらゐの長さの巻紙になにか書いて来た。なんでも僕は教育家になつてどうとかするといふことが書いてあつて、ほかに女の事もなにか書いてあつた。これは冷かしであつた」（傍点・引用者）とも語られている。教育家、とは本を読めとうるさく忠告してくる漱石への逆襲であったのかも知れない。

この易占については「筆任勢」（明治二十三年）に詳細な記録が遺されている。

子規は卜筮術を竹村鍛（其十）から伝授された、という。「未だ施すべきの処なく困りゐる折柄　夏目漱石、我後来運命の程を占ひくれよといふ、心得たりといひながら筮竹《ぜいちく》さら〳〵とおしもんで虚心平気に卜ふに」と記される。

子規の「判断」は「大吉也」。「君今学校にありて上、教師迄皆人望を君に帰す　故に君は屢ゝ升て第一位にあり」、卒業時には「君は已ニ文学者の堂に升る者也」、「此時君は已ニ後生を教育するの任にあたる」。「君能く文壇に将として牛耳を取る」などとあって、結果から見れば、この予言の適中率の高さに驚かされる。

……総するに初め君の学問上進の度は著しく　嶄然《ざんぜん》頭角を現はし、終には其名声、海の内外に聞え渡るに至るもの也（中略）

天下の書生、君を慕ふて帰する者多きに相違なしといへども　君の言論文章には一癖ありて天下を毒することなきにもあらず　学者に偏見《プレジユヂス》〈原〉あるは古来皆一徹にて別に咎むべきにもあらねど、其言、多少天下を毒するに至りては注意せざるべからざるものあり　君請ふ　其所論を吐くに当りて千思万考、主として僻見を除くことをつとめよ

「どうです　是位の易ならば上ゝ大吉なり」と、子規は得意気である。「君、西洋軒の昼飯に出かけやしよう、安いものです」と、強請《ねだ》るのだった。当たるも八卦の戯れ事を漱石が冷淡に回想するのは当然のことといえるだろう。しかし私には、子規一人はこの易断を意識の底で深く信じつづけていたに違いない、と思われてならない。そして、疑う。本当のところは、漱石にもこの予言と忠告を何度も思い出す折りがあったことだろう、と。

七月八日、第一高等中学校第一部本科を卒業する。漱石は松山で療養中の子規の卒業証書を預った。

九月十日、帝国大学入学式。子規は米山保三郎とともに帝国大学文科大学哲学科に進んだ。漱石はおなじく英文学科に入学、文部省貸費生となる。創設間もない英文学科には先輩に二十一年入学の立花政樹一人が在籍する

だけで、漱石はたった一人の三回生である。

「研究年表」には、「狩野亨吉（二十五歳。哲学科第三年）・米山保三郎（二十一歳。哲学科第一年）と特に密接な交際をするようになる」とある。また、「小屋（大塚）保治（哲学科第三年）・立花銑三郎（哲学科第二年）・松本亦太郎（哲学科第一年）・松本文三郎（哲学科第一年）・正岡常規（哲学科第一年）・坂巻善辰（哲学科第一年）・芳賀矢一（国文学科第二年）・菊池謙二郎（国文学科第一年）・斎藤阿具（史学科第一年）・藤代禎輔（独文学科第三年）・菅虎雄（独文学科第三年）ら加わり紀元会を組織する」とも記されている。「紀元会」のメンバーのほとんどは、大学時代はもとより卒業後にも漱石が親交を結んだ人物である。ここに、中村是公（法科大学第一年）・藤井乙男（第三高等中学校文科を卒業して二十四年九月に国文学科に入学）・山川信次郎（第一高等中学校の同級生だが、一年遅れて英文学科に入学する）らの名前を付け加えれば、帝国大学生・夏目金之助の交友リストはほぼ完成する。

＊

明治二十四年。――

一月、子規は国文学科への転科を希望して、二月七日に許可された。

子規について、同郷の俳人・五百木《いおき》飄亭にこんな回想がある。飄亭は明治三年生まれ、常盤会寄宿舎に同宿、俳句革新運動の先駆者とされる。のち二十四年に新聞「日本」の編集長となる。

……元来子規は文学上の天才があつたと見えて、少年の時から、詩歌文章などなか〳〵達者で、文学には甚だ多才であつた所から、常に友人間に才人の称を得て居たです、ですが、俳句などは其節にはまだ形も出来ない位で、少しわかつて来たのはやはり明治二十二三年頃のことです。之に就てなぜ其頃まで子規が進歩しなかつたかと云ふに、それは当時子規は一人立ちで誰れも一所に研究するものが無かつた為め、自然張合も無かつたので、其の天才を発揮さす機会が起らなかつたものと見えます。

（「夜長の欠び」）

この年、漱石が子規に宛てた手紙は九通が「全集」にあり、子規からの手紙は一通も遺されていない。「一体正岡は無暗に手紙をよこした男で、其れに対する分量は、こちらからも遣つた。今は残つてゐないが、いづれも愚なものであつたに相違ない」（「正岡子規」）というから、おそらく漱石には来簡を保存しておく習慣がなかったのだ、と思われる。

九通のうち五通は、七―八月、松山の帰省先に宛てられたものだが、それぞれに関心を惹く、重要な内容が綴られている。

七月十八日の手紙には、「ゑゝともう何か書く事はないかしら、あゝそう〳〵、昨日眼医者へいつた所が、いつか君に話した可愛らしい女の子を見たね、――〔銀杏返しに竹なはをかけて――天気予報なしの突然の邂逅だからひやつと驚いて思はず顔に紅葉を散らしたね」とあって、封筒には「真言秘密封じ文」との怪しげな七文字が記されていたという。

漱石はトラコーマに罹り、一年ほど前から駿河台の井上眼科に通っていた。「可愛らしい女の子を見た」ことは、漱石の初恋として、歿後、遺族や研究者たちの間で形成された漱石伝説の一つとなる。実情はまったく他愛ない話で、「真言秘密封じ文」としたのは、一年前に「眼病兎角よろしからず」と報じた手紙に、「茶の樹の根本に丹波ほうづきとかいふ実の赤く色づきて寐ころげたるを何心なく手折りて不図心づけば別に贈るべき人もなし小さき妹にてもあれかしと願ふも甲斐なし」などと、珍らしく艶っぽい文言を連らねたのに対して、子規から「何だと女の祟りで眼がわるくなつたと、笑ハしやァがらァ」と揶揄われたことを根にもって（というのは折り返し漱石は、「女祟の攻撃」「滑稽の境を超えて悪口となりおどけの旨を損して冷評となつては面白からず」と猛反撃しているからだ）、揶揄い防止のための護符のつもりであったに違いない。こうした戯れ合いもあったのである。

七月二十四日の葉書には、「昨日故人五百題といふ者を見て急に俳諧が作りたくなり十二三首を得たり」とある。「御笑ひ草に供したけれど端書故いづれ後便にて御斧正相願度候」との文言は簡潔なものだが、子規の「孤独」を癒し、喜ばせ、大いに奮い立たせたことと想像される。「故人五百題」は、松露庵撰「俳諧　故人五百題」（春・夏・秋・冬之部）。天明七（一七八七）年の板本が漱石文庫に所蔵されているという。

八月三日の長文の手紙は、「一丈余の長文被下難有拝見小子俳道発心につき草々の御教訓情人の玉章よりも嬉しく熟読仕候」と、はじまる。残念ながら、子規による「一丈余の長文」の教訓は現存しない。「天稟庸愚のそれがし物になるやらならぬやら覚束なき儀には存候得共性来かゝる道は下手の横好とやらに候得ば向後驥尾に附して精々勉強可仕〔候〕間何卒御鞭撻被下度候」と、入門志願者の口上は殊勝なものである。

「一族中に不慮の不幸を生じ」と、七月二十八日の嫂・登世の死が報じられたのも、おなじ手紙の文中においてであった。

登世は慶応三年生まれ、直矩に嫁いできたのは明治二十一年四月のこと。「実は去る四月中より懐妊の気味にて悪疽〔阻〕と申す病気にかゝり兎角打ち勝れず漸次重症に陥り子は闇より闇へ母は浮世の夢廿五年を見残して冥土へまかり越し申候」と記されている。

わが一族を賞揚するは何となく大人気なき儀には候得共彼程の人物は男にも中々得易からず況《まし》て婦人中には恐らく有之間じくと存居候そは夫に対する妻として完全無欠と申す義には無之候へ共社会の一分子たる人間としてはまことに敬服すべき婦人に候ひし先づ節操の毅然たるは申すに不及性情の公平正直なる胸懐の洒々落々として細事に頓着せざる抔生れながらにして悟道の老僧の如き見識を有したるかと怪まれ候位鬚髯鬖々《しゅぜんさんさん》たる生悟りのえせ居士はとても及ばぬ事小生自から慚愧仕候事幾回なるを知らず……

と、嫂讃美の言葉が縷々つづく。「一片の精魂もし宇宙に存するものならば二世と契りし夫の傍か平生親しみ暮せし義弟の影に髣髴たらんかと夢中に幻影を描きここかかしこかと浮世の羈胖〔絆〕につながるゝ死霊を憐みうたゝ不便の涙にむせび候」と綴られるに至って、登世が漱石にとって永遠の、理想の女性像となったことが、そして漱石が霊魂の実在を願う人物であったことが深く諒解されるのである。

「悼亡の句数首左に書き連ね申候俳門をくゞりし許りの今道心佳句のあり様は無之一片の衷情御酌取り御批判被下候はゞ幸甚」（傍点・引用者）とあって、

君逝きて浮世に花はなかりけり
何事ぞ手向し花に狂ふ蝶
今日よりは誰に見立ん秋の月

など、哀悼の十三句が掲げられている。文中には、「母を失ひ伯仲二兄を失ひし身のかゝる事には馴れ易き道理なるに一段毎に一層の悼惜を加へ候は小子感情の発達未だ其頂点に達せざる故にや心事御推察被下たく候」という記述もあり、俳句作り（すなわち書くこと、創作すること）がこの精神の危機的状況を乗り超えるたった一つの救いであったことが察せられる。「今道心」という仏教臭のする語にその思いは託されているのだろう。

つづけて、前便の葉書に記した通り、「馬の背で船漕ぎ出すや春の旅」「行燈《あんどん》にいろはかきけり独旅」をはじめとする近詠十七句が、「是亦御郢正《えいせい》奉願候」として掲げられる。

この手紙にはさらに、三つ目となる重要な記述がなされる。露伴崇拝の子規に向って、森鷗外を賞揚したのである。「鷗外の作ほめ候とて図らずも大兄の怒りを惹き申訳も無之是も小子嗜好の下等なる故と只管《ひたすら》慚愧致居候」とあるから、以前に二人の間で交された応酬について、控えめな態度で、弁明を試みるつもりだったのだろう。文中に、「全体あの時君と僕の嗜好は是程違ふやと驚き候位……」（傍点・引用者）とある。

……元来同人の作は僅かに二短篇を見たる迄にて全体を窺ふ事かたく候得共当世の文人中にては先づ一角ある者と存居候ひし試みに彼が作を評し候はんに結構を泰西に得思想を其学問に得行文は漢文に胚胎して和俗を混淆したる者と存候右等の諸分子相聚つて小子の目には一種沈鬱奇雅の特色ある様に思はれ候

と、漱石の文学的嗜好は明確といえる。鷗外は「舞姫」「うたかたの記」「文づかひ」の三篇を発表していた。「研究年表」には「二篇がどれを指すかよく分らぬ」とある。同様にまた、子規の嗜好も明快なものだった。「小生自身は洋書に心酔致候心持ちはなくとも大兄より見れば左様に見ゆるも御尤もの事に御座候」、「然し退いて考ふれば是前にも云へる如く元来の嗜好は同じきも従来学問の行き掛りにてかゝる場合に立ち到り候事と存じ……」と漱石は記す。

……夫よりは可成《なるべく》博覧をつとめ偏僻に陥ざらん様に心掛居候其上日本人が自国の文学の価値を知らぬと申すも日本好きの君に面目なきのみならず日本が〔に〕夫程好き者のあるを打ち棄てゝわざ〳〵洋書にうつゝをぬかし候事馬鹿々々敷限りに候のみならず我等が洋文学の隊長とならん事思ひも寄らぬ事と先頃中より己れと己れの貫目が分り候得ば以後は可成大兄の御勧めにまかせ邦文学研究可仕候……

と、子規に対して和睦の握手をもとめたかのようである。「邦文学」の内容については判らない。しかし、圧倒的といえるほどのボキャブラリーに富んだ二つの若い個性は、それぞれ誇りたかい自負心を抱いていた。

例えば、明治二十四年、硯友社のグループはすでに華々しい文学活動を展開していたが、それについて漱石は、予備門時代に「山田美妙斎とは同級」「上級では川上眉山、石橋思案、尾崎紅葉などがゐた。紅葉はあまり学校のはうはできのよくない男で、交際も自分とはしなかつた。それからしばらくすると紅葉の小説が名高くなりだした。僕はそのころは小説を書かうなんどとは夢にも思つてゐなかつたが、なあに己《おれ》だつてあれくらゐのものはすぐ書けるよといふ調子だつた」（「僕の昔」）という。子規は、「硯友社の成立については予は詳しいことは知らないけれど、兎に角同級者などにその末派に居る者もあつたので、我楽多文庫などゝいふ極めて幼稚なる雑誌を偸《ぬす》み見て窃《ひそか》に其紙面の才気多きに驚いて居つたのであつたけれ共先づ同輩位な書生がやるのであると思ふ為めに半ば之を妬み、半ば之を軽蔑して居つたのであつた」（「天王寺畔の蝸牛廬」）と、正直な感懐を記している。

子規と漱石、ことに漱石の野心は早あがりを目指すものではなかった。漱石の柔軟な精神には、矯めることを知る性質が備っていた。和睦の手を差し伸べて、自らの反省を記し、子規に矯めることを懸命に促したのかも知れない、と思われる。

この、八月三日の手紙（宛名は「のぼるさま」、署名は「平凸凹拝」とある）の異様な、と記すのは、俳諧入門志願、嫂の死、互いの文学的嗜好の食い違い、と三つの事柄が一見順序よく並んではいても、じつは渾然となって一通に綴られているからであるが、内容をどう読み取ればよいのか。もはや漱石の意識の段階は、友情あるいは友愛といえる尋常の域を超えている。喩えていうなら、私には、漱石の無意識の触手が伸びて子規の心臓を鷲摑みしようとしている様子が見える。俳句を詠む喜びを、嫂の死の悲しさを、嗜好の違いを乗り超えての信頼の恢復を、全身で子規の魂を揺さ振るように訴えているのである。

かつて、小説家の小島信夫氏は「子規全集」・書簡一の「解説」（昭和五十二年）のなかで、「筆まかせ」に記録、編集された子規と漱石との往復書簡には「志を同じくする男同士の思いやりときびしさとがあって、共に手をたずさえて進んで行くのだ、という保証のもとに成り立っている心のかたむけようがある。これまた、精神的なものであるが、エロティシズムさえ感じられる。恋人どうしのような気配さえ感じられる」と指摘した。子規の手紙の感触は、「何ともいえない、乱暴に見えるときは、かえって肌と肌とをわざとこすりあわせて、とっくみあうようなエロティシズムをかんじさせる」という。

私はエロティシズムといった。この男同士のエロティシズムは、子規が終生結婚することがなかったし、男女のつきあいはあまりなかったので、ある意味で当然であり、分りやすいことだともいえよう。しかし、私は、彼のエロティシズムは、自らを中心におき、堂々として、すぐれたものを十分に生かし、客観化して見つづけ、共に目標に向って進もうというところからくるものであるように思える。同志愛だといえば、事足りると人はいうであろう。私はそういいたくない。私は「筆まかせ」を編集する、あのふしぎな喜び方が、そのベースにあると思いたい。

と、友情、友愛、同志愛とも異なる微妙なニュアンスを嗅ぎ当てている。どうやら小島氏のいう「エロティシズム」は、私が感知する無意識の触手の結合に近いものなのかも知れない、と思う。

この夏、子規は松山に帰省中、河東秉五郎（碧梧桐）と高濱清に会い、連日のように俳句制作の指導を行っていた。二人は伊予尋常中学校の同級生。秉五郎は十八歳、竹村鍛の弟。清は十七歳、子規から十月二十日の手紙で提案された「虚子」の号を用いることになる。

九月、十三日から十五日のこととされる、漱石は追試験の準備中の子規に呼び出されて大宮に向かった。「ある日突然手紙をよこし、大宮の公園の中の万松庵にゐるからすぐ来いといふ。行つた。ところがなか〳〵綺麗なうちで、大将奥座敷に陣取つて威張つてゐる。さうしてそこで鶉かなにかの焼いたのなどを食はせた」（「正岡子規」）という。「研究年表」には「正岡子規から『俳句分類』という計画を聞かされ、即座に賛成する。書道についても大いに論じる」とある。漱石もここに二、三日は滞在したらしい。ところが、──

十一月七日。漱石は子規に宛てて、なんと六千数百字（原稿用紙に換算して十六枚以上）を費し、二銭切手四枚を貼って厳しい叱責の手紙を投函した。子規から破天荒斎（松平康國）・序、鈴木光次郎「明治豪傑譚」なる一著に、子規自らの筆になると推察される「気節論」（現存しない）を添えて送られて来たことに対する返信だった。

この手紙は漱石が遺した書簡のうち最長のものであるが、長文であるため要約もままならず、漱石の怒りのテンションがあまりに高く、文章が連綿とつづくため、どこをどう引用して内容を紹介したらよいかが判らない。一口でいえば、政治好きな青年の浪漫的気質（壮士的気分、といってもよい）の変らぬ様を嘆いて、訣別を覚悟で覚醒を促したのである。

「明治豪傑譚」とはその題名からして、「実際家」を自認する漱石にとっては生理的潔癖が嫌悪するものだった。それがいかに愚著であるかを説く文中には、例えば、

「中には索隠行怪の余弊殆んど人をして嘔吐を催ふせしむる件りも有之やに見受られ候」などという評言が用いられる。漱石の思いが、なぜこんな冊子を送って来たのかと、子規の魂胆を疑うところに向けられたのは当然のことといえるだろう。その疑問が悲嘆、悲憤の言葉とともに文中に繰り返しあらわれる。いま、そのいくつかを任意に拾って引用を試みようとするのは、ほかでもない、二人の「肌と肌と」の「こすり」合いが、どのように激しい行為であったかを確認しておきたいからである。

「君が意は其行為の裏面に横たはる精神を見よとの事なるや精神を見るも二人の心行きは決して同じからず一は堪忍を大事となし一は任意直情を潔しとせるなり堪忍の方が気節あらば任意の方気節なきなり」

「僕謂ふ気節は」「智に属す」、「君若し気節は情若〔もし〕くは意に属すと云はゞ僕一言なし唯見解の異なるを悲しむのみ」

「小生元来大兄を以て吾が朋友中一見識を有し自己の定見に由つて人生の航路に舵をとるものと信じ居候其信じきりたる朋友がかゝる小供だましの小冊子を以て気節の手本にせよとてわざ〳〵恵投せられたるはつや〳〵其意を得ず小生不肖と雖ドモ亦人生に就て一個の定見なきにあらず」

「此書の貫目をはかるに其軽き事秋毫の如し君何を以て此書を余に推挙するや余殆んど君の余を愚弄するを怪しむなり」、「君の手翰を通観するに」「結末に（僕が之を贈るの微意を察せよ）とあり小子翻読再三に及んで猶其微意の在る所を知るに苦しむ不敏の罪逃るゝに由なきは是非なし」

掉尾に至って、激越な調子には絶縁状を思わせる怒気が含まれる。無意識の触手が子規の心臓を締めつけるような気配である。

……先年僕が厭世の手紙の返事に天下不大瓢不細（「天下は大ならず、瓢《ふくべ》は細ならず」――引用者・註）の了見で居るべしと云ひ給へり其了見で居る君が斯る狭隘なる意見を述べて（得意となす）抔云ふに至つては実に前後の隔絶せるに驚かずんばあらず先に云ふ処のものは単に壮言大語僕を驚かせしなれば僕向後決して君を信ずまじ又冗談ならば真面目の手紙の返事に

かゝる冗談は廢して貰はんと存ず又先年の主義を変じ今日の主義となしたりと云はゞ夫でよし人間の主義終始変化する事なければ発達するの期なし変じたるは賀すべし然し変じ方の悪きは驚かざるを得ず高より下に上り大人より小児に生長したる様な心地するなり僕決して君を誹謗するにあらず唯君が善悪の標準を以て僕が言の善か悪かを量れ

「実は黙々貰ひ放しにしておかんと存じたれどかくては朋友切磋の道にあらず君が真面目に出掛たものを冷眼に看過しては済まぬ事と再考の上好んで忌諱に触る狂妄多罪」（傍点・引用者）と結ばれる。宛名は「常規殿」、署名は「金之助拝」。

子規からの返事は直ちに届いた。

三日後、十一月十日の手紙を漱石は、「僕が二銭郵券四枚張の長談議を聞き流しにする大兄にあらずと存居候処案の如く二枚張の御返礼にあづかり金高より云へば半口たらぬ心地すれど芳墨の真価は百枚の黄白にも優り嬉しく披見仕候」と、喜びの筆をもって書き起した。文中には、「『其悪を極口罵詈せしとて其人と交らぬと云ふにはあらず』御説明にて恐れ入候叩頭謝罪」という記述が見られる。また、「僕前年も厭世主義今年もまだ厭世主義なり嘗て思ふ様世に立つには世を容るゝの量あるか世に容れられるの才なかるべからず御存の如く僕は世を容るゝの量なく世に容れらるゝの才にも乏しけれどどうかこうか食ふ位の才はあるなり……」などとの文言もあって、ふと、二人が「志を同じうする男どうし」ではあっても、いわゆるライヴァル関係ではなかったことにあらためて気づかされるのである。

子規の駒込・追分町居住は十二月十日頃から翌二十五年二月下旬まで、約二ヵ月半。その間における二人の交流の一場面を物語るものとして、級友・松本文三郎（哲学科）による回想がある。

……子規は本郷追分町の奥井と称する頗る広い庭園を有した下宿の離屋に居た。漱石は授業後屢ゝ子規の室に游びに来た。私も同じ下宿の別室に居たので能くその室で会合したことがある。しかし私は文学に就ては殆んど門外漢であつたから、普通の世間話の外は単に傍聴者に過ぎなかつた。子規は盛に俳句を評論し、小説を批判して居た。而してその談笑の間にも頻りに俳句を作り、之を紙片に書し漱石に示して居た。漱石も当時既に俳句を作つて居たのであらうが斯る席上では評論を主とし自作を示すやうなことはなかつた。

（「漱石の思ひ出」）

こうした和やかな空気のなかでも、子規の無意識には、以前自身が占った通りの「教育家」・漱石の眼の光が届いていたのである。その緊張の光線は同級生の目には見えない。

俳人・漱石は子規に追従するものではなかった。余裕派としてのたんなる遊びでもない。句作が子規にとって「真面目」なものであるなら、漱石にはいわば精神のレッスンと称するに近いものであった、と私には思われる。

＊

明治二十五年は、「月の都」の年だった。

当時は写真館で写真を撮ることが流行しはじめていたのだろうか。「研究年表」には、「米山保三郎（天然居士）と共に写真を撮る」（二月）、「正岡子規に自分の写真を呈上する。（手交かと推定される）」（六月十四日）、「学生服姿で写真を撮る」（十二月）などという記載が散見される。

五月、漱石は小屋（大塚）保治とともに大西祝《はじめ》の推薦によって東京専門学校の英語講師となって、六日の午後から教壇に立った。学費稼ぎのアルバイトである。

藤代禎輔、立花銑三郎、松本文三郎、大島義脩らとともに「哲学雑誌」の編集委員に加わったのは、七月頃のこととされる。「（米山保三郎・立花銑三郎は書記。書記は委員長を兼ねる）」とある（「研究年表」）。漱石はこの雑誌の十月号に「文壇に於ける平等主義の代表者『ウオルト、ホイツトマン』の詩について」を発表、この論文は「早稲田文学」誌上で坪内逍遥に賞讃された。翌二十六年一月の帝国大学文科大学英文学談話会における講演原稿「英国詩人の天地山川に対する観念」が連載されるのもこの雑誌である。

この年（明治二十五年）の夏期休暇を利用して、漱石は松山に帰省する子規と連れ立って、関西方面を旅行した。はじめての西国行である。七月七日の午後九時五十分の夜行で新橋停車場を出発。

七月八日、京都着。柊家に二泊して、比叡山に登り、清水堂や円山公園、妓楼街を歩いたりした。十日、神戸で三津浜行きの汽船に乗る子規と別れ、岡山に向かった。十一日、岡山着。五年前に三十歳で死んだ次兄・栄之助（直則）の妻であった小勝の実家・片岡家を訪問して、そこに一ヵ月近く滞在したという。その間には、児島湾沿いの金田村に小勝の再嫁先を訪れ、歓待された。漱石は、祝いの品として、東京から銚子縮を持参していたのだった。夏目家の家長代理としての務めを果たしたのだろう。七月十九日、漱石は子規からの来簡に応えて、岡山での近況を伝えた。「当家は旭川に臨み前に三櫂山を控へ東南に京橋を望み夜に入れば河原の掛茶屋無数の紅燈を点じ納涼の小舟三々五々橋下を往来し燭光清流に徹して宛然たる小不夜城なり君と同遊せざりしは返す〴〵す《ママ》残念なり」と記している。つづけて「試験の成蹟面黒き結果と相成候由」(傍点・引用者)とあるのは、子規が進級試験に落第したことを知らせ、退学の意向を漏したからだろう。漱石は「今二年辛抱し玉へ」、「先づ小子の考へにてはつまらなくても何でも卒業するが上分別と存候願くば今一思案あらまほしう」と諭して、「鳴くならば満月になけほとゝぎす」なる一句を添えた。

　漱石が松山に立ち寄ったのは、八月十日のことだった。正岡家を訪ね、子規の母・八重手製の松山ずしと呼ばれる五目ずしを馳走になったという。そこで、はじめて高濱清(虚子)と会った。虚子による回想の筆に、「大学の制服の膝をキチンと折つて坐つた若い人」の姿が描かれている。

……その席上ではどんな話があつたか、全く私の記憶には残つて居らぬ。たゞ何事も放胆的であるやうに見えた子規居士と反対に、極めてつゝましやかに紳士的な態度をとつてゐた漱石氏の模様が昨日の出来事の如くはつきりと眼に残つてゐる。漱石氏は洋服の膝を正しく折つて静座して、松山鮓の皿を取上げて一粒もこぼさぬ様に行儀正しくそれを食べるのであつた。さうして子規居士はと見ると、和服姿にあぐらをかいてぞんざいな様子で箸をとるのであつた。(「漱石氏と私」)

　子規は六月二十六日から新聞「日本」で「獺祭書屋俳話」の連載(三十八回、十月二十日まで)を始めていた。帰省中の子規の許には、清や秉五郎をはじめ尋常中学校の生徒たちが訪ねて来て、熱心に談話を聴いた。かれらの仲間十数人に頼まれて、数日間講演したりもした。松山における俳句熱のたかまりが予感される。子規には自らが進むべき途が見えたのである。

　八月二十六日、帰途につく。途中、大阪、京都に寄り、三十一日の午後、新橋に到着した。

　子規は陸羯南に相談して文科大学退学を決意、十月二十六日に退学届を提出したとされる。翌二十七日、子規が日本新聞社の帰りに文科大学に漱石を訪ねて来て、湯島切通しの牛鍋屋で酒を飲んだ。憂さを晴らすように怪気焔をあげたことだろう。漱石は下谷・上根岸の子規の家に泊った。

この後、子規が十一月中旬に母と妹を迎えて同居し、十二月一日に日本新聞社に入社したことは、前述した通りである。

*

明治二十六年になっても、二人の日々の交流はますます繁くなる。「研究年表」を眺めると、夏までの間は「正岡子規来る」「正岡子規を訪ねる」「正岡子規訪ねて来て、泊る」という記載（これらは推定の根拠をもつものだけが挙げられている）が並ぶ。思えば、子規が退学して、学内で顔を会わせる機会がなくなったためなのだろう。なかに、「三月十二日（日）、隅田川堤防を散歩中、正岡子規に逢い、百花園の梅を眺めて、『青陽楼』で夕食、共に帰る」などという記述に触れると、ほのぼのと、なぜかほっとするのである。

七月一日に漱石は子規を訪ねているが、その日、子規は「子子《ぼうふら》の蚊になる頃や何学士」と詠んだ。祝意のつもりもあったに違いないが、この一句には、思いなしか、後悔と羨望、また冷笑と寂寥感といった複雑した印象がグラデーションのように暗い翳を湛えていると感じられる。

七月十日、漱石は帝国大学文科大学を卒業、大学院に進む。「卒業論文はない」という。高等師範学校や学習院に講師就職の依頼交渉を試みるが、事はうまく運ばない。この夏の二、三ヵ月を大学の寄宿舎で、先輩・級友ら十数人とともに暮す。卒業と夏期休暇のため、寄宿舎にいくつか空き部屋が出たのである。「研究年表」の記述を借用すると、

……漱石は、米山保三郎や斎藤阿具の部屋で、幣原坦ともよく話す。隣室に一級下の藤井乙男・浜口雄幸・大原卓馬・溝淵進馬らがいた。後の三人は土佐の出身で、議論に熱中する。小屋（大塚）保治とは同室になったり、向い合せにいたりする。よく話し合う。散歩にも出る。軽妙な警句や犀利な観察を洩らす。寄宿舎にいる時、級友に勧められて弓道を少しやる。

とある。小屋保治は明治元年、群馬県前橋市の生まれ。美学を専攻する「銀時計」組の秀才だった。二十一年文科大学哲学科入学で漱石より二年先輩だが、この寄宿舎滞在中に親交が生じたとされる。

七月下旬のある日、小屋保治が新しい鞄を提げて、静岡県・興津に出かけて行った。漱石がその姿を羨ましい

思いで見送ったのには、理由があった。小屋保治は大塚楠緒との見合いに出向いたのである。大塚楠緒は東京控訴院長・大塚正男の長女、明治八年生まれ。仲人役となった寄宿舎舎監・清水彦五郎が花婿候補として一番に小屋保治を、二番に夏目金之助を挙げていた、という。それを漱石が知っていたかどうかは判らない。ただ、やきもきする気持は、埼玉に帰省した斎藤阿具に宛てた七月二十六日附の手紙に、「小屋君は其後何等の報知も無之同氏宿所は静岡県駿洲《〔ママ〕》興津清見寺と申す寺院に御座候」との一文があるところからも推察される。住所は舎監から聞き出したものかも知れない。帰って来た小屋保治が「大塚楠緒に惚れられた」と話すのを聞いて、漱石はさらに羨ましく思う。とは、大塚楠緒をめぐる有名な漱石伝説の序章である。

　のち、明治二十八年三月に保治は大塚楠緒と結婚、大塚姓となった。やがて東京帝国大学文学部教授となるが、漱石との交流は終生変ることなくつづく。

「八月六日（日）、午後（推定）、狩野亨吉訪ねて来る。共に散歩する」「八月七日（月）、狩野亨吉来る」とある。狩野亨吉は慶応元年、出羽国・大館の生まれ。理科大学数学科を卒業後、文科大学哲学科二年に編入して二十四年に卒業。大学院に入ったが、二十五年七月から第四高等中学校教授として金沢に赴任していた。この上京は暑中休暇を利用してのものだが、漱石に四高英語教授就任を勧めるためであった。数回話し合った末、漱石はこの勧誘を断わる。この時点ではまだ東京を離れるつもりはなかったのだ、と推察される。のちに京都帝国大学文科大学の初代学長を務めるこの恩人もまた、漱石にとって終生の友となる。しかし、本稿では誰よりも、――

　菅虎雄、なる人物に注目したい。漱石の運命的な航路の水先案内人となり、ときに庇護者ともなる存在だからである。

　菅虎雄は筑後・久留米藩有馬家典医の次男（長男は夭逝）。元治元（一八六四）年の生まれだから、漱石より三歳の年長。明治十四年に東京大学医学部予科に入学するが文科に転じて、予備門、第一高等中学校を経て、二十四年に帝国大学文科大学独逸文学科を卒業した。「紀元会」のメンバーでもある。のち第五、第一高等学校教授を歴任するが、書を好み、書法を学んで一流書家なみの腕を揮った。早稲田南町の漱石山房の門札は菅虎雄が書いた。終生の友であったことは記すまでもない。現在、漱石夫妻が雑司が谷の霊園で菅虎雄の文字が刻まれた墓の下に眠ることを思えば、歿後も漱石の平安を静かに護りつづけているといえるのかも知れない。漱石は生前、

「もし俺がお前より先に死んだら、俺の墓も書いてくれないか」と頼んだのだった。

漱石の就職活動は難航する。学習院については「狩野亨吉日記」に「夏目ハ遂に敗れたり」（八月二十四日）と記される。就職できるものと思っていた漱石は、モーニングを誂えたりしたという。八月三十日に子規を訪問、子規は「蕣《あさがお》や君いかめしき文学士」の一句を日記に書き留めた。

十月、帝国大学学長・外山正一の推薦で高等師範学校の英語嘱託となる。週二日の出講で、手当ては年額四百五十円、奨学給費金返済（月額七円五十銭）や父への送金（月・十円）が必要な漱石には十分なものではなかった。東京専門学校では英文学を講ずることになる。漱石は大学寄宿舎を出て、本郷・東片町に下宿していた。「どうかこうか食ふ位の才はあるなり」の自負も揺らぐのである。

明治二十七年。――

「研究年表」には、「明治二十七年から二十八年にかけて、神経衰弱の症状著しい。幻想や妄想に襲われる」と記される。

二月、血痰が出たため肺病ではないかと不安になり、菅虎雄に同行を頼んで、芝山内にあった北里柴三郎の医院に行く。結核菌は検出されない。風邪による喉の炎症だったらしい。三月十二日附の子規宛て書簡に、「過日は小生病気につき色々御配慮被下難有奉謝候」とあって、病状恢復の様子が記されている。また、「当時は弓の稽古に朝夕余念なく候」として「弦音にほたりと落る椿かな」ほか四句が掲げられた。「春雨や寐ながら横に梅を見る」には新鮮な滑稽味がある。

子規が下谷・上根岸町八十八番地から八十二番地に引っ越したのは二月一日のこと。現在の「子規庵」である。

二月十一日、日本新聞社は別組織を設けて、絵入り小新聞「小日本」を発刊する。子規はその編輯主任に抜擢された。柴田宵曲「子規居士」によれば、「『小日本』の刊行は『日本』の頻々たる発行停止に備へる為、別働隊として計画されたのであるが、同時に上品な家庭向の新聞を作らうといふ目的であつた」という。社員六、七名の会社で、古嶋一雄（二面担当）や仙田重邦（事務総裁）ら古株がいた。編輯室は神田・雉子町の本社の筋向い、土蔵の二階に置かれる。子規は多忙となった。常盤会寄宿舎以来の俳句仲間である五百木飄亭に入社を勧め、挿絵のため浅井忠の推薦で新進の洋画家・中村不折を社に迎えた。不折との親交が始まるのだった。

「日本」紙上で「文苑」欄の俳句を担当していた子規は

「小日本」に、「竹の里人」の筆名をはじめて用いて、時折り和歌を掲げることがあった。和歌においても子規の気概は、潔癖な精神となって通俗的な旧套を許さない。あの「月の都」も「小日本」に連載された。ほかにも「一日物語」の小説連載がある。雑誌づくりの経験が存分に生かされたことだろう。柴田宵曲は、「居士はこの時分比較的健康状態がよかつたらしい。かういふ小説を執筆する傍、原稿の検閲、絵画の註文をはじめ、編輯上の仕事に鞅掌《おうしょう》しながら、余力があると艶種の雑報などにも筆を執つたといふ」と記している。

　陸羯南によって相応しい仕事が与えられ（——給料は三十円に上った）、交際範囲が格段と拡がるにつれ、子規が稚気ある子供から自らを恃む大人へと変貌していく様子が想像されるのである。

　一方、漱石は狩野亨吉との交際が頻繁となる。狩野亨吉は第四高等中学校を辞めて、四月に帰京したのだった。

　この年の夏、漱石は単身で七月下旬に伊香保温泉へ行き、八月上旬に松島に赴いた。九月一日には湘南（逗子か藤沢・鵠沼海岸か）に二泊三日の海水浴に出かけ、二百十日の荒れる海に入り、「快哉」を叫んだという。九月四日の手紙で子規に宛てて、「小生の旅行を評して健羨《けんせん》々々と仰せらるゝ段情なき事に御座候元来小生の漂泊は此三四年来沸騰せる脳漿を冷却して尺寸の勉強心を振興せん為のみに御座候」と記している。

　……「コンヂシヨン」は大兄の方遥かによろしくと断定仕候間御自身も左様御承知可被下候俗界に在て勉強が出来ぬ由御嘆息御尤もには御座候へども学問の府たる大学院に在つて勉強すべき時間はありながら勉強の出来ぬは実心苦しき限に御座候此三四年来勉強といふほど勉強をした事なく常に良心に譴責せらるゝ小生の心事は傍で見る程気楽な者には無之候然し申訳の為暇さへあれば終日机に向ふ処幾分か殊勝に御座候此度も読もせぬ書籍を山ほど携帯致候段我ながら其意を了解するに苦しみ候……

追伸に「小生近日中下宿致すやも計りがたく候」とある通り、漱石はこの手紙の数日後、小石川・指ヶ谷の菅虎雄の新居に寄寓するが、数日にして漢詩の書置きを遺して出奔したという。理由は不明とされる。

　十月十六日、菅虎雄の世話で小石川・伝通院脇の別院・法蔵院（浄土宗）に下宿した。法蔵院は尼寺で、漱石の隣房には数人の尼僧が寝起きしていた。三十一日、子規への手紙に自筆の地図を添え、「午後は大抵閑居す必用なければ何処へも出ず」として、「尼寺に有髪の僧を尋ね来よ」と書き送った。自らを「僧」と称したいような気分に陥っていることを伝えたかったのかも知れない。

十二月二十三日夜、または二十四日朝から翌年一月七日まで、とある。「菅虎雄の紹介で、鎌倉の円覚寺に釈宗活を訪ね、塔頭帰源院の正統院に入り、釈宗活の手引で、釈宗演の提撕《ていせい》を受ける。元良勇次郎も共に坐禅をする。『父母未生以前本来の面目』という公案をもらう」と、「研究年表」に記されている。円覚寺は臨済宗円覚寺派の大本山。菅虎雄は二十一年から釈宗演の師である今北洪川の会下《えげ》に参禅し、「無為」の居士号を授けられていた。安政六年生まれの宗演とは、いわば相弟子である。漱石の煩悶を知る菅虎雄には見るに見兼ての紹介だったのだろう。のちに漱石は中村是公に頼まれて、釈宗演を満洲での満鉄社員への講話会に講師として招聘するための斡旋をする。漱石葬儀の導師をつとめたのも釈宗演だった。この、ほぼ二週間の参禅期間に漱石の身の回りを世話してくれた釈宗活は明治三年の生まれ。宗演の養子となり、三十一年に嗣法する。「父母未生以前本来の面目とは何ぞや」の公案への、漱石の見解《けんげ》は通らなかった。

*

明治二十八年。――

一月中のこととされる。

漱石は菅虎雄の口利きで、横浜の英語新聞「ジャパン・メール The Japan Mail」の記者採用に志願する。禅についての英語論文を大判十枚に記して送ったが採用されず、一言もなく返却された。漱石は立腹、「どこがどういけないという、場所と理由を指摘して返すのが礼儀じゃないか。黙って突っ返すとはけしからん」と、菅の面前で送り返された原稿を破り捨てた、という。ジャパン・メールは明治改元前後に創刊され、ジャパン・ヘラルド、ジャパン・ガゼットと並んで、横浜を代表する英語新聞の一つとなる。明治十四年からアイルランド生まれのフランシス・ブリンクリーが経営者となり、主筆をつとめていた。大正六年末に廃刊。菅虎雄がどんな関係にあったかは判らない。

「僕は世を容るゝの量なく世に容れらるゝの才にも乏しけれど」とあった、「変物」の言が思い出される。漱石は世に容れられない。かれの理想の梯子は、自身の目にも見えないほどの茫漠たる高所を目指して懸けられている。いまはアイデンティティーの影すら摑めない。それは焦躁と不安に揺らぐのである。やみくもに勉強をつづけて大学者を目指そうとしても、師範学校などの講師ではあっても、現実はその梯子に足を掛けたとはいえない。しかも漱石の交際範囲は、ほぼ学友・先輩との温室的な空間に限られている。子規によって、そのことを自覚させられれば、苛立ちは募るばかりであったことだろう。ともあれ、漱石のながく苦しいモラトリアムの期間はまだつづく。

三月三日、正岡子規は同僚の鳥居素川とともに新聞「日本」の従軍記者として、大本営が置かれた広島に向けて新橋停車場を発った。漱石は虚子、碧梧桐（二人は前年十月に仙台の第二高等中学校を中退、虚子は俳人・新海非風《にいのみ》宅に、碧梧桐は子規の家に同居していた）と、これを見送る。

従軍記者は子規のたっての志願だった。「小日本」は半年ばかりで終刊となり、子規は中村不折、俳人仲間である石井露月らと一緒に「日本」に移っていた。日清戦争の勃発もその頃のこと。「日本」に還った子規は議会掛となり、衆議院の傍聴記事を紙面に掲げた。『日本』の議会記事は多くの紙面をこれが為に割き、記者が相競つて健筆を揮ふので有名であつたが、この時は華々しい従軍記事に圧され気味であつた。飄亭氏が犬骨坊の名を以て寄せた『従軍日記』もあとから〳〵紙上に現れ、『日本』の名物の一となつてゐた」と、柴田宵曲は記している。「『小日本』廃刊以来の不平は次第に鬱結したものであらう。遂に居士は従軍志願の意を表明するに至つた」という。前年末か年初には、子規は社に従軍志願の意向を伝えていた。

居士の従軍志願に就ては羯南翁は固より、豪傑揃の日本新聞社中でも賛成者は無かつた。二十七年中は比較的故障が無かつたやうなものの、居士の健康を以て従軍を決行しようといふのを聞いては、何人も危惧の眉を顰めざるを得まい。大概な事には驚かぬ飄亭氏の如きも、居士が従軍希望の旨を書信中に洩して来た時は、戦地の衛生は到底その渡来を許さぬこと、戦地の恐るべきは砲煙弾雨にあらずして病魔の襲来にあること、一度戦地に病めば所詮十分の療養なりがたきこと等をつぶさに述べた返簡を送り、断じてその企を抛たんことを説いたが、居士はこれにも耳を藉さず、一切の反対を押切つて一意従軍に邁進しようとした。

（『子規居士』）

五百木飄亭は松山医学校に学び、開業免状をもちながら「小日本」に参加した、新海非風とともに常盤会寄宿舎以来の俳句仲間である。友情溢れる忠告であった、と思う。しかし、子規の意志の固さがどれ程のものであったかは、二月二十六日に、海城丸で出征中の飄亭に宛てて記された手紙の文面に明瞭に示される。子規の一面、すなわち結核に冒されたことで阻まれた、気節を論じた政治好き男児の夢はここに結実するのである。

皆に止められ候へとも雄飛の心難抑終ニ出発と定まり候　生来稀有之快事ニ御坐候
小生今迠にて尤も嬉しきもの
　初めて東京へ出発と定まりし時
　初めて従軍と定まりし時
の二度に候　此上に猶望むべき二事あり候
　洋行と定まりし時
　意中の人を得し時
の喜び如何ならん　前者或ハ望むべし後者ハ全ク望ミ無し遺憾〳〵　非風をして聞かしめば之を何とか言ハん　呵々

子規は大阪に一泊、五日の夜行で神戸を発って、六日の正午に広島到着。十四日から十七日の間に松山に帰り二泊した。父・常尚の墓参のためだった。二十一日に大本営で従軍願いが受理され、近衛師団附きとなる。四月十日に海城丸に乗り込むまで、子規はそのまま広島に留まった。三月三十日に撮った写真「正岡常規廿八歳の像」は羽織袴姿で、左手には旧藩主から賜わったばかりの「仕込杖一口《ひとふり》」が握られている。裏面に「常規まさに近衛軍に従ひ渡清せんとす」の文字が記されて、「颯爽たる英気が眉宇に溢れてゐるやうな写真である」という（『子規居士』）。

漱石が高等師範学校と東京専門学校を辞職したのは三月初旬のこととされる。愛媛県尋常中学校（松山）に嘱託教員として赴任することになったからである。尋常中学校は尋常小学校（四年制）の卒業生が就学する五、六年制の学校。三月に辞めるアメリカ人教師の後任人事だった。これもまた、菅虎雄の仲介によるものである。漱石の衰弱した精神は、自らの途を自身で切り展く行動力を伴わない。「研究年表」には、「最初、愛媛県書記官浅田知定が菅虎雄に外人教師を依頼する。適任者がいなかったらしい。菅虎雄がそのことを［漱石に］話すと、外人教師なみの待遇なら行ってもよいと申し出たので、後任として斡旋する。（月給八十円）」とある。菅虎雄と浅田知定はともに久留米藩士の子、浅田は二十七年に法科大学政治学科を卒業した。

漱石が松山行を決意した動機については、自身はなにも語らない。失恋説などさまざまな臆測があるが、いずれも信用できない。狂気による突発的な行動でもなければ、たんに「どうかこうか食ふ位の才」を恃んでの決断でもなかった。ただ、私の目に暗然と映るのは、学問への断念と東京脱出に自己救済を委ねる若き漱石の姿である。学士に少年相手の教員になることを勧めた菅虎雄の狙い、そして期待も唯一そこにあったことだろう。松山に子規は不在である。しかし、子規によって俳句熱が異様な昂まりをみせる微温の地に、子規の言葉の世界は生きている。すなわち不在の子規は存在する。子規の故地に身を潜めることは、漱石には秘められた喜びであったに違いない。その鋭い直覚のなかに、自己流謫に似た苦い感情がいくらかは混じっていたものと推量される。

三月十六日、麴町・山王台の星岡茶寮での小屋保治、大塚楠緒の結婚式に、漱石は兄・直矩から借りた袴と羽織で出席した。四十数名の学友、先輩が集ったという。

菅虎雄からの話に少し遅れて、紀元会のメンバーである菊池謙二郎を通じて山口高等学校に招聘された。菊池謙二郎は一年先輩で二十六年に国史学科を卒業、山口高等学校で教授兼舎監をつとめていたのだった。

三月十八日に漱石は菊池謙二郎に宛てて、「小生儀今般愛媛県尋常中学へ赴任の事と粗《ほぼ》決定致し十中八九迄は相談も可　纏《まとまるべく》と存候間貴校の方は乍失礼御断り申上候」と記して、招聘を断った。その後につづく文面が面白い。

……愈出発と定まり候上は彼是買調へ候品物も有之候処御存じの文なしにては如何とも致方なく因て甚だ御迷惑ながら貴方にて金五十円程御融通被下間舗候や尤も貴兄も随分貧の字なるべければ（是は失敬）御手本になきは承知なれどそこの所を友達の好《よし》みと思ひ何とか御算段相願はれ間じくや

と、厚かましい調子で借金を申し込むのである。これが帝国大学生の特権意識によって結ばれた友情の流儀なのだろうか。返済については、「赴任後両三月中に訖度《きっと》皆済可致」と記される。どこか松山行を楽しみにして、こころ浮き立つ気配が感じられる。

四月七日、「曇。午前十一時四十五分（推定）、新橋停車場を出発する。（実家から旅立ったかどうかは分らぬ）」。八日、「午前七時三十五分、神戸停車場に着く。九時（不確かな推定）、神戸停車場を出発、午後五時五十六分、広島停車場に着く。宇品から船で三津浜港に向う」(「研究年表」)。

広島での短い滞留時間に、子規と漱石は面会できたかどうか。会えたものと私は信じたい。いや確実に、子規は駅頭に漱石を迎えたことと思う。それが二人の友情の流儀である。

九日、午後二時に松山到着。俥屋に松山市三番町の旅館・城戸屋に案内され、「青い背広に中折帽」だったといわれる旅装を解いた。

明治二十八年は、子規と漱石、対照的な二つの東京脱出によって記念すべき年、というべきだろう。

第二章　松山、熊本、ロンドンへ

一　松山、愚陀仏庵

夏目漱石、二十八歳。松山では俳人である。

この年、四月以降に詠まれた俳句は、記録されるだけでも四百句を超える。教室でも職員室でも、俳句集を手離さなかった、という。何事によらず熱中するのが漱石生来の性質だった。

俳句は、漱石のこころの空虚を充たすための制作とばかりはいえない。松山は流寓の地ではなかった。自らの決断によってやって来たのである。俳句づくりはやはり、子規との無意識の契合の表徴であったのだろう。

四月十一日、同僚の歴史教員の世話で骨董商・いか銀の津田保吉方の愛松亭に下宿する。松山地方裁判所の裏手、城山の山腹にあって、愛媛県尋常中学校までは、徒歩で二十分の距離だった（「研究年表」）。

この寓居を高濱虚子がはじめて訪れたのが何時のことかははっきりしない。虚子は子規に勧められて、帰省中に漱石を訪問したのだった。

「裁判所の横手を一丁ばかりも這入《はひ》つて行くと、そこに木の門があつてそれを這入ると不規則な何十級かの石段があつて、その石段を登りつめたところに、その古道具屋の住まつてゐる四間か五間の二階建の家があつた」という（「漱石氏と私」）。

……そこはもと菅《かん》といふ家老の屋敷であつて、その家老時代の建物は取除けられてしまつて、小さい一棟《むね》の二階建の家が広い敷地の中にぽつんと立つてゐるばかりであつたが、其広い敷地の中には蓮《はす》の生えてゐる池もあれば、城山の緑につゞいてゐる松の林もあつた。

「その蓮池の手前の空地の所に射垜《あづち》があつて、そこに漱石氏は立つてゐた」とある。

……漱石氏の着てゐる衣物《きもの》は白地の単衣《ひとへ》であつたやうに思ふ。その単衣の片肌を脱いで、其下には薄いシャツを着てゐた。さうして其左の手には弓を握つてゐた。漱石氏は振返つて私を見たので近づいて来意を通ずると、

「あゝさうですか、一寸待つてください、今一本矢が残つてゐるから。」とか何とか言つてその右の手にあつた矢を弓につがへて五六間先にある的をねらつて発《はつ》矢《し》と放つた。其時の姿勢から矢の当り具合などが、美しく巧みなやうに私の目に映つた。

二人は居間で話し合ったというが、「その時どんな話をしたか記憶には残つて居らぬ」と、虚子は記している。

五月十七日、子規は大連港からの帰途、遼東海をゆく佐渡国丸船上で喀血。二十二日に船は和田岬（神戸）に着いたが、その日は上陸できない。翌日の朝、神戸検疫所に入り、夕刻になって釣り台に運ばれて、県立神戸病院に辿り着いた。

……居士は直に人力車で神戸病院へ行くつもりであつたが、肩に鞄《かばん》をかけた上、かなり重い行李を右手に提げなければならぬ。左の手に刀をついて、喘ぎ喘ぎ行かうとすると、歩くたびに血を喀《は》く。もう声を揚げて人を呼ぶ気力もない。折よく同行者が来たのに頼んで、

釣台を周旋してもらふことにした。二時間ばかり待った後、漸《やうや》く釣台に載せられて検疫所を出た。

（「子規居士」）

七月二十三日まで、満二ヵ月におよんだ喀血はなかなか止らず、入院。五月二十七日、陸羯南からの電報を受け、京都に滞在していた虚子が神戸に駆けつけた。「日本」の記者・福本日南も見舞いに来る。「二十八日は喀血数回に及び、主治医は家族親戚に電報を打った方がいいといひ出した。この日が恐らく峠だったのであらう」と、柴田宵曲は記している。六月四日、母・八重が河東碧梧桐に伴われて到着した。

子規喀血、入院の報は直ちに松山に伝えられたものと思われる。五月二十六日、漱石は子規に宛てて手紙を認《したた》めた。「拝呈首尾よく大連湾より御帰国は奉賀候へども神戸県立病院はちと寒心致候」と、いつも通りの軽い調子で書き起したのは、重篤を気遣う思いの反語的な表出なのだろう。「長途の遠征旧患を喚起致候訳にや心元なく存候」とつづく。文中に「小子近頃俳門に入らんと存候御閑暇の節は御高示を仰ぎ度候」とあるが、あらためて入門志願の言をここに繰り返したのも、恢復を祈る思いのあらわれといえる。

この手紙にはさらに、近況を報告する興味深い記述がいくつかある。松山では「東都の一瓢生を捉へて大先生の如く取扱ふ事返す〴〵恐縮の至に御座候」と、いささか辟易する様子が綴られ、嘱託教員であるため雑務を免れ、「八時出の二時退出」であったことなどが知られる。そして、「僻地師友なし面白き書あらば東京より御送を乞ふ」（傍点・引用者）と記すのは、平時を装って、子規が無事に帰京できることを信じ、また祈念する感情によるものだろう。

……結婚、放蕩、読書三の者其一を択むにあらざれば大抵の人は田舎に辛防は出来ぬ事と存候当地の人間随分小理窟を云ふ処のよし宿屋下宿皆ノロマの癖に不親切なるが如し大兄の生国を悪く云ては済まず失敬々々

漱石は、〝坊っちゃん〟はといった方が適切だろうか、気が短い東京っ子だった。

「古白氏自殺のよし当地に風聞を聞き驚入候随分事情のある事と存候へども惜しき極に候」とあるのは、子規の従弟・藤野古白が四月七日にピストル自殺を図り、十二日に大学第一病院で息を引きとったことをいう。古白は東京専門学校文学科の第一回卒業生。文学への自信を喪

ったことが自殺の理由であったらしい。古白は子規が広島に発つ前夜に訪ねて来て、旅仕度を手伝ってくれたりした。危篤の報は子規が海城丸に乗り込む前夜に届いた、という。訃は、四月二十四日に手にした碧梧桐からの手紙によって知らされた。

子規は「陣中日記」の一節にこう記した。

「四歳の兄なる吾が読書文章の上に一歩を進めし時彼は且つ羨み且つ妬み怒りつ笑ひつ嘲りつ終には吾より更に一歩を進めぬ」、

……吾一歩彼一歩共に浮世の海原に分け入らんとする瞬間古白は怒濤の舟を覆すを待たずして自ら舟を覆し了んぬ。我の未だ古白に負かざるに早く已に古白の我に負くを見る。とは言へ古白或は白雲に乗じて我れの艱難を嘲罵せんとの意なるかも知るべからず。見よ〳〵我れ未だ斃れざる間は古白の霊豈《あ》に四大《しだい》に帰し去らんや。

春や昔古白といへる男あり

自身の死を予感する子規には死者の気配、霊気を肌に感じる、または感じたいこころの傾向があったといえる。この性情は、子規と漱石の無意識の契合のうちにも含まれるもの、と私は考える。嫂の死に哀悼の句を捧げた漱石だった。

六月十日頃から、子規は血痰を見ないようになる。「二十日あたりは頻に句を作り、医師の許を得て半身を牀上に起してゐる」と、柴田宵曲は記す。「二十二日には夏目漱石氏及東京の令妹宛に書状をしたためた。入院以来最初のものであるが、この手紙は二通とも今伝はつてゐない」とある。

六月下旬、漱石は地理・物理担当の同僚の世話で二番町の上野義方・タダ老夫婦の家に転居する。初めのうちは母屋の八畳に住んだが、やがて奥にある二階建ての離れに移る。

七月二十三日に退院した子規は、海岸に面した須磨保養院に入り、東舎の二階の一間で療養することとなった。陸羯南の厚意ある配慮によるものであった。

七月二十五日附の斎藤阿具に宛てた漱石の書簡中には、「小生当地に参り候目的は金をためて洋行の旅費を作る所存に有之候処夫所ではなく月給は十五日位にてなくなり申候」、「近頃女房が貰ひ度相成候故田舎ものを一匹生擒る積りに御座候」などという記述が見られる。

＊

この夏のこと、という。ある日、寒川陽光（号は鼠骨《そこつ》）という青年が漱石の下宿先を訪ねて来た。漱石は二階の書斎に招じて、松山ではただ一軒の「アザキ」という牛肉兼西洋料理屋からシチューとハヤシライスを取り寄せて振る舞った。鼠骨は明治七年、松山生まれ。碧梧桐に兄事して、当時は第三高等学校を中退したばかりだった。七月に碧梧桐とともに子規を神戸病院に見舞っているから、子規のメッセンジャーとして帰省旁々、漱石を訪ねるように指示されたのだろう。

「正岡子規、須磨保養院を（八月）二十日に出発し、岡山に一泊、二十二日、二十三日は、広島で五百木飄亭の下宿を訪ね泊る。二十四日、宇品を出発し、夜、三津浜に着き、一泊。二十五日朝、松山に帰り、大原恒徳（湊町四丁目）の許に旅装を解く」と、「研究年表」に記されている。子規「秋風や生きてあひ見る汝《なれ》と我《われ》」、飄亭「計らざりき君この秋を生きんとは」と和したのは、二十二―三日のことだった。

八月二十七日、漱石は苛立っている。朝、鼠骨が子規がすでに大原家から漱石の下宿に移転しているものと心得て訪ねて来たからである。

……御不都合なくば是より直に御出であり度候尤も荷物抔御取纏め方に時間とり候はゞ後より送るとして身体丈御出向如何に御座候や先は用事まで　早々頓首

と綴った短い手紙が遺されている。子規が直ちにこのラヴ・コールに応じたことは記すまでもない。松山での同居がはじまる。一階の六畳・四畳半を子規のために開放し、漱石は二階の六畳・三畳の二間を居室とした。

「再度の居士の来松を得て、松山の俳句熱は俄に盛になった」と柴田宵曲は記す。前年三月に松山高等小学校の教員ら九名によって結成された「松風会」（日本新派俳句の最初の結社とされる）のメンバーほか二十何人もの熱心な俳句作者がいて、子規を指導者と仰ぎ、そのうちの何人かずつが入れ替り子規の許に集まって、連日にわたり運座を行った。柳原極堂、村上霽月、中村愛松らが常連だった。例えば、「柳原正之（碌堂・極堂）・村上霽月訪ねて来たので、正岡子規と、『月』と題して句会をする」といった具合に、である。

九月三日、地元紙の「海南新聞」に、「将軍の古塚あれて草の花」の一句が掲げられたのを皮切りに、六日に「鐘つけば銀杏ちるなり建長寺」「白露や芙蓉したたる音すなり」の二句、七日に「長き夜を唯蠟燭の流れけり」と、翌二十九年五月二十四日までの間に漱石の俳句、計百二句が掲載される。「海南新聞」は明治九年の創刊、十年に「本県御用愛媛新聞」を改題した日刊紙。二十七年十月に新設された俳句欄は柳原極堂が関わりをもって、新派俳句を支援していた。漱石の句は「小日本」にも、子規によって何句かが採られたことがある。子規は碧梧桐宛ての手紙（九月七日）のなかに、「夏目も近来運座連中の一人に相成候」と記した。

漱石の談話「正岡子規」は面白い。面白すぎて眉に唾をつけたくなる。「僕が松山に居た時分子規は支那から帰つて来て僕のところへ遣つて来た。自分のうちへ行くのかと思つたら自分のうちへも行かず親族のうちへも行かず、此処に居るのだといふ。僕が承知もしないうちに当人一人で極めて居る」と、漱石の自己韜晦はこんな調子である。

……御承知の通り僕は上野の裏座敷を借りて居たので二階と下、合せて四間あつた。上野の人が頻りに止める。正岡さんは肺病ださうだから伝染するといけないおよしなさいと頻りにいふ。僕も多少気味が悪かつた。けれども断わらんでもいゝとかまはずに置く。僕は二階に居る大将は下に居る。其うち松山中の俳句を遣る門下生が集まつて来る。僕が学校から帰つて見ると毎日のやうに多勢来て居る。僕は本を読む事もどうすることも出来ん。尤も当時はあまり本を読む方でも無かつたが兎に角自分の時間といふものが無いのだから止むを得ず俳句を作つた。

「御承知の通り」とあるところから、聞き手の「ホトトギス」記者は、高濱虚子であったかと考えられる。事実の表層的な流れを辿って、「吾輩は猫である」や「坊っちゃん」の作者に相応しく、ユーモラスな要素を混ぜて落語のように仕立てたものなのだろう。

十月十九日に子規が三津浜を発つまでの間、二人は柳原極堂や村上霽月、中村愛松らとともに松山近郊を散策して、俳句を詠んだりもした。高浜の海水浴場、御幸寺山麓、寺巡り、松山城など。十月六日には道後温泉に遊び、二人で「照葉狂言」なる今様狂言を観た。散歩は五回を数える。子規の肺患を思えば、束の間の蜜月期間であったといえるのかも知れない。

九月二十三日、漱石は「子規へ送りたる句稿その一」三十二句を清書、末尾の句の後に「愚陀仏庵主」と署名して子規に示している。子規は朱筆を手にして添削した。

長尺の巻紙にきれいに清書した句稿で、この後も、続々と根岸の子規庵に宛てて送られ、子規の批評をもとめた。「子規へ送りたる句稿」は現在、その三十五までが確認されているという。

十月になると、十二日以後の一週間は子規送別の句会が何度もひらかれた様子である。「松風会」主催の蓮福寺の上京送別会では、漱石は、「お立ちやるかお立ちやれ新酒菊の花」と詠んで参会者を唸らせた。

疾く帰れ母一人ます菊の庵
秋の雲只むら〳〵と別れ哉
この夕野分に向て分れけり

「お立ちやるかお立ちやれ」は「出発なさるか、出発なさい」の意の松山方言という。「一人ます」は「一人がいらっしゃる」。「子規を送る」の句に接すると、なんとなく、漱石のこころの内側の血色の粘膜までが見えてきそうな気がする。「むら〳〵と」の一語に、抑え難い感情の表出が読み取れるからだろう。

十月十九日午前九時、子規は三津浜を発って宇品に向った。「二十一日須磨保養院、二十二日大阪、二十六日奈良に遊び、二十九日再び大阪に戻り、大阪から東京に向う。三十一日、新橋停車場着。高濱虚子・河東碧梧桐・内藤鳴雪出迎え、根岸の子規庵に帰る。奈良で、『柿くへば鐘が鳴るなり法隆寺』と詠む」と、「研究年表」に記されている。

「正岡子規」には、こんなエピソードが語られる。どこをどう引き算して読んだらよいのかは判らない。

……大将は昼になると蒲焼きを取り寄せて御承知の通りぴちや〳〵と音をさせて食ふ。其れも相談も無く自分で勝手に命じて勝手に食ふ。まだ他の御馳走も取寄せて食つたやうであつたが僕は蒲焼の事を一番よく覚えて居る。其れから東京へ帰る時分に君払つて呉れ玉へといつて澄して帰つて行つた。僕もこれには驚いた。其上まだ金を貸せといふ。何でも十円かそこら持つて行つたと覚えてゐる。其から帰りに奈良へ寄つて其処から手紙をよこして、恩借の金子は当地に於て正に遣ひ果し候とか何とか書いてゐた。恐く一晩で遣つてしまつたものであらう。

別れにあたって、子規は「行く我にとゞまる汝に秋二ツ」と詠んだ。

＊

子規を見送ったあとも漱石の俳句熱は冷めず、いよいよ熾んなものとなる。あたかも、子規が去ったあとの一階の空白を俳句の余韻で満たそうとしたかのように、である。子規は「桔梗活けてしばらく仮の書斎哉」という句を遺していた。

「子規へ送りたる句稿」の四となる五十句を同封した十一月三日の手紙には、「十一月二日河の内に至り近藤氏に宿す翌三日雨を冒して白猪唐岬に瀑を観る」とあって、漱石が子規の遠戚である近藤家を訪ねて一泊、白猪《しらい》、唐《から》岬《かい》の二滝に臨んだことが知られる。近藤家は造り酒屋。下男に案内されて男滝・女滝を見に行ったのだった。この二滝は四年前の八月に子規も見ていたことが思い出される。漱石は近藤家に保管された書画帖をひらいて子規の筆跡を見た、という(「研究年表」)。

十一月六日には「子規へ送りたる句稿」の五・十八句を送る。同封の手紙に、「十二月には多分上京の事と存候」と、上京の予定があることを伝えた。そして、「此頃愛媛県には少々愛想が尽き申候故どこかへ巣を替へんと存候」と記される。つづけて「今迄は随分義理と思ひ辛防致し候へども只今では口さへあれば直ぐ動く積りに御座候貴君の生れ故郷ながら余り人気のよき処では御座なく候」とあるのは、どういうメッセージなのかは判らない。子規が松山を発つ直前に、学校で住田昇校長排斥のストライキが起きて、校長が辞任するという騒動があった。「漱石は、生徒たちの態度に不快を覚える」(「研究年表」)といわれるが、あるいは漱石の義憤が口走らせた言であったのかも知れない。

ただ、追伸に、「駄句不相変御叱正被下度候可成《なるべく》酷評がよし啓発する所もあらんと存候」とあるのは、この言や善し、と記すべきだろう。

十一月十三日、句稿の六、四十七句を送る。この手紙には、「今冬上京の節は仰せなくとも押しかけて見参仕る覚悟に候へども昨今の力量にては甚だ心元なく存居候」との謙辞が見られる。追伸に、「善悪を問はず出来た丈け送るなり左様心得給へわるいのは遠慮なく評し給へ其代りいゝのは少しほめ給へ」とあるのは、制作者の心理を率直に表明する言葉として印象的である。同時に、編集者への教訓となるものといえるだろう。

しかし、文中、唐突に「三々九度の方はやめにするかも知れず如何となれば先づ金の金主から探さねばならぬからな」と記される理由については判然としない。十月八日に菊池謙二郎へ宛てた手紙に、「結婚の事も漸く落着致候御中越被下候小松崎のは母肺病にて没し候由につき小生には不適当と存じやめ申候矢張東京より貰ふ事に致候」とあるところから、結婚話がいくつか持ち上っていたことが推察され、そのうちにどうやら漱石のこころ積りも定ったものと考えられる。

漱石は十二月二十八日に、貴族院書記官長・中根重一の長女・鏡子と麹町・内幸町の官舎の洋館二階で見合いをする。十一月六日に子規に上京の予定があることを伝えたのは、その頃までに見合いの日程が決まりかけていたからだろう。

子規に宛てて見合いに至る詳細がどのように伝えられたかは判らない。行方不明になった書簡があるのかも知れない、とも思う。だが現在、全集に収録された書簡など知られる限りの資料にあたっても、子規に宛てた見合いに関する記述はない。ここに紹介した手紙からは、一生娶ることができないだろう子規を気遣って、喜びが滲みでるのを憚る様子が観察されるばかりである。漱石としては、「句稿」の八・四十一句を同封した十二月十四日の手紙に、「東上の時期も漸々近づき一日も早く俳会に出席せんと心待ち居候」と記すほかなかった。

ところが、である。子規は夏目家を訪問して、漱石の結婚について三兄・直矩と話し合ったのだった。それを漱石は子規からの来信で知らされたらしい。「句稿」の九・六十一句を同封した十二月十八日の書簡は、「遠路わざ〳〵拙宅まで御出被下候よし恐縮の至に存候其節何か愚兄より御話し申上候由にて種々御配慮ありがたく存候」と書き出される。そこには、漱石がもともと家族とは教育上も性質上も気風が合わず、自身は幼時より「ドメスチック　ハッピネス」（家庭の幸福）などとは縁もなく、今さらそんなものを望みもしない、近頃は一段と隔意が生じているので、家族との関係を気遣ってくれるな、などと綴られ、縁談については、自分で対応すべき問題なのだからこんなことにまで「貴意を煩はす必要も」ない、という。

抗議のような強い調子の懇請に、漱石の無意識の表出（ヒステリーというべきか）が隠されているのだろう。「尤も家内のもの確《しか》と致候もの少なき故此度の縁談につきても至急を要する場合には貴兄に談合せよとは兼て申しやり置候」と、無意識は一転して甘えた表情を見せるのである。「中根の事に付ては写真で取極候事故《ゆえ》当人に逢た上で若し別人なら破談する迄の事とは兼てよりの決心是は至当の事と存候」と記されている。

手紙の後半の印象はまるで異るものである。

切角送った発句の草稿をなくしては困るではありませんか旧稿を再録して上るから序の時に直して下さい
過去日虚子に手紙を送る返事来る小生の発句を褒めてくれたり有難いやら恥しいやら恐縮の至やら
漸々寒気相増候龍魔随分御気を付可被遊候
出京の宿も御心配ありがたし一先づ帰宅時宜によったら御厄介になるかも知れず
小生の事につき愚兄がどんな事を申し候やは出京の上で篤と伺ひ可申候へども大兄の御考へで小生が悪いと思ふ事あらば遠慮なく指摘して呉玉へ是交友の道なり諷刺嘲罵は小生の尤《もっとも》癪にさはる処短〔単〕刀直入の説法なら喜んで受納可致候

と、まるで文体の見本帖ともいえる。「龍魔」は「僂《リウ》麻質斯《マチス》」。子規はリウマチの苦痛を訴えたのだろうか。松山からの帰途、「須磨まで来たところ、左の腰骨が痛んで歩行困難に陥り、やや癒ゆるのを待って大阪、奈良などに遊んだ」（柴田宵曲）のだという。子規は十月二十二日から「日本」に「俳諧大要」の連載を始めていた。俳句、和歌、評論、選や添削と、「日本」記者は多忙である。それでも漱石から「わるいのは遠慮なく評し給へ」（十一月十三日）といわれれば、朱筆を加え、句稿の末尾に、例えば「前日のに比してうまきこと数等なり悪句なきに非るも前日の如き悪句は見あたらず」などと記すのだった。

＊

十二月二十七日、漱石は東京に到着、実家に泊る。二十八日、フロックコートを着用して、一人で見合いの席に臨んだ。

この縁談は、牛込・矢来町に住む中根重一の父親・忠治（もと備後・福山藩士）の碁敵である小宮山という人物が、当時は牛込郵便局に勤めていた漱石の三兄・直矩と同僚だったことから始まる。小宮山が忠治の家で孫娘の鏡子の容姿を見て、直矩に金之助の嫁にどうかと話したのである。小宮山夫人を介して夏目金之助の名前が重一に伝えられる。帝大卒業の学士に関心をもった重一が調査した結果、評判もよいようなので写真を交換する運びとなったのだという。鏡子は明治十年七月の生まれ、戸籍名はキヨ。漱石は新年一月三日の中根家での新年会に招かれ、重一からも気に入られる。結婚話は順調に進んだが、重一は漱石が東京で職に就くことを望んだ。娘の父親として当然の期待であったろう。

十二月三十一日、大晦日。漱石は根岸に子規を見舞った。

子規の喜びの大きさは、この日に詠まれたいくつかに顕著であるといえるだろう。

漱石虚子来る　二句
語りけり大つごもりの来ぬところ
漱石が来て虚子が来て大三十日

漱石来るべき約あり
梅活けて君待つ菴の大三十日
何はなくとこたつ一つを参らせん

また、「十二月三十一日夏目漱石（ママ）来」と題して、五言律詩一首が遺されている。

忙裏年光速　冬来病勢増
窮陰天欲雪　寒日道生氷
廬与山相接　吾将世互憎
柴門聞剝啄　倒屣迓良朋

忙裏　年光速く　冬来　病勢増す
窮陰　天　雪ふらんと欲し　寒日　道　氷を生ず
廬は山と　相接し　吾は世と　互に憎む
柴門に剝啄《ハクタク》を聞き　屣を倒《さかしま》にして　良朋を迓《むか》ふ

書下しは「子規全集」第八巻による。「吾」は、「人」と書かれた上に重ねて記されている、という。それが無意識の表徴であるとすれば、子規は「人」の一字に漱石の存在までを含んでいたのかも知れない。漢詩は述志の器である。「世と互に憎む」と、仄暗い情念は微温を放っている。「山」は上野の山。

明治二十九年。——

一月三日、昼過ぎに子規庵へ赴き、初句会に参加した。内藤鳴雪、虚子、飄亭らが出席して運座が三回行われる。題は「発句始」。第二回からは碧梧桐、森鷗外が加わった、という。子規は鷗外との間に交流が生じていて、前年、従軍中の四月二十八日に金州滞在中の第二軍兵站軍医部長・鷗外を訪ねていた。漱石は、この日はじめて鷗外に会ったものと考えられる。鷗外は五歳年長、「於母影」の抒情詩人であり、坪内逍遥との「没理想論争」の理論家として知られ、「舞姫」「うたかたの記」「文づかひ」で注目を浴びる作家であった。二人がどんな会話を交したかは判らない。鷗外の目には、漱石は学士ではあっても、田舎中学の英語教師にすぎず、ただ子規の俳句仲間の一人とだけ見えたことだろう。

夕刻、漱石は中根家の新年会に廻り、鏡子の両親、弟妹とともに歌留多や福引きに興じた。鏡子の「漱石の思ひ出」に、「歌留多《かるた》も下手《へた》なのでみんなに喜《よろこ》ばれて居《ゐ》ましたが」とあって、「父《ちゝ》は殊《こと》の外満足《ほかまんぞく》で、」「あゝいふ風《ふう》に不器用《ぶきよう》な方《はう》が学者《がくしや》としては望《のぞ》ましいと、しきりと帰《かへ》つた後《あと》でほめてゐました」と回想されている。重一の「満足」を得て、なんとなく婚約は成立したようだ。

四日。砂場で開かれた紀元会の臨時総会に出掛けた。ほかに立花政樹、立花銑三郎、藤井健治郎、米山保三郎、大塚保治、狩野亨吉が集まる。これは、美学研究のためにドイツ留学を命ぜられ、三月に日本を発つことになった大塚保治の留学歓送会でもあった。元日に狩野亨吉が三日に行いたいと知らせて来たのに対し、漱石が「久々にて友人宅にて俳句会相催す約束有之」と伝えたために四日に延引されたのだった。

七日の朝、漱石は中根カツ・鏡子母娘らに送られて、新橋停車場を発った。嚢中には米山保三郎から貰った「陶淵明全集」があった筈である。朝寝坊の子規は見送りに来られない。「送夏目漱石之《(ママ)》伊予」と題する送別の漢詩一首がある。「清明期再会　莫後晩花残」（清明には再会を期せん　晩花の残《くづ》るるに後《おく》るる莫《な》かれ）がその最終聯。「清明」は陰暦で三月初旬のこと、漱石は中根重一の期待に応えて、春には上京するつもりでいたのだろう。十日、松山着。

十二日、子規から贈られた送別詩の返礼に、五言律詩一首を詠んで、子規庵に送る。その最終聯は「三十巽還坎　功名夢半残」（「三十　巽《そん》にして還《ま》た坎《かん》　功名《こうめい》　夢半《なか》ば残《ざん》す」）。「功名」は世間的名声の意。漢詩特有の誇張的表現が、数えで三十となる漱石のこころの空虚を拡大して見せたかのようである。

帰京への思いは募るばかりだった。「子規へ送りたる句稿」の十、四十句に同封された十六日附の手紙に、「小生依　例　如《れいによってれいのごとく》　例日々東京へ帰りたくなるのみ」と、二月七日に斎藤阿具に宛てた手紙には、「小弟碌々として遂に三十年と相成甚だ先祖へ対しても面目なくこまり入候近々の内当地を去りたくと存候へども無暗に東京へ帰れば餓死するのみ夫故少々困却致居候」と記す。

ところが、と記すべきだろうか。熊本の第五高等学校から英語教授就任の依頼があった。三月に入ってからのこととされる。五高でドイツ語・論理学の教授となっていた菅虎雄が、同校で校長が英語教授を探しているのを知って、漱石を推薦したのである。菅虎雄は、漱石から松山での不平を書き並べた手紙がしきりに送られて来るのに閉口していた、という（「夏目漱石周辺人物事典」）。漱石は応諾した。中根家へ、「行《ゆ》けば少《すくな》くも一年《ねん》はゐなければならない。さういつた知《し》らない遠《とほ》い土地《とち》に来《く》るのが、気《き》が進《すゝ》まないやうだつたら、やむを得《え》ないから破談《はだん》にしてくれないか」といった内容の手紙を送ったところ、中根家の方では、「一生《しやう》熊本《くまもと》で暮《く》らすわけでもあるまいから、口《くち》はゆつくり結婚《けつこん》してからでもさがすとして、ともかく熊本《くまもと》へやらうといふこと」になった、という(「漱石の思ひ出」)。

一方、子規の健康は思わしくない。柴田宵曲の記述に、「一月中は僅に歩行し得て、久松伯凱旋の祝宴にも列してゐる位であつたが、二月頃から左の腰が腫れて痛み強く、横臥したまま身動きも出来なくなつた」とある。

三月十七日の夕刻、往診に来た初対面の医師から、「僂麻質斯《ロイマチス》」ではない、と告げられた。夜、子規は叔父・大原恒徳と高濱虚子に宛てて手紙をしたためる(漱石に宛てても、と記したいが、それは現存しない)。そのうち虚子宛ての一通に添えられた長文の別紙には、慟哭、といえるほどの悲痛な印象で、子規の苦しい心境が綴られた。「貴兄驚き給ふな僕ハ自ら驚きたり」とはじまる。

僂麻質斯にあらぬことは僕も略ゝ仮定し居たり　今更驚くべきわけもなし　たとひ地裂け山摧《〔くだ〕》くとも驚かぬ覚悟を極め居たり　今更風声鶴唳《〔かくれい〕》に驚くべきわけもなし　然れども余は驚きたり　驚きたりとて心藏《〔ママ〕》の鼓動を感ずる迠に驚きたるにはあらず　医師に対していふべき言葉の五秒間おくれたるなり
五秒間の後は平気に復りぬ　医師の帰りたる後十分許り何もせず只枕に就きぬ

とあって、その「十分許り」の間に、瞬間的にこんな思いが浮んだことだけは覚えている、と記す。

世間野心多き者多し　然れども余《〔わ〕》レ程野心多きはあらじ　世間大望を抱きたるまゝにて地下に葬らるゝ者多し　されども余レ程の大望を抱きて地下に逝く者ハあらじ　余は俳句の上に於てのみ多少野心を漏らしたり　されどそれさへも未だ十分ならず　縦《〔よ〕》し俳句に於て思ふまゝに望を遂げたりともそは余の大望の殆んど無窮大なるに比して僅かに零を値するのみ
余の如く大望を抱きて空しく土と化せしもの古来幾人かある　余ハ殆んど之を知らず　されバ余今こゝに死したりとも誰か余の大望ありしと許りも知り得んや

絶望。子規、数え三十年の無念である。「大望」とは何か、判らない。ただ「未だ遂げざる大望の計画を人に向つて話さば人は呆然として其大なるに驚くにあらざればバ輾然として其狂に近きを笑ハん」「余は終に未遂の大望を他に漏らす能ハざるなり」という。子規の「大望」を、その「大なるに驚く」ことなく、「狂に近き」と笑わずに聞く者は、六、七歳年下の虚子、碧梧桐でも、恩人・陸羯南でもない。漱石ひとりがいるだけだった筈である。別紙の文面は、「右等の事総て俗人に言ふなかれ天機漏洩の恐れあり　あなかしこ」と結ばれる。

病症は、カリエスの疑いがあると診断されたのだろう。子規は以後、臥褥の人となる。子規が腰部の手術を受けるのは一年後の三月二十七日。四月下旬に再手術を受けた。

子規の病状が、漱石にどのように知らされたか、歯痒いことにそれを語ってくれる資料は遺されていない。

三月十九日には、松山に滞留中の虚子の家での句会に出席、また日時は不明ながらその頃、虚子を訪ねてともに道後温泉に行ったり、道後の鮒屋で西洋料理を食べたりと、頻繁に行き来しているから、その都度、二人の間で子規の病状と心的苦痛についてが深刻な話題となったに違いない。

しかし、漱石は無言である。少くとも「全集」の書簡の巻を見通す限りは、と注記すべきだろうか。三月二十四日、「句稿」・十四となる四十句を送る（——但し、五日に「十二」を送ってから、「十三」の二十七句がいつ投函されたのかは不詳である）が、手紙は同封されていない。あるいは、紛失されてしまったのだろうか。子規との間には、普段通りの交流がつづいたかのようである。それは、迫りくる子規の死を現実のものとして受け容れる、こころの準備がはじまったことを意味する。沈黙が語るものは、子規とともに死を怖れまいとする覚悟だった。

*

四月十日。朝、漱石は九州に向けて、三津浜港を発つ。鬱金木綿の袋に入れた大弓を携えて行く姿を横地石太郎校長、村上霽月、宮本より江らが見送った。高濱虚子が広島まで同行する。「研究年表」に、「宮本より江（推定）に『わかるゝや一鳥啼て雲に入る　愚陀仏』という句を与える」とある。より江は愚陀仏庵の家主・上野義方の孫娘、当時十一歳、小学生だった。漱石は前日の夕方、湊町の向井でより江に呉春・応挙・常信の画譜を記念として買い与えている。のちに上京、帝国大学医科大学耳鼻咽喉科の助手・久保猪之吉と結婚して、久保より江となる。

漱石は宮島に一泊。翌日、広島で東京に向う虚子と別れ、汽船で門司へ。船中、九州行脚に向う俳人・水落露石らに出会った。この日は博多に泊った。十二日、都府楼跡や太宰府天満宮などを見物して、久留米の水天宮に詣でた。久留米では菅虎雄の実家に泊ったか、と思われる。

十三日、熊本・池田停車場に到着。菅虎雄が出迎えた。

漱石が松山を去ってさらに西へ（アイデンティティーの充足からはるか遠くへ、と記したい）、熊本行きを決断した理由には、一、松山の「人気《じんき》」が肌に合わなかったこと。校長排斥のストライキがあって、生徒たちの「狡」に嫌気がさしたこと（「狡」は、子規から送られた漢詩に「狡児教化難（狡児　教化難し）」とあったのを、漱石が「生に適切」と評したところから用いた）。二、東京へ行こうにも、就職先が決まらなかったこと。三、五高教授就任が菅虎雄の勧めによるものであったこと。など、いくつかの要因と偶然が絡み合っていると考えられる。だが、私は筆が滑りだして、なにより漱石の無意識が子規の故地で新家庭を営むことを躊躇《ためら》ったからだ、と記すのを止められない。

二　熊本、漾虚碧堂

熊本に着いた漱石は、ひとまず薬園町の菅虎雄の家に落ち着いた。漱石が住む離れには第五高等学校の生徒三人が寄宿していたが、三人は玄関脇の部屋に移された、という。母屋には菅夫妻と四歳になる長男・重武がいて、重武は漱石によくなついた（長女・文子、次男・忠雄はまだ誕生していない）。

四月十四日、第五高等学校教授（嘱託）に着任、英語を担当する。月給百円。週に八時間の講義のほか、「毎日午前七時から八時まで、四キロの道を歩いて、シェイクスピアの『ハムレット』や『オセロ』などを課外に講義する」（『研究年表』）。

十四日には授業も始まる。この日、衿が黒いビロードの背広を着た漱石が人力車に乗って校門に入るのを、生徒たちが並んで迎えた。その堂々たるハイカラ振りがよほど印象的だったのだろう、早速、漱石に「華族様」という渾名が呈上された。また「遠見華族《とおみかぞく》の近痘痕《ちかあばた》」とも。「研究年表」に「第五高等学校は、阿蘇街道の発端に臨み、南側の清正並木の若葉を通して、遥かに阿蘇の噴煙が見える」とある。五月三日、水落露石に宛てた手紙に、「駄馬つゞく阿蘇街道の若葉哉」の一句が添えられる。

爽やかな佳句と思うが、「駄馬」はまさか生徒たちを言うのではないだろう。

四月十五日、三津浜港に見送りに来てくれた村上霽月と横地石太郎校長に礼状を送る。校長には「英語教師五十五円位にて一人あり」と、後任の英語教員を推薦する。

五月三日の日曜日は手紙の日、坪内逍遥と狩野亨吉に、上京した高濱虚子を紹介する。逍遥に宛てては、「小生友人高濱清なるもの先生の御宅に参上の上英文学に関する御高説伺ひ度由申居候間専門校以来の御交誼に対し同人紹介状認めつかはし候間参上の節は何卒よろしく御教訓被下度」とあり、狩野宛てには、「小生友人高濱清なるもの小生朋友に紹介を求め訪問の上談話抔聞くべき人を教へ呉れよと申来り」「此高濱なるものは文学的才に富みたる男にて現に俳句抔は中々上手に御座候且人物も随分たのもしき男に御座候」と記す。

漱石の並外れた世話ずき、この積極性はどこから生じたものなのだろうか。生来の性質であったとはいえても、孤独という空白が米山保三郎や菅虎雄から敏感に学んだ友情の一表現、それとも運座という一種のコミュニケーションの場によって育まれた生きる技術なのだろうか、なども推量される。こうした手紙の文面に接すると、漱石こそが「随分たのもしき男」と思われる。あるいは、と思う。虚子、満二十二歳。のちに「ホトトギス」の編集にあたる若者を、一人前の編集者となるよう鍛えようとしたのかも知れないと、少し先走った突飛な空想までが浮かぶのである。

この日は、もう一通、先述した水落露石に宛てた手紙が送られるが、そこには「諸所相当の家屋相尋ね候へども何分払底にて一軒も無之今猶友人に寄宿致居候随分厄介の極に御座候」と、家探しの苦労が記されていた。

五月の十日頃のことだろう、昔から光琳寺町と言い慣らされた下通町の一角に、新妻を迎えるのに適当な一戸が見つかった。「庭は、青桐と椋の木がある。家賃は八円。松島とくという老女に家事を手伝って貰う。（松島とくは、長女筆の生れるまでいる）玄関に続いて十畳・六畳、茶の間が長四畳で、湯殿と板蔵もあり、離れは六畳と二畳である」（『研究年表』）という。ところが、横地校長への十六日の手紙に、「漸くの事一週間程前敗屋を借り受候へども何分住み切れぬ故又々移転仕る覚悟に御座候」と記すのだった。夏目鏡子の「漱石の思ひ出」に、「この光琳寺町《くわうりんじまち》の家《いへ》といふのは、何《なん》でも藩《はん》の家老《からう》か誰《た》れかのお妾《めかけ》さんの居《ゐ》た家《いへ》とかで、一寸風変《ちよつとふうがは》りな家《いへ》でした」と回想される。

＊

正岡子規は、叔父・大原恆徳に宛てた四月十五日の手紙によって、母・八重に勧められ、人力車に乗って上野の山を一廻りしたことが知られる。「花散る頃ハ兎角に時候よろしからぬにや」とあって、「一昨日か少し寒かりしに歩行困難に覚え候　昨今大分よけれど降雨のため臥褥罷在候」と記されている。

　虚子の帰京は四月中旬のことだった。子規には、帰京以来の虚子の様子が「少しも尻が落ちつかぬやうに見うけ」られ、気に入らない。五月下旬のある日、「いろ〳〵御話も有之候」と葉書で虚子を呼びつけて、道灌山の茶店で、二、三時間も腰かけて話し合った。子規は勉強ぎらいの虚子に向って（虚子は「二十三歳の快楽主義者」を自称する）、学問をせよ、ついては今年の帝大・撰科入試を受けよと迫る。なぜ学問が必要かを諄々と説くのだった。「居士は非常に興奮してゐるやうであった」と、虚子は回想する。

「私《あし》は学問をする気は無い。」と余は遂に断言した。これは極端な答えであつたかも知れぬが斯う答へるより外に途が無い程其時の居士の詰問は鋭かつた。（中略）

「それではお前と私《あし》とは目的が違ふ。今迄私のやうにおなりとお前を責めたのが私の誤りであつた。私はお前を自分の後継者として強ふることは今日限り止める。詰り私は今後お前に対する忠告の権利も義務も無いものになつたのである。」

「升《のぼ》さんの好意に背くことは忍びん事であるけれども、自分の性行を曲げることは私《あし》には出来無い。詰り升さんの忠告を容れて之を実行する勇気は私には無いのである。」

　もう二人共いふべき事は無かつた。

（『子規居士と余』）

「御院殿《ごいんでん》の坂下で余は居士に別れた」とある。子規は自らの「大望」の一端を虚子に託そうと、文字通り命懸けの決意で会談に臨んだのだった。「多年余を誨誡《かい〳〵》し指導する事の上に責任と興味とを持つてゐた居士に今日の最後の一言で絶望せしめたといふ事に就いて申訳の無いやうな悔恨の情もこみ上げて来た」という。

　居士が余に別れて独り根岸の家に帰つて後ちの痛憤の情は其夜居士が戦地に在る飄亭君に送つた書面によ

つて明白である。其書面の結末に次の文句がある。

「今迄でも必死なり。されども小生は孤立すると同時にいよいよ自立の心つよくなれり。」

斯くして居士は愈ゝあせり愈ゝいら立ち一方に病魔と悪戦しつゝ文学界に奮闘を試みたのであつた。

虚子は子規に宛てて釈明の手紙を書いた。「唯我にふさはしきだけののぞみをふさはしきだけの方法をもつて着ゝしかも遅々牛の歩みにすゝみ行かん考に有之候」と。その文面に、「夏目君の方へは生より一年の猶予を願ひ可申候　若し見棄てられれは夫迄とそんじをり候」とあるのは、虚子の「俳句の五十年」のなかに、この四月十日、厳島神社を見物し宮島に一泊した折りのこととして、漱石から「自分は少し月給を沢山貰ふやうになつたから、若干の金を君にやるから少し勉強をしろ」と言われ、喜んで好意を受けた、と語られていることと符合するのだろう。「月々五円であつたか十円であつたかの金を送つて貰ふことになつた」とある。五月三日の狩野亨吉宛て書簡に、虚子は「今般大学撰科へ入学志願致す筈にて勉強致居候へば……」と記されているように、漱石もまた虚子が学問することを信じ、期待していたのだった。

五月二十六日、子規は虚子へ、長文の返信をしたためた。「さきをくゝりての御返事に失望いたし候」と、いまだ怒りが鎮まらない様子が窺える。そこに、

……御趣意少しも相わかり不申候へとも要するに入学を一年見合すとか　それハ何の理屈もなく候　小生先日夏目に手紙を発し委細申やり候処同人より返事来り快く承諾今月分より送金可致様申あり候　縦《よ》し貴兄と夏目との相談にて一年延期出来候とも小生の顔ハ何と御たて被下候や　又何の理由ありて夏目に向ひ其様な延期願を御出し被成候や（中略）要するに貴兄はいたすらに大学を恐れらるゝものに有之べく候　さやうに恐ろしくバ固より一年延期したとてあてにハあ《ママ》り不申候故此事御断念を御すゝめ申上候　其方ならば夏目へも中わけ立つべく候　小生も一時の夢と思ひてあきらめ可申候

という記述が見られる。

この件に関して、子規と漱石との間に何通かのやりとりが交されたと推察されるものの、遺されたのは六月六日附の漱石書簡一通だけである。これは、子規を慰撫し、虚子を弁護する、いわば仲裁の手紙なのだが、じつに見事なものと感嘆するほかない。諭すように文を綴りなが

ら、無意識の触手は子規の怒り、あるいは苛立ちの発生源をしっかり抑えているかのようである。

一、虚子が撰科受験を一年延期するつもりでいることについては、「虚子よりも大兄との談判の模様相報じ来り申候虚子云ふ敢て逃るゝにあらず一年間退て勉強の上入学する積りなりと一年間にどう変化するや計りがたけれど勉強の上入学せば夫でよからん色々の事情もあるべけれど先づ堪忍して今迄の如く御交際あり度と希望す」。

一、虚子に経済的援助を申し出たことについては、「出来る丈は虚子の為にせんとて約束したる事なり当人も夫を承知で奮発して見様といひ放ちたるなり」「虚子が前途の為なるは無論なれど同人の人物が大に松山的ならぬ淡泊なる処、のんきなる処、気のきかぬ処、無気様〔器用〕なる点に有之候」。

一、子規に期待することとは、「大兄今迄虚子に対して分外の事を望みて成らざるが為め失望の反動現今は虚子実際の位地より九層の底に落ちたる如く思ひはせぬや何にせよ今度の事に就き別に御介意なく虚子と御交誼あり度小生の至望に候小生よりも虚子へは色々申し遣はすべく候」。

掉尾は、「近頃は一月頃より身体の御具合あしき由精々御保養可然名誉齷齪世事頓着深く御禁じ可被成」（傍点・引用者）とあって、「虚子の事抔はどうでも御拋擲なさいよ　頓首」と結ばれる。鮮かな手際だった。

この仲裁が、子規と虚子、そして漱石自身それぞれの将来にとって、きわめて重要なはたらきであったことは、ここに記すまでもない。

六月六日。この書簡中には、「妻呼迎の件色々御心配被下ありがたく存候実は先便申上候通父同道にて両三日中に当地へ下向の筈に御座候間御休神被下度候」という記述も含まれていた。

＊

中根鏡子が父・重一に伴われて池田停車場に到着したのは、六月八日の夜。フロックコートを着て出迎えた漱石は二等待合室で新聞を読み、汽車が着くのを見届けてから、悠然とホームにあらわれた、という。

結婚式は九日に、離れの六畳で行われた。簡素なもので、「この結婚《けつこん》が誠《まこと》に裏長屋式《うらながやしき》の珍《ちん》な結婚《けつこん》なのです」と、鏡子は回想する。

新郎《しんらう》はフロック・コート、私《わたし》は東京《とうきやう》からもつて行《い》つた一　張羅《ちやうら》の夏《なつ》の振袖《ふりそで》、これだけはまあどうやらいゝですが、父《ちゝ》はと見《み》れば普段《ふだん》の背広服《せびろふく》、雄蝶《をてふ》も雌蝶《めてふ》もあつたものではなく、一切合財《さいがつさい》仲人《なかうど》やらお酌《しやく》やらを一人《り》でするのが東京《とうきやう》から連《つ》れて行《い》つた年《とし》とつた女中《ぢよちう》、此《こ》の外《ほか》に婆《ばあ》やと車夫《しやふ》とが台所元《だいどころもと》で働《はたら》いたり客《きやく》になつたりといふわけですから、どうも嫁《よめ》に行《ゆ》くといふ風《ふう》な御大層《ごたいそう》な気持《きもち》にもなれなければ、晴《は》れの結《けつ》婚式《こんしき》だといふ情《じやう》も移《うつ》りません。（「漱石の思ひ出」）

なるほど落語の一場面を思わせるような挙式ではあるが、略儀は流寓にあって、家族との繋がりの薄い漱石には相応しいものであったといえるだろう。それ以上に褒められるべきは、貴族院書記官長・中根重一の恬然たる態度だった。盃事が終ると、重一は暑い、暑いと、漱石の飛白《かすり》の浴衣を借りてどっかり寛いでしまった、という。「酒《さけ》といつては男二人《をとこふたり》とも不調法《ぶてうはふ》なので、何《なに》かと四方山《よもやま》の雑談《ざつだん》をして、父《ちゝ》はいゝ加減《かげん》に宿《やど》に引《ひ》き取《と》りました」とある。

この婚礼に関して、私には、重一から名儀上の媒酌人を依頼された恩給局長・井上廉が「余り汚い家では、若い女性は嫌がるかも知れぬと云つてきた」のに対して、漱石が「家賃八円の家に転居したが、自分もこれで辛抱しているのだから、そちらも我慢してくれなくては困る」と伝えたという、「研究年表」に記されたエピソードがなにより微笑ましいものと思われる。

翌十日、漱石は子規に宛てて、「中根事去る八日着昨九日結婚略式執行致候」と簡単に報じ、「近頃俳況如何に御座候や小生は頓と振はず」と話柄を転じた。照れ隠しのようでもあるが、「衣更へて京より嫁を貰ひけり」の一句が添えられている。またこの日、斎藤阿具、狩野亭吉に宛てても結婚を披露して、妻・鏡子を「小生同様御交際被下度」と記す。

子規からは短冊が送られた。「蓁々《しん〴〵》たる桃の若葉や君娶る」「赤と白との団扇参らせんとぞ思ふ」の二句があったと、鏡子は記憶する（「後《あと》の方《はう》の句《く》は少《すこ》し間違《まちが》つてゐるかも知《し》れません」とあるが）。

七月八日、子規に宛てて句稿・その十五となる四十句を送る。「愚陀拝」と署名した。

七月九日、教授に昇格する。漱石はしばらく以前から胃病に悩まされ、この頃は学校では昼食を抜くことも多かった、という。

七月十六日の狩野亭吉宛て書簡に「今般は小生新婚の御祝儀として一同御打揃御撮影被下遥かに御恵投にあづかりありがたく奉謝候」とあるのは、六月二十八日に狩野亭吉、山川信次郎、松本文三郎、米山保三郎が集まって、玉翠館で漱石に贈るために撮った集合写真が送られて来たことをいう。鏡子への自己紹介でもあったのかも知れない。「紀念として永く筐底に保存致し珍重可致候」とあるが、この写真は菅虎雄をも懐しがらせたことだろう。

七月二十八日、漱石はドイツ滞在中の大塚保治に手紙を送った。保治は予定通り、単身、アメリカ経由でドイツに到着、カント、ヘーゲル以後、シェリングなど学界の新潮流に触れていた。「当地は菅法師抔も有之大に都合よく御座候へども暑気のはげしきには殆んど閉口致候」などと報じる。「丸で蒸風呂に入りたらんが如く」とあるが、この暑さは漱石の胃に応えたことだろうと推察される。

*

正岡子規は四月二十一日発行の「日本」で「松蘿玉液」の連載を開始（十二月三十一日まで）、八月五日から十一月二十日まで、雑誌「日本人」に時評「文学」を掲載する。「日本人」は月二回の発行。活動の場をひろげ、同誌に新体詩の作品を継続的に発表し、與謝野鐵幹、佐佐木信綱、大町桂月ら後進の呼びかけに応じて「新体詩人の会」を結成。九月五日に上野公園・三宜亭で開かれたその第一回の会合に、人力車に乗って出掛けた。子規、虚子ともに森鷗外との連絡が緊密となり、「めさまし草」との協力関係が一層強まった。「めさまし草」にはこの年、漱石の「藪影や魚も動かず秋の水」など計十五句が採られた。また「日本人」にも、「黄菊白菊酒中の天地貧ならず」などの数句が掲げられた。愚陀・漱石は日附は不明ながら、八月中に子規に宛てて、句稿・その十六、三十句を送る。「日本人」を購読して、子規の「文学」を読んだ。

九月に入って間もない頃、一週間程の予定で漱石は鏡子と二人で北九州を旅行する。当時福岡にいた鏡子の叔父・中根与吉（弥吉）を訪ね、筥崎宮、香椎宮、太宰府の天神に参詣して、船小屋温泉や日奈久温泉に泊ったとされる。「其頃《そのころ》の九州《しう》の宿屋温泉宿《やどやおんせんやど》の汚《きたな》さ、夜具《やぐ》の襟《えり》なども垢《あか》だらけで、浴槽《よくさう》はぬる〳〵すべつて、気持《きもち》の悪《わる》いつたらありません」と、新婚旅行への鏡子の回想は曇り勝ちである。

二十日過ぎ、熊本市合羽町に転居した。間数が八間もある広い家で、家賃は十三円。「建《た》つて間《ま》もない家《うち》でしたが、がさつ普請《ふしん》でした」と鏡子は語る。「何《なに》しろ二人《ふたり》切《ぎ》りに女中《ぢよちう》といふ世帯《しよたい》なのに、間数《まかず》が沢山《たくさん》あるのです。そこで同《おな》じ五高《かう》の歴史《れきし》の先生《せんせい》の長谷川貞《はせかはてい》一郎《らう》さんが同居《どうきよ》されることになりました。後《あと》で山川信次郎《やまかはしんじらう》さんもしばらくこゝへ同居《どうきよ》されたことがありました」とある（「漱石の思ひ出」）。長谷川貞一郎は史学科卒業で、斎藤阿具と同級。山川信次郎は三十年四月に漱石に招かれて五高英語科教員として着任（のち教授に任ぜられる）、合羽町の漱石宅に寄寓する。

「漱石の思ひ出」には、こんな場面も回想されている。

帰《か》へつて来《き》てから旅行中《りよかうちう》の俳句《はいく》を沢山作《たくさんつく》つて子規《しき》さんの処《ところ》へ送《おく》りました。其頃《そのころ》はよく俳句《はいく》を作《つく》つて居《を》りまして、それを又《また》丹念に巻紙や半紙に書いて、子規《しき》さんのところへ送《おく》るのでした。今《いま》でもその頃《ころ》の句稿《くかう》が沢山《たくさん》残《のこ》つて居《を》りまして、それには子規《しき》さんが朱筆《しゆひつ》で点《てん》を打《う》つたり、丸《まる》をつけたり、評《ひやう》を書《か》いたり、添削《てんさく》したりして居《を》ります。自分《じぶん》でも余程《よほど》興《きよう》が乗《の》つてゐたものと見《み》えて、句《く》を作《つく》るのは勿論《もちろん》のこと、よく金《かね》を送《おく》つては、子規《しき》さんあたりから活字本《くわつじほん》の七部集《しちぶしふ》だとかいつた俳《はい》書《しよ》を買《か》つて貰《も》らつて、食事《しよくじ》をする時《とき》にも傍《そば》に離《はな》さずおいて熟読《じゆくどく》してゐたこともあります。（傍点・引用者）

なんだか、子規との秘密の交信を、新妻に覗き見されたかのようでもある。句稿・十七となる四十句は、九月二十五日に送られる。同封された手紙には、「小生当夏は一週間程九洲〔州〕地方汽車旅行仕候」と報じられる。また、「俳句も近頃は頓と浮び申さず困却致候夫にも関らぬ〔ず〕小生の駄句時々雑誌抔に出るよし生徒抔の注進にて承知致候少々赤面の至と存じ……」などという記述は微笑ましく思われる。

……大兄近頃は文筆の方は余程御勉強の模模〔様〕雑誌の広告にて承知仕候新体詩会抔にも御発起のよし結構に存候時に竹の里人と申すは大兄の事なるや序ながら伺ひ上候

子規は「竹《たけ》の里人《さとびと》」の名を用いて、「日本人」に新体詩を発表した。

「序に附記す」とあって、「小生今回表面の処に移転せり」と記される。

……熊本の借家の払底なるは意外なりかゝる処へ来て十三円の家賃をとられんとは夢にも思はざりし「名月や十三円の家に住む」かね転居の事虚子にも御伝被下度候

掉尾に「駄句少々御目にかけ候友人菅虎雄の句も同時

に御批点被下度候」とあるが、「菅法師」にも俳句熱は伝播したらしい。「無為」と号して句作を試みたという。この時は、「谷川の小石の上の蛍かな」が子規によって、丸二つが与えられた。

つづけて十月に、句稿・十八の十六句、十九の十五句が送られる。

「十月（日不詳）、教師をやめて上京しようかと考え、岳父中根重一に相談する。東京商業高等学校校長小山健三を通じて、外務省の翻訳官を依頼しておいたと返事受ける」と、「研究年表」に記されている。補足説明欄には、「この前後、漱石は、帝国図書館なるものができるようだが、そこへ就職できぬかと中根重一に依頼する。中根重一は、文部次官牧野伸顕に会って事情を聞いたところ、第二次松方正義内閣成立（九月十八日）の直後で、どうなるやら夢のような話だという。その旨を伝えてくる」とある。例によっての、漱石の現状不満の小爆発であったとも考えられるが、同時に、漱石が大学や高等学校の教授職などに執着しない人物であったことが確認されるのが好もしく、私には嬉しい。

十一月十五日の子規宛て書簡中に、「小生近頃蔵書の石印一枚を刻して貰ひたり」と、漱石は「漾虚碧堂図書」と刻んだ蔵書印を得た喜びを伝えている。「漾虚碧堂とは虚子と碧梧桐を合した様な堂号なれど是は春山畳乱青春水漾虚碧と申す句より取りたるものに候」という。「春水漾《ただよう》二虚碧一」は禅の説法の一句。

……刻者は伊底居士とて先般より久留米の梅林寺に滞留し近頃当地見性寺の僧堂に参り居候もの篆刻の余暇参禅の工夫に余念なき様子刻風は蘇爾宣篆法とかいふ奴を注文致候頗る雅に出来致候一寸御覧に入度と存候へども肉を買はぬ故押す事が出来ず次回に送るべし

「久留米の」とあるところから、伊底居士は書に関心をもつ「菅法師」に紹介されたものと推察される。「蘇爾宣篆法」は中国・明の篆刻家・蘇宣の篆刻法をいう（「全集」第二十二巻・注解）。

十二月五日の虚子宛て書簡では、漱石の褒めかたの見事さにつくづく感心させられる。情愛あり。一言でいえば、人格的である。「今日日本人三十一号を読みて君が書牘体の一文を拝見致し甚だ感心致候立論も面白く行文は秀でゝ美しく見受申候此道に従つて御進みあらば君は明治の文章家なるべし益《ますます》御奮励の程奉希望候」と、これが上滑りした過褒でなく、優しさが滲み出た言葉であることは、漱石を知る虚子には明確に察知されたことだろう。「書牘体の一文」とは、「日本人」に載った虚子の俳話の一節を指す。漱石は、数え「二十三歳の快楽主義者」をたんに後進とばかりは思っていない。「近什少々御目にかけ候御ひまの節御正願上候」とあって、手紙は「小生蔵書印を近刻致候是亦御覧に入候」と結ばれ、余白に蔵書印が捺された。

冬季休暇中のことと思われる。松根豊次郎という松山中学校の教え子から、添削して欲しいと句稿が送られて来た。豊次郎は第一高等学校生。松山に帰省して、五高から帰省した同級生から漱石の句が秀れていると聞いて、入門を決意したのだった。この時は「ゆで栗を峠で買ふや二合半」の一句が褒められた、という。豊次郎は三十三年から東洋城と号した。

漱石の俳句は「海南新聞」紙上に頻繁に掲げられていたから、不在となった筈の松山でも、その空気のなかに漱石は生きていたのである。

十一月下旬に句稿・二十の二十八句が、十二月、年末までに句稿・二十一となる六十二句が子規に宛てて送られた。

＊

明治三十年。——少し先を急ぐこととする。とはいえ、この年も、

子規に関しては、一、一月、松山で「ほとゝぎす」が創刊される。一、三月に腰部の手術を受ける。四月下旬に再手術。一、「日本」で「俳人蕪村」の連載開始（十一月二十九日まで十九回）。一、五月に「古白遺稿」を刊行。一、病状悪化、起居が困難となり、八月二日、「病牀手記」の執筆が始まる。一、九月、臀部に二箇所穴があき膿がでる。一、四月に「花枕」が「新小説」に発表されるなど小説制作への挑戦があった。

漱石に関しては、一、春の久留米行。肺疾のため療養中の菅虎雄を見舞い、周辺の山に登る。一、五月二十九日、米山保三郎の急逝。一、六月二十九日、父・直克、死去の報せを受ける。一、寺田寅彦を知り、漾虚碧堂で運座が行われる。一、七月八日から約二ヶ月の上京。一、九月十日、転居のこと。一、十一月の小天《おあま》温泉行。ことに冬季休暇を利用しての再度の小天行のこと。

などなどと、特筆すべき事柄がいくつも並ぶのである。

＊

「ほとゝぎす」は一月十五日、柳原極堂を編集兼発行人として創刊された。極堂が「海南新聞」の編集主任であるところから、同新聞社の印刷機を利用しての発刊とな

った。ザラ紙、B6判・三十八頁。三百部発行、定価六銭。月一回・十五日の発行。二十号までが松山で発行される。

子規は第一号に「ほとゝぎすの発刊を祝す」を寄せ、「俳諧反故籠」を連載する。

一月二十一日、子規は極堂に宛てて、「ほとゝきす落掌　先づ体裁の意外によろしきに満足致し候」と書き送った。そして、「扨編輯の体裁に就きてハ議すべきこと少からず乍失敬ア、無秩序にてハ到底田舎雑誌たるを免かれず候」として、編集上の工夫について細々と注意を促すのだった。俳句や文章を集めるには「碧虚飄はじめそれ〳〵へ貴兄よりきびしく御請求あるべく候」とある。「一号を見た時もはじめハうれしく後にハ多少不平なりき」と、編集少年の血が騒ぎだして、黙っていることが出来なくなったのだろう。「併シ出来るだけハ完美にしたいとは思ふ」という願いもまた、編集者の言である。

一月と二月に漱石から子規へ、句稿・二十二の二十一句と句稿二十三の四十句が送られている。

三月一日の狩野亨吉宛て書簡に、菅虎雄の病状について「一時は少々喀血致し医師の勧誘にて二週間程転地療養致し候其当時は元気も少々衰へ候様子に御座候処昨今は如旧《〔きゅうのごとく〕》活潑に精勤被致居候」と報じられているが、菅虎雄がいつ喀血したのかは判らない。「尤も病気が病気に候へば油断は頗る危険と存候」と記されている。

「子規全集」の「年譜」に、「彼岸過ぎ、鷗外より草花の種子を贈られる」とあるのに慰められる思いもするが、翌三十一年秋の「小園の記」には、「鷗外漁史より草花の種幾袋贈られしを」、子規庵の二十坪の庭に「直に播きつけしが百日草の外は何も生えずしてやみぬ。中にも葉鶏頭をほしかりしをいと口をしく思ひしが何とかしけん」と記される。葉鶏頭はその年の夏頃に芽を出し、子規の丹精によって「今は二尺ばかりになりぬ」という。「ごて〳〵と草花植ゑし小庭かな」。

子規が腰部の手術を受けたのは三月二十七日のこと。碧梧桐が立会人に呼ばれた。

春季休暇に入るのを待って、漱石は郷里で静養する菅虎雄を見舞った。菅虎雄はこの年の八月十四日、肺患のため非職となる。漱石から借金をして帰京、茅ヶ崎で療養する。幸いにも経過はよく、三十一年九月に第一高等学校ドイツ語嘱託となった。漱石は久留米東南の高良山に登り、耳納《みのう》連山を越えて、眼下にひろがる筑後の田野を一望した。「菜の花の遥かに黄なり筑後川」はこの時の一句。発心山の麓では、桜を観たりしている。

句稿・二十四となる五十一句に同封した四月十八日の

手紙は、「腰部切開後の景況あまり面白からぬ由困つた事と存候過日は美事なる短冊御寄送被下ありがたく奉謝候」と書き起こされる。「短冊」は、手習用にと四月二日に子規から贈られたものである。漱石は「御慰の為め」にと、久留米の古道具屋で手に入れた井上士朗（正春）と松木淡々（伝七）の軸を送る。真偽のほどは判らないが、「何せよ御笑草にまで御覧に入候」と記されている。

おそらくこの手紙と行き違いにだろう、子規から外務省の翻訳官はどうかという話が持ち込まれた。叔父・加藤拓川が翻訳課長を拝命して、三月十日にパリを発って帰国の途についたのを知り、子規は漱石のことを叔父に相談するつもりでいたものと思われる。四月二十三日の手紙に漱石は、「小生身分色々御配慮ありがたく奉謝候実は教師は近頃厭になり居候へどもさらば翻訳官はといふと果してやつて除《のけ》るといふ程の自信と勇気無之」「英文の電報一つ満足には書けまいと思ふなり」、「尊叔が課長なれば非常の好都合なれど自信なき事に周旋を頼み後に至り君及び加藤氏に迷惑がかゝりては気の毒故」と記して、この斡旋を断った。この手紙には、義父を介して東京高等商業学校校長・小山健三から年俸千円・高等官六等でとの招聘があったこと（中根重一は「金の不足あるならば月々補助するから帰京せよとまで勧めた」という）、また、以前に中根重一が外務省に翻訳官にと依頼したことなども記されるが、「当地の校長は是非共居つて呉れねば困ると懇々の依頼なりし故」と苦衷をも訴えている。

そして、「小生の目的御尋ね故」とあって、こんなふうに答えるのだった。

……単に希望を臚列《ろれつ》するならば教師をやめて単に文学的の生活を送りたきなり換言すれば文学三昧にて消光したきなり月々五六十の収入あれば今にも東京へ帰りて勝手な風流を仕る覚悟なれど遊んで居つて金が懐中に舞ひ込むといふ訳にもゆかねば衣食丈は小々堪忍辛防して何かの種を探し（但し教師を除ク）其余暇を以て自由な書を読み自由な事を言ひ自由な事を書かん事を希望致候

この「自由」は、古来（――西行にしても芭蕉にしても）、文学好きの誰れもが思い抱いた理想の境地にすぎないともいえる。漱石はそれを切望したのだろう。しかし私は、こうした「希望」を病臥中で、月給二十九円（三十年一月当時）と副収入六円で母妹と三人で暮らす子規に向かって、数字を挙げて平然と記すことができる漱石の神経を訝しく思う。理解されることは二つ。子規には、漱石は金のかかる奴だ、という認識がずっと以前からあったであろうこと。病者である子規（――西行にも芭蕉にもなれない）の諦念が、健康なものの見る夢を愉しんだのかも知れない、とも想像されるのである。

　四月二十三日の虚子宛て書簡に、子規は「夏目に東京へ出るやうにすゝめ候へども今の学校への義理ありとて東京のよき口まで断り候由義理堅き男に候」と記す。この豪気にみちた対応から推して、やはり、漱石との交情は互の世俗的境遇や生活環境などを表層にすぎないものとする、深層における意識の契合であったと理解すべきなのだろう。五月三日の漱石宛て書簡は、「掛物二幅恵贈多謝　淡ゝハ真ナラン士朗ハ偽カ」と記した礼状だが、署名は「病子規」、宛名は「健愚陀和上」とされる。これまで「金様」「規」など、場合によってさまざまに変えられてはいるが、これは初めてのことだった。

　五月二十八日、漱石は句稿・二十五となる六十一句を子規に送る。同封の手紙に「薫風の時節病魔果して如何近日蕪村の続稿を読みて少しく軽快に向へるを知る伏して道体の安全を祈る」と記した。五月が子規には魔の月であるのを、漱石は知っていた。子規は「日本」紙上で四月十三日に「俳人蕪村」の連載を開始、しばらく間を置いて、五月二十四日、二十五日にその第二、三回が発表されたのだった。

　米山保三郎の訃報は、漱石にとって衝撃的なものであったに違いない。米山保三郎は五月二十九日の午前二時四十五分、急性腹膜炎のため死去。鏡子の「漱石の思ひ出」には、

　大学《だいがく》時代《じだい》二人《ふたり》制服《せいふく》でならんで写《うつ》した写真《しやしん》であります。其後《そのご》其写真《そのしやしん》の米山《よねやま》さんの半身《はんしん》だけを、四つ切《ぎり》位《ぐらゐ》に引《ひ》きのばさせまして、其上《そのうへ》に追悼《つゐたう》の句《く》を題《だい》しました。

　　空間《くうかん》を研究《けんきう》せる天然居士《てんねんこじ》の肖像《せうざう》に題《だい》す

　空《そら》に消《き》ゆる鐸《たく》のひゞきや春《はる》の塔《たう》　漱石

と語られている。「其後」がいつのことなのかは判らない。

　六月十六日の子規の手紙は痛々しい。「先月末四五日間打続きて九度已上の熱に苦められ朝も晩も夜も一向下るといふことなければ寐るといふこともなく先づ小生覚えてより是程の苦みなし」と病状について記され、「娑婆の厄介物」であることの心理的苦痛までが報じられる。文中に「誠を申せば死といふことより外に何の望も無之

候」とあって、「生きて居る間に死にたいとは思ふ筈はないやうなれど回復の望なくして苦痛をうくる程世に苦しきものは無之候」とつづく。ただ、救われるのはユーモアの精神が失われていないことである。「本月初より熱は低くなり今では飯がうまくてたまらぬやうに相成候」「神田川の鰻がくひたいなどと贅沢申居候」と記されている。

手紙は、「病来殆と手紙を認めたることなし　今朝無聊軽快に任せくり事申上候　蓋し病牀に在ては親など近くして心弱きことも申されねば却て千里外の貴兄に向つて思ふ事もらし候　乱筆の程衰弱の度を御察被下度候」（傍点・引用者）と結ばれる。冒頭、「拝復」の一語の前にある、「貴兄此夏帰省するや否や」の一行は、手紙を書き終えた後に余白に書き加えられた緊急信号であったと推量される。文中に触れられている訳ではないが、この「くり事」の背後には、五月末に二十八歳で逝った米山保三郎の影が色濃く揺蕩《たゆた》っているものと察せられる。子規の苦痛は、波動となって、漱石のこころに直ちに伝播したことだろう。

六月二十九日、漱石は兄からの電報で、実父・直克が死去したことを知った。享年八十。漱石になんの感慨もない。学年末試験が済んでから帰京することとした。

七月初めのことだろう、寺田寅彦という生徒が訪ねてきて、高知県出身者のうち学年末試験に失敗した二、三人の救済をもとめた。寺田寅彦は明治十一年生まれ、高知県立尋常中学から五高に進み二年生だった。このとき、漱石に「俳句とは一体どんなものですか」と尋ねて、「俳句はレトリックの煎じ詰めたものである」との答えを得た、という。寅彦はこの年七月二十四日、高知で阪井夏子（十四歳）と結婚、八月末、単身熊本に戻る。

帰京のため、鏡子とともに熊本を発ったのは、七月八日午前のことだった。九日、新橋停車場に到着。

それから九月七日に新橋停車場を出発して熊本に向うまで、ほぼ二ヵ月の間に漱石が為すべきは第一に子規を訪ねることであったのはいうまでもない。「研究年表」で知られる範囲でも、六回訪問、うち四回は句会に参加している。一度は子規を誘い出して、五百木飄亭と三人で神田川で鰻を食べた。

長旅で汽車に揺られたことが原因なのだろう、身重だった鏡子は東京到着間もなく流産した。鏡子は鎌倉・材木座で静養することになる。中根家では毎夏、一家揃ってこの別荘で過ごすのが習慣だった。このため漱石は、東京・鎌倉間を何度も往復することとなった。ある日は、鏡子を見舞いがてら、円覚寺・帰源院に釈宗活を訪ねたこともある。

帰熊にあたって鏡子が診断を受けたところ、医師から「いましばらく静養した上で」と勧められたため、漱石は鏡子を中根家に預け、一人で先に帰ることとなった。

九月六日の子規「病牀手記」に「雨寒シ」、「漱石明日一番汽車にて新橋を発する由端書あり句を送る」として、二句が記されている。

萩芒来年逢んさりながら
秋の雨荷物ぬらすな風引くな

漱石は九月十日に熊本に戻る。戻った先は合羽町の家ではなく、飽託《ほうたく》郡大江村の新たな借家だった。帰京以前か滞京中に契約が成立していたのだろう。熊本での三回目となる移転である。皇太子の傅育官をつとめる漢詩人・落合東郭の留守宅という。隣家は東郭夫人・次子の実家で元田永孚男爵邸（明治二十四年、歿）。その頃は子息・元田永貞夫妻が住んでいた。家賃七円五十銭。これを機会に山川信次郎、長谷川貞一郎は他へ移った。「この家の裏手一帯は桑畑で、白川の灌漑用水の井手川に臨み、白川を越えて熊本東部の阿蘇連山が一望される」と、「研究年表」に記されている。十一日に「大江村四百一番地」から子規へ宛てて葉書で、「小生海陸無事昨十日午後到着致候途上秋雨にて困却す当地残暑劇《はげ》し」と帰熊を報じたが、そこに「小生宿所は表面の通」との追記がある。

この家を、寺田寅彦が夏休みのうちに作ったという俳句、二、三十句を携えて訪れたのは、九月中旬のこととされる。その後も週に二、三回やって来て、批評を乞うた。のち三十一年に寅彦（寅日子）は厨川肇（千江）、平川草江、蒲生栄（紫川）、白仁《しらに》三郎（のちの坂元雪鳥）らの五高生と語らって「紫溟吟社」を結成する。同人たちは漱石を慕って宗匠として仰ぎ、運座を開くようになる。この集まりの発端は、この九月中のこととされる。新・漾虚碧堂はミニ子規庵の様相を呈するのである。

十月（日附は不詳）、子規に宛てて句稿・二十六となる三十九句を送る。

明月に今年も旅で逢ひ申す
真夜中は淋しからうに御月様
明月や拙者も無事で此通り
妻を遺して独り肥後に下る
月に行く漱石妻を忘れたり

鏡子が落合東郭の母と元田永貞夫妻と同行して、熊本に帰り着いたのは十月二十五日頃のことだった。大江村の家に落ち着いて、鏡子は感嘆した。「森《もり》の都《みやこ》と言《い》はれる熊本郊外《くまもとかうぐわい》の秋《あき》の景色《けしき》は又格別《またかくべ》でした」と回想される。ただし、「其代《そのかは》り冬《ふゆ》になると随分《ずゐぶん》と寒《さむ》く、見《み》たこともないやうな大《おほ》きな氷柱《つらら》が、水車《すゐしや》のあたりにのべつたらに下《さ》がつて居《を》りました」とつづくのだが。

　鏡子が帰ると、俣野義郎という五高生が住んでいた。俣野は菅虎雄の家にいた書生で、菅虎雄が八月十四日に五高非職を命ぜられ、上京したため、漱石の新居に書生として押しかけて来たのだった。俣野が大喰いなのには、鏡子も女中も呆れた、という。俣野は「吾輩は猫である」の「多々良三平」のモデルとされる人物である。母屋と離れて小さな離れがあったのでそこを書生部屋としたが、俣野が五高生・土屋忠治を連れてきたので、書生は二人となった。

　十二月十二日、句稿・二十七の二十句を子規に送る。「小生碌々矢張因例如例に御座候俳句頓《とん》とものにならず嚢底と共に払底に御座候」として、五言律一首を記した手紙を同封する。詩境は、「秋風吹落日／大野絶行人／索寞乾坤黯／蒼冥哀雁頻」と寂しい。漢詩熱が再燃したのは、同僚に漢文教授・長尾雨山がいて、添削を乞うことができたからかと思われる。

　十二月十八日、子規から松山の柳原極堂へ宛てて手紙が送られた。極堂から「ほとゝぎす」の経営、編集上の困難が訴えられたのだろう、その返信だった。「ほとゝぎすの事委細御申越承知致候」とある。

　内容の一部を抄出すると、――

……収支償はずとありては固より分別せざるべからず候

既往の決算将来の見込につきて大略の処御報奉願候

小生金はなけれども場合によりては救済の手段も可有之と存居候

定価の事は可成しば〳〵変更せぬこそよけれと存候

併し少しにても経済的のことならば改むるに憚らずそれらは御考にて如何様とも可被成候　只隔月刊行の事は小生絶対的反対に有之候　隔月にするやうならば廃刊のまさるに如かずと存候（傍点・引用者）

「隔月刊行」「絶対的反対」は、抵抗勢力である旧派との闘いのなかに生きる改革者として、当然の主張であったというべきだろう。孤軍奮闘する表現者にとって雑誌とは何か、に関わる重要な問題提起であるとも思われる。

「畢竟松山の雑誌なればこそ小生等も思ふ存分の事出来申候」と、子規はなかなかの戦略家である。東京で「日本」「日本人」を活動の舞台としながら、楕円形の構想の西方に、「海南新聞」「ほとゝぎす」の基地を必要としたのだった。

何にもせよ小生は只貴兄を頼むより外に術無く貴兄若し出来ぬとあれば勿論雑誌は出来ぬことと存候

年末は小生一年間最多忙の時期殊に此両三日は一生懸命に働いても働ききれぬ程に御坐候　併しほとゝぎすの事も忘れ難く貴兄弱音を吐かれてはいよ〳〵心細く相成申候　呵々
貴兄御困難のことも大方推量致し居候へども何卒出来るだけの御奮発願上候

と記される。「万里の外に在て小生ひとり気をもむ処御憫察可被下候」と、切実な願いが籠められていた。

この年のこととして、鏡子の回想によれば、東京に滞在中の漱石は「読売新聞」に連載中の尾崎紅葉「金色夜叉」を読み、樋口一葉の全集を購入した。俳句好きの一地方高等学校教師も東京に戻ると、同時代の文学の動向が気になったのだろう。「金色夜叉」には感心しない。一葉については、官舎の二階に寝ころんで全集を繰りながら、「『たけくらべ』などには殊に感嘆して、男でも中々これだけ書けるものはない」などと言った、という。また、広津柳浪の「今戸心中」に感心していたことも伝えられる。

大晦日のことと回想される。山川信次郎に誘われて、三泊か四泊かの予定で、漱石は玉名郡・小天村に出掛けた。小天へは十一月にも山川や同僚たちと一泊旅行をしているから、よほど気に入った土地だったのだろう。

……其頃《そのころ》も小旅行《せうりよかう》に手頃《てごろ》な為《た》めだつたのでせう、五高《かう》の先生方《せんせいがた》や学生《がくせい》さんたちが行《ゆ》かれたものゝやうでした。熊本《くまもと》から西北《せいほく》三里半《りはん》ばかりのところで、山《やま》があり海《うみ》があつて、大変《たいへん》温《あたゝか》い土地《とち》で、蜜柑《みかん》の名所《めいしよ》だと伺《うかゞ》つて居《を》ります。高《たか》いところに立《た》つと、有明嶽温泉嶽《ありあけだけうんぜんだけ》などが見《み》え、時《とき》には不知火《しらぬひ》が見《み》えたりもするさうです。泊《と》まつた家《うち》は前田《まへだ》さんといふ郷士《ごうし》の方《かた》の別荘《べつさう》で、俗《ぞく》に湯《ゆ》の浦《うら》と言《い》はれたところだとのことです。（「漱石の思ひ出」）

「研究年表」に、「前田覚之助（案山子《あんざんし》、大同倶楽部領首として第一回衆議院議員）の別荘二階三号室に泊り、案山子《あんざんし》と歓談、越年する。『草枕』の素材の一部はこの旅行で得る」との記載がある。

＊

明治三十一年。――

一月六日、句稿・二十八となる三十句を子規に送る。

一月七日、研屋旅館支店に狩野亨吉を訪ねた。狩野亨吉は昨年末、漱石の懇請に応えて五高教授就任を受諾、併せて教頭職に就くことを了承して来熊したのだった。

一月二十二日、第五高等学校教授、二十六日、教頭を命ぜられる。年俸千六百円。

子規の日本新聞社での月給が、この年から四十円となる。

子規は二月十二日から三月四日まで、「日本」に「歌よみに与ふる書」を連載（十回）、つづけて「百中十首」（十一回）を掲げ、「貫之は下手な歌よみにて古今集はくだらぬ集に有之候」などと、過激かつ鋭い筆鋒をもって本格的に短歌革新に乗り出した。

二月二十三日、子規・正岡常規は隣りに住む社主、羯南・陸實に宛てて懇請ともいえる書簡を認《したた》める。「私が今日和歌を非とするは前日俳句を非とせしと事情相似たるのみならず論點沾も一致致居候。陳腐、卑俗、無趣味、無気力、人為の法則に拘束せらるる事等は箇条の重なる者に有之候」として、

……然れども和歌は士君子間に行はるゝこと久しく先入したる者は容易に抜け難きにつき和歌に付きての愚論愚作を発表致し候ハヾ攻撃四方に起り可申候。勿論外部の攻撃を恐るゝやうな弱き決心にては無之候へども恐るゝ処は内部の攻撃に有之候。歌を二三首出す、はや四方より苦情が起る、最早歌を出すことが出来ぬといふやうな始末にては余り残念に存候に付予め御願ひ申上候わけに御座候。私がつくり候歌なる者を続々新聞へ載せてもよろしく候や。右御許を得候はゞ外の諸氏の攻撃ありとも構はずやる積りに御座候。

と記す。「旧政府を倒して新に新政府を組織する際に攻撃を受くるは当然の事にて……」とあるのは、子規の意気込みを語るものといえる。さらに「右に附属して御願ひ有之候。それは外ならず新聞に掲載する和歌、歌論の選択を御任せ被下間敷やといふ事に御座候」とつづく。それまで「日本」は無方針のままに、旧派の歌論や歌壇評を数多く掲載していたが、「社の見識を以て取捨するやうに致さば宜しからん」と主張するのだった。この言

には、子規のエディターシップが起動したことが確認される。

三月二十八日、子規は漱石に宛てて、「先日（彼岸の入）あまりあたゝかきに堪へかねて車にのせられて（車迄は負ていてもらひて）郊外をまはり四年目に梅の花といふものを見ていとおもしろく覚え候」と近況を報じると同時に、「歌につきてハ内外共に敵にて候」と、苦衷を打ち明けた。「外の敵ハ面白く候へとも内の敵ハ閉口致候　内の敵とは新聞社の先輩其他交際ある先輩の小言ニ有之候　まさかにそんな人に向て理窟をのぶる訳にも行かずさりとて今更出しかけた議論をひつこませる訳にも行かず困却致候」とある。

子規は、隣家に宛てて四月一日と三日に、長文の書簡を送る。四月一日の一通は「全集」で七頁に近いものだが、「歌につきて毎ゝ御注意難有候」「定めて立腹の事と存候」などという文言ではじまって、縷々自論が開陳される。「今日歌に就いて論ずべきは根本の方にありと存候」と、文面には子規のラディカルな精神が横溢するのを見ることができる。なるほど、子規は天晴れ、快男児であった。三日の手紙は、隣家からの反論に応えたものと察せられる。

漱石は三月末に慌しく、熊本市井川淵町に転居する。大江村の家主・落合東郭が宮内省を辞して帰郷することになったからだった。

漱石が子規に移転を報せた手紙は今日、伝わらない。そこには珍しく、子規をして答えに窮せしめるような上っ調子の表現があった筈なのだが。

四月十九日附の虚子宛て書簡中に、子規は、「此間漱石ヨリノ来簡ニ自己ノ碌々タルヲ説キ次ニ『蕪村以来の俳人といはるゝ貴兄と同日の談にあらず』ト書イテアツタノデ大ニセケタネ、其返事ニ『僕でも尋常の健康であつて細君を携へて百円もらつて田舎へひつこむのならいつでもやりたいのだ』ト書テヤローカト思ツテルノダガ又オコラレテモ困ルカラマダヤラズニヰル」と、照れ隠しのような冗談を記している。嬉しかったに違いない。

五月、漱石は句稿・二十九となる二十句を子規へ送るが、五月二十九日附の子規書簡はその返事なのかも知れない。「御手紙拝見致候　いつかの御書面中蕪村已来云ゝ抔といはれて答にためらひ居候まゝつい〳〵御無沙汰ニ相成候」と記してから、近況が報じられた。「此頃ハ庭前に椅子をうつして室外の空気に吹かるゝを楽ミ申候」とある。

漱石は自身の門下生の句をも子規に送付することがあった。蒲生栄に宛てて、「大兄の俳句千江氏の分と共に過日子規手許迄送り置候処本日着の日本に三句丈掲載致来候間供御一覧候」と記した一通（六月十日附）が遺されている。

＊

「研究年表」に、——

「六月末か七月初め（日不詳）（推定）（後者は、小宮豊隆推定）、早朝、鏡は自宅に近く、梅雨期でかなり水量の多い白川の井川淵に投身自殺を企てる。舟に乗って投網の漁に出ていたかざりや（ブリキ職）松本直一に救われる。元第五高等学校の同僚浅井栄凞の奔走で、醜聞の伝播を内輪に留める」とある。

　鏡子のヒステリー症は、文学史に知られるエピソードの一つといえる。自殺未遂に至る深い事情は不明である。流産のあと、異常な心理状態にあったであろうことは容易に推察されるが、新婚生活も度重なる引っ越しで落ち着く暇《いとま》がなかった。「ドメスチック　ハッピネス」の基盤が築かれることがなかったのである。生い立ちにまつわる家族との距離感から、夏目金之助には夫婦のあり方そのものが理解の外にあった、とも考えられる。「九月、鏡の悪阻《つわり》重くヒステリーに悩む。一番ひどい時は、食物や薬はもちろん、水さえも飲めない」「ヒステリーの症状は十一月まで続く」と記される。

　七月中に熊本市内坪井町に転居したのは、井川淵から遠くに離れる必要を感じたからだろう。敷地五、六百坪、桑畑があり、庭も広い。鏡子は「この家《いへ》は熊本《くまもと》に居《ゐ》た間《あひだ》、私共《わたしども》が住《す》んだ家《いへ》の中《なか》で一番《ばん》い〻家《いへ》」であった、と回想する。家賃十円。間数は十室以上あって、別棟の物置があった、という。書生二人はこの七月、ともに五高を卒業。上京して、ガサツな俣野は田尻稲次郎男爵邸の、真面目な性格の土屋は中根家の書生となる。

　其頃《そのころ》、五高《かう》の学生《がくせい》さんでした寺田寅彦《てらだとらひこ》さんがおいでになつて、是非書生《ぜひしよせい》においてくれろといふことだつたのですが、夏目《なつめ》は自分《じぶん》のところになんぞ書生《しよせい》に居《ゐ》たつて仕方《しかた》がない。第一座敷《だいざしき》も少《すくな》いしといふやうなことを申《まを》しますと、それでは物置《ものおき》でもい〻といふ御執心振《ごしふしんぶ》りで、その物置《ものお》きに案内《あんない》したことがありました。随分変《ずゐぶんか》はつた人《ひと》もあればあるものだと思《おも》つて居《を》りましたが、話《はなし》はそれ切《き》り立《た》ち消《ぎ》えになつたやうでした。

（「漱石の思ひ出」）

高濱虚子は、——

前年六月に結婚、この年の一月に万朝報社に入社したが、六月には退社する。胸中に、俳誌刊行の構想が芽生えたためであったらしい。松山に帰郷していた虚子は早速、子規に宛てて手紙で相談した。あるいは、柳原極堂と話し合った結果であったのかも知れない。

　七月一日附の虚子宛て書簡はその返信だった。これも「全集」で七頁におよぶ長文である。要点だけを絞って、抄出するほかない。

　冒頭部に、前日、極堂が子規庵を訪れたことが記されている。

「雑誌の事は小生は以前より首を傾ける一人にて今でも首を傾ける」と、子規は発行そのものに否定的だった。

「第一売れぬといふ事ぢや」という。「それを売つて行かうといふのには技倆がいる」、「其技倆即ち売れるやうな雑誌を拵える技倆が貴兄に無いと思ふ」と手厳しい。そして、「小生には技倆があると仮定して」と話を進める。

「其技倆はどんなものかといふと一寸空論で現すことは出来ぬが先づ第一に種々の変化した者が一号の内に備つて居らねばならぬといふ事ぢや　これが貴兄に出来まいと思ふ処である」と記す子規は、ヴァリエーションを尊重して、それぞれが全体のなかで有機的な繋がりをもつよう企図するのが編集の重要なはたらきの一つであることを弁えていたといえるだろう。子規の俠気《おとこぎ》が頭をもたげる。

「雑誌の体裁などの事は小生に任すとの御言葉は単に礼儀許りで無く或は幾何か小生の技倆を認めて居られるかとも見える　さうすれば小生も多少の自信があるから事務的の小生は一切雑誌の編纂上の事を担当して詩人的の貴兄等の作を整理して行くといふ姿になる　よろしい引受けてやつても見たい」と、しかし、ここまでは仮定の話である。

「併し天は」とある。「我輩の成功を嫉んで居る　何故か運命は我輩をめのかたきとねらつて居る」

「『俳諧』といひ『小日本』といひ小生の関係した物は尽く失敗に終つた　尤も小生が自ら発起した者は無い　小生自ら発起した事があるならそれは小生の生命と終始すべきものであるけれ小生は中々発起などせぬ」

　として、突如、「併し男ぢや只貴兄の決心次第ぢや」の一行が飛びだすのである。

「貴兄はたやすく決心する人でなか〱実行せぬ人ぢや」と、子規は虚子の性質を正確に見抜いていた。「これは第一書生的の不規則な習慣が抜けぬためであらう　第二には感情が強くて意思を圧するためであらう　第三には目的が未来の快楽より寧ろ多く目前の平和にあるた

めであらう　今度若しやるなら臍を固めてやりたまへいよ〳〵やるときまれば小生は刑場に引かるゝ心地がする」とある。熱情家ではあっても、子規は己れを知る。感情を抑制することができ、将来へのヴィジョンを描けるという、編集経験者としての自負があった。

「小生ひとり必死でやるのに貴兄が存外冷淡であつたり疲労して寐てしまつたりせられては困る」「今迄の事を思ふと何やら心細い処もある」とは、虚子を編集者に育てようとするための逆説的な表現であったのかも知れない。

掉尾に、「『ほとゝぎす』との関係はいつでもどうともなる」との一行が記されているのは、前日の極堂との会見の内容を暗示するものなのだろう。極堂は多忙にすぎることを訴えに来たのだった。「三十一年の初夏に上京して訪ねたのが居士との最後の会見であり、『ほとゝぎす』の東遷は已に決定してゐたらしい」と、柴田宵曲は記している（「子規居士雑記」）。

虚子の返信は遺されている。これも長い。「玉書」を都合五回は読んだとして、要は、

「皆々御尤の抗撃と思ふにつけて、自ら顧み自ら誡め更に大兄の御決心に対して小生の決心も譲るまじと深く心に誓ふた」

「然り大兄と両人でやる、大兄が御病気の時は小生独りでやる、小生に歴史的知識（即学問）の無いことは此の頃自分でも甚だ耻ぢて居るところである、小生の忍耐力の過去に於て甚だ薄弱であつたことも亦自ら大に耻ぢて居る処である。爾後は誓つて学問をする、石にくひついても今後の雑誌の件では挫折せん」

「大兄百年の後は天晴の大兄の後継として耻ぢないやうにならう」

「実は小生一人でもやらうと思つて居たのだ、大兄が刑場に引かるゝ心持でやつてやらうとの言を聞いて感激の情に堪へぬのである」

と記すのだった。「ほとゝぎす」の東遷に拘泥するのは、いうまでもない、それがなくては作家・漱石の誕生はありえなかったからである。

八月三十一日の「ほとゝぎす」第二十号に、柳原極堂、高濱虚子による「購読者諸君に告ぐ」「ほとゝぎす発行処を東京へ遷す事」が掲げられた。

十月十日、正岡子規が主宰する「ほとゝぎす」（以下、「ホトトギス」と記す）が高濱虚子を発行人として発刊される。第二巻第一号。発行所は東京市神田区錦町一丁目十二番地、虚子の居宅である。色刷の表紙、写真版の口絵などと面目を一新、本文も六十頁となった。定価八

銭。千五百部刷って、即日五百部増刷したという。

当時の文壇はまだ明治文学の黎明期ともいふべきものでありまして、文学雑誌といつても「文学界」「早稲田文学」「帝国文学」「めざまし草」その他一、二あつたばかりでありましたし、そのなかで「ホトトギス」は多少異色があるといふ点で好評であつたのであらうかと思ひます。下村爲山や中村不折が表紙を描いたり、挿絵を描いたりした事も、この雑誌の特色をなしてゐました。　（「俳句の五十年」）

と、虚子は回想する。「黎明期」とは、いわば蠢動期であり、日清戦争後の文芸ジャーナリズムは沸き立つような状態にあった。春陽堂は幸田露伴を起用して「新小説」を再刊（明治二十九年七月）、博文館は「文藝倶楽部」（同二十八年一月）を創刊、「新聲」の躍進もあった。やがて三十三年四月には與謝野鐵幹が「明星」を発刊する。大阪では金尾文淵堂から、薄田泣菫らを編集同人とする「小天地」（同三十三年十月）の発刊もある。

子規が「ホトトギス」第二巻第一号に「小園の記」を発表したのは、注目すべきことといえる。以後、「車上所見」「吾幼時の美感」とつづく散文小品は、写生文の先駆けとなるからである。

漱石は第二、三号に「不言之言」を寄せた。署名は「糸瓜先生」（傍点・引用者）。これは、糸瓜先生（漱石）が俳句と西洋の詩を比較した戯文。傍点を付したのは、ふと、子規の絶筆となった一句が「痰一斗糸瓜の水も間にあはず」であったのを思い出したからにすぎない。漱石は熊本にあって、子規の誘導で中央との糸のように細い繋がりをもつことができたのである。

十月十六日、句稿三十一となる二十句を送る。

十二月、狩野亨吉が熊本を去る。十一月二十二日に五高宛てに文部大臣から狩野亨吉を第一高等学校校長に奏薦するという電報が届き、二十四日附で任命されたのだった。三十三歳。一年足らずの滞在ではあったが、初夏、夏蜜柑が枝にたわわに実る頃、漱石や山川信次郎らの同僚と行った小天温泉への日帰りの旅も熊本での愉しい思い出の一つとなったことだろう。

＊

明治三十二年。――

この年は、正月の耶馬渓探勝と初秋の阿蘇行、二つの旅行によって記念される。そして、長女・筆（筆子）が生まれ、寺田寅彦が五高を卒業して上京する。

一月一日、屠蘇で新年を祝ってから、奥太一郎とともに汽車で宇佐八幡宮に向かった。鳥栖、博多を経由して、この日は小倉に泊る。二日、宇佐八幡宮に参詣、四日市町に泊る。三日、羅漢寺に参詣。四日、耶馬渓へ。守実《もりざね》温泉の郵便局（河野家）に泊る。五日は吹雪、大石峠を越えて日田へ。「峠を下る時馬に蹴られて雪の中に倒れければ」として一句、「漸くに又起きあがる吹雪かな」が遺されている。日田を通過して、この日は吉井まで足を伸ばした。六日、吉井から追分を経て久留米に到着。この旅行中に詠んだ句は七十に近い。その他の近吟九句を合わせた七十五句を清書して、句稿・三十二を子規に送った。「つまらぬ句許りに候然し紀行の代りとして御覧被下度」とある。

奥太一郎は漱石の斡旋によって、前年四月に五高に着任した英語教師。明治三年、京都生まれ。新島襄から洗礼を受け、同志社英語普通科を卒業、帝国大学文科大学撰科生となって哲学を専攻した。岡山県津山尋常中学校教諭であったのを、漱石が五高教員に推挽したのだった。同中学校では「紀元会」の菊池謙二郎が校長を務めていたから、漱石は菊池から太一郎の学力、性向、人柄などを知らされていたのだろう。奥太一郎は終生、漱石に恩義を感じていたという。その後ながく五高教授を務め、のち長崎の活水女学校、九州学院を経て日本女子大学校教授となり、昭和三年十月に五十八歳で歿した。

序でに記しておくと、二人を一層親密にさせたのは謡曲趣味だった。「漱石の思ひ出」によると、漱石はこの年、謡の稽古をはじめ、謡の会などで奥太一郎と落ち合っていたようだ、という。師匠は加賀宝生を得意とする五高工学部長・教頭の桜井房記。「どういふ拍子《ひやうし》で呻《うな》り出《だ》したものか、『紅葉狩《もみぢがり》』かを教《をし》へて頂《いたゞ》くことになつたのですが、大層質《たいそうたち》がいゝとのお賞《ほめ》にあづかつて、自分《じぶん》ではしきりに得意《とくい》で大《おほ》きな声《こゑ》を出《だ》して呻《うな》つて居《を》りました」とある。鏡子は「桜井《さくらゐ》さんにほめられたつて、そりやおだてで、なつて居《ゐ》ないぢやありませんか」などと浴せかけた。太一郎のは、ひょろひょろと「全《まつた》く珍妙《ちんめう》な謡《うた》ひ声《ごゑ》」だったという。

二月、子規に宛てて、句稿・三十三となる百五句を送る。

三月二十日附の子規からの手紙で漱石は、「ほとゝぎすへ何でも一つお書き被下まじくや」と頼まれた。「此頃ハ紙数少しく増加せし故六頁や七頁位はまとめて出せるやうに可致、何でも一つ御願ひ申候　材料はむつかしくてもやさしくても専門的でも普通的でも何でもよろしく候」という注文である。「規」の署名で、宛名は「金様」。

　この依頼に応えたものなのだろうか、漱石は第二巻第七号（四月二十日発行）に「英国の文人と新聞雑誌」を寄稿した。

> ……一般に文学者と呼ばれ又自ら文学者と名乗る者は独りで述作をして独りで楽んで居る様な者は極めて鮮《すくな》い。況《いわ》んや文を売つて口を糊《のり》するといふ場合に至れば必ず何かの手段を以て世の人に自作を紹介し様と企てる。新聞雑誌は此紹介物として頗る便利なものであるからそこで文人と新聞雑誌との関係が生じてくる。

として、おもに十八世紀からディケンズに至る英国の詩人・作家とジャーナリズムとの密接な関係を粗述したものである。「スペクテイター」から「デイリー・ニュース」までのさまざまな新聞・雑誌に言及した。しかし、こうしたテーマに関心をもって正面から向きあうエッセイを書いたのは、ほかには、「文学者となる法」を匿名で著し、のち三十四年九月に丸善に入社してPR誌「學の燈」の編集にあたる内田魯庵の名前が思い浮ぶにすぎない。また、このような原稿を掲載したところに、「ホトトギス」がたんに俳誌の域を超えて文藝誌を目指すものであったことが看取される。漱石としては、「ホトトギス」とのより深い関係をもとうとする宣言のつもりであったのかも知れない。

　五月十九日の子規宛て書簡に「寺田寅彦」が登場する。

> 俳友諸兄の近況は子規紙上にて大概相分り候いつも御盛の事羨《うらやましく》敷存候小生は頓《とん》と振ひ不申従つて俳句の趣味日々消耗致す様に覚申候当地学生間に多少流行の気味有之候寅彦といふは理科生なれど頗る俊勝の才子にて中々悟り早き少年に候本年卒業上京の上は定めて御高説を承りに貴庵にまかり出る事と存候よろしく御指導可被下候

「俳句に遠かると共に漢詩の方に少々興味相生じ候」と、五言詩二首が添えられた。寺田寅彦が五高を卒業して東京帝国大学理科大学物理学科への進学が決まるのは、七月のことである。九月五日に、寅彦は子規庵を訪れ、十月十日発行の「ホトトギス」に「根岸庵を訪ふ記」を寄せた。

　五月三十一日、長女・筆（筆子）が誕生する。「私《わたし》が字《じ》が下手《へた》だから、せめて此子《このこ》は少《すこ》し字《じ》を上手《じやうず》にしてやりたいといふので、夏目《なつめ》の意見《いけん》に従《したが》ひまして、『筆《ふで》』と命《めい》名致《めいいた》しました」と、鏡子は記している。漱石は「最初《さいしょ》の子供《こども》ではあり、結婚《けっこん》してから満《まん》三年《ねん》の後《のち》に出来《でき》た子《こ》ではあり、随分《ずいぶん》と可愛《かはい》がりまして、自分《じぶん》でよく抱《だ》いたり致《いた》しました」という。

*

三月上旬から漱石を悩ませていた問題は、狩野亨吉から山川信次郎に第一高等学校への転任の誘いがあったことである。三月十日附の手紙で漱石は狩野亨吉に宛てて、「先達山川君より東京転任の件につき相談有之同氏は冒頭より意なき趣故小生も賛成は致さず置候其結果は当人より手紙にて委細申上候事と存候」と記して、不快の意を表した。しかし、その後も狩野・一高校長との交渉はつづき、結局は山川自身に帰京の思いが募って、漱石が五高校長と折衝することになった。六月二十日、漱石は狩野亨吉に宛てて「学校にては山川氏の請願を聞入るゝ事に相成候」と伝え、「小生も山川に別れては学校の為には相談相手を失ひ閑友としては話し相手を失ひ当人には何とも申さねど心裡は大に暗然たるもの有之候へども是も浮世故不得已《やむをえざる》次第と存候」と記した。漱石に「送別」として、「時くれば燕もやがて帰るなり」の一句があるが、これが何月何日に詠まれたものかは判らない。

八月二十九日から九月二日まで、五日間の阿蘇登山は山川信次郎送別のための旅行だったのだろう。一日目は戸下《とした》温泉泊。二日目は馬車で立野を経て内牧《うちのまき》温泉へ。養神亭に泊る。三日目の朝、阿蘇神社に参詣、午後、中岳に登った。山中で道に迷って、終日あらぬ方にさまよった様子は、「二百十日」に描かれた場面から想像すればよいのかも知れない。ようやく養神亭に辿り着いた。四日目（九月一日）は二百十日、立野まで戻って馬宿に泊る。五日目、馬車で熊本に帰る。

九月五日、山川信次郎は第一高等学校教授に就任した。おなじ日、漱石は子規に宛てて句稿・三十四となる五十一句を送る。多くが旅中吟であったことは記すまでもない。「戸下温泉」（八句）、「内牧温泉」（十五句）などとあって、子規は枕許に地図を拡げれば、漱石とともに阿蘇を旅することができたのである。

十月十七日、句稿三十五となる二十九句を送る。これは「熊本高等学校秋季雑詠」と題して、「学校」「運動場」「図書館」「習学寮」と校内のあちらこちらを、いわば俳句というレンズで捉えたスナップ写真集である。明らかに、子規を慰撫するつもりであったと思われる。「魚も祭らず獺老いて秋の風」（「動物室」）の一句が、その証左となるだろう。子規の別号に獺祭書屋主人がある。

「秋はふみ吾に天下の志」（「図書館」）などという凡庸な句に、子規の感情はかえって奮いたたされたかも知れない。

十二月十一日、漱石は虚子に宛てて、「ホトトギス」の編集について厳しい叱責の手紙を送った。この一通は漱石の編集者としての性向を明確に示す最初のものであり、刮目すべきものといえる。漱石はたんに英文学を勉強する俳人・漢詩人ではなかった。

まず、虚子の怠慢を詰った。

熊本で「池松迂巷なる人」が紫溟吟社の俳句を地元紙「九洲《〔州〕》日々新聞」に連日掲載するように尽力してくれていて、そこに東京の俳人の句も時々掲載したい旨、虚子に一書を呈したところ、何等の返事もない。漱石からもう一度頼んでくれ、とのことである。「迂巷と申す人は先般来突然知己に相成候人なるが非常に新派の俳句に熱心忠実なる人に有之実は今回の挙抔も新派勢力扶植の為めの計画に候左すればほとゝぎす発行者などは大に声援引き立てゝやる義理も有之べきかと存候」と記す。九州地方では新派の勢力は弱い。「大兄抔は鼓吹奨励の責任ありと存候」という。文学運動の何たるかを、漱石は心得ていた。迂巷に早く返事を出すように、と催促する。「日日新聞は同人より大兄宛にて毎日御送致し居候よし定めて御閲覧の事と存候」との一行に、漱石の虚子の驕慢に対する静かな怒りが籠められていると感じられる。

「乍序《〔ついでながら〕》」、とある。

「『ほとゝぎす』が同人間の雑誌ならばいかに期日が後れても差支なけれど既に俳句雑誌抔と天下を相手に呼号する以上は主幹たる人は一日も発行期日を誤らざる事肝要かと存候」と勧告する。「ホトトギス」は毎月十日発行の予定が、十日も二十日も遅れることがあった。それでも、この年の十一月発行号の「消息欄」に、「期日の後れ勝なるに係らず読者の益増加致し候は甚だ本誌の幸栄とする所に候」などと、ぬけぬけと記す始末だった。「ホトトギス」は気まぐれな、「慰み半分の雑誌」なのか、事情はさまざまあるのだろうが「門外漢より無遠慮に評し候へば頗る無責任なる雑誌としか思はれず候」。「現今俳熱頗る高き故唯一の雑誌たる『ほとゝぎす』はかく無責任なるにも不関《〔かかわらず〕》売口よき次第なるべけれど若し有力な競争者出でば之を圧倒する事固より難きにあらざるべし」と、漱石はジャーナリズムという怪物の生態についても知悉していたかのようである。読者層がそこにあると知れば、競争者はかならず現れる、と。よしんば競争者が現れなくとも、「敵なき故に怠る様に見えるは猶更見苦しく存候」。この一行には、若き漱石の人生観、倫理観が凝縮されていると思われる。美学、というべきものだろう。

「次に述べたきは」、とつづく。

『ほとゝぎす』中にはまゝ楽屋落の様な事を書かれる事あり是も同人間の私の雑誌なら兎に角苟《いやしく》も天下を相手にする以上は二三東京の俳友以外には分らず随つて興味なき事は削られては如何」と記される。「吾に天下の志」を持て、である。同人間の楽屋話は「加之《しかのみならず》品格が下る様な感じ致候高見如何」と、虚子を問い詰めた。

「方今は『ほとゝぎす』派全盛の時代也然し吾人の生涯中尤も謹慎すべきは全盛の時代に存す如何」、と。この言葉もすぐれて倫理的といえる。漱石に「ホトトギス」を、リトルマガジンではあっても、一級の文藝雑誌に育てたいとする思いがあったことは疑いない。

「子規は病んで床上にあり之に向つて理窟を述ぶべからず大兄と小生とはかゝる乱暴な言を申す親みは無き筈に候苦言を呈せんとして逡巡するもの三たび遂に決意して卑辞を左右に呈し候」と、文面を締め括った。「是も雑誌の為めよかれかしと願ふ微意に外なら」ず、とある。

池松迂巷については「研究年表」に、『白縹会』という短歌会に所属している。当時、寺原町《てらばる》の瀬戸坂に住む」、また、「渋川柳次郎（玄耳）（第六師団法官部試補）を中心とする長野蘇南（一等軍医正）・川瀬六走（法官部理事）・広瀬楚雨斎・藤西溟（実業家）などの一派を紫溟吟社と結びつける」と記載されている。熊本でも俳句熱が異様なほどの昂まりをみせていたことが観察される。

虚子からの返信はあったのかどうか、現存しない。

十二月十七日の子規からの手紙に、「ホトヽキスに付て発行遅延の御注意難有候」との言及があり、「コレハ第一小生の病第二虚子の無精といふ原因に基き候」と、大将が替って弁明するのだった。もとは虚子の「身体の不健全より起ること」で、「困り入候」と困惑を隠せない。書面には、「ホトヽギスの発行遅延モ今は名物の如く相成先月は廿五日出来上リニテ二千三百部印刷之処即日売切」「全盛を極め居候」などとも報じられている。

「小生は此全盛がこはいので他日衰退に傾くやうでは却てホトヽギスのために憂慮すべき事と半喜ひ半心配致居候」とは、漱石の詰問に対する答えなのだろう。「虚子はとにかく大得意にて殊に青々を雇ひ入る等の事ありしため多少の嫉妬を受け申候　虚子も此頃に至りて始めて世に立つの法を知り得たり抔申居候」とある。「青々」は松瀬青々、新たに「ホトトギス」の編集に加わったことが知られる。

「ホトトギス」の売上げ好調に比して、「日本」が不調に陥っているのが、子規の頭痛の種であり、不安の材料でもあった。「ホトトギス」も抛ってはおけない、「併シ本職といふ点からいふても今迄の恩になりたる点からいふても新聞の方をおろそかにするは良心にすまぬ事なれば十分働くつもりに候へどもなか〳〵さうも参らず頭の中は多少煩悶の姿に有之候」という。書簡には、この頃の執筆生活についても具体的に記されている。というより、漱石に自らの苦境を訴えたとみるべきだろう。

……朝は寐る、昼は人が来る、夜は熱が出る、熱を侵して筆を取るか又は熱さめて後夜半より朝迄筆取るか、いづれにしても体は横寐、右を下、右の肱をついて、左の手に原稿紙を取りて、物書くには原稿紙の方より動かして行く、不都合な事、苦しい事、時間を要する事、意到つて筆従はざるために幾度か蹉跌して勢のぬける事弊害と困難は数へきれぬ程に候　其上に外出して材料を拾ひ出す事が出来ぬといふ大不便あり　仏様に聞たら小生の前身は余程の悪人なりし事と存候

思 ひ や る お の か 前 世 や 冬 こ も り

今日、「子規へ送りたる句稿」は、十月十七日の三十五までが確認されているという。以後送られることはなかったと推察されるのは、漱石が子規の状態を慮って、批正を乞うのを憚ったのだろうと考えられるからである。この記述は無言の教えとして、書くということについて、漱石に多くを学ばせたに違いない。あの牧歌的な文人生活への憧れも吹き飛んだことと思われる。と同時に、突飛な連想のようだが、この互いに胸苦しい現実を離れるべく、子規との現世での別れを覚悟したと、私には想像されるのである。漱石は泣いた、と。

三　汽船プロイセン号

明治三十三年。——

英国留学へと旅立つ年である。

元日、村上霽月への年賀状に、漱石は「新しき願もありて今朝の春」との一句を記した。「新しき願」が何であるかは判然としないが、二月十二日という早い時点で、五高校長の中川元が上京して英語研究を目的とする夏目金之助の留学について上申しているところから察して、漱石はおそらく前年末には英国留学の意志を示していたものと思われる。

前年十二月に「日本」で初の短歌募集が行われ、一月一日から紙上でその結果が発表された。伊藤左千夫や長

塚節らの名前が登場する。「短歌募集の一事は少くとも従来短歌会に姿を見せなかつた作家を、居士の身辺に引付ける効果があつた」と、紫田宵曲はいう（「子規居士」）。子規全集の「年譜」に、「伊藤左千夫子規門となる」「長塚節が初めて訪問し以後歌会に参加する」との記載がある。

一月二十九日から三月十二日にかけて、子規は「日本」に「叙事文」と題する評論を三回掲載して、写生文を提唱した。

写生文とは、一口でいえば、「写生、写実」をもととして実感を重んじる口語文。宵曲の記述を借りるなら、子規は「文章に於ける虚叙（抽象的）を排し、実叙（具象的）によるべきことを主張した」。虚叙は理性に、実叙は感情に訴える。「叙事文」は実例を混じえた具体的かつ実際的な論述で、一種の文章読本ともいえる。例えば、掉尾には「文体は言文一致か又はそれに近き文体が写実に適し居るなり。言文一致は平易にして耳だゝぬを主とす」、「言文一致の内に不調和なるむづかしき漢語を用ゐるは極めて悪し。言葉の美を弄するは別に其体あり。写実に言葉の美を弄すれば写実の趣味を失ふ者と知るべし」とある。

言文一致を近代文章史の第一幕と数えれば、写生文の提唱はその第二の開幕を告げる画期的な〝事件〟だった。子規は新しい。そのラディカルな精神は詩歌にとどまらず、散文の革新へと最後の挑戦を試みたのである。小説への夢と挫折、その労苦がこうした形で実を結ぼうとしたのだ、といえるのかも知れない。

「ホトトギス」では、すでに三十一年十一月から「雲」「山」「夢」などの課題短文の募集が始まっていた。また、三十二年末頃からは、のちに触れる「山会」という文章錬磨のための集まりが月に一回、子規の枕頭で重ねられ、そこで好評を得た写生文が誌上に掲げられた。写生文について、柳田國男「世間話の研究」にこんな記述がある。

……明治の文章の何が最も前代に比類なく、人を主我の憂鬱から解放するに力があつたかといふと、それは（中略）何でも無い日常の言語を、無心に再現しようとした所謂写生文であつた。根岸派俳人等の大いなる功績は、蕪村の礼讃でも無く又万葉形式の模倣でも無く、心に最も近い人間の言葉ならば、何でも絵になり又尊い経験になるといふことを、事実で証拠立てた俳諧の活用であつた。だからあの時代を明らかな区切りとして、我々の文藝は一変して居る。どんな偉い人でも大なり小なり、無意識にあの感化を被つて居ないものは無い。

「根岸派俳人」は、子規・虚子を中心とする「ホトトギス」グループ。子規の住居が上根岸にあったことに拠る通称。子規は大言壮語の漢文脈から、俳諧を通して、日常的な口語散文へと自己の言語改革を完了した。と同時に、その編集感覚は最後に、文字通り生命を賭して、時代の文章表現を「一変」させたのである。文明を編集した、というべきなのかも知れない。柳田國男の記述は、「更にそれ以上に漱石の弟子たちは成功して居る」とつづく。

子規の提唱への共振がなくては、小説家・夏目漱石は生まれなかった。理性のはたらきを抑えよ、との教訓が活かされなくては、漱石文学の存在はあり得ない。

ところが、である。と、記すべきだろう。

二月十三日に投函されたと思われる子規の手紙が、書留で、いつ漱石の許に届いたかは判らない。数日前に漱石から送られた金柑の礼状のつもりだったというが、「全集」で六頁分におよぶ長文である。

冒頭に、「例の愚痴談だからヒマナ時に読んで呉れ玉へ、人に見せては困ル、二度読マレテハ困ル」と記されている。

前半は、寒さのせいで仕事が捗らず苛立つ心境がつぶさに綴られる。奮気して徹夜を覚悟で「先ヅ浣腸ト繃帯取替トヲスル（此二事ガ老妹ノ日々ノ大役ダ）」ものの、「ナサケナイ事ニハ此頃ノ寒サデハ迚モ出来ヌ」という。そして、寺田寅彦が時々訪ねて来ること、熊本特産の大金柑が母妹や俳人仲間を驚かせたことなどが報じられる。「愚痴談」はこのあとに始まる。子規はすでに涙ぐんでいたのかも知れない。陸羯南の「徳」を思うのである。「『日本』ハ売レヌ、『ホト丶キス』ハ売レル、陸氏ハ僕ニ新聞ノコトヲ時々イフ（コレハ只材料ヤ体裁ナドノコト）ケレドモ僕ニ書ケトハイハヌ、『ホト丶キス』ヲ妬ムトイフヤウナコトハ少シモナイ」とある。

……僕ガ「ホト丶キス」ノタメニ忙シイトイフコトハ十分知ツテ居ル故……………

（此間落泪）

僕ニ日本へ書ケトハイハヌ、ソウシテイツデモ「ホト丶ギス」ノ繁昌スル方法ナドヲイフ、ソレデ正直イフト「日本」ハ今売高一万以下ナノダカラネ（売高ノコトハ人ニイフテ呉レ玉フナ）僕カライヘバ「日本」ハ正妻デ「ホト丶キス」ハ権妻《ごんさい》トイフワケデアルノニ、兎角権妻ノ方へ善ク通フトイフ次第ダカラ「日本」へ対シテ面目ガナイ、ソレデ陸氏ノ言ヲ思ヒ出ストイツモ涙ガ出ルノダ、徳ノ上カライフテ此様ナ人ハ余リ類ガナイト思フ。

落涙について、子規は弁明する。「神戸病院ニ這入ツテ後ハ時々泣クヤウニナツタガ、近来ノ泣キヤウハ実ニハゲシクナツタ。何モ泣ク程ノ事ガアツテ泣クノデハナイ。何カ分ランコトニ一寸感ジタト思フトスグ涙ガ出ル」と。例えば、久松家の恩、叔父・大原恒徳の恩を思えば、涙。死後を思えば母のこと、妹のことが気がかりで、涙。

……ソレヨリモ今年ノ夏、君ガ上京シテ、僕ノ内ヘ来テ顔ヲ合セタラ、ナド丶考ヘタトキニ泪ガ出ル。ケレド僕ガ最早再ビ君ニ逢ハレヌナド丶思フテ居ルノデハナイ。併シナガラ君心配ナドスルニハ及バンヨ。君ト実際顔ヲ合セタカラトテ僕ハ無論泣ク気遣ヒハナイ。空想デ考ヘタ時ニ却々泣クノダ。昼ハ泣カヌ。夜モ仕事ヲシテ居ル間ハ泣カヌ。夜ヒトリデ、少シ体ガ弱ツテヰルトキニ、仕事シナイデ考ヘテルト種々の妄想ガ起ツテ自分デ小説的ノ趣向ナド作ツテ泣イテ居ル。

無意識の触手が、漱石の胸にすがりつくように伸びたようである。この触手について説明しようとして、なぜか唐突に、昭和の詩人・吉田一穂の「母」という有名な四行詩が思い出された。「あゝ麗はしい距離《デスタンス》／常に遠のいてゆく風景……〃悲しみの彼方、母への／捜り打つ夜半の最弱音《ピアニツシモ》。」と。たしかに、現実にも子規にとって、漱石は西へ西へと、「常に遠のいてゆく」存在だった。「最弱音《ピアニツシモ》」は意識の深層で奏でられる音階なのだろう。

ふと、子規は意識が戻ったように、「返事ナドハオコシテクレ玉フナ。君ガ之ヲ見テ『フン』トイツテクレ丶バソレデ十分ダ」と記す。書面は、「金柑の御礼をいはうと思ふてこんな事になつた。決して人に見せてくれ玉ふな。若し他人に見られてハ困ると思ふて書留にしたのだから」と結ばれる。これが子規流の〃恋文〃なのは明らかだろう。

三月初旬、子規から筆子の初節句を祝って、三人官女の雛人形が贈られた。

別送を伝える三月三日附の手紙に、此の頃は忙しすぎるためにかえってぼんやりしてしまい仕事が手につかない、絵ばかり書いている、と記されている。「それが又非常に面白いのでいよ〳〵外の者がいやになり候」とある。

＊

三月末、漱石は転居する。新しい住所は、熊本市北千反畑七十八番地。熊本での最後となる引っ越しだった。「藤崎八幡宮の参道北側で、相撲の吉田司家の角屋敷から北三軒目にあたる。階下は、十畳、六畳、三畳の三間。階上は、八畳、四畳。八畳を書斎にする」と「研究年表」に記されているが、なにより漱石の「菜の花の隣ありけり竹の垣」の一句が、新しい環境を彷彿させるに足るものといえるだろう。

四月十三日、中川元が第二高等学校校長となって熊本を去り、桜井房記が校長となる。二十四日、漱石は教頭心得に任ぜられる。

五月十二日、文部省第一回給費留学生に選ばれ、英語研究のため満二年の英国留学を命ぜられた。文部省の方針で高等学校教授に外国留学の機会が与えられたのである。紀元会の藤代禎輔にはドイツ語研究のため二年間のドイツ留学が、芳賀矢一には文学史研究のため一年半のドイツ留学が命ぜられた。「外国留学生夏目金之助／英国留学中一ケ年金千八百円ノ割ヲ以テ学費ヲ給ス」という辞令が届いたのは六月二十日のこと、二十八日、「第五高等学校教授夏目金之助／外国留学中年俸金三／百円支給」という辞令を受領する。「三百円」（月額二十五円）は留守宅に支給される休職給である。

英国留学は漱石の意志であり、希望でもあった。あるいは自らが思い定めた人生行路の一過程であったのかも知れない。いずれにせよ、五高の同僚だった山口高等学校校長の松本源太郎に宛てた六月十七日の挨拶状のなかには、「菲才浅学の身にて誤つて選にあたり候事全く校長始め先生の御尽力と深く感謝致候」と、「御礼」の言葉を綴っている。同様の挨拶状は、ほかにも何通か送られたことと思われる。そして漱石は、西洋行が子規の久しく抱きつづけた夢でもあることを知っていた。

子規から、あずま菊を描いた絵が送られたのは六月中旬のこととされる。「あづま菊いけて置きけり／火の国に住みける／君の帰りくるかね」の一首が添えられている。

六月二十日の子規書簡には、「御留学之事新聞にて拝見」（傍点・引用者）とある。「いづれ近日御上京の事と心待ニ待居候」と記されているものの、病状悪化のためだろう、「小生たとひ五年十年生きのびたりとも霊魂ハ最早半死のさまなれは全滅も遠からすと推量被致候」など、まったく低調な様子である。添えられた二首のうちの一首も、「年を経て君し帰らは山陰のわかおくつきに草むしをらん」と、暗い声調のものだった。

漱石が身重の妻・鏡子と筆子を伴って上京するのは七月十八日、または十九日のこと。十六日に熊本地方は大洪水に襲われ、交通路は各地で分断、難儀をきわめる旅となった、という。上京後、牛込・矢来町の中根重一方の離れに落ち着く。離れ、といっても鏡子の祖父・忠治が住んだ一軒家で、玄関二畳に次の間があり、座敷は八畳・三畳の二間。漱石の留学中、鏡子はここに住んで、次女・恒子を出産する。

九月初旬に予定された出発まで、漱石は多忙な日々を過ごす。しかし念頭にあるのは、子規を訪ねる時間を捻出することだったのは記すまでもない。

七月二十三日。「午後四時頃から、正岡子規を訪ねる。西洋料理を馳走され、九時まで話す」と、「研究年表」に記載がある。どんな話が交されたかは判らないが、洋行の話のほかに寺田寅彦のことや、「山会」のことなども話題にのぼったと思われる。寺田寅彦はこの夏は帰省せず、東京で過ごす。四月に本郷西片町に新居を構え、高知から妻・夏子を迎えていたのだった。「山会」については虚子に、「子規が文章には山がなければいかんといふ事をいつたのが初めで、文章会の事を山会と称へるやうになつた」（「俳句の五十年」）という記述がある。子規の提唱は速やかに、実践の場へと移されたのである。

八月十三日の朝、子規は突然の喀血をみた。二十八年以来の多量の喀血に驚くが、幸いなことに一度で熄んだ。「喀血後は疲労甚しく、二十二日夜の『蕪村句集』輪講の際にも、黙聴して時に意見を述べるにとゞめたほどであつた」と、柴田宵曲は記す（「子規居士」）。

一年半後に子規を見舞った鏡子は、「お顔《かほ》や唇《くちびる》はまるで半紙《はんし》のやうに白《しろ》く、息使《いきづか》ひが荒《あら》くて、見《み》て居《ゐ》ても苦《くる》しさうでした」「あれでよくまあ生《い》きて居《ゐ》られるものだと思《おも》ひました」と回想している。子規の顔にありありと死相があらわれていたからか、帰ってから二、三日は食事も喉を通らないほどだった、という。この夏の大喀血以後、そんな状態に陥っていたのだろうか。鏡子は、漱石が子規を訪ねて、半日でも座り込んで平気で話して帰ったのを思い出して、「えらいものだ」と皮肉混りに感心する（「漱石の思ひ出」）。

八月二十六日、漱石は寺田寅彦と連れ立って子規庵を訪れた。谷中の森に蜩《ひぐらし》が鳴いていたという（「寺田寅彦日記」）。この日が子規との最後の面会となる。

子規と漱石、二人はすでに生前二度とは会えないことを覚悟していた。この日、どんな言葉が交されようとも、無意識の触手が静かに絡み合っていたことだろう。「半

子規と虚子から、送別の句を記した短冊が送られたのは、「いよ〳〵出立《しゅったつ》といふ前《まへ》」のことという（「漱石の思ひ出」）。子規の句は「漱石を送る」として、「萩すゝき来年あはむさりながら」。

九月八日の午前八時、漱石を乗せた汽船プロイセン号は横浜を出帆する。鏡子、狩野亨吉、寺田寅彦らが見送った。プロイセン号は神戸、長崎を経由して外洋に出た。

子規は「ホトトギス」の「消息」欄に、「小生は一昨々年大患に逢ひし後は洋行の人を送る毎に最早再会は出来まじくといつも心細く思ひ候ひしに其人次第〳〵に帰り来り再会の喜を得たる事も少からず候。併し漱石氏洋行と聞くや否や、迚も今度はと独り悲しく相成申候」と記す。

死」の子規の「霊魂」が漱石の無意識にしっかり摑まれた様子が、私には想像されるのである。子規が黙ったまま頷いて、その表情が緩む一瞬までが確認される気がする。もう生きては会うまいとする決断、つまり留学希望についての漱石の真意を無意識のはたらきが伝え、それを子規は諒解した。そうでなくては、漱石は到底席を立つことができなかったに違いない。子規の魂は漱石の意識の深層に宿る。

＊

漱石は出発の準備に追われた。文部省に専門学務局長・上田萬年を訪ねたり、七月にドイツから帰国したばかりの大塚保治に会ってロンドンの下宿事情を聞いたり、狩野亨吉に五高の後任人事について相談したり、と忙しい。中根家が一家で大磯に海水浴に行き、鏡子の妹・梅が赤痢に罹って死亡するという不測の事態もあった。赤痢は鏡子の母・カツにも伝染する。

九月一日の朝、藤代禎輔、芳賀矢一と三人で横浜に行き、ロイド社で汽船の切符を購入した。藤代禎輔の提案に従って、ドイツ船の Preussen（プロイセン）号に乗船することに決めていたのである。駅のレストランで昼食を摂って帰宅した。

第三章　ロンドン滞在

汽船プロイセン号は十月十四日にスエズ運河を通過、のちナポリに停泊して、十九日にジェノヴァ港に着岸した。

漱石らの一行は列車でパリに向い、一週間ほど滞在。エッフェル塔に登ったり、万国博覧会を見物する。一九〇〇年、明年には新世紀を迎えるのである。二十八日、ベルリンに赴く藤代禎輔、芳賀矢一らと別れて、漱石はロンドンに向けて出発、午後七時頃、ヴィクトリア駅に到着した。パリでは、浅井忠を訪ねたことも忘れずに記しておかなくてはならない。浅井忠は安政三（一八五六）年生まれ、東京美術学校教授の洋画家。正岡子規と親しく、絵画研究のためにフランスに留学していた。

*

明治三十五（一九〇二）年十二月までの二年余り、漱石の留学体験は不幸なものであったとされる。三十九年十一月四日の「読売新聞」に掲げられた「文学論序」に、自らが、「倫敦で暮らしたる二年は尤も不愉快の二年なり。余は英国紳士の間にあつて狼群に伍する一匹のむく犬の如く、あはれなる生活を営みたり」と回想するのである。

不満の要因に数えられるものは、まず、文部省から命ぜられた研究目的が英文学ではなく英語学・英語教育法であったこと。「発音にせよ、会話にせよ、文章にせよ、たゞ語学の一部門のみを練習するも二年の歳月は決して長しとは云はず」「篤と考へたる後、余は到底、余の予想通りの善果を予定の日限内に収め難きを悟れり。余の研究の方法が、半ば文部省の命じたる条項を脱出せるは当時の状態として蓋し已を得ざるに出づ」（「序」）とある。

ついで、政府から支給される学資が少なく、期待通りの研究を送ることができないと気づかされたこと。

漱石はロンドン到着後五日目に、ケンブリッジに赴き、プロイセン号で同船したノット夫人に紹介されたペンブルック・カレッジのC・F・アンドルーズ（フェローだったと推定される――「研究年表」・註）を訪ねた。翌日、アンドルーズの案内でケンブリッジを見学したが、その際、日本から来ていた私費留学生二、三名を知る。「彼等は皆紳商の子弟にして所謂《いわゆる》ゼントルマンたるの資格を作る為め、年々数千金を費やす事を確め得たり」という。

……余が政府より受る学費は年に千八百円に過ぎざれば、此金額にては、凡てが金力に支配せらるゝ地に在つて、彼等と同等に振舞はん事は思ひも寄らず。振舞はねば彼土《かのち》の青年に接触して、所謂紳士の気風を窺ふ事さへ叶はず、仮令《たとい》交際を謝して、唯適宜の講義を聞く丈にても給与の金額にては支へ難きを知る。

（「文学論序」）

と、失望は露わだった。「オクスフォードはケムブリッヂと異なる所なきを信じたれば行かず」とある。

漱石はロンドンに留まることに決め、安下宿を探して転々とする。三十三年の十二月まではロンドン大学でW・P・ケア教授の講義を聴き、以後、翌年八月頃まではケア教授の紹介で、ベーカー通りに住むW・J・クレイグの許に通って個人授業を受ける。W・J・クレイグは、漱石文学の愛読者なら、「永日小品」の「クレイグ先生」で親しい存在だろう。一八四三年生まれだから、漱石より二十四歳年長、この頃は五十歳代後半のシェイクスピア学者で、全三十九巻の「アーデン・シェイクスピア」の監修者となり「リア王」の注釈の仕事に集注していた。漱石はベルリンの藤代禎輔に宛てた絵葉書（三十三年十二月二十六日）に、「僕の『コーチ』は『シエクスピヤ』学者で頗る妙な男だ四十五歳位で独身もので天井裏に住んで書物ばかり読んで居る」と記している。

漱石が切り詰めた生活を送ったのは、留学の目的の一つを書物蒐集としたからである。チャリング・クロスを歩いて古書を漁ったり、カタログを取り寄せて注文したり、蒐書はたちまち行李に溢れ、引っ越しの度に難儀する始末だった。チャリング・クロスはロンドンの中心に位置する繁華街。数軒の老舗古書店があり、出版社もあった。藤代禎輔宛ての絵葉書には、「二年居つても到底英語は目立つ程上達シナイと思ふから一年分の学費を頂戴して書物を買つて帰りたい書物は欲いのが沢山あるけれど一寸目ぼしいのは三四十円以上だから手のつけ様がない可成衣食を節倹して書物を買［は］ふと思ふ」とも記されていた。

やがて、とは「一年余を経過したる後」のこと、「文学論」の大構想が芽生え、自らをその準備へと追い込んだ、という。「文学論序」に、「根本的に文学とは如何なるものぞと云へる問題を解釈せんと決心したり」と回想され、「余は下宿に立て籠りたり」とある。漱石は「一切の文学書を行李の底に収め」、心理学ほか科学関係の書物を渉猟する。

　余は余の提起せる問題が頗る大にして且つ新しきが故に、何人も一二年の間に解釈し得べき性質のものにあらざるを信じたるを以て、余が使用する一切の時を挙げて、あらゆる方面の材料を蒐集するに力《つと》め、余が消費し得る凡ての費用を割いて参考書を購へり。此一念を起してより六七ヶ月の間は余が生涯のうちに於て尤も鋭意に尤も誠実に研究を持続せる時期なり。

　この猛勉強ぶりが日本に、漱石狂せり、の噂となって伝わった。

　思えば、十九世紀後半から二十世紀初頭にかけて、ヨーロッパでは科学上の革命的な発見・発明が相次いだ時代だった。産業革命といわれる科学・工学技術の一大変革期を経て、ダーウィンの「種の起原」（一八五九年）によって神なき時代の始まりが告げられた。メンデルの法則が発表されたのは六五年。おなじ年にベルナール「実験医学序説」が出版される。八七年、パリにパスツール研究所が設立された。心理学・哲学のウィリアム・ジェームズの仕事があり、フロイトは一九〇〇年に「夢判断」を出版、アインシュタインの二十世紀を迎える。

　しかし、なにより、「十九世紀の最大の発明は、発明法の発明であった。ひとつの新たな方法が人生に加わった」というA・N・ホワイトヘッド「科学と近代世界」の指摘が思い出されるのである。「われわれの時代を理解するためには、鉄道、電信、ラジオ、紡績機械、合成染料、などのような変化を形づくる個々のものをことごとく無視してさしつかえない。われわれは方法そのものに注意を集中せねばならない。この方法こそ真に新しいもので、古い文明の基礎を破壊した」（上田泰治、村上至孝・訳）とあった。

　漱石は「文学論」の構想を、文学書によって文学とは何かを究めることは「血を以て血を洗ふが如き手段」として避け、「社会的に文学は如何なる必要あつて、存在し、隆興し、衰滅するかを究めん」として企てた、と回想する。文学とは何か、をより「根本的」に、より科学的に「解釈」しようと決意したのだと知るとき、かれもまた、「発明法の発明」を探る時代思潮のなかにいたのだ、と推察される。「余の提起せる問題が頗る大にして且つ新しきが故に、」との強い自負が、私に「方法こそ真に新しいもの」だというホワイトヘッドの言を思い出させたのである。「文学論」の破天荒な構想は、当時のロンドンに在ってはじめて着想されるべき性質のものであったと考えられる。

*

漱石の留学体験について、手きびしい批判を加えたのは、「東西文学論」（昭和三十年）の吉田健一だった。

吉田健一は、漱石がオックスフォードかケンブリッジかに在籍しなかったことを惜しんだ。漱石が〝紳士〟という存在をしきりに気に掛けながら、結局、一級の人物にはほとんど会うこともなく、むしろ避けるようにして、〝紳士〟への不信感、反撥を募らせて留学を終えたからである。費用のことは、工夫次第で解決できる。例えば漱石が、私人でなく「日本公使館の斡旋で、ケムブリッヂ、或はオックスフォオドの大学施設を観察したのだったらば、手続の上で彼の場合、正式の入学は困難と考へられても、年額千八百円の枠内で何れかの町に住んで大学の講義を傍聴し、学生や教授と自由に交際する道が開けたかも知れない」というのである。

それが実現しなかつたことが残念に思はれるのは、漱石は主に経済上の立場から交際のことを考へて、ロンドンに住んでからも極力さういふ機会を避けてゐるが、無責任な日本の留学生（前述したケンブリッジの私費留学生たち――引用者・註）の他に、オックスフォオドやケムブリッヂには英国の一流の人材が集つてゐるのであり、所謂、社交界と違つて、さういふ人々と交際するのに金は掛らず、又彼等が代表する知識階級に接するのでなければ、何も漱石が英国まで行く必要はなかつた筈だからである。彼は人を通してではなしに、本を通して英国を、又英国の文学を知らうとして、本が買へることを英国まで来て得た唯一の便宜に考へてゐるといふことを何度も手紙に書いてゐる。そしてこれも、もとはと言へば彼が最初にケムブリッヂに行つて受けた印象からそのやうな結果になつたのではないかといふ感じがする。

吉田健一は知られる通り、外交官の長男として幼少年期の何年かを青島《チンタオ》、パリ、ロンドンなど海外の各地で過ごし、暁星中学卒業後、十八歳でケンブリッジに正規入学、キングス・コレッジに学んだ。在学期間は約半年と、ごく短いものではあったが、老教授からその資質を愛され、若い指導教員とはその教員の死に至る時まで、ながい間にわたって文通が交された。文士になることを志ざした青年にとって、ケンブリッジで過ごした数ヵ月はきわめて濃密で、また必要十分な時間であったと考えられる。漱石の渡英からは三十年の歳月が経過しているとはいえ、吉田健一はオックスフォードやケンブリッジの古き良き伝統・慣習・環境が変質することのないのを、自らの体験を通して確信していた。一九三〇年代までの話として、である。健一青年は老教授の居宅で、E・M・フォースターに紹介されたりもしている。

吉田健一は、漱石が「人間らしい人間に殆ど会はずにゐたこと」を惜む。漱石の英国体験が貧しいものであった、というのである。

「文学論序」には、「自己の意志を以てすれば、余は生涯英国の地に一歩も吾足を踏み入るゝ事なかるべし」と記されている。これはここに指摘するまでもなく、〝詭弁〟であるのは明らかだが、帰国後四年が経過してなお、詭弁を弄して強調するほどに、ロンドン滞在が周囲と馴染むことができず、不愉快の連続であったと回想されたのだろうか。「謹んで紳士の模範を以て目せらるゝ英国人に告ぐ」という。

……余は物数奇《ものずき》なる酔興にて倫敦迄踏み出したるにあらず。個人の意志よりもより大なる意志に支配せられて、気の毒ながら此歳月を君等の麵麭《パン》の恩沢に浴して累々と送りたるのみ。二年の後期満ちて去るは、春来つて雁北に帰るが如し。滞在の当時君等を手本として万事君等の意の如くする能はざりしのみならず、今日に至る迄君等が東洋の豎子《じゅし》に予期したる程の模範的人物となる能はざるを悲しむ。

「豎子」（子供、また未熟な者）はたんに謙辞。漱石には、漱石なりに日本人、また東洋人としての誇りがあったことは疑いない。しかし、この独善的ともいえる印象に対して、吉田健一はこう反駁する。〝紳士〟とは何か。

……彼が気付かなかつたのは、もし英国の紳士といふことに何かの意味があつて、これを一つの階級と見ることが出来るならば、英国で最も優秀な分子は凡てその中に含まれてゐて、紳士であるといふ理由から交際を断るならば、英国にゐてその文化の実状に対して眼をつぶることになる他ないといふことだつた。紳士といふのは、漢文で言ふ君子ではなくて、士に相当するものなのである。

吉田健一ならではの説得力ある指摘というべきだろう。ここにはあるヒントも隠されている。倫理観・道徳観において、漱石は漢学の素養による桎梏から脱けきることができなかった。全身で英文学に挑戦した、のちに「文学論」となる新時代の果敢な試みがなされたのにも拘らず、である。

吉田健一の記述は、「漱石はこの事実を無視し、それによつて彼の英国での生活のみならず、彼が日本に帰つてからの文学活動の性質までが決定されたやうに思へる」とつづいている。

＊

「東西文学論」の筆鋒は「文学論」に及んで、さらに辛辣をきわめたものとなる。「今日残つてゐる『文学論』、及び『文学評論』」は、「凡そ文学論として体をなさない」と論断するのである。しかし、この断定は、明治四十年五月に大倉書店から刊行された「文学論」についてなされた批評だった。

ここでは、「文学論」については触れない。ロンドンの下宿に籠って取り組んだ文学論の大構想は雲を摑むような壮大な計画で、のちにその草稿・ノートの一部を活用して行ったとされる東京帝国大学英文科での講義録としてまとめられた「文学論」とは別ものと看るべきだからである。ただし、書物に囲まれ、広大な〝知〟の海を相手に悪戦苦闘した漱石だったが、帰国後、そこに大鉈を振るって縮小、省略が図られたと考えられるなら、特有の編集感覚が活かされたのだ、といえるだろう。漱石は文学論の構想に集注した「六七ヶ月の間」のメモ（「断片」）に、「取捨ノ見識ナカルベカラズ」「取捨ノ見識ハ intellect ニ属ス」などの記述を遺している。自戒のための言葉であったのかも知れない。

また、「読売新聞」に発表された「文学論序」（これはほぼそのままの内容で、「文学論」の「序」として巻頭に置かれた）は、すでに注目を浴びていた小説家・夏目漱石によるロンドン生活の回想として読むべき性質ものである。そこに誇張があり、自己正当化が図られたであろうことに、充分に注意が払われなくてはならない。

しかし、――

漱石自身の重たく暗い回想があるにも拘らず、そして吉田健一の指摘が正鵠を得たものと得心できたとしても、およそ二年間のロンドン体験は作家、また編集者・夏目漱石の誕生にとって、必要で、重要かつ意義深いものであったと、私には理解される。その実情に近づくために、しばらくロンドン滞在の経緯を辿ってみたい。

吉田健一は気付かなかった。あるいは、無視した。

漱石が滞在したロンドンが、アール・ヌーヴォー花盛りの街であったことに。散歩好きの漱石は、いわば歩行者のテンポで新時代の空気を全身で吸収したのである。これは決定的なことだった。アール・ヌーヴォーという芸術運動の流行の表徴を感受するだけでなく、関心の赴くままに、足取りはその思想的源泉にまで踏み込んだのである。

そして、この二年間、漱石の意識・無意識には、やがて確実に訪れるであろう子規の死が色濃く影を落していたことに。

*

漱石のロンドンでの足跡をアール・ヌーヴォーとの接触に焦点を絞って辿ってみる。併せて、一番気がかりであったと推察される子規庵の様子も確認しておきたい。

明治三十三年。——

漱石の書物渉猟はロンドン到着後間もなく始められた。「日記」には、十一月十九日、「書物ヲ買ニ Holborn ニ行ク」との記述がみられる。ホウルバーンは漱石の最初の下宿に近い繁華街。近くにロンドン大学や大英博物館がある（——漱石は十一月十二日にプライオリー・ロードに引っ越していた）。この日、ベルリンに留学中の立花銑三郎に宛てた絵葉書に漱石は、「色々計画あれど時と金なき為め何れもはか〴〵しからず西洋人との交際抔は時と金による事に候此様子では矢張英国の事情抔は分り申間敷残念に候然し毎日多少の活た学問をいたし候珍しきは書物に候然し何れも高価にて手に合はず」（傍点・引用者）と零している。翌二十日には、おなじくベルリンに到着してベルリン大学に入学した藤代禎輔に宛てた近況報告の絵葉書に、「僕ハ独リボッチデ淋イヨ」「金ガナイカラ倫敦ノ事情モ頓ト知レナイ」などという言葉とともに「倫敦ノ古本屋ニハ欲イ本ガ沢山アリマス」との一行を書き添えた。

これまでにも英文学徒として原書の何冊かを手にしたことがあるのは無論のこととはいえ、革装やハードカヴァーの重厚な本が書棚に粛然と納まり、あるいは雑誌やソフトカヴァーの本が床から堆く、鬱然たる印象で積まれた古書店店内の光景は、ビブリオファイル・漱石にはさぞかし壮観と思えたことだろう。

明治三十年代初頭に至っても、というよりのちに「吾輩は猫である」が出版されるまで、文藝書のほとんどは簡略な造りの紙装本で、多くは背文字が印刷されていなかった。近代文学の開幕を告げたとされる坪内逍遥の「小説神髄」「当世書生気質」（ともに明治十八―九年）がいずれも和綴じの冊子であったところから類推して、文藝書の造本技術に関しては文明開化による技術革新の波及は遅く、慣習的に背表紙・背文字が意識されることがなかったのだ、と考えられる。維新後三十年経っても、文藝書は冊子として平らに積み重ねられ、書棚に立てて並べられるものではなかった。

ともあれ、漱石の蒐書癖に拍車が掛かったことに疑いはない。金がない、金がないと吐き散らすように零しながら、給付金をはたいて書籍を買いもとめた。「日記」によれば、ホウルバーンでの買物を皮切りに、明治三十四年になると早々にニュー・オックスフォード・ストリートのロチェ書店でジョンソン大博士の英国詩人伝などを買ったり、クレイグ先生のフラットからの帰途、チャリング・クロスの古本屋街を覗いたり、方々の店で顔馴染みになった様子が観察される。蒐書の範囲は英文学はいうまでもなく、歴史、哲学、心理学や科学書に及んだ。画集などの美術書、美術論も含まれている。

こうした濫読・積ん読も、いかにも新世紀の急ぎ足の旅人らしいと思われる。漱石は濫読・積ん読の効用を自覚する人だった。〝旅人〟の頭脳のなかにつぎつぎと容量の大きな新しい〝知〟の抽き出しが増えていったのである。

いま私の関心を惹くのは、漱石が一九〇〇（明治三十三）年の十二月号から「ステューディオ」誌の定期購読を始めたことである。「ステューディオ」は知られる通り、ラファエル前派やアール・ヌーヴォーなど世紀末の芸術潮流の中心で機能した絵入りの美術・工藝・建築雑誌である。創刊は一八九三年四月号、ビアズリーがマロリー「アーサー王の死」の挿画として十一葉の素描を寄稿した。アール・ヌーヴォーは植物的モティーフによる曲線を特色とする装飾藝術。一八九〇年から一九一〇年の間に、ヨーロッパ全土で全盛をきわめた様式とされるから、漱石はアール・ヌーヴォーの渦のただなかにロンドンに滞在したのだった。それが漱石の文学に決定的な影響を与えたことは、近年の研究テーマの一つで、江藤淳「漱石とアーサー王伝説」を先駆として尹相仁「世紀末と漱石」（岩波書店、一九九四年）などに詳しい。

アール・ヌーヴォーの源泉の一つは、ウィリアム・モリスによるアーツ・アンド・クラフツ運動である。漱石の蔵書目録にはモリスの美術論が二著、記載されている。モリスと親交が深かったラファエル前派の画家、バーン＝ジョーンズ、D・G・ロセッティ、J・E・ミレーらの画集もある。当然のことながら、モリスの思想的先導者でラファエル前派の支持者であったジョン・ラスキンの「近代画家論」も所有していた。同書は画家・ターナー擁護のために筆を執ったとされるラスキンの主著である。ターナーといえば、「坊つちやん」のなかの、赤シャツと野だいこが舟の中から向うに浮かぶ石と松ばかりの小島を眺めながら、「ターナーの画にありさうだね」「全くターナーですね」と、感嘆の言葉を交す場面が懐しく思い出される。

漱石は散歩好きだった。ロンドン中の美術館を巡って愉しんだことは、日記・書簡その他に明らかである。「日記」からアール・ヌーヴォーに関連する記述を拾うなら、明治三十四年、――

二月十三日、「Camberwell Green デ絵入ノ草花ヲ説明シタ本ヲ二冊十志《シリング》デ買タ」。（カンバーウェル・グリーンはテームズ河の東南地帯、漱石のロンドンでの三番目となる下宿があった。散歩コースの一つは、近くのデンマーク・ヒル。）

三月六日、「不相変《あいかわらず》 Denmark Hill ヲブラツキテ帰ル 此所ハ Ruskin ノ父ノ住家ナリシト云フ何処ノ辺ニヤ」。（ラスキンはワイン商の父とともにヨーロッパの各地を廻った。）

四月七日、「Denmark Hill ヨリ Peckham ノ Green ヲ経テ帰途 South L. Art Gallery ニ至ル Ruskin, Rossetti ノ遺墨ヲ見ル面白カリシ」。（南ロンドン美術館にはラスキン、J・E・ミレー、D・G・ロセッティらの遺作品が数多く所蔵されていた。）

七月九日、「Holborn ニテ Swinburne 及 Morris ヲ買フ」。（スウィンバーンは一八三七年生まれの詩人・文藝批評家。存命中で、蔵書目録には四冊の記載がある。この日、モリスの著作の何を買ったかは特定できない。）

八月三日、「午後 Cheyne Road24 ニ至リ Carlyle ノ故宅ヲ見ル頗ル粗末ナリ　Cheyne Walk ニ至リ Eliot ノ家ト D.G.Rossetti ノ家ヲ見ル　前ノ Garden ニ D.G.R.ガ噴井ノ上ニ彫リツケテアル」。（この日はテームズ河西岸を歩いている。カーライルは「衣裳哲学」「英雄および英雄崇拝論」などの著作で知られる、スコットランド生まれの思想家。エリオットはジョージ・エリオット。カーライル、エリオット、D・G・ロセッティは三人とも二十年ほど前に歿していた。）

八月六日、「Craig ニ至ル　氏我詩ヲ評シテ Blake ニ似タリト云ヘリ　然シ incoherent ナリト云ヘリ」。（ウィリアム・ブレイクは十八―九世紀の詩人・画家。その幻想性と装飾性がラファエル前派の画家に大きな影響を与えたとされる。英詩を書いた漱石は、それがブレイクに似ていると評された嬉しさを日記に書き留めたのだろう。しかし、支離滅裂とは、クレイグ先生なかなか手厳しい。）

などとある。

日々の散歩、美術館廻り、古書漁り、そして「下宿ノ神さん」から「そんなに勉強して日本へ帰つたら嘸《さぞ》金持になるだらう」と冷やかし半分に言われるほどの（「日記」三十四年一月三十一日）勉強ぶり。まるで世紀末病患者のように、焦躁感に駆られている様子が観察される。これが漱石なりの漢文脈からの脱却のための儀式であったのかも知れない、と思う。ぶらぶらする、というエネルギーの消費法によって、街中にちりばめられた最新の〝知〟の粒子を全身で吸収したのだろう。

三十四年二月九日の朝、漱石は狩野、大塚、菅、山川に宛てて認めた長文の手紙のなかに、

僕は順に行けば来年の十月末若《もし》くは十一月始ニ帰朝するのだが少シ仏蘭西《フランス》に行つて居たいどうも仏蘭西語が出来んと不都合だ折角洋行の序にやつて行きたいが四ヶ月か五ヶ月でいゝが留学延期をして仏蘭西に行く事は出来まいか狩野君から上田君に話して貰ひたいそうして一寸返事をよこして貰ひたい。そうするとサ来年四月位ニ帰ル訳ニナル

などと記している。「上田君」は文部省専門学務局長・上田萬年のことだろう。ロンドンに到着する前に、一週間ほどパリに滞在して、万国博覧会を見物したり、エッフェル塔に登った。パリの風物の印象がよほど刺戟的で強烈なものであったのかも知れない、と想像される。アングロ・サクソンの言語世界にどっぷり浸った漱石が、ラテン文化の南風に関心を寄せたのを知ることは、面白い。気分は立派なヴァガボンドである。九月十二日に寺田寅彦に宛てた書簡にも、「僕は留学期限を一年のばして仏蘭西へ行き度が聞届られさうにもない」という記述が見られる。こうした知的好奇心の開花が、半年近く後に始まる「文学論」の構想、執筆へと結実したのだろうことは疑いない。

オックスフォードにも、ケンブリッジにも拠らず、自らを単独試行者とした漱石は、子規との〝友情〟という絆からも解き放たれたのだろうか。どころか、と私は確信する。無意識のなかで、子規の存在は不安な影のかたちをして増幅していた。昼間の意識のなかでは、確実に

訪れるものとして、時折り、子規の死へのカウントダウンが繰り返されていた。ロンドンにおける漱石の焦躁には、迫り来る子規の死への予感がつきまとっていたのである。

*

明治三十三年の年末、漱石は子規に宛てて絵葉書を送った。クリスマスカード兼年賀状である。生死の状況は判らない。昼間の意識はロンドン到着後二ヵ月、無音でいたのは、あるいは慣習上のタイミングを待っていたのかも知れない。不安を気取られない配慮からだろう、軽快な調子があまりに見事なので、全文を引用しておきたい。

其後御病気如何小生東京の深川の如き辺鄙に引き籠り勉学致居候買度ものは書籍なれどほしきものは大概三四十円以上にて手がつけ兼候
詳細なる手紙差上度は候へども何分多忙故時間惜き心地致し候故端書にて御免蒙り候
御地は年の暮やら新年やらにて嘸かし賑かな事と存候当地は昨日が「クリスマス」にて始めて英国の「クリスマス」に出喰はし申候

柊を幸多かれと飾りけり
屠蘇なくて酔はざる春や覚束な

十二月二十六日　漱石
子規様
新年の御慶《ぎょけい》目出度申納候諸君へよろしく御伝声願上候

妻・鏡子からの来信にも、子規の様子は伝わらない。鏡子は三十四年一月二十六日、次女・恒子を出産した。日本からの郵便はアメリカ経由ならほぼ一ヵ月強で届くが、インド廻りだとそれより二週間ほど遅い、という。

一月二十二日の「日記」はただ二行、それが読む者の胸に感動的に響く記述だった。

The Queen is sinking. Craig 氏ニ行ク、ほとゝぎす届く子規尚生きてあり（傍点・引用者）

極度の緊張がはじけた瞬間であるかのように印象される。届いたのは、三十三年十一月二十日発行の「ホトトギス」第四巻第二号であったと推察される。同号に子規は「明治卅三年十月十五日記事」一篇と「消息」を掲げている。漱石ははやる気持を抑えて頁を繰ったことだろう。「明治卅三年十月十五日記事」は、「余が病体の衰へは一年々々とやう〳〵にはなはだしく此頃は睡眠の時間と睡眠ならざる時間との区別さへ明瞭に判じ難き程なり。睡さめて見れば眼明かにして寝覚の感じ無く、眼を塞ぎて静かに臥せばうつら〳〵として妄想は其儘に夢となる」と書き出された痛々しい病床記だが、「消息」の末尾は、

　拙宅庭前葉雞頭は稍末方に相成候へども雞頭の色は日に増し善くなり申候。赤の小菊一うね昨今咲き満ちて愛すべく相成候。赤菊といへば一概に俗なるかのやうにいふ事今日俳句界の流行なれども小菊の赤は雅趣多き者に御座候。

と結ばれている。（危篤に陥ったヴィクトリア女王は二十二日、ワイト島のオズボーン城で死去した。漱石は黒ネクタイと黒手袋を買って、弔意を表した。）

二月二十日の「日記」には、「晩に虚子ヨリほとゝぎす四巻三号を送り来るうれし夜ほとゝぎすを読む」（傍点・引用者）とある。

第四巻第三号は三十三年十二月十五日発行。「消息」の末尾にはこんな二行が附されていた。

　庭前の雞頭葉鶏頭は半ば霜に傷みながら猶屹立致居候。菊も枯んとして未だ枯れ尽さず此残景なか〳〵に興味不浅候。

当時の読者にも、また今日の眼にもこれが擬人化、すなわち「鶏頭」「葉鶏頭」「菊」に自身の姿が投影されたものと映る。しかし、誰れよりも異郷にある漱石の胸裡にこそ、鮮烈にイメージされたことだろう。子規強し、と。

前号の「明治卅三年十月十五日記事」にも、この「消息」にも、病床で苦痛を怺えながら、身体を騙し騙し、「ホトトギス」の募集日記の選に勤しむ様子が悉《つぶさ》に記されている。第三号の「消息」には講評として、例えば、「何の山何の川に遊びて眺望絶佳愉快極らず抔と書ける類も少からねどこれも読者には何等の愉快をも与へず候。其山其川の景色が読者の眼前に彷彿たる迄に叙しあらば善けれども、左もなくては只眺望絶佳だけにてはつまり作者の独りよがりに相成可申候」などと懇切な助言を与えている。写生文の心得第一条とでもいうべきものだが、「読者」の視線への注意を喚起するあたり、新時代の文藝編集者の感覚が光っている。

また、「文体は近来の流行につれて日記にも言文一致体を用ゐる人多く候へども中には言文一致体を濫用したるも不少候。ある事を精細に叙するには言文一致体に限り候へども多くの事を簡単に書くには言文一致体ならぬ方宜しきかと存候。又文章の時間（テンス）は過去に書く人多けれど日記にては現在に書くも善きかと存候。貰つた、往つた、来た、立つた、と『た』ばかり続く代りに、貰ふ、往く、来る、立つ、とすれば語尾も変り且つ簡単に相成申候。且つ現在にすれば言文一致体と普通文体との相の子のやうな者出来て都合善き事有之候。こゝらの処も御一考を煩し度候」ともある。これは最新の文章読本。この引用二箇所からだけでも、枕頭でひらかれた「山会」での議論がいかに具体的、有益なものであったかが推察できる。最期の時まで、子規が言語表現における全身革命家であったことに疑いはない。

三十四年一月三十一日発行の「ホトトギス」第四巻第四号に「蕪村寺再建縁起」なる奇天烈な八頁が出現した。木版黄表紙を模した戯文・戯画、今日なら漫画というべきものだろう。作・正岡子規、画・中村不折。「根岸派俳人」の蕪村再評価、崇拝ぶりを表したものであるが、ここに編集少年・子規の機知と遊戯の感覚が甦った。柴田宵曲は、「かういふ趣向を新聞雑誌の上に凝すことは、居士得意のところであつたが、病苦はその余力をかういふ方面に用ゐることを困難ならしめた。『蕪村寺再建縁起』は最後の趣向と見るべきものである」（『子規居士』）という。

二月二十三日、漱石は葉書に、近況を詞書きとした七句を認めて、高濱虚子に宛てて投函した。「ホトトギス」に掲げられるだろうことを意識したものであったことに疑いない。つまりは、間接的に子規の目に届けたかったのである。「ホトトギス」が届くようになって、「ホトトギス」が、そして日本語による文藝がふたたび身近に感じられたのかも知れない。うち前半四句はヴィクトリア女王葬儀の日の光景を詠んだもの。凩の日だった、という。

女皇の葬式は「ハイド」公園にて見物致候。立派なものに候

白金に黄金に柩寒からず

屋根の上などに見物人が沢山居候。妙ですな。

凩の下にゐろとも吹かぬなり

などとあって、言葉によるスナップ写真であるかのように思える。凩のなかでハイド・パークに佇む黒ネクタ

イ、黒手袋の孤影が彷彿される。

もう英国も厭になり候。

　吾妹子を夢みる春の夜となりぬ

当地の芝居は中々立派に候。

　満堂の閻《えん》浮《ぶ》檀《だ》金《ごん》や宵の春

或詩人の作を読で非常に嬉しかりし時。

　見付たる菫の花や夕明り

後半の三句である。一句目は、生まれたばかりの次女を思う気持だろう。「或詩人」はロマン派詩人、ジョン・キーツのことと推定される。衒学趣味は、拭い去ることのできない漱石文学の特質だった。七句いずれも上等なものとはいえないが、こころ做しか、漱石の日本語にバタ臭さの薄皮一枚が貼りついたようにも印象される。句は詞書きとともに、四月二十五日発行の第四巻第七号に掲載された。

　三月九日、漱石は子規に「絵葉書十二枚」を送った（「日記」）。洋行に憧れを抱いていた子規に、ロンドンの風景を見せて慰めようとしたのだろう。手紙が添えられていたかどうかは不明である。しかし、漱石に感傷はない。慰めの言葉を書き並べるのではなく、「明治卅三年十月十五日記事」「消息」の子規の姿に応えるべきことが何か、漱石はつよく自覚していた。

　四月九日の夜、漱石は子規・虚子に宛てて長文の手紙を認めた。発送したのは翌日のことだろう（宛先は上根岸、正岡常規）。「倫敦消息」の「一」である。

　手紙の冒頭部（この部分は「ホトトギス」に掲載されない）に、「此方は倫敦といふ世界の勧工場の様な馬市の様な処へ来たのだから時々は見た事聞た事を君等に報道する義務がある是は単に君の病気を慰める許りでなく虚子君に何でもよいからかいて送つて呉れろと二三度頼れた時にへい／＼よろしう御座いますと大揚に受合つたのだから手紙をかくのは僕の義務さ」とある。

「倫敦消息」は、漱石の最初の創作的文章といえるものだろう。明るく軽快、諧謔精神が潑剌と機能した文体がその特徴である。捻りも効いていて、「吾輩は猫である」まで一直線、といってもよい。しかし、この文体が子規らの散文文藝革新の試みによって生まれたものであることに注目したい。文中に、

　……何か話さう、何がいゝか話さうとすると出ないものでね困るな。仕方がないから今日起きてから今手紙をかいて居る迄の出来事を「ほとゝぎす」で募集する

日記体でかいて御目にかけ様。出来事だつて風来山人の生活だから面白可笑《おかし》い事はない頗《すこぶ》る平凡な物さ。

と記されている。私なりの理解でいえば、漱石の最初の創作は、子規と虚子、そして漱石、きわめて私的な、三人の編集感覚のトライアングル——読む人（ここでは子規）、書く人、作る人——のなかで成立したのである。手紙の内容は「倫敦消息」と題され、「ホトトギス」第四巻第八号（五月二十一日発行）に掲載された。

まずは下宿生活の様子を伝える内容に始まるが、文中にこんな記述がある。もし引っ越しすると仮定して、

……靴はどうでもいゝが大事の書物が随分厄介だ。是は大変な荷物だなと思つて板の間に並べてある本と煖炉の上にある本と机の上にある本と書棚にある本を見廻した、先達て「ロッチ」から古本の目録をよこした「ドッヅレー」の「コレクシヨン」がある。七十円は高いが欲い。夫に製本が皮だからな。此前買つた「ウアートン」の英詩の歴史は製本が「カルトーバー」で古色蒼然として居て実に安い掘出し物だ。然し為替が来なくつては本も買へん少々閉口するな其内来《くる》だらうから心配する事も入《い》るまい……

「ロッチ」は古本屋・ロッチ書店のこと。「ドッヅレー」は十八世紀英国の詩人・出版者、ロバート・ドッズレー。ジョンソン大博士の著書を数多く出版した。「ウァートン」は詩人で学者、トーマス・ウァートン。四巻本のドッズレー版「英国詩史」は漱石の蔵書目録にある。「カルトーバー」は十九世紀英国の製本家の名前。それにしても、と思う。こうした一般には馴染みの薄い出版人や製本家の名前が注釈なしに子規との間で通じたのだろうか、判らない。おそらく、子規が相手なら判り合える、「ホトトギス」にならどんな瑣末なこと、高度な内容でも気儘に書けるという安心感と自由が保証されていると思えたのだろう。

しかし、ここで着目すべきは、漱石が書物の装本・装幀につよい関心を抱いていたことである。ものとしての書物に愛着をもった。アール・ヌーヴォーの風潮がその意識を一層つよく刺戟したことは容易に想像される。漱石研究の尹相仁は「世紀末と漱石」のなかで、ドイツの美術史家、ハンス・H・ホーフシュテッターの「藝術をもっぱら相互関連のうちに創造し、造形のあらゆる可能性を一つの作品のなかにまとめ上げようというユーゲントシュティールの意志は、インテリア造形とならんで書

物造形にもっとも完璧に示される」（種村季弘、池田香代子・共訳「ユーゲントシュティール絵画史」）という記述を引いて（ユーゲントシュティールはアール・ヌーヴォーのドイツ語圏における呼称）、

……ホーフシュテッターは十九世紀後半の書物造形にみられる「全体藝術作品としての書物」という共通の認識に注目し、こうした「書物藝術」こそユーゲントシュティール本来の異論の余地のない業績と主張する。そして新しい「書物藝術」は、ラファエル前派とウィリアム・モリスとのつながりのなかからはじめて展開されるという。こうみると、漱石は世紀末の「書物藝術」にもっともじかに接せられる立場にあったといえる。

と記している。そして、漱石は「まさに十九世紀半ば以降の文学と視覚藝術との美しい渾融に、心を動かされた者」であった、という。

たしかに、漱石は、ケルムスコット・プレスを興して「理想の書物」を実践的に追求したモリスを知って、日本における理想の本を夢見たことだろう。日本語で書かれた内容と有機的な繋がりをもつ美しい本を、である。

「ホトトギス」によって、読む人から書く人への自覚に目覚めた漱石に、やがて作ることへと関心の幅がひろがる。

つづけて、四月二十日に「倫敦消息」の「二」となる手紙が、二十六日に「三」となる手紙が発信される。二つは合わせて六月三十日発行の「ホトトギス」第四巻第九号に発表された。その掉尾は「而《しか》して我輩は子規の病気を慰めんが為に此日記をかきつゝある」という一行で結ばれている。

*

ロンドンに滞在してしばらく後、漱石は帰国後に熊本の第五高等学校に戻る気持を失っていた。あるいは、と疑う。留学が決定して熊本を去るときからそんなつもりでいたのかも知れない。

二月九日の東京の友人たちに連名で宛てた手紙のなかに、「狩野君と山川君と菅君に御願ひ申す僕はもう熊本へ帰るのは御免蒙りたい帰つたら第一で使つてくれないかね未来の事は分らないが物が順にはこぶと見て僕も死なず狩野君も校長をして居るとした処で如何ですかな御安くまけて置きますよ」と冗談まじりの調子で、早くも就職依頼をしている。それが半ば以上に本気であったこ

とは、六月十九日に、ベルリンの藤代禎輔に送った手紙に、「第一高等学校で僕を使ってくれないかと狩野へ手紙を出した返事が来ない熊本はもう御免蒙りたい」とあるところから察せられるのである。文面には、つづいて「近頃は英学者なんてものになるのは馬鹿らしい様な感じがする」などとも記されていた。

漱石が帰国後の身の振り方について悩んでいたことは明らかといえる。創作への意欲が芽生えたとはいえ、それはまだ意識の表面にあらわれるものではない。生活のためには、どこかに就職するほかない。

熊本には戻りたくない、英文学なんて馬鹿馬鹿しい、と「風来山人」は自らをデラシネとしたのだった。アイデンティティーの放棄。しかし、漱石はそうした不安定で曖昧な状態に耐えられる性格の持ち主ではなかった。誇り高き男である。それを本人が自覚していたことは、例えば、寺田寅彦への手紙（九月十二日）のなかに、「学問をやるならコスモポリタンのものに限り候英文学なんかは椽の下の力持日本へ帰つても英吉利《イギリス》に居つてもあたまの上がる瀬は無之候小生の様な一寸生意気になりたがるものゝ見せしめにはよき修業に候」（傍点・引用者）などとあるところからも窺える。また、そのプライドがどんなかたちのものであるかは、妻・鏡子宛ての九月二十二日の手紙に、癇癪玉を破裂させて、

> 先達桜井氏より手紙参り候其前桜井氏宛にて留学延期（仏国へ）の件周旋頼み置候処延期は文部省にて一切聞き届けぬ由につき泣寝入に候帰朝後は東京に居り度と思へど此様子では熊本へ帰らねばならぬかも知れぬ御前も其覚悟をして居るがいゝ先達御梅さんの手紙には博士になつて早くお帰りなさいとあつた博士になるとはだれが申した博士なんかは馬鹿々々敷博士なんかを難有［が］る様ではだめだ御前はおれの女房だから其位な見識は持つて居らなくてはいけないよ

と記されているところから読み取れる。意識の深層においては文士という士《さむらい》ではあったが、行間に噴出する苛立ちにアイデンティティーが揺らぐ様が観察されることだろう。（「桜井氏」は第五高等学校校長・桜井房記。）

おなじ手紙に、「近頃は文学書は嫌になり候科学上の書物を読み居候当地にて材料を集め帰朝後一巻の著書を致す積りなれどおれの事だからあてにはならない」などともあることに目を惹かれる。「科学」への関心については前述の寺田寅彦宛て書簡に、「本日の新聞でProf. Rücker の British Association でやった Atomic Theory

に関する演説を読んだ大に面白い僕も何か科学がやり度なつた」とも記されていた。

　この年の五月初旬から六月下旬まで、化学者・池田菊苗が下宿に同居したことが大きな刺戟となったと考えられる。池田は元治元（一八六四）年生まれ。三十二年に二年間のドイツ留学を命ぜられ、一年半ほどライプチヒ大学で化学を研究した後、三十四年八月三十日に帰国の途に就くまでの間、ロンドンのイギリス王立研究所で研究するために来英したのだった。博識家で造詣は物理・生物から経済学に及んで、漱石の良き話相手になってくれた。帰国後、東京帝国大学理科大学教授。漱石は寺田寅彦に、「色々話をしたが頗る立派な学者だ」「大なる頭の学者であるといふ事は慥かである同氏は僕の友人の中で尊敬すべき人の一人と思ふ」と書き送っている。鏡子に洩らした「一巻の著書」の構想がどんなものになるのか、この段階では不明である。焦躁の脳裡に浮んだ、いわばゾル状態にあるものとみるべきだろう。

　七月二十日に、漱石はロンドンでの五番目となる下宿に引っ越した。テームズ河東部、クラファム・コモンに近いザ・チェイスにある家の三階。広告代理店に出向いて、新聞に家探しの広告を出して貰ったのだった。「日記」に、「午前 Miss Leale 方ニ引越ス大騒動ナリ」と記されている。

　……四時頃書籍大革鞄来ル箱大ニシテ門ニ入ラズ門前ニテ書籍ヲ出ス夫ヲ三階ヘ上ル非常ナ手数ナリ暑気堪難シ発汗一斗計リ室内乱雑膝ヲ容ル丶能ハズ

　周囲の環境は理想的なものとはいえないが、籠城生活には誂え向きの住いであったようだ。いつのことかは特定できないが、ここを訪れた「文學界」の英文学者・平田禿木の回想に、「夏目さんの倫敦の宿を自分も知つてゐる。河向ふの本所といつた、労働者の多いバタッシイ公園から遠くないクラハム《（ママ）》にずつとゐたのだ。ザ・チエースといふあの通りも、コムモンの方へ近い上手《かみて》になると、蔦や鉄銭花《（ママ）》などを門《かど》にからました、幾分瀟洒とした邸宅もあつたが、宿はずつと裾の方になつてゐて、場末に見る侘びしい住居が軒を並べてゐた」と記されている（「禿木随筆」）。「夏目さんは三階のベッド・シッティング・ルウムへ陣取つて、チェアリング・クロスあたりへ古本屋をひやかしに行く以外には、殆んど外出もしなかつたらしい。実に侘しい、しがないその日を送つてゐられたのだ」という記述に接すると、あたかもその暮しぶりそのものが、当時の漱石の心的状況を表わしているかのような気がする。

三十四年九月は、東京で、高濱虚子が俳書堂を興して俳書の出版を始めた時である。同時に、「ホトトギス」の発行所も麴町区富士見町に移った。

十一月六日、子規は病床で、漱石に宛てて手紙を書いた。「明治卅四年十一月六日燈下ニ書ス」とあるが、それがいつ漱石の許に届いたかは判らない。異様というべき内容だった。「僕ハモーダメニナツテシマツタ、毎日訳モナク号泣シテ居ルヤウナ次第ダ」と、最後の叫びを上げたのである。

……今夜ハフト思ヒツイテ特別ニ手帋ヲカク。イツカヨコシテクレタ君ノ手紙ハ非常ニ面白カツタ。近来僕ヲ喜バセタ者ノ随一ダ。僕ガ昔カラ西洋ヲ見タガツテ居タノハ君モ知ツテルダロー。ソレガ病人ニナツテシマツタノダカラ残念デタマラナイノダガ、君ノ手紙ヲ見テ西洋へ往タヤウナ気ニナツテ愉快デタマラヌ。若シ書ケルナラ僕ノ目ノ明イテル内ニ今一便ヨコシテクレヌカ（無理ナ注文ダガ）

「君ノ手紙」とは、「ホトトギス」に掲載された「倫敦消息」を指す。「無理ナ注文ダガ」と附記したのは、子規は漱石が漱石なりに多忙であること、別の執筆構想に熱中しているだろうことを理解していた、または察知していたからだろう。

錬卿死ニ非風死ニ皆僕ヨリ先ニ死ンデシマツタ。僕ハ迚モ君ニ再会スルコトハ出来ヌト思フ。万一出来タトシテモ其時ハ話モ出来ナクナツテルデアロー。実ハ僕ハ生キテヰルノガ苦シイノダ。僕ノ日記ニハ「古白曰来」ノ四字ガ特書シテアル処ガアル。書キタイコトハ多イガ苦シイカラ許シテクレ玉へ。

竹村鍛はこの年の二月一日に、新海非風は十月二十八日に歿した。「古白曰来」は、六年前に自死した従弟・藤野古白がこっちに来いと呼んでいる、との意である。十月十三日の「仰臥漫録」は鬼気迫る内容で、ナイフと千枚通しの画が添えられているが、子規は母妹の留守中に自殺することを思いついたが、それが出来なかったという。

手紙を読んで、漱石は子規の死がいよいよ間近に迫ったことを知った。子規の身体は滅ぶ。しかし、漱石にとっては、渡英前に病床を見舞ったとき以来、子規はすでに生死を超えた存在なのだった。あるいは、西洋に憧れた子規の無意識の触手が死の床から伸びて、遠くロンドンにいる漱石の無意識のなかに同化した「子規」を手探りするように、あらためて確認するのを感じただろうか。
一年後のことになるが、漱石はこんな句を詠んで、虚子に送った。「倫敦にて子規の訃を聞きて」五句のうちの一句である。

霧黄なる市に動くや影法師

「僕ハモーダメニナツテシマツタ」という子規の悲鳴がこころに響いてからは、霧の深い街を歩けば、ドッペルゲンゲル（離魂体）が通りを横切る後姿を、何度か見かけたことがあったのかも知れない。ドッペルゲンゲルが〝もう一人の自分〟を意味する語であるのを思えば、「影法師」は子規なのか、自身の姿の反映なのかは定かでない。漱石の危うい精神状態が想像されるのである。これを狂気というなら、この頃の漱石は明らかに狂人であった。「霧」については「永日小品」のなかに、ザ・チェイス附近の描写があったのを思い出す。

昨宵《ゆふべ》は夜中《よぢゆう》枕《まくら》の上《うへ》で、ばち〳〵云《い》ふ響《ひゞき》を聞《き》いた。是《これ》は近所《きんじよ》にクラパム《（ママ）》・ジヤンクシヨンと云《い》ふ大停車場《おほステーシヨン》のある御蔭《おかげ》である。此《こ》のジヤンクシヨンには一日《にち》のうちに、汽車《きしや》が千いくつか集《あつ》まつてくる。それを細《こま》かに割附《わりつ》けて見《み》ると、一分《ぶん》に一《ひ》と列車《れつしや》位宛《ぐらゐづゝ》出入《でいり》をする訳《わけ》になる。その各列車《かくれつしや》が霧《きり》の深《ふか》い時《とき》には、何《なに》かの仕掛《しかけ》で、停車場《ステーシヨン》間際《まぎは》へ来《く》ると、爆竹《ばくちく》の様《やう》な音《おと》を立《た》てゝ相図《あひづ》をする。信号《しんがう》の燈光《とうくわう》は青《あを》でも赤《あか》でも全《まつた》く役《やく》に立《た》たない程《ほど》暗《くら》くなるからである。
（「霧」）

不眠の夜の回想である。漱石の憂愁もまた、暗い霧に包まれているかのように印象される。文中に、ある日の夕刻、テームズ河沿いを歩いているうちに、「自分《じぶん》は此《こ》の重苦《おもくる》しい茶褐色《ちやかつしよく》の中《なか》に、しばらく茫然《ばうぜん》と佇立《たゝず》んだ。自分《じぶん》の傍《そば》を人《ひと》が大勢通《おほぜいとほ》る様《やう》な心持《こゝろもち》がする。けれども肩《かた》が触《ふ》れ合《あ》はない限《かぎ》りは果《はた》して、人《ひと》が通《とほ》つてゐるのか何《ど》うだか疑《うたが》はしい。其《そ》の時《とき》此《こ》の濛々《もう〳〵》たる大海《たいかい》の一点《いつてん》が、豆《まめ》位《ぐらゐ》の大《おほ》きさにどんよりと黄色《きいろ》く流《なが》れた」という記述もあって、「霧黄なる」の情景がどんなものかを知ることができる。

＊

三十五年。——
一月十七日には、「タイムズ文藝附録」が創刊されている。「英国の文人と新聞雑誌」の筆者である漱石にとっては、つよく関心を惹かれる出来事だったことだろう。「一巻の著書」の企図が一つのかたちとなって見え始めるのは、三十五年を迎えてからのことと推定される。しかしそれは、のちに「文学論」（明治四十年）として上梓されるものの内容とは、あまりに隔たりの大きい構想だったようだ。

二月十六日、漱石は菅虎雄宛ての葉書に、「教師なんかするのは厭でたまらない況《いわ》んや熊本迄帰るに於てをや夫を考へると英国に生涯居る方が気楽でよろしい近頃は文学書抔は読まない心理学の本やら進化論の本やらやたらに読む何か著書をやらうと思ふが僕の事だから御流れになるかも知れません」と記した。

三月十五日の岳父・中根重一に書き送った手紙に至って、構想は明らかとなる。「私も当地着後（去年八九月頃より）より一著述を思ひ立ち目下日夜読書とノートをとると自己の考を少し宛かくのとを商買に致候同じ書を著はすなら西洋人の糟粕では詰らない人に見せても一通はづかしからぬ者をと存じ励精致居候」と報じて、「首尾よく出来上り候とも二年や三年ではとても成就仕る間敷かと存候」と記した後に、気宇壮大な計画が明かされる。

> ……先づ小生の考にては「世界を如何に観るべきやと云ふ論より始め夫より人生を如何に解釈すべきやの問題に移り夫より人生の意義目的及び其活力の変化を論じ次に開化の如何なる者なるやを論じ開化を構造する諸原素を解剖し其聯合して発展する方向よりして文藝の開化に及す影響及其何物なるかを論ず」る積りに候斯様な大き［な］事故《ゆえ》哲学にも歴史にも政治にも心理にも生物学にも進化論にも関係致候故自分ながら其大胆なるにあきれ候事も有之候へども思ひ立候事故行く処迄行く積に候

とあって、「欲しきは時と金に御座候日本へ帰りて語学教師抔に追つかはれ候ては思索の暇も読書のひまも無之かと心配致候」などとも記されている。

無邪気な発想といえば無邪気なものだが、ここに焦躁と不安のなかで、焦点を絞れずにいる漱石を見出す。あるいは、十九世紀後半の科学上の発見を起点としたヨーロッパの知的状況に遭遇して、混乱に陥ったデラシネの脳裡を思う。ただ、西洋人の糟粕《かす》では詰らないとするところには、オリジナリティーを志向する漱石らしい誇りが感じられる。しかし、仮りに、こののち三年もの間、漱石がこの試行錯誤の苦闘に終わるほかないだろう、混迷の泥沼に嵌まっていたとしたら、小説家の誕生はなかった。

漱石の焦慮には、現実に差し迫った子規の死が影を落としていた。「人生」「人生」と繰り返し記したとき、漱石の意識を子規の影がちらりと過ったろうか。ともあれ、帰国の日まで（子規の訃に接する時まで、というべきかも知れない）、子規の命数と競い合うかのように、一大構想のための草稿・ノートづくりに一心不乱で集注するのだった。傍らには、何冊ものノートが堆く積み上げられた。それが新たな方向性を与えられて、「文学論」としてのかたちを整えられていくのは、帰国後（すなわち子規歿後）のことである。

このエンサイクロペディア型の大構想との六、七ヵ月におよぶ格闘が、漢文脈からの脱却のための儀式のような試煉であったと考えるなら、それを荒唐無稽なものとして笑うことはできない。突飛な連想だが、例えば、一八五五（安政二）年に長崎海軍伝習所に派遣された勝麟太郎や榎本釜次郎（二期生）らの幕臣たちを思うのである。漢文教育でできた頭に、ライケンまたカッテンディーケ以下の士官から航海術、造船学、機関学、測量学、船具学、砲術など海軍新設に関わるあらゆる学科が叩き込まれた。通弁を介して、珍ぷん漢ぷんで最新技術を必死に習得したのだった。それから一九〇二年まで、半世紀も経っていない。

漱石狂せり、の噂はいつ頃、どのように日本に伝わったのだろうか。正確なところは判らない。

漱石が強度の神経衰弱に悩まされ、それを自覚していたことは、九月十二日に鏡子へ宛てた手紙に、「近頃は神経衰弱にて気分勝れず甚だ困り居候然し大したる事は無之候へば御安神可被下候」、また「近来何となく気分鬱陶敷《うっとうしく》書見も碌々出来ず心外に候生を天地の間に亨けて此一生をなす事もなく送り候様の脳になりはせぬかと自ら疑懼《ぎく》致居候」と記されているところから知られる。

しかし、この半年前の手紙に、「おれの事を世間で色々に言ふつてどんな事を言つて居るのか、おれも御前の信用してくれる程の君子でもないから何をして居るか実は分らんのさ世間の奴が何かいふなら言はせて置くがよろしい」（鏡子宛、三月十八日）とあるのが、訳は判らないままに気になる。鏡子の回想には、「夏目《なつめ》がロンドンの気候《きこう》の悪《わる》いせいか、何《なん》だか妙《めう》にあたまが悪《わる》くて、此分《このぶん》だと一生《しやう》このあたまは使《つか》へないやうになるのぢやないかなどゝ大変《たいへん》悲観《ひくわん》したことをいつて来《き》たのは、たしか帰《か》へる年《とし》の春《はる》ではなかつたかと思《おも》つて居《を》ります」と記されているのである。

鏡子の回想では、後に聞いた話として、噂の発端となったと考えられる二つの理由があげられている。一つは、漱石が留学生に義務づけられた文部省への研究報告を、「一生懸命《しやうけんめい》で勉強《べんきやう》はしてゐるものゝ研究《けんきう》といふものにはまだ目鼻《めはな》がつかない」からと、白紙のまま送ったところ、それを文部省側が訝しく捉えたこと。もう一つは下宿の女主人、リール姉妹のいずれかのお喋りである。

……文部省《もんぶしやう》でも変《へん》だと思《おも》つてるところへ、丁度《ちやうど》同《おな》じ英《えい》文学《ぶんがく》の研究《けんきう》で彼方《あちら》へ行《い》つてゐられた或《あ》る人《ひと》が、落《お》ち合《あ》つて様子《やうす》を見《み》てゐるとたゞ事《ごと》でない。宿《やど》の主婦《しゆふ》にきけば毎日《まいにち》毎日〳〵幾日《いくにち》でも部屋《へや》に閉《と》ぢこもつたなりで、まつ暗《くら》の中《なか》で、悲観《ひくわん》して泣《な》いてゐるといふ始末《しまつ》。これは大《たい》変《へん》だ、てつきり発狂《はつきやう》したものに違《ちが》ひない。かういふので、いつ自殺《じさつ》でも仕兼《しか》ねまじいものでないとあつて、五日《いつか》ばかりも其方《そのかた》が側《そば》についてゐて下《くだ》すつたさうですが、経過《けいくわ》は依然《いぜん》たるもので、見《み》れば見《み》る程益々《ほどます〳〵》怪《あや》しい。その事《こと》がいつか文部省《もんぶしやう》の方《はう》へ電報《でんぱう》でいつたのか手紙《てがみ》で行《い》つたのか、夏目《なつめ》がロンドンで発狂《はつきやう》したといふことがわかつてゐたさうです。

（「漱石の思ひ出」）

「或る人」が誰れかは、不明とされる。

岡倉由三郎が、「夏目精神に異常あり、藤代へ保護帰朝すべき旨伝達すべし」という文部省からの電報を公使館気附で受け取ったのは、十月十日前後のことという。英語学研究の岡倉由三郎はロンドンに滞在した三十五年四月下旬から漱石が帰国する間際まで、漱石との交流をもった。漱石が習いたての自転車に乗ってハマースミスの岡倉の下宿を訪ねたこともある。「研究年表」には、岡倉の「僕は、一方、本省に対しては、夏目氏に関しさやうな心配無用なる旨を報じ、藤代君の来着を待つてゐた。すると程なく藤代君がやつて来た。（中略）遇つて夏目君連れ帰りのことを話すと、万事僕と同意見で、その儀まつぴら御免といふ次第、それで夏目君のことは、僕が全部責任をもつことにして、そのまま放任」「夏目君は、なんにも知らずに、ぶじ日本へ帰着」という回想が引用されている。

藤代禎輔がロンドンに到着したのは十一月五日。ベルリンでの留学生活を終え、帰国する途中だった。六日にホテルに訪ねて来た漱石とともに国民美術館を見物、ザ・チェイスの下宿に一泊した。「留学生としてよくもこんなに買い集めたと思ふ程書籍が多い」のに驚天した、という。七日は、漱石に案内されてケンジントン博物館と大英博物館を見物、大英博物館のグリルで、ビフテキを食べ、エールを飲んだ。漱石に異常は認められない。

藤代は漱石と一緒に帰国するつもりで、漱石もまた七日出航の日本郵船・丹波丸に同船する予定でいたのだが、ロンドン到着後に郵船会社ロンドン支店に確認して、漱石がキャンセルしていたことを知った。一緒に帰ることを強く勧めても、漱石はスコットランドから帰ったばかりで荷造りが間に合わないといって、頷かない。「モウ船までは送つて行かないよ」が別れの言葉だった、という。

十月初旬に、漱石はスコットランド旅行に出掛けて、避暑地として有名な湖水地方のピトロクリに滞在した。旅先から岡倉由三郎に宛てて、「目下病気をかこつけに致し過去の事抔一切忘れ気楽にのんきに致居候」(傍点・引用者)「当もなきにべん／＼のらくらして居るは甚だ愚の至なれば先よい加減に切りあげて帰るべくと存候」などと書き送っている。スコットランド行は、自転車乗りと同様に、気晴しのつもりであったのだろう。この僅かな記述からも、鬱々たる気分から解放された様子を観察できる。

漱石の昼間の意識は自らが神経衰弱であること、被害妄想の強い性格であることを認識している。異常とはいえない。狂気に襲われるのは、ただ「まつ暗の中」でのことなのである。松山、そして熊本でも、「二百十日」の作者は山歩きを趣味とする男だった。秋色濃いとはいえ、湖水地方の風光は漱石の心身の疲労を優しく癒してくれたに違いない。

東京に地位を得た、狩野亨吉からの電報が届いたのは、十一月中のことと推定される（日時は不明）。藤代禎輔の誘いを断った漱石の胸中には、この報せをこころ待ちする思いがあったのかも知れない。狩野亨吉の談話（「漱石と私」）によると、第一高等学校では菅虎雄や山川信次郎が漱石を採用してくれと、校長である狩野に迫る。第五高等学校で桜井房記が漱石の帰国を期待しているのを知る狩野は、熊本に戻ることなく、いきなり一高で採る訳にはいかない。そこで、帝国大学でも出講の要請があるという理由を拵えて、五高の諒解を得たのだった。帝大就職については、大塚保治の尽力があったと考えられる。東京にいる同級生たちの奔走によって、漱石のアイデンティティーの幾分かが恢復されたのである。

*

正岡子規が死んだのは、九月十九日午前一時。母・八重に手を取られたまま、静かに息を引きとったという。

三十五年の短い生涯だった。前日の昼に詠んだ「痰一斗糸瓜の水も間にあはず」「をとゝひのへちまの水も取らざりき」が最期の句となった。隣室で仮眠していた虚子は八重に呼ばれて、子規の死を確認する。兎に角、近所に住む碧梧桐、寒川鼠骨の二人に知らせようと表に出た。

其時であつた、さつきよりももつと晴れ渡つた明るい旧暦十七夜の月が大空の真中に在つた。丁度一時から二時頃の間であつた。当時の加賀邸の黒板塀と向ひの地面の竹垣との間の狭い通路である鶯横町が其月のために昼のやうに明るく照らされてゐた。余の真黒な影法師は大地の上に在つた。黒板塀に当つてゐる月の光は余り明かで何物かゞ其処に流れて行くやうな心持がした。子規居士の霊が今空中に騰りつゝあるのでは無いかといふやうな心持がした。

子規逝くや十七日の月明に

さういふ語呂が口のうちに呟《つぶや》かれた。余は居士の霊を見上げるやうな心持で月明の空を見上げた。

（「子規居士と余」）

二十一日午前九時、出棺。狭い路地に百五十余の会葬者が溢れた。菩提寺は滝野川・田端の大龍寺と定められ、戒名は子規の遺志を尊重して「子規居士」、白木の墓標に「正岡常規墓」の五文字が記された。

子規の訃は、鏡子からの手紙によって伝えられたのかも知れない。葬儀の日、幼子を抱えた鏡子は、書生の土屋忠治を代理に弔意を示した。漱石の許に、死に至る日々の経過や遺族の様子など細々と知らせたのは虚子、また碧梧桐連署の二通の手紙だった。ともに十月三日になって記されたもので、漱石が手にしたのは十一月下旬のことと推定される。

コノ半年許リハ三四人ニテ当直ヲ極メ殆ド日毎ニ病牀ニ侍シテ浮世話シ等ニ多少ノ慰藉ヲ与フル事ト致候ヒシモ常ニ談話ノ種ニ欠乏シ閉口致候門ヲクヾレバ誠ニ惨胆タル光景ニテ東台山麓此ノ病詩人ノ庵ニハ日ハ照ラサヌ事カトウラメシク思ヒシ事モ度々ニ有之候

とは、虚子の手紙に見られる一節である。「病牀六尺」の連載は九月十七日までつづいた。「九月十四日の朝」という一篇は、九月二十日発行の「ホトトギス」に載った。これは子規が口述するのを虚子が筆記したものだった。

漱石は帰国に向けて荷造りの作業などに追われながら、

黙然として数日間を過したことと想像される。十二月一日、虚子に宛てて手紙を認めた。

啓。子規病状は毎度御恵送のほとゝぎすにて承知致候処、終焉の模様逐一御報被下《おしらせくだされ》奉謝候。小生出発の当時より生きて面会致す事は到底叶ひ申間敷《もうすまじく》と存候。是は双方とも同じ様な心持にて別れ候事故今更驚きは不致、只々気の毒と申より外なく候。但しかゝる病苦になやみ候よりも早く往生致す方或は本人の幸福かと存候。

「尚子規子ニツキ大兄ノ御回想御認メノ上御恵送ノ栄ヲ得度ク」という虚子の依頼に対しては、「同人生前の事につき何か書けとの仰せ承知は致し候へども、何をかきてよきや一向わからず、漠然として取り纏めつかぬに閉口致候」と曖昧に言葉を濁している。帰国後に「久々にて拝顔、種々御物語可仕万事は其節まで御預りと願ひ度」と記すのだった。

ただ、「子規追悼の句何かと案じ」て、前夜、ストーヴの傍で詠んだという「影法師」の句を含む五句を文末に書き添えた。「皆蕪雑句をなさず。叱正」とある。

漱石に言葉はない。子規は漱石のなかに眠った。実際のところ、面白可笑しい記事に仕立てられた「正岡子規」という談話一つと、名随筆とされる「子規の画」、単行本「吾輩は猫である」中篇の序のほかには、ほんの僅かな断片が遺されているにすぎない。荒魂（——とは、志半《なか》ばで斃れた者の魂の謂である）が描いた表現者への壮大な夢を知るのは漱石ひとりだが、子規を回想のなかに思い浮かべることは、二つの「影法師」を揺り起すことになる。静かに眠れ。十一月三十日の夜、漱石はストーヴの傍で、あやすように子規を意識の深層に沈めたのだろう。行間から、そんな姿が彷彿されるのである。

*

十二月五日。漱石はロンドン・アルバート埠頭で日本郵船・博多丸に乗り込んだ。行李には、エンサイクロペディア的構想のための草稿・ノートが大切に納められていた。「文学論序」に、「留学中に余が蒐めたるノートは蠅頭の細字にて五六寸の高さに達したり。余は此のノートを唯一の財産として帰朝したり」と記されている。

真冬である。博多丸はジブラルタル海峡から地中海の陽光を浴び、スエズ運河を通過して、インド洋へと向った。

第四章　小説家誕生

一　文科大学英文科

博多丸は明治三十六年一月二十日、長崎に入港、二十二日夜に神戸港に着岸した。

翌日、漱石は神戸停車場から午後六時十五分発の急行で東京に向う。国府津で出迎えた鏡子と中根重一と合流して、二十四日午前九時三十分、新橋停車場到着。駅頭に親戚・家族のほかに寺田寅彦が迎えに来ていた。

ひとまず牛込・矢来町の中根重一方に寄寓して、借家を探すことにした。

二十五日にもそこに、書生の土屋忠治が書物の詰った大きな荷を解いているところに、寺田寅彦があらわれた。「そのとき英国の美術館にある名画の写真を色々見せられて、その中ですきなのを二三枚取れと云はれたので、レイノルヅの女の子の絵やムリリョのマグダレナのマリアなどを貰つた」と、回想されている（「夏目漱石先生の追憶」）。三十日にも寅彦はやって来る。と、自らが回想する通り「三日にあげず遊びに」来るのだった。

寅彦は、漱石のロンドン滞在中に、妻・夏子を喪くしている。三十三年十二月に喀血した夏子は、郷里である高知に帰って療養するが、三十四年五月二十六日に長女・貞子を出産。その一年半後の三十五年十一月十五日に絶命した。二十歳だった。寅彦も三十四年の夏季休暇の帰省中に肺尖カタルに罹り、一年間大学を休学して須崎の浜辺で療養生活を送る。三十五年八月末に帰京、小石川・原町の下宿に一人住いしていた。夏子の訃を得て、十一月十六日に東京を発って、十日間を郷里で過し、神式で埋葬した。この後、三十六年七月に大学を卒業、大学院に進んで実験物理学を専攻する。

なにはともあれ、と漱石は借家探しを始める。毎日のように出歩いて、本郷、小石川、牛込、四谷、赤坂と山の手のあちこちを廻った。菅虎雄が同行するのがしばしばであった、と鏡子は回想する。漱石は帰国早々、菅の家を子供たちのためにと、「いぎりすの御土産／文ちやんと忠ちやんにあげます／夏目のおぢさんより」と署名した絵本を持って訪ねている。(次男の忠雄は三歳、のちに「文藝春秋」編集長となる。)

「〔無題〕」とされる不思議な一篇が遺されている。いつ、どんな紙に記された断片なのかは判らない。未完、未発表のまま大正十三年版「漱石全集」第十巻「初期の文章及詩歌俳句」に収められた。「研究年表」は「不確かな推定」として、これを一月二十七日に漱石が田端・大龍寺の子規の墓前に詣でた折りの感想としている。文語体の美文、というより散文詩のような小品である。

水の泡に消えぬものありて逝ける汝と留まる我とを繋ぐ。去れどこの消えぬもの亦《また》年を逐ひ日をかさねて消えんとす。定住は求め難く不壊《ふえ》は尋ぬべからず。汝の心われを残して消えたる如く吾の意識も世をすてて消る時来るべし水の泡のそれの如き死は独り汝の上のみにあらねば消えざる汝が記臆のわが心に宿るも泡粒の吾命ある間のみ

漱石の意識の襞の内側が露わに表出されるような妖しい気配が漂う。これがたんに走り書きではなく、緻密に計算された記述であることは、例えば、「逝ける汝と留まる我」が明治二十八年十月に「漱石に別る」として子規が松山で詠んだ「行く我にとゞまる汝に秋二ッ」の句を踏まえたものであろうことからも想定される。

淡き水の泡よ消えて何物をか蔵《かくさ》む汝は嘗て三十六年の泡を有ちぬ生ける其泡よ愛ある泡なりき信ある泡なりき憎悪多き泡なりき〔一字不明〕しては皮肉なる泡なりきわが泡若干歳《いくばくさい》ぞ死ぬ事を心掛けねばいつ破るゝと云ふ事を知らず只破れざる泡の中に汝が影ありて前世の憂を夢に見るが如き心地す時に一瓣の香を燻じて此影を昔しの形に返さんと思へば烟りたなびきわたりて捕ふるにものなく敲くに響なきは頼み難き曲者なり罪業の風烈しく浮世を吹きまくりて愁人の夢を破るとき随処に声ありて死々と叫ぶ片月窓の隙より寒き光をもたらして曰く罪業の影ちらつきて定かならず死の影は静なれども土臭し今汝の影定かならず亦土臭し汝は罪業と死とを合せ得たるものなり(傍点・引用者)

「罪業」とは、生あるものの宿業をいうのだろう。ここではより生々しく、肉感性をもつ語として使われている。漱石は、自らもまた「三十六年」の、「愁人」である。土に還る日まで、「汝が影」とともに、現世で「罪業の風」に吹きまくられるだろうことを実感するのだった。

霜白く空重き日なりき我西土より帰りて始めて汝が墓門に入る爾時《そのとき》汝が水の泡は既に化して一本の棒杭たりわれこの棒杭を周る事三度花をも捧げず水も手向けず只この棒杭を周る事三度にして去れり我は只汝の土臭き影をかぎて汝の定かならぬ影と較べんと思ひしのみ（傍点・引用者）

以上、三つの引用が全文である。どこに、どのように保存されていたのか、この紙片が遺されていたことが私にはまるで奇跡のように思える。「愛ある泡なりき」の一句には打たれずにいられない。

*

三月三日、漱石は本郷・千駄木町五十七番地に転居する。たまたま見つけた借家は、旧友・斎藤阿具の持ち家だった。斎藤が明治三十年に仙台の第二高等学校に赴任して以来、貸家としていたのだが、丁度、前住者が洋行することになり、空き家になっていたのだった。保証人は大塚保治。しかし、斎藤は漱石の帰国と入れ違いにドイツ、オランダに向けて横浜から出帆していたため、この間の事情に関知しない。この家は二十三年十月から二十五年一月まで森鷗外が住んだ家だが、そのことを斎藤も漱石も知らずにいた、という（『周辺人物事典』）。

漱石は手許不如意である。殆んど無一文で帰国した上、留守宅は休職給年額三百円・月割二十五円のうち製艦費二円五十銭などが月々差し引かれ、月額二十二円足らずで賄われてきたのである。「前《まへ》に熊本《くまもと》から引《ひ》き揚《あ》げる時《とき》に、世帯道具《しよたいだうぐ》は一式《しき》手離《てばな》して身一《みひと》つで来《き》たのですから、それから買《か》ひ調《とゝの》へなければなりません。それから移転料《いてんれう》もいります。けれども有金《ありがね》は殆《ほと》んどないのです。そこで大塚博士《おほつかはかせ》の貯金《ちよきん》のうちから百円《ゑん》か百五十円《ゑん》かをお借《か》りして、漸《やうや》くそこへ落《お》ちつくことが出来《でき》ました」と、「漱石の思ひ出」には語られている。（当時の一円が今日のいくらに相当するかを特定するのは困難だが、私はおよそ五、六千円だろうと見当をつけている。）

三月九日、菅虎雄に宛てて手紙を出した。朝、寝ているところに菅が訪ねて来て、会えなかったからである。「小生熊本の方愈辞職と事きまり候に就ては医師の珍〔診〕断書入用との事に有之候へども知人中に医者の知己無之大兄より呉秀三君に小生が神経衰弱なる旨の診断書を書て呉る様依頼して被下間鋪候や」というもので、神経衰弱であるのを五高辞職の理由としたことが察せられる。菅は医学部予科にいた頃から、呉秀三の親友だった。漱石は「小生は一度倫敦にて面会致候事あれど君程懇意ならず鳥渡《ちょっと》ぢかにたのみにくし何分よろしく願上候」と記している。

四月四日、「研究年表」に「午後、寺田寅彦・上田敏来る」とある。同道したのか、別々にあらわれたのかは判らない。上田敏は明治七年、築地の生まれ。父・炯二《けいじ》は儒学者・乙骨耐軒《おっこつたいけん》の第二子。大学院で小泉八雲（ラフカディオ・ハーン）の薫陶を受け、二十五歳で高等師範学校教授に任ぜられた秀才である。すでに「文藝論集」（春陽堂）や「詩聖ダンテ」（金港堂）など四著をもつ、文藝界では著名な存在だった。「明星」を舞台に活躍する訳詩家でもあったが、この四月から、三月に辞任したハーンの後を承けてアーサー・ロイド、漱石とともに帝国大学英文科の講師となることが決まって、先輩の家へ挨拶に訪れたのかも知れない。上田敏の詩語の性質は森鷗外に近く、立場は藝術派に位置していた。

四月十日、漱石は第一高等学校英語嘱託の辞令を受けた。週二十時間出講、年俸七百円。

四月十五日、東京帝国大学文科大学講師を嘱託される。年俸八百円。

着任早々の英語講師・夏目金之助の印象については、教え子による回想がある。第一高等学校では、

「先生が新にはじまる章の最初の言葉を読みはじめた時のその特色ある発音を忘れはしない。それは所謂恐ろしく気取つた——それだけ正確な——発音のしかたで、少し鼻へぬける金がかつた金属性の声であつた」（中勘助「夏目先生と私」）

「其の頃先生の様子は一体に高襟で、高いダブルカラに、磨き立てのキツドの靴の、尖の細い踵高な奴をはいて、歩きぶりから一種のリズムを持つて居た。出席簿を読むにもすべて英語を用ゐて、Mr. ——と云ふ口吻を吾々はよく真似たものである」（野上豊一郎「大学講師時代の夏目先生」）

などという二つが「研究年表」に紹介されている。文科大学では、松浦一（英文学者。東大講師を経て、大正大学教授などを歴任）による「先生が初めて教室へ現れた時、きび〳〵とした而して瀟洒な洋服姿に蝙蝠傘を持つて来られたと覚えてゐる」という回想がある。

文科大学は、漱石にとって快適な環境、職場とはいえなかった。

前任者のハーンが学生たちに信望が篤く、留任運動が起きたほどだった。ハーンは毎年、一般講義ではテニスンの詩を講じて評判をあつめていたが、学生たちは新任の講師が訳読にジョージ・エリオットの「サイラス・マ

ーナー」を指定したことに不満を募らせた。「今度は夏目金之助とかいふ『ホトトギス』寄稿の田舎高等学校教授あがりの先生が、高等学校あたりで用ひられてゐる女の小説家の作をテキストに使用するといふのだから、われわれを馬鹿にしてゐると憤つたのも当然だ」という（金子健二「人間漱石」）。そして同僚には、都会的に洗錬されたスター的存在である上田敏もいる。夏目先生がシェイクスピア作品についての講義を通じて、学生たちから信頼され、人望を得るようになるには、この後、一年ほどを待たなくてはならない。

「漱石の思ひ出」に、こんなことが語られていた。漱石はハーンの後釜にすわることになったのが「不服《ふふく》」で、狩野や大塚に「抗議《こうぎ》を持《も》ち込《こ》んで居《ゐ》た」のだという。

……夏目《なつめ》の申《まを》しますのには、小泉先生《こいづみせんせい》は英文学《えいぶんがく》の泰《たい》斗《と》でもあり、又文豪《またぶんがう》として世界《せかい》に響《ひゞ》いたえらい方《かた》であるのに、自分《じぶん》のやうな駆《か》け出《だ》しの書生上《しよせいあが》りのものが、その後釜《あとがま》に据《す》はつたところで、到底立派《たうていりつぱ》な講義《かうぎ》が出来《でき》るわけのものでもない。又学生《またがくせい》が満足《まんぞく》してくれる道理《だうり》もない。尤《もつと》も大学《だいがく》の講師《かうし》になつて、英文学《えいぶんがく》を講《かう》ずるといふことが前《まへ》からわかつてゐたのなら、その積《つも》りで英《えい》国《こく》で勉強《べんきやう》もし準備《じゆんび》もして来《く》るであらうのに、自分が研究して来たのはまるで違つたことだなどゝぐづついてゐたやうですが、結局《けつきよく》狩野《かの》さんあたりからまあ〳〵となだめられて落《お》ちつきました。（傍点・引用者）

相変らず、愚癡の多い漱石である。アイデンティティーに馴染むのにも時間がかかるのだろうか。しかしこの時、漱石の眼は明らかにはるか遠くを視つめている。

*

明治三十六、七年あたりのこととして、注目すべき事を二つ挙げておきたい。

一つは、絵を描く趣味が嵩じはじめたこと。

寺田寅彦の回想が面白い。寅彦は漱石が千駄木に移ってからも「三日にあげず」訪れていたが、今日は忙しいから帰れと言われても帰らない。

……何とか、かとか勝手な事を云つては横着にも居すわつて、先生の仕事をしてゐる傍でスチュディオの絵を見たりしてゐた。当時先生はターナーの絵が好きで、よくこの画家について色々の話をされた。いつだつたか、先生がどこかから少しばかりの原稿料を貰つた時に、早速それで水彩絵具一組とスケッチ帖と象牙のブックナイフを買つて来たのを見せられてたいそううれしさうに見えた。その絵具で絵葉書をかいて親しい人達に送つたりしてゐた。

晩年の漱石が手習いに励んで、数多くの書画を遺したことはひろく知られるところだが、その手始めは水彩絵具による絵葉書だった。この頃は、自筆の絵葉書交換が流行していて、挨拶がわりとでもいうべきものだが、余技の〝遊び〟が親しい者同士を喜ばせたようだ。「漱石全集」によって現在のところ確認される最初の自筆絵葉書は、三十七年一月二日の河東碧梧桐宛ての一通である。「ともし寒く梅花書屋と題しけり」という一句が添えられていた。書斎のなかを描いたものと察せられる。翌三日は、五高での教え子・橋口貢に宛てて、「人の上春を写すや絵そら言」の一句を添えて投函した。橋口貢は法科大学政治学科を卒業して、大学院で国際公法を専攻(のち外交官)、三十四年に下谷・谷中清水町に所帯をもち、そこに弟・清(五葉)も同居していた。絵画趣味は、書画骨董好きで四條派の絵を描いたといわれる父親ゆずりのものと思われる。絵の上手さには、漱石は到底敵わない。無論のこと、「スケッチ帖」の一枚一枚も水彩画で埋った。「書架」を描いた一枚には、傍らに You and I and nobody by. Ast. 1903 と自書されている。また、「わが墓」と題された一枚も現存するという(北山正迪「漱石と小天《おあま》」)。絵葉書への熱中ぶりは驚くほどで、野間眞綱(五高時代の教え子。鹿児島県の出身で、三十六年秋に文科大学英文科を卒業、旧制高校教授を歴任する)、野村傳四(三十六年秋に英文科入学、同郷で三年先輩の野間を介して漱石を識る)、寺田寅彦、橋口兄弟らとの間で頻繁に交される。ことに橋口貢、清の兄弟それぞれに宛てられた絵葉書は、「『全集』に未収録だけでも八三点にのぼるという」(『周辺人物事典』)。

漱石は負けず嫌いである。対抗心が絵葉書応酬の気分を駆り立てたのかも知れない。自信家《うぬぼれや》である。花、樹、風景、人物、裸体画と、画題はさまざま。絵に添えられた言葉の屈折した表現に、思わず苦笑を誘われる。洒脱である。例えば、「素人くさい処が好い所です褒めなくてはいけません」(橋口貢宛て、三十七年八月十五日)、「此絵はまづいが色が奇麗だと思ふどうだ」(寺田寅彦宛て、十月二十二日)、「是は例の如く乱暴な画なり然し傑作とほめてくれゝば結構也」(橋口貢宛て、十二月七日)などと記されている。なかで秀逸なのは、七月二十四日に橋口貢に宛てた一通で、文豪らしき西洋人の肖像を描いて、「名画なる故　三尺以内に近付くべからず」とあるもの。翌日、切手を貼らずに投函したことに気づいて、「定めし御迷惑［の］事と存候然し御覧の通の名画故切手位の事は御勘弁ありたし」と書き送った。

　また、書にも遊んだ。菅虎雄に刺戟されて、のことであったのはいうまでもない。三十七年七月十八日の菅虎雄宛ての手紙に、「君から貰つた紙へ君から貰つた筆を以て君から授かつた法を実行してかくと斯様なものが出来る才子は違つたもので一時間許り稽古するとすぐ此位になるうまいものでせうほめてくれないと進歩しない」（傍点・引用者）とある。手に負えない入門者だと呆れるほかない。しかし、「ほめてくれないと進歩しない」は、自らが「木屑録」以来の子規との交流のなかで摑んだ実感だった。いま、巧妙に煽ててくれた「愛ある泡」は、水に消えてしまった。漱石は、「此詩は僕が洋行する時に作つた傑作で書と共に後世に伝ふるに足るから君に進呈する」として、「生死因縁無了期／色相世界現狂痴（生死因縁《しょうじいんねん》　了期《りょうき》無く／色相《しきそう》世界　狂痴《きょうち》を現《げん》ず）」にはじまる七言律詩を墨書して同封する。

　と、書画の趣味に没入する様子を確認するうちに、私には、子規の死に至る経過を詳に報じた虚子の手紙の一節がしきりに想起されてならない。

　病牀六尺ハ日本新聞ニテ御覧ノ事ト存候其ニモ時々認メアリタル如ク草花菓物等ヲ写生スル事ヲ非常ノ慰藉ト致シ色ノ出シ具合丸ミノツケ具合ナド中々ウマイモノニ有之シガ其モ五六十日間ノ慰藉ニ過ギズシテ愈死期近ヅキテハ筆ヲ取ル事ハ勿論体ヲネジル事モ出来ズ僅ニ菓物帖草花帖一冊ヅヽヲ残シテ永眠致サレ候

　とあった。子規のすることなら、なんでも真似したい漱石だった。

　「子規の画」は七、八年後、明治四十四年七月四日に「東京朝日新聞」（八日に「大阪朝日新聞」）に発表された随筆である。永らく仕舞ったままにして置いた子規から貰ったたった一枚の絵――三十三年六月に熊本に送られた東菊の絵である――を近頃になって表装しての感想。壁に掛けて眺めて見ると、いかにも淋しい、子規の絵が「拙《まづ》くて且真面目《かつまじめ》」なのに気づいた。「何《なん》だか正岡《まさをか》の頭《あたま》と手《て》が、入《い》らざる働《はたら》きを余儀《よぎ》なくされた観《くわん》がある所《ところ》に、隠《かく》し切《き》れない拙《せつ》が溢《あふ》れてゐると思《おも》ふ」という。いつの日も、何事につけても、「拙《せつ》」の一語を思わせることのなかった子規であったのだが。そう感じさせたのは、確かに漱石のこころに生じた〝ゆとり〟といえる。
　不思議にも思えるのだが、漱石の〝ゆとり〟は余技を、たんに余技とはしない。「拙」であることを、絶えず忌避したいのが漱石の性格の一つのあらわれだった。序でに、「子規の画」の末尾三行を引用しておきたい。

……彼《かれ》のわざわざ余《よ》の為《ため》に描《ゑが》いた一輪《りん》の東菊《あづまぎく》の中《うち》に、確《たしか》に此《この》一拙字《せつじ》を認《みと》める事《こと》の出来《でき》たのは、其結果《そのけつくわ》が余《よ》をして失笑《しつせう》せしむると、感服《かんぷく》せしむるとに論《ろん》なく、余《よ》に取《と》つては多大《ただい》の興味《きようみ》がある。たゞ画《ゑ》が如何《いか》にも淋《さび》しい。出来得《できう》るならば、子規《しき》に此拙《このせつ》な所《ところ》をもう少《すこ》し雄大《ゆうだい》に発揮《はつき》させて、淋《さび》しさの償《つぐなひ》としたかつた。

注目すべきもう一つは、――
　三十六年初夏の頃から三十七年にかけての一年ほど、神経衰弱また被害妄想の症状がいよいよ悪化したことである。当時の狂態ぶりについては、「漱石の思ひ出」の読みどころの一つとなっているから、これもひろく伝わっている話柄といえるかも知れない。

……六月《ぐわつ》の梅雨期頃《ばいうきごろ》からぐん〳〵頭《あたま》が悪《わる》くなつて、七月《ぐわつ》に入《はい》つては益々《ます〳〵》悪《わる》くなる一方《ぱう》です。夜中《よなか》に何《なに》が癪《しやく》に障《さ》はるのか無闇《むやみ》と癇癪《かんしやく》をおこして、枕《まくら》と言《い》はず何《なん》といはず、手当《てあた》り次第《しだい》のものを放《はふ》り出《だ》します。子供《こども》が泣《な》いたといつては怒《おこ》り出《だ》しますし、時《とき》には何《なに》が何《なに》やらさつぱりわけがわからないのに、自分一人《じぶんひとり》怒《おこ》り出《だ》しては当《あた》り散《ち》らして居《を》ります。どうにも手がつけられません。

と回想される。鏡子は妊娠中だった（十一月三日に三女・榮子を出産する）。
　漱石の精神状態は絶えず苛々と荒れ狂って、女中を追い出し、身重の鏡子を子供連れで実家に戻す。やがて離縁を迫るが、これは中根重一が間に入って法律を楯に拒まれた。向いの下宿の二階に住む学生が、自分をつけ狙う探偵であるかのように妄想して、毎朝、書斎の窓の敷居に立って学生の部屋に向って、大声で「おい、探偵君《たんていくん》。今日《けふ》は何時《なんじ》に学校《がくかう》へ行《ゆ》くかね」などと挑撥する始末だった、という。
「何《なに》かに追跡《つゐせき》でもされてる気持《きもち》なのかそれとも脅《おびや》かされるのか、妙《めう》にあたまが昂奮状態《かうふんじやうたい》になつてゐて、夜中《よなか》に不意《ふい》に起《お》きて、雨《あま》戸《ど》をあけて寒《さむ》い寒《さむ》い庭《には》に飛《と》び出《だ》します」と、これは冬の夜のことだろう。だが、こんな回想に触れると、私にはふたたび、子規の最期を報じた虚子の手紙の一節が想起されるのである。鏡子の回想にトレーシング・ペーパー（透写紙）を重ねるつもりで引用してみたい。

御分袂当時ト雖ドモ子規子ノ衰弱ハ既ニ情ヲ制スルノ力ナクヨク泣キヨク怒リ居ラレタルヤウ存候ガ其後愈甚ダシク少シ情ニ激スル所アレバ涙常ニ頬ヲ伝ヒ候又事々ニツケ家人ヲ叱責セラレ候事ハ後ニ至リテ愈甚ダシキヲ加ヘ小生等之ヲ慰ムルニ辞ナク常ニ困却致候

（傍点・引用者）

「漱石の思ひ出」のなかから、漱石の狂気の不可思議を語るものとして、二つのエピソードを借りる（因みに、漱石の病状についての診断書は遺されていない。三十六年の七月末か八月初めに呉秀三の診察を受けたとされるが、面談だけだったのか、診断書は書かれなかったようだ。どうであれ、私には学界の流行に左右され易い精神分析医の判断を信用することができない）。

……其頃《そのころ》書斎《しよさい》に入《はい》つて見《み》ると、机《つくゑ》の上《うへ》に墨黒々《すみくろぐ》と半紙《はんし》にかういふ意味《いみ》の文句《もんく》が書《か》いてのせてありました。

——予《よ》の周囲《しうゐ》のもの悉《ことごと》く皆狂人《みなきやうじん》なり。それが為《た》め予《よ》も亦狂人《またきやうじん》の真似《まね》をせざるべからず。故《ゆゑ》に周囲《しうゐ》の狂人《きやうじん》の全快《ぜんくわい》をまつて、予《よ》も佯狂《やうきやう》をやめるもおそからず——

気味《きみ》の悪《わる》いたらありませんでした。

二つ目の箇所は、狂気と絵画趣味との関連について語られたもので、面白い。

絵《ゑ》は死《し》ぬ迄《まで》好《す》きで描《か》きましたが、尤《もつと》も中程《なかほど》気《き》が進《すゝ》まなかつたり忙《いそが》しかつたりで描《か》いたり描《か》かなかつたり致《いた》しましたが、不思議《ふしぎ》なことに其後《そのご》も頭《あたま》が悪《わる》くなると絵《ゑ》を描《か》いたのは面白《おもしろ》いことだと思《おも》ひます。自分《じぶん》では何《なに》をしても面白《おもしろ》くなし、一《ひと》つくさくさした気持《きもち》を絵《ゑ》でも描《か》いて紛《まぎ》らさうといふのでせうが、現《げん》に宅《たく》に残《のこ》つてゐる南画《なんぐわ》の密画《みつぐわ》などは、さういふ時《とき》に幾日《いくにち》も幾日《いくにち》もかゝつて描《か》いたもので、こり出《だ》すと明《あ》けても暮《く》れてもこれでいゝといふ迄《まで》、紙《かみ》のけばだつ迄《まで》いぢつてゐるのだから、根気《こんき》のいゝものです。

「南画の密画」の制作に凝るのは、「大正《たいしやう》二年前後《ねんぜんご》」のことである。「其頃《そのころ》もいけなかつたのです」と回想されている。

＊

三十六年五月二十一日、漱石は菅虎雄に宛てて、「大学の講義わからぬ由にて大分不評判」と書き送った。「第一高は遥かにのんきに候熊本より責任なく愉快に候大学の方は此学期に試験をして見て其模様次第にて考案を立て考案次第にては小生は辞任を申出る覚悟に候」と記すのだった。「もし左様なれば小生の目的通の研究をなす積に候」とある。「目的通の研究」が、あの最新の〝知〟によるエンサイクロペディア的大著述をいうのは明らかだが、その構想が帰国後も漱石の暗い精神を支える心棒となっていたことが窺える。ところが、それから一月も経たない六月十四日に投函された菅への手紙に、「高等学校はスキダ大学ハやメル積ダ」「学問ナンカスルナ馬鹿気タモンサネ骨董商ノ方ガイヽヨ」などとぼやきながら、「大著述モ時ト金ノ問題ダカラ出来ナケレバ出来ナイデモ構ハナイ」と迷言を記すに至るのである。「僕ハ切角調ベカケタコトヲ丸デ忘レテ仕舞ツタ愚ナ話シダ（ノート）ナンカ焚テ仕舞《しまお》フト思フ」と、漱石の神経回路は錯乱状態を示すのだった。

但し、とここに断っておかなくてはならない。私には、漱石が大著述の構想を企てたときと、それを放棄しようと考えたときと、いずれの時が神経症《ノイローゼ》の度合が酷かったかは判断できない。大構想そのものが誇大妄想による狂気の産物であり、それを断念することの方がむしろ健康な精神状態であると考えるからなのだが。しかし、梅雨時となる。この頃から漱石の狂態が日常生活を脅かすようなものとなる、とされるのである。

五月二十一日の手紙を郷里・久留米で受け取って間もなく、六月十四日までの間に菅虎雄は大陸に渡る。清国の南京三江師範学堂に客員教授として赴任したのだった。南京滞在中に菅は、李瑞清に就いて六朝の書法をまなび、刻苦精励、ついにその骨法をきわめたといわれる。子規亡き後、気兼なくどんな愚癡でも甘んじて聞いてくれる相手が眼前から消えたようで、漱石は気を落したことと察せられる。

六月二十日発行の「ホトトギス」に「自転車日記」が発表された。「倫敦消息」につづく「ホトトギス」流「日記体」の小品で、ロンドン生活回想の断章ともいえる一篇である。これが帰国後に書かれたものであることは、七月二日に南京に向けて出された手紙に、「僕近頃ノホトヽギスニ自転車日記ト云フ名文ヲ已《やむ》ヲ得ズ草シテ載セタカラ見給ヘ甚ダ上品ナラザル文章ダガ中々ウマイヨ」とあるところから知られる。高浜虚子の回想がある。

「漱石氏は一高の教授に転じ、大学の講師をも兼ねるやうになつて明治三十七年九月頃までは其教師としての職責を真面目に尽すといふ以外余り文筆には親しまなかつた。唯ホトヽギスに『自転車日記《じてんしやにつき》』といふものを一篇書いた。其は面白いものではなかつた」（「漱石氏と私」）というものだった。

六月の末頃に、漱石が辞意を伝えに文科大学学長・井上哲次郎と面談したことが、七月二日の菅虎雄宛て書簡に明かされる。「僕大学ヲヤメル積デ学長ノ所ヘ行ツテ一応卑見ヲ開陳シタガ学長大気焔ヲ以テ僕ヲ萎縮セシメタソコデ僕唯々諾々トシテ退クマコトニ器量ノワルイ話シヂヤナイカ」とあって、要は一喝されたということなのだろう。

九月、新年度を迎えて、文科大学英文科では学生たちの間で、夏目講師の評判は急上昇したかのようである。「マクベス」の講義が人気で、広い教室に聴講生が溢れたという。以後、「リア王」「ハムレット」「テンペスト」「オセロ」と、シェイクスピアの作品についての連続講義は明治四十年三月までつづいた。「リア王」の講義は三十七年二月二十三日に始まるが、これについては、『マクベス』以上の大入繁昌札止め景気であつた。文科大学は夏目先生たゞ一人で持つて居らるゝやうに感じた。すばらしい景気だ」という聴講生による証言がある（金子健二「人間漱石」）。教室には新入生の森田草平、野村傳四、中川芳太郎らの姿もあった。翌年には鈴木三重吉も入学する。

人気がたかまるに連れ、千駄木町の梅花書屋を相談に、また遊びに訪れる学生が増えてきた。まずは野間眞綱、野村傳四、皆川正禧《みなかわまさき》、大学院（社会学）の小林郁、一高生の野上豊一郎。それでもなお漱石は淋しい。六月には、松山中学での教え子であり、句作の弟子《ヽヽ》である松根東洋城（豊次郎）が「ホトトギス」誌上で活躍するのに接して、来信に応え、梅花書屋に訪ねて来るよう熱心に誘っていた。

三十七年。――

二月八日、漱石は寺田寅彦に宛てて、奇妙な内容の葉書を送った。一面に、「水底の感」と題する詩のようなものだけが記されている。作者は「藤村操女子」とある。

漱石は三十六年五月の第一高等学校での授業中に、テキストの下読みをして来なかった生徒を叱った。生徒は翌週も下読みをして来ない。怒った漱石は「勉強する気がないなら、もう此教室へ出て来なくともよい」と、きびしく叱責したという（野上豊一郎「大学講師時代の夏目先生」）。するとそれから何日かして、新聞にその生徒が五月二十二日、日光・華厳の滝に投身したことが報じられた。有名な、藤村操（十六歳十ヵ月）の「人生不可解」（「巌頭之感」）事件である。その頃の漱石は、〝死〟に対して過敏であった。自責の念に駆られたのだろうか、その後しばらくの間、生徒の自殺をしきりに気に病んでいたといわれる。

「水底の感」は、

　水の底、水の底。住まば水の底。深き契り、深く沈めて、永く住まん、君と我。黒髪の、長き乱れ。藻屑もつれて、ゆるく漾《ただよ》ふ。夢ならぬ夢の命か。暗からぬ暗きあたり。うれし水底。清き吾等に、譏《そし》り遠く憂透らず。有耶無耶の心ゆらぎて、愛の影ほの見ゆ。


というものだった。藤村操の滝壺への投身をモチーフとした新体詩である。「女子」としたのは、藤村操の自殺には失恋説もあったから、心中とすることで鎮魂をする意図があったのかも知れない。しかし注目されるのは、なにより、これが「ハムレット」のオフィーリアをイメージしたもの、というより明確にラファエル前派の画家、J・E・ミレーの「オフィーリア」を意識しての創作だからである。黒髪ゆたかな若い女性からの発信としなくてはならなかった。

　寺田寅彦には書斎で、画集か何かでミレーの絵を見せていたと考えられるから、暗黙で通じ合うものがあったのだろう。寅彦は、これが水底に眠る漱石の意識を反映させたものと、読み取ることができたに違いない。「夢ならぬ夢の命か。暗からぬ暗きあたり。」と、水底からは漱石の意識の最弱音《ピアニッシモ》が聞こえてくるのである。

「水底の感」といい、「水の泡に消えぬものありて……」の「〔無題〕」といい、漱石の精神を慰撫するものは、ただ「水」のイメージであったと、想像される。

二　「吾輩ハ猫デアル」

　絵画趣味は思いがけない出会いをもたらした。橋口貢の弟、東京美術学校西洋画科本科に通う清（五葉）との交流がはじまるのである。交遊範囲の狭い漱石だった。交際は旧友、教え子、「ホトトギス」の関係者に限られている。子規のほかには、詩人や小説家を自ら訪ねて交誼をもとめたこともない。

　三十七年の夏前あたりから、高浜虚子との行き来がふたたび頻繁となった。これには虚子が、鏡子夫人から漱石の気晴しのために「出来《でき》るだけ遊《あそ》びにいらして連《つ》れ出《だ》して下《くだ》さるやうに」と頼まれたせいでもあるかも知れない。

漱石は五月頃から新体詩を作って、「従軍行」を「帝国文学」に発表したりしたが、やがて、虚子が提唱する俳体詩（「連句を変化さした一新詩体」をいう）を虚子、坂本《さかもと》四方太《しほうだ》（「山会」の積極的参加者。文科大学助手）らと試みた（漱石に「四方太は月給足らず夏に籠り／新発明の蚊いぶしを焚く」などと詠った俳体詩の二行がある）。そのうち「富寺」「尼」「冬夜」ほか二篇が「ホトトギス」第八巻第一〜三号に掲げられた。句作の愉しさが甦って、「ホトトギス」の仲間と急接近したのだ、と見られる。現在のところ、「漱石全集」には「鬼哭寺の一夜」など新体詩四篇と俳体詩十五篇が収められている。

七月中のこととして、橋口清との間で絵葉書のやりとりがあった。これは兄・貢に勧められて、まず清から差し出されたものと思われる。漱石は、「あの色が非常に気に入つたが全体あれは何の絵ですか一寸見当がつかない／是は久し振でかいたら無暗にきたなくなつた夜だか昼だか分らないから（春日影）とかいた」と、自作の絵の上に文字を重ねた。絵は庭から室内を眺めたもので、奥の座敷から襖を少し開けて、男か女か、人物がひとりこちらを見ているが、これも何の絵か「一寸見当がつかない」。

八月下旬のある日、漱石は虚子から「ホトトギス」に絵を描いて欲しいと頼まれた。十月から創刊八年目を迎えるので、誌面を刷新したい、「其時同《〔ママ〕》紙の上部四分一許の処へ廻り燈籠の様な影法師の行列を入れたい」というのだった。僕は駄目だから、と漱石が橋口貢が描いたラクダの絵を見せると、虚子はそれに感心して、よろしく頼んで貰いたいと言って別れた。八月二十七日の貢宛ての絵葉書で、漱石は「一つかいてやりませんか」と勧めている。追伸に、「御舎弟の停車場のスケッチを寺田寅彦に見せたらターナーの色彩の様だとほめました」とある。早速、貢から弟を推薦したいという葉書が届いたのだろう、二十九日に漱石は、「御舎弟でも無論よろしく候書いてやつて下されば高濱は大に喜ぶべく候」と書き送った。

当時、東京美術学校西洋画科では、フランス帰りの黒田清輝を中心に、教授陣には久米桂一郎、藤島武二がいて、アール・ヌーヴォーの影響は校内にも及んでいた。三十四年八月に出版された鳳（與謝野）晶子の「みだれ髪」はチープな仕立ての並製本ながら、装幀・挿画は藤島武二によるものだった。その表紙の図案はチェコ出身の世紀末画家、アルフォンス・ミュシャの模倣というより、盗用にちかいもので、みだれ髪、四文字の日本語ロゴにアール・ヌーヴォーふうの工夫が凝らされていた。橋口清はそうした空気のなかで、図書館に通って、雑誌からアール・ヌーヴォーの装飾図案を写して研究していた、といわれる（「周辺人物事典」）。

九月二十四日、漱石は貢に宛てた自筆絵葉書を投函した。

虚子から手紙をこ《〔よ〕》こして橋口君の所へ出て御願するのだが明日から用事で京都へ立つから先日願つた廻り燈籠の画を僕から今一返願つてくれと言います、僕は橋口君の弟は今奈良へ修学旅行中だから駄目かも知れぬが何しろ今一返話して見様と返事をしました、ほとゝぎす来月の十月頃《（ママ）》出板と記憶して居ます夫に間に合ふ様にかいてもらへませうか

清が描いた絵は（奈良から送られたものとも考えられる）、十月一日に貢から送られて来た。二日、「早速虚子の所へやり申候」と、漱石は礼状を記す。「あの画はほとゝぎ〔す〕流の画に候明星流に無之面白く存候」（傍点・引用者）とある一文に、オリジナリティー尊重の漱石の面目があらわれている。

十月十日発行の「ホトトギス」第八巻第一号に「はしぐち」の署名で、清の挿絵が俳体詩「富寺」の上段二頁に掲げられ、別に「奈良みやげ」七葉が二頁にわたって誌面を飾った。漱石は蘖《ひこばえ》のような才能を見出したのだった。

＊

九月から漱石は、神田・駿河台の明治大学予科の講師となって、毎週土曜日四時間出講する。月俸三十円。「その二三十円《ゑん》の金《かね》でも余程《よほど》当時《たうじ》の私《わたし》たちの生活《せいくわつ》にはたいしになりました」と、鏡子は回想する。「それで元《もと》より楽《らく》になつたとは申《まを》されません。よく大学《だいがく》なんかよして了《しま》ひたいと申《まを》して居《を》りましたが、それでも学校《がくかう》にはキチン／＼と出たやうです」と語られている（「漱石の思ひ出」）。

この頃になると、漱石の精神状態は平常の落ち着きを取り戻した様子である。

こんな工合《ぐあひ》に悪《わる》かつた頭《あたま》も、三十七年《ねん》の春《はる》から夏《なつ》へかけて大分《だいぶ》よくなりまして、無鉄砲《むてつぱう》の癇癪《かんしやく》を起《お》こして気狂《きちがひ》じみたことをするやうなことも少《すく》なくなりました。それにつれて自分《じぶん》でも大層勉強《たいそうべんきやう》が出来《でき》るやうな様子《やうす》で、（中略）勿論合間合間《もちろんあひまあひま》に怒《おこ》るやうなことはあつて

も、それも一時《じ》のことになつて、段々《だん/″\》重《おも》くるしい靄《もや》が晴《は》れて来《く》るやうな有様《ありさま》でした。

自らが自らを苦しめていたとも見られる重圧から、解放されたかのように印象される。

十一月十八日、虚子は橋口清宛てに、「ほとゝぎす八巻三号ニモ何か御恵送ノ栄ヲ給度ク御願申上候」と、原画制作の依頼状を発信した。「ホトトギス」の編集者として、清の描く絵がいたく気に入ったのである。

……又八巻四号即本［ママ］年一月分ハ十二月末に引上げ発行ノ積リにてソレニハ殊ニ絵を沢山ニ入れ度希望ニ有之候　絵の種類大小等は御適宜ニ奉願度五頁許り御恵投被下間敷やいづれ近日罷出直ゝ御依頼の積りに有之候へど一応前以て御願申上候

この手紙が投函される前後のことと推定される、虚子は漱石に「山会」のために文章を書くことを約束させた。虚子は、漱石を能や壮士芝居、歌舞伎などの観劇に誘っていたから（能には二、三回引っ張り出したという。「退屈だけれども面白い」というのが感想だった）、日々の交流のなかで、漱石の気分が「靄《もや》が晴《は》れて来《く》るやう」に明るくなったのを察知したのだろう。

「山会」は非常な盛況で、ほとんど毎月のように子規の旧居で開かれていた。主な出席者は虚子を中心に碧梧桐、坂本四方太、寒川鼠骨。「従来芝居見物などに誘ひ出す度びに一向乗り気にならなかつた漱石氏が、連句や俳体詩には余程油が乗つてゐるらしかつたので、私は或時文章も作つてみてはどうかといふことを勧めてみた」と、虚子は回想する（「漱石氏と私」）。「遂に来る十二月の何日に根岸の子規旧廬で山会をやることになつてゐるのだから、それまでに何か書いてみてはどうか、その行きがけにあなたの宅へ立寄るからといふことを約束した」とつづいている。

……当日、出来て居るかどうかをあやぶみながら私は出掛けて見た。漱石氏は愉快さうな顔をして私を迎へて、一つ出来たからすぐこゝで読んで見て呉れとのことであつた。見ると数十枚の原稿紙に書かれた相当に長い物であつたので私は先づ其分量に驚かされた。それから氏の要求するまゝに私はそれを朗読した。氏はそれを傍らで聞き乍ら自分の作物に深い興味を見出すものゝ如くしば／＼噴き出して笑つたりなどした。私は今迄山会で見た多くの文章とは全く趣きを異にしたものであつたので少し見当がつき兼ねたけれども、兎に角面白かつたので大に推賞した。

「吾輩は猫である」の第一稿である。しかし、名前はまだ無い。原稿用紙の書き出しの部分が三、四行明けたままで、「猫伝」がよいか、冒頭の第一句である「吾輩は猫である」をそのまま用いるか、漱石が迷っているのを、虚子が「吾輩は猫である」を推したのだった。

千駄木町の家に黒い仔猫が迷い込んだのは、「六七月《ぐわつ》、夏《なつ》の始《はじ》め頃《ころ》」のことという。猫嫌いの鏡子がいくらつまみ出しても、家の中に上って来る。いつの間にか、お櫃《ひつ》の上に丸くなっている。「誰《たれ》かに頼《たの》んで遠《とほ》くへ捨《す》てゝ来《き》て貰《もら》はうと思《おも》つてゐる」ところを、「そんなに入《はい》つて来《く》るんなら置《お》いてやつたらいゝぢやないか」という漱石の「同情《どうじやう》のある言葉《ことば》」で、仔猫の運命はきまった。しばらくして、鏡子は「お婆《ばあ》さんの按摩《あんま》」から、全身足の爪まで黒いこの猫は福猫である、「飼《か》つてお置《お》きになるときつとお家《うち》が繁昌致《はんじやういた》します」と聞かされ、「現金《げんきん》なもので、其日《そのひ》から前《まへ》のやうに虐待《ぎやくたい》もしなくなり」、待遇をよくしたという（「漱石の思ひ出」）。たしかに、福猫であったかも知れない。猫の気儘な動きが描く柔軟な抛物線が、「吾輩は猫である」の俳味溢れる着想をもたらした、とも考えられるからである。虚子の回想はつづく、

……気のついた欠点は言つて呉れろとのことであつたので、私はところ〳〵贅文句《ぜいもんく》と思はるゝものを指摘した。氏は大分不平らしかつたけれども、未だ文章に就いて確かな自信がなく寧ろ私を以つて作文の上には一日の長あるものとして居つたので大概私の指摘したところは抹殺したり、書き改めたりした。中には原稿紙二枚ほどの分量を除いたところもあつた。それは後といはず直ぐ其場で直ほしたので大分時間がとれた。私がその原稿を携へて山会に出たのは大分定刻を過ぎてゐた。

この場合は、虚子が編集者の役割を見事にこなして、漱石は発見されたのである。漱石の精神状態を読んでタイミングを図った、虚子の勘を褒めるべきだろう。「今迄山会で見た多くの文章とは全く趣きを異にしたものであつたので少し見当がつき兼ねた」とあったところに、編集者としての喜びと同時に、不安と緊張が表現されている。漱石の方でも、身は緊張につつまれて、眼差しだけが自作の原稿を捲る虚子の指先を注視していたことと想像される。

「山会」で、漱石の作品は『兎に角変つてゐる。』といふ点に於て讃辞を呈せしめた」という。「吾輩は猫である」は、三十八年一月一日発行の「ホトトギス」第八巻第四号に掲載されることになった。

「吾輩は猫である」を脱稿した後、漱石は直ちに次作の執筆に取り掛かった。丸善のPR誌「學鐙」一月号に発表される「カーライル博物館」である。編集に携っていた内田魯庵が梅花書屋を訪ねて依頼したものだった。魯庵は「倫敦消息」を読んでいた筈である。最初に訪ねたときから「百年の知己の如」く、「打ち解けて話し込んだ」というから（談話「温情の裕かな夏目さん」）、ロンドン生活のあれこれを聞き出していたのかも知れない。十二月十二日、漱石は魯庵に宛てて、「先日は御訪問を蒙り候処何の風情も無之失敬致候其節御話題の學燈寄稿の儀種々多忙の為め碌なものも出来かね候へども別封御送申上候」と報じている。

つづけて、「帝国文学」一月号のために「倫敦塔」に着手する。「帝国文学」は二十八年一月創刊の、いわば文科大学の学内誌で、三十六年に設置された評議員の一人に漱石も加わっていた。三十八年新年号は「創刊十周年記念号」とされる。完成間際の十二月十九日、漱石は野間眞綱に宛てた葉書に、「倫敦塔は未だ脱稿せず然しものになります御一覧の上是非ほめて下さい」などと書き送った。だが二日後、二十一日の手紙では、「倫敦塔は出来上つたあとから読んで見ると面白くも何ともない先便は取り消す」とされる。表現者に特有の主観と客観、昂揚と落ち込みがめまぐるしく入れ替る心理の動きが観察できるようで、面白い。そこに意識の充実があったと見るべきだろう。

おなじ手紙に、十九日の夜は下谷・清水町の橋口兄弟の家に招かれ、雁の羹を食べたことも記されている。「雁は生れて始めて食つて見た頗る甘《うま》ひ雁の羹は橋口の家に限る」と。池ノ端の菓子舗・空也堂の最中《もなか》も気に入った。

*

明治三十八年。――

「吾輩は猫である」の好評は漱石の文名を一挙にたかめた、という定説については、虚子の「猫を書きはじめて後の漱石氏の書斎には俄かに明るい光がさし込んで来たやうな感じがした。漱石氏はいつも愉快な顔をして私を迎へた」という記述を借りて補足しておきたい。

元旦。野間眞綱に宛てた手紙に、「今日は何だかシルクハットが被つて見たいから一つ往来を驚かしてやらうかと思ふ」などと記して、有頂天ぶりを示している。晴れ渡った一日だった。

　眞綱は猪の肉を抱えて年始に訪れ、玄関先で帰ってしまったらしい。漱石は夜中にもう一通、葉書を出した。「なぜ上らずに帰つた。傳四が来て雑煮を食はせろといふから一所に晩餐を食つた。君も雑煮を食ひに来給へ」と。二日には寺田寅彦を、「君年始をやめて雑煮を食ひにこぬか」と誘っている。

　三日の夜は虚子と四方太、橋口兄弟を呼んで、猪肉の雑煮を振舞った。傳四の文章を「ホトトギス」に推薦するつもりで、虚子、四方太に見せたところ、「是は写生文ぢやない三十七年十二月三十一日の雑録だと傳四君にさう伝へてやり玉へ」との四方太の一言に閉口した、という。猪肉は眞綱の「御蔭」である。四日、「昨夜は大分面白かつた」と記して、封書で感謝の意を伝えている。

「吾輩は猫である」の続篇掲載について話し合われたのも、三日の夜のことであったかと思われる。虚子は、漱石は「はじめ猫は一回で結末にしてもよく、続きを書かうと思へば書けぬことも無いと話してゐたが、評判が善かつたので続いて筆を取ることになつた」と回想する。「ホトトギス」一月号の発行部数は通常号の倍を超えて、八千部に達したとされる（「附録」として、子規の「仰臥漫録」も発表されている）。「猫の出たホトトギスは売《うり》行《ゆ》きが悪かつたので、此方からも出来るだけ稿を続けることを希望した」とは、「ホトトギス」発行人としての言である。続篇は一月十一日に脱稿したとされる（「研究年表」）。

　のちに漱石は「吾輩は猫である」の頃を振り返って、談話記事のなかで、「私はたゞ偶然そんなものを書いたといふだけで、別に当時の文壇に対してどうかうといふ考も何もなかつた。たゞ書きたいから書き、作りたいから作つたまでゞ、つまり言へば私があゝいふ時機に達して居たのである」（傍点・引用者）と回想している（「時機が来てゐたんだ」）。地中に蓄えられたマグマが噴出したかのように印象される。この発言を裏付けるように「漱石の思ひ出」には、漱石の執筆の猛烈ぶりが語られる。「別《べつ》に本職《ほんしよく》に小説《せうせつ》を書《か》くといふ気《き》もなかつたところへ、長《なが》い間《あひだ》書《か》きたくて書《か》きたくて堪《たま》らないのをこらへてゐた形《かたち》だつたので、書《か》き出《だ》せば殆《ほと》んど一気呵成《きかせい》に続《つゞ》け様《さま》に書《か》いたやうです」とある。


　……書《か》いてゐるのを見《み》てゐるといかにも楽《らく》さうで、夜《よる》なんぞも一番《ばん》おそくて十二時《じ》一時頃《じごろ》で、大概《たいがい》は学校《がくかう》から帰《かへ》つて来《き》て、夕食前後《ゆふしよくぜんご》十時頃迄《じごろまで》に苦《く》もなく書《か》いて了《しま》ふ有様《ありさま》でした。何《なに》が幾日《いくにち》かゝつたか、今《いま》そんなことをはつきりは覚《おぼ》えて居《を》りませんが、「坊《ぼつ》ちやん」「草《くさ》枕《まくら》」などといふ比較的長《ひかくてきなが》いものでも、書《か》き始《はじ》めてから五日《か》か一週間《しうかん》とは出《で》なかつたやうに思《おも》ひます。多《おほ》くは一晩《ひとばん》か二晩位《ばんぐらゐ》で書《か》いたかと覚《おぼ》えて居《を》ります。尤《もつと》も自分《じぶん》ではどんな苦心《くしん》やら用意《ようい》やらを前々《まへ〳〵》からしてゐたものか知《し》りませんが、傍《はた》で見《み》て居《ゐ》るとペンを執《と》つて原《げん》稿紙《かうし》に向《むか》へば、直《たゞ》ちに小説《せうせつ》が出来《でき》るといつた工合《ぐあひ》に張《は》り切《き》つて居《を》りました。だから油《あぶら》が乗《の》つてゐたどころの段《だん》ぢやありません。それですもの書《か》き損《そん》じなどゝいふものは、全《まつた》くといつていゝ程《ほど》なかつたものです。

「吾輩は猫である」続稿は以後、三十八年は「ホトトギス」四、六、七、十月号に発表され、三十九年八月号の「(十一)」で完結する。

一月十八日、漱石は橋口清からの絵葉書への返信として、自筆絵葉書を投函した。無名の青年画家が「吾輩は猫である」の挿画を描くことになったのを喜んだのだった。数本の木立の絵柄のまわりに、

猫の画をかいて被下《〔くださる〕》よし難有候。
可成面白い奴を沢山かいて下さい。

鬼と仏の絵端書は上出来と存候
あるは鬼、あるは仏となる身なり
浮世の風の変るたんびに

と記された文字が読み取れる。

二月十二日の自筆絵葉書は礼状である。つねに自らが褒められることを期待する漱石は、褒め上手でもあった。

ホトヽギスの挿画はうまいものに候御蔭で猫も面目を施こし候。バルザツク、トチメンボー皆一癖ある画と存候。外の雑誌にゴロ〳〵転つては居らず候。是でなくては自分の画とは申されません。孔雀の線も一風有之候。足はことによろしく候。あれは北斎のかいた足の様に存候。
僕の文もうまいが橋口君の画の方がうまい様だ（傍点・引用者）

オリジナリティー尊重の面目躍如たる名文、と思う。機智に富んだ激励の言葉が、橋口五葉の成長を支援するのである（橋口清はすでに「ホトトギス」誌上で「五葉」の号を用いていた。以下、本稿においても「五葉」また「橋口五葉」と表記する）。

＊

「ホトトギス」通巻百号となる四月の記念号に発表するため、漱石は「幻影の盾」を執筆、二月八日からの三日間は学校を休んで構想を練った。二月十八日、脱稿。英国中世の騎士物語の世界を雅文体によって再現した、騎士と王女の恋物語である。先祖伝来の幻影《まぼろし》の盾の面を凝視するうちに、盾のなかで、落城して生死も判らず行方知れずとなった王女と遠い南国・イタリアの海辺で再会が叶う、とある。

大学での講義からの帰り、野村傳四の「二階の男」が載った雑誌「七人」を買ったのは二月十六日のことだった。「七人」は三十七年十一月に創刊された、文科大学英文科の学生・小山内薫を編集兼発行人とする文藝雑誌。小山内薫に友人、川田順、武林磐雄（無想庵）らを加えた七名を同人とした。

上根岸の子規旧居で開かれていた月例の「山会」が、いつ頃から千駄木町の漱石宅で行われるようになったのかは、正確には判らない。「研究年表」には三月下旬からのことと推定されているが、二月二十五日に「食牛会」と称して、漱石宅で文章会が催されているから、あるいは、これが切っ掛けとなったのかも知れない。寺田寅彦の「日記」に、「蓬萊町《〔ママ〕》てビール三本買つて夏目へ行く。虚子既にあり。つゞいて奇瓢（野間眞綱――引用者・註）。正禧。四方太来る。四方太『稲毛』と云ふ小品を読む。牛を煮て食ふ。虚子『石棺』を読む。傳四、遅れて来る。虚子、漱石の『幻の盾』を読む。十一時散会」とある。

「食牛会」の空気に触れて、もっとも過敏に反応したのは、文章会に初参加の寺田寅彦であった。創作意欲を刺戟されたのである。早速、「団栗」一篇を仕上げて三月十三日に梅花書屋を訪れ、自らが朗読して漱石に聞かせた。三月十四日に野村傳四に宛てた手紙の追伸として、漱石は「寅彦の団栗はちよつと面白く出来て居る」との一行を書き添えている。

「団栗」は亡妻・夏子を追懐する名篇として知られ、随筆とも私小説ともいうことができるが、私は「山会」写生文の一つの到達点であったと見る。漱石は俳句の愛弟子である寅彦の稟質を認め、存在そのものが振動を伝えるように、理論物理学専攻の俊秀を一級の文章家として育てあげるのだった。寅彦は「ホトトギス」六月号に、第二作「龍舌蘭」を発表する。

漱石宅で開かれた「山会」については、鏡子によるこんな回想がある。「この三月頃《ぐわつごろ》から、文章会《ぶんしやうくわい》といふものが、毎月《まいげつ》一回《くわい》位《ぐらゐ》づゝ宅《たく》で開《ひら》かれました」と語られる。

……いらつしやる方《かた》は、時《とき》に多少《たせう》の異同《いどう》はありましたが、大体《だいたい》高濱虚子《たかはまきよし》、坂本四方太《さかもとよもた》、寺田寅彦《てらだとらひこ》、皆川正禧《みながはせいき》、野間眞綱《のまつな》、野村傳四《のむらでんし》、中川芳太郎《なかがはよしたらう》などゝいふ方々《かたがた》で、その日《ひ》は何《なに》はなくとも朝《あさ》から私《わたし》も台所《だいどころ》に出《で》て、いろ〳〵晩飯《ばんめし》の御馳走《ごちそう》を作《つく》りました。文章会《ぶんしやうくわい》といふのは、大体《だいたい》ホトトギスの写生文中心《しやせいぶんちうしん》に、皆《みな》さんが文《ぶん》章《しやう》をもちよつて読《よ》みくらをして、互《たがひ》に批評《ひひやう》し合《あ》ふものでした。「猫《ねこ》」などもしば〳〵この席上《せきじやう》で読《よ》まれて、しかも読《よ》み手《て》は夏目《なつめ》は下手《へた》だとあつて、虚子《きよし》さんがお読《よ》みになり、それを聞《き》いてゐて自分《じぶん》のものなのに、夏《なつ》目《め》まで一緒《しよ》になつて笑《わら》ひこけてゐる事《こと》などもありました。お持《も》ちよりにならない方《かた》もあつたやうでしたが、皆《みな》さん可成《かな》り御熱心《ごねつしん》の様子《やうす》でありました。

漱石サロンの素地ができあがったかのように思われる。「吾輩は猫である」の作者は「ホトトギス」グループの客分ではなく、いまや主人公になっていた。上根岸の子規庵での光景がそのまま千駄木町に舞台を移して、漱石が子規の役柄をつとめているのである。

文章会は、四月は二十九日の土曜日に開かれたことが確認される。四月四日の野村傳四宛ての葉書に、「昨日虚子が来て今月末に文章会をやりたいと云ふから引きうけて拙宅で催ふす事にした。君も何か持つて御出席下さい」とあって、二十三日には「只今君の名文三篇を拝誦しました。皆々傑作結構です。つぎの土曜の午後五時から文章会を開くから名文御携帯の上御来会願上候」と書き送っているからである。この頃は傳四との交流が頻繁で、「二階の男」「月給日」など傳四の作品を褒めている。漱石の真意は、「みんな何でも蚊でも書いて〳〵世間を圧倒すればいゝ君も何でもいゝからやり給へ」（二月八日、眞綱宛て書簡）という言葉に表わされているといえるだろう。

四月二十九日の文章会には、野間眞綱は欠席した。三十日、漱石は手紙を投函、「昨夜は五六人集つて十一時頃迄談話をしました虚子は短篇を作つて来た虚子一流の面白い処がある僕は琴のそら音と云ふ小説を読んだ七人に出す積だから読んでくれ給へ」と報告する。短篇「琴のそら音」は「七人」六月号に発表される。「七人」については、傳四を介して寄稿の依頼を受けたものだった。「七人」については、傳四宛ての手紙に「皆僕よりうまい所がある後進の人が勢よくやるのを見て居るのは甚だ愉快だ」（三月十四日）との感想が記されている。

「琴のそら音」は、死の影に怯えて一晩を明かす法学士の話。友人の心理学者から、インフルエンザで死んだある人妻が「魂魄」となって、戦地に出征中の夫の「懐中持の小さい鏡」に姿を現わした、という話を聞いたのが物語の発端になっている。「幻影の盾」といい、「琴のそら音」といい、超常現象を素材とするものだが、私には、いずれも子規の影が色濃く反映している作品と思われる。影、とは深層意識の交感をいうのである。

＊

六月三日の午後二時から文章会が開かれたことは、野間眞綱、野村傳四、それぞれに発信された葉書によって確認される。作品朗読のあと、晩食会となったようである。

六月二十七日、傳四に宛てた手紙の内容には、つよく興味を惹かれる。長文のものだが、編集とは何か、編集者とはいかなる存在かに関する漱石の当時の識見がこれを書かせたのだと推察されるのである。

傳四は自身の小説「垣隣り」が「ホトトギス」に採用されずにいることについて、虚子に抗議し、漱石に苦衷を打ち明けたらしい。漱石は傳四に助言と忠告を与える。「他の雑誌が歓迎さへするものを独りホト丶ギスが兎や角云ふとすれば其裏には何か曰くがなければならぬ。ホト丶ギスの主張と趣味が一般と異なつて居ると云ふ事に帰着する。世間の人にはそこが呑み込めない。君も或は此点に関して一寸可笑《おか》しいと思ふ点があるかも知れない」と始まる。

……若しさうであるならば是は好機会である充分虚子の意見を叩いて彼の一派の主義主張を聞いて置くのは充分参考になる事と思ふ。つまらん事に気を悪くするより君の考も述べ人の考をも容れて利害を比較するのが得策である。ホト丶ギスは方今の文壇で独《ひとり》毛色のちがつたものである。明星其他の文章家から見ればホト丶ギスの文章は文章でないかも知れないがホト丶ギス連から見ると明星流は又文章にならんのである。レトリツク許りだと思つて居るかも知れん。僕はどつちがいゝとも云はぬ然し君の文章に於る智識及び趣味は色々な人の説を参考して啓発すべき時期であつて悪口をいはれて気をわるく「す」る時代ではない。（傍点・引用者）

漱石が「ホト丶ギス万歳だ」（四月二日、傳四宛て書簡）の立場であるのは、いうまでもないが、すでにここに微妙なニュアンスも読み取れる。虚子についての見解が面白い。「虚子は学問のない男である長い系統の立つた議論も出来ぬ男である。然し文章に関しては一隻眼を有して居る」という。

……ある方面に癖して居るかも知れんが彼の云ふ所は理窟も何もつけずして直ちに其根底に突き入る断案を下すに於て到底大学の博士や学士の及ぶ所でない。かゝる人の云ふ事は傾聴すべき価値がある。かゝる人にくさゝれたら其くさゝれた理由を知るのは作家にとつて寧ろ愉快である。虚子は今迄の所で小説家でも何でもない然し彼の小説に対する標準で現今の小説に対する考を遠慮なく云はせると小説らしい小説はないと思つて居る。此点に於て虚子も四方太も碧梧桐も一致して居る。（中略）世の中が鏡花をほめ風葉をほめ其他の小説家をちやほや云ふのに彼等が振り向いても見ないのは彼等が全然没趣味か又は一見識あるかに相違ない。是を探究するのも自作の上に多大な影響を生ずるに極つて居る。

「文章は苦労すべきものである人の批評は耳を傾くべきものである」と記されている。また、「僕は厳酷な様で却つて大概の作に同情する弱点がある。是は自分がよく出来んと云ふ事に心が引かれるからである」という自省の言葉もある。「見巧者」という語も用いられているが、漱石は編集者の直覚的判断、選択眼を尊重していた。「君と虚子の間に立て切つてある障子一枚をあけ放つて見よ。春風は自在に吹かん」と、手紙は結ばれる。

七月二十六日、「一夜」を脱稿した。「中央公論」九月号に発表される短篇である。おそらくは、樗陰・瀧田哲太郎の依頼を受けたものであったと推定される。

瀧田哲太郎は明治十五年、南秋田郡生まれ。仙台の第二高等学校を卒業して文科大学英文科に進んだが、三十七年九月に法科大学に転じた。やがて中退するに至ったのは、在学中にアルバイトとして「中央公論」（反省社）の「海外新潮」欄のために英語新聞雑誌の翻訳に当っていたところ、編集者に採用されたからである。社主は麻田駒之助。編集主任は近松秋江だったが、三十七年二月に入社した秋江は九月に、自らが編集者には不向きとして退社している。編集の全責任を委託された哲太郎（樗陰）は、消極的な社主を説得して文藝欄を拡充、毎号小説を掲載して部数を伸ばした。明治三十八年当時は、満二十二―三歳の青年である。

「中央公論」は明治二十年八月に、西本願寺の普通教校の学生有志によって京都で創刊された「反省会雑誌」を母胎とする綜合雑誌。二十九年に東京に進出して、三十二年一月に「中央公論」と改題された。三十年八月には、幸田露伴の「雲のいろ〳〵」や高山樗牛の「わが袖の記」をはじめ、獨歩や鐵幹らの詩歌を掲げた文藝夏季附録号を発行したこともある。すでに同人のすべては離脱して、運営には麻田駒之助一人が当っていたが、発行部数は低迷、再興を図っている最中に、救世主のように樗陰が現われたのだった。毎号、創作が掲載されるのは三十八年三月号からのことで、柳川春葉、生田葵山、中村春雨（吉蔵）、徳田秋聲、島崎藤村らの小説が掲げられ評判を呼んだ。日露戦争後の自然主義文学勃興の兆しが、売行き増長の拍車となったと見られる。

樗陰がなぜ漱石の仕事に着目したのかは判らない。一時は英文科に在籍した学生で、「帝国文学」の読者であったからとも考えられるが、それも臆測の域をでない。勘が働いたのだ、というべきなのだろう。「一夜」につづけて、次作の執筆を促した。「薤露行」が「中央公論」十一月号に発表される。

十一月号は創刊二百号記念特大号で、漱石の小説は大家とされる幸田露伴、泉鏡花、中村春雨の作品と並んで掲げられたのである。樗陰の慧眼とその裁量によって、「ホトトギス」の寄稿家は文藝界（ここでは文壇と記すべきかも知れない）において、注目をあつめる作家となるのだった。「吾輩は猫である」が評判作ではあっても、それを小説といえるものかどうか疑問視する向きも多く、「夏目漱石」はいわば「ホトトギス」連のなかだけに通用する大家に過ぎなかった。とはいえ、「薤露行」はアーサー王伝説のヴァリエーションの一つと見るべき物語で、翻案調の異色作とされたとしても、これが当時の文壇で文学作品として高く評価された訳ではない。記念特大号に露伴、鏡花と一緒に、名前が並べられたこと自体に意義があったのである。

漱石としては、寺田寅彦を別として、瀧田樗陰は梅花書屋に集う同世代の学生門人たちと比べれば、はるかに大人であり、信頼のおける具眼の編集者として「春風」のような親しみを覚えたことに違いない。漱石は三十八歳の新人作家なのである。

*

八月初めのこととされる。大倉書店の番頭である服部國太郎が訪ねて来て、「吾輩は猫である」を出版したいと申し出た。漱石は快諾した。

八月七日、漱石は服部國太郎に手紙を託して、中根岸に中村不折を訪ねさせた。不折は慶応二年生まれの洋画家で、子規とは「小日本」の社員時代以来の親しい交流があったが、三十四年に渡仏、三十八年に帰国したところだった。漱石も子規を介して、十年来の知り合いである。手紙は、

……今回ホトヽギス所載の拙稿を大倉書店で出版致し度と申すについては其内に挿画を入れる必要有之《これあり》之を大兄に願ひ度事小生も書肆も一様に希望につき御多忙中甚だ御迷惑とは存じ候へども御引受け被下間敷や実は製本も可成《なるべく》美しく致し美術的のものを作る書店の考につき君の筆で雅致滑稽的のものをかいて下されば幸甚と存候（傍点・引用者）

というもので、「美術的のものを作る」のが「書店の考」であったかどうか、私には、それが出版受諾の条件であったと考えられる。八月十一日に中川芳太郎へ宛てた手紙には、「僕本屋の請に応じて猫を出版する二百八十頁位になる。うつくしい本を出すのはうれしい。高くて売れなくてもいゝから立派にしろと云つてやつた。何で「も」挿画や何かするから壱円位になるだらうと思ふ。到底売れないね。うれなくても奇麗な本が愉快だ」と記されているのである。

中村不折に挿画を依頼したのは、最初の本を子規に捧げたいとする思いのあらわれでもあったのだろう。そういえば、ロンドンで受け取った子規からの手紙（三十四年十一月六日）に、パリ滞在中の不折が「君ニ逢フタラ鰹節一本贈ルナド、イフテ居タガモーソンナ者ハ食フテシマツテアルマイ」とあったのが思い出される。猫と鰹節、などといえば悪い冗談にしか聞こえないかも知れないが。

八月八日、橋口五葉を呼んで装本に関しての打ち合わせをした。机辺にアール・ヌーヴォーの画集や書籍が所狭しと広げられたことと想像される。翌日午後の五葉宛て葉書に、「昨夜は失礼致候其節御依頼の表紙の義は矢張り玉子色のとりの子紙の厚きものに朱と金にて何か御工夫願度先は右御願迄」とあるから、八日のうちに造本のイメージはあらかたは固っていたものと思われる。

はじめての自著の装本を無名の青年画家に任せたところにも、私は漱石がもつ編集能力のはたらきを認め、感嘆するのである。誰れもが出来る決断ではない。権威に頼らない、自由人の発想を思うのである。例えば、鳳（與謝野）晶子の第一歌集「みだれ髪」（三十四年）の装幀・挿画は東京美術学校助教授によるものだったが、親

しい間柄であっても藤島武二にあれこれ指示するのは難しいことだろう。漱石の眼には、本の像が浮んでいる。W・モリスには及びもつかないものの、クラフツマンシップにも少なからず興味を抱いていた。五葉を相手にプランを組み立て、技術的な作業について相談しながら、希望する通りに仕上げるのが愉しいのである。八月九日の葉書などは、若いデザイナーに電話で適確なメッセージを伝える、編集者そのものの姿が彷彿される。

「吾輩ハ猫デアル」は十月六日に刊行された。奥附表記に発行所として大倉書店と服部書店、二つの版元の名前が並記されているのは、おそらく企画者である服部國太郎が独立を計画していて、大倉書店主人・大倉保五郎との間で話し合った結果、共同出版となったのだろう。詳細は不明である。印刷は秀英舎。菊判・二九〇頁、定価九十五銭。「ホトトギス」七月号の「(五)」までの分が収められた。

驚く、いや呆れたことにと記すべきだろう、天金、本文アンカットの上製本という風変りな造本なのである。読むにはペーパーナイフが必要となる。しかし、三方のうち天の部分だけがギルトトップを施すために裁ち落されているのだ。なぜこんなに手の込んだ仕掛けにしたのかが解せない。漱石の洋書への憧れが集約してちぐはぐに表現されたものなのだろうか。あるいは、文藝書ならではの〝遊び〟に興じたのか。それなら、さすがは子規の盟友であったと唸るほかない。

表紙は漱石の指定通り、薄クリーム色の鳥の子紙の中央に書名が金箔で押され、猫二匹の図案が朱色で刷られている。五葉のレタリングの才能は讃嘆すべきものといえる。漢字とカナ、計七つの日本語文字がアール・ヌーヴォー調に変形、アレンジされ、見事な表徴となっているのである。「デ」の字の足の部分をカタ仮名二字分伸ばしてあるのが特徴的。連載中のタイトル「吾輩は猫である」を「吾輩ハ猫デアル」とカタカナ表記にしたのは、装幀上にアール・ヌーヴォー調を表わし、さらに滑稽味を醸そうと、二人が話し合ったからかも知れない、と思う。

初版の発行部数は未確認だが、発売二十日間のうちに初版が売り切れるほどの好評だった、という。

三　千駄木、漾虚碧堂

秋になると、千駄木町の家を訪れる学生に、新しい顔触れが加わった。

ロンドン滞在中に同宿したことのある犬塚武夫の紹介で、文科大学独文科に入学した従弟という青年が保証人になって欲しいと訪ねて来た。小宮豊隆。明治十七年、福岡県京都《みやこ》郡生まれ。中学校時代に「ホトトギス」を知り、句作を試みたりしたという。第一高等学校では、安倍能成、中勘助、野上豊一郎らと同期だった。熱烈な漱石ファンで、やがて漱石宅にもっとも頻繁に出入りするようになる。

九月十一日、漱石は中川芳太郎から、神経衰弱のため一年休学を決意して広島に帰郷した学生・鈴木三重吉の手紙を受け取った。「早速披見大に驚かされ候。第一に驚ろいたのは其長い事で念の為め尺を計つて見たら八畳の座敷を竪にぶつこぬいて六畳の座敷を優に横断したのは長いものだ」と、中川に報じている。「あれ丈のものがかけるなら慥かに神経衰弱ではない。休学などゝは思ひも寄らぬ事だ。早速君から手紙をやつて呼び寄せ玉へ」とある。三重吉の名前は、中川から漱石を非常に尊崇する学生がいるとして聞かされていた。

鈴木三重吉は明治十五年、広島市の生まれ。高等学校の三年間を京都で過ごし、三十七年九月に文科大学英文科に進んだ。講義を聴いて漱石への敬慕の念を抱いた学生の一人である。三間もの長尺の手紙を読んで漱石は、そこに金やん先生（とは、中川への手紙のなかに記された自称）への思いが綿々と綴られてあるのに驚かされた。「あの手紙を読むと三重吉君は僕の事を毎日考へて神経衰弱を起した様に思はれる。僕が十七八の娘だつたら。すぐ様三重吉君の為に重き枕の床につくと云ふ物騒な事になるのだが」と、苦笑するほかなかったが、嬉しく思ったことも確かで、「僕は是で中々自惚の強い男だからある人には好かれて然るべき性質を有して居ると自信して居るがね——然しあれ程迄に敬慕され様とは気がつかなかつた」と、中川に書き送っている。しかし、

あれ丈長く僕の事をかいて居り又あれ丈僕の事をほめて居るが少しも御世辞らしい所がない。昔の文章家の様にウソらしい文句がない。誇張も何もない。どうしても真摯な感じとしか受取れん。是が僕の三重吉君に尤も深く謝する所である。

あの手紙は僕がこの手紙と同じくなぐりがきにかき放したものであるらしいが頗る達筆で写生的でウソがなくて文学的である。三重吉も文章をかいて文章会へでも出席したら面白いと思ふ。

とあるのは、作家・漱石のなかの編集者が発した言ともいえるだろう。十一月一日、三重吉から広島の柿と厳島の貝が送られて来た。漱石は自筆の絵葉書に「御心に

かけられわざ〳〵御送り被下難有存候」と認めた。三重吉との間に親しい文通が交されることになる。

森田草平が初めて漱石宅を訪れたのは、十月末か十一月初めのこととされる（「研究年表」）。英文科の三年生である。森田草平は明治十四年、岐阜県稲葉郡の生まれ。高等小学校卒業後、単身上京、攻玉社・海軍予備校や日本中学校などを経て、金沢の第四高等学校に入学したものの間もなく退学。再度上京して、第一高等学校に学ぶ。文科大学入学は三十六年九月。高等学校入学以前に「文庫」派の詩人・河井酔茗を知り、馬場孤蝶から懇切な指導を受け、在学中には、同級生の生田長江や栗原元吉（古城）らと同人雑誌を発刊したり、新詩社に與謝野寛（三十八年、鐵幹の号を廃した）、晶子夫妻の知遇を得たりもした。文科大学に入ってからは上田敏講師との親交が生じて、第二次「藝苑」の同人に迎えられる（上田敏によって白楊という号が与えられた）。

漱石を訪問したのは、「藝苑」創刊号に発表する予定の自作「病葉《わくらば》」の批評を乞うためだったと思われる。と、略記すると有名文士キラーのような印象だが、早熟で無類の文学好きの新時代の青年だったということなのだろう。漱石の前に、異様なほどに作家志望のつよい若者が現われたのである。草平は直ちに漱石の門下生となり、やがて漱石を生涯の師として仰ぐことになる。

春陽堂の編集者・本多直次郎が、新著の執筆を依頼しに来たのも、秋のうちのことだろう。動坂《どうざか》に住む本多直次郎は通勤の途中に立ち寄っては、様子を伺っていたらしい。

「漱石の思ひ出」に、三十八年末頃のこととして、こんな回想が語られている。

> 此頃《このごろ》から方々《はう〴〵》の雑誌《ざつし》や出版者《しゆつぱんしや》との関係《くわんけい》が出来《でき》ました。雑誌《ざつし》ではホトトギスはいふ迄《まで》もなく、新小説《しんせうせつ》中央《ちうあう》公論《こうろん》などを始《はじ》め、いろ〳〵な雑誌《ざつし》の方《かた》が見《み》えました。本屋《ほんや》では服部書店《はつとりしよてん》を始《はじ》め春陽堂《しゆんやうだう》だの金尾文淵堂《かなをぶんゑんだう》だの其他《そのた》沢山《たくさん》あつたやうですが、段々《だん〴〵》訪問者《はうもんしや》が多《おほ》くなつて弱《よわ》つて居《ゐ》たことも度々《たび〴〵》でした。（中略）
>
> こんな雑誌《ざつし》の編輯者《へんしふしや》や出版者《しゆつぱんしや》の方々《かた〴〵》の外《ほか》に、此頃《このごろ》になつて前《ぜん》の文章会《ぶんしやうくわい》の外《ほか》に新《あた》らしくちよい〳〵おいでになつた方《かた》に、厨川白村《くりやがははくそん》さんだとか、安藤《あんどう》さんだとか、瀧田樗蔭《たきたちよいん》さんだとか、森田草平《もりたさうへい》さんだとかいふ人達《ひとたち》がありました。其頃《そのころ》よく手紙《てがみ》をよこす人《ひと》に森田草平《もりたさうへい》さん鈴木三重吉《すゞきみへきち》さんなどがありまして、又大概長《またたいがいなが》い手紙《てがみ》でした。

十一月二十七日、俳書堂主人・籾山仁三郎から、川崎安が制作した石膏製の掛額「子規居士半身像」が贈られた。漱石は、「机上に安置致し眺め居候是は晩年の像だから小生のちかづきに成りたてとは余程趣が違つて居るうちに矢張り本人と対ひ向ふ様な気がする。病中は成程こんな顔であつた。御蔭で故人と再会する様な気がします」と記し、「初時雨故人の像を拝しけり」の一句を添えて礼状とした。

虚子が俳書堂を興して、句集などの出版に乗り出したのは三十四年九月のことだが、三十八年九月に社を籾山仁三郎に譲り渡している。仁三郎は明治十一年の生まれだから、当時は満二十七歳。江戸庵庭後のち梓月と号した俳人である。旧姓は吉村。実家は代々の飛脚問屋兼両替商で、慶應義塾の理財科を卒業、下町一帯の大地主である富商・籾山半三郎の入り婿となった。間もなく俳書堂を籾山書店と改称、文藝書出版社として明治末期から大正期にかけて、出版史に異色ある足跡をのこす。永井荷風に信頼され、「三田文學」の発行を引き受けたこともある。

「子規居士半身像」が実際に梅花書屋の壁に掛けられたかどうかは、遺憾ながら、私には確認できない。ただ、籾山梓月の厚意ではあっても、この贈りものは漱石にはいささか有難迷惑でもあったろうと思うのである。子規はすでに「愛する泡」となって漱石の意識の深淵を揺蕩っているのだから、と。漱石は礼状に添えた一句に手を入れて、手帳に書き留めたのだろう、

俳書堂主人に子規の像を贈らる

うそ寒み故人の像を拝しけり

という一句が遺されている。石膏製の「晩年の像」、また病中の顔とは、デスマスクのようにも印象される。仮りに、書斎の壁に掛けられていたとするなら、子規の像の瞑想が漱石サロンの陰の主役となって、若者たちの振る舞いを見下ろすのである。部屋の空気は「うそ寒み」、まるで一変した光景が現出したことだろう。「初時雨」、ことに「うそ寒」が、たんに季語とばかりは思えないのである。

＊

千駄木町での文章会は、鏡子が身重になったことで、九月三十日の会合から麹町区富士見町の虚子の家で行われることになる。これを相談する虚子への手紙（九月十七日）に、漱石は「とにかくやめたきは教師、やりたき

は創作。創作さへ出来れば夫丈《それだけ》で天に対しても人に対しても義理は立つと存候。自己に対しては無論の事に候」と記している。学校はやめたい、とは漱石のいつもながらの口癖だったが、この頃になると来客は相次ぎ、執筆に追われ、板挟みとなって過重労働が精神的にも負担となっていたのだろう。

例えばこの年、十二月の中旬までの二週間は重苦しいほどに切迫した日々だった。「帝国文学」のために「趣味の遺伝」に着手したのは三日。六十四枚を十一日までに仕上げ、十七日に「吾輩は猫である（七）（八）」を脱稿した。この間に漱石は虚子に宛てて、「十四日にしめ切ると仰せあるが十四日には六づかしいですよ。十七日が日曜だから十七八日にはなりませう。さう急いでも詩いの神が承知しませんからね。（此一句詩人調）とにかく出来ないですよ」（三日）と悲鳴をあげ、「猫は明日から奮発してかくんですが、かうなると苦しくなりますよ。だれか代作を頼みたい位だ。然し十七八日迄にはあげます。君と活版屋に口をあけさしては済まない」（十一日）と自らを鼓舞し、ついに「此二週間帝文とホトヽギスでひまさへあればかきつゞけもう原稿紙を見るのもいやになりました是では小説抔で飯を食ふ事は思も寄らない」（十八日）と記すのだった。

博文館「太陽」新年号の原稿依頼などは断るほかなかった。十一月二十五日の大町桂月への手紙に、「大兄の顔を立てたいのは山々なれど此方も二人前働くか一日が四十八時間にでも改正にならなくては到底間に合ふ気づかひ無之」「実は明星白百合新小説抔からも先日依頼されたのですが同一の理由のもとに謝絶致した仕儀であります」と記している。「追白」として、「大兄の批評は青年界に大勢力ある由なれば滅多に『猫』の悪口抔を云つていけません。悪口を云つて仕舞つたら仕方がないから後篇が出たとき大にほめて帳消にして下さい」とある。明治二年生まれの桂月は国文科の出身で「帝国文学」創刊時の同人であったが、漱石作品のよき理解者とはいえない。「太陽」十二月号の文藝時評「雑言録」に、長谷川天溪との連名で、

……察するに嗽石《ママ》は、さつぱりしたる趣を解する人なるも、少し陰気にして、真面目にして、胃病故に、一層神経質となりて、猫を友に、一室にとぢこもり、ジヤムの味を解して、酒の趣を解せず、道楽もせず、旅行せしことも少なく、随つて、趣味せまくして、一部の青年を喜ばしむるに足るも、未だ社会の経験に富める人をして甘心せしむるに足らず。詩趣ある代りに、

穉気《ちき》あるを免れず。

などと、辛口の言を弄していた。案外、こうした見方が同世代の文学者の間では定評だったのかも知れない。

十二月十四日には、四女・アイが誕生している。

「馬酔木《あしび》」の歌人・伊藤左千夫がはじめて書いた小説「野菊の墓」を持参して、朗読中に自ら涙を流したという文章会に、漱石は欠席した。左千夫は元治元（一八六四）年、上総・武射郡の生まれ。明治十八年、満二十歳で上京し、二十二年に本所・茅場町で牛乳搾取業「乳牛改良社」（のちデボン舎、茅舎《かやのや》）を開業、三十三年一月以来、子規庵の短歌会に列席する。「馬酔木」は三十六年六月に、左千夫や長塚節、岡麓、結城素明ら九人によって創刊された、「根岸短歌会」を発行所とする短歌誌。左千夫は創刊直前に長塚節に宛てて、「根岸派が活るか死ぬかゞ此一挙に決する次第に候」と決意のほどを示し、三十八年十一月上旬には、「馬酔木を売る手段ハ一に挿絵二に広告三に発行期励行」と記している。

虚子の回想は、漱石の「ホトトギス」での活躍が雑誌周辺の雰囲気にもたらした陰翳ある微妙な変化にも及んだ。「我々仲間の者も漱石の刺戟を受けて、皆一様に文章熱が勃興するといつたやうな有様でありました」と始まる。

……子規門下を分てば、俳人、歌人と分れるのでありますが、その俳人仲間は従来写生文といふものを書いて参りました。殊に四方太は、従来の写生文の型を守るといふ考への方が強うございまして、この漱石の文章にはいくらか反対の態度を採つてをりました。碧梧桐その他の人は、四方太ほど熱心に文章を作らなかつたのでありまして、それ等も自然漱石の文章に対して、余り快く思はないやうな傾きもあつたのでありましたが、片つ方の歌人仲間、即ち伊藤左千夫、長塚節といふやうな人々は、漱石のこの文章に対して同情を持つといふよりも、その勢ひにさそはれて奮起したといつたやうな傾きが多うございました。

「それで左千夫は文章会で『野菊の墓』といつたやうな文章を朗読するやうになりまして、これも一躍小説の方に足を踏み入れようといたしました」と語られる（「俳句の五十年」）。

「野菊の墓」は「ホトトギス」新年号に発表されるが、漱石は発売前に手にしたのだろう、十二月二十九日、「只今ホト、ギスを読みました。野菊の墓は名品です。

自然で、淡泊で、可哀相で、美しくて、野趣があって結構です。あんな小説なら何百篇よんでもよろしい」と、伊藤左千夫へ絶讃の手紙を書き送った。「小生帝文に趣味の遺伝と云ふ小説をかきました君の程自然も野趣もないが亡人の墓に白菊を手向けるといふ点に於て少々似て居りますから序によんで下さい」（傍点・引用者）とも記されている。墓参の場面といえば、十二月六日、漱石は寄宿先である島津家の令嬢の死を伝えた野間眞綱に宛てて、弔意を示した葉書を送っていた。「美しい少女の死ぬ程詩的に悲しい事はない」として、「僕は御嬢さんの御墓参りがしたい。いつかつれて行き玉へ」と記されてあった。「白菊の一本折れて庵淋し」との一句が添えられている。

「趣味の遺伝」もまた、死者と生者との間に生ずる心霊的な愛の物語だった。漱石自身が「実はもつとかゝんといけないが時が出ないからあとを省略しました。夫で頭のかつた変物が出来ました」（十二月十一日、虚子宛て葉書）と弁解する通り、表情の固い印象の作品で、死の影に囚われた漱石の心的疲労の跡が痛々しい。

大晦日、漱石は広島にいる学生・鈴木三重吉への手紙を投函した。干し柿が送られたことへの礼状だったが、そこに、

君早く出て来給へ
早稲田文学が出る。上田敏君抔が藝苑を出す。鷗外も何かするだらう。ゴチや〳〵メチや〳〵其間に猫が浮きつ沈みつして居る。中々面白い。猫が出なくなると僕は片腕もがれた様な気がする。書斎で一人で力味〔原〕んで居るより大に大天下に屁の様な気焔をふき出す方が面白い。来学年から是非出て来給へ

などという文言が綴られている。漱石の視野は広い。「ホトトギス」に拠る作家でありながら、たんに「ホトトギス」の作家ではなかった。

ところで、気になるのは門弟とは何か、である。漱石にとっては、喩えるなら、防具をつけて竹刀で稽古をつける相手ではない。抜き身での真剣勝負の相手なのである。だから、普段は優しい。教師として対応するつもりは毛頭ない。この姿勢は、一週間後、翌一月七日に森田草平に宛てた手紙の一節によって、いくらか明確となる。「大学では君の先生かも知れないが個人として文章抔をかく時は同輩である」と記されているのである。

*

明治三十九年。――

漱石という人物の性情は、教師になったら教師にとどまることに耐えられない。小説家として認められるようになっても、小説家であることにとどまらない。アイデンティティーは、いつも一歩先にある。これは、子規とも共通する、あるいは子規から受け継がれた精神の有り様なのかも知れない。

一月二十六日の虚子に宛てた手紙は、「ホトトギス」編集上の注意を与えたものだった。三十二年十二月に厳しい叱責の手紙を記して以来の忠告だった。「僕つら〱思ふにホト丶ギスは今の様に毎号版で押した様な事を十年一日の如くつゞけて行つては立ち行かないと思ふ。俳句に文章にもつと英気を鼓舞して刷新をしなければいかないですよ」という。

……文庫新声抔一時景気のよいものが皆駄目になるのは時候後れだからと思ひます。ホト丶ギスも売れるうちに色々考へて置かぬとならんでせう。

先づ巻頭に毎号世人の注意をひくに足る作物を一つ宛のせる事が肝心ですね。夫から君は毎号俳話をかいて、四方太は毎号文話でもかいたらどうです。四方太は原稿料が出ないと云つてこぼして居るがあの男はいくら原稿料を出しても今の倍以上働くかどうか危しいものだ。とにかくもつと活気をつけたいですね。小生余計な世話を焼いて失敬だがホト丶ギスが三四千出るのは寧ろ異数の観がある、決して常態ではない油断をしては困る事になると思ひます。

こうした忠告、提言はこの先しばらく、時には小言を混えて繰り返される。漱石は「ホトトギス」を、一般文藝誌として変革したいと期待したようだ。虚子に宛てて、四月一日には「雑誌がおくれるのはどう考へても気になる」と記し、四月号から定価を五十二銭に値上したことに関連させて、「中央公論抔は秀英舎へつめ切りで校正して居ます。君はそんなに勉強はしないのでせう。雑誌を五十二銭にうる位の決心があるなら編輯者も五十二銭がたの意気込がないと世間に済みませんよ。いや是は失敬」などと苦言を呈している。

漱石氏は又ホト丶ギスを今少し機関の備はつた堂々とした雑誌にして発行したらよからうといふ考を持《もつ》てゐたのであつた。私が其事を快諾さへすれば、氏は十分に力を尽して呉れる考があつたことゝ想像するが其頃のホト丶ギスの事情は其要求を容れることが出来なかつた。

と、虚子はこの間の苦衷を回想する。「これを詳しく書くのは面倒臭いが」とあって、

……要するに四方太君などは漱石氏の文藝に不服で、其よりも純正の写生文雑誌として世間の人気などに頓着なく押し進みたいといふ希望を持つてゐたし、発行人としての私はそんなことをして損ばかりしてゐてもやり切れないから、少しは世間に面《つ》らを出して人気のあるものにしたいと、漱石氏の作品などを歓迎する傾きがあつた。けれども亦私としては、漱石氏のやうな考のもとに全然ホト丶ギスを改革してしまつて、四方太君等を排斥してしまふことは出来ないし、又世間の雑誌の如く原稿料を潤沢にして漱石氏はじめ多くの新進作家諸君を優遇するとなると、たゞ鳴るが面白いことになつてしまつてホト丶ギスの世帯はとてもやり切れない、と考へたところから、いつも四方太君などに不平を抱かせながら、漱石氏等にも亦慊《あきた》らぬ思ひをさせるやうな態度で、其日暮に雑誌を出してゐた。

（「漱石氏と私」）

と、守旧派とのバランスを考慮しながら、読者の目を惹く誌面造りを目指そうとする、雑誌経営者ならではの苦心が綴られている。

漱石が「ホトトギス」を革新して、成功させたいと望んだのは、一つのヴィジョンが生じていたからに違いない。遠く「ステューディオ」を思い描くこともあったろうが、現実には、時代に先んじて若い作家の小説を載せた文藝誌の形態である。この際、四方太の存在などは眼中に置かない。「金色夜叉」の時代は終った。新しい時代が始まるのを、漱石は敏感に読み取っていたのである。三月末には、島崎藤村の「破戒」を読んで感動した。虚子に宛てて「今三分一程よみかけた。風変りで文句抔を飾つて居ない所と真面目で脂粉の気がない所が気に入りました」（四月一日）と伝えているのは、意味ある言と思われる。三日には森田草平に、「破戒読了。明治の小説として後世に伝ふべき名篇也。金色夜叉の如きは二三十年の後は忘れられて然るべきものなり。破戒は然らず」と書き送っている。

虚子に向けてあれこれ提言したのには、漱石なりの理由もあった。漱石は、「ホトトギス」が自分の思い通りになるものとの確信がある。「ホトトギス」の成立事情を知る漱石の意識のなかでは自明のこととして、子規亡

きあとの子規は漱石なのだから。趣味の遺伝、である。

「坊っちゃん」が発表されるのは、四月十日発売の「ホトトギス」四月号（「坊っちゃん号」と称した）でのことである。

＊

しかし、それまでの間に漱石は別の課題も抱えていた。「漾虚《ようきょ》集」と名づけられ、五月中旬に大倉書店・服部書店から刊行される短篇集の準備に取り掛かっていたのである。二月十九日に中村不折へ宛てた手紙に、「今度の挿絵の事も小生から御願に参上可仕筈の処多忙の為め本屋まかせに致置候甚だ無申訳次第」とあるから、それ以前から作業が始められていたのだろう。不折には「カーライルの家に関する案内記様のもの」を別封で送ったのだった。

二月二十四日には橋口五葉が「漾虚集」の扉絵の草案を持参して、居合せた中川芳太郎、寺田寅彦にも見せた、という（「研究年表」）。

三月二日、漱石は不折、五葉のそれぞれに宛てて手紙を出した。

不折に宛てては、「昨夜服部書店主人大兄の挿画持参逐一拝見致候。いづれも見事なる出来満足不過之《これにすぎず》と存候」として、

……あれは今迄のさし画に類なき精巧のものにて出来の上は定めし人目を驚かすならんと嬉しく存候。夜中にてよくわからざり〔し〕かど、かの倫敦塔の図の如きは着色の点に於て慥《たし》かに当今の画家をあつと云はしむるにたる名品と存候。小生日本人のかいた水彩にてあの如きしぶき設色を見ず。只うまく板《はん》に出来ればよいがとそれが心配に候。此辺は大兄よりきびしく服部へ御命じ願上候。

と記した。その他「薤露行の古雅にして多少の俳趣味を帯べる琴のそら音の幽冥にして迭宕《てっとう》なる。まぼろしの盾の無邪気にして真摯なる皆面白く拝見仕候」と、挿画はいずれも申し分のない出来映えだった。

五葉に宛てては、「先日は失礼昨夜服部主人来訪さし画すべて拝見致候。御骨折の段奉鳴謝候」とあって、

……あの様な手のこんだものをかいて頂くのは洵《まこと》に難有仕合に御座候。御蔭にて拙文も光彩を放ち威張つて天下を横行するに足ると存候。不折のも今迄に比類なき精巧のもの甚だ満足致候。小生あの倫敦塔の色彩を

非常にうつくしく感じ候。何だか西洋人の色としか思はれず候。

と記されている。漱石らしいのは、「小生の尤も面白しと思ふは大兄と不折の画が毫も趣味に於て重複せざる点に有之候。是一つは両君の性質が違ふからかとも存候」との記述といえる。「両君の画によつて小生の文集もえらい者に相成申候」と、二重の喜びを伝えたのだった。

「漾虚集」はやがて、その装いとともにアール・ヌーヴォーの雰囲気を濃厚に湛えた書物として出現する。今日もなお、愛書家の間で明治期随一の美術的装本であると、珍重されるものである。「ステューディオ」の理想は、自著の上に生かされたのだった。

「坊っちゃん」の構想は、三月十四日に唐突に浮んだものとされる。のちに漱石自身がある談話記事のなかで、「『ぼつちやん』ですか、腹案《ふくあん》は有《あつ》たといふ次第《しだい》でも有《あり》ません、さやう三日《か》許《ばか》り前《まへ》に不意《ふい》と浮《うか》んでずる〳〵と書《かい》て了《しま》つたんです」と答えているからである（「國民新聞」八月三十一日）。R・L・スティーヴンソンの、第一人称で書かれた「悪棍《わるもの》が居て色々なこと」をするある一篇の「調子」に倣って、「ベランメー言葉」で書いたのだ、というう。十六、七日に着手、二十三日には百九枚まで書き進んだことが、虚子宛ての書簡によって確認される。「もう山を二つ三つかけば千秋楽になります」とある。

……もしうまく自然に大尾に至れば名作然らずんば失敗こゝが肝心の急所ですからしばらく待つて頂戴出来次第電話をかけます。松山だか何だか分らない言葉が多いので閉口、どうぞ一読の上御修正を願たいものですが御ひまはないでせうか　草々

三月末日までには完成したことと推察される。四月一日には、森田草平への手紙の追伸として、「僕ホトヽギスに坊ちやんなるものをかく。どうか御序の節よんで下さい。然し到底君がほめてくれさうなものでないから困る。実は藤村先生とは正反対のものです」と記した。

ふと、思うのである。うろ覚えの松山言葉を会話に用いて小説を書こうとしたのは、この着想が浮んだとき、子規が漱石の夢のなかに現われたか、子規のことをぼんやり思い浮べていたからではないか、と。

「坊っちゃん」が十年前の松山での体験を素材に、フィクショナルかつ大胆な誇張を施した読み物であるのは周知のことだが、単純明快に類型化されたキャラクターが

織りなす、痛快な活劇に仕立てられている。名作である。愉快で、少し哀しい。哀しくさせるのは、「清」の存在。「清」は日本男性のＤＮＡに潜む永遠なる母性のシンボルといえるが、結末の、「死ぬ前日おれを呼んで坊つちやん後生だから清が死んだら、坊つちやんの御寺へ埋めて下さい。御墓のなかで坊つちやんの来るのを楽しみに待つて居りますと云つた」が泣かせる。この二行で、「坊っちゃん」は「漾虚集」に収められる諸作のモチーフと繋がるのである。

　漱石は子規なき子規の風土に、分身とも見られるベランメー青年を登場させた。ロンドン以前に還って、懐しい日々の思い出をデフォルメして、生き生きと再現させてみたかったのだろう。江戸っ子・坊っちゃんは一人ではない。「山嵐」の腕力と勇気が相棒だった。子規に捧げたい一篇は、「ホトトギス」に帰すべきものである。「坊っちゃん」が発表された四月号には、「吾輩は猫である（十）」も併載されている。

　四月十一日、広島から鈴木三重吉の小説「千鳥」の原稿が送られて来た。漱石は「千鳥は傑作である。かう云ふ風にかいたものは普通の小説家に到底望めない」と評して、いくつかの難点を具体的に指摘する返信を認めた。「三重吉君万歳だ」とある。同時にもう一通、虚子に宛てた手紙を投函した。「僕名作を得たり」、と。

……之をホト、ギスへ献上せんとす随分ながいものなり作者は文科大学生鈴木三重吉君。只今休学郷里広島にあり。僕に見せる為めに態々《〔わざわざ〕》かいたものなり。僕の門下生からこんな面白いものをかく人が出るかと思ふと先生は顔色なし。先は御報知まで　草々

　十四日には虚子が来て、「千鳥」を朗読した。虚子は「写生文としては写生足らず、小説としては結構足らず」と主張し、漱石は「普通の小説家に是程写生趣味を解したるものなし」と弁護した、という。「原稿は一度君の許諾を得た上でと思つたが虚子が持つて帰ると云つたからやりましたよ。尤も長いから少々削るかも知れない。是も不平を云はずに我慢してくれ玉へ」と、漱石は三重吉に書き送った。

　「千鳥」は、虚子宛ての手紙（四月十一日）の文面とともに、「ホトトギス」五月号に掲載される。のちに三重吉は、『千鳥』は先生に何か田舎の生活のことをかいてさし上げようといふ、たゞそれだけの単純な考から、島（「江田島と地つゞきの能美《のうみ》島といふ村」である——引用者・註）で十二月ごろからかきはじめ、翌三十九年の三

月に広島の家でまとめ上げた作である」（「『千鳥』解題」）と回想する。「たゞ私の一個の私信と同じ意味で、夏目先生にさし上げたのである」（「処女作を出すまでの私」）と、繰り返しいう。それが漱石の激賞を得て、「ホトトギス」に載ったことは、望外の喜びだった。

三重吉は、「私の創作に直接の刺戟を与へたのはやはり夏目先生の『猫』や『漾虚集』中の諸篇、殊に、『倫敦塔』『草枕』、それから『カイ』の字を忘れたから仮名で書くが『カイ露行』それ等の作である。私は熱火のようになつて先生の作物を崇拝した」（同前）と記すが、漱石は顔に見覚えのないような、いわば未知の学生の資質を数回の手紙の遣り取り、その懇切で優しい往信によって導き出したのである。

五月三日、漱石は「寺田寅彦が千鳥をほめて好男子万歳とかいて来た。四方太が手紙をよこして四方太抔は到底及ばない名文である傑作であると申して来た。僕も是で鼻が高い。あれにケチをつけた虚子は馬鹿と宣告してしまつた」と報せている。「千鳥のあとに万鳥でも億鳥でも大にかき給はん事を希望する」（五月二十六日）と励ました。この後、三重吉は「山彦」を翌四十年の「ホトトギス」一月号に発表、四月に第一創作集「千代紙」を籾山書店（俳書堂）から出版する。

＊

「漾虚集」が発行の運びとなったのは、五月二十五、六日のことであったと推定される。四月十九日に漱石は橋口五葉に宛てて、「漾虚集はまだ出来ず本屋がむやみに校正を後らす故に候」と記して、やきもきする様子を示していた。五月十九日の森田草平への手紙には、「五六日中に僕の短篇をあつめたものが出来る。本屋に贅沢を云ふて居たら。出来上つた上が本屋が復讐に大変高いものにしてどうしても是より安くは売れないといふには閉口した」とある。

「漾虚集」の奥附表記は五月十七日発行。定価の記載はないが、一円四十銭であったことが他の本の巻末広告などから知られる。五月二十九日の内田魯庵宛ての書簡によって、初版の発行部数は二千部だったか、と推定される。

「漾虚集」は菊判、天金・二方アンカット、布装、角背の上製本となった。藍色の表紙の背と表に白地の絹の題簽が貼られ、作品が七つ、独特なレタリングによって印刷され、その印象にどことなく東洋風の雅趣も感じられる。装幀は橋口五葉。五葉による木版画の扉絵七点、カット十点、中村不折の挿絵七点などがアール・ヌーヴォーの香気を湛えて彩りを添えている。
書名は、宋の禅僧・雪竇重顕《せっちょうじゅうけん》の詩句、「春山乱青《ランセイ》ヲ畳ミ／春水虚碧ニ漾《タダヨ》フ／寥寥天地ノ間／独立シテ何《イツ》レノ極ヲカ望ム」から得たものとされる。虚に漾う、とは帰国以来の漱石の心的状態をあらわした、もっとも相応しい語と思われる。「漱石の思ひ出」には、「自分《じぶん》の住居《すまゐ》を漾虚碧堂《やうきよへきだう》と言《い》つて、さういふ判《はん》をほらしたりしてゐましたから、そんなところから出《で》たのかも知《し》れません」とある。

本文中に誤字・誤植が多いのには辟易した。魯庵に宛てては、「校正はしても活版屋が直してくれないのも大分有之厄介千万に候。猫の時に大兄に注意されたから今度はと思つたが矢張駄目に候／中味はどうでもよろしく只机上に御備へ置被下候へば本望不過之《〔これにすぎず〕》候」などと記している。

因みに、「漾虚集」は大正六年一月刊の第十一刷まで版を重ねるロングセラーとなった。「漱石全集」の「単行本書誌」（清水康次）に、「漱石の菊判の初刊本において、一〇年以上重版を続けた本は他にない」との記載がある。誤植は三版以降、訂正が加えられていく。

大学での講義録を「文学論」としてまとめるために、中川芳太郎に三十六年九月から三十八年六月までのノートを浄書するように依頼したのは、「漾虚集」刊行の一、二週間前のことと考えられる。大倉書店からの要請があったのだろうか。漱石としても、当時は十九人の卒業論文の査読に追われ多忙を極めていたが、五月十九日の虚子への手紙にある通り、「卒業論文をよんで居ると頭脳が論文的になつて仕舞には自分も何か英語で論文でも書いて見たくな」るような気分になっていたのかも知れない。「決して猫や狸の事は考へられません」という。「僕は何でも人の真似がしたくなる男と見える。泥棒と三日居れば必ず泥棒になります」とは、ここに記された文言だった。

中川芳太郎に講義ノートの浄書・整理を委せたのは、優秀で真面目な性格を信頼したからに違いない。おなじく十九日に投函した手紙で、「御願の文学論はいそぐ必要なし。面倒なればやめてもよし。僕は是非出版したい希望もない。通読の際変な事あらば御注意を乞ふ」と伝えている。中川が優秀であったことは、一週間後に鈴木三重吉に宛てた手紙に、「先日来卒業論文を漸く読み了つた。中川のが一番えらい。あの人は勉強すると今に大学の教師として僕抔よりも遥かに適任者にない《〔る〕》。しかも生意気な所が毫もない。まことにゆかしい人である。只気が弱いのが弱点である」とあるところからも察せられる。

　この年の七月、漱石を悩ませたのは、狩野亨吉から京都帝国大学に新たに開設される文科大学での英文学講座の担当を依嘱されたことだった。

　第一高等学校校長だった狩野は倫理学担当の教授に任ぜられ、文科大学の初代学長となる。在野の湖南・内藤虎次郎（東洋史）や露伴・幸田成行（国文学）、選科出身の西田幾多郎（哲学）らの講師採用は狩野の人選によるものとされる。四十一年には、外遊から帰国した上田敏が講師（四十二年に教授）となる。

　漱石は、一旦は「東京の千駄木を去るのがいやな事に候。是は千駄木がすきだから去らぬと申す訳には無之反対に千駄木が嫌だから去らぬ事に候。此パラドックスの意味は他に対しては説明する程の価値も無之候」（七月十日）などという屁理屈のような理由で、この申し出を断わったものの、文科大学で一名の西洋人教師を雇うことになったのを知って、「東京大学の方別段小生の出講を要せざる事に相成、其上高等学校の方もいつ迄も身分がかたまらぬ模様なれば今一応とくと熟考の上京都へ行くか行かぬかを取り極め度と存候」（七月十九日）と書き送る。教授となれば待遇も異なる。悩ましい問題といえた。狩野と直接会って話し合ったりもしたが、三十日に「京都大学件は一寸熟考致候へども一先づ見合せる事に可致候」と記して、丁重な断り状を送ることで結着させた。漱石は「ホトトギス」の連中や門弟、編集者らが集う千駄木町の家を離れることができなかった、あるいは、創作家として生きる決意が固まり始めていたと見ることができるだろう。

　この間に漱石は、七月十七日、「吾輩は猫である」を脱稿、全篇を完成させた。虚子に宛てて、「猫の大尾をかきました。京都から帰つたら、すぐ来て読んで下さい」と報じている。

　七月二十六日には、「新小説」のために「草枕」の執筆に着手した。春陽堂の編集者・本多直次郎（嘯月と号して句作に親しんだ）を一年近く待たせての起動だった。二十七日の夜は、紀元会に出席。菅虎雄の夫人が病気であるとの話を聞いた。狩野亨吉ともこの席上で話し合ったものと思われる。

　八月三日は、森田草平、高濱虚子に宛てた手紙を投函した。なかに、「今日春陽堂の本多嘯月先生催促かたぐ〜御来訪になる。僕唯々として汗をかいて原稿紙へ向ふ。中々苦しい。しばらくして春陽堂よりカクザトウ一缶暑中見舞として来る」（草平宛て）、「只今新小説の奴を執筆中あつくてかけまへん」（虚子宛て）などという記述がみられる。五日にも中川芳太郎への手紙のなかに、「今新小説の小説をかきかけて期限がせまってひまがない」と記している。「草枕」は九日の午前中に脱稿となり、本多直次郎が受け取りに参上した。

＊

「草枕」を掲載した「新小説」九月号は八月二十七日に発売されたが、版元が広告を出さないうちに売り切れたといわれる。「坊っちゃん」「吾輩は猫である」の漱石は人気作家なのである。

「草枕」は、三十歳になる画工《えかき》を主人公に、肥後の小天《おあま》温泉を思わせる曾遊の地を旅して温泉宿の出戻り娘・那美さんの妖しい魅力に惹かれて絵に描こうとする話。一種の藝術家小説である。漱石は「文章世界」十一月号の談話筆記「作家と著作」のなかで、「美を生命とする俳句的小説」「美しい感じが読者の頭に残りさへすればよい」と語っている。今日読み返すと、ペダントリーで理屈臭い印象ながら、会話は明快潑剌、それを語る人物描写も鮮明である。理屈っぽいのは、八月十二日の深田康《やす》算《かず》（明治十一年生まれの美学者。明治大学予科の講師だった）への手紙に「是は小生の藝術観と人世観の一部をあらはしたもの」とある通り、藝術と人生というテーマに拘泥して、それをこねくり回したと感じられるからだろう。しかし、こうした目論見をもつ現代小説の制作は、漱石にははじめての試みだった。「草枕」によって、漱石は同時代と相渉る小説家として誕生するのである。

八月三十一日、三女・エイ（榮子）が赤痢に罹って大学病院の隔離室に入院した。虚子に宛てて漱石は、「小供の病気を見てゐるのは僕自身の病気より余程つらい。しかも死ぬかも知れないとなるとどうも苦痛でたまらない」と記している。おなじ手紙に、「新小説は出たが振仮名の妙痴〔奇〕林なのには辟易しました。ふりがなは矢張り本人がつけなくては駄目ですね」とある。また、「中央公論は何をかいたものやら時間がなさゝうだ」とも。

九月一日、巡査衛生員らが来て家屋を消毒、二日には警察医が家族の健康診断を行い、六日まで外出禁止とされる。十日までの交通遮断の処置を受けた。そうした中にも、来客は絶えない。「来客紛として至る舌頭多忙を極む」（これは前月二十八日の所懐なのだが）である。「草枕」を読んで、白仁三郎（坂元雪鳥）が、中川芳太郎が訪ねて来た。白仁三郎は明治十二年生まれ、福岡・柳河の出身。五高での漱石の教え子で、紫溟吟社の主要メンバーだった。法科大学に進んだが病気のため休学、文科大学国文科に転入学、傍ら、朝日新聞社の仕事を手伝っていた。小天温泉の思い出が話題となったことだろう。

一日には、寺田寅彦から短篇「嵐」の原稿が送られている。二日、漱石は「嵐拝見先づ面白い方に候／結末の五六行は大家に候」として、感想を記した。文中に、「病人は大分よろしいまぁ助かりさうだ。其代り大分金が入《い》る。今日一日何もせんで中央公論の趣向を考へてやつたが別段名案も浮ばない一寸したもので御免蒙らうと思ふ」とある。おなじ日、虚子に宛てて早速、「嵐」の原稿を郵送した。「寅彦嵐と題する短篇を送りこし候例の如く筆を使はないうちに余情のある作物に候十月分のホトヽギスに御掲載被下べくや」、と。

「中央公論」十月号に発表された「二百十日」は、九月九日に書き上げられている。六十五枚程になった。

これも熊本を舞台とした一篇で、阿蘇山頂を目指して旅する二人の若者「碌さん」「圭さん」の話。資本主義社会への批判がテーマで、二人は文明の革命を志す。「屹度やるだらうね。いゝか」「屹度やる」と。しかし、何をどう変革するのか、会話は弾んでいるものの、中途半端な印象は免れない。構想が浮ぶまでの足掻くような苦闘は、漱石が現代とどのように向き合うか、自身に問いつづけた時間であったと考えられる。十月九日の虚子への手紙は、自作を弁護、「愛嬌」「滑稽」などの語を用いて読みどころを解説したものだが、そこに「僕思ふに圭さんは現代に必要な人間である。今の青年は皆圭さんを見習ふがよろしい。然らずんば碌さん程悟るがよろしい。今の青年はドッチでもない。カラ駄目だ。生意気な許りだ」と評している。漱石は怒っていた。現代社会に対して、である。

三女・エイは快方に向ったが（九月十八日現在、まだ入院中）、九月十六日、中根重一が死去した。漱石は一週間、大学、高等学校を休講としたが、二十日正午の葬儀には参列しない。

大学に復学した鈴木三重吉が、初めて漱石宅に訪れたのも九月中旬までのことと思われる。漾虚碧堂は新しい顔を歓迎した。多忙を極めた漱石は、来客は有難いが迷惑でもある。平日の一日を面会日にしたらどうか、という三重吉の提案を受けて、漱石は面会日を毎週木曜日、午後三時からとすると決めて、十月七日、門下生一同に宛てて通知の葉書を出した。例えば寺田寅彦への葉書には、「本日は留守へ御出失敬。『二百十日』の評ありがたく拝見。大に弁護致し度候。今度から木曜の三時からを面会日と致すにつき御来遊被下度候」とある。

漱石は玄関の格子戸の右上に、面会日は木曜日午後三時から、他日は面会謝絶と記した赤い唐紙の詩箋を貼り出した。のちに門下生たちによって〝木曜会〟と名付けられる、有名な漱石サロン（英文学の漱石は「クラブの観有之候」と記す――白仁三郎宛て・書簡）の誕生だった。虚子に宛てた手紙に「今日も三人来ました。然し玄関の張札を見て草々帰ります。甚だ結構です」（十月十二日）とあるが、なかには、「僕の為めに遊びにくる日を別にこしらへて下さい」などと駄々をこねる、松根東洋城のような人物もいた、という。十月十日に、二年前の英文科卒業生である若杉三郎に宛てた手紙のなかに、こんな文言が見られる。あるいは、と思う。これが漱石サロンのマニフェストだったのかも知れない。

……明治の文学は是からである。今迄は眼も鼻もない時代である。是から若い人々が大学から輩出して明治の文学を大成するのである。頗る前途洋々たる時機である。僕も幸に此愉快な時機に生れたのだからして死ぬ迄後進諸君の為めに路を切り開いて、幾多の天才の為めに大なる舞台の下ごしらへをして働きたい。（中略）さうして文学といふものは国務大臣のやつてゐる事務抔よりも高尚にして有益な者だと云ふ事を日本人に知らせなければならん。かのグータラの金持ち抔が大臣に下げル頭を文学者の方へ下げる様にしてやらなければならん。

誇らしく、力強い宣言である。ストレートな発信には、漱石の知られざる一面が顕わになったかのようにも感じられる。次作「野分」の構想が、漱石の脳裡に明確に捉えられていたのだろう。子規の亡霊と訣別する時が来た。言い換えるなら、子規の夢が届くことのできなかった地点にまで到達した漱石は、自らの手で新時代の、未知の領域の「路を切り開」くのである。

と、ここで漱石の最初期の作品を振り返ってみると、その文体が「ホトトギス」「帝国文学」「中央公論」など、発表される雑誌ごとに明らかに変っていることに気づかされる。雑誌は、あたかも文体の実験場である。いくつかの作品の冒頭二、三行をアト・ランダムに引いて例示すると、――

まず、「吾輩は猫である」「坊っちゃん」などの滑稽味ある軽快な文体は、当時の「山会」における落語ばやりの空気が反映したものといえる。虚子は、「山といふのは、主として滑稽な事が多かつたのであります」「子規も落語は大変好きでありましたし、四方太も落語の愛好者でありました。その点、二人の嗜好が一致してをりまして、この落語の山といふところに、共通の趣味があつたものですからして、山会の文章は、やはり滑稽なところに重きを置くといつたやうな傾きがあつたのでありました」などと回想している（「俳句の五十年」）。漱石の落語好きもまた、ひろく知られた逸話の一つだろう。ところが、おなじ「ホトトギス」でも「坊っちゃん」以前の「幻影の盾」は、

　遠き世の物語である。バロンと名乗るものゝ城を構へ濠を環《めぐ》らして、人を屠《ほふ》り天に驕れる昔に帰れ。今代《きんだい》の話しではない。

と始まる。この擬古的な雅文調は軽快で、あるいは、漱石としては張り扇の講談のつもりで朗読させたものかも知れない。

「倫敦塔」――「二年の留学中只一度倫敦《ロンドン》塔を見物した事がある。其後再び行かうと思つた日もあるが止めにした。人から誘はれた事もあるが断つた」（「帝国文学」）。

「琴のそら音」――「『珍らしいね、久しく来なかつたぢやないか』と津田君が出過ぎた洋燈《ランプ》の穂を細めながら尋ねた」（「七人」）。

「一夜」――「『美くしき多くの人の、美くしき多くの夢を……』と髯ある人が二たび三たび微吟して、あとは思案の体《てい》である。灯に写る床柱にもたれたる直《なお》き脊の、此時少しく前にかゞんで、両手に抱く膝頭に険しき山が出来る」（「中央公論」）。

「薤露行」――「百、二百、簇《むら》がる騎士は数をつくして北の方《かた》なる試合へと急げば、石に古《ふ》りたるカメロットの館には、只王妃ギニヰアの長く牽く衣の裾の響のみ残る」（「中央公論」）には、「幻影の盾」にも似た調子が感知される。

「趣味の遺伝」――「陽気の所為《せい》で神も気違になる。『人を屠《ほふ》りて餓えたる犬を救へ』と雲の裡《うち》より叫ぶ声が、逆《さか》しまに日本海を撼《うご》かして満洲の果迄響き渡つた時、日人《にちじん》と露人《ろじん》ははつと応へて百里に余る一大屠場を朔北《さくほく》の野に開いた」（「帝国文学」）と、文章の息遣いはながい。

「草枕」――「山路《やまみち》を登りながら、かう考へた」以下は、引用するまでもないだろう。「智に働けば角《かど》が立つ。情に棹させば流される」の簡潔な調子は、この呼吸で一篇を読了せよとの合図なのかも知れない（「新小説」）。

「二百十日」は、「ぶらりと両手を垂《さ》げた儘《まま》、圭さんがどこからか帰つて来る」というト書のような一行に始まる、ほぼ全篇が「圭さん」「碌さん」の会話だけで成り

立つ小説なのである（「中央公論」）。

一般に小説家は揺るぎない自らの文体を確立することで、一個の作家として認められる。それが文学修業といわれるものである。ところが漱石は、異例の作家だった。発表舞台ごとに文体を変えたのを、漱石のゆとり、遊び、また読者へのサービス精神のあらわれ、などともいえるだろうが、それらはいずれ編集感覚の一語に帰結するもの、と私には考えられる。漱石の頭脳の運動神経を思う。その活潑な機能はたんに目先の一点の制作だけに集注することに留まるものではなかった、と確認されるのである。

*

先に、子規の亡霊と訣別する時が来た、と記した。十月、漱石は子規への思いを、はじめて言葉に表わしている。十一月四日に発行される「吾輩ハ猫デアル」中編の「序」は異色あるものといえる。漱石は「吾輩は猫である」を子規に捧げる、としたのだった。

……序をかくときに不図思ひ出した事がある。余が倫敦に居るとき、亡友子規の病を慰める為め、当時彼地の模様をかいて遙々と二三回長い消息をした。無聊に苦んで居た子規は余の書翰を見て大に面白かつたと見えて、多忙の所を気の毒だが、もう一度何か書いてくれまいかとの依頼をよこした。此時子規は余程の重体で、手紙の文句も頗る悲酸であつたから、情誼上何か認めてやりたいとは思つたものゝ、こちらも遊んで居る身分ではなし、さう面白い種をあさつてあるく様な閑日月もなかつたから、つい其儘にして居るうちに子規は死んで仕舞つた。

と記して、筐底から取り出した三十四年十一月六日附の子規からの手紙を全文引用する。「僕ハモーダメニナツテシマッタ」と書き出される、あの手紙である。「此手紙は美濃紙へ行書でかいてある。筆力は垂死の病人とは思へぬ程慥である」という。「憐れなる子規は余が通信を待ち暮らしつゝ、待ち暮らした甲斐もなく呼吸《いき》を引き取つたのである」と、漱石は慙愧に堪えない。

子規がいきて居たら「猫」を読んで何と云ふか知らぬ。或は倫敦消息は読みたいが「猫」は御免だと逃げるかも分らない。然し「猫」は余を有名にした第一の作物である。有名になつた事が左程の自慢にはならぬが、墨汁一滴のうちで暗に余を激励した故人に対しては、此作を地下に寄するのが或は恰好かも知れぬ。季子は剣を墓にかけて、故人の意に酬いたと云ふから、余も亦「猫」を碣頭《けっとう》に献じて、往日の気の毒を五年後の今日に晴さうと思ふ。

そして、糸瓜の句を詠んだ子規に因んで、「十余年前子規と共に俳句を作つた時に」詠んだ、「長けれど何の糸瓜とさがりけり」の一句に添えて「どつしりと尻を据えたる南瓜かな」という句を子規の霊前に供える。「同じく瓜と云ふ字のつく所を以て見ると南瓜も糸瓜も親類の間柄だらう。親類付合のある南瓜の句を糸瓜仏に奉納するのに別段の不思議もない筈だ」、と。

……子規は今どこにどうして居るか知らない。恐らくは据ゑるべき尻がないので落付をとる機械に窮してゐるだらう。余は未だに尻を持つて居る。どうせ持つてゐるものだから、先づどつしりと、おろして、さう人の思はく通り急には動かない積りである。然し子規は又例の如く尻持たぬわが身につまされて、遠くから余の事を心配するといけないから、亡友に安心をさせる為め一言断つて置く。（傍点・引用者）

こう記して、子規の霊を慰めたのだった。この「序」は巻頭八頁にわたって、本文（五号）より一回り大きな活字（四号）で組まれる。漱石の意識・無意識の解放感が表わされているかのようでもある。

*

「鶉籠」の準備も進められている。春陽堂から出版される、「坊っちゃん」「二百十日」「草枕」の三作を収録する、「漾虚集」につづく創作集である。装幀は、これも橋口五葉が担当する。

十月二十日の皆川正禧へ宛てた手紙のなかに、「僕明治大学をやめやうと思ふ。先日高田が来て報知新聞へ何かかいてくれと云つたから明治大学をやめて新聞屋にならうか知らん國民新聞でも読売でも依頼されてゐる」との記述がみられる。「明治大学は土曜の四時間であるから、土曜を四時間つぶして何かかいてさうして夫が同じ位の収入になれば新聞の方が色々な便宜がある様に思ふ」というのである。「高田」は高田知一郎、英文科での教え子。梨雨と号して句作をした。九月二十一、二、四日の「報知新聞」の「報知漫筆」に、『草枕』を読む」三回を寄せているが、「報知新聞」とのつながりについては不明である。「國民新聞」には二年後、虚子が入社して、文藝部が創設される。明治大学にはこの日、辞表を提出した（二十一日、森田草平宛て書簡）。
「読売新聞」の話は、少し事情が入り組んでいる。当時、主筆であった政客・竹越三叉（與三郎）は瀧田樗陰を通じて、「読売新聞」の「文壇」欄を担当して毎日一篇、一欄分か一欄半位の記事を書いて欲しい、との意向を伝えた。本人が千駄木町を訪れて懇請したこともあったという。ある日、竹越三叉の命を受けて、「読売新聞」の「月曜文学」欄の若き記者・正宗忠夫（白鳥）が入社の一件を抱えて訪ねて来た。白鳥は回想する。「部屋の様子も、主人の態度も話し振りも、陰鬱で冴えなかった」、と。

……「草枕」を発表して名声嘖々たる時であったに関はらず、得意の色は見えなかった。「竹越さんが先日訪ねて来たが、僕を先生と云ってゐた。しかし、竹越さんの方が僕より年上ぢやないだらうか。」「小説を書き出してから、丸善の借金は済した。」と、興もなげに云ったことだけは、今もなほ覚えてゐる。その時坂元雪鳥君が来てゐたが、この人の話の方が元気がよくつて座が白けないで済んだ。読売入社の件は無論駄目であったが、間もなく日曜文壇附録へ、一篇の評論を寄稿されたが、漱石が読売に対する寸志だと見るべきであった。

「一篇の評論」とは、十一月四日に掲載される『文学論』序」のことである。
　十一月十六日になって漱石は、瀧田樗陰に宛てて、心中の迷いを率直に綴りながら、「読売新聞」の申し出を結局は断ることを伝えた。逡巡したおもな理由は、経済生活上の不安。各日に記事を書くとなれば、大学を辞めなくてはならない。だが、その問題に絡めて文中に、「大学をやめれば八百円の収入の差がある。よし読売から八百円くれるにしても毎日新聞へかく事柄は僕の事業として後世に残るものではない（後世に残る残らんは当人たる僕の力で左右する訳には行かぬ。然し苟《いやしく》も文筆を以て世に立つ以上は其覚悟である）」との文士としての見事な決意が記される。「只一日で読み捨てるものゝ為めに時間を奪はれるのは大学の授業の為めに時間を奪はれると大した相違はない。そこで僕は躊躇する」とある。「今度の御依頼に就て尤も僕の心を動かすのは僕が文壇を担任して、僕のうちへ出入する文士の糊口に窮してゐる人に幾分か余裕を与へてやりたいと云ふ事である」は、後進を育てるだけで斃れた子規には叶わなかった夢を物語るものともいえる。「読売新聞」の一件は要するに、漱石を真似て言うなら、機が熟していなかったのだ、と理解されるべきだろう。

　三十九年晩秋の心懐、自負と決意は十月二十三日の、京都からの狩野亨吉への返信に明白に表出されている。これは一信を投函したあとに入浴、その後ふたたび憑かれたように書き綴られたきわめて長文のものである。一節を引用しておきたい。「僕は洋行から帰る時船中で一人心に誓つた」という。

……今迄は己れの如何に偉大なるかを試す機会がなかつた。己れを信頼した事が一度もなかつた。朋友の同情とか目上の御情とか、近所近辺の好意とかを頼りにして生活しやうとのみ生活してゐた。是からはそんなものは決してあてにしない。妻子や、親族すらもあてにしない。余は余一人で行く所迄行つて、行き尽いた所で斃れるのである。それでなくては真に生活の意味が分らない。手応がない。何だか生き「て」居るのか死んでゐるのか要領を得ない。余の生活は天より授けられたもので、其生活の意義を切実に味はんでは勿体ない。

「漾虚集」の暗い時間を経て、晴れ晴れとした決意の表明だった。鈴木三重吉に宛てて、「苟《いやしく》も文学を以て生命とするものならば単に美といふ丈では満足が出来ない。丁度維新の当士〔志〕勤王家が困苦をなめた様な了見にならなくては駄目だらうと思ふ」と諭したのは三日後、二十六日のことである。

「吾輩ハ猫デアル」中編が出版された。「十一月四日」発行とあるが、実際には遅れて十日過ぎに発行されたらしい。「六」から「九」までの四回分を収録。装幀は橋口五葉。菊判、天金、二方アンカットの仕立ては上編と同様だが、カヴァーと表紙の図案に新工夫が施され、カヴァーに濃い茶鼠色の用紙が使われている。変ったことといえば、中村不折による挿画がなく、浅井忠の画が三葉、本文中に挿まれたことである。

「鶉籠」の作業も進められていた。十一月十一日、漱石は五葉への手紙を認めた。「昨夜服部が猫の中篇の見本を持つて来ました。始めて体裁を見ました」とある。

……今度の表紙の模様は上巻のより上出来と思ひます。あの左右にある朱字は無難に出来て古い雅味がある。（上巻の金字は悪口で失礼だが無暗にギザ〳〵して印とは思へない。）総体が淋しいが落ち付いてゐると思ひます。扉の朱字も上巻に比すれば数等よいと思ひます。ワクの中にうまく嵌つてゐる様に思はれます。

　鶉籠の三枚の扉は先達持つて来ましたが何れも駄目だから帰しました夫からまだ持つて来ません。何をしてゐる事やら

漱石と五葉、二人の間に醸されたアール・ヌーヴォーの香気は、一瞬の流行だったのか、いつの間にか消え去ったかのように印象される。古雅を好む、は保守的な趣味をいうのではない。漱石の独自性《オリジナリティー》重視の姿勢が、五葉への褒辞のなかにも鋭く反映されている。

　ところが、つづく二行は、「浅井の画はどうですか。不折は無暗に法螺を吹くから近来絵をたのむのがいやになりました」というものだった。詳しい事情は判らない。ただ、十一月六日の森田草平への手紙のなかで、「ホトトギス」に載った不折の談話「印象派」を読んで、漱石が「不折のイムプレッシヨニストの論は乱暴なものだ」として厳しく批判していたことが思い合されるばかりである。「大将曰く感興そのものをかくからイムプレッシヨニストだと無学もこゝに至つて極まる。本人画工ぢやないか。而して印象派なる名目の由来を知らないで馬鹿な事をいふ」と、罵詈そのものの記述だった。しかしこれは、すでに「吾輩ハ猫デアル」中編が発行となる間際の話である。

＊

　十二月五日、第一高等学校に出講した漱石は、京都帝大文科大学に転任する原勝郎の後任として家主である斎藤阿具が第一高等学校に着任するかも知れないと聞かされて、その日のうちに、仙台に宛てて問い合せの手紙を出した。「若し東京へ御転住の時は当家へ御這入りなせ［さ］れ候や」、と。思わぬ事態が出来して、師走の家探しが始まった。「長《なが》らく住《す》み慣《な》れた家《いへ》を開《あ》け渡《わた》さなければならなくなりました。外《ほか》の事情《じじやう》と違《ちが》つてこればかりはどうもやむを得《え》ません」と、鏡子は回想する。

……さてとなると中々《なか〴〵》適当《てきたう》の家《いへ》もなく、其上《そのうへ》其頃《そのころ》は非《ひ》常《じやう》に貸家《かしや》の払底《ふつてい》してゐた時《とき》なので困《こま》りました。夏目《なつめ》は丁度《ちやうど》十二月《ぐわつ》の学期試験《がくきしけん》のある時《とき》なので、試験《しけん》の答《たふ》案調《あんしら》べにかゝつてゝ手《て》が離《はな》されませんし、仕方《しかた》がないので私《わたし》が周旋屋《しうせんや》へ頼《たの》んだり、御用聞《ごようき》きに頼《たの》んだり、それから自分《じぶん》で方々《はう〴〵》へ出《で》て歩《あ》るいて尋《たづ》ねまはりました。それでも幾日《いくにち》かゝつて漸々《やう〳〵》の思《おも》ひで、本郷西片町《ほんがうにしかたまち》十

番地《ばんち》ろの七号《がう》、阿部《あべ》伯爵《はくしやく》のお邸《やしき》の前《まへ》を小石川《こいしかは》の方《はう》へ下《くだ》る坂道《さかみち》の上《うへ》の方《はう》に家《いへ》を見付《みつ》けて、ともかく急場《きふば》の間《ま》に合《あ》はせにそこへ引《ひ》き移《うつ》ることに致《いた》しました。この家《や》賃《ちん》が二十七円《ゑん》でした。

十三日、漱石は斎藤阿具へ宛てて、「東京御転任につき小生も其後精々家宅を捜索致居候処西片町にあく家一軒有之先づ多分は夫へ引き移る事と可相成《〔あいなるべく〕》左すれば来学期より無御差支当家へ御引移の運びに至るべくと存候」と報じた。

木曜日の文章会は毎週、盛況である。例えば、十一月八日には十三、四人が訪れている。東洋城と三重吉が大激論を交した。漱石は「夫々勝手にやればいゝのです。夫で逢へば滅茶に議論をして喧嘩をすればいゝと思ふ」という考えだから、大いに愉快だったに違いない。但し、漱石の立場は明快である。「僕は人の攻撃をいくらでもきくが大概採用しない事にしました。其代りほめた所は何でも採用すると云ふ憲法です」（十一月十一日、虚子宛て書簡）との表明がある。

新作「山彦」を持参した鈴木三重吉が読んでいるうちに感極まって、途中から虚子が替って朗読したとされるのは、十二月六日のことだった。因みに、この日集まった顔触れは、松根東洋城、寺田寅彦、坂本四方太、中川芳太郎、森田草平、野間眞綱、皆川正禧、鈴木三重吉、高濱虚子ら。ほかに俳人・歌人・記者二人がいたという（『研究年表』）。

十二月九日、「ホトトギス」一月号に発表する小説の制作が始まる。十月十六日の虚子への手紙に「近々『現代の青年に告ぐ』と云ふ文章をかくか又は其主意を小説にしたいと思ひます」とあったものの、実現を図ったのだろう。虚子との間には、正月には何かかいて上げたい、との約束が交されていた。この日の手紙には、「愈本日曜からホト、ギスに取りかゝりました」と記されている。「時があれば傑作にして御覧に入れるがさうも行くまい。廿一日の朝には全部渡さなくてはいけませんか。一寸きかして下さい」とある。おなじ文面には、「僕の家主が東京へ転任するに就て僕に出ろと云ふ甚だ厄介である。今時分転任せんでもの事であるのにと思ふ。然し向は所有権があるから出なければならない」という、本音の記述もみられる。

翌十日、漱石は森田草平に向けて、「昨日から小説をかき出した二十日迄に出来ればいゝが。今度の小説中には平生僕が君に話す様な議論をする男や、夫から経歴が（人間は知らず）君に似てゐる男が出て来る。自然の勢何となしにさうなるのだから君や僕の事と思つちやいけない」と記して、断っている。十六日には虚子に宛てて葉書に、「小生只今向鉢巻大頭痛にて大傑作製造中に候。二十日迄に出来上る積りなれど只今八十枚の所にて。予定の半分にも行つて居らぬ」、なにしろ「立退きを命ぜられ是亦大頭痛中」なのだから、と記される。また、「表題ハ実ハキマラズ。／『野分』、位ナ所ガヨカラウト思ヒマス。ドウデセウ」とある。

十九日には、「文学論」も組み上っている。「文学論の校正が舞ひ込んで来た是は君の所へ行くのを間違つて僕の所へ来たのだらう」と、中川芳太郎に報じた。校正までが中川の仕事だったのだろう。漱石を除く、家中の全員がインフルエンザに罹って寝ている。「僕丈助かつた。僕が助からないと天下の大文章が出来損ふ所であつた。万歳万歳」と、締切り間際に自らを鼓舞するのだった。

十二月二十日の木曜日、「野分」を脱稿。二十二日の小宮豊隆へ宛てた手紙に、脱稿当日の修羅場の一日が再現されている。まずは、「漸くホト、ギスを済ましたから今日は用事其他の手紙をかく是が六本目である。手紙も六本位かくと疲れる」とあって、

……木曜の晩は小説が一章残つて大に勉強しやうと思ふと午後から色々な人がくる入れ代り立ち代り（鈴木、中川も来た）大抵は十分位で帰した。然るに最後に至つて債主俳書堂主人虚子が車を駆つて原稿を受取りにきたのは一番辟易した。僕はまだ書き上げてゐない。それから書き放しで見直してない。それで不得已《やむをえず》虚子先生に半分朗読を頼んであまり可笑《おか》しいと思ふテニヲハを一寸直したらもう十時過ぎ、そこへ中央公論の瀧田先生がやつてくる。何でも十一時頃になつた。それだから君が来ても矢つ張り同じ事であつた。くればよかつた。（傍点・引用者）

と記されている。くればよかった、の絶妙な呼吸が男子を惚れさせる要因なのだと感得させられるのである。二十五日、東洋城へは、「ホト、ギスへは野分といふ大文字を草したゲーテのファウストとシエク、のハムレットを凌ぐ名作だから読んでくれ給へ」と書き送っているが、こうした大法螺を吹けるおおらかなユーモア感覚も、若い門下生には堪らない魅力だったのだろう。

二十二日には、「鶉籠」の見本も届いた。奥附の発行日表記は「明治四十年一月一日」。菊判、角背、本文五〇二頁の分厚い一冊となった。薄緑色の表紙には大柄の

花模様、背には書名が空押しされ、クリーム色のカヴァーとが相俟って、新春に相応しい印象を湛えている。定価一円三十銭。初版は三千部が発行された。

二十七日（木曜日である）に引っ越し、と決めた。新住所は、本郷区駒込西片町十番地ろノ七号。漱石は「転宅興行」として、野間眞綱、野村傳四、鈴木三重吉らに葉書を発信、来援を要請した。当日はてんやわんやの騒ぎである。その様子は「漱石の思ひ出」（ここでは二十八日、とされる）に詳しい。

「小宮《こみや》さん鈴木《すゞき》さん野村《のむら》さん野間《のま》さん野上《のがみ》さんなんぞと、お手伝《てつだひ》の頭数《あたまかず》は中中《なか〳〵》大変《たいへん》です。そこへ前々《まへ〳〵》から話《はなし》をして下《くだ》すつた菅虎《すがとら》雄《を》さんが馬力《ばりき》のことで来《き》て下《くだ》さいます」と始まる。菅虎雄は「二台《だい》で二度往復《どわうふく》するのだから安《やす》い、五円《ゑん》だから、僅《わづ》か五円《ゑん》なんだから」と何度も繰り返したらしい。

「其《その》うちに夏目《なつめ》は一荷物《ひとにもつ》送《おく》り出《だ》すと、一足先《ひとあしさ》きに本箱《ほんばこ》を買《か》うといつて、五十円《ゑん》ばかり金《かね》を懐《ふところ》にして出《で》かけます」

「其時夏目《そのときなつめ》が買《か》つて来《き》た本箱《ほんばこ》は、硝子戸《ガラスど》付《つ》きの大小二《だいせうふた》つで、両方《りやうはう》で三十七八円《ゑん》だつたと覚《おぼ》えて居《を》ります。これもいまだに書斎《しよさい》にあります」という。

猫の逸話もある。「鈴木《すゞき》さんは猫《ねこ》を運《はこ》ぶ役《やく》でありました。紙屑籠《かみくづかご》の中《なか》ににやん〳〵泣《な》く猫《ねこ》を押《お》し込《こ》んで、風呂《ふろ》敷《しき》で包《つゝ》んで抱《だ》いて行《い》つたのですが、猫《ねこ》はびつくりしてしきりに泣《な》きたてる。あばれたてる。しかし途中出《とちうだ》してやるわけにもゆかないので其儘《そのまゝ》にして行《ゆ》くと、たうとう小便《せうべん》をひつかけられるといふ騒《さわ》ぎ」とある。猫は姿を消して、元の家に戻ったが、「二三日《か》ばかりして又《また》かへつて参《ま》ゐりました」という。

遅れて駆けつけた皆川正禧が最後に、「ボン〳〵時計《どけい》」を持って行った。「この柱時計《はしらどけい》はいまだに家《うち》の茶《ちや》の間《ま》に、まるで古物《こぶつ》の見本《みほん》のやうな為体《ていたらく》でぶら下《さ》がつて居《を》りますが、始《はじ》め里《さと》の俥夫《しやふ》が三円《ゑん》出《だ》して買《か》つて来《き》てくれたもので、もう数《かぞ》へて見《み》ると二十六年《ねん》にもなります。いまだにちつとも狂《くる》はないのには驚《おどろ》く外《ほか》ありません」と語られる。「翌《あく》る日《ひ》」とある。「鈴木《すゞき》さんと小宮《こみや》さんとが障子《しやうじ》を張《は》りかへに来《き》て、一日《にち》かゝつて全部《ぜんぶ》はりかへて下《くだ》さいました。そこで御礼《おれい》にお小遣《こづかひ》を五円宛《ゑんづゝ》あげたものですが、それが例《れい》になつて、お小遣《こづかひ》がなくなると、奥《おく》さん障子《しやうじ》を張《は》りませうか、先生障子《せんせいしやうじ》をはらして下《くだ》さいといつたわけでした」と回想される。

若者たちのエネルギーが、新しい家での生活を祝福したかのようにも思われる。多忙なうちに、明治三十九年という、充実した一年は暮れた。「断片」のなかに、「明治ノ三十九年ニハ過去ナシ。単ニ過去ナキノミナラズ又現在ナシ、只未来アルノミ。青年ハ之ヲ知ラザル可カラズ」という記述がある。いつ記されたものかは定かでないが、この重味のある言葉は、たんに「野分」に籠められたメッセージを語るものばかりとは思えない。

第五章　早稲田南町七番地

一　朝日新聞入社

明治四十年。——

漱石が朝日新聞社に入社するのは四月のことである。それまでの経緯とそれからの足取りも、編集感覚が機能する折り折りを確認しながら、簡略に辿っていきたい。

一月一日、「野分」を掲載した「ホトトギス」第十巻第四号が発行される。

一月三日は木曜日。松根東洋城が馳走を周旋すると申し出て、寺田寅彦、野間眞綱、野村傳四ら多くの門下生が昼から集まり、夕食をともにした。

一月十七日の木曜日には、野上八重子の「縁《えにし》」が朗読された。八重子（のち彌生子）は本名・ヤヱ、明治十八年、大分県北海部郡臼杵町の生まれ。三十三年に上京、叔父の家に寄寓、明治女学校に学び、三十九年八月、第一高等学校生だった同郷の野上豊一郎と結婚した。創作活動は夫・豊一郎の勧めによるものとされる。豊一郎が八重子の「明暗」と題する習作を携えて感想をもとめたところ、十七日、漱石は八重子に宛てて巻紙五メートルにも及ぶ長文の手紙を認め、詳細かつ具体的な、しかし「非常に苦心の作なり。然し此苦心は局部の苦心なり」とはじまる厳しい批評を箇条書きに記した。

ところが、である。おなじ日、この手紙を投函した後のことと思われるが、「縁」の朗読を聞いた漱石は、翌十八日、虚子に宛てて、「『縁』といふ面白いものを得たからホトヽギスへ差し上げます」と発信したのだった。

『縁』はどこから見ても女の書いたものであります。しかも明治の才媛がいまだ曾《かつ》て描き出し得なかつた嬉しい情趣をあらはして居ます。『千鳥』をホトヽギスにすゝめた小生は『縁』をにぎりつぶす訳に行きません。ひろく同好の士に読ませたいと思ひます」とある。

……大抵の女は信州の山の奥で育つた田舎者です。鮪を食つてピリヽと来て、顔がポーとしなければ魚らしく思はない様ですな。

こんななかに「縁」の様な作者の居るのは甚だたのもしい気がします。これをたのもしがつて歓迎するものはホトヽギス丈だらうと思ひます。夫だからホトヽギスへ進上します。

漱石が、時には鼻もちならないほどに、強度のエリート意識をもつ人物であったのは慥かといえる。周囲の殆どは文科大学の学生か卒業生に限られていた。それ以外を生理的に（とでも言うほかない）受けつけないのである。そして、日頃は女性蔑視の傾向が強かったことも明らかだろう。ここに、門下生の妻（野上豊一郎はヤヱのことを当時、「妹」と称していた、という）とはいえ、歳若い女性の作品を推薦したのは異例なことであった。

「縁」は「ホトトギス」二月号の巻頭に掲載される。八重子は六月号に「七夕さま」を発表。これも漱石の「七夕さまは『縁』よりもずつと傑作と思ふ　読み直して驚ろいた」（五月四日、野上豊一郎宛葉書）という激賞を得て掲載されたものだった。虚子に宛てて、漱石は「七夕さまをよんで見ました、あれは大変な傑作です。原稿料を奮発なさい。先達てのは安すぎる」（五月四日）と書き送る。誌上では、作品の末尾に「漱石評。大傑作なり」の文字が印刷されている。

二月五日、「平民新聞」の小記事「〇文藝界」には目が釘付けとなる。故人の霊に一書を捧げるとは、こういうことであったのかと得心させられたのである。

▲夏目漱石　は其《そ》の著書《ちよしよ》の原稿料《げんかうれう》の過半《かはん》を割《さ》いて正岡《まさをか》子規《しき》の家族《かぞく》に送《おく》りをれり、吾人《ごじん》は漱石君《そうせきくん》の徳《とく》を頌《せう》す、されど文豪《ぶんがう》の遺族《ゐぞく》を飢《う》えしめつゝある社会《しやかい》を悪《にく》む

詳細は判らない。「吾人《ごじん》」は堺利彦（枯川）であったろうと推定される。堺利彦は三十八年十月に、漱石へ「吾輩ハ猫デアル」初編の読後感を書き送っているが、そこには「小生は貴下の新書『猫』を得て、家族の者を相手に三夜続けて朗読会を開きました」などと記されていた。

＊

朝日新聞社では新年早々から、専属作家としての、漱石招聘に向けて動き始めていたらしい。「朝日新聞社史（明治編）」によると、漱石獲得には大阪と東京、二つの本社それぞれで動きがあったことが知られる。

大阪で、最初に漱石の仕事に着目し、反応したのは鳥居素川（赫雄《てるお》）であった。素川は慶応三年、熊本・本荘町の生まれ、三十年に「日本」から「大阪朝日新聞」の記者に転じ、のち編集局長。三十九年十一月に「草枕」を読んで感動、新年の紙面を飾るために、旧知の中村不折を通じて漱石に随筆の寄稿を依頼したが、多忙を理由に断られている。だが、漱石登用を諦めずにいた素川は、社主・社長である村山龍平、上野理一を説得、「二人を間もなく漱石信者にしてしまった」（「上野理一伝」）という。素川は社命として、「東京朝日新聞」の主筆・池辺吉太郎（三山）に諮るが、三山からは、到底難しいことだろう、との返事が来て、計画は頓挫していたのだった。

池辺三山（別号に鐵崑崙）は元治元（一八六四）年、熊本・京町宇土小路の生まれ。明治二十五―二十八年、旧藩主・細川護久に懇望され、世子・護成の補佐役としてパリに滞在、ヨーロッパ各地を歴遊した。この間に、「日本」に「巴里通信」を送信している。二十九年に「大阪朝日新聞」主筆となり、三十一年八月から「東京朝日新聞」主筆。三十七年三月には、二葉亭四迷を「大阪朝日新聞」に入社させた。「朝日新聞社史」にこんな記載がある。

三山は、読者層の知的水準が急速に高まりつつあることに注目していた。かつての知的読者といえば、士

族的教養人であり、しかも全体からみればごく少数であった。が、明治三十年代、とくに、その後半から、西欧的教養を身につけた読者がふえはじめ、さらに増加するであろうという予測があった。三山が社会面と小説欄の改革を意図したのは、これら知的読者の批判にたえうる社会面、かれらの知性を満足させうる小説欄をつくらなければならぬという判断からであった。

すでに高等学校は七校を数え、東北帝大、九州帝大の新設も予定されている。慶應義塾に大学部が置かれ、東京専門学校は早稲田大学と改称されていたが、三十六年に予科をもつ専門学校が大学と称することが認められ、私立法律学校が、日本、明治、法政、中央大学となった。関西でも、京都法政（のち立命館）、関西大学が誕生した。新聞・出版を支える読者層が大量に出現するのである。「池辺三山は紙面改革――社会面の改革と小説欄の刷新に着手した」、「小説欄については、すでに入社している二葉亭四迷に小説の筆をとらせ、さらに夏目漱石を入社させることによって朝日の質を高めようとした」と記されている。

東京では、渋川柳次郎（玄耳）と白仁三郎（坂元雪鳥）が漱石入社を画策していた。

渋川玄耳は明治五年、佐賀・杵島郡の生まれ。司法試験に合格して、熊本の第六師団法官部に勤務していた頃、俳句をつくって漱石を訪ねたことがある。白仁とともに、熊本の俳句グループ・紫溟吟社のメンバーだった。日露戦争中、同師団法官部理事として戦地に赴き、「東京朝日新聞」記者・弓削田《ゆげた》精一（秋江、風浪）を知り、その伝で同紙に何本かの「陣中便り」を送った。それが池辺三山に注目される。「朝日新聞社史」には、「三山の頭にひらめいたのが渋川の起用である。かれを東朝の社会部長（注　このころから「軟派」が「社会部」とよばれるようになっていた）に迎えて社会面の刷新をはかろう、と三山は考えた。渋川は快諾した」と記されている（正式入社は四十年三月一日）。また、「一方、渋川の俳句仲間の白仁三郎は五高を卒業して東京帝大に入った。その白仁も、渋川の紹介で、半年ほど前から茜子《あかねこ》の筆名で東朝の月曜文壇という欄に随筆をよせており、かれもまた渋川を通じて朝日と深い関係にあった」とある。

「或時二人の間に、夏目先生を朝日に紹介したいものだといふ話が持ち上つた。或は読売新聞が先生の原稿を一手に引受けたやうな面をしはじめたのが、一方に朝日といふ味方を持つ私共の癪に障つたからだつたかも知れない」（「夏目先生を憶ひて」）とは、白仁三郎の回想である。

小説欄は社会部の所管なのだった。二月二十日、白仁三郎は登校の途中、市ケ谷・谷町に池辺三山を訪ねて相談する。漱石招聘の見込みがあると予測した三山は、白仁を使者として漱石との交渉にあたらせた。白仁は早速、漱石に都合を問い合せ、二月二十四日の午前十一時、西片町十番地を訪問した。

……三山翁の意を体して内偵に来れるを以て、成丈け漠然と軽き意味にて種々の質問応答あり。読売新聞との御関係如何、若し朝日社或は其他の社にても全然師の御入社を乞ふ事あらば、条件によりては目下御奉職の各学校を御止めになる事を得可きや。読売との関係は極めて簡単なり、書いたら出さう位也。学校は止められぬ事なし、寧ろ学校に出るは五月蠅い感に堪へず、併し又或意味に於ては気楽なり、……唯余が教員たると記者たると、何れが真の適地なるやは容易に判断し難きも、或は記者にはあらずやとも思はる。但し今の話は無論即答を望まるゝものにはあらざる可ければ、尚熟考す可し。（傍点・引用者）

（白仁三郎「漱石先生を打診した日」）

白仁は、有望であるとの確信を得て、銀座・滝山町の社に出向いて池辺三山に報告した後、ふたたび西片町にとって返して、漱石と同じ十番地にある二葉亭四迷の家に駆けつける。渋川玄耳と弓削田精一が白仁の報せを待っていたのだった。白仁の報告には、二葉亭四迷も喜んだという。

しかしここまでは、漱石、朝日新聞社入社の一件の序章に過ぎない。

*

当時、漱石は「文学論」の手入れに汲々としていた。中川芳太郎の受講ノートをもとにした原稿が不十分で、納得できるものではなかったのである。二月十六日の東洋城宛て書簡のなかに「僕は文学論で困却の体である」との記述がみられ、二十一日の白仁宛ての返信にも「只今ある仕事に追はれ其方を一日も早く片づけねばならぬ」と記されている。校正に大幅な添削を加え、ことに第四編第七章以降（全体のおよそ三割ほど）は書き直すこととなった。

「この年《とし》の三月《ぐわつ》初《はじ》めのことだつたと覚《おぼ》えて居《を》ります」と、鏡子は回想する。「大学《だいがく》の大塚博士《おほつかはかせ》から、英文学《えいぶんがく》の講座《かうざ》を担任《たんにん》して教授《けうじゆ》になつてはどうかといふお話《はなし》がありました」という。これが何日のことかは判らない。三月四日の白仁への手紙に、「先日は御来駕失敬致候其節の御話しの義は篤と考へたくと存候処非常に多忙にて未だ何とも決せざるうち大学より英文学の講座担任の相談有之《これあり》候。因つて其方は朝日の方落着迄待つてもらひ置候」とあるから、おそらく三月二日か三日かのことであったと思われる。大学か新聞社か、という選択が、新たに秤量の種が加わって、いよいよ悩ましい問題となったのである。鏡子夫人の回想は具体的で、かつ生々しい。主婦にとっては家計に直接影響をおよぼす、もっとも気がかりな夫の決断だったからだろう。

……その頃《ころ》の教師《けうし》から得《う》る定収入《ていしうにふ》といふものは、先程《さきほど》申《まを》したとほり大学《だいがく》が年《ねん》八百円《ゑん》、一高《かう》が年《ねん》七百円《ゑん》、それに明治《めいぢ》大学《だいがく》の方《はう》が漸《やうや》く月《つき》三十円位《ゑんぐらゐ》の見当《けんたう》でしたが、専任教授《せんにんけうじゆ》になると月《つき》百五十円《ゑん》呉《く》れるとかいふ話《はなし》でした。しかし家《うち》では月《つき》どうしても二百円《ゑん》はかゝる。幸《さいは》ひ原稿《げんかう》料《れう》が入《はい》つたり小説《せうせつ》の印税《いんぜい》が入《はい》つたりするやうになつたので家計《かけい》も立《た》つて行《ゆ》くのであるが、教授《けうじゆ》になつた、その代《かは》りには内職《ないしよく》はまかりならぬとあつては、第《だい》一あがきがつかない。それにいつまで教師《けうし》になつてゐても仕方《しかた》がない。(中略)こゝは謂《い》はば一生《しやう》の道《みち》の岐《わか》れ目《め》なのですから、夏目《なつめ》も大事《だいじ》を取《と》つて慎重《しんちやう》に考《かんが》へたやうです。

「教授《けうじゆ》となれば」、「一箇独立《こどくりつ》の地位《ちゐ》安全《あんぜん》な人間《にんげん》で、滅多《めつた》に他《た》から動《うご》かされる心配《しんぱい》もない」、やがては「恩給《おんきふ》もつけば月給《げつきふ》も上《あ》がる」。「さういふことも家族《かぞく》のものゝ為《た》めには考《かんが》へなければならない」とは、漱石の胸中を代弁したかのようである。

しかし、と思う。漱石の決意は固まっていた。四日の白仁へ宛てた手紙は、朝日新聞社側から提案された条件、「手当の事」「仕事の事」などについて一つ一つ検討して、問い質す内容のものだった。「小生が新聞に入れば生活が一変する訳なり。失敗するも再び教育界へもどらざる覚悟なればそれ相応なる安全なる見込なければ一寸動きがたき故下品を顧みず金の事を伺ひ候」と記されている。いわば条件闘争の段階へと進んでいたのである。

おなじく四日の午後のこととして、こんな挿話がある。菅虎雄から贈られた印材に彫らせたのだろう、「漱石山房」の印が出来上って、漱石はそれを押したくて堪らない。七十四ミリ四方の、印としては巨大なものである。小宮豊隆へ、「白酒をのみに来てもよろしく候。漱石山房の印をペタ〳〵押したいが時々来て五六冊づゝ押して被下度候。其代り時々御馳走を致候　以上頓首恐惶謹言」と書き送る。忙中閑あり、の〝遊び〟の一刻であったのかも知れない。だが、その無心の境地のなかに、漱石の秘かな決意を汲み取ることもできる。大学が「内職はまかりならぬ」というなら、その「内職」の方に「漱石山房」主人として生きることを選ぶ。それが東京っ子の天邪鬼《あまのじゃく》の一面だろう。午前中の白仁への手紙に、追伸として「大学を出て江湖の士となるは今迄誰もやらぬ事に候夫故《ゆえ》一寸やつて見度候。是も変人たる所以《ゆえん》かと存候」と記したばかりのところだった。

文藝の世界に新しい時代が到来したことを、肌に感じていた。大学という守旧的で応用の利かない世界は漱石の能力のすべて――そこに編集能力も含まれるのはいうまでもない――が十全に活かされる場所ではない。漱石の性情はいつの時も、可能性を索めつづける。子規がそうであったように、漱石もまた、自らが意識する通り、「維新の志士」なのだから。三月七日、白仁がやって来て、弓削田精一と相談した結果を報じた。四日の漱石からの質疑に対して九ヵ条にわたり、具体的な回答を示したのである。十一日、漱石は白仁へ宛てた手紙を投函する。「先日御話しの朝日入社の件につき多忙中未だ熟考せざれども大約左の如き申出を許可相成候へば進んで池辺氏と会見致し度と存候」とはじまって、「小生の文学的作物は一切を挙げて朝日新聞に掲載する事」「但し其分量と種類と長短と時日の割合は小生の随意たる事」などと箇条書きで、提言が細かく記される。「翌十二日、白仁はこの手紙の内容を三山、渋川に伝えた」という（『朝日新聞社史』）。

池辺三山が突然、西片町に漱石を訪ねて来たのは十五日のこと。かつて漱石は、「日本」に載った鐵崑崙の「巴里通信」を愛読したことがある。鐵崑崙が池辺三山であることをのちに知ったが、会うのは初めてだった。二階の客間に案内して応接した、という。これは三山の歿後に発行された『明治維新三大政治家』第二版（明治四十五年五月）の漱石による序文「池辺君の史論に就て」に記された回想である。「面接して見ると大変に偉大な男であつた。顔も大きい、手も大きい、肩も大きい、凡て大きいづくめであつた」と思い出される。

……話をしてゐるうちに、何ういふ訳だか、余は自分の前にゐる彼と西郷隆盛とを連想し始めた。さうして其連想は彼が帰つた後迄も残つてゐた。勿論西郷隆盛に就て余は何の知る所もなかつた。だから西郷から推して池辺を髣髴する訳はないので、寧ろ池辺から推して西郷を想像したのである。西郷といふ人も大方こんな男だつたのだらうと思つたのである。此感じは決していたづら半分のものではなかつた。其証拠には、彼が帰つた後で、余はすぐ中間に立つて余を「朝日」へ周旋する者に手紙を出した。その文句は固より今覚えてゐる筈がないが、意味をいふと、是迄話が着々進行して略纏まる段になつたにはなつたが、何だか不安心な所が何処かに残つてゐた。然るに今日始めて池辺に会つたら其不安心が全く消えた。西郷隆盛に会つたやうな心持がする。――ざつと斯んなものであつた。

「朝日新聞社史」には、「翌十六日の白仁の日記によると、『漱石師よりの来書あり、携えて朝日社へ行く』とあり、この漱石の来書とは、入社を承諾した旨をしたためた書簡であった」と記されている。「三山は、さっそく大朝へ知らせるとともに、十九日夜、有楽町の日本倶楽部に漱石を招いて晩餐会を催した。この席には三山、渋川、弓削田、佐藤北江、中村不折らが列席した」という。白仁がいたかどうかは不明である。白仁は七月一日、東京朝日新聞社に入社、社会部記者となる。

入社の条件は、月給二百円。賞与は年二回、それぞれ月給一ヵ月分。漱石は三山につぐ破格といえる待遇で迎えられたのだった。専属契約とは要約すると、一、他の紙誌に小説は書かない、但し、関係の深い「ホトトギス」は例外とする、一、小説発表は年二篇、一篇百回分位の大作を望むが、短ければ年三篇とする、一、作品の版権は漱石のものとする、一、出社は月二回、小説連載中は欠勤も可、などという内容の取りきめが交された。

「ところが、その翌二十日」、とある。「大阪の村山龍平から電話がかかった。漱石を京都に常住させることはできないかという申し出」であったという（「朝日新聞社史」）。漱石を「大阪朝日新聞」の専属としたいとする、鳥居素川の発案だった。東西間で一騒動あった様子が窺えるが、この問題は漱石には雑音にすぎない。漱石に東京を離れる気持は毫もなく、強要されれば入社を拒否するまでである。狩野亨吉への顔も立たない。

*

三月二十三日の野上豊一郎宛て書簡の掉尾に、漱石は「学校をやめたら気が楽になり候。春雨は心地よく候」と、晴れやかな二行を添えている。京都旅行を計画していたのだった。前日、京都・下鴨に住む狩野へ、「今月末より来月はじめへかけて京都へ遊びに行かうと思ひ候が大兄御滞京にや又は東京へ御出京にや一寸伺ひ度候猶〔なお〕大兄の在不在にかゝはらず大兄のうちへ逗留する事が出来る仕掛なるや否や伺ひ度候」と、半分強請まがいの問い合せの手紙を出したところである。「小生は今度大学も高等学校もやめに致して新聞屋に相成候」との一行も記されていた。

丁度《ちやうど》この四月《ぐわつ》は、洋行期間《やうかうきかん》二ケ年《ねん》の義務年限《ぎむねんげん》四ケ年《ねん》を果《は》たしたところなので、ともかくこれで漸《やう》や《》く義務《ぎむ》を果《は》したとかいつて、晴々《はれ〴〵》した気持《きもち》で大学《だいがく》の玄関《げんくわん》を出《で》て来《き》たさうですが、すぐに辞職《じしよく》の手続《てつゞ》きを取《と》つて、愈々《いよ〳〵》朝日入社《あさひにふしや》といふことになりました。そこで年来《ねんらい》の垢《あか》を洗《あら》ひ落《おと》す積《つも》りでもあつたでせうし、又大阪本社《またおほさかほんしや》の方々《かた〴〵》にも会《あ》ふ必要《ひつえう》があつたのでせう、三月《ぐわつ》の末《すゑ》にひとり関西《くわんさい》へ旅立《たびた》ちました。

京都《きやうと》では学長《がくちやう》の狩野亨吉博士《かのかうきちはかせ》のところへ御厄介《ごやくかい》になつて、折《をり》ふし落《お》ちあつた菅《すが》さんと二人《ふたり》で、ゆる〳〵方々《はう〴〵》を見物《けんぶつ》して歩《あ》るいたやうです。

とは、鏡子による回想である。漱石は三月二十四日に、「文学論」の校閲、手直しを完了、二十五日に東京帝国大学総長・浜尾新宛てに、「講師退職願」を書いた。京都への出発は二十八日。午前八時に新橋停車場を発った最急行は、午後七時三十七分に七条（京都）停車場に到着。駅頭には、狩野亨吉と菅虎雄が迎えに出ていた。三台の人力車を連ねて、下加茂神社境内にある狩野の居宅へ向う。菅虎雄は前年二月に、南京の師範学堂での任期が満了となって帰国したものの、第一高等学校に復職しようにも籍がなく、四十年一月から三高教授となって（九月に一高教授に復帰）、京都に滞留、狩野方に寄寓していたのだった。西片町の留守宅には、用心のため、小宮豊隆が泊り込むことになる。

京都滞在は四月十一日までのおよそ二週間。その間に、菅や狩野とともに京都帝国大学構内を見学、北野、金閣寺、大徳寺、上加茂、東本願寺など数多くの社寺や名所を巡り、比叡山にも登った。着目すべきは、在京中に「京に着ける夕」を執筆し、それを「大阪朝日新聞」に発表したこと、胃痛に悩まされたこと、朝日入社の挨拶に大阪朝日新聞本社に出向き、社主・村山龍平に面会したこと、奈良への旅行の途中に京都に立ち寄った高濱虚子を招いて、一日一晩をともに過したこと、などだろうか。四月二日には、「東京朝日新聞」紙上で漱石入社の発表もあった。

漱石の目に映じた京都の印象は、三月三十一日に留守宅の小宮豊隆へ宛てた手紙が、心境を焙りだすように物語ってくれる。宛名は「執事御中」（傍点・引用者）、差出人は「葦わけ人」とある。全文を引用する。

京都は寒く候加茂の社は猶寒く候糺の森のなかに寐る人は夢迄寒く候

春寒く社頭に鶴を夢みけり

高野川鴨川共に磧《〔かわら〕》のみに候

布さらす磧わたるや春の風

詩仙堂は妙な所に候。銀閣寺の砂なんど乙なものに候。智恩院はよき所に候。𡜊《〔祇〕》園の公園は俗に候。清水も俗に候

見る所は多く候

時は足らず候

便通は無之《〔これなく〕》候

胃は痛み候

以上

大阪から鳥居素川が下加茂神社境内に漱石を訪ねて来たのも、三十一日の午前中のことだった。素川は漱石が入社するに至るまでの大阪本社での経緯を悉《つぶさ》に説明したものと思われる。また、自らの発意で、漱石を「大阪朝日新聞」に迎えようとしたこと、その熱い思いをも語ったのだろう。帰阪後早々に、素川は漱石へ宛てて、「今朝は始て拝眉仕候に拘らず不得要領の長話をいたし御迷惑恐縮に奉存候。帰来社長に相話申候処御心中も相酌み大阪朝日最初の申出も徹底し居らざりしこと遺憾に存候得共、何れにしても御入社確定仕候以上は御懇親も願度四日夕御差支無之候はば当地にて粗飯差上度御都合如何に御座候哉」と記した手紙を送っている。

四月一日、池辺三山は「東京朝日新聞」紙上に社告を掲げ、紙面改良を謳って、その末尾に、「序ながら御披露仕候。近々我国文学上の一明星が其本来の軌道を廻転し来りていよいよ本社の分野に宿り候事と相成居り候」と記した。つづけて、名前を明かさぬままに、「而して小説に雑著に其光を輝かす可く候、何如なる星何如なる光、試みに御猜思下さる可く候」と、まるでクイズのような予告をしたのだった。翌二日、ふたたび紙面刷新の社告を記し、そこで来るべき文学者が夏目漱石であることを明かした。こんなかたちで、漱石の入社が正式に発表されたのである。四日には、「大阪朝日新聞」の一面に漱石入社が報じられる。掉尾の一行に、「現下文壇の一明星たる漱石君の作品を味はんとせば請ふ今後の本紙を観よ」とある。この筆者は鳥居素川だろうと思われる。四月四日、漱石は大阪へ行き、村山龍平を訪ねる。大阪ホテルでの晩餐会に招かれ、素川ほか十二、三人と夕

食をともにした。高麗橋際の星野旅館に宿泊。翌朝、京都へ戻る。この日は、伏見、桃山、宇治を歩いた。「日記」に、「大阪は気象雄大なり」との一行が書き留められているが、意味するところは不明である。「京都の地面が買へるなら教へてくれ」「勘定は御序でゞよい」などという宿の女将の胆力に圧倒されたのか（「日記」）、あるいは、東京朝日入社が発表され、それを嘆じて、「実は大兄を擁し同じ堡塁に拠り天下を引受勇戦仕度存居候も……」（二日）と書き送った素川の熱誠に打たれたのか、定かでない。ともあれ、漱石は「大阪朝日新聞」に随筆一篇を書くことを、鳥居に約束した。これを断っては、義理が立たない。

「京に着ける夕」は、雨の降る六日に執筆されたのだろう、七日、漱石は大阪朝日の京都支局へ宛てて、「別封は来る九日御社発刊に掲載すべき原稿に有之《これあり》候鳥居君に御約束致候」と記した手紙を添えて、原稿を送った。「京に着ける夕」は九、十、十一の三日にわたって掲載される。九日は「大阪朝日新聞」の九千号記念号だった。七日の午後は、「嵐山、吐月橋、温泉、釈迦堂。天龍寺」を巡る。

取材のために奈良へ向う途中、京都に立ち寄った高濱虚子が、宿泊先の三条・萬屋から使いを寄越して、訪ねてよいか、と尋ねたのは、離京の日が迫った十日の朝のこと。漱石は、「まだ居ります。すぐいらつしやい。但し男世帯だから御馳走は出来ませぬ」と書き送った。虚子が訪ねると、漱石は「一人つくねんと六畳の座敷の机の前に坐つてゐた」という（「京都で会った漱石氏」）。当時を回想して虚子は「氏の腹中には其後朝日新聞紙上に連載した『虞美人草』の稿案が組み立てられつゝあつた」と推察するのだった。

「何処かへ遊びに行きましたか。」と私は尋ねた。
「狩野と菅と三人で叡山へ登つた事と菅の案内で相国寺や妙心寺や天龍寺などを観に行つた位のものです。」と氏は答へた。
「お寺ばかりですね。」
さう云つて私が笑ふと氏もフフフンと笑つて、
「菅の案内だもの」と答へた。

虚子は漱石を昼食に誘い出し、山端の平八茶屋に案内する。「漱石氏が切角京都に滞在してゐて寺ばかり歩いてゐると聞いた時、私は今夜せめて都踊だけにでも氏をひつぱつて行かうと思ひ立つた」とある。食後、萬屋に連れ戻って小憩、入浴を楽しむ。「二人は春の日が何時暮れるとも知らぬやうな心持で、ゆつくりと此の湯槽の中に浸《つか》つて、道後の温泉の回想談や其他取りとめもない雑談をして大分長い時間を此の湯殿で費した」とある。

「京都で会つた漱石氏」の筆は、場面によってするどく変化する漱石の感情の動きを的確に捉えているが、写生文の骨法だから説明の言葉はない。忖度するに、漱石の胸中は複雑した思いで入り組んでいた。虚子には二十日ほど前に、朝日入社後も「とも角も出来得る限りホトヽギスの為めに御用を務める事に致すべく候」(三月二十三日)と約束はしたものの、どうなることか。だが、後進の育成の場として「ホトトギス」は手離せない。有り体にいえば、虚子と二人で寛いだ時間を過すうちに、いつの間にか、大学を去った漱石は自らが子規であることに気づかされたのである。子規もまた、新聞「日本」の社員であった、と。漱石は子規になった、とすれば、八面六臂の活躍を示して、文藝界の革新を目指さなくてはならない。ナーバスな感情の波に揺られていたのだった。

　その日の晩は、花見小路を通って都踊りを観たあと、まだ時間があるだろうと、祇園の一力《いちりき》で遊んだ。一力は虚子の「風流懺法《せんぽう》」の舞台である。漱石の「日記」には、「一力亭。藝者が無暗に来る。舞子が舞ふ」と記される。雨の朝だった。「昨日狩野氏の門前では何の色艶もないやうに思はれた春雨が、今朝は又漱石氏と私とを包んで細かく艶《あで》やかに降り注ぎつゝあるやうに思はれた」と、虚子は回想する。

　十一日、七条停車場を午後八時二十分に発って、東京への帰途についた。

*

「帰つてからは茫然として」、と漱石は記している。「四五日を晩春の頬杖に暮らして、閑寂の趣を豆腐と奈良漬に得た代りに、義務も勉強も夢にさへ見る暇はなかつた」という(「平井晩村『野葡萄』序」)。

　四月二十日の午後、漱石は東京美術学校の文学会で、「文藝の哲学的基礎」と題する講演を行った。漱石につづいて上田敏がウォルター・ペイターについての話をした。聴衆の一人に、当時は文科大学英文科生であった志賀直哉がいて、かれはその日の「日記」に、「夏目さんのは一貫してゐてカタのコルやうな話であるにかゝはらず大に得た所があつた。上田さんのはWalter Pater といふ人の事で知らぬ事実を知つた以上得る所なし」と記した。「文藝の哲学的基礎」は速記原稿の二倍ほどに加筆され、「東京朝日新聞」五月四日から六月四日まで、二十七回にわたって連載される。

五月三日、つまり「文藝の哲学的基礎」が発表されるに先立って、「東京朝日新聞」に漱石の「入社の辞」が掲げられる（「大阪朝日新聞」には「嬉しき義務」と改題して、四、五日に分載される）。

「入社の辞」は、「新聞屋が商売ならば、大学屋も商売である」という一行でひろく知られるものである。「新聞が下卑た商売であれば大学も下卑た商売である」とも繰り返されている。内容は、入社に至る経緯と事情、漱石の一存を率直に記したもので、記事というよりは随筆を読む味わいがある。なかに、「近来の漱石は何か書かないと生きてゐる気がしない」との言があるのが注目される。結末部分を引用したい。

……休《や》めた翌日から急に背中が軽くなつて、肺臓に未曾有の多量な空気が這入つて来た。学校をやめてから、京都へ遊びに行つた。其地で故旧と会して、野に山に寺に社に、いづれも教場よりは愉快であつた。鶯は身を逆まにして初音を張る。余は心を空にして四年来の塵を肺の奥から吐き出した。是も新聞屋になつた御蔭である。

人生意気に感ずとか何とか云ふ。変り物の余を変り物に適する様な境遇に置いてくれた朝日新聞の為めに、変り物として出来得る限りを尽すは余の嬉しき義務である。

この前後のことと推定される。漱石は二葉亭四迷と出会う。ある日、池辺三山の招きに応じて、数寄屋橋の日本倶楽部での社員十数人の集まりに参加すると、そこに二葉亭・長谷川辰之助がいたのだった。大阪から鳥居素川が上京した機会に催された会合だという。おなじ西片町に住みながら、漱石と二葉亭はこの日が初めての顔合せだったのである。

背中が軽くなった、とは権威やエリート意識の殻を脱ぎ捨てて、世間にのびのび生きる実感を意味するのだろう。漱石は、ロシア語に堪能で、「浮雲」の著書をもつこの先輩文学者とおなじ土俵で、対等の立場で、文士同士のつき合いができるのである。これもまた、これまでに経験したことのない喜びであった、と想像される。

漱石は、「入社後に、訪ねて往《いつ》て、大に語らうと思つて居た」のだが、「恰度この時分長谷川君は頭が悪いので、近頃は誰にも会はないといふ事だから、遠慮して訪ねもしないで居た」という。しばらくして（漱石が西片町に住んでいる間のこと）、銭湯で会って、「頭の方は何うかね」と聞くと、「まだ悪い」との返事。「それでは訪ねてもよくない事と思つてそれぎりにしてしまつ」た、と談話「感じのいゝ人」に回想されている。翌四十一年の五月頃には、鳥居素川と三人で会食したこともある。朝日新聞露都特派員としてペテルブルグに赴く数日前、二葉亭は早稲田南町の新居に漱石を訪ねている。「長谷川君と余」（四十二年八月）には、「長谷川君が余の家《いへ》へ足を入れたのは是が最初であつて又最終である。座敷へ通つて、室内を見渡して、何だか伽藍《がらん》の様だねと云つた」とある。二日後、漱石が答礼に行くと、あいにく留守であったという。と、あまりにもか細い交流で、君子の交わりというにも値しない程だが、このいわば意識の交際を、私は貴重なものと思う。

五月七日、「文学論」が出来上った。大倉書店刊。菊判、天金、二方アンカット、七百頁近い大冊である。初版には誤植が非常に多く、再版からは、中川芳太郎による「正誤表」八頁が添えられる。これには小宮豊隆も協力したらしい。

前年十一月頃から、とは「序」を「読売新聞」に掲げた頃から、中川芳太郎に整理・浄書を一任した講義記録に朱筆を加えてきたものだが、難渋をきわめ、十一月十一日の虚子への手紙に、「今日は早朝から文学論の原稿を見てゐます中川といふ人に依頼した処先生頗る名文をかくものだから少々降参をして愚痴たら〳〵読んでゐます」「今四十枚ばかり見た所」と記したこともあった。前半（全体の三分の二まで）は十二月十九日には組み上って、中川の「序」によれば、この二月中には刷了となっていたものと考えられる。京都に出発する直前まで、後半部分の改訂・増補、書き下しにちかい作業が行われたのだった。

「文学論」は知られる通り、科学的な分析方法を活用した著述である。古来、文学論なるもののすべては、文学的観念過剰の産物といえる。漱石の「文学論」もその弊を免れるものではない。吉田健一「東西文学論」の根源的な批判が思い出されるのである。吉田健一の筆鋒は鋭く、「英国の文学を文学として扱ふことに掛けて、漱石のやうにその方法を誤れば、後は言語学、或は考証学まで後退する他なかつたのではないかと思はれる」とまでいうのだった。ただ、「東西文学論」には別の章に、「無学であつても構はないじやないかといふことはないのである。小説を書くことしか知らない人間は、書けてもやはりさういふ人間でしかないのであつて、それが何よりもその作品に現れるのだから、結局それは文学にとつての損失になる」（「文学の実感」）という記述もあった。

明治二十年前後に、坪内逍遥の「小説神髄」と実作

「当世書生気質」、二葉亭四迷の「小説総論」と実作「浮雲」によってわが国近代の文学が出発したとするなら、二十世紀の文学は漱石の実作と「文学論」によって始まる、といえるだろうか。しかし、同時代の文学者からの評判は聞こえて来ない。時代は、「無学」であることを誇るかのような、自然主義文学全盛の時を迎えていた。フランス文学流行の時代でもある。「文学論」は英文学者としての漱石への評価をたかめたとしても、小説家としては孤立した仕事となった。あるいは、と思う。「文学論」は、のち四十二年三月に刊行される「文学評論」とともに、安易へと流れる時代風潮に対する、ラディカルな文学者としての抵抗の記念《かたみ》であったのかも知れない、と。

　五月十九日の奥附表記で、「吾輩ハ猫デアル」下編が発行された。連載の第十、十一回分が収録され、これで完結となる。本文中に浅井忠による挿画が三葉、装幀は橋口五葉である。前二冊と較べて頁数が少いのを補うためだろうか、巻末に「批評一班」として、新聞・雑誌に発表された書評や紹介記事が二十頁分まとめられている。「文学論」の誤植の多さは、漱石の神経をいたく刺戟した。我慢がならない。これまでの著書のいずれもが誤植の目立つものではあったが、「文学論」となると学者としての一分が許さないのである。五月三十日の菅虎雄宛ての葉書は、「文学論が出来たから約束により一部送る。校正者の不埒な為め誤字誤植雲の如く雨の如く癇癪が起つて仕様がない。出来れば印刷した千部を庭へ積んで火をつけて焚いて仕舞いたい」と、憤激にみちたものだった。翌日にも知人に、「古今独歩の誤植多き書物として珍本として後世に残る事受合なれば御秘蔵被下度候」と書き送る。名誉にかかわる問題として、この怒りはこの先も、しばらくの間は収まらない。

「虞美人草《ぐびじんさう》」を書《か》き始《はじ》めたのは、たしか五月末頃《ぐわつすゑごろ》からだつたでありませう。新聞《しんぶん》に出始《ではじ》めたのは六月《ぐわつ》に入《はい》つてからで、それから十月初《ぐわつはじ》め迄続《までつゞ》いて出《で》ましたが、何《なに》しろ始《はじ》めての長篇《ちやうへん》ではあり、重《おも》い責任《せきにん》をもつて新聞《しんぶん》に入《はい》つて書《か》く最初《さいしよ》のものであり、殊《こと》に暑《あつ》さに向《むか》つての労作《らうさく》のことでしたから、随分骨《ずゐぶんほね》も折《を》れたやうでした。これを書《か》いてる間《あひだ》、始終少《しじうすこ》し興奮《こうふん》して居《ゐ》まして、さうして例《れい》の胃弱《ゐじやく》で相当弱《さうたうよわ》つても居《を》りました。がとにかく一生懸命《しやうけんめい》で、外《ほか》のことは一切手《さいて》につかないといつた工合《ぐあひ》にこの作《さく》に打《う》ち込《こ》んでこつて居《を》つたやうですが、さてこれ程《ほど》の苦労《くらう》をして出来上《できあ》がつて見《み》ると、どうも練《ね》れてゐない、垢《あか》ぬけがしてゐない、さうして匠気《しやうき》があるなどとか申《まを》して、自分《じぶん》では不満《ふまん》がつて居《を》りました。

鏡子の回想である。五月末頃には、漱石は「虞美人草」の構想、設計に集中していた。実際に原稿用紙に筆を下したのは、六月に入ってからである。六月四日の小宮豊隆への葉書に、「今日から愈《〔いよいよ〕》虞美人草の製造にとりかゝる。何だかいゝ加減な事をかいて行くと面白い」と記されている。

六月五日、長男が誕生した。「漱石の思ひ出」には、「六月《ぐわつ》五日《か》に始《はじ》めて男《をとこ》の児《こ》を得《え》まして、純《じゆん》一と名《な》づけました。これ迄《まで》四人《にん》生《う》まれて、四人共《にんとも》女《をんな》の児《こ》でしたのが、こんど初《はじ》めて男《をとこ》なので夏目《なつめ》も大層《たいそう》喜《よろこ》んで、後《あと》で長女《ちやうぢよ》に聞《き》きますと、学校《がくかう》から帰《か》へつて来《く》ると男《をとこ》の子《こ》だ男《をとこ》の子《こ》だと喜《よろこ》んでゐたさうです」と語られている。「小宮《こみや》さんと鈴木《すゞき》さんとが大《おほ》きな鯛《たひ》を祝《いは》つて下《くだ》すつたのを覚《おぼ》えて居《を》ります。そんなことから初《はじ》め鯛《たひ》一と名《な》づけようかなどゝ申《まを》して居《を》りました」などともある。

＊

六月二十三日、「虞美人草」の連載が始まる。「東京朝日新聞」での最初の長篇発表である。須藤南翠「狂瀾」のあとを承けての開始だった。題名の右側に、橋口五葉による花の図案が縦長、一段分の大きさで置かれている。

五月二十八日に「東京朝日新聞」紙上に予告が載ると、それが評判を呼んで、漱石のところにまで読者からの問い合せが何通かあったという。渋川玄耳へ宛てた手紙に、「『虞美人草』の名前丈は有名になつて大分諸方から端書がきますが肝心の本人は昏々朦々として居る随分驚ろいた事です」（五月三十一日）と記されている。また、一週間後の手紙にも、「大阪の方では讀売へ大きな広告を出しましたねあれでぐつと恐縮してしまひました。三越呉服店にも譲らざる大広告です」（六月七日）とあって、こうした反響が漱石には未経験の嬉しいプレッシャーだったことは疑いない。但し、「讀売」とあるのは漱石の勘違いで、正しくは「大阪毎日新聞」。六月十七日、九十七枚まで書き進んでいたことが、松根東洋城への手紙によって知られる。

東西の「朝日新聞」で連載が始まると、「たいへんな評判となり、二週間もたたぬ七月初旬には、虞美人草浴衣や虞美人草指輪などが売り出され、駅の新聞売り子が『漱石の虞美人草』といって朝日を売り歩くというさわぎとなった」（『朝日新聞社史』）。「虞美人草浴衣」は日本橋の三越呉服店、「虞美人草指輪」は上野・池の端の玉宝堂が売り出したもの。連載は十月二十九日まで、百二十七回つづく。「朝日新聞」によって（あるいは池辺三山、渋川玄耳らによって、とするべきだろうか）、漱石はこの年、文藝界における最も華やかな存在として注目を浴びた。国民的小説家の誕生だった、としてもよいかも知れない。

　ところが一方、漱石は「文学論」の誤謬・誤植を許すことができないでいる。六月二十四日、鈴木三重吉へ宛てて、「一寸御願が出来た」と、こんな手紙を書き送る。

……面倒な例の文学論の事だが。あの中に肯定と否定の間違が四五ケ所あつて普通の誤植とは思へぬ程念の入つたものであるにより。大倉を以て秀英舎へ掛合つた所。秀英舎は責任なしと威張つて居る由。僕よつて之を朝日新聞紙上に於て筆誅せんと欲するに就ては例の虞美人草祟りをなして筆を執る事面倒なり。どうか君僕の代りに書いてくれ玉へ。間違の箇所は僕の所にわかつてゐるから序《つい》でに来て見て呉れ給へ（傍点・引用者）

　印刷所（秀英舎）の威丈高な対応を聞いて、それがよほど神経に障ったのだろう。誤謬・誤植が印刷所の陰謀でであるかのように思えたらしい。三重吉に、「朝日新聞」へ投書してくれ、と頼むのである。無論、渋川玄耳にも相談する。二十六日、ふたたび三重吉へ宛てて、「今日渋川先生がわざ〳〵きて君の投書を歓迎すると云ふて来た」と伝え、「然し六号にする由。僕は何とも云はなかつた。然し出してやつてくれ給へ」と要請するのだった。「六号」とは、雑報欄などで用いられる小さな活字またはその欄のこと。

　三重吉は二、三日のうちに、投書原稿を書いたものと思われる。だが、どうした事情が生じたのか、七月二日、漱石は渋川玄耳へ宛てて、「御手紙拝見秀英舎の件は出す事御不賛成の由なれども御賛否は論外としてどうか出して頂き度と存候」と返信している。朝日新聞社側で、投書の内容が、秀英舎を一方的に誹謗するものと判断されたのかも知れない。漱石の被害妄想は募るばかりだった。つづけて、「小生の立場としてどうしても出して頂かねばならん事情になつて居ります。朝日の大主儀［義］もしくは大利害に関係ある以上はとにかく然らずんば小生の云ふ事を枉《ま》げて御通し被下度候」と記される。

　と、この一件に私がこだわるのは、明と暗、光と翳がするどく交錯する漱石の意識を確認しておきたいからである。

結局、この問題は、七月四日の紙面に無署名で「不都合なる活版屋」と題された記事が載り（そこには「活版屋が何か為にせんとして著者に災ひを企計みたるにはあらざるかと疑はるゝものあり」などという文言もみられる）、翌五日、「弁駁――秀英舎より左の申越あり」として、秀英舎による反論（印刷所は著者の校正のままに作業を行うという主張）を掲げて、擦れ違ったままに曖昧な結着となったようだ。

そして、ここに気づかされることがある。

「文学論」また「虞美人草」を契機として、漱石が活字文化の新時代のヒーローとなったことにである。自らは先陣に立って、この後はおもに、現代社会・生活における人間関係を軸とする長篇を書きつづけることになる。この頃（とは、四十年七月あたり）からふたたび謡に凝りだしたりしながらも、増大・発展する活字メディアの時代に一歩先んじて、テーマはより深く、と目論んで。

とはいえ、道徳漢である漱石の旧弊な意識には自ずと限界があったことも明らかである。例えば、「虞美人草」には、「藤尾」というクレオパトラをさえ彷彿させるような聡明で美貌の妖女を登場させて、読者を惹きつけた。知的で誇りたかい〝新しい女〟たる資格を存分に備えたキャラクターである。ところが、漱石は七月十九日に小宮豊隆へ宛てた手紙のなかに、「藤尾といふ女にそんな同情をもつてはいけない。あれは嫌な女だ。詩的であるが大人しくない。徳義心が欠乏した女である。あいつを仕舞に殺すのが一篇の主意である。うまく殺せなければ助けてやる。然し助かれば猶々藤尾なるものは駄目な人間になる」などと記すのだった。

活字こそは文明開化のシンボルである。木版印刷のままでは、明治という情報社会に新しい文化は生まれなかった。印刷技術の進歩は急速で、「文学論」の誤植騒動は、漱石が活字文化に馴染むために必要とされた階梯であり、それもまた愉快な体験の一つであった、と私には考えられるのである。

新聞は活字文化の中心に機能するが、文藝との関わりでいえば、尾崎紅葉の「金色夜叉」の連載が「讀売新聞」で始まったのは明治三十年一月のこと。以来十年、高等教育の一般化と相俟って、一部の新聞に知的な読者層を対象として革新する動きが生じた。啓蒙あるいは混沌期を過ぎれば、知的情報尊重の方向へと進む流れが生まれるのである。朝日新聞の紙面刷新もそうした動向を示すものといえるだろう。それが漱石の気分に合致した。つむじ曲りのエリート意識が充たされたのである。漱石はこころ秘かに宣言する。八月六日の小宮豊隆宛て書簡の一節にそんな心情の一端が示されている。

僕が洋行して帰つたらみんなが博士になれ〳〵と云つた。新聞屋になつてからそんな馬鹿を云ふものがなくなつて近来晴々した。世の中の奴は常識のない奴ばかり揃つてゐる。さうして人をつらまへて奇人だの変人だの常識がないのと申す。御難の至である。ちと手前共の事を考へたらよからうと思ふがね。あんな御目〔出〕度奴は夏の螢同様尻が光つてすぐ死ぬ許《ばかり》だ。さうして分りもしないのに虞美人草の批評なんかしやがる。虞美人草はそんな凡人の為めに書いてるんぢやない。博士以上の人物即ち吾党の士の為めに書いてゐるんだ。なあ君。さうぢやないか。

「あんな御目〔出〕度奴」が誰れを指すのかは判らない。しかしここには、精神上の貴族主義者だった漱石の誇りとともに、「新聞屋」になって生来のアイデンティティーが恢復したことの喜びが溢れているといえるだろう。

＊

朝日新聞社における漱石の編集者としての活動は、すでに「虞美人草」連載開始直前から始まっていた。

六月中旬、渋川玄耳に諮って、高須賀淳平の朝日新聞入社を斡旋した。高須賀は松山中学での教え子で、早稲田を中退、「新潮」の編集を手伝っていた、という。

七月二日には、菅虎雄（は、小石川区久堅町に転居していた）に宛てて、「うちの新聞で医学上の事を簡易に書く人を周旋してくれといふが君の弟に聞いて呉れぬか」と頼んだ。「弟」とは、菅の義弟の眼科医・大西克《よし》知《あきら》のこと。当時は京都帝大福岡医科大教授。大西に医学記事を寄稿する若い研究者を紹介して欲しいという依頼だった。おなじ日、玄耳に宛てては、「文学論」校正の一件で秀英舎弾劾の記事を載せてくれと切願して、「其代り科学でも医学でも色々周旋をやります」などと記している。「科学でも」とあるのは、寺田寅彦の原稿を送っていたからだろう。

十日の玄耳宛て短信に、「拝啓寺田君より別紙の続稿到着につき差上候。都合により多少の削除御随意の由。先達《せんだつて》の独楽は早く出さないと時候後れになるさうです」と記している。七月十五、十六日に掲げられた「ラムプのいろ〳〵」を送ったのだった。「独楽」は掲載されなかった。単軌鉄道《モノレール》についての紹介記事で、十四日に讀売新聞に先を越されたからである。

十二日、大塚楠緒子へ宛てた手紙では、漱石の編集への積極性がより露わなものとなる。

あなたの万朝へ御書きになつたものを岡田さんの方が先へ出るとすればあまる事だらうと思ひまして朝日の方へ話しをしたらもし五十回以上百回位迄のものなら頂戴は出来まいかと申して来ました是は虞美人草のあとへ四迷先生の短かいものを出して其次に出す計画の由です

万朝の方が御都合がつけばこちらへ廻して下さいませんか（傍点・引用者）

大塚楠緒子の長篇「露」のことである。「露」は七月十九日から「萬朝報」紙上に連載され、この話は空振りに終った。「露」完結（九月十三日）のあと、岡田八千代（小山内薫の妹で画家・岡田三郎助の夫人）の「彷徨」の連載が始まる。漱石は、前年三月の「早稲田文学」に発表された楠緒子の「客間」を読んで、感心していたのだった。七月十九日には、金尾文淵堂（おそらくは金尾種次郎と思われる）に紹介状を持たせて楠緒子を訪ねさせた。「金尾文淵堂であなたの万朝に出る小説を頂いて本にしたいと申ます夫で此男があなた［に］紹介してくれと申ます御迷惑でなければ一寸逢つてやつて下さい」とある。この件もまた結局、「露」は万朝報と縁のふかい昭文堂から出版されることになり、漱石の厚意は無駄に終る。しかし、悩み苦しんだのは楠緒子の方であったろう、と推察される。

七月十八日には、渋川玄耳へこんな手紙を書き送っている。朝日新聞からの相談に応えて、「破戒」の作者への敬意が記される。

……先日御話しの藤村先生小説買受の儀人を以て懸合ひ候処只今春と申すものを執筆中ながら是は新聞へは載せがたけれど其つぎのものよりは御相談に及びてもよろしとの返事なる由に候

大兄の御考次第にては「春」も御買取の談判如何かと存候先は右不取敢御返事迄

島崎藤村は「春」を「破戒」とおなじ様に、「緑陰叢書」の第二編として書下しのまま自費出版するつもりだったのである。玄耳との交渉の結果、「春」は漱石の「坑夫」のあとを承けて、翌四十一年四月七日から百三十五回にわたって朝日新聞に連載される。

また、松山に帰省中の高濱虚子に向けては、「長い小説の面白い奴をかいて御覧なさらないか。さうして朝日新聞へ出しませんか」と書き送っている（八月五日）。ただし、「今度の『同窓会』は駄目ですね。あれは駄目ですよ。あなたを目するに作家を以てするから無暗にほめません。ほめないのはあなたを尊敬する所以《ゆえん》であります」と、厳しい言葉が添えられている。「同窓会」は「ホトトギス」八月号に発表された虚子の短篇。虚子は「ホトトギス」四、五月号に「風流懺法」「斑鳩物語」を掲げ、すでに散文作家としての地位も得ていた。

　八月十五日の小宮豊隆宛て書簡中に記された数行は興味深い。

　是から文壇に立派な批評家と創作家を要求してくる。今のうち修養して批評家になり玉へ。

　今より十年にして小説は漸移して只今流行の作物は消滅すべし。其時専問［門］の批評家出でゝ真正の作家を紹介すべし。

　今の文壇に一人の評家なし批評の素養あるものは評壇に立たず。徒らに二三子をして二三行の文字を得意気に臚列《ろれつ》せしむ。

　近代文学の出発から二十年。成熟期に向う文藝の新時代にもとめられるものは何か、を漱石は知悉していたのである。活字文化の変革期を迎えて、なによりそこに必要とされるのが批評の機能といえる。それをより明確に、編集のはたらきと言い換えてもよい。漱石は自身がなにをなすべきかを知っていた。

　八月二十六日、寺田寅彦の科学随筆「汽船の改良」を朝日新聞に送る。八月三十日の東京朝日新聞に掲載された。

二　漱石山房

「虞美人草」を擱筆したのは八月末日から九月二日までの間のことと推察される。

　九月二日、漱石は菅虎雄に宛てて、借家探しの相談の手紙を出した。「うちの家賃を三十五円にするといふ三十五円ぢやいやだから出る積《つもり》だどこか好い所はないかね」とある。同時に投函された野村傳四への葉書にも、「今月中に越すつもり好いうちがあるなら心掛けて教へて呉れ玉へ」と記されている。

　鏡子の回想を引用したい。

　九月《ぐわつ》初《はじ》めに長《なが》らく荷《に》にしてゐた最初《さいしよ》の新聞小説《しんぶんせうせつ》「虞美人草《ぐびじんさう》」を書《か》きあげてほつとしたところへ、こゝの家主《やぬし》が、最初《さいしよ》入《はい》る時《とき》には二十七円《ゑん》の家賃《やちん》で入《はい》つたのを、いつの間《ま》にか三十円《ゑん》に上《あ》げ、それでも足《た》りないで、入《はい》つて十ヶ月《げつ》もたゝないのに、こん度《ど》は三十五円《ゑん》に上《あ》げると言《い》つて来《き》たので、別《べつ》に入《はい》りたくて入《はい》つたお気《き》に入《い》りの家《うち》ではなし、初《はじ》めから腰掛《こしか》けの積《つも》りのところへ、いつまでハイ〳〵言《い》ひなり放題《ほうだい》に家賃《やちん》を上《あ》げられてゐたんでは際限《さいげん》もなし、学校《がくかう》へ行《い》く必要《ひつえう》もなくなつた以《い》上《じやう》、強《し》ひて本郷《ほんがう》の近《ちか》くである必要《ひつえう》もなくなつたので、思《おも》ひ切《き》つて引越《ひきこ》さうといふことになつて、丁度《ちやうど》小説《せうせつ》を書《か》き上《あ》げて手《て》もすいゐて(ママ)たことゝて、毎日散歩《まいにちさんぽ》の積《つも》りで鈴木《すゞき》さん小宮《こみや》さんあたりを相手《あひて》にして、どこといふことなくぶらついて家《うち》を捜《さが》しまはりました。

漱石全集の「書簡」などによって、戸川秋骨が住む大久保・百人町周辺や、森田草平が見つけた石門館を探して千駄ヶ谷から代々木八幡あたりにまで足を伸ばしたことども知られる。鏡子の回想は、「さうしてたうとう今私《いまわたし》たちの居《ゐ》るこの早稲田《わせだ》南《みなみ》町《ちやう》七番地《ばんち》の家《うち》をさがし当《あ》てたのです」とつづく。

……ともかく三百五十坪程《つぼほど》の地面《ぢめん》の真中《まんなか》に古《ふる》いながらに手頃《てごろ》な家《いへ》があつて、庭《には》は造《つく》つてはないけれどもかなり広《ひろ》いし、これといふ庭樹《にはき》があるわけではないが、相《さう》当大《たうおほ》きな樹木《じゆもく》などもあります。それに書斎《しよさい》に当《あ》てるに工合《ぐあひ》のいゝ西洋式《せいやうしき》とも日本式《にほんしき》とも支那式《しなしき》ともつかない珍妙《ちんめう》な部屋《へや》が、玄関《げんくわん》を入《はい》つて右手《みぎて》にあります。こゝならといふことで差配《さはい》をしてゐるすぐ前《まへ》の中山《なかやま》さんといふお医者《いしや》さんに尋《たづ》ねると、月《つき》四十円《ゑん》といふこと。しかし先方《せんぱう》でも此方《こつち》の名刺《めいし》を見《み》て、長《なが》く居《ゐ》て下《くだ》さるなら三十五円《ゑん》にしませうと言《い》つてくれるので、此方《こつち》も実《じつ》は懐加減《ふところかげん》からいふと三十円《ゑん》しか出《だ》せないところだが、折角《せつかく》だから私《わたし》も五円《ゑん》奮発《ふんぱつ》しませふといふことになつて、そこへきめて参《まゐ》りました。

「さうして此方《こちら》の家主《やぬし》の手前《てまへ》、九月中《ぐわつちう》にはきつと引越《ひきこ》して見《み》せようといふ望《のぞ》みが、たうとうかなつたわけです」という。

牛込区早稲田南町七番地。終の棲み処である。「研究年表」には、「生れた場所とは、三、四百メートルの一筋道でつながっている」と記されている。夏目金之助一代の、引越し人生における最後の転居となった。

引越しは九月二十九日。漱石は、例によって、野間眞綱や皆川正禧らに葉書で召集をかけた。

……引越《ひきこ》しの時《とき》には、菅《すが》さんが前回《ぜんくわい》どほり馬力《ばりき》の世《せ》話《わ》をして下《くだ》さり、鈴木《すゞき》さんが猫《ねこ》を紙屑籠《かみくづかご》に入《い》れて持《も》つて行《い》つて下《くだ》さいました。こん度《ど》は前《まへ》よりずつと遠《とほ》いので、大分手数《だいぶてすう》がかゝり、着物《きもの》にいつぱい猫《ねこ》の小便《せうべん》をひつかけられたりして、ぶう〳〵言《い》つて居《を》られました。

　菅虎雄がいつ、漱石山房の門札を届けてくれたのかは判らない。「生前、漱石は菅に『俺の所の門札は君が書いてくれたが、もし俺がお前より先に死んだら、俺の墓も書いてくれないか。』と言うので、菅は『もし俺が先に死んだら、お前さんが書いてくれ。』と言って、互いに死後の約束をした」というエピソードも遺されている（「周辺人物事典」）。

*

「虞美人草」の新聞掲載は十月二十九日に終了した（「大阪朝日新聞」が十月二十八日で終ったのは、途中で一回分を飛ばしてしまったからである。漱石は九月七日の畔柳《くろやなぎ》芥舟に当てた手紙に、「呑気な不都合もあるもんだ。読者は何とも云はない。気のついたのは作者ばかりだらう」と記していた）。

　漱石は毎日、新聞掲載分を切抜帖に貼っていたが、その最後に、「秋の蚊の鳴かずなりたる書斎かな」の一句を書きつけた。

　早稲田南町の新居は、その郊外生活ぶりが漱石の気に入ったらしい。十一月三日、「東京朝日新聞」の社会面に漱石の俳句四句が掲げられた。

佗住居作らぬ菊を憐めり
白菊や書院へ通る腰のもの
草庵の垣にひまある黄菊かな
旗一竿菊のなかなる主人かな

菊づくしは、菊好きで知られる漱石の面目躍如といえる。「旗一竿」は天長節の朝ののどかな光景を思わせる。

　十一月八日、渋川玄耳へ宛てて、「音楽記事批評寄稿につき文学士乙骨三郎氏に人を以て依頼したる処自分がきゝに行つた時抔に折々の批評ならしてもよいとの事の由」と伝えた。「人を以て」の「人」は小宮豊隆のこと。漱石はこの頃からすでに、小宮をメッセンジャー・ボーイもしくはアシスタントとして使っていたと思われる。小宮へは「其うち改めて社員が御願に上るからよろしく頼んで置いてくれ玉へと話し置候」とある。

　十一月一日発行の「ホトトギス」で、長塚節の写生文「佐渡ヶ島」を読んで感心したのも、この頃のことと推察される。のちに漱石は「長塚節氏の小説『土』」のなかに、「一二三年前節氏の佐渡記行を読んで感服した事がある。記行文であつたけれども普通の小説よりも面白いと思つた」と記す。歌人の紀行一篇が、散文作家としての可能性を秘めた存在として、編集者・漱石の視界に捉えられたのだった。

十一月十日頃からとされる、「十八世紀文学」の手入れを始めた。明治三十八年九月から四十年三月まで、一週三時間、東京帝大で行った講義録への加筆・訂正である。

これは当初、瀧田樗陰が金尾文淵堂主人・金尾種次郎に持ち掛けた企画であったと推察される。四十年、種次郎は二十八歳、樗陰は二十五歳。樗陰はまだ法科に在籍中の「中央公論」編集者だったが、荒畑寒村の「寒村自伝」によれば、「久留米飛白の着物に小倉の袴、東北弁まる出し」で、昼食時にしばしば京橋・五郎兵衛町の金尾文淵堂を訪れていた、という。寒村は十九歳、四十年五月から七月頃までの短期間、金尾文淵堂につとめていた。

樗陰が、野上豊一郎と二人で浄書、整理して入稿原稿に仕上げるといって、漱石の手許から講義ノートを持ち帰ったのが五月、おそらく下旬までのこと。その後、樗陰と種次郎との間になんらかの行き違いが生じたらしい。五月二十八日に出版の礼をいいに西片町を訪ねた種次郎は、漱石から、浄書は二人や三人でやっては却っていけない、なるべくなら一人でやるのがよいと聞かされて、「瀧田君はとても一人では出来ますまい」と口にした、という。これは翌二十九日の樗陰宛て漱石書簡が報じているところである。種次郎の言が樗陰の多忙を理由とするものか、能力をいうものかは定かでない。種次郎は三十七、八年の東京進出以来、漱石の著作を出版することを切望していた。

……外に人はありませんかときいたから、人はいくらでもあるが、瀧田君が持つて帰つたものだから、まあ瀧田君に相談して見たらよからう、瀧田が進んでやるのが面倒ならば森田にでも頼んだらやつてくれるだらうと云ふた。話は夫れぎりで分れた。金尾はもう出版する積りで広告抔の事迄云ふて帰つた。

僕は君が十八世紀文学を書き直すに就てどの位の興味を有して居るか知らぬ。又それを家計上のたすけにする必要あつての事とも知らぬ。夫故以上の如き返事をして置いた。君と金尾の間の面白くない事も全く知らなかつた。金尾は其事に就て一言も云はなかつた。

樗陰への返信である。樗陰は法科に転ずる前は英文科の学生だったが、そんな因縁よりなにより、「一夜」を懇望した知的で熱情的な編集者である。漱石は「金尾と君の関係は僕が口を出してよいかどうか分らない」としながら、樗陰に「君の一分が立つ様に金尾にかうつけ加へてやる。『十八世紀文学は瀧田君との関係上から同君に対する好意上許諾をしたものだから向後の談判は出版の手続に至る迄契約書をとり更す迄はすべて同君を経て御協議を経度く候』」と記すのだった。

追伸として、「手許に十円ばかりあり。御不如意の由なれば失礼ながら用を弁ぜられ度し。御返済は卒業して金がウナル程出来た時でよろし。御母上の御病気御大事と存候。試験には是非共及第する程に勉強可被成候」とあって、「金尾文淵堂をめぐる人びと」の石塚純一は、「漱石の若い編集者樗陰への配慮は心憎いばかり」と嘆じて、「金尾への対応との違いに、漱石の編集者評価をみてとることができる」と記している。石塚氏は、「樗陰を新しい時代のエリート編集者、金尾を古風な商売人的・職人的編集者、新旧の仕事のスタイルがここに表れているといえるかもしれない」という。明快である。活字文化の新時代を実感する漱石が、新たな可能性に賭けるのは当然の選択だったといえる。

しかし結局のところ、金尾文淵堂版「十八世紀文学」は実現しなかった。七月二十日の野間眞綱宛て書簡に、「十八世紀文学の講義を金尾で出したいといふから承知した。森田、瀧田両君が書き直してくれる筈」と記していたのだが（前日、挨拶に西片町を訪れた種次郎は、大塚楠緒子への紹介を依頼した）、二十六日には、鈴木三重吉へ宛てた書簡中に、「十八世紀文学は金尾をやめて春陽堂にした」と報じている。この数日間の経緯については不明というほかない。あるいは、と思う。種次郎は当時、念願である「仏教大辞典」の刊行に向けて準備中だったが資金が足りず、経営は苦況に陥っていたから、そんな事情で「十八世紀文学」の出版を断念せざるを得なかったのかも知れない。

「十八世紀文学」は「文学評論」と題され、翌々四十二年の三月になって春陽堂から出版される。菊判、本文六二一頁の大冊である。「序」に、「此講義を公けにするに就て、森田草平、瀧田樗陰両氏の補助を受けたのは余の感謝する所である」との謝辞が記されている。

「文学評論」は「文学論」とは内容的に趣きを異とするもので、文藝好きの読者には親しみやすい。眼目は知られる通り、第四編「スヰフトと厭世文学」だが、「咖啡店、酒肆及び倶楽部」との見出しをもつ第二編の四が興味ぶかい。倶楽部といえば、内田魯庵の「ジョンソン」や「文学者となる法」（ともに明治二十七年）が思い出されるが、漱石もまた文学が育まれる場所に着目していたのだった。

じつは「十八世紀文学」の手入れがいつ終了したのか、正確には判らない。「研究年表」には小宮豊隆の回想をもとに、四十年「十二月十日（火）前後」との記載があるが、「文学評論」の「序」には、「原稿を浄書して呉れる人に色々の故障があつたのと、余の多忙なのとで、つい延び〳〵になつてとう〳〵予定の期日を後らして仕舞つた。去年（とは四十一年のこと――引用者・註）の暮書肆の催促を受けて、漸く訂正に従事し出してから約一ヶ月の間は専心此講義にばかり掛つてゐた」と記されている。つづけて、「それで全部の訂正を終つた上に約半分程は書き直した」とある。

*

十月末に連載を終えた「虞美人草」は春陽堂から出版されることになり、準備が進められた。装幀は橋口五葉である。

十二月二日、漱石は五葉へ宛てて、「拙作表紙も御蔭にて出来上り候由春陽堂より承はり御手数の段奉謝候」と、感謝の言葉を記している。また、昭文堂から出版されることになった大塚楠緒子の「露」について、「かねての通表紙模様御面倒ながら御認め被下度願上度候」とも依頼する。「此手紙持参の人は万朝記者本橋（靖――引用者・註）氏にて即ち該書出版者に御座［候］へば御面会の上可然《しかるべく》御協議被下度候」とある。「露」は翌四十一年八月に出版される。

十二月九日の野上八重子への葉書は注目すべきものだろう。

玉稿二篇とも拝見。「紫苑」は少々触れ損ひの気味にて出来栄あまりよろしからず。「柿羊羹」の方面白く候。是も非難を申せば吉田さんが不自然の自然〔原〕に出来上つて居り候へども、大体の処桔〔結〕構に御座候。いづれを新小説いづれをホトヽギスとなると私にも判断がつき不申候。たゞ柿羊羹の方が上等の代物と覚召し御取計可然候

「新小説」は春陽堂発行の文藝誌。当時は後藤宙外が編集を担当、やがて本多直次郎（嘯月）があとを継ぐ。編集者・漱石は新人たちの発表舞台を新たに確保したかの

ようである。「紫苑」は「新小説」、「柿羊羹」は「ホトトギス」の附録として、翌四十一年一月に発表される。十二月のいつ頃からかは不明なのだが、早稲田南町の漱石宅に荒井伴男と名告る人物が住み込んでいた。「坑夫」のネタを売り込みに来た男である。

……四十年《ねん》の暮《くれ》のことでありました。紹介者《せうかいしや》もなしに突然一人《とつぜんひとり》の若者《わかもの》が訪《たづ》ねて参《ま》ゐりまして、自分《じぶん》は坑夫《こうふ》をして、随分《ずゐぶん》いろんな面白《おもしろ》い話《はなし》がある、苦労《くらう》もして来《き》た、その材料《ざいれう》を供給《きようきふ》するから、それを是非《ぜひ》小説《せうせつ》に書《か》いてくれないかといつて参《ま》ゐりました。年《とし》は十九か二《は》十歳《たち》で、きりつとした丸顔《まるがほ》の男《をとこ》でしたが、今迄《いままで》一度《ど》も会《あ》つたことも聞《き》いたこともなし、最初《さいしよ》はいきなり飛《と》び込《こ》んで来《き》たので気味悪《きみわる》がつてゐましたが、是非《ぜひ》書《か》いてくれといふし、相手《あひて》は書生《しよせい》つぽう見《み》たいで毒《どく》も無《な》ささうですので、気《き》をゆるしてともかく話《はなし》をさせて材料《ざいれう》を取《と》るといふことになりました。それからは木曜会《もくえうくわい》によく来《き》たりしてましたが、其際《そのさい》気《き》の毒《どく》だからといふので、書生見《しよせいみ》たいにして家《うち》においてやることに致《いた》しました。

「どつか変《へん》な男《をとこ》でありましたが、それでも子供《こども》の相手《あひて》になつて、作文《さくぶん》や習字《しふじ》などに甲《かふ》だの乙《おつ》だのと点《てん》をつけたり、何事《なにごと》もなくしばらく家《うち》に居《を》りました」という（「漱石の思ひ出」）。

この男がとんだ食わせ者であったこともまた、ひろく知られるところだろう。口から出まかせに来歴を騙り、「坑夫」が発表されると、漱石の同情による報酬以上の金員をせびりだす。

漱石が朝日新聞社から「三十日つゞきのもの」を依頼されたのは、十二月十日のこと。島崎藤村の「春」が始まるまでの「合ひの楔《くさび》」としての、緊急の執筆要請だった。そこで、何日か前に三時間ばかり聴取した荒井の話を思い出した、という訳である。「本人に、坑夫の生活の所だけを材料に貰ひたいが差支へあるまいかと念を押すと、一向差支無いと云ふ許しを得たから、そこで初めて書出したのが『坑夫』なんだ」という、完結直後の談話が遺されている（「『坑夫』の作意と自然派伝奇派の交渉」）。漱石には荒井　某《なにがし》の「個人の事情《パーソナル・アフェア》」などに関心はない。「あれに出てる坑夫は、無論私が好い加減に作つた想像のものである」と語られている。その通り、と思う。漱石は知的な、いわばハムレット・タイプの青年を造型して、荒々しい鉱山《ヤマ》の暮しへと送り出したのである。私には、漱石が多少なりともルポルタージュ的な要素を作品に加味させたことに興味を覚える。「智力上の好奇心《インテレクチュアル・キュリオシティ》」のはたらきに、編集機能の発動が確認されるからである。

＊

明治四十一年。——

一月一日発行の奥附表記で、「虞美人草」が出版される。菊判、本文六百頁、角背・上製、帙入りの美装本で、定価は一円五十銭。初刷は三千部だった、と推定される。

一月一日から、「東京朝日新聞」「大阪朝日新聞」で「坑夫」の連載が始まった。二十九日、執筆開始から四十日余りで脱稿。回想に、「最初の考へぢや三十回ぐらゐで終る意《つもり》なのが、トウトウ長くなつて九十余回に上つて了《しま》つた」とあるように、紙上での連載は四月六日まで、九十一回で終了する。

ところが、である。「坑夫」が新聞に載り始めると、荒井某は奇怪な行動を起した。萬朝報社に、当時「萬朝報」の記者であった俳人で国文学者の沼波瓊音《ぬなみけいおん》を訪ねて、「夏目漱石《なつめそうせき》といふ男《をとこ》は怪《け》しからない奴《やつ》だ。私《わたし》に身《み》の上話《うへばなし》をしろといふのですると、その材料《ざいれう》でもつてれいれいしく新聞《しんぶん》に小説《せうせつ》を書《か》いてどつさり金《かね》を取《と》つてる癖《くせ》に、自分《じぶん》には一文《もん》も呉《く》れない。全《まつた》く卑劣《ひれつ》な奴《やつ》だから、うんと悪《わる》く書《か》いてやつてくれないか」と依頼した、という。これを漱石は、偶然出会った瓊音から「さういふ個人《こじん》一身上《しんじやう》の話《はなし》は書《か》けないと断《こと》はつたが、気《き》をつけないといけませんよ」と聞かされて知った。

……夏目《なつめ》もびつくり致《いた》しまして、帰《か》へつて来《き》て早速《さつそく》本人《ほんにん》に尋《たづ》ねますと、断《だん》じてそんなことはないと白《しら》ばくれて居《を》ります。しかし夏目《なつめ》もかなり色《いろ》をなして、「君《きみ》もそんなに金《かね》が欲《ほ》しいのならば、これだけの材料《ざいれう》を提供《ていきよう》しますから、いくら〳〵下《くだ》さいといつたらいゝぢやないか。自分《じぶん》も紳士《しんし》だからさうならさうでちやんと約束通《やくそくどほ》りしもしよう。尤《もつと》もそれ程迄《ほどまで》にして書《か》きたいとも思《おも》はないが……」

といふやうなことを申《まを》しますが、男《をとこ》の方《はう》ではかうなつてもやはり不得要領《ふとくえうりやう》で、強情《がうじやう》なひねこびれた、それでゐて煮《に》え切《き》らない態度《たいど》で居《を》ります。夏目《なつめ》も業《ごふ》を煮《に》やします。私《わたし》も面白《おもしろ》くなく思《おも》つて居《を》りますと、どう考《かんが》へたものか翌日《よくじつ》になると、今迄《いままで》帰《か》へるところも無《な》かつた筈《はず》のが急《きふ》に帰《か》へりたいからと申《まを》します。いゝ按《あん》配《ばい》だと思《おも》つてそれ切《き》り縁《えん》を切《き》つたわけです。

（「漱石の思ひ出」）

「研究年表」には、「四月三日（金）、朝、荒井某は漱石と論争して酒田の漁夫となるとかいって出る」と記されている。

謡の稽古は、虚子の紹介で寳生新に師事、一週に二度ずつと、すでに病膏肓に入るの域に達していた。謝礼は月八円、安倍能成や野上豊一郎らが同門となる。鏡子の回想に、「毎晩夕食《まいばんゆうしょく》を食《た》べると謡《うた》ひ始《はじ》めます。自分《じぶん》では運動《うんどう》の積《つも》りなのでせうが、それが毎晩大概時刻《まいばんたいがいじこく》がきまつて居《を》りますので、それ又夏目《またなつめ》さんの旦那《だんな》さんの謡《うたひ》が始《はじ》まつたと近所《きんじょ》では言《い》つたものださうです」とある。

胃の調子がよくないのは相変らずのことである。一月二十一日の菅虎雄への手紙からは、「僕例の胃病で一寸医者に見てもらつたら小便を試験して是は糖分があるといふコイツには参つたね」と、糖尿病の疑いが指摘されたことが知られる。

二月一日、戸川秋骨へ宛てた手紙には、朝日新聞文藝欄の構想が記される。文藝欄創設が実現するのは四十二年十一月二十五日のことだから、その二年近く前に計画が生まれていたことが確認されると同時に、着想の早さに驚かされもする。この日、漱石は社用で大久保百人町に秋骨を訪ねたところ留守だったので、手渡しするつもりで携えて行った原稿料を封のまま郵送することにした、と冒頭に伝えている。

夫から例の朝日文学欄につき玄耳氏と篤と相談致たる処此三四月に至り紙面拡張の意見実行出来れば附録ごとに文学もの入要なれどそれまでは閑文字の入れ所なき由に候

小生も右文学欄の出来るのを待ち居候へども是は単に編輯者の一存故主権者の方ではどうなるやら分らず候

もし左様の改革も実行出来候暁には先日御話しの通小生知人に依頼面白きもの書いて頂き度と存じ居候其節は是非御尽力相願度と存候

文藝欄創設は、「文學界」派の英文学者の思いつきだったのだろうか。「先日」がいつのことかは判らない。二人がこの計画をめぐって話し合っていたことが知られる。渋川玄耳と相談する、など漱石は行動的だった。この時にはまだ「知人」のために発表場所を確保するだけのつもりであったようだが、しかし「編輯者の一存」と、漱石が編集者としての明確な自覚を抱いていたことに注目される。

二月十五日、神田・美土代町の東京基督教青年会館で文藝講演を行った。朝日新聞社主催の第一回朝日講演会である。講演内容は手を加えて、四月一日発行の「ホトトギス」に「創作家の態度」と題して掲載されるが、速記録への手入れ、というよりほぼ書き直しの作業は三月十七日から二十五日までを要して、十九字詰め十行の原稿用紙（これは橋口五葉の意匠によるもの）で三百七枚になった。これに関連して、二月二十四日の虚子への葉書の文面は、謡に熱中する漱石の心境が露わに綴られていて面白い。

朝日の講演速記は未だ参らず如何なり候にやかゝりは中村蓊に候。金曜に鼓を以て御出結構に存候。渇望致候。ホト丶ギスへ出す時には訂正致し度と存候。時間ガアレバア丶云フ者デマトマツタモノヲ書キ度候。

鼓打ちに参る早稲田や梅の宵

三月十七日には、「講演をかきかけて見ましたら中々長くなりさうですがよろしう御座いませうか」と葉書で問い合せ、二日後の木曜日には、「いくら長くてもよしとの御許故安心致、可相成《あいなるべく》全速力にて取片附一日も早く御手元へ差出し度と存候」と書き送っている。この十九日の手紙には、「本日の面会日は謝絶致候。近来何となく人間がいやになり。此木曜丈は人間に合はずに過ごし度故先達《せんだって》失礼ながら御使のものに其旨申入候。尤も謡の御稽古丈は特別に御座候。呵々」などともある。

二十四日の手紙は、

……多分明日は出来るだらうと思ひます。十九字詰十行の原稿紙で只今二百五十枚許かいて居ります。多分三百枚内外だらうと思ひます。明日書き終つて、一編読み直して、差し上げたいと思ひます。何だかごた／＼した事が出来て、少々ひまをつぶします。頭がとぎれ／＼になるものだから大変な不経済になります

というもので、「ごた／＼した事」とは森田草平と平塚明子《はるこ》の二人が惹き起した騒動をいう。「煤烟事件」として知られる心中未遂である。

＊

森田草平は、馬場孤蝶や生田長江らとともに、四十年六月に與謝野晶子が成美女学校の中に開いた閨秀文学会の講師となり、聴講生の一人である平塚明子を知った。明子（雷鳥《らいてう》）は明治十九年生まれ、父・定二郎は会計検査院につとめる官吏（のち検査院長）である。お茶の水高女から日本女子大学家政科に進み、卒業後、津田英学

塾や成美女学校などで英語を学んでいた。四十一年一月末日に、草平が明子の短篇「愛の末日」についての懇切な長い手紙を明子に送ったことが心中未遂事件の発端となった。

森田草平が失踪したのは三月二十一日。夜、平塚明子と落ち合い、田端停車場から大宮へ行き、駅前の旅館に一泊、翌日、奥塩原に泊る。

二十二日、生田長江が早稲田南町を訪れ、草平の塩原方面への心中行を報告、漱石から旅費を借りて草平の宿泊先を目指して急行した。詳細は不明ながら、長江は、草平の遺書によって事件を知った警察からの連絡を受けたのだ、という。

二十三日、草平・明子は奥塩原の峠道を彷徨い、雪中で一夜を明かすが、二十四日、宇都宮警察署員らに発見され、塩原温泉・会津屋で生田長江、明子の母・光沢《つや》に迎えられる。

二十七日、草平は長江に連れられ、四月十日まで漱石宅に引きとられる。郷里に妻子をもつ文学士と〝新しい女〟の心中未遂事件は、当然のことながら、世間の注目を浴びるスキャンダルとなった。漱石の家にも「萬朝報」や「東京朝日新聞」の記者がやって来て、草平の談話をもとめた。草平は何も語らない。いや、社会からの批難、罵倒の声の前に何も語れなかった。「日本近代文学大事典」の小島信夫による記述を借用するなら、「恋愛以上の、霊と霊との結合だったという草平に、漱石は、ただの遊戯だとか、貧乏人にダヌンツィオのマネが出来るか、とか、いった。明子は女性的女性に過ぎない、自分が書いてみせるよ、といった。『三四郎』の美禰子はそれである」という。

小島信夫はつづけて、「しかも『三四郎』のあと、この事件を元にした小説を『朝日新聞』に連載させるという破格の取扱いをしたのは漱石であった。漱石の理解の深さである」と記しているが、何日に漱石が草平に小説にするように勧めたのかは定かではない。「研究年表」の記載を借りる。

★四月中旬（推定）、平塚定二郎宛、親展の手紙（現在はない）を出す。〝森田は今度の事件で、職を失った時あの男はものを書くよりほか生きる道をなくした。あの男を生かすために今度の事件を小説として書かせることを認めてほしい。貴下の体面を傷つけ、御迷惑をかけることを自分の責任においてさせないから曲げて承知をしてほしい〟との主旨であったが、両親は承知しない。

★四月（推定）（日不詳）、平塚光沢《つや》、夫平塚定二郎の意を受けて訪ねて来る。漱石は森田草平の事件を小説として発表することに対し、強いて許可を求め、平塚光沢の説得に努める。

嫂・登世、正岡子規、そして藤村操と、死に対する漱石の意識は、いつも厳粛なものだった。草平が、下宿先に出戻りの女主人の妹がいて、その女性とも特別な関係をもっていたことを知っていたかも知れない。草平らの思いつきのような行為を、「遊戯」といって叱るのも無理はない。明子を「女性的女性に過ぎない」ときめつけたのは、「虞美人草」の作中人物・藤尾に対する作者の態度と同じである。

とはいえ、森田草平は社会的に存在を抹殺されかかっており、漱石が深い同情を寄せたことはたしかだろう。書くことによってしか救われない、と漱石は咄嗟に判断した。そして、草平が二人の間に肉体的交渉はなかった、「恋愛以上の、霊と霊との結合だった」とのぼせ上って主張したところに反応したとするなら、そこに編集者としての勘がはたらいたことも否定できない。これまでの小説とはまったく異なる、新しい愛のかたちが表現されることが期待できるかも知れないのである。

第六章　透明な伽藍

大塚楠緒子の「空薫《そらだき》」が「東京朝日新聞」で四月二十七日から始まった。肺炎を患いながらの制作だった。五月十一日、漱石は楠緒子に宛てて、「先月中より御病気の趣始めて承知ことに御軽症にてはなき御容子切に御加養を祈り候」と、体調を気遣っている。「そらだきは文章に御苦心の様に見受申候趣向は此後如何発展致し可申や御完結の上ならではと存じ凡て差控申候」とある。

渋川玄耳や主筆の池辺三山らが心配したことはいうまでもない。五月十五日に早稲田南町を訪れた三山は、「無理に御執筆を願出御心の通りのもの出来ねば御気の毒であり且それが為め御病気に障る様な事があつては済まぬ」と語ったという。漱石は、この主筆の言を早速、楠緒子に伝えた。

漱石には「空薫」の作品としての出来映えと評価が気になっていたのだろう、十七日の小宮豊隆宛て書簡に、こんな記述が見られる。


　坑夫の校正は大抵にてよろしく候。少し位誤植があつても平気に候。読む人は猶平気に候。

　大塚さんのそらだきが好評嘖々《さくさく》の由社より報知有之《これあり》先以て安心致候。池辺主筆曰くあれは中々うまいですねと。池辺主筆すらうまいと云ふ。読者の歓迎するや尤なり。

　追々短篇をちよい／＼かく積りに候。


漱石に備わった〝徳〟が自ずと滲み出た文言といえると思う。大塚楠緒子と野上八重（彌生）子、二人の女性の資質について、護るべきものとして、漱石は格別な配慮を払っていたのだと理解される。

　文中、「校正は大抵にてよろしく」とあるのには、あの病的ともいえる校正への執着から解放された、その極端な表現のようで面白い。九月に春陽堂から出版される作品集「草合」の校正を小宮に依頼していたものと思われるが、あるいは、小宮を叱咤するための逆説的な表記であったのかも知れない。


「短篇」の第一の制作は、「大阪朝日新聞」に六月十三日から二十一日まで連載された「文鳥」である。これはのちに、十月一日発行の「ホトトギス」第十二巻第一号に転載されるが、七月一日の虚子宛て書簡に、漱石は「『文鳥』十月号に御掲載被下候へば光栄の至と存候十月なれば東朝へ承諾を求むる必要も無之《これな》かるべくと存候。文鳥以外に何か出来たら差上べく候へども覚束なく候」と記している。十月の「ホトトギス」は増大号で、「文鳥」をはじめ、河東碧梧桐、寒川鼠骨、野上八重子、伊藤左千夫の創作が並んだ。

　大塚楠緒子の「空薫」は五月三十一日で中断、翌四十二年五月十八日から「そら炷《だき》」として続篇が再開される。

　ほかにも、春から盛夏にかけて、寺田寅彦の「伊太利人」や「花物語」などの短文を「ホトトギス」に仲介したり、中村蓊《しげる》（古峡）の作品を東京朝日新聞に斡旋したりと、漱石は後進のために、編集者の役割をつとめていた。「自分《じぶん》の世話《せわ》したことには非常《ひじやう》な責任《せきにん》をもつて居《を》りました。それから自分《じぶん》が朝日新聞社《あさひしんぶんしや》の一人《にん》として他《た》へ小説《せうせつ》や原稿《げんかう》などを頼《たの》む時《とき》なども、随分後輩《ずゐぶんこうはい》の人《ひと》などへも、ちやんと礼《れい》をつくして相手《あひて》を尊敬《そんけい》して頼《たの》んだもののやうです」という、鏡子の回想が思い出されるところである。

　森田草平に書くことを勧めた小説は、本多直次郎に諮って、題名を「煤煙」として春陽堂から出版して貰う手筈を整えた。「研究年表」は、これを五月中のことと推定している。

＊

七月一日の虚子宛て書簡のなかに、漱石は「小生夢十夜と題して夢をいくつもかいて見様と存候。第一夜は今日大阪へ送り候。短かきものに候」と記した。「夢十夜」は七月二十五日から「東京朝日新聞」で、二十六日から「大阪朝日新聞」で連載が始まる（ともに八月五日まで）。「文鳥」が写生文体、明確な描写による一種の心境小説（思いきって私小説、といってもよい）であったのに比して、「夢十夜」は一夜（一話）ごとに趣向をかえて、怪異な虚構的世界を現出させた不気味な内容の制作である。

じつは、と記すべきだろう。

これまでも神経症は周波のように漱石の意識を襲ってきたが、この年の初夏のあたりから盛夏にかけては、漱石はまるで地下室の住人のように、深層意識の最深部を生きた。暗い想念の囚われ人になったのだった。手帳に遺された数頁にわたる記述が、その変調を物語っている。

手帳には新聞記事から拾ったのだろう、殺人、自殺、心中など事件の数々が見出しのように列記されていて、「出歯亀。田子浦入水親子三人脊髄病。本所小女二人同時入水。」にはじまるその記録は「断片」として収められた全集で六頁におよぶ。三つの事件は、四―六月に社会面を賑わせたものである。六月初旬のある日、漱石は備忘録のつもりでこれを書き留めたものと思われる。

中尉。副官を斬ル（恋ノ恨）

建部博士離縁。

大久保臀肉斬取事件

長一寸八分幅一寸二三分厚五分位ノ雹降ル（六月八日）

姙婦震死。（真鍮ノカンザシ）

四十二ト三十九ノ夫婦情死。美貌ノ妻強姦セラル。其事評判トナル。夫ノ嫌疑。妻ノ慰撫。情死。

とつづいて、「六月十日／五日某家ノ下女チンを連れて芝公園弁天ノ所ヲ散歩ス。午後七時頃。暴漢之を襲フ。」「二十日　腰越デ巌頭より入水シタル佝僂アリ。」「向島寺島村第六天境内に女ノ裸体ノ死体アリ。」「二十六日／浦和中学校長陰茎を切リ自殺ス」「二十七日／夫肺結核、貧、妻子二人を連れて自殺セントテ諸所を漂泊ス」などなどとある。こうした猟奇的な事件の羅列のなかに、「六月十六日　川上眉山自刃ス。頸動脈切断」という一行を見出すと、なんとも奇異な印象を受ける。「観音岩」「ふところ日記」の眉山は硯友社の残党。「文學界」同人に近づき、また、自然主義文学の流行に影響されたりもした。生活苦に追われ、六月十五日、三十九歳の死を遂げた。硯友社の旧友は、これを「夢幻の死」と称したという。

しかし漱石は、このメモからなにを汲み取ろうとしたのか。漱石文学の全貌から類推して、小説の直接的なネタ探しであったとは考えられない。猟奇的な関心に導かれるままに、暗い想念のなかに生きたのだ、というほかない。ただ、一方でもういいいい一人の漱石は自身が尋常な状態でないことに気づいてもいたようだ。なかに、こんな記述がある。

甲婆。もう梅雨《つゆ》は明けたんだらうか
乙婆　まだだらう
甲―　昔は神鳴がなると梅雨はあけたもんだが、近頃ぢやどうして〳〵
乙―　どうして〳〵神鳴位なこつちや明けるこつちやありやしない

これは、のちに「三四郎」の作中に活かされる断片なのだが、自身が「梅雨」の状態にあるのを自覚していたというべきだろう。「低気圧」を理由に面会を謝絶した二葉亭四迷のことが思い出されるのである。ここで理解されるのは、異常時に顕われる漱石の一面である。この時、こころの暗い階調を生きる漱石は、いわば内部の人間であった。内部とは意識の暗黒であり、「内部の人間の犯罪」の批評家・秋山駿の考察を借りるなら、「内部の人間とは、心という内部で生きている人をいう」(「内部的なもの」)。

漱石の一面に、例えば北村透谷、二葉亭四迷らに連なるこころの性質があるのを観察できるとは、意外な発見といえるかも知れない。漱石を悩ませた、あの神経症とは何であったのか。秋山駿は記す、

内部の人間とは、他人にはわけのわからない内部というものを抱いて、背後から一生追いかけられたあげくに、内部に食いつくされてしまう人間のことだ。温和な気違いだと思われても仕方がない。だが、彼が夢想家、心理家、神経症の類と異なるのは、内部の世界は、彼が自分という人間の独得さを鋭く意識するとこ

ろに発し、独得の認識の方法、根本的な判断、意思の自由によって、この世界を堅持するからである。この世の中とか自分の生活に対する或る根本的な疑い、それが彼を内部へと摑んで叩き込み、監禁し、埋葬さえもする。透谷は精神分裂病者だという。結構だ。誰かが、この時計は狂っている、といっただけのことだ。自分の時計が狂っている、という意識を欠けば、彼は内部の人間ではない。彼は自分の心の極度な性質を生きることを実行したので、分裂病の症候をではない。彼は、分裂病という観察に愉快を感じたであろう。

と。明瞭である。さらに北村透谷を例に借りて、「分裂病という仮定は、心が最終の事実であるという認識に、何の変化をも与えることができない。彼は愉快を感じたであろう。分裂病になってみても、しかも依然として、心という最終の事実に直面して生活するこの事情を変えることはできない。彼は耐え難いものを感覚するであろう」という（「内部的なもの」）。

こうした、意識の深刻な経験を発条として、――「梅雨」があけた後、次作「三四郎」が書き始められ、やがては「こころ」「明暗」へと至る。こころ、また明暗と、作品名そのものが漱石の意識の暗部への傾斜を雄弁に示すものといえないだろうか。

＊

二葉亭四迷が「朝日新聞」のロシア特派員となって、ロシアへと旅立ったのは六月十二日のこと。新橋停車場から神戸へ、大連、哈爾濱を経由してシベリア鉄道で七月十二日、モスクワ着。十四日に目的地であるサンクト・ペテルブルグに到着する。

六月のある日、四迷・長谷川辰之助は早稲田南町を訪れている。別れの挨拶のためだろうが、物集高見《もずめたかみ》の娘二人の文章指導を漱石に託していったのだった。物集高見は「広文庫」の編纂などで知られる国語学者、明治三十二年まで東京帝大教授をつとめていた。四女である妹・和子の回想談（昭和四十二年）によれば、和子が島崎藤村に師事したいと話すと、二葉亭は叱って、「漱石なら紳士だから保証できる」と言ったという（「近代文学鑑賞講座」第一巻、月報）。物集和子はのち「青鞜」の発起人の一人となる。朝日新聞社での同僚となったのが機縁ではあるが、二葉亭と漱石が、頻繁な往来はなかったにも拘らず、二人の間には自ずと深いこころの交流が生じていたと推測されるのである。二葉亭が指導力というより、漱石の編集者としてのはたらきを直覚し、信頼していたことは疑いない。

　六月二十三日、國木田獨歩が療養先の茅ヶ崎・南湖院で死んだ。追悼号を編むために、漱石のもとにも「新潮」の記者がやって来て、談話をもとめている。だが、漱石の反応は、「古く、新体詩なんかを書いて居た当時、獨歩氏の姓名だけは知つて居たが、小説家としての獨歩氏は全く知らなかつた」と、いささか冷淡なものであった。とはいえ、作品への不満を語ったもので、文学的立場の違いなどを云々したものではない。あるいは、少し虫の居どころが悪かったのだろうか。寺田寅彦から大変面白いと「獨歩集」（明治三十八年）を勧められても、読む機会が得られなかった。「運命」（三十九年）を読んで、なかで「運命論者」と「巡査」の二篇に感心したと語るが、どうやらそれもサーヴィス精神による言であったかと思われる。

　この談話「獨歩氏の作に低徊趣味あり」（「新潮」七月十五日）は中村武羅夫の取材による記事だろう。中村武羅夫は二十一歳。明治四十年に北海道から上京して佐藤義亮を知り、「新潮」の編集を手伝う。四十一年新年号からは訪問記者として「第一印象録」を一年間連載、漱石、抱月、花袋、獨歩、藤村、白鳥らを訪ねた。のち「新潮」編集責任者としてながく文壇に君臨、「中央公論」の瀧田樗陰と並んで、大正文学の大いなる支柱となって活躍した。こんな回想が遺されている。「夏目漱石は、家が近所だつたので、一月に一度や、二月に一度は、用事以外でも遊びに行つた。木曜日が面会日だつたので、大抵その日の午後出かけて、夕方ごろまで、いろんな話しをした」という。


　一度、漱石をひどく怒らしたことがある。それは私が、彼れの印象記を書いて、床の間の置き物のやうな、時代離れのした骨董品の感じだといつたのに、憤慨したのである。

「時代離れのした骨董品に、談話をさせて、雑誌に載せてもつまらないだらう。僕は御免被る。」

　その後、私が談話を求めに行つた時、漱石は斯ういつて謝絶した。

「談話筆記は、僕の職業で、僕はそれで生活してるんです。少しばかり先生の悪口を書いて原稿料にしましたが、そのために談話をことわられると、僕は食つていけません。」

　私は、やりかへした。そして二三の議論を上下した後、漱石の気持ちは打ちとけて、彼れはやつぱり私のために談話してくれた。

（「文壇随筆」）

訪問記者には給料は支払われず、筆記料としての原稿料だけが収入だった。中村の抗弁は漱石の意識の弱い部分を衝くものであったといえるだろう。「漱石だけには、心から頭が下がる気がした。あゝいふのは、人間の徳とでもいふのであらう。極く、平々凡々に見えながら、それで、どこか底光りがしてゐるのである」という感想が記されている。

*

「三四郎」の制作に着手したのは、八月初旬のことと推定される。

　七月二十七日に、松山の村上霽月へ宛てた手紙に、「只今東朝に『春』と申す長編掲載了のあとを引き受ける事に相成九月初より両新聞に又々顔をさらす始末にて只今腹案を調へ中三四日中に執筆に取りかゝり度と存居候……」との記述がみられる。島崎藤村「春」の連載終了は八月十九日。八月三日には、小宮豊隆への葉書に、「小説はまだかゝない。いづれ新聞に間に合ふ様にかく」と記している。八月中旬のことと思われる、朝日新聞社の渋川玄耳へ送った手紙はことに興味ぶかいものである。

題名――「青年」「東西」「三四郎」「平々地」
　右のうち御択み被下度候。小生のはじめつけた名は三四郎に候。「三四郎」尤も平凡にてよろしくと存候。たゞあまり読んで見たい気は起り申すまじくとも覚候。(傍点・引用者)

とあって、「予告」用の文章が記される。予告は八月十九日の紙面に掲載された。

　(田舎の高等学校を卒業して東京の大学に這入つた三四郎が新らしい空気に触れる。さうして同輩だの先輩だの若い女だのに接触して、色々に動いて来る。手間《てま》は此空気のうちに是等の人間を放《はな》す丈である。あとは人間が勝手に泳いで、自《おのづ》から波瀾が出来るだらうと思ふ。さうかうしてゐるうちに読者も作者も此空気にかぶれて、是等の人間を知る様になる事と信ずる。もしかぶれ甲斐のしない空気で、知り栄《ばえ》のしない人間であつたら御互に不運と諦《あきら》めるより仕方がない。たゞ尋常である。摩訶不思議はかけない。)以上を予告に願ひます(傍点・引用者)

「夢十夜」までで漱石文学の初期段階は完了した。いくらか強引な幕引きであったというべきかも知れない。「三四郎」から漱石文学は新しい段階に入る。いや、漱石は「尤も平凡」「たゞ尋常」な世界へと、再出発を図ったのだ。予告の一文からは、その静かな決断を読み取ることができる。「三四郎」によって、漱石はようやく新聞専属小説家としてのアイデンティティーを確保する。ひとまず、「梅雨」はあけたのである。

「三四郎」執筆中の九月十三日の夜、猫が死んだ。名前はない。「吾輩は猫である」の黒猫である。

鏡子の回想に、「いつの間《ま》に見《み》えなくなつたかと思《おも》つてるうちに物置《ものおき》の古《ふる》いへつついの上《うへ》で固《かた》くなつて居《を》りました。車屋《くるまや》に頼《たの》んで蜜柑箱《みかんばこ》に入《い》れて、それを書斎裏《しよさいうら》の桜《さくら》の木《き》の下《した》に埋《うづ》めました。さうして小《ちひさ》い墓標《ぼへう》に、夏目《なつめ》が『此下《このした》に稲妻起《いなづまおこ》る宵《よひ》あらん』と句《く》を題《だい》しました。九月《ぐわつ》十三日《か》を命日《めいにち》と致《いた》しまして、毎年《まいねん》それからこの日《ひ》はお祭《まつ》りを致《いた》します」と語られている。「此下に稲妻起る宵あらん」とは、なんと暗喩にとんだ句であることか、と感嘆せざるを得ない。しかも、その墓標が漱石の書斎の裏に立てられたとは！

全集の「書簡 中」によれば、漱石は九月十四日、小宮豊隆、鈴木三重吉、松根東洋城、野上豊一郎の四人へ、ほぼ同文の葉書を送っている。葉書の裏面に墨書で黒枠を作って記されたものだという。

辱知猫義久く病気の処療養不相叶昨夜何時の間にか裏の物置のヘツツイの上にて逝去致候埋葬の義は車屋をたのみ箱詰にて裏の庭先にて執行仕候。但し主人「三四郎」執筆中につき御会葬には及び不申候　以上

「三四郎」は十月五日に擱筆。紙面では九月一日に連載が開始され、十二月二十九日をもって終了した。

＊

九月、「草合」が春陽堂から出版される。「坑夫」と「野分」の二作を併せた作品集である。奥附には「九月十五日発行」と表示されている。装幀は橋口五葉。菊判、角背、帙入りの六百頁に近い大冊。表紙には、多色刷りの大柄な植物的図案の上に漆が施され、まるで工藝品のような印象である。

ところが漱石は、「野分」の中扉の絵が気に入らない。九月十六日、五葉へ宛ててこんな手紙を書き送った。

拝啓草合せ御蔭にて漸く出来御尽力奉謝候表紙奇麗に且丈夫さうに見え候。結構に御座候

扉「坑夫」の方は甚だ面白く拝見致候へど野分の結婚の方は少々不出来と存候大兄御自身の御考は如何に候や。有体《ありてい》を申せばあの方は増版の時に何とか御再考を願はんかと我儘な事を希望致し候がどうでせうか小説済しだい参上御礼可申上候。（後略）

「坑夫」のデッサンが力強くリアルな筆致であるのに比して、「野分」の一本の樹の左右に立つ男と女の図案がのどかに漫画じみて、なによりコート姿の男の顔が漱石そっくりなのが不服であったのかも知れない。

十月、高濱虚子が國民新聞に入社、「國民文学」と称して文藝欄を創設した。長篇「俳諧師」を連載した虚子は政治部長と社会部長を兼任していた俳友・吉野左衛門から、「新たに文学部といふものを創設してもよい」と入社を誘われたのだという。一頁を割くから、その頁は勝手にしてよい、との条件だった（「俳句の五十年」）。朝日新聞でも、この年の春に漱石の提案によって社会部長の渋川玄耳が文藝欄設置を上層部に諮ったのだが、「紙面に余裕がない」という理由で有耶無耶になっているうちに（「朝日新聞社史」）、國民新聞に先を越されたかたちとなった。

虚子はまず、森川町の寓居に徳田秋聲を訪ね、連載小説執筆を依頼、快諾を得た。「新世帯《あらじょたい》」が生まれ、秋聲ははじめて自然主義作家として独自の途を切り展くことになる。漱石にも度々談話をもとめたことはいうまでもない。正岡子規の血が脈々と流れていたのだ、というべきだろう。ただ、虚子に、「実は私が國民新聞社に入社してゐる間、『ホトトギス』の編輯は人まかせにしてゐまして、そして小説などを載せることを主にしてゐましたので、一時部数が激減して維持がむづかしくなりました」という回想がある（「虚子自伝」）。

十月一日に寺田寅彦は理学博士の学位を授与されたが、これを祝って六日、早稲田南町で小宴がひらかれた。鈴木三重吉、小宮豊隆、野上豊一郎三学士の卒業祝いを兼ねたもの、という。寅彦は自転車に乗って現われた。漱石としては、「三四郎」を脱稿して安堵の一夜でもあった。謡をうたった、と「研究年表」には記されている。

十月十日には、八王子への遠足を企てている。新学士三人が参加して、ドイツおよびイギリスへの給費留学が内定した寺田寅彦を送別するための日帰り旅行だった。浅川縁りを歩いたものと思われる。だが、この小旅行は漱石を疲労させた。以後の十日間ほどは一日一食、紅茶だけを飲んで過したという（「研究年表」）。

この後のことと思われる。虚子と漱石の間で、寺田寅彦の小説集出版について話し合われた。虚子が雑誌の切抜きを送って、寅彦につよく出版を勧めたからだと推察される。寅彦の日記に、「虚子、『寅彦小説集』編纂の計画の由なり」（十月二十二日）とあるが、寅彦は乗り気ではなかったらしい。二十三日に虚子へ宛てた漱石の手紙がある。

　啓寺田に聞いて見ました処小説集に名前を出す事はひらに御免蒙りたいのださうであります。序の事は本人は知らないらしかつた。然し厭でもないのでせう黙つてゐました。一遍集めたものを読み直した上の事に致したいと存じます　以上

「小説集」とは、「ホトトギス」に発表された明治三十八年四月の「団栗」から四十一年十月の「花物語」までの九篇を蒐めたものだろう（あるいは四十二年一月の「まじょりか皿」も完成していたのかも知れない）。四十年十月の「やもり物語」までは「寅彦」名で、四十一年一月の「障子の落書」以下三篇は「藪柑子《やぶこうじ》」の署名による。寅彦は理学者としての立場から、本名で文藝作品を発表することを忌避していたのだと推察される。結局、この計画は実現しなかった。漱石による序文も書かれない。寅彦は四十二年三月に東京を出発、四十四年六月に帰国するが、大正九年三月あたりまで随筆・小品の類を執筆することはなかった。「小説集」は幻のまま、大正十二年二月に「藪柑子集」として岩波書店から刊行される日を待つことになる（著者名は吉村冬彦）。

　ここに、十一月六日に内田魯庵へ宛てた手紙を紹介しておきたい。書物の造本・装幀に関する漱石の趣味、感覚、こだわりが観察されるからである。魯庵から十月刊のトルストイ「復活・前編」（丸善）の訳書を送られた、その礼状だった。

　訂装〔装訂〕は流石に魯庵君一流の嗜好と感服致候函の色、形、貼紙、の具合甚だ品ありて落付払ひ居候。本書の表紙も清雅にて頗る得吾意中《わがいをえ》候但表紙の復活の二文字は不賛成に候。あれは小生なら寧ろ白の儘に致し置可申か。バツクは無異議候。
　挿画面白く候。何人にや、日本にてあれ程西洋じみたものを書き得る人有之や。小生実は英訳の「復活」を読まず或は原書の挿画を其儘御用ひかとも存候。巻頭の肖像も頗る上出来賛成に候。

魯庵は慶応四（一八六八）年生まれの評論家・小説家。

丸善のＰＲ誌「學鐙」の編集に携っていたことは先に触れた。読書随筆の愛書家として知られ、本の美術について語り合うには格好の相手といえた。「品ありて落付払ひ」に、漱石の装本上の理想があったことが知られる。二人に共通するのは、本もまた人なり、の認識だった。末尾に、「先達《せんだって》拙著を御送りしやうと思ひたれど何だか気に入らざりし故其儘に致したり。いづれ拝眉の節万々」と記されている。「草合」の美装が余程不服であったらしい。

*

春陽堂から書下ろしで出版する約束を取り付けた森田草平の「煤烟」だったが、漱石は渋川玄耳に頼んで「朝日新聞」に連載できるように計らった。渋川に相談したのは十一月二十九日のことである。翌三十日の朝、玄耳へ宛てて、「昨夜は失礼其節御話し致候森田の煤烟が見本丈《だけ》参り候間入御覧《ごらんにいれ》候見本丈でよく分りかね候。新聞に出す積りで回を切つて書いてない様に候」と書き送っている。「兎に角御覧の上御決定願候。も少し先が御入用ならば取寄てもよろしく候」とある。おなじ日、草平への手紙に、

> 只今二度御訪ね申候処御不在不得已《やむをえず》引取候。「煤烟」朝日の採用する処と相成明日八千号を期し其予告をする由にて相談に参候につき坂本〔元〕（白仁）氏同道にてまかり出たる訳也。御不在小生好加減に取極め文句は坂本氏に依頼致候
>
> 原稿料はあとで小生と相談の事。書き上げた分は社へ渡しそれ丈稿料に引換へ年を越せる様にする事
>
> 今夜電話にて春陽堂へ一寸断わる事
>
> 右の件依頼致置候。漸く落着一先づ安心に御座候

漱石は草平の経済状態を案じていたのだった。草平のずぼらな性格は先刻承知していながらも苛立ちはさすがに隠せない。老婆心というより、世話が焼ける子ほど可愛い、という俗諺が思い浮ぶのである。文面は、「書き直すひま惜しとて帰りながら二度行つても居らず。何所をあるいて居るにや。あまり呑気にすると向後も屹度《きっと》好い事なき事受合に候」と、きびしい叱言で結ばれる。

森田草平「煤烟」は翌四十二年一月一日から「東京朝日新聞」での連載が始まる。自身のスキャンダルを素材とした自伝的作品だから、世間の注目を蒐めたのは当然のことだろう。

この後も漱石には、「煤烟」の出来栄え、評判が気が

かりな一件となった。

　四十二年一月一日の馬場孤蝶への年賀状には、「煤烟出来栄《できばえ》ヨキ様にて重畳に候」の一行が添えられる。ところが一月二十六日になると、小宮豊隆へ宛てて、「草平今日の煤烟の最後の一句にてあたら好小説を打壊し了せりあれは馬鹿なり。何の藝術家かこれあらん」との罵言を書き送ることになる。「最後の一句」とは、「要吉は我にもなく其手を握つた」というもの。下宿の出戻り娘・お種が庭先で洗い髪を陽にさらしている場面で、振り向いたお種の手を主人公・要吉が握ったところ。

　ついに忿懣が爆発したのだろう、二月七日、叩きつけるように草平へ具体的な忠告を記した手紙を送る。内容は作品に即して、細々としたものだが、なかに、ある会話は「如何にもハイカラがつて上調子なり」、「警句が生きると同時に小説滅びる事あるべし。切に注意ありたし」、「草平が未だ要吉を客観し得ざる書き方なり」などという文言が見られる。また、「田舎から東京へ帰りて急に御種の手を握るのは不都合也。あれぢや、あとの明子との関係が引き立つまい。要吉は色魔の様でいかん」とある。要するに、読者の存在を鋭く意識せよ、ときびしく注意するのだった。これは教師の忠告とも、先輩作家の助言ともいえない。編集者としての漱石による実際的、有益な指示なのである。

　「三四郎」を書き上げた後、漱石の急務は「十八世紀文学」の手入れをすることだった。春陽堂から急かされていたのである。瀧田樗陰と森田草平の二人が清書した講義録（筆記は皆川正禧による）を手直しするのだが、半分ほどは書き直す結果となった。十一月初め頃から年末にかけての約一ヵ月間、整理・訂正に専念して、原稿は年末二十七日に本多直次郎に手渡されたものと推定される。

　十二月十七日、二男・伸六が誕生する。命名の理由については、二十六日の虚子宛て書簡に追伸のように記された文章に、「子供の名を伸六とつけました。申《さる》の年に人間が生れたから伸で六番目だから六に候」と明かされている。

　この手紙は、「ホトヽギス昨廿五日と今二十六日をつぶし拝見諸君子の作皆面白く候」と、「ホトトギス」の健闘ぶりを讃えた一通であったが、さらに「ホトヽギスは広く同人の小説を掲載すると同時に大いに同人間の論客を御養成如何にや」と、編集者へのメッセージも添えられていた。当時は自然主義文学の興隆期で、「自然主義にあらざれば文学に非ずと云つたやうな時代が文壇に出現した」のだった（正宗白鳥「自然主義盛衰史」）。しかし、じつのところ漱石には、わが国の自然主義文学は軽侮の対象でしかなかった。この一行は警戒、対立を勧めるものではなく、ただ旗幟を鮮明にしたらどうか、と編集者としてのバランス感覚が機動したものと思われる。その期待が、國民新聞文藝欄に軸足を移した虚子に届いたかは疑わしい。

ここに序でに、正宗白鳥の回想的記述を引用しておく。白鳥は、「自然主義文学から見ると、漱石の文学は一敵国の観があった」という。

……自然主義の思想は当然起るべくして起つたので、共鳴者も多かつたのだが、この派の作家の作品に優秀なものが出なかつたゝめか、小説の売れ行きは、誰れのも漱石に及ばなかつた。それは、作品の出来栄えがよくなかつたり、面白くなかつたりしたゝめでもあつたが、漱石が官学出身の学者であり帝大の講師であつたのとちがつて、獨歩、藤村、花袋などは、官学の学歴もなく、官学の教授でも講師でもなかつたことが、読者受けする点で損であつたのだ。今日の考へから云ふと馬鹿げた事であるが、明治時代には末期に至るまで、官学と私学との価値の軽重についての世間人の感じは動かすべからざるものであつた。漱石や鷗外は作品の如何に関らず、人として重く視られてゐたのだ。

（「自然主義盛衰史」）

「作風から云つて、漱石のは自然主義とは相容れないところがあつて、花袋、泡鳴などはたび／＼非難してゐたやうであつた」と記されているが、その「非難」の多くが妬み、僻みなどの感情に根差すものであったことが知られる。ただ、「この派」の運動の背後には、島村抱月、長谷川天溪といった理論的支持者の存在があった。

「同人間の論客を御養成如何にや」の「論客」の一人として、小宮豊隆のことが念頭にあったのだろうか。しかし豊隆はいかにも頼りない。

じつはこの六日前、二十日に記された小宮豊隆への手紙（おそらく返信なのだろう）は、編集者・漱石による批評家育成のための実際的な心得が示されたものとして、ことに興味ぶかい。文壇進出を夢みる豊隆は、虚子からなにか原稿執筆を勧められたのを喜んで、論文を送って漱石に相談したのだろう。手紙の冒頭に、「あんまり僕をたよりにすべからず自分の考を自分で書いて漱石何かあらんと思ふべし」との記述が見られる。「余裕あるが為に万事僕に見せてからの何のと思案するは独立心なき事なり」と諭すのである。文面はながく煩瑣なものなので、適宜抄出して箇条書きふうに紹介しておきたい。

一、「文壇に出る一歩は実際的ならざるべからず。今の愚なるものに分り易く、読み易く、相手になる様に見えて、侮りがたき思を起さしめざる可らず」「始めから偉いものを書いたつて人は相手にしない。相手にするものは日本に五六人しか居ない。而して其五六人はみんな黙つて相手にしてゐるのみである」

一、「文壇に立つものはあらゆる競争排擠《はいせい》に伴ふ堕落的行動に対して従容事を弁ぜざるべからず。もし清きを以て自ら居り高きを以て自から処せんとせば一日も留まるべからず」

一、「文壇の諸公皆賢なるにあらず。又正なるにあらず。而して賢の如く正の如くに見せる術を日夜に講じつゝあり。憤るべからず。社会が胡魔化される程度にあるが為なり」

一、「今の文壇に立つものより生活難を引き去れ（ば）彼等の十中七八は喜んで文壇を引き上ぐべし。彼等は文壇に立ちながら苦悶しつゝあり」

として、「君もし以上の諸件を承知の上ならば筆を執るも可なり。たゞ一時虚子の依頼にて出来心よりするは人魂のふわつく姿なり」、「覚悟」はあるか、ときびしく忠告するのだった。これが漱石の当時の文壇観、すなわち自然主義文学観であったことはいうまでもない。「今の自然派とは自然の二字に意味なき団体なり。花袋、藤村、白鳥の作を難有がる団体を云ふに外ならず」と記されている。

……人品を云へば大抵君より下等なり、理窟を云へば君よりも分らずや多し。生活を云へば君よりも甚しく困難なり。さるが故に君の敢て為し能はざる所云ひ能はざる所を為す。君是等の諸公を相手にして戦ふの勇気ありや。君を此渦中に引き入るるに忍びざるが故に此言あり。

漱石は鈴木三重吉とも森田草平とも異なる小宮豊隆の醇朴、ひ弱な資質を見抜いている。どこか軽率な性格も憎めない。これが言葉通りに豊隆を文藝界の泥沼に踏み入れさせたくないとの意向からの文言なのか、それとも反語的な激励であったのかは判らない。親心も複雑なものである。虚子へ宛てて「論客を御養成如何にや」と記すまでの数日間に、どんな心境の変化が生じたかも想像の域を出ない。

翌四十二年四月の「ホトトギス」附録に、小宮豊隆の評論「レオニド・アンドレイエフ論」が発表される。アンドレーエフは一八七一年生まれ、ロシアの小説家・戯曲家。一九〇六（明治三十九）年にベルリンに赴き、のちフィンランドに亡命する。漱石は千葉で入院中の鈴木三重吉（酔漢に殴られ、眼を負傷したという）への手紙のなかに、「小宮の評論中々タチよろしく候当地にても真面目な人には評判よき方結構に候」（四月十一日）、「小宮のアンドレーフ論を御褒めのよし是から褒める時は可成《なるべく》公共の機関を利用して天下に広告ありたし」（四月二十四日）などと記すのだった。

明治四十一年の年末は、正月用の短文「元日」、「永日小品」の執筆に追われ、十二月二十八日、佐藤紅緑の「ユーゴーの訳二百枚ほどのもの」を春陽堂の本多直次郎に紹介することで暮れた。大晦日には、松根東洋城と二人で二、三番謡った。佐藤紅緑・訳「犠牲」（戯曲）は四十二年四月の「文藝倶楽部」に掲載される。

＊

明治四十二年。——

一月、八日は謡の稽古初め。師匠の寶生新が黒紋附き姿でやって来た。

十四日、「永日小品」の連載が「東京朝日新聞」「大阪朝日新聞」で始まる。

十七日、「胃病よろしからず。南方に旅寐して梅花を見たし」と、小田原に療養する青年・岡田（のち林原）耕三への葉書に記した。林原耕三は、漱石の松山中学での教え子である高須賀淳平（四十年から朝日新聞記者）の紹介で漱石を知り文通、この年の四月下旬から木曜会に出席するようになる。

二十四日は怒りの手紙。朝日新聞社の中村蓊（古峡）へ宛ててこんな問合せをする。「煤煙が二三日出ない様に候がどんな事情に候や」、と。

……是迄朝日の小説は一回も休載なきを以て特色と致し候に森田草平に至つて此事あるは不審也。本人の不心得の為とも存じ候へどもわけを一寸御報知願度君が一番森田に就て近い関係があるから御尋する。もし本人の不都合から出たなら僕は責任がある実に困る

編集者・漱石の責任感が記させた言葉といえるだろう。詳しい事情は不明だが、草平のずぼらにはこれまでも度々悩まされてきた。憤懣が爆発した。しかし、一時の怒りが治まると、平常の関係に戻るのもいつものことではあったのだが。その僅かな隙間に微妙な空気が流れる様子も察知される。

二月十七日、本多直次郎へ宛てて、「友人生田長江氏今般ニイチエの代表的作物ザラツストラ全部の翻訳を思ひ立ち候に就ては右出版の件につき貴堂を煩はし度旨依頼有之候につき御紹介申上候」と書き送る。「此間の御話では翻訳ものはちと御迷惑の様なりしもザラツストラは少部分竹風君によつて翻訳せられたるのみにてまだ何人も手を着けて居らぬ様子故如何かと存じ一寸申上候」と、積極的な印象の附言がある。数ヵ月後、七月十一日の「日記」に「晩、生田長江来。ザラツストラの翻訳の件につき。不明な所を相談」などと記されているように、当時の長江が漱石を理解者として頼りにしていたことが知られる。生田長江・訳「ニイチェ『ツァラトゥストラ』」は、森鷗外による序「沈黙の塔」を得て四十四年一月、新潮社から出版される。

　三月、「文学評論」が春陽堂から刊行された。奥附表記は初版発行「三月十六日」。菊判・角背の上製本。天金・継表紙、本文六百頁を超える大冊となった。意匠については、内田魯庵へ宛てた手紙（四月三日）に詳しい。「脊の字と石摺様の文字は濱村蔵のかけるもの漱石山房の印は大直大我といふ爺さんの刻せるものに候。何とか趣向致候へども一向妙案もなく通俗なるラシヤ紙とトリノコにて相済し候」とある。装画・図案はない。橋口五葉の協力を得たものだろうが、実質的には漱石自装の最初の本、といえるだろう。

　三月は、中旬からおよそ一ヵ月ほど、小宮豊隆を先生にドイツ語訳でアンドレーエフを読んだ。豊隆への葉書に、「アンドレーフをならひてより急に独乙語趣味が出た様なれば此機に乗じて次の仕事に取りかゝる迄大いに勉強仕度《つかまつりたく》、どうぞ日数を御ふやし下さい」と記されているが、「日記」によると習読は八回を数える。四月十四日の「日記」に、「明日から小宮にハウプトマンのワーンヱルターを読んでもらふ」とある。しかし、その数日後には「次の仕事」が予定される。坂元三郎（雪鳥）からの手紙で、六月十日連載開始の長篇執筆の相談があったからである。漱石は承諾して、「六月十日より掲載となつては大分切迫の感あり。出来る丈大塚さんを延ばす御運動を乞ふ」と返信した。「それから」の構想が練られるのである。

　三月二十日の「日記」に、「二葉亭露西亜で結核になる。帰国の承諾を得た所経過宜しからず入院の由を聞く。気の毒千万也」との記述がある。漱石は一月二十四日、中村蓊（古峡）に「露国二葉亭の宿所を知らして呉れ玉へ」と問合せてもいた。何か急用があったのか、文通の積りがあったのかは判らない。前年夏頃には、ペテルブルグから一通の葉書を貰っていた。弱い話だが此方《こっち》の寒さには敵《かな》はない、と記されていたのを覚えている（「長谷川君と余」）。

＊

五月、「十九日発行」の奥附表記で、「三四郎」が春陽堂から出版される。菊判・角背、布装の上製本。装幀は橋口五葉。背と表紙は多色刷で、草花をあしらったデザイン図案が置かれ、小さなフクロウがなんとも可愛らしい。草花図案と書名を印刷した外題貼りの函入り。「文学評論」についても明らかなように、タイトル文字の書体（レタリング、といおうか）につよい拘泥りをもつ漱石であるのを知る五葉は、「三四郎」三文字に篆書ふうの文字を図案化して、それなりの工夫を凝らしている。だが、漱石は不満である。

……三四郎御尽力にて漸く出版難有存候
　表紙の色模様の色及び両者の配合の具合よろしく候
　然し文字は背も表紙もともに不出来かと存候
　小生金石文字の嗜好なく全く文盲なれど画家にはある程度〔衍〕此種の研究必要かと存候、尤も大作を以て任ずる大兄に対して挿画家もしくは図案家に対する注文抔持出しては御叱りあるべけれど、此は研究のみならず娯楽としても充分面白き業かとも存候
　不取敢御礼　旁《かたがた》　無遠慮なる悪口申上候失礼御ゆるし可被下候

と、書き送っている（五月二十五日）。より東洋（古代中国）ふうのものをと期待したのだろうか。しかし、これだけ遠慮のない文言を記すことが出来るのも、五葉発見者としての特権であり、さらなる研鑽を要求するのは教育者としての指導というより、編集機能の発動であったと考えられる。

十日、ペテルブルグからロンドンを経由しての帰途、二葉亭四迷はベンガル湾上の船中で息を引き取った。シンガポール郊外で荼毘に付され、遺骨が新橋停車場に帰着したのは三十日のこと。

十五日の「日記」に、漱石は「二葉亭印度洋上ニテ死去。気の毒なり。遺族はどうする事だらうと思ふ。春陽堂から二葉亭の事に就てきゝにくる。何の知る所なし」と記した。十九日には、坪内逍遥・内田魯庵二人の連名で追悼文集のための寄稿をもとめられた。来信に、「霊前に供し、又之を出版して其所得を遺族に送る為なり」とあった（「日記」）。二十七日、物集高見の三女・芳子が

早稲田南町を訪れる。「美くしき薔薇の花束をくれる。よき香なり」とある。二葉亭を悼む想いを伝えたかったのだろう。

三十日、「二葉亭の遺骨着。午後二葉亭の遺族を訪ふ。細君と御母さんに逢つて弔詞を述べる。霊前に香奠を供へ一拝して帰る。葬儀は二日染井墓地で執行の由」。

六月二日、「晴。午后一時長谷川二葉亭の葬式に染井の墓地に赴く」。「夜二葉亭の追想を書いて西本波太に送る。葬儀のとき池辺がしきりに何か書け〳〵といふから魯庵に相談したら一寸したものでも可《い》いといふから書いたのである」（「日記」）。西本波太は易風社の雑誌「趣味」の編集兼発行人（四十年三月から）。逍遥・魯庵の編による追悼文集「二葉亭四迷」は八月一日に易風社より発行される。漱石が寄稿したのは「長谷川君と余」と題する二十三枚の回想である。

しかし、十九日の逍遥、魯庵連名の依頼に対して漱石は一旦、魯庵への返信で執筆を断っている。

……小生は同氏とは同社員の間柄にも不関交際極めて浅く前後僅かに三四回程面談其うち差向にて対座せるは単に一回に候。いたづらに杜撰の文字を弄して故人を傷けもしくは自己を詐るも何となく不愉快に御座候

「折角の御計画なれど小生は故人を語る資格なきものと覚へ候」というのだった。

たしかに、二葉亭は朝日新聞社での朋友に過ぎず、文学的交流といえるほどのものは生じていない。濃密な交際のある友人や文学者とともに目次に名前を並べる「資格」はない、と咄嗟に判断したのだろう。葬儀に参列して、池辺三山から「書け〳〵」と慫慂されたのは、朋友なりの回想を期待されたからといえる。魯庵に相談したところまでが表向きの対応、いうなれば昼の意識である。

だが、夜の机に向うと「冥々のうちに、漠然とわが脳中に」、朝日新聞社入りして、すでに二葉亭が入社していたことを知り、はじめて二面した会合のことなどが思い出される。背の高い、寡黙で、肩幅のある「魁偉《かいい》」というに近い風貌だった、と。「其時余の受けた感じは、」「あらゆる職業以外に厳然として存在する一種品位のある紳士から受くる社交的の快味であつた」と回想される。

……さうして、此品位は単に門地階級から生ずる貴族的のものではない、半分は性情、半分は修養から来てゐるといふ事を悟つた。しかも其修養のうちには、自制とか克己とかいふ所謂《いわゆる》漢学者から受襲《うけつ》いで、強い

て己れを矯めた痕跡がないと云ふ事を発見した。さうして其幾分は学問の結果自から此に至つたものと鑑定した。又幾分は学問と反対の方面、即ち俗に云ふ苦労をして、野暮を洗ひ落して、さうして再び野暮に安住してゐる所から起つたものと判断した。（傍点・引用者）（「長谷川君と余」）

初対面のときから漱石の直感（――意識の運動神経）は、信頼できる人格を捉えていた。友愛の芽生えを予感した、といってもよい。こうした感情を抱いたのは、正岡常規（子規）との出会い以来のことであったに違いない。「野暮を洗ひ落して」「再び野暮に安住してゐる所」という表記が、そう確信させるのである。魯庵をはじめとする他者には理解されないことではあっても、漱石の意識には最初の印象が底流していた。

最後の対面は、漱石山房を二葉亭が別れの挨拶に訪れた日。「座敷へ通つて、室内を見渡して、何だか伽藍《がらん》の様だねと云つた」という。「伽藍の様だね」、この一言だけが、漱石の記憶につよく刻まれたのである。二葉亭は、たんに室内の暗い色調を帯びた透明な印象を口にしただけなのかも知れない。そこに寓意を読み取った漱石の表情に浮んだ一瞬の変化を察して、二葉亭もまた、精神の同質性を感じ取った、とも想像される。無意識と無意識とがショートしたのだった。

……長谷川君はとう〳〵死んで仕舞つた。長谷川君は余を了解せず、余は長谷川君を了解しないで死んで仕舞つた。生きてゐても、あれ限《ぎ》りの交際であつたかも知れないが、あるひは、もつと親密になる機会が来たかも分らない。余は以上の長谷川君を、長谷川君として記憶するより外に仕方のない遠い朋友である。君の托されて行つた物集の御嬢さんは時々《とき〴〵》見える。北国の人に至つては音信《たより》さへない。

「北国の人」は、物集姉妹のほかに二葉亭から指導を託された人物。

逍遥や魯庵ほかの関係者や一般の読者のことを思えば、「遠い朋友」と記さなくてはならない。文字通りの言葉といえる。しかし、私の眼前には、「遠い」虚空を摑むように伸ばされた漱石の無意識の触手が浮ぶのである。二葉亭は行動型とみるべき人物だが、一面、新時代を生きる知識人の苦悩を描きつづけた、いわば現代生活の作家であったことを思えば、私には〝早すぎた漱石〟との印象を拭うことができない。漱石と二葉亭の関係は、いわば未完の物語のようだが、推量するより大きく深いものであったと考えられる。
五月三十一日の「日記」には、「晴。小説『それから』を書き出す」と記されていた。

第七章　「東京朝日新聞」文藝欄

一　「文藝欄」創設

明治四十二年九月、漱石は満洲各地を巡る旅に出かける。前年十二月に満鉄総裁に就任した旧友・中村是公に招かれたのだった。

七月三十一日に早稲田南町を訪れた是公から、満鉄が大連で「満洲日日新聞」を設立するので遊びに来ないかと誘われた、という。この日の「日記」には、是公は「不得要領にて帰る」とある。八月六日、漱石は飯倉の満鉄支社へ赴き、是公と会う。満鉄理事の二人と旧知の経済学者との五人で木挽町の待合へ行き、浜町・常磐の料理を振る舞われた。このとき、計画は具体化したものらしい。

八月二十八日に出発予定のところ、漱石は二十日に急性胃カタルを起し、二十七日、医者から旅行を反対され、自身でも無理だと判断して、電話で是公にその旨を伝えた。是公は予定通り大連へ向う。漱石は五日後、一船遅れて九月二日に新橋停車場を発って大阪へ。三日、大阪商船の鉄嶺丸で大連へ渡った。

この間、八月二十七日の朝、泉鏡花が漱石山房を訪問している。初対面だった。「朝日新聞」に六十回ものの新作を周旋して欲しいと頼みに来たのである。月末の遣り繰りに窮して、漱石のプロデューサーとしての働きに期待したのだろう。漱石は鏡花の意向を汲んで、渋川玄耳への紹介状を認めた。「泉氏は月末にて諾否至急承知相成度旨につき右御含の上何分の御挨拶同君に御伝願はしく候」とある。鏡花の「白鷺」は、漱石の「それから」のあとを承けて十月十五日から連載される（十二月十二日まで）。

鏡花による回想「夏目さん」は「新小説」の臨時号「文豪夏目漱石」（大正六年一月）に掲載された談話だが、その語り口が特有で、漱石の一面が見事に観察されている。

……旅行鞄や何か、お支度最中の処、大分お忙しさうだつたのに、ゆつくり談話が出来ましてね。ゆつくりと云つたつて、江戸児だから長いことを饒舌るには及びません。半分いへば分つてくれる、てきぱきしたもので。それに、顔を見ると、此方に体裁も、つくろひも、かけひきも、何にも要らなくなる、又夏目さんの、あの意気ぢや、行《や》らうたつて、体裁も、つくろひも、其かけひきも人にさせやしますまい。そこが偉い、親みのうちに、おのづから、品があつて、遠慮はないまでも、礼は失はせない。そしてね、相対すると、まるで暑さを忘れましたつけ、涼しい、潔い方でした。

明治六年生れの泉鏡花にはすでに長篇「婦系図」があり、「高野聖」や「草迷宮」などの話題作・問題作をもつ小説家だった。漱石は三十八年四月の「銀短冊」を評して「確に天才だ」と語っているように（「近作短評」）、鏡花の天才性を認めていた。

漱石は奉天、哈爾濱、長春などの各地を歴訪、平壌から現在のソウルの辺りを回って十月十四日、下関に帰着、十七日に帰宅する。旅の詳細は、のち十月二十一日から十二月三十日まで「東京朝日新聞」（「大阪朝日新聞」は二十二日から十二月二十九日まで）に連載される「満韓ところ〴〵」に記される。ここではただ、帰途、大阪に立ち寄って新聞社を挨拶に訪れ、人力車で天下茶屋に長谷川如是閑を訪ねて、ともに浜寺に遊んだことに着目したい。

長谷川如是閑は明治八年、東京・深川の生まれ。兄は「東京朝日新聞」記者・山本笑月（「それから」を担当した）。稀代のジャーナリストとして知られるが、青年時代から小説を書いている。陸羯南の新聞「日本」に在社したこともあり、四十一年に鳥居素川の招聘により大阪朝日新聞社に入社。四十二年三月二十二日から五月七日まで小説「？」を「大阪朝日新聞」に連載、「額の男」と改題して、八月に政教社から出版した。漱石は素川から頼まれてその書評を執筆、「『額の男』を読む」は九月五日、「大阪朝日新聞」附録に掲載された。「如是閑君の才気の煥発縦横なるに感服した」とある。

如是閑と漱石は大阪での出会いが初対面であったというが、この後、親密な交流が生じてもいる。帰宅後、十月三十日には、浜寺で御馳走になった御礼にと、浅草海苔二缶を送った。深川生れの如是閑を思っての進物だった。如是閑は、のち大正八年に、大山郁夫らとともに雑誌「我等」を創刊するなど、大正リベラリズムを先導する一人となる。

帰国後の漱石について、妻・鏡子はこんな思い出を語っている。「玉《ぎよく》やら翡翠《ひすゐ》やらそんなものを大分《だいぶ》御土産《おみやげ》に買《か》つて参《ま》ゐりました」、と。それに関連して思い出されたのだろう、

……一体《たい》が支那趣味《しなしゆみ》の人《ひと》で、お金《かね》もないので大《たい》したものゝ買《か》へやう筈《はず》もないのですが、それでもちよい〳〵虎《とら》の門《もん》の晩翠軒《ばんすゐけん》あたりへ行《い》つて、何《なに》かと買《か》つて来《き》たりして居《ゐ》たものです。随分《ずゐぶん》紫檀《したん》が好《す》きで、お盆《ぼん》でも机《つくゑ》でも莨入《たばこい》れでも無闇《むやみ》と紫檀《したん》を買《か》ひ集《あつ》めます。それを見《み》て私《わたし》が、貴方《あなた》はなんでも紫檀《したん》ならいゝのでせう。其中《そのうち》には紫檀《したん》の机《つくゑ》に紫檀《したん》の椅子《いす》で、何《なん》でもかんでも紫檀《したん》ずくめで、支那《しな》のものならなんでも御座《ござ》れとすましてゐたらいいのでせうが、愛国心《あいこくしん》のない人《ひと》だなぞ申《まを》しますと、夏目《なつめ》の方《はう》では、お前《まへ》は又巻絵《またまきゑ》だとか梨地《なしぢ》だとか、そんな金々塗《きんぎんぬ》つたけばけばしたものなら何《なん》でもいゝのだらう。巻絵《まきゑ》さへしてあればいゝかと思《おも》つてるが、随《ずゐ》分下品《ぶんげひん》なことだなどとけなして居《ゐ》たものです。さうして紫檀《したん》の机《つくゑ》につやぶきをかけて、光沢《つや》の出《で》るのを喜《よろこ》んで居《を》りました。

満洲旅行を経験したことで、漱石の「支那趣味」は一層嵩じたのだろう。小説家・漱石にフェティシズムの一

端が観察されるのは喜ばしい。胃痛に悩まされながらも、漱石は健全である。

　十月二十三日、「『煤烟』の序」を草した。

　十一月六日、池辺三山へ宛てた手紙のなかに、「鏡花子のあとの小説はまず森鷗外氏を煩はしてみる積に候或は出来ぬかも知れず候へども其節は又何とか致す了見に候」とある。三山の信頼に応えようとする編集者としての責任感が伝わるが、残念ながらこの計画は実現しない。

*

「東京朝日新聞」に「文藝欄」が設置され、それが紙面に現れるのは、十一月二十五日のことである。

　しかし、実現までの経緯は順調なものとはいえなかった。四十一年の初めに、漱石が社会部長・渋川玄耳に提案したことがあり、それが紙面に余裕がないとの理由で見送られたことはすでに記した。「國民新聞」が虚子を招いて國民文学欄を新設したことが刺戟の一つとなったのも疑いない。四十一年十一月十一日には、有楽町の日本倶楽部で「東京朝日新聞」の編集会議が開かれ、漱石も出席した。「文藝欄」担当の件について議論が百出した、という（「研究年表」）。「文藝欄」設置にあたって、漱石が森田草平を社員に採用して欲しいと、つよく要求したからだった。同意が得られず、計画はふたたび頓挫する。

　ところが、「四十二年秋」とある、「十一月早々、三山と漱石のあいだで文藝欄を設ける話が具体化し、同月十一日の編輯会議で三山が文藝欄新設を提案、つづいて同月二十四日の定例編輯会議には漱石の出席をもとめてその意見をきき、文藝欄創設が決定した」という（「朝日新聞社史」）。この席でも、草平の処遇が問題となった。「煤烟」の連載は四十二年の元旦に始まる。


……連載がはじまると、なまなましい事件の告白小説だけに読者の評判もよく、これによって草平は一躍文壇の花形となった。しかし、漱石はかれがそのまま作家として立っていけるかどうか疑問に思い、文藝欄の仕事を草平にやらせて生計の道をひらいてやろうと考えたのである。ところが、村山社長が「あのような事件をおこした男を社員とするわけにはいかない」と強く反対した。このため、草平の入社は実現せず、漱石は幹部の了解のもとに、文藝欄の費用のなかから給料として六十円（五十円、とする見解もある――引用者・註）を草平にわたして、編集の事務をとらせた。

　こうして四十二年十一月二十五日から東朝の第三面

下方に、漱石主宰の文藝欄が生まれた。

漱石の「『煤烟』の序」はここに掲載される。六号雑報欄「柴漬《ふしづけ》」、鏡花の「白鷺」で「文藝欄」は合せて約三段半（一段は十八字詰め六十七行）を占めた。「以後、この欄の評論、小説、読み物の選定はすべて漱石に一任された」と、「朝日新聞社史」は伝える。

漱石の行動は迅速だった。漱石山房が編集室である。十一月二十日、永井荷風へ宛てて、原稿執筆を承諾してくれたことに対しての礼状を認めた。荷風とは面識はない。

拝啓御名前は度々御著作及西村などより承はり居り候処未だ拝顔の機を得ず遺憾の至に御座候
次《ついで》今回は森田草平を通じて御無理御願申上候処早速御引受被下深謝の至に不堪候只今逗子地方にて御執筆のよし承知致候御完成の日を待ち拝顔の栄を楽み居候右不取敢御挨拶迄草々斯《かくのごとくに》如御座候以上

署名は「金之助」とある。荷風は明治十二年の生れ。五年にちかい欧米での生活を切り上げて四十一年七月に帰国、「あめりか物語」「ふらんす物語」を著し、短篇集「歓楽」をまとめたところだった。やがて、十二月十三日から「東京朝日新聞」の「文藝欄」に長篇「冷笑」が連載される（四十三年二月二十八日まで）。鷗外といい、荷風といい、それぞれは漱石とは文学的立場を異とする個性である。そこから容易に推察されるように、「文藝欄」を担当する漱石の動機は、文壇的党派性に起因するものではなかった。もとめるものは、ただオリジナリティーであり、文章の力だった。

それにしても、と思う。いかに礼状とはいえ、ひと廻りも年少の者に対して、これほど慇懃鄭重な手紙を書けるものだろうか、と。漱石という人格に、あらためて感服するのである。あるいは、これが編集者・漱石（または金之助）の真骨頂であったといえるのかも知れない。

翌日には、帝大での教え子である水上夕波（斉）によるフローベル「ボヴァリー夫人」の重訳二十回分を「満洲日日新聞」の「小説」として斡旋する。水上へは、「二回（四枚半）の割にて二円請求致し候につきあれにて四十二円に相成候。猶取急ぎあとを御訳し願度候」と伝えた。満鉄の山崎正秀が担当者。「満洲日日新聞」には、森田草平も書きたがった、という。

十一月二十五日、中島六郎への葉書に、「文藝欄を設けるため度々森田を以て御邪魔を致し不相済《あいすまず》候昨二十四日の音楽会の評難有存候浄書の上二三日中に掲載可致候右御礼迄」と記している。「二十四日の音楽会の評」は、二十八日に掲載された「雨中の演奏会」。有楽座でのルドルフ・ロイテル（音楽学校の新任教師）のピアノ演奏会評である。また、二十九日の手紙に、「文藝欄設立につき御援助を願ひ候処早速楽界の為に御奮ひ被下難有既にロイテル氏披露会の御評を賜はり又秋季演奏会の御評も頂戴深謝の至に不堪候」とある。

　中島六郎は音楽家、長女・筆のピアノの先生であったことは知られるが、残念ながらそれ以上のことは詳らかにしない。漱石の期待に応えて、「長耳生」の署名で音楽会評などを「文藝欄」に寄稿していて、音楽批評の草分け的存在であったと考えられる（「西洋音楽批評家の責任と資格」という記事もある）。じつは、漱石は「森田は音楽に対して零の智識を有し候事小生と同一につき」と告白し、草平に任せて中島の原稿を「まとめて一篇の概括的批評文」に作り直そうにも、「尊意を誤まり候箇所など相生じ候由実以て申訳なく恐縮致候」などとも記していた（二十九日）。

　十一月二十八日、ベルリンに滞在中の寺田寅彦へ宛てて久々に長文の手紙を送った。なかに「文藝欄」に関する記述がある。「此二十五日から文藝欄といふものを設けて小説以外に一欄か一欄半づゝ文藝上の批評やら六号活字で埋めてゐる」と記される。

……君なぞが海外から何か書いてくれゝば甚だ光彩を添へる訳だが、僕は手紙を出さない不義理があるからヅウ〳〵しい御頼みも出来かねる。尤も文藝欄の性質は文学、美術、音楽、なんでもよし。ハイカラな雑報風なものでも、純正な批評でもいゝとして可成《なるべく》多方面にわたつて、変化を求めてゐる。あとで六号活字を愛嬌につける。今はハウプトマンだのエデキンドだのゝ逸話見た様なものを載せてゐる。是は小宮が書いてくれるのだが、ぢきに種が尽きさうで困る。まあ食後に無駄な時間でもあつたら絵端書へでもいゝから何か書いて呉れ玉へ。評論にしても一回読切りを主としてやる、どうも長くなると弱るからね。（傍点・引用者）

「光彩を添へる」「変化を求めてゐる」と、漱石の編集感覚は躍動する。また、「森田は文藝欄の下働きをしてゐる。社員にしやうと思つたら社長があゝ云ふ人は不可ないといふんだから弱つた」とも報告されている。小宮豊隆は六号活字の「柴漬《ふしづけ》」欄にハウプトマン（二十六日）、ヴェデキント（二十七日）の紹介記事を書いた。

十二月一日、内田魯庵から訳書「二人画工」を送られたことへの礼状のなかに、「近頃朝日紙上に文藝欄を開業なれぬ事にて狼狽のみ致居候時々御高見を掲載致す栄を得ば幸甚と存候」との記述がみられる。謙遜の辞には自ずと先輩編集者への敬意が籠められている。日本橋・丸善が隣家の出火で延焼したのは十二月十日のこと。書籍十万三千冊が焼けた、という。翌日の新聞で丸善焼失を知った漱石は早速、魯庵へ宛てて見舞の手紙を送った。

明治四十二年も多忙のうちに暮れる。

年末の「文藝欄」を飾ったものは、荷風「冷笑」と漱石の「満韓ところ〴〵」、二つの連載のほか、大塚保治（「美術と文藝」上・下）、安倍能成（「空疎なる主観」上・下）、戸川秋骨（「自然の人と社会の人」上・下ほか）、石井柏亭（「『新夫人』其他」ほか）、魚住折蘆《せつろ》（「真を求めたる結果」上・下）、セルゲイ・エリセーエフ（「露国新進作家―ボーリス、ザイツエーフ」上・下）、青木健作（「社会本位の劇」上・下）、小林愛雄（「機械的文藝」）、阿部峙楼（次郎）（「驚嘆と思慕」）、小宮豊隆（「抱月氏の為に惜む」上・下ほか）などによる寄稿の数々だった。このうち、エリセーエフは一八八九年生れ、ロシア出身の日本学者。ベルリン大学で日本語・中国語を習得し、四十一年に東京帝大に入学。小宮豊隆と親交をもち、漱石を知った。魚住折蘆は一高時代に安倍能成らと文藝部で活動、帝大哲学科に学ぶ。尖鋭な論理によって新時代の批評家として期待されながら四十三年十二月、チフスと尿毒症のため夭折する。享年二十七。「ホトトギス」にも時評を寄稿しているが、漱石と直接の面識があったかは不明である。

＊

明治四十三年。――

「一月一日」発行の奥附表記で、「それから」が春陽堂から上梓される。装幀は橋口五葉。菊判、継表紙。函入りの大冊である。書名は手書きの文字で、白地の背表紙に赤色で箔押しされている。

一月十四日の厨川辰夫（白村）の寄稿への返信からは、「旧冬中よりの原稿少々たまり候上前日掲載もの丶反駁やら何やら参り且つ其間に起る時事に就て少々は意見を発表する必要も刻々起り候故出来る丈早く掲載の積には候へども」と、ストック充満の状況が確認される。厨川白村は五高時代に紫溟吟社のメンバー、帝大英文科で上田敏、漱石の教えを受けた。二月七日の文藝欄に「近代文学と古文学」が載る。

十九日には、ロンドン留学中の大谷繞石《じょうせき》へ宛てて手紙を投函、文中に「御地御見聞上の事にてもし現下日本の文藝上の時事問題に直接もしくは間接に関係ある御意見もしくは報知も有之候はゞ時々御寄稿被下度」と記して、「柴漬」欄への寄稿をもとめた。「たゞ霧が降つて人の顔がぼんやり映るとか、ショーの脚本をどこ座で見たが面白くなかつたとか、何とか云ふ事を五六行にてよろしく」などとある。大谷繞石は俳人、英文学者。当時は第四高等学校教授。三高で高濱虚子、河東碧梧桐らと同級、帝大英文科に進んで子規に師事した。

ベルリンの寺田寅彦への手紙も、おなじく十九日に投函したものだった。こんなことが記されている。忙中閑あり、というべきだろうか。

此間森田と小宮が主催で方々へ招待状を出して僕の宅で新年宴会を開いた。まあ真面目に七変人の茶番を演じた様なものだ。其プログラムには松根式部官の一中節だの森田の関係のある婦人の藤間流の踊だの、行徳医学士の薩摩琵琶だのあつたが、まあ妙なものだつた。中にも松根式部官の一中の先生が生憎二階から落ちて頭を割つたとか云ふので来られなかつたのは妙だつた。夫から女連には大塚の奥さんや物集《もずめ》の御嬢さん姉妹が来た。安倍能成が酔つて高架〔後〕へ這入つて反吐を沢山はいたあとへ小供が入つて臭い／＼と云つてゐた。

笑いさざめく漱石山房の様子が彷彿される。寅彦の不在を惜む気持がこれを書かせたのだろう。なにしろ、頼りになるのは寅彦だけなのだから。松根東洋城は三十九年に宮内省に入り、式部官になっていた。「行徳医学士」は医科大学卒の行徳俊則、熊本で夏目家の書生の一人だった二郎の兄である。

一月の文藝欄には、内田魯庵（「VITA SEXUALIS」上・中・下）、安倍能成（「人生に触れざる感」上・下）、橋口五葉（「現今の日本画」上・下）らの寄稿などのほか、桐生悠々の「進化論より観たる自然主義」（三日）、「性慾と小説」上・下（二十一、二日）と二篇の記事が載る。

桐生悠々は明治六年、金沢の生れ。のち「信濃毎日新聞」主筆、反戦反軍の主張を貫いた反骨のジャーナリストとして知られる。博文館、「大阪毎日新聞」を経て、四十年に大阪朝日新聞社に入社、この頃は上京して、東京朝日新聞社内に置かれた大阪通信部の一員となっていた。おそらくは渋川玄耳あたりの推薦によるのだろう、桐生悠々の記事はこの先も度々文藝欄に掲載される。「桐生悠々自伝」には、ただ、「東朝の紙上に、氏（漱石――引用者・註）の編輯に係る文藝欄が新設されて各文壇人の評論や、随筆物が掲載された。別にこれはと言った用事もなかった私は、時々これに投稿したりしていたが、原稿が採用されると、これに対して何がしかの原稿料を払われたことに、私は驚くと共に、これを通して小使銭を稼いでいたりしていた」と記されるばかりである。

*

編集という仕事は創造的ではあっても、おもに他者である人間を相手とする以上、そこにさまざまな障碍があり、時にはトラブルが発生することもある。漱石もまた、それを乗り超える経験に直面したことが、二月三日に阿部次郎へ送られた書簡によって窺える。

編集室に、森田草平に宛てて阿部次郎の抗議の葉書が届いたのは前日のことか、当日のことかは判らない。草平は不在である。漱石は「御返事が後れ候ては不相済と存じ小生より申上候」と、代って釈明の手紙を認めた。もとより、草平の実務能力なぞあてにしてはいない。

阿部次郎は一高時代に安倍能成、魚住影雄（折蘆）、斎藤茂吉らと親交。四十年に文科大学哲学科を卒業して、小宮豊隆、森田草平らとの交流が始った。

次郎の抗議は、草平へ送った「自然主義論争二篇　その一」の原稿に関するもので、おそらくはゲラを見てのことだろう、一、筆名が許されず、本名の「峙樓」が使われていること、一、「自ら知らざる自然主義者」と勝手に改題されていること、一、田山花袋、岩野泡鳴に言及した箇所に手が加えられていることの三点で、法律的権利問題まで持ち出しての詰問だった。

これに対して漱石は、一、あまり匿名がつづくのは「面白からず」、草平が「差支なかるべし」というままに本名とした、一、改題は安倍能成の発意で、「一同賛成」により決定した、一、花袋、泡鳴の件は「草平の提案にて改正致候もの」と、事情を説明した上で、自身の考えを述べ、諄々と説得を試みた。「さう真正面から御切り込みになりてはたゞ叩頭罪を謝するの外に道なく候が、さう厳粛に権利問題とせずに少々此方の開陳する所を御清聴に達し度候間御怒りなく御聴取被下度候」とあって、漱石の癇癪玉は炸裂しない。

小生は大兄と今日迄左したる交際無之《これなく》従つて玉稿を随意にどうするのといふ考は（親疎の関係上よりして）起らぬ次第なれど、大兄と二三子（たとへば草平能成豊隆の如き）との間柄は此位なフリードムを敢てしても御気にさわらぬ程の円熟せる御交際かと承知致し候ため、其際は何の気もつかず、許諾致候。是は小生の粗忽とも云ふべきか平に御高免にあづかり度候。其上花袋咆《泡》鳴云々を改めたる所が貴論の本旨に殆んど大した影響を与へぬ程な些末な点と愚考致したる故左迄御気にもかゝるまじと早断致候次第に候。左れば個人としての大兄に侮辱を加へると云ふ了見は毛頭無之又此方の便宜の為に貴意を顛倒錯乱せしめたるといふ自覚も無之御手紙を頂戴する迄は至つて呑気に構居候。

そして、「小生の寧ろ難色ありしは題を勝手に改め匿名を雅号に修正する方に有之候ひき。其時小生は阿倍《部》君が怒りやしないかと念を押したる位に候」と記した。「弁護も弁解も只緩和剤に候。是にて大兄の御不満が少しにても取れ候へば小生は難有仕合に存候」とある。
阿部次郎の一高時代からの親友である安倍能成からも問い合せの手紙が来たのだろう、おなじ日の夜、漱石は返信を投函する。「花袋云々の件は阿倍《部》氏の書き方の前後より押して毫も全篇の主意に痛痒を与へざるものと見傚したる故森田より相談を受けたる時夫でもよろしからんと申候」とある。今日の眼にはまるで子供同士の口喧嘩の仲裁のようだが、東京っ子・漱石の堪忍袋の緒がしっかり結ばれていたのは、「権利問題を呈出されて事が六づかしくならう」ことを忌避したからだ、と推察される。本来なら、「阿倍《部》氏は森田小宮抔と親交ありて、あの位の事はあとから斯う云ふ訳だと話せばあゝさうかと笑つて仕舞ふ位」の問題なのだが。漱石の立場は明白だった。

小生は文藝欄担任記者として凡ての論文に対し自ら責任を負ふ積り故文章が意味を為さゞる場合は森田に書き直させ候事も有之候。又長ければつゞめさせる事も有之。右両様共寄稿者並びに文藝欄の体面上双方の便宜と思ふ場合に有之。従つて是等の場合は寄稿者に寧ろ尊敬を払ひし為の手続と考へ居候。阿倍《部》氏のは右両様の場合とは異なり。却《かえ》つて懇意づくより他の原稿を多少どうかし得るフリードムありと信じたる親密を森田阿倍《部》両氏の間に測定せるより起るものに候。

漱石はここに、「有体《ありてい》に申候へば今の所謂《いわゆる》自然派（自然派をかたち作る人物）が嫌に候」と記す。「是は其説が如何にも粗漏放慢にして相手の人格及び意見に対して毫も敬意を払はざる表現法をのみ用ひるが故に御座候」というのである。阿部次郎の論文も自然主義文学を批判したものだが、「徹底に彼等両人（花袋、泡鳴のこと――引用者・註）は自然派たり得ずと理智の判断に支配さ〔せ〕られたるも事実に候」と評されているところから、それがどのような論旨であったかが、おおよそ理解される。漱石は能成に応えて、「論議は公正ならざる可〔べか〕らず、意見は不偏不党ならざる可らざる事は御説の如くに候。小生が許諾を与へて訂正せしめたるも此公平と不偏不党を傷けざる範囲内の出来事位に暗々の裏〔うち〕に思惟せるとしか自分には考へられず候。夫を然らずと御思ひありては只恐縮の外なく候へども致し方も無之候」と記すのだった。

こうした悶着の末、阿部次郎の「自ら知らざる自然主義者」は「次郎」の署名で、二月六日の文藝欄に載る。

二月の文藝欄には、ほかに、漱石「客観描写と印象描写」、森田草平「如何にして生きんか」、青木健作「作者の影」、中村吉蔵（春雨）「現代社会劇を観て（有楽座の『己が罪』）」上・下、秋骨「『べからず』」、織田一磨「日本の自然と光の絵画本位」などの記事が掲載され、「藪柑子」の筆名でベルリンから寺田寅彦の「羅馬通信」（二十日）一篇の寄稿があった。

*

三月四日の寺田寅彦宛て書簡は、情報満載といえる。まず、音楽家・山田耕筰がベルリン高等音楽学校に留学するにあたり、「此人の友人で筆の先生の中島さんから君へも序〔ついで〕に頼んでくれといふから一寸御報知する。何かの機会もあつたら世話をしてやつてくれ玉へ」とあって、中島六郎が山田耕筰と知り合いであったことが知られる。

段々春めいてきて少しは暖かになつた。昨日湯に入〔い〕つたら今朝始めて鶯をきゝましたよ。まだ下手ですねと云つてゐた。宅では箪笥の上に御雛様を飾つてゐる。山田といふ奥さんから虎屋の雛の菓子をもらつて飾つた。二日の夜明に又御産があつて大混雑。又女が生れた。僕は是で子供が七人二男五女の父となつたのは情ない。鬢の所に白髪が大分生えた。又小説をかき出した。三月一日から東京大阪両方へ出る。題は門《もん》といふので、森田と小宮が好加減につけてくれたが、一向門らしくなくつて困つてゐる。小宮も森田も中々有名になつた。虚子が去年の末腸チフスをやつて漸く快復したがまだ衰弱してゐる。其他異状なし　草々

五女・ひな子の誕生は、三月二日午前三時。森田草平が名付け親となり、翌日、牛込区役所へ届けに行った、という。その日の夕刻、門下生のうち何人かが集って白酒で宵雛を祝った（「研究年表」）。

「山田といふ奥さん」は、国際私法学者で帝大教授の山田三良夫人。「ホトトギス」への作品紹介を依頼する。

文面にある通り、「東京朝日新聞」「大阪朝日新聞」で「門」の連載が始まる。六月十二日まで、百四回。二月二十一日に漱石は、予告のための原稿作りと題名を決めてくれ、と草平に頼んだ。草平は小宮豊隆と相談して、ニーチェ「ツアラッストラ」を開き、「門」の一語を見出す。二人は「これなら象徴的で、どんな内容でも盛ることができる」と考えた、という（「研究年表」）。

高濱虚子が腸チフスで大学病院に入院したのは、前年十月末のこと。この年の二月には、下村為山と伊豆、熱海に遊んでいる。

——こう記しながら、漱石と草平との関係を気掛りに思う。小宮豊隆も漱石夫妻から、小間使い同様に使い走りを頼まれているが、なぜか、草平に対してはアシスタントという重宝な語を用いたくない。私には、時代小説に描かれる貧乏旗本と性質《たち》のよくない町奴との組合せが連想されるのである。実際にも、怒りに駆られた時には、漱石の意識のなかに「奴」という一語が浮んだ。三月十一日の野上豊一郎への手紙の追伸に、「森田のやつこが楚人冠へ答弁をかいた時は僕に原稿を検閲す［る］ひまを与へずにすぐ社へ持つて行つた。あれを僕は書き方がよくないと叱つた位だ」（傍点・引用者）との二行が添えられている。「楚人冠」は朝日新聞記者・杉村楚人冠（明治五年生れ）。漱石とは親しい。

一月以来、楚人冠の小説「変な女」（「中央公論」一月号）をめぐって、新聞紙上で草平と楚人冠との間に批難の応酬が生じていた。「原稿」は「二月の文壇（一）」、二月十六日の文藝欄に掲載されている。草平の記事が漱石と楚人冠の間に確執があるかのような印象を与えるのを危惧して、漱石は「國民新聞」の野上豊一郎へ宛てて、六号欄「風聞録」に「事実を書いて呉れないか」と頼んだのである。三月十八日には、自身による「草平氏の論文に就て」を文藝欄に掲げる。その掉尾に、「余は文藝欄の担任記者として、欄内に掲載する文字には大抵眼を通してゐるが、草平氏の原稿が後れた為通読の機会を得ずして、すぐ直接に編輯へ廻されたため、つい斯云ふ事を公けにいふ様になつた」と記すのだった。

鈴木三重吉は千葉県成田町で私立中学校の教頭となり、

逼塞状態にあったが、前年十一月二十三日に一番の親友である小宮豊隆への葉書に、「文藝欄設置の由、吾党も万歳である」と記して、「東京朝日新聞」文藝欄新設を喜んだ。末尾に一行、「秋風落莫、都恋し」とあるのが哀れを誘うが、「ホトトギス」新年号に久々に短篇「小猫」を発表して好評を得た。一月四日、漱石は「今年より御活動のよし大慶の至に存候」と書き添えた年賀状を送っている。虚子に依頼され、三月三日から「國民新聞」で長篇「小鳥の巣」の連載が始まる。二十九日、漱石は三重吉からの来信に応えて、毎日「小鳥の巣」を読んでいることを伝えた。

　おそらくは、とこれは推測でいうのだが、三重吉の活動によって思い出されたのだろう、「佐渡が島」（「ホトトギス」四十年十一月）の作者のことを、である。草平を通じて、茨城県結城郡岡田村に住む歌人・長塚節に「門」のあとの連載小説執筆を依頼したのは、この三月中のことと推察される。長塚節の「土」は六月十三日から連載が始まるが、予告といえる漱石の「長塚節氏の小説『土』」（六月九日）に、「最初余から交渉した時、節氏は自分の責任の重いのを気遣《きづか》つて長い間返事を寄こさなかつた。夫《それ》から漸《やうや》く遣つて見様といふ挨拶が来た。夫から四十枚程原稿が来た」と記されているところから逆算して推定するのである。「挨拶が来た」のは四月末のこと。漱石は、「先般は森田草平氏を通じて突然なる御願に及び候処早速御聞届被下候段感謝の至に候」（傍点・引用者）と返信した（四月二十九日）。春陽堂版「長塚節全集」の「年譜」では、漱石からの依頼は「二月ごろ」とされる。「熟考の末承諾を決意する」「五月初めには準備を終えて筆を下す」とある。しばらくして、長塚節は痔の切開手術のため入院、七月中旬に帰宅。一ヵ月ほど、原稿制作は中止を余儀なくされる。

　三月の文藝欄で目を惹くのは桐生悠々の寄稿で、「孤城落日の自然派」上・下（二、五日）と「風俗壊乱罪」（二十八日）の二篇が掲載された。ほかに、エリセイフ「アンドレイエフの近作『アナテマ』の批評」上・下（十四、五日）、石井柏亭「日本画と云ふもの」上・下（二十六、七日）などが載った。

＊

　三月三十日、漱石は武者小路実篤へ宛てて礼状を書き送った。これが「白樺」グループ（といっても、表面上は武者小路と志賀直哉の二人に対してだけなのだが）との最初の接点となる。

……白樺一号御恵送にあづかり拝受。巻頭の「それから」評未だ熟読不致候へども直ちに一寸眼を通し候。拙作に対しあれ程の御注意を御払ひ被下候のみならず、多大の頁を御割愛被下候事感佩〔かんぱい〕の至に候。深く御好意を謝し申候。

「白樺」の創刊は四十三年四月。いずれも学習院出身者による三つの回覧雑誌「白樺」「麦」「桃園」が結集して、公刊の月刊誌となって出発する。「白樺」からは武者小路実篤、志賀直哉、木下利玄、正親町公和《おおぎまちきんかず》の四人が、「麦」からは里見弴、児島喜久雄らが、「桃園」からは柳宗悦と郡虎彦が創刊にかかわり、年長の有島武郎、壬生《みぶ》馬《ま》（のち生馬）兄弟も参加する。

武者小路実篤は明治十八年、東京・麹町の生れ。「白樺」創刊号の巻頭に「『それから』に就て」を掲げた。学習院高等科の頃から、「ホトトギス」で「坊っちゃん」や「吾輩は猫である」などを「痛快」「やっぱり面白い」（「日記」）と愛読、漱石に心服していたという。三十九年、文科大学哲学科社会学専修に進んだが翌年、中退する。すでに四十一年四月に創作感想集「荒野」の一著を自費出版していた。

武者小路は漱石追悼の一文「夏目さんの手紙」（「新公論」大正六年二月号）のなかで、「白樺を出す時分白樺の人は皆夏目さんを尊敬してゐた。自然派の影響を皆受けたが、多くの人は夏目さんに一番感心してゐた」と回想する。

……当時夏目さんが不当の悪評を受けてゐるのに不快を感じてゐた同人は、白樺の第一巻第一号に、夏目さんの『それから』の評を僕にかくことをすゝめた。自分も書いてもいゝと思つた。しかし批評家として（作家としてもだが）自信のなかつた自分は殊に尊敬してゐる人のものを批評する勇気がなかつた。しかし同人殊に志賀がすゝめたので「それからに就て」と云ふ評をかいて出した。出した雑誌を夏目さんに送る方が礼に叶つてゐるか、送らない方が礼に叶つてゐるか、志賀や木下（利玄）や正親町と相談した結果、夏目さんにハガキをそへて送ることにした。

「するとまもなく夏目さんからハガキが来た」とある。漱石の礼状は「白樺」グループ、ことに旧「白樺」の四人を喜ばせた。武者小路は志賀直哉や正親町公和らに電話で報せて祝福して貰ったが、「ハガキ」を「志賀の処へすぐ持つて行つたか、志賀がすぐ見に来たかした」という。

「不当の悪評を受けてゐる」とは、白鳥の回想にあったような事態をいうのだろう。「白樺」グループは自然主義派とは生理的に合わない。白鳥が漱石、鷗外に対しての官学コンプレックスを指摘するのに倣うなら、地方出身の自然主義派と華族の子弟たちとは生育した環境がまるで異なるといえるのである。反自然主義の立場にたつとはいえ、〝正直〟〝真面目〟を共通の性質とする「白樺」グループが耽美、享楽の一派と交わることもなかった。若き日のかれらが、漱石の存在を頼りとしたのは必然ともいえた。

褒められれば、自信が倍加する漱石だった。礼状には、「中にも『それから』が運河だと云ふのは恐らく尤も妙なる譬喩ならんと存候」などとある。感謝の気持を忘れない。のち大正二年に武者小路が「『それから』に就て」を収録した感想集「生長」を送ると、漱石は礼状に「最初にある『それから』の当時の御批評は私にはいゝ記念でありますす、御礼を申します」と記す。

「最初のハガキをもらつてからまもなく、夏目さんから朝日の文藝欄に何かかいてほしいやうな話があつて」と武者小路は回想している。文藝欄に最初の寄稿「代助と良平」が掲載されるのは、四月十二日のことである。つづいて五月十五日に「賞翫者と批評家と創作家に」が載る。四月六日の葉書に、「『代助と良平』頂戴難有候」「森田参るべき処多忙にて電話にて御迷惑願候事と存候」とある。

漱石が「白樺」創刊号で志賀直哉の「網走まで」を、第三号で「剃刀」を読んだであろうことは記すまでもないことと思われる。

四月十六日、鈴木三重吉に葉書を送った。「小鳥の巣は題名の通り小鳥の巣に至つて始めて君の真面目を発揮致し候。あゝいふ事の叙述は今の文壇無之。従つて甚だ興味深く候」とだけ記されている。繰り返すが、褒められ好きの漱石は、褒め上手でもある。これは編集者の資質の一つ。褒め方ほど難しい言葉の技術はない。浪曼的傾向を脱皮して、直接自身と向き合った作品として、「小鳥の巣」は三重吉には大きな転回点となる。

二十九日の長塚節宛て書簡には、「小生の小説（「門」のこと――引用者・註）はいつ完結するや実の処本人にも不明に候へどもごく短かくても九十回にはなるべきかと予想致居候只今六十回故今より御起草被下候へば小生も安心」とも記されていた。この文言で、新聞連載が空約束ではないことを示したのかも知れない。書き手の心理・生理を的確に摑んでいたのだ、と感嘆させられるのである。

　四月の文藝欄には、片山孤村「抱月の偽自然主義」上・下（三、六日）、桐生悠々「小説と女」（十三日）「独よがりの文藝」（二十日）「文藝の社会的使命」（三十日）、茅野蕭々「客観的描写と主観」上・下（二十四、五日）などの寄稿があった。

*

　五月十日、朝日新聞社から坪内逍遥・池辺三山・内田魯庵編による「二葉亭四迷全集」第一巻が刊行され、午後四時から上野・精養軒で二葉亭の追悼会が開かれた。参会者七十名余り。出席した漱石は、「近時の我国人が何事にも余裕なき状なるを悲しむ折柄此頃石の静にして頑然たる姿を愛するに至れり古の人が墳墓に石を用いしことを深く感ず、二葉亭氏の全集は此石の如く故人の死後に重みを附け故人も能く落ち着き得ることを思ふ」と挨拶したが、これを聞いた岩野泡鳴から、内容が充実していない、と皮肉られたという逸話がある（「研究年表」）。「二葉亭四迷全集」の校正を、前年三月に朝日新聞社に入社して校正係となっていた石川啄木が担当したことは、ひろく知られるところだろう。二十四歳の放浪詩人は池辺三山の信任を得て、第二巻から発行所が博文館となる「全集」の事務引き継ぎを命じられる。啄木は三十九年の日記に、「近刊の小説類も大抵読んだ。夏目漱石、島崎藤村二氏だけ、学殖ある新作家だから注目に値する。アトは皆駄目。夏目氏は驚くべき文才を持つて居る」（「八十日間の記」）と記しているように、早くから漱石の仕事に着目していたが、「三四郎」も「それから」も、啄木が「毎日社にゐて校正」（「断片」）したのだった。

「五月十五日」発行の奥附表記で「漱石近什四篇」が春陽堂から出版される。「文鳥」「夢十夜」「永日小品」「満韓ところ〲」を収めた作品集で、菊判、角背、函入りの美装本である。各篇の冒頭に五葉によるカットが附されている。

　岩野泡鳴が五月二十日に二ヵ月がかりで書き上げた長篇「放浪」を、「朝日新聞」に連載させて欲しいと頼みに来たのが、いつのことかは判らない。漱石は次の掲載作品が決っているからと断った。五月下旬のことと推定されるが、今度は「序文」を送って来て、それを文藝欄に載せて貰えないかと依頼した。このとき漱石は、内容が充実していない、として掲載を拒否したという（「研究年表」）。「放浪」は七月六日に東雲堂書店から出版される。「断橋」「発展」「毒薬を飲む女」「憑き物」とつづく、いわゆる泡鳴五部作の第一冊である。自然主義文学の達成点の一つといえるだろう。

五月の文藝欄には、吹田蘆風（順助）「新ロマンチシズム」（九日）、黒田鵬心「古美術品の復舊に就て」上・下（十二、三日）、片山孤村「再び偽自然主義に就いて」（十九日）、桐生悠々「放任主義と自然主義」（二十一日）、戸川秋骨「郊外の文学」（二十六日）などの寄稿があるが、小宮豊隆、森田草平（蒼瓶）の記事を含めて、漱石自らが文藝欄を論客養成の場所としたかのようにも印象される。

六月一日は、幸徳傳次郎（秋水）と管野スガが湯河原・門川駅前で逮捕された日である。

二日の文藝欄、ＪＡ「二葉亭全集第一巻」は、阿部次郎が五月二十四日の、「二葉亭の全集に就ては社と特別の関係もある事故《ゆえ》是非何か書きたくと存候已《やむ》を得ねば又魯庵先生でも煩はし度と思ひ居候が、大兄もし御閑なら」という漱石の依頼に応えた寄稿だった。
三、四日、魚住折蘆の「自然主義は窮せしや」が分載される。
九日に掲載される「長塚節氏の小説『土』」は、十三日から始まる連載小説のいわば予告にあたるものだが、この頃に執筆されたのだろう。正宗白鳥は「農民小説は、長塚節の『土』を、明治大正に亘っての第一の作品として推薦しなければならぬ」（「自然主義盛衰史」）と記すが、それだけでは足りない、「土」は日本近代文学屈指の名作となる。編集者・漱石はそれを誕生させ、庇護するのである。ただし、この時はまだ冒頭部分を読んだだけで、どのような作品になるか、その全貌を知らない。六月二十五日の手紙に、「『土』は毎朝拝見。一般に評判よき様に候」と記して、体調不良のなかで制作に苦慮する長塚節を励ます。

二　修善寺大患

「六月六日〔月〕」とある。この日から漱石は、久しぶりに「日記」をつけ始める。満洲旅行の記録以来、およそ八ヵ月ぶりのこととなる。


内幸町腸胃《ママ》病院行。雨。

麹町の花屋でみづ〳〵しきあやめを桶にすい〳〵と入れてあつた。


この年の初めから、胃の工合がことに悪い。鏡子から専門医に診て貰うよう何度勧められても、「癌《がん》になつたらなつたで仕方《しかた》がないぢやないか」などといって一向に行こうとしない。「が、たうとう自分《じぶん》でも気味悪《きみわる》くなつて来《き》たものでせう。内幸町《うちさいはひちやう》の長與《ながよ》胃腸病院《ゐちやうびやうゐん》に行《い》つて診《み》て貰《もら》ふことになりました」と、鏡子によって回想されている。肌寒い日で、漱石は袷羽織を着て出かけた。

長與胃腸病院は、長與稱吉がドイツ留学から帰国後、二十九年に設立した消化器専門医院。長與家は代々肥前大村藩の藩医であったというが、あるいは、と思う。長與胃腸病院を漱石に紹介したのは菅虎雄ではなかったか、と。久留米藩有馬家典医の長男である虎雄は漱石より三歳年長の先輩で、医学部予科に在籍していた頃、二つ年下の予科生・稱吉と面識があったか、初代衛生局長・長與専斎の長男としてその存在を見知っていたとも考えられる。ただし、この当時、院長・稱吉は病中にあったのだが。創刊一年後に「白樺」グループに加わった長與善郎（明治二十一年生れ）は、稱吉の末弟である。長與善郎は漱石の「それから」を読んで文学に開眼した、とされる。

六月九日。「胃腸病院行。便に血の反応あり。胃潰ヨウの疑あり」と記される。

六月十三日。「胃腸病院行。十一日の便には著るしく血の反応あり。且つ繊維の如きもの見える由。しかしまだ胃潰癰〔瘍〕の判断を下す事能はず、もう一返便の検査をなすといふ。外出歩行を禁ぜらる。謡も病症のきまる迄やめろといふ」とある。

梅雨の季節に入った。六月十六日、「早強雨の響を聞く。胃腸病院行。入院に決す。雨の儘の菖蒲を見る」。

鏡子の回想を借りたい。

診察《しんさつ》の結果《けつくわ》、どうも胃潰瘍《ゐくわいやう》らしいが、ともかく便《べん》を見《み》てといふことで、翌日又参《よくじつまたま》ゐりますと便《べん》の中《なか》に出血《しゆつけつ》してゐるといふことで、胃潰瘍《ゐくわいやう》の診断《しんだん》を下《くだ》されました。さうして大《たい》したことはないが、家《うち》では手当《てあて》も届《とゞ》きまいし、毎日《まいにち》こゝ迄通《までかよ》つて来《く》るのも大変《たいへん》だから、一時入院《じにふゐん》したがよからうといふことになりまして、六月《ぐわつ》の半《なかば》から一人《り》で入院致《にふゐんいた》しました。幸《さいは》ひそこで静《しづ》かに療養《れうやう》してますうちに大変工合《たいへんぐあひ》がよくなつて、もうよからうといふことで、七月《ぐわつ》三十一日《にち》に退院致《たいゐんいた》しました。

入院は十八日。「室南向明るし。病院といふよりも宿屋に来たやうなり。眼の前にひばの先尖りたると青梅の葉見ゆ」と「日記」に記される。

この「日記」は、読み始めるとすぐに、花や植物、雲などについての観察が細やかで、その印象が鮮明に綴られているのが特徴であることが知られる。漱石の眼差しに明らかな変化が生じた、と気付かされるのである。

例えば、冒頭部分から抄出するだけでも、
八日、「裏の家のオンラ《イ》ン草枳殻《からたち》垣の隙より見ゆ。小町菊は先月中旬より咲く。ひめあやめもしきりに延びる。子供金蓮花を鉢で買ふ花散る。茎延ぶ。松葉菊まだ鉢にあり」。

九日、「好天気。坐敷の花活に夏菊を挿す。黄のなかに赤を帯びたる小さき花簇《むら》がりて、ぴんと勢よく頭を並べたり。書欄の上の銅瓶には百合を活ける。色黒を帯びたる赤。菊も百合もわが心に適ふ」（傍点・引用者）。「裏の北縁の硝子戸を開ける。角に薔薇の樹あり。まだ花を着く。此木の咲き出したのはもう二ヶ月位も前と思つてるのに、まだ所々に赤き蕾あり。夫から夫へと落ちては咲き咲いては落ちるなるべし。梧桐の根の小町菊も然り」。「花壇に濃き黄の小百合開く。石榴《ざくろ》もいつか花を着けたり。芭蕉の実赤子の頭程になる。葉出て青く見えてより既に月余ならん」。

十一日、「上富坂を上る右手の広い空地に何といふ木か名の分らないのが、若い軟かい緑りを吹いてゐた。其色は舐めて見たい程美くしかつた」。

十二日、「北の縁側の籐の長椅子に寐て庭を眺めてゐる。風吹いて梧桐や桜がぱた／＼と鳴る」。「薄き藍色の空に二たかたまり程の白雲が出る。其輪廓が暈《ぼか》した様に薄くなつて藍に流れ込んでゐる。秋の空に似たり」。

十七日、「坐敷に白百合を活ける。香強し。銅瓶に桔梗を挿す。終日雨。日暮に晴れかゝる。薄シヤツにフラネル」。

などという記述がある。あたかもこれが入院の日までのプロローグのようだが、入院中も視座は変らない。窓から外の景色を眺め、病室には花を活け、盆栽に親しむのだった。二十一日、「南の方に細くて高い烟突あり。湯屋らし。其後ろにこんもりした丸き森あり。其左少し低き処から一本の高い松らしきもの聳ゆ」。二十四日、「妻白百合を携へて来る」。二十六日、「燕遥かの空を飛ぶ。階下に紫陽花咲く。くちなし白く咲く。花卉《かき》の鉢物を並べたるうちにジエレニアム赤し」などと記述はつづく。

二十一日には、「医員後藤氏来。わざ／＼長與院長の伝言を述ぶ。院長病気にて面会の機なきを憾むとの事。院長は余の著述を読む由。謝してよろしくといふ」とある。

見舞い客の来訪は絶え間ない。妻・鏡子や草平、豊隆が頻繁に訪れるのは当然のこととして、野村傳四や鈴木三重吉、野上豊一郎らの門下生、池辺三山はじめ朝日新聞関係者、菅虎雄や中村是公ら旧友、ほかに戸川秋骨、石井柏亭、生田長江、物集和子、太田正雄（木下杢太郎）などもやって来た。桐生悠々も二度、見舞いに訪れている。七月一日に石川啄木が来て、「二葉亭四迷全集」の話などをした。啄木がツルゲーネフの短篇「けむり」を読みたいというので、漱石は草平に託して、書斎からガーネット版・英訳「ツルゲーネフ全集」の第五巻を取り寄せる。五日、啄木は借用しに参上した。十二日には、松根東洋城が「北白川宮の御用掛をかねる事になつた」と伝えた。

二十日、橋口五葉が「グロクスニやとかいふ花」を届けた。「葉を切つて砂に埋れば接《つ》くといふ。熱帯の植物で尤も熾《さかん》な色をなす。花の形はまだ知らず、蕾は細長く釣鐘の如し」とある。翌二十一日、「熱帯の花　白いくわりんばいと対して異彩を放つ。強烈なる色のうちに紫と赤と黒を蔵す」。漱石の「心に適ふ」色を知る五葉ならではの気遣いであった、というべきだろう。

病室では原稿も書いた。雑誌の談話筆記の依頼も受けている。七月十九日の文藝欄に載った「文藝とヒロイック」はその一つ。これは十八日の「日記」に、「森田が昨日生田（長江——引用者・註）の原稿を持つて来たのをいけないと云つたら、無断でそれを社へ廻して仕舞つた。癪に障るから自分で書いてひる迄に社へ持たしてやつた」という、その原稿である。心中未遂事件以来（事後の顚末を含めて）、草平が生田長江に頭が上らない関係にあったことは理解できるが、それにしても「森田やつこ」の編集感覚の鈍さ、無智蒙昧には呆れざるをえない。破廉恥漢ではあっても、漱石には愛すべき「やつこ」だったのだろうか。七月二十一日に書いた「イズムの功過」は、二十三日の文藝欄に掲載される。

梅雨が明けるのだろうか、七月二十日は「晴」である。「雲出づ。白い雲が薄く濁つた中《な》かに、微かに赤みを帯びてゐる。その奥には紫の匂も見える。数は切れる様に続《つな》がる様に沢山であつた。其背景たる青空もつや消しである。暖かく蔵《かく》れてゐる。冴えたぎら〳〵したものではない。嫩《どんうん》雲である」との記述は、寓意的なようにも感じられる。二十一日からは散歩が許された。夜、日比谷公園、「噴水に月の映るさまが面白かつた」。二十二日、鳥森、愛宕町。二十三日、日比谷公園、銀座。二十四日の朝は日比谷、と快方へと向う様子が確認される。二十六日、「階下のジエレニアム入院当時に見たとき既に咲けり。今朝ふと気が付て手摺から下を見ると依然として咲いてゐる。長くもつ花なり。時日の早く立つ事を忘る」と記される。三十一日、退院。

○一昨日森円月の置いて行つた扇に何か書いてくれと頼まれてゐるので詩でも書かうと思つて、考へた。沈吟して五言一首を得た。

来宿山中寺、更加老衲衣、寂然禅夢底、窓外白雲帰。

十年来詩を作つた事は殆んどない。自分でも奇な感じがした。扇へ書いた。

○今日退院。（傍点・引用者）

森円月（次太郎）は明治三年生れ、元・松山中学教師。上京して「東洋協会雑記」の編集に携っていた。書画など古美術に通じて、その点で漱石とは気が合ったらしい。漢詩作りは三十三年以来のこととなる。子規を最期の病床に見舞い、ロンドンへ発ってから丁度十年が経つ。「時日の早く立つ事を忘る」、だろうか。「日記」の記述は一旦、ここで終る。

もう明らかだろう。漱石の意識はふたたび、徐々に〝正岡子規〟に近づくのだった。白い雲が「二たかたまり」、「其輪廓が暈《ぼか》した様に薄くなつて」、空の「藍に流れ込」む。胃潰瘍発症と入院という事態が、思いを「病牀六尺」の詩人に重ねさせたともいえるが、たんにそれだけではない。「黒を帯びたる赤」の色調が、意識のあり様を暗示するのである。

＊

八月。修善寺大患、である。

二日、三日は入院中の見舞客への礼状書きに追われた。そのうち何通かの葉書には「軽快退院」と表現されているが、ただ池辺三山への手紙には、「やつと退院の許可を得帰宅致候然し軽快になつた迄で全癒には至らぬため食事と食事の時間やら運動の都合やら色々六づかしき規則を実行せねばならぬためまだ何処へも参上致さず候。今少し容子を見た上にて転地可然との医者の注意に候」と、実情が吐露される。

其頃《そのころ》松根東洋城《まつねとうやうじやう》さんが、北白川宮様《きたしらかはのみやさま》のお附《つき》で修善《しゆぜん》寺《じ》へ行《い》つてゐられるから、病後《びやうご》の静養《せいやう》に来《き》てはどうかといふことで、自分《じぶん》でも識《し》つた人《ひと》が居《ゐ》た方《はう》が何《なに》かにつけていゝと思《おも》つたものでせう。では行《い》つて見《み》ようと申《まを》します。つまり療養旁々《れうやうかた〴〵》松根《まつね》さんと一緒《しよ》にゆつくり俳《はい》句《く》でも作《つく》る気《き》であつたものと見《み》えます。

ところがいよ〳〵修善寺温泉《しゆぜんじをんせん》へ参《ま》ゐるといふ前日《ぜんじつ》、胃腸病院《ゐちやうびやうゐん》に一度《ど》診《み》て貰《もら》ひに参《ま》ゐりました。行《い》きかへりとも市内電車《しないでんしや》で、かへりには外濠《そとぼり》で神楽坂下《かぐらざかした》におりて、そこから家迄《うちまで》歩《あ》るいてかへりました。途中《とちう》で大変《たいへん》胸《むね》が悪《わる》くなつたさうですが、車《くるま》にものらず其儘《そのまゝ》我慢《がまん》してかへつて参《ま》ゐりました。

その翌日修善寺《よくじつしゆぜんじ》へ向《む》けて一人《り》で出発《たち》ました。

（「漱石の思ひ出」）

鏡子の回想を借りた。漱石の修善寺行は八月六日のこと。午前十一時に新橋停車場を発って、大仁へ。午後八時頃、修善寺・菊屋別館に辿り着いた。出発前、草平に「自分の留守中は、何事も池辺君に聞いて」と、釘を刺すのを忘れなかった（森田草平「続 夏目漱石」）。この日から「日記」も再開され、日々の病状が綴られる。

八日、「入浴。浴後胃痙攣を起す。不快堪へがたし」。六日以降、雨の日が続いていた。九日には、「雨。伊豆鉄道がとまるかも知れぬといふ」とある。十日、十一日、記載なし。

十二日、「夢の如く生死の中程に日を送る。胆汁と酸液を一升程吐いてから漸く人心地なり。氷と牛乳のみにて命を養ふ」「半夜一息づゝ胃の苦痛を句切つてせい〳〵と生きてゐる心地は苦しい」「膏汗が顔から脊中へ出る」。十五日、十六日、「苦痛一字を書く能はず」。雨が降りつづく。

十七日、「咄〔吐〕血、熊の胆の如きもの。医者見て苦い顔す」。

十九日、「又咄〔吐〕血。夫から氷で冷す。安静療法。硝酸銀」。

などと記される。この間、地元の医師を緊急に手配したりしたのは、松根東洋城だろう。東洋城は北白川成久《なるひさ》王に随行して、菊屋本館（別館からは桂川沿いの少し上流にあった）に滞在していた。鏡子との連絡にも東洋城が当った。十二日の「日記」に、「松根が余の病状を報知していつでも来られる支度をせよと妻にいってやつた。それを後から電報で取り消す」とある。十七日に長與胃腸病院に電話をかけて相談したのも東洋城だった。様子を知るために病院が朝日新聞社へ電話で問合せると、「新聞社《しんぶんしや》ではびつくりしまして、すぐに阪元《さかもと》（坂元――引用者・註）雪鳥《せつてう》さんが、胃腸《ゐちやうびやうゐん》病院の医員《いゐん》の森成麟造《もりなりりんざう》さんと一緒《しよ》に修善寺《しゆぜんじ》に急行《きふかう》されました」（「漱石の思ひ出」）という。これが十八日のこと。二人が十二時四十分の汽車で発つ、との電話を取りついだのも、東洋城である。鏡子が到着したのは、二十日頃のことであったか、と思われる。

二十日の夜、渋川玄耳が来て、「池辺と相談どんな医者でもどんな器械でも送る事にした由」を伝える。二十一日、森成医員は院長からの「当分其地にとまり看護に手を尽すべし」との電報を受けた。二十四日夕刻には副院長・杉本東造も駆け付ける。

二十三日、「おくび生臭し。猶出血するものと見ゆ。便は無類血色あり」(「日記」)。

二十四日、杉本副院長が診察を終えて別室へ引き上げた後、夜八時半、漱石は五百グラムを吐血、脳貧血を起して、人事不省に陥った。

「気持悪《きもちわる》いですか。」
と尋《たづ》ねますと、いきなりすげなく、
「彼方《あつち》へいつてゝくれ。」
と申《まを》します途端《とたん》に、ゲエーツといふいやな音《おと》を立《た》てます。様子《やうす》が只事《ただごと》でありません。隣室《りんしつ》に高田早苗《たかださなへ》さんがお子様方《こさまがた》をお連《つ》れになつていらして居《ゐ》ましたが、そこへ女中《じよちう》さんが来《き》て何《なに》やら話《はなし》をしてゐます。ともかく場合《ばあひ》が場合《ばあひ》ですからなりふりをかまつては居《を》られません。急《きふ》にその女中《じよちう》さんを呼《よ》びまして、今行《いまゆ》かれたばかりのお医者《いしや》さんたちを呼《よ》んで貰《もら》はうとしました。と又《また》ゲエーツと不気味《ぶきみ》な音《おと》を立《た》てたと思《おも》ふと、何《なん》ともかんとも言《い》へないいやな顔《かほ》をして、目《め》をつるし上《あ》げて了《しま》ひました。と鼻《はな》からぽた〳〵血《ち》が滴《したた》ります。

医師たちが駆け付けるまでの間、「夏目《なつめ》は私《わたし》につかまつて夥《おびたゞ》しい血《ち》を吐《は》きます。私《わたし》の着物《きもの》は胸《むね》から下《した》一面《めん》に紅《くれなゐ》に染《そ》まりました」という(「漱石の思ひ出」)。カンフルとボンベルン、計十何本かが注射され、食塩注射が右の上腕に打たれたところで、漱石は意識を取り戻した。杉本東造・副院長は絶望の色を示していた、という。「一晩中《ばんちう》壊《こ》はれかけた注射器《ちゆうしやき》を武器《ぶき》にして、お医者《いしや》さんと病気《びやうき》とが闘《たゝか》はれたわけですが、たうとういゝ按配《あんばい》に脈《みやく》も出《で》て来《き》て、危《あぶな》いところで一命《めい》を取《と》りとめることが出来《でき》ました」と回想される。

社《しや》の阪元雪鳥《さかもとせつてう》さんが、この危篤《きとく》の状態《じやうたい》に驚《おどろ》いて、各方面《かくはうめん》へ電報《でんぱう》を打《う》つてられる。鉛筆《えんぴつ》か筆《ふで》かを握《にぎ》つて電《でん》報用紙《ぱうようし》に向《むか》ひながら、奥《おく》さんしつかりしてらつしやい、しつかりしてらつしやいと、私《わたし》が此上気《このうへき》が転倒《てんたう》でもしてはと思《おも》はれるものかしきりにはげましてくれられたのですが、私《わたし》どころか御自分《ごじぶん》の手《て》がぶる〳〵震《ふる》えて、どうしても電報《でんぱう》の字《じ》が書《か》けないのでした。

急変を知り、翌日から、東京、また地方在住の門下生、旧友、出版、新聞関係者ら大勢が見舞いに駆け付けたことは、一々名前を挙げて記すまでもないだろう。
「思ひ出す事など」は十月二十日から書き始められた修善寺滞在足掛け三ヵ月の記録だが、この臨死の体験が発端となる。そこに、意識が喪われていく瞬間の記憶が蘇える。

妻《さい》が杉本《すぎもと》さんに、是《これ》でも元《もと》の様《やう》になるでせうかと聞《き》く声《こゑ》が耳《み》に入《い》つた。左様《さやう》潰瘍《くわいやう》では是《これ》まで随分《ずゐぶん》多量《たりやう》の血《ち》を止《と》めた事《こと》もありますが……と云《い》ふ杉本《すぎもと》さんの返事《へんじ》が聞《きこ》えた。すると床《とこ》の上《うへ》に釣《つ》るした電気燈《でんきとう》がぐら〳〵と動《うご》いた。硝子《ガラス》の中《なか》に彎曲《わんきよく》した一本《ぽん》の光《ひかり》が、線香《せんかう》煙花《はなび》の様《やう》に疾《と》く閃《きら》めいた。余《よ》は生《うま》れてから此時程《このときほど》強《つよ》く又恐《またおそ》ろしく光力《くわうりよく》を感《かん》じた事《こと》がなかつた。其咄嗟《そのとつさ》の刹《せつ》那《な》にすら、稲妻《いなづま》を眸《ひとみ》に焼《や》き付《つ》けるとは是《これ》だと思《おも》つた。時《とき》に突然電気燈《とつぜんでんきとう》が消《き》えて気《き》が遠《とほ》くなつた。

八月二十四日以後、九月七日までは、漱石の日記帳に鏡子が代って「心《こころ》おぼえ」を記した。その記述によると、二十六日、「容態ヤヽ良好」、二十七日から九月四日はほぼ毎日、「容態別状ナシ」。五日になって、「容態だん〳〵よろし」と記される。

この間、七、八月の文藝欄には、桐生悠々「現代を文配する思想」上・下、「現代の批評家」上・下、「評家と作家」、藤島武二「モデルと美人画」一―四、大塚楠緒子「うめ草」、魚住折蘆「自己主張の思想としての自然主義」上・下などのほか、漱石自身も、「文藝とヒロイック」（七月十九日）、「艇長の遺書と中佐の詩」（七月二十日）、「鑑賞の統一と独立」（七月二十一日）、「イズムの功過」（七月二十三日）、「好悪と優劣」上・下（七月三十一日、八月一日）、「自然を離れんとする藝術」上・下（八月十三、十五日）を寄稿している。

＊

九月七日、「容態《ようたい》よろし」と、鏡子は「心《こころ》おぼえ」に記した。「するともうその翌日《よくじつ》の九月《ぐわつ》八日《か》から」、とある、漱石はふたたび、日記帳を自らの枕許に開いた。
「ねながら書《か》くのですから少々乱雑《せう〳〵らんざつ》ではありますが、この同《おな》じ日記帳《につきちやう》に句《く》を書《か》いたり、英語《えいご》まじりの感想《かんさう》らしいものを書《か》いたりし始《はじ》めました。それが日増《ひま》しに日記《につき》の体《たい》をそなへて来《き》て、句《く》をしきりに作《つく》つてかきつけ、それから漢詩《かんし》なども次々《つぎ〳〵》に出来《でき》る様子《やうす》でありました」と語られる。

たしかに新しい頁には、俳句や漢詩が混じり、あたかも俳人の俳句帖、また詩人の雑記帖のような趣きを呈するのである。そこに、「アイスクリームは冷たくていやになる」（九日）、「四時頃突然ビスケット一個を森成さんが食はしてくれる。嬉しい事限なし」（十三日）、「ソーダビスケット」を「ビスケットに更へる事を談判中々聞いてくれず」（十六日）、「晩に百グラムのオートミール旨し」（十八日）などと、身体の要求するままに食物への強い関心が示される。そう、この「日記」は、漱石による「仰臥漫録」、というべきものとなる。

生還後、最初の記述は句作だった。

別るゝや夢一筋の天の川
秋の江に打ち込む杭の響かな
秋風や唐紅の咽喉仏

「思ひ出す事など」はこの新しい「日記」を下敷きにした制作だが、そのなかにこの三句についての自作解説が記されている。

秋《あき》の江《え》に打《う》ち込《こ》む杭《くひ》の響《ひゞき》かな
是《これ》は生《い》き返《かへ》つてから約《やく》十日 許《ばかり》して不図《ふと》出来《でき》た句《く》である。澄《す》み渡《わた》る秋《あき》の空《そら》、広《ひろ》き江《え》、遠《とほ》くよりする杭《くひ》の響《ひゞき》、此《この》三つの事相《じさう》に相応《さうおう》した様《やう》な情調《じやうてう》が当時《たうじ》絶《た》えずわが微《かす》かなる頭《あたま》の中《なか》を徂徠《そらい》した事《こと》は未《いま》だに覚《おぼ》えて居《ゐ》る。

とあるが、甦った漱石の脳中に最初にイメージされた「広《ひろ》き江《え》」は、どこの浜辺の印象だったのか。修善寺は伊豆半島の中央部に位置していて、海からは遠い。房総、鎌倉、松山、熊本、と連想をはたらかせても、私には「坊っちゃん」のいる海が思い浮ぶばかりである。と記して、これが実景であるのを、内田百閒「漱石俳句の鑑賞」で知った。「江」は狩野川河岸なのだろうか。百閒は、「明るい様な籠つた様な、朗らかな様なわびしい様な、ぼくぼくと云ふ音が秋の江に響き渡つて来る。何と云ふ蕭條たる秋晴れであらう。漱石先生の句の中に於ても、類尠なき絶唱である」と称えている。

「別《わか》るゝや夢一筋《ゆめひとすぢ》の天《あま》の川《がは》」は、さらに幻想的な一句といえる。

何《なん》といふ意味《いみ》か其時《そのとき》も知《し》らず、今《いま》でも分《わか》らないが、或《あるひ》は仄《ほのか》に東洋城《とうやうじやう》と別《わか》れる折《をり》の連想《れんさう》が夢《ゆめ》の様《やう》な頭《あたま》の中《なか》に這回《はひまは》つて、恍惚《くわうこつ》と出来上《できあが》つたものではないかと思《おも》ふ。
当時《たうじ》の余《よ》は西洋《せいやう》の語《ご》に殆《ほと》んど見当《みあた》らぬ風流《ふうりう》と云《い》ふ

趣《おもむき》をのみ愛《あい》してゐた。其風流《そのふうりう》のうちでも茲《こゝ》に挙《あ》げた句《く》に現《あらは》れる様《やう》な一種《しゆ》の趣 丈《おもむきだけ》をとくに愛《あい》してゐた。

秋風《あきかぜ》や唐 紅《からくれなゐ》の咽喉仏《のどぼとけ》

といふ句《く》は寧《むし》ろ実況《じつきやう》であるが、何《なん》だか殺気《さつき》があつて含蓄《がんちく》が足《た》りなくて、口《くち》に浮《う》かんだ時《とき》から既《すで》に変《へん》な心持《こゝろもち》がした。

俳句熱の再点火について、「思ひ出す事など」の「五」にその事情が詳しく綴られている。

まず、「修善寺《しゆぜんじ》に居《ゐ》る間《あひだ》は仰向《あふむけ》に寐《ね》たまゝよく俳句《はいく》を作《つく》つては、それを日記《につき》の中《なか》に記《つ》け込《こ》んだ。時々《とき〴〵》は面倒《めんだう》な平仄《ひやうそく》を合《あは》して漢詩《かんし》さへ作《つく》つて見《み》た。さうして其漢詩《そのかんし》も一つ残《のこ》らず未定稿《みていかう》として日記《につき》の中《なか》に書《か》き付《つ》けた」とある。そして、「余《よ》は年来俳句《ねんらいはいく》に疎《うと》くなりまさつた者《もの》である。漢詩《かんし》に至《いた》つては、殆《ほと》んど当初《たうしよ》からの門外漢《もんぐわいかん》と云《い》つても可《よ》い。詩《し》にせよ句《く》にせよ、病中《びやうちう》に出来上《できあが》つたものが、病中《びやうちう》の本人《ほんにん》にはどれ程得意《ほどとくい》であつても、それが専門家《せんもんか》の眼《め》に整《とゝの》つて（ことに現代的《げんだいてき》に整《とゝの》つて）映《うつ》るとは無論《むろん》思《おも》はない」とつづく。しかし、次の記述は、注目すべきものと思われる。

……病中《びやうちう》に得《え》た句《く》と詩《し》は、退屈《たいくつ》を紛《まぎ》らすため、閑《かん》に強《し》ひられた仕事《しごと》ではない。実生活《じつせいくわつ》の圧迫《あつぱく》を逃《のが》れたわが心《こゝろ》が、本来《ほんらい》の自由《じいう》に跳《は》ね返《かへ》つて、むつちりとした余《よ》裕《ゆう》を得《え》た時《とき》、油然《いうぜん》と漲《みな》ぎり浮《う》かんだ天来《てんらい》の彩紋《さいもん》である。吾《われ》ともなく興《きよう》の起《おこ》るのが既《すで》に嬉《うれ》しい、其興《そのきよう》を捉《とら》へて横《よこ》に咬《か》み竪《たて》に砕《くだ》いて、之《これ》を句《く》なり詩《し》なりに仕立上《したてあげ》る順序過程《じゆんじよくわてい》が又嬉《またうれ》しい。漸《やうや》く成《な》つた暁《あかつき》には、形《かたち》のない趣《おもむき》を判然《はつきり》と眼《め》の前《まへ》に創造《さうざう》した様《やう》な心持《こゝろもち》がして更《さら》に嬉《うれ》しい。果《はた》してわが趣《おもむき》とわが形《かたち》に真《しん》の価値《かち》があるかないかは顧《かへり》みる遑《いとま》さへない。

「天来《てんらい》の彩紋《さいもん》」とは、こころの素のあり様をいうのだろう。句作また漢詩制作は、生きる喜びであり、しかもそれは、衰弱しきった身体に甦る生命の炎《ほむら》の表現である、というのだった。「唐 紅《からくれなゐ》」の鮮烈な色調が殺気のようにイメージされるところだが、一方で、「風流人未死。病裡領清閑。日々山中事。朝々見碧山。」などとも詠うのである。『「思《おも》ひ出《だ》す事《こと》など』の中《なか》に詩《し》や俳句《はいく》を挟《はさ》むのは、単《たん》に詩人俳人《しじんはいじん》としての余《よ》の立場《たちば》を見《み》て貰《もら》ふ積《つもり》ではない」という。「たゞ当時《たうじ》の余《よ》は此《かく》の如《ごと》き情調《じやうてう》に支配《しはい》されて生《い》きてゐたといふ消息《せうそく》が、一瞥《べつ》の迅《と》きうちに、読者《どくしや》の胸《むね》に伝《つた》はれば満足《まんぞく》なのである」と記される。

「日記」に挿まれた病中吟のいくつかを拾っておきたい。

秋の空浅黄に澄めり杉に斧
風流の昔恋しき紙衣かな
立秋の紺落ち付くや伊予絣
病む日又簾の隙より秋の蝶
蜻蛉の夢や幾度杭の先
仏より痩せて哀れや曼珠沙華
生きて仰ぐ空の高さよ赤蜻蛉
鮎の丈日に延びつらん病んでより
天の河消ゆるか夢の覚束な

「風流《ふうりう》」を愉しむ。それが命懸けのものではあっても、蜻蛉《せいれい》、蜻蛉《とんぼ》と、意識が茜色の色調に沈潜していく様相が観察される。

修善寺には十月十一日まで滞在。東京に帰って、そのまま長與胃腸病院に再入院する。当日の様子は、「日記」の簡潔な記述を借りる。「雨の中を馬車にのる。人の考案にて橇《そり》の如きものにて二階を下る。夫を馬車の中へ入れる。浴客皆出見る。橇は白布で蔽はる。わが第一の葬式の如し」とある。

○大仁にて菊屋の主人、番頭先づあり。番頭は人足四人をつれて三島迄来る。漸くに汽車を乗りかゆ。人足なかりせば必ず後れたらん。一等室借切りなり。九人のを六人前出す二十二円某也。神奈川にて東洋城乗る。大森にて楚人冠乗る。新橋にて人々出迎はる少々驚く直ちに担架にのる。大抵の人には目礼した積なり。あとで聞けば知らぬ人多し。釣台で病院に行く。暗い中で四辺更に分らず
○入院故郷に帰るが如し。修善寺より静なり。面会謝絶、医局の札をかゝげたる由。

九月の文藝欄は低調というほかない。だが、こんな事態も生じていた。八月二十二、二十三日の魚住折蘆「自己主張の思想としての自然主義」上・下に対して、石川啄木が反論を書いた。執筆は八月末頃のことと推定される。「時代閉塞の現状」、大逆事件以後、反権力の先駆的な評論として知られる。しかし、なぜか、この評論文は文藝欄に採用されなかった。草平の手に渡ったものかどうか、判然としない。もちろん、漱石は目を通すことのできる状態ではなかった。「時代閉塞の現状」は、啄木生前に発表されることはなく、「啄木遺稿」（大正二年）に収められて、はじめて世に知られた。

啄木は渋川玄耳の推挽によって、一般には無名歌人な

がら、この年の九月十五日に新設された「朝日歌壇」の選者となる。漱石が啄木を忌避していたとは考えられない。どころか翌四十四年八月には、入院して生活に窮した啄木へ、鏡子夫人に託して見舞金五円を届けている。四十五年四月十五日、浅草・等光寺での啄木の葬儀にも参列した。折蘆が安倍能成や阿部次郎と一高文藝部以来の仲間であることは前述したが、あるいは、文藝欄の常連となったかれらと草平が結託して掲載を拒んだとも疑われるが、確証はない。「時代閉塞の現状」が文藝欄に載らなかったことを、漱石の名誉のために惜むのである。

しかし、漱石が仕掛けた文藝欄という編集装置は、明治という時代の大変革期に際して、十分に機能を果たせなかったとしても、発火点の一つとなる可能性をもつものであった、とはいえるだろう。

*

長與胃腸病院に再入院した後も、「日記」は書きつづけられた。そこにも、興の趣くままに句や詩がふんだんに混じる。「暁より烈しき雨。恍惚として詩の推敲や俳句の改竄を夢中にやる」（十月十五日）などと記される日もあった。

十二日、到着後に鏡子夫人から聞かされたのは、院長・長與稱吉が九月五日に亡くなっていたことだった。「わるくなつたのは八月の二十四日頃即ち余の吐血したる頃なり。初め余の森成さんを迎へたる時、院長はわざ／＼電報で其地にて充分看護せよと電報をかけたり。治療を受けた余は未だ生きてあり治療を命じたる人は既に死す。驚くべし」とあって、「逝く人に留まる人に来る雁」の一句が添えられている。

十月二十日、「昨日寅彦より長き手紙届く。病気の事を内丸の報知で知れる由。旅行中の事など巨細記しあり面白し」、「『思ひ出す事など』一を書き草平に送る」とある。「内丸」は内丸最一郎、十年生まれの機械工学者。寺田寅彦の友人で、西片町の漱石の家にも何度か訪れていた。寅彦からの「長き手紙」が「面白し」とあるところ、漱石の「倫敦消息」が病床の子規を喜ばせたことが思い起される。「思ひ出す事など」は「東京朝日新聞」「大阪朝日新聞」に、十月二十九日から四十四年二月二十日まで、三十二回に亘って連載される。

秋冷の候となる。十月下旬には、「日記」全体の色調は漂白されたかのように、白のイメージに統一される。「白き菊」「白菊」が句に詠まれるからかも知れない。

二十二日、「縁にベゴニ《（ママ）》やあり。昨日妻の持つて来たもの。実は菊を買ふ積の処植木屋が十六貫だといふので、森成さんが五貫にまけろと云つたら負けなかつた。帰りに六貫やると云つたら矢張負けなかつた。さうである。今年は水で菊が高いさうである」。

三十日、「晩に病院の園丁が手作りの菊二鉢を贈り来る。見事なる白菊也。白菊は院長の遺愛の品のよし。院長は菊を愛せるよし」。

三十一日、「暁に昨夜の菊を見る」。「妻が昨夜来る時車屋の菊屋で病院へ行くならと云つてダリやを呉れた。此ダリヤは丸で菊の様な大きなものである。花瓣の乱れた具合も丸で大輪の菊である。色は赤、薄紅、黄等である。何となく下品で菊とは較べられない」。

明けの菊色未だしき枕元
日盛りやしばらく菊を縁のうち
縁に上す君が遺愛の白き菊
井戸の水汲む白菊の晨哉
蔓で提げる目黒の菊を小鉢哉

三十一日の「日記」に詠まれた五句である。

十一月四日、「小使が貸してくれた二鉢の白菊に虫がつく。小使がそれを癒してやると云つて代りに別の鉢を貸してくれた。それは黄の蕊に細い長花片が間を置いて出てゐるものである。野菊の大きいものである。普通の菊よりも雅である」。

五日、「菊の鉢は夜見る方よし」。「燭し見るは白き菊なれば明らさま」と、破格の一句がつづいている。

などとあって、白菊によって癒される日々が綴られる。

だが、そんな記述の合間に、「願ふ所は閑静なり、ざわつく事非常に厭なり」（三十日）としながら、「風流の友〔に〕の逢ひたし。人生だの藝術だの何のかのといふものには逢ひたくなし」、「余の病中のプログラムを打ち毀して、其損失を償ふて余りある様な友人なら余はいつでも驩迎する。余はかくの如き友人を多く持たない事を甚だ口惜く思ふ」（三十一日）と、無意識の触手が虚空を弄る様子も観察されるのである。

そして、十一月十三日、

○新聞で楠緒子さんの死を知る。九日大磯で死んで、十九日に東京で葬式の由。驚く。
○大塚から楠緒さんの死んだ報知と広告に友人総代として余の名を用ひて可いかといふ照会が電話でくる。

大塚楠緒子はこの年の春、「大阪朝日新聞」連載の長篇「雲影」の制作に取り組んでいたがインフルエンザのために中絶、高輪病院に入院。一ヵ月で恢復したものの、七月下旬にふたたび発症、肋膜炎を併発して、大磯・大内館で療養していたが、十一月九日午後二時半、瞑目した、という（「周辺人物事典」）。享年三十五。

「心の花」の歌人で、明治三十年頃から新進小説家として期待を集めていた楠緒子を、漱石の門弟と称するのは躊躇われるが、仮りに、「空薫《そらだき》」以後の楠緒子を漱石系の遊星《プラネット》の一つに数えられるなら、小説家・大塚楠緒子は編集者・漱石の未完の作品であったといえるだろう。それだけに、病弱によるその死は傷ましく、漱石の病身にはことに応える〝事件〟であったと思われる。

十一月十五日、

○晴。床の中で楠緒子さんの為に手向の句を作る

　棺には菊抛げ入れよ有らん程

　有る程の菊抛げ入れよ棺の中

十一月十九日、「晴。今日は楠緒さんの葬式である。好き天気で幸である」。鏡子は前日、電話で風邪気味だと伝えてきた。「今日大塚の葬儀には行かれぬらし」（傍点・引用者）の一行に、漱石の寂寥感のすべてが滲み出ている。

長與胃腸病院に入院中の十月二十四日、山田美妙が逝った。漱石は二十六日の「日記」に、「山田美妙斉〔斎〕の死を新聞できく。癌種〔腫〕のよし」と書き留めている。硯友社グループとは接点はもたなかったが、尾崎紅葉も、山田美妙も大学予備門での同窓である。同世代の死もまた、精神的につよく応えるものといえる。自然主義の嵐が吹き荒れるなかで、明治の文学は静かにその終焉を告げたのだった。

*

寺田寅彦からの来簡は「漱石先生へ（ママ）」と題されて、十月二十七、二十八日の文藝欄に掲載された。スイス旅行の記録である。漱石は寅彦へ宛てて、「僕は漸く軽快になつて此病院に帰臥してゐる。まづ当分は死にさうもない、喜んで呉れ玉へ。先達ての旅行の手紙は面白かつた。あれを朝日の文藝欄に載せた。又何か書いてくれ玉へ」（十一月九日）と伝えている。

長塚節の「土」は十一月十七日、連載第百五十一回をもって完結した。替って、小栗風葉「極光」の連載が始まる。

「土」の連載中には、「九月ごろ『成るべく早く結末をつけよ』と新聞社の意向が伝えられる。『女学生に喜ば

れぬのが一つの原因』という。節は回数の短縮は出来ぬが、社に不利益ならば只今でも中止すると返答する」などといった事態も生じたが、「主筆池辺三山の理解と支援によって継続」することができた、という（前出「年譜」）。

十一月二十一日の高濱虚子への手紙は、「宮寛と申す男」からの漱石宛て書簡を「ホトトギス」にそのまま載せてくれないかという内容のものだが、そこに、「当節は小説も雑誌もきらひにて、日本書はふるい漢文か詩集の様なもの然らざれば外国の小六づかしきものを手に致し候夫がため文海の動静には不案内に候。其方却《かえ》つてうれしく候」と、現在の心境を記した。つづいて、「新聞も実は見たくなき気持致候」とあるのは、文藝欄の低調ぶりに苛立っていたのが理由の一つであったか、と推察される。閑適な入院生活を望みながらも一方で、文藝欄の編集が最大の気掛りであったことは疑いない。漱石の苛立ちは募るばかりだった。

十二月十三日、小宮豊隆への返信に、漱石は怒りを爆発させた。秀才門下生の幼児性には我慢できない。

　啓。だれと酒を飲んだとか、だれと藝者をあげたとかいふことは一々報知して貰はないでも好い。其末に悲しいとか、済まないとか云ふ事は猶更書いて貰はないで可い。余は平凡尋常の人である。凡ての出来事を平凡尋常の出来事として手紙に書いてくれる人を好む。
　草々

翌日の夜に記した手紙には、「あゝいふ端書を見たら心持を悪くするだらうと思つてゐた。けれどもあゝ書かなくては僕の主意が君に通じない様な心持がした」、「僕は自分の腹立まぎれにあの端書を上げたのではない。君の近来の傾向にアンチシーシスを与へる積で書いた。君の様な手紙は森田とか次郎にやるべきである」とあって、甘えや感傷癖を戒めた。ところが、この日、鏡子へは、「小宮が御嫁さんを貰ふから何かやつたら好からう。国へ帰る前の方が好くはないか。品物は別に心当なし」と葉書に記して、提案するのである。厳しい指導と優しい思いやり、漱石が一部から〝大人《たいじん》〟と慕われる所以だろうか。

森田草平の配慮に欠けた仕事ぶりに対する不満は膨らむ一方である。「全集」の書簡の巻には、十二月十七日以降、草平を叱る葉書が四通並ぶ。

十七日、『極光』が宿替を致し『思ひ出す事など』が毎日顔を出すに至りて少々面喰ひ候如何なる事情にや」。

「宿替」とは、風葉の「極光」が新聞三面の文藝欄から六面に移されたことをいう。「毎日顔を出す」は、断続的連載の筈の「思ひ出す事など」が十四日から四日連続して掲載されていることを訝しく思ったのである。

十八日、「拝啓御手紙拝見致候。文中時効にかゝりたりとて活版をコハシとある意味分りかね候。何の事なるや」。

二十日、「啓時効にかゝつた事情ぢやない『時効にかゝる』といふ字面の意味が解しかねるのである。活版をコハシテ報知しなければ報知してくれと仰《おつし》やい」。草平の弁解の手紙が遺されていないため、この遣り取りの内容については詳らかにしない。

二十六日、「『今年の劇界』五六回つゞき候上は編輯長に掛合ひ都合（双方の）よきとき丈文藝欄を拡張『思ひ出す事など』も同日の紙面に載せる様に出来ずや。但し小生のは無論毎日と申す訳にてはなし」。ここにいう「編輯長」は、池辺三山を指すのだろう（「朝日新聞社史」に、漱石が修善寺に療養中、「三山が文藝欄をあずかっていた」とある）。「今年の劇界」が数回つづいて、「思ひ出す事など」が休載状態であるかのように印象されるのを懸念したのである。約言すれば、工夫が足りない、と草平を詰ったのだった。

草平に編集者たる資質はない。漱石の弟子であることを自任して、文藝欄を漱石が用意してくれた門下生のための、いわば学藝会の舞台程度にしか理解できずにいた、と推察される。病中の漱石は、やきもきしながら耐えるほかなかった。

十二月二十七日、鈴木三重吉への発信のなかに、「『小鳥の巣』の事春陽堂へ申入候何とか返事ある様致し置候参り次第早速御通知可申候然し今から宛《あて》にする事必ず御無用に候」とある。春陽堂の本多直次郎が「門」の見本を届けに来た折りに、十月に連載を終えた「小鳥の巣」のことが話題となったものと思われる。鈴木三重吉「小鳥の巣」は二年後の大正元年十一月、春陽堂から出版される。

三 「文藝欄」廃止

明治四十四年。——

漱石は病床で新年を迎えた。

「門」の刊行によって一年が始まる（奥附は「一月一日」発行）。「三四郎」「それから」「四篇」と同様、菊判、角背、函入りの美麗本である。装幀は橋口五葉。継表紙で、背の部分の図案構成が、のちの五葉による胡蝶本（籾山書店）の意匠を連想させる。発行部数は二千部であったと推定される。
「門」のなかに、漱石がロンドン滞在中に見聞した、フリース・グリーンによるインキ不用の電気的印刷法の発明について触れられた箇所があるのに注目される。書物や新聞・雑誌などに強い関心をもつ漱石ならではの記述、と思われるからである。「電気的印刷法とは、一種の電解発色法であって、ふつうの活版印刷にとってかわるわけもなかった。インキ不要という看板に世論が反応して、ジャーナリズムにスキャンダルを巻き起こした」（「印刷博物誌」）という。グリーンは「満身創痍となって窮死」した。

……正月《しやうぐわつ》二日に行《い》つて見《み》ますと、附添《つきそひ》の看護婦《かんごふ》も居《ゐ》ず、一人《ひとり》ぽつねんとして原稿《げんかう》を書《か》いて居《を》りまして、いやに正月《しやうぐわつ》らしくなくあたりがひつそりして居《を》ります。どうしたのですかと尋《たづ》ねますと、三ケ日《にち》は休《やす》みだとあつて、看護婦《かんごふ》が羽根《はね》をつきに出《で》たのだと申《まを》して居《を》りました。

（「漱石の思ひ出」）

と、鏡子の回想のなかに、寂寥感につつまれた漱石の孤独な姿が捉えられている。
三日、森田草平へ宛てて、「正月早々苦情を申候」と単刀直入、叱責の文言が飛んだ。「われ等は新らしきもの丶味方に候。故に『新潮』式の古臭き文字を好まず候。草平氏と長江氏はどこ迄行つても似たる所甚だ古く候。我等は新らしきもの丶味方なる故敢て苦言を呈し候。朝日文藝欄にはあ丶云ふ種類のもの不似合かと存候」という。この日の朝、文藝欄に掲げられた草平の「吾等《われら》は新《あたら》しきもの丶味方《みかた》なり」に関しての苦言だった。「『新潮』式」については草平の「続夏目漱石」（昭和十八年）に、「つまり『六号活字式』といふ意味に外ならない。当時『新潮』では毎号六号活字で匿名の短評を載せてゐて、個人の皮肉な批評もする。それが寸鉄人を刺すと云ふので、比較的読者に受けてゐた」との回想がある。そこで草平は、「私の文藝欄に書いたものは、勿論個人の批評に亙るやうなものではない。しかし、気の利いた、エピグラマチカルな物の言ひ方をしようとした形跡は確かにある。もと〳〵気の利いた人間でもない癖に、気の利いたことを云はうとするのが間違つてゐたには違ひない」と、「お目玉を喰つた一例」を挙げて反省するのだった。
しかし、短い「苦言」のなかにも、文藝欄に対して漱石が思い描いたヴィジョンの一端が明瞭に示されている。漱石は文壇ゴシップや寸鉄で人を刺すような皮肉や当て擦りを嫌った。論文であっても、批評文であっても、文藝欄はオリジナルで、創造的な場でありたい。「われ等は新らしきもの〻味方」は、漱石の日頃からのモットーだった（草平の「吾等《われら》は……」は、漱石の口癖を借用したに過ぎない）。

一月二十日、ゲッティンゲンに滞在中の寺田寅彦へ返信の絵葉書を送った。「ワイナハトの手紙正に拝見。面白かつた。病気段々よろし。体重十四貫半。病院には用心のため二月迄ゐるつもり」と記されている。また、『門』一部送り候。帰りに船の中ででも御読み下さい」とあって、寅彦の帰国の日が近づいたことが知られる。文面から、病床の漱石を喜ばせた来信は、寅彦からの消息が随一のものであったことが窺える。「ワイナハト」はクリスマス。寅彦からの来信は「伯林の降誕祭と除夜」との題で、一月三十日、二月一日の文藝欄に掲載された。

一月二十一日の「体重五十四キロ八百（十四貫五百七十六匁）」という記述で、枕元の日記帳は閉じられる。入院は二月一杯と、医師たちとの間で話し合われたものらしい。

一月の文藝欄には、ほかに笹川臨風「京の夢大阪の夢」（七日）、薄田泣菫「対話」上・中・下（十三、十四、十五日）、荻原井泉水「俳句の作者と選者」上・下（二十二、二十三日）、安倍能成「魚住を悼む」（二十七日）などが載る。魚住折蘆の死去は、前年十二月九日のことだった。薄田泣菫の寄稿は、大阪方面からの推薦であったかと思われる。「白羊宮」（三十九年）の詩人は、大正四年の四月から始まる大阪毎日新聞・夕刊の連載コラム「茶話」で、名随筆家として蘇生することになる。

十九、二十日の生田長江「一月の小説」は題名が示す通りの文藝時評なのだが、「否定の仕方が余りに粗雑であった」という。草平は懲りない。身近な友人に気易く執筆を依頼したのだろう。「研究年表」には、「漱石が掲載を否定したにも拘らず、入院中に森田草平が無断で掲載する」と記され、「その後、生田長江は『朝日文藝欄』には執筆していない」とある。二十四日の草平への葉書の文面、「過日手紙にて申上たる件につき御協義仕《つかまつ》りたし。妥協の道あらば成案を持つて御来院を乞ふ」は、この一件に関わるものかと推察される。

＊

入院生活の無聊を慰めるためだろうか、恢復運動《リハビリテーション》のつもりなのだろうか、謡を唸りたくて堪らない。鏡子に謡の本を届けてくれるように何度頼んでも、言うことを聞いてくれない。鏡子の方では森成医師に相談して、「謡《うたひ》などを謡《うた》つては、お腹《なか》に力《ちから》が入《はい》つていけないでせう」と賛成しないのである。「うたひの本は病院で大声を出して謡はれもせんから寄こしても大丈夫である」（二月二日）、「謡本は病院では大声で謡へる筈なく候。只退屈故申入候。森成さん抗議を申込み候も差支なく候。常識なき医者の忠告に候。取合ふに及ばぬ事に候」（四日）と、懇望するのだった。病床でじたばたするような容子が眼に浮ぶ。

二月十日に鏡子へ宛てた手紙は、ことに面白いものなので、長い引用になるが全文を掲げておきたい。「拝啓」、とある。

……本日回診の時病〔院〕長平山金三〔蔵〕先生と左の通り談話　仕《つかまつり》　候間御参考のため御報知申上候。
旦那様「もう腹で呼吸《いき》をしても差支ないでせうか」
病院長「もう差支ありません」
旦「では少し位声を出して、――たとへば謡などを謡つても危険はありますまいか」
病院長「もう可《い》いでせう。少し習《な》らして御覧なさい」
旦「毎日三十分とか一時間位づゝ遣《や》つても危険はないですね」
院長「ないと思ひます。もし危険があるとすれば、謡位已《や》めて居たつて矢張り危険は来《く》るのですから、癒《なほ》る以上は其位の事は遣《や》つても構はないと云はなければなりません」
旦「さうですか。難有う」
右談話の正確なる事は看護婦町井いし子嬢の堅く保証するところに候。して見ると、無暗に天狗と森成大家ばかりを信用されては、亭主程可哀想なものは又とあるまじき悲運に陥る次第、何卒此手紙届き次第御改心の上、万事夫《おつと》に都合よき様御取計被下度候　敬具
二月十日午後四時　町井いし子立会《たちあひ》の上にて
夏目金之助
認む
奥様へ

微笑ましい。いや、天晴れ、知略家・漱石の面目躍如たる快作というべきだろうか。行間に押し殺したような作者の笑いがくぐもって、ここに、草平を詰る小言幸兵衛の姿はない。鏡子は、「たうとう私《わたし》がまけて謡本《うたひぼん》を運《はこ》びました。こんな冗談《じやうだん》まじりの何《なん》となく心《こゝろ》から微笑《ほゝゑ》ましくなるやうな手紙《てがみ》をよこすなどゝいふことは、以前《いぜん》にはまづ〳〵ありさうにないと言《い》つていゝことでした」と

回想するのである。

文科大学の学生・内田榮造（百閒、のち百閒）が胃腸病院を訪れ、初めて漱石と面会したのは、二月二十二日のことだった。内田榮造は明治二十二年、岡山の生れ。中学校時代に「吾輩は猫である」を手にして以来の熱烈な漱石ファンで、博文館の投稿雑誌「中学時代」（大町桂月・選）や「文章世界」（田山花袋・選）に投稿して、度々優等入選していた。岡山第六高等学校の頃から句作に親しみ、郊外の百間川に因んで、俳号を百間としたという。四十二年には、校友会誌に発表した写生文「老猫」を漱石へ送り、返信を受けている。四十三年七月に上京、文科大学独逸文学科に入学した。

先生の病室は二階の日本間で、寝床は敷いてあつた様にも思ふし、先生は別の所に起きてゐられた様な気もする。床の間に掛物が懸かつてゐて、病院の様な気はしなかつた。郷里にゐる頃から、度度手紙を差上げ、又御返事を戴いた事もあるけれども、漱石先生の顔を見るのは初めてなので、固くなつて畏り、膝を高く端坐して、お話しを承つた。

（「漱石先生臨終記」）

漱石は、二十五年七月に岡山で大洪水に遭ったことなどを懐しく話してくれるのだが、百閒は畏って聞くうちに足が痺れて堪らない。「急に挨拶をして、やつと起ち上がり、ふらふらしながら襖を開けて、次の控への間に一足踏み入れた途端に、膝を突いて前にのめつた」という。「うしろから『痺れたかね』と云つたので、びつくりして振り返ると、漱石先生が私の後からついて来て、そこに起つてゐた」と回想されている。

百閒はこの後、木曜会のメンバーの一員に加わる。

おなじ頃、あの（とは、世間でさまざまに取り沙汰された、有名な、との意である）博士号辞退の一件が生じている。前日、文部省からの使いが家に届けた学位記を、行徳二郎が病床に持参したのは二十二日のこと。漱石は行徳二郎に言付けて、草平に文部省に返送するように頼んだ。すでに前日、鏡子の報告で、文部省から博士号授与の連絡があったことを知って、漱石は専門学務局長へ宛てて、書面をもって辞退の意志を伝えていたのである。漱石にすれば、それで片づいた積りだったが、文部省では辞退を受けつけない。文部省との間で擦った揉んだの応酬があり、結局、四月半ばまで漱石は煩わしい問題に手子摺らされることになる。漱石の立場は明快だった。「平常《へいじやう》から博士《はかせ》が嫌《きら》ひだつたこと」は鏡子をはじめ周囲の誰れもが知るところであり、二十一日の専門学務局長への手紙に見られるように、「小生は今日迄たゞの夏目なにがしとして世を渡つて参りましたし、是から先も矢張りたゞの夏目なにがしで暮したい希望を持つて居ります」というのである。

「漱石の思ひ出」のなかに、四月十八日頃に執筆したものだろう、投函されずに（宛先は不明）未発表のまま遺された漱石の原稿らしきものが紹介されている。そこに、「学位《がくゐ》に頓着《とんちやく》しないで独《ひと》り自《みづか》ら高《たか》うする者《もの》があると云《い》ふのは、邦家《はうか》の為《ため》に寧《むし》ろ祝《しゆく》すべきではあるまいか」という一行があって、誇り高い漱石の精神のあり様が窺える。

二月二十四日の坂元雪鳥宛ての書簡には、小宮豊隆に関しての興味ぶかい記述がある。漱石の人間理解の幅広さ、若い門下生たちとの交際術の一端が示されているのが面白い。貴重な記述、といえると思う。すでに漱石は教育者ではない。

　小宮が酒を飲んだとか藝者を揚げたとか云ふ事を臆面なく僕の前で話すのを僕は可愛い男と思つてゐる、然しあまり相槌は打たない、どころか始終罵倒してゐる。夫で向ふでも平気でゐる、従つて此方でも遠慮なく云へる、あれがつゝみ隠しをする様になつては隔てが自然出来るからあゝ親しくは行かない、小宮は馬鹿である、（凡ての人がある点に於て馬鹿である如く）、其馬鹿を僕の前で批判を恐れずに曝露してゐる、あれは廉恥心がないと云ふのぢやない弱点を批評せられる未来の不便を犠牲に供して顧みないのである、僕は彼の行為飲酒其他を倫理的に推称しない、けれども敗徳の行為とは認めない、つけ〳〵罵倒するにも拘《かか》はらず、不徳義漢とは考へてゐない、

「あれで可《い》いぢやないか」と記すのだった。森田草平に対しても、同様に人間味のある、寛大な理解をもったといえるのだろうか。もたなかった、とはいえない。しかしそれは、草平自身がどれだけ漱石の前で率直に自らを曝けだすことができたかが問われるところである。

二月二十六日、長與胃腸病院を退院した。

大病を経験した後の漱石の心境の変化について、「漱石の思ひ出」に、「ともかくこん度《ど》の病気《びやうき》で、前《まへ》のやうな妙《めう》にいら〳〵してゐる峻《けは》しいところがとれて、大変《たいへん》温《あたゝか》くおだやかになりました。私《わたし》にも本当《ほんたう》にこの大患《たいくわん》で心機《しんき》一転《てん》したやうに見受《みう》けられました」と回想される。「何《なん》と申《まを》しますか、人情的《にんじやうてき》とでもいふのでせうか、見違《みちが》へるばかり人《ひと》なつこくなつたものでした」とあるのは、「あれで可いぢやないか」の達観に通ずる境地といえる

のかも知れない。「誠《まこと》に病中人様《びやうちうひとさま》にいろ〳〵御世話《おせわ》になつた、それが大変有難《たいへんありがた》いと口癖《くちぐせ》に申《まう》して居《を》りました」とつづいている。

＊

文藝欄では、小栗風葉「極光」の連載が四月二十六日に終了する。それに備えて漱石は、「つぎは貴兄御書きあるべく候。池辺氏と談合の上必要の猶予を得らるゝもよろしく候」と、草平に連載小説執筆を勧めていた。「煤烟」への不満があったにも拘らず、である。たしかに、草平は「煤烟」一作によって著名作家の一人となっていたが、もう一度、さらなる飛躍のチャンスを与えようとしたのだろうか。しかしこの二月十二日、入院中の葉書は、「先日申上候もの取に御立寄ならず。如何なされ候や。端書一枚位は書くひま有べき筈」とつづいていて、まことに奇怪複雑な師弟関係が看取される。草平には新たな小説に取り組ませることにして、実務的な処理は小宮豊隆に任せようと目論んでいたのかも知れない。

三月十九日、「森田が小説を書き出したら編輯を君がする事森田にも僕にも便利也。たゞし（報酬問題としてなら猶相談の余地あらん）手紙にてすぐ確定しがたし」と記した葉書を、小宮豊隆へ宛てて送った。小宮と草平は、ことに草平の「報酬」に関して、話し合ったらしい。二十二日、漱石は草平への手紙を、「小宮が君の代りに文藝欄をやる事を社に話してさうして君の小説を独立した人間のそれと同価に買ふ事を僕は決して拒んだ事はない」と書き出した。「否寧ろ僕の方からさうしたら何うだと云ひ出した位だ」とつづく。ただし、そうすると、小説を終えた後、文藝欄の仕事に戻るのが難しくなる。それでよければ、「僕は君の原稿を五円で買つてやつてくれと社に要求しても宜いと小宮に云つたのである」。「それが否なら文藝欄に関係をつけて置いて原稿料を少なく貰ふより外はあるまい」と記す。

君は僕の意に従ふといふ、それは難有い、然し君も小宮も僕の云ふ事を尤もとは口外しない、たゞ僕の云ふ事でそれに背けば今の処物質的に損だからまあ云ふ事を聞かうと云ふ様な調子に見える、僕はいやだね、人を強るのは否だ、僕が無理を云ふなら抗弁しても構はない、此際已《〔やむ〕》を得ないから感心はしないが意に従つて置かう抔は甚だ癪だよ　草々

小宮、草平の二人には、文藝欄の仕事は効率のよいアルバイト程度の認識しかなかったようだ。二人に編集へ

の志向はない。
「煤烟」の続篇となる、草平の「自叙伝」は四月二十七日に連載が始まる。ところがこれが、やがて大きな騒動の一因となるのだった。

　六月十七日、漱石は信濃教育会からの講演の依頼を受け、長野へ出掛ける。体調を気遣って鏡子が同行した。十八日の午前中、県会議事堂で「教育と文藝」と題して講演。昼は旅館で小憩。郷里である新潟県高田市に戻って医院を開業していた森成麟造医師と再会、伴われて高田へ赴く。十九日、高田中学校の雨天体操場で講演（「無題」）、フロック・コート着用で藍色のネクタイを締めた、という（「研究年表」）。この日は直江津に泊る。二十日は長野、松本を経由して上諏訪へ。二十一日、諏訪中学校講堂で講演、午後二時過ぎの汽車で帰途についた。
「漱石の思ひ出」には、

　「旅中《りよちう》いろ〳〵食《た》べ物《もの》に気《き》を使《つか》つて、そんな堅《かた》いものはいけないとか、今度《こんど》はパンがいゝでせうとかいふ風《ふう》に口《くち》やかましく申《まを》しまして、ともかく何事《なにごと》もなくいゝ工合《ぐあひ》に元気《げんき》でかへつて参《ま》ゐりました。自《じ》分《ぶん》でもそれで体《からだ》に自信《じしん》が出来《でき》て安心《あんしん》したやうでしたし私《わたし》も大変安心致《たいへんあんしんいた》しました」

と語られている。

　鏡子には、「白《しろ》チヨツキに麦藁帽《むぎわらぼう》」の漱石と連立って各地を廻ったこの旅行がことに思い出深いものであったに違いない。善光寺に参詣、松本城に登り、諏訪神社に詣でたことなどが回想されている。また、「丁度善光寺《ちやうどぜんくわうじ》の門前《もんぜん》で松崎天民《まつざきてんみん》さんにばつたり行《ゆ》き遭《あ》ひました」ともある。

　この、体調の急変を警戒する緊迫した日々に、二人揃って観劇を楽しんだりもしている。文藝協会による公演で「オセロ」を観た。

　……結末《けつまつ》の惨酷《ざんこく》なのを見《み》て、私《わたし》があんな惨酷《ざんこく》なのは嫌《きら》ひだ、どうも芝居《しばゐ》は罪《つみ》もない人《ひと》が殺《ころ》されたりなどするのは見《み》て居《ゐ》ても気《き》が気《き》でない、やつぱり勧善懲悪式《くわんぜんちようあくしき》のゝがいゝと申《まを》しますと、あれが本当《ほんたう》の悲劇《ひげき》といふものだと説明《せつめい》してくれました。その外《ほか》マグダとか人形《にんぎやう》の家《いへ》とかいふのにもついて参《ま》ゐりましたが、須磨子《すまこ》の女主人公《をんなしゆじんこう》が、どうしてもお三どんめいて居《ゐ》て、いくら情熱的《じやうねつてき》に西洋人《せいやうじん》の仕草《しぐさ》をしても、情《じやう》が移《うつ》らないなどと申《まを》して居《を》りました。

親愛感に満ちた語り口が示している通り、明治四十四年の初夏から晩秋にかけての半年ほどの間が（「人形の家」の観劇は十一月二十八日のこと）、文学者の妻として、鏡子にはもっとも充実した、幸せという語を用いてもいいような時期であったと想像される。

草平の「自叙伝」は、七月三十一日に連載終了となる。つづいて八月一日から、徳田秋聲「黴」の連載が始まるが、これも漱石の推薦によるものであった。

＊

徳田秋聲は、國民新聞文藝欄を担当した高濱虚子が最初に連載小説を依頼した小説家である。虚子は、「秋聲の文章に好意を持つてゐたところから、親しく森川町のその寓に訪問して執筆を依頼しました」(「虚子自伝」)という。漱石は四十一年十一月に九段で夜能を見た折り、虚子に紹介されて秋聲を見知っていた。國民新聞に連載された「新世帯」に目を通すこともあっただろう。

秋聲は知られる通り、自然主義文学を代表する一人であり、文学観の上で、漱石、また「文藝欄」の漱石グループとは対立する立場の作家だった。たしかに、漱石はのちに秋聲の「あらくれ」(大正四年)に対して、「フィロソフィーがない」(「文壇のこのごろ」)と批評するに至る。こうした文学者を東京朝日新聞に起用したところに、編集者としての漱石の柔軟な公正さが表われているとも感じられるが、同時に戦略のしたたかさを思うのである。

「黴」が掲載された八月一日、漱石は小宮豊隆へ宛てて、「秋聲の小説今日から出申候。文章しまつて、新らしい肴の如く候」と書き送っている。この褒辞が公の場所ではなく、私信のなかに記されたメッセージであることに着目したい。漱石は文章重視の姿勢を強調して、豊隆に「文藝欄」編集のあり方を示したのだ、とも考えられるのである。

八月、「十八日発行」の奥附表記で、「切抜帖より」が春陽堂から出版される。「思ひ出す事など」を巻頭に、「文藝とヒロイック」から「坪内博士とハムレット」「子規の画」までの文藝欄に発表された記事計十三篇を蒐めた小品・評論集である。体裁は三五判という洒落た小型本。函入り、天金、角背、継表紙。装幀は橋口五葉とされるが、装幀者名の記載はない。簡素なデザインで、衒いのないレタリングが清新な印象を醸している。

掉尾に置かれた「子規の画」は、七月四日に発表されたものである。この一篇を書き上げて、漱石は文藝欄に掲げた小品・評論を一著にまとめておくことの意味を自身で確認できたのだろう、と私は推察する。「思ひ出す事など」の背後には、大患に苦しんだ自らの「仰臥漫録」の時間が流れている。句作があり、漢詩作りがあった。いわば子規と共存した時間である。子規の画とは、熊本時代に子規から贈られた、一輪挿しに挿した東菊の絵。「亡友《ばういう》の記念《かたみ》」である。冒頭に、「年数《ねんすう》の経《た》つに伴《つ》れて、ある時《とき》は丸《まる》で袋《ふくろ》の所在《しよざい》を忘《わす》れて打《う》ち過《す》ぎる事《こと》も多《おほ》かつた。近頃《ちかごろ》不図《ふと》思《おも》ひ出《だ》して、あゝして置《お》いては転宅《てんたく》の際《さい》などに何処《どこ》へ散逸《さんいつ》するかも知《し》れないから、今《いま》のうちに表《へう》具《ぐ》屋《や》へ遣《や》つて懸物《かけもの》にでも仕《し》立《た》てさせやうと云《い》ふ気《き》が起《おこ》つた」と、子規の記憶が白昼の意識のなかに甦ったことが記される。

ところが、「壁《かべ》に懸《か》けて眺《なが》めて見《み》ると如何《いか》にも淋《さび》しい感《かん》じがする」。

……色《いろ》は花《はな》と茎《くき》と葉《は》と硝子《ガラス》の瓶《びん》とを合《あは》せて僅《わづか》に三色《みいろ》しか使《つか》つてない。花《はな》は開《ひら》いたのが一輪《りん》に蕾《つぼみ》が二つだけである。葉《は》の数《かず》を勘定《かんぢやう》して見《み》たら、凡《すべ》てゞやつと九枚《まい》あつた。夫《それ》に周囲《しうゐ》が白《しろ》いのと表装《へうさう》の絹地《きぬぢ》が寒《さむ》い藍《あゐ》なので、どう眺《なが》めても冷《つめ》たい心持《こゝろもち》が襲《おそ》つて来《き》てならない。

「東菊《あづまぎく》によつて代表《だいへう》された子規《しき》の画《ゑ》は、拙《まづ》くて且《かつ》真面《まじ》目《め》である」という。「才《さい》を呵《か》して直《たゞ》ちに章《しやう》をなす彼《かれ》の文《ぶん》筆《ぴつ》が、絵《ゑ》の具皿《ぐざら》に浸《ひた》ると同時《どうじ》に、忽《たちま》ち堅《かた》くなつて、穂先《ほさき》の運行《うんかう》がねつとり竦《すく》んで仕舞《しま》つたのかと思《おも》ふと、余《よ》は微《び》笑《せう》を禁《きん》じ得《え》ない」とある。漱石は子規の絵に、「拙《せつ》の一字《じ》」を思うのだった。これは、思いがけない発見といえた。漱石にとっては、「子規《しき》は人間《にんげん》として、又文学者《またぶんがくしや》として、最《もつと》も『拙《せつ》』の欠乏《けつばふ》した男《をとこ》であつた」からである。

……永年彼《えいねんかれ》と交際《かうさい》をした何《ど》の月《つき》にも、何《ど》の日《ひ》にも、余《よ》は未《いま》だ曾《かつ》て彼《かれ》の拙《せつ》を笑《わら》ひ得《う》るの機会《きくわい》を捉《とら》へ得《え》た試《ためし》がない。又彼《またかれ》の拙《せつ》に惚《ほ》れ込《こ》んだ瞬間《しゆんかん》の場合《ばあひ》さへ有《も》たなかつた。彼《かれ》の歿後《ぼつご》殆《ほとん》ど十年《ねん》にならうとする今日《こんにち》、彼《かれ》のわざ〳〵余《よ》の為《ため》に描《ゑが》いた一輪《りん》の東菊《あづまぎく》の中《うち》に、確《たしか》に此《この》一拙字《せつじ》を認《みと》める事《こと》の出来《でき》たのは、其結果《そのけつくわ》が余《よ》をして失《しつ》笑《せう》せしむると、感服《かんぷく》せしむるとに論《ろん》なく、余《よ》に取《と》つては多大《ただい》の興《きよう》味《み》がある。たゞ画《ゑ》が如何《いか》にも淋《さび》しい。出来《でき》得《う》るならば、子規《しき》に此拙《このせつ》な所《ところ》をもう少《すこ》し雄大《ゆうだい》に発揮《はつき》させて、淋《さび》しさの償《つぐなひ》としたかつた。

病いとのながい闘いの果てに、子規は死んだ。子規が病床で「肱《ひぢ》を突《つ》いて描《か》い」た絵に、「拙」を認めたというのは、生還した漱石の意識に生じた余裕からなのだろうか。いや、この記述は、「拙」を惧れず「雄大に発揮させて」、見果てぬ子規の夢のなかをともに生きようとする思いを語ったものと読み取りたい。漱石もまた淋しい、のである。

＊

大阪朝日新聞社から、関西方面での講演を依頼されたのは、七月下旬のことだった。

八月十一日、大阪へ。十二日、明石。十三日、明石公会堂で講演「道楽と職業」、大阪泊。十四日、和歌山へ。随行した記者・牧放浪による記事「和歌の浦より」（八月十七日）に、この日に詠んだ「涼しさや蚊帳の中より和歌の浦」「四国路の方へなだれぬ雲の峰」の二句が紹介されている。和歌浦を臨む情景なのだが、「四国路」とあるところに、痛々しさが感じられる。十五日、和歌山県会議事堂で講演「現代日本の開化」。慰労会の席で、しきりに飯蛸を食べる。長谷川如是閑から「そんな不消《ふせう》化《か》ものをたべて大丈夫《だいぢやうぶ》ですか」と注意されても、「大《だい》丈夫《ぢやうぶ》だ」といっていくつも口に運んだというエピソードがある（「漱石の思ひ出」）。十六日、大阪に戻り、夕刻、慰労宴に出席。十七日、堺へ赴き、市立堺高等女学校講堂で「中味と形式」と題して講演。胃の具合がよくない。十八日、大阪・中之島公会堂で講演「文藝と道徳」。胃の具合はいよいよ悪く、服薬で堪えていたが、夜中、吐血。十九日、大阪朝日新聞社に紹介して貰って、湯川胃腸病院に入院する。電報で、鏡子を呼んだ。

「病状《びやうじやう》は案《あん》じた程《ほど》の大事《だいじ》でもありませんでしたが、何《なに》しろ去年苦《きよねんにが》い経験《けいけん》をして居《ゐ》ますので、始《はじ》めは流動物《りふだうぶつ》ばかり当《あ》てがつて大事《だいじ》をとりました」と、鏡子は回想する。また、見舞いに訪れた如是閑に、「ナーニ、飯蛸《いひだこ》のせいぢやないよと抗議《かうぎ》を申込《まをしこ》んで居《を》りました」とも語られている。

「其《そ》の入院中《にふゐんちう》には津田青楓《つだせいふう》さんだとか、兄《あに》さんの西川《にしかは》一草亭《さうてい》さんだとか、その外大阪《ほかおほさか》の俳人《はいじん》で水落露石《みづおちろせき》さんだとか、青木月斗《あをきげつと》さんだとかいふ方々《かた〴〵》がよくお見《み》えになりました」とあるが、西川一草亭は京都に住む花道家、去風流家元で、八月二十一、二日の文藝欄に「屋外広告論」上・下を寄稿している。弟の津田青楓（亀治郎）は明治十三年生まれの画家。関西美術院で浅井忠に洋画を学び、四十年に渡仏、パリでは留学生仲間と「ホトトギス」で漱石作品を読み合ったという。「ホトトギス」に「驢馬車とマドモゼール・シユザン」「山村に着ける日と次の日」などを投稿している。三年後に帰国、小宮豊隆の紹介で、はじめて漱石山房を訪れたのは、この年の六月のことと推定される。六月二十二日には、漱石に挿画の仕事の斡旋を依頼する。二十四日、漱石は亀治郎へ宛てて、「一昨日は失礼其節御話の事今日社に相談して見た処挿画の需用ある趣故大兄の事申入候」と記して、見本に絵を三、四点、渋川玄耳へ送るように勧めていた。「湯川病院《ゆがはびやうゐん》には三週間入院《しうかんにふゐん》して居《を》りました」と語られている（「漱石の思ひ出」）。入院中に「中央公論」九月・秋期大付録号で、池辺三山「大久保利通論」を格別な興味をもって読んだことを忘れずに記しておきたい。三山が口述した内容を瀧田樗陰が筆録したもので、のちに「明治維新三大政治家」（新潮社、明治四十五年）に収められる。

九月十三日、漱石は鏡子に伴われて、寝台車で東京への帰途についた。十四日午前九時、新橋停車場に到着する。

十五日、堪えていた痔の痛みがひどく、往診を頼む。肛門周囲膿瘍と診断され、充分化膿するのを待って、十六日、自宅で切開手術を受けた。一と月ほどの間、漱石は家で療治につとめることとなる。

漱石、四十四歳七ヵ月の体は全身から悲鳴をあげていたかのようである。

＊

漱石が湯川胃腸病院に入院している間に、東京朝日新聞社内で重大な異変が起きていた。池辺三山と政治部長・弓削田精一らとの対立が表面化して、文藝欄の存続が問題となったのである。三山と経済部長・松山忠二郎が桂太郎と接近しすぎるとして、弓削田から詰問されたり、南極探検後援問題をめぐって三山と経営者の村山、上野との間に意見の疎隔が生じたりした経緯もあったが、核心には、森田草平の「自叙伝」を掲載したことへの政治部からの反感があった。

この草平の小説は、平塚明子との心中事件をあつかった「煤烟」の続編であり、当初から社内で評価がわかれ、それがしだいに文藝欄是か非かの議論となり、七月末、その連載がおわったあとも社内の批判ははげしかった。ちょうど漱石が大阪の胃腸病院に入院していたころで、杉村楚人冠は八月二十四日の日記に「評議会――又もや松山と弓削田との議論あり、うるさし、文藝欄改廃の件につき議論起る」と記している。そして、九月十九日の評議会の席上、弓削田は草平の「自叙伝」をとりあげ、さらに文藝欄に言及し、その廃止を主張した。これに対して、三山は文藝欄の存続をとなえ、漱石を擁護した。ついに激論となり、翌二十日には弓削田が辞表を提出し、つづいて三山も辞表を出した。

（「朝日新聞社史」）

「朝日新聞社史」には、政治部員だった宮部敬治による回想が記録されているが、そこには「単に『自叙伝』だけの問題ではなく、漱石の門下生たちが書く文藝欄自体に対する問題であった」（傍点・引用者）とある。「つまり、当時この文藝欄に書かれる事が、新聞記事の論調とは思想的に食ひ違ひがあって、政治部の記者は誰もこの文藝欄を嫌がった」という。そして、十九日の評議会での応酬についても触れられている。

……その結果……外勤部長（政治部長）の弓削田君が、外勤部全体の意見として文藝欄反対を唱へた。これに対し池辺氏が漱石の擁護論をやったが、弓削田君は「貴方が文藝欄を擁護するのは情実ではないか」と詰寄ったので、池辺氏もすっかり怒ってしまひ、「それなら僕は責を負って辞職するが、君も辞職せよ」と言ひ出し、同席の人々は途方に暮れたといふ。その直ぐあと、弓削田君は謝罪のため池辺氏の自宅を訪問したが、池辺氏はとう／＼会はず、弓削田君はそのまま追ひ帰されてしまった。そして、池辺氏は早速社長に辞表を出した。

「このため、村山社長は上京して三山と会ったが、その辞意のかたいことを知って、九月二十九日会議をひらき、三山の退社を決定した」とは、「朝日新聞社史」の記述である。

　この事態を漱石が知ったのは、十月三日に池辺三山の来訪を受けたときである。主筆をやめたと聞いて、漱石の驚きは大変なものだった。それが、草平の小説に起因するものであると聞いて、ますます驚く。

　四日、弓削田へ宛てた手紙のなかに、「森田の事が動機になつて朝日の幹部に破綻が生じたと云へばまあ責任者は文藝の方面の担当をしてゐる僕だと云はなければならない、僕が原因になつて十五年以上も同じ社に机を並べて親しくしてゐた両君に出るの引くのといふ騒ぎをされては実に面目がない」と記す。「君に逢つて篤と話がしたい」と、辞を低くして懇望するのである。病臥中で、車を飛ばして訪ねる訳にはいかない。「是は痛心の極から出た御依頼だ、まことに遠方といひ御繁忙の君に早稲田の奥迄といふのは申かねた次第だが、何時でも繰合せのついた時来てくれまいか」と。このときすでに、漱石は辞意を固めていたのだろう。三山と弓削田の二人を辞めさせて、安穏としていられる漱石ではない。

　「十月二十四日の評議会に出席した漱石は、みずからすすんで文藝欄の廃止と草平の解嘱を提案して、そのとおり決定した」と、「朝日新聞社史」は伝える。

十月二十五日、漱石は小宮豊隆へ宛てて長文の手紙を送った。弟子が動揺するのを抑えるためか、複雑なニュアンスを含んだもので、例えば、「今度ある意味から森田にやめて貰はなければならない事になつた。森田が居なくなれば文藝欄の編輯者の問題が出る訳だが、僕は少し思ふ処があつて文藝欄を廃止する相談を〔編〕輯部の人として仕舞つた」と、事実の経過を正確には知らせない。「自分の直轄してゐる文藝欄の棒を永久流して仕舞つた」とある。「多分僕はやめるだらうと思ふ」と記して、「思ふ処」について、ようやく本音が明かされる。

……文藝欄は君等の気焔の吐き場所になつてゐたが、君等もあんなものを断片的に書いて大いに得意になつて、朝日新聞は自分の御蔭で出来てゐる抔と思ひ上る様な事が出来たら夫こそ若い人を毒する悪い欄である。君抔にそんな了見はあるまいが、近来君の行為やら述作に徴して見ると僕は何だか心細くなる様な点もある。あれで好いつもりで発展したらどうなるだらうと云ふ気が始終つけまつはつてゐる。要するに朝日文藝欄抔があつて、其連中が寄り合つて互に警醒する事はせずに互に挑撥し会ふのも少しは毒になつてゐるだらうと考へる。それで文藝欄なんて少しでも君等に文藝上の得意場らしい所をぶつつぶしてしまつた方が或は一時的君や森田の薬になるかも知れない。

文藝欄なんてぶっ潰してしまえ、――文藝欄に賭けた、漱石の夢は潰えたのである。自身の大病が悔まれるが、小宮と草平の編集感覚の欠如がその大きな要因であったといえるだろう。草平はのちに、「私如き小さな人間が社の幹部を動かすなどとは私としては考へられないことである。池辺氏と弓削田氏などとの対立は外に重大な原因があり、たま〳〵、それに私の小説が付随的に問題になつたのではあるまいか」と回想したというが（「朝日新聞社史」）、まるで傍観者のように、相変らずの鈍感な無責任ぶりを露呈するものだった。ただ、この豊隆への手紙の文中に、漱石の「僕が猶将来に朝日をより好くし得る見込を抱い」ていたとの記述が紛れていることに着目しておきたい。

＊

十一月一日の松根東洋城への手紙に、「今日辞表を出し候社長出てくる迄何とも方づかざるべし」の一行が記されるが、これは池辺三山に辞表を託したことをいうものらしい。三山には自らの辞意を真っ先に伝えたかったのだろう。（「朝日新聞社史」には、「いったん退社を思いとどまったはずの漱石が、十一月一日になって突然、辞表を提出した」とあるが、これは事実誤認と思われる。あるいは、三山からその日のうちに、社へ漱石の辞意は報じられたのかも知れない。）

東京朝日新聞社では十一月十日、「村山、上野も出席して評議会をひらき、翌十一日に主筆制を廃して、はじめて組織的な編輯局制をとることをきめ、四十四年十一月十三日付で『東京朝日新聞編輯局局制』を制定、即日実施した」（「朝日新聞社史」）。

十一月十四日、池辺三山来訪。新体制、新人事の話を聞いた。夜、坂元雪鳥が来て、辞職の理由を尋ねられる。十五日、三山へ宛てて、「社長よりまだ何等の通知も無《これ》之《なく》候へども社員の一人としてしか承知すべき筈のものと存じ候。さすればかねての御配慮にて御手元に御とめ置被下候辞表も社長の手許迄差出すべき順序かと愚考仕《つかまつり》候へば御手数ながら左様御取計ひ相成度願上候」（傍点・引用者）と書き送る。ところが、十五日の夜には松山忠二郎が、十六日には弓削田が、漱石の翻意を促すために訪れた。十八日、ふたたび弓削田が来て、つよく説得され、ついに辞意を撤回するに至る。

十九日の「日記」に、

「〇昨日妻が机の前へ来ていふには『あなたなぞが朝日新聞に居たつて居なくつたつて同じ事ぢやありませんか』『仰せの如くだ。何の為にもならない』と答へた。すると妻は『たゞ看板なのでせう』と云つた。余は『看板にもならないさ』と答へた。出たいといふものを何だ蚊だと云つて引き留めるにも当るまいと思ふが、其処が人情か義理か利害か便宜かなのだらう」

と記されている。二十日には、

「〇十八日に弓削田が来て考へ直せといふから辞表を撤回したら今朝池辺から夫を送り届けて呉れた」とある。

辞意の表明から僅か二十日足らずの騒動ではあったが、その背後には現実家・漱石としてのそれなりの心労があったことが、鏡子の回想から窺える。

……夏目《なつめ》からは、今度《こんど》『朝日《あさひ》』をやめることにするかもわからないが、おれは一体世間《たいせけん》に出《で》て融通《ゆうづう》のきく方《はう》の人間《にんげん》でないから、これから『朝日《あさひ》』の月給《げつきふ》を離《はな》れたら、或《あるひ》は筆《ふで》一本《ぽん》で従前《じゆうぜん》どほりの収入《しうにふ》の途《みち》が立《た》たないかも知《し》れない。かといつて又教師《またけうし》をする気《き》もしないが、どうだ、それで家《うち》の経済《けいざい》はどうなりやつて行《ゆ》けるかといふ相談《さうだん》がありました。そこで私《わたし》も、印税《いんぜい》や何《なに》かで、まあ〳〵どうにかかうにかやつては行《ゆ》けませう。収入《しうにふ》が少《すくな》くなればなつたで、そのやうにして出《で》ればやつて行《ゆ》けると思《おも》ひますから、どうか名分《めいぶん》の立《た》つやうに自由《じゆう》にやつて下《くだ》さい。

と答えた、という。文士とは、こころ細い存在なのである。この年の七月には、橋口五葉の装幀で大倉書店から「吾輩ハ猫デアル」の縮刷本が出版され、読書界の歓迎を受けていた。これを皮切りに再刊本の出版が相次ぎ、いずれも売上げ部数を伸ばして、人気作家の底力を示すことになる。

十一月二十九日、五女・ひな子が死んだ。二歳にも満たない末娘は、食事中に「キヤツ」と叫んで茶碗をもったまま仰向けに倒れた、という。かかりつけの医者が来て、手を施そうにもその甲斐なく、そのまま絶命した。「漱石の思ひ出」には、「うそのやうな咄嗟《とつさ》な出来事《できごと》で、みんなぼんやり何《なに》かにつまゝれたやうな気持《きもち》になつて了《しま》ひました」と語られている。

当時の漱石の「日記」は何日にも亘って、ひな子の死に関連する記述で埋まっているが、なかに、「生きて居るときはひな子がほかの子よりも大切だとも思はなかつた。死んで見るとあれが一番可愛い様に思ふ。さうして残つた子は入《〔い〕》らない様に見える」（十二月三日）などとある。漱石の虚ろな眼は、なにを見ても幼な児の喪失を想い、生きて在ることの不条理を感ずるのだった。ひな子の遺骨は小石川・小日向の本法寺に預けられた後、雑司ヶ谷の墓地に埋められた。その小さな墓標の文字を、漱石自らが書いている。

さまざまな厄難に見舞われた一年も暮れる。痔はまだ完治しない。一日おきに病院へ行く日がつづいた。

十二月十五日の「日記」に、「今日から小説を書かうと思つてまだ書かず。他から見れば怠けるなり。終日何もせざればなり。自分から云へば何もする事が出来ぬ位小説の趣向其他が気にかゝる也」と記される。「彼岸過迄」の連載は、四十五年一月二日に始まる。制作を急がなくてはならない。

*

ここで、私の思うところを、率直に記しておくべきだろう。

ながい間、私は漱石のよい読者とはいえなかった。漱石とは「吾輩は猫である」「坊っちゃん」、「硝子戸の中」ほかの小品・随筆の作家である、と思い定めていた。久しぶりに漱石作品を読み返し、それぞれに私なりの感想を新たにしたのは、近年になってのことである。

漱石の文学を嫌う、あるいは反撥を覚える、もしくは無視する、といった文学者は同時代から大正、昭和戦前にかけて数多く存在した。おもに自然主義文学陣営からの悪意ある批判であったが、戦後になると吉田健一、秋山駿らが各々の立場から漱石への疑念を筆にした。とはいえ、私の狭小な文学理解は個人的な生理感覚に根差すもので、それらの明確な立場に立脚した反漱石の系譜に連らなるものではない。ただ、個人的感想という一点において、秋山駿の「漱石への疑い」(昭和四十八年)には共感するところが多い。

秋山駿は、「中学生の数年を通して、漱石を愛読した」というが、漱石は「当時の私にとっては、一個の知識人であり、人間や世界についての深い観察と、知識と、批評とに熟した、一人の優れた文学者であった」と記す。しかし、同時に、

……彼の小説は、小説において何かを発見しようとすることによって成立するものではなく、彼がすでに所有している現実理解の何かを、あたうるかぎり明瞭に精緻に、あたかも一つの生ける図さながらであるように、図示しようとするところに成立する、とそう考えられた。この二つでは、微妙にだが本質的に小説が違ってくる。


漱石の制作意図が、未知なるものへの探究、創造というより、自己へ向けられた、現実の「あらゆる細部について、知的な用語を使って、合理的な理解の記述を試みること」にあった、というのである。「一つの生ける図」と、秋山少年は漱石の小説に潜在する小説家とは別の資性、例えば図案家、いや編集者としての発信力に勘づいていたのかも知れない。

私もまた、「三四郎」「それから」と読み進んでいった少年の日が懐しい。それが気疎くなったのがいつのことかは思い出せない。漱石が嫌いになった訳ではない。その周囲に漂う気配に、饐えたような不潔なものが感じられたのだった。文学史にまつわるエピソードなどからの情報が、そんな印象を生じさせたのだろう。

「彼岸過迄」の連載に先立って、明治四十五年一月一日に「東京朝日新聞」に掲載された「彼岸過迄に就て」のなかに、漱石は、

東京大阪を通じて計算すると、吾《わが》朝日新聞の購読者は実に何十万といふ多数に上《のぼ》つてゐる。其《そ》の内で自分

の作物を読んでくれる人は何人あるか知らないが、其の何人かの大部分は恐らく文壇の裏通りも露地《ろぢ》も覗《のぞ》いた経験はあるまい。全くただの人間として大自然の空気を真率《しんそつ》に呼吸しつゝ穏当に生息してゐる丈《だけ》だらうと思ふ。自分は是等《これら》の教育ある且《かつ》尋常なる士人《しじん》の前にわが作物を公にし得る自分を幸福と信じてゐる。

と記している。辞書によれば、「士人」とは、高い教養と徳を備えた人、また、社会的地位の高い人をいう。では、「教育ある且尋常なる士人」とは誰れのことなのか。

当時の漱石が、最初の読者として、教え子である門弟たちを念頭に置いていたことは明らかだろう。「吾輩は猫である」「坊っちゃん」の頃は虚子であり、子規庵に集う山会のメンバーが相手だったのだが。「三四郎」については、小宮豊隆ら門弟の間で、モデルが誰れかが取り沙汰されることもあった。漱石はまず褒められたいのである。だが私には、草平や豊隆が「士人」であったとは到底認められない。小説家・翻訳者、あるいは美学者としてのかれらの仕事を信頼する気にはならない。

なぜ腐臭を感じるのか。ここまで、漱石の編集者としての来歴と、その能力が発揮された場面を辿りながら、朧げにその理由が見えてきたように思われる。

文藝欄廃止の理由は、草平、豊隆の思い上りに帰着させられたが、そこに漱石の責任は免れない。かれらの甘えを許し、エリート意識を増長させ、身勝手な振舞いをさせたのは、漱石自身であった。教え子との間に、漱石の編集機能《エディターシップ》は働かない。それは編集感覚による結合ではなく、「人情」「義理」「利害」「便宜」による結びつきでしかないのである。例外は、五高から理系に進んだ寺田寅彦だけ。「千鳥」を送ってきた鈴木三重吉も数えたいが、かれもまたたちまち草平と親しくなり、豊隆と篤く親交を結んで、甘い空気のなかに溶け込んでしまった。門弟たちに共通するのは旧制高等学校・帝国大学卒というエリート意識による驕りである。漱石にもつよくそれを尊重する傾向があったことは否定できない。正岡子規には見られないところの傾きである。漱石、遂に子規におよばず、か。その結論は今後の展開に俟つべきものだろう。

あるいは、と思う。漱石は世話好きの教師の立場から門弟たちと接するうちに、自らの限界を悟り、「彼岸過迄に就て」のなかに、逆説的な（とは、読者サーヴィスの意を含めて）言明を試みたのかも知れない、と。文藝欄廃止の問題がその契機となったとも考えられる。

橋口五葉の資質を見出し、その伸長を見届けたのは、編集者・漱石のかがやかしい実績の一つである。だが、漱石本の装幀は、縮刷本を中心に大正二年十二月の「鶉籠／虞美人草」（春陽堂）から、津田青楓に代わるが（歿後刊行の「明暗」を除けば、単行初刊本の装幀は大正四年十月の「道草」一点）、いずれも平板な印象で、五葉のもつ切れ味のするどさは感じられない。青楓の画家としての技量はともかくとして、かれには本という立体物、その空間性が摑みきれていなかったのだ、と推察される。五葉との間に認められた、あの緊張感が醸し出されないのである。青楓の起用は発見によるものではなく、「人情」「義理」による結びつきから生じたものであった。編集機能が発動しない場所に、爽やかな風は吹かない。

第八章　小さな未来図

一　大正改元

明治四十五年。——

元日の朝は、午前三時半、門口をドンドンと叩く音で起こされた。広島の井原市次郎から贈られた牡蠣が届いたのだった。「研究年表」には、「客にふるまう。森田草平・鈴木三重吉・松根東洋城・寺田寅彦・野上豊一郎・斎藤与里ら来る。森田草平酔って気焔あげ、鈴木三重吉寝入る」と記されている。こうした、作家を囲んだどんちゃん騒ぎは、昭和時代までの文藝編集者なら、誰れもがいつか、どこかで経験したことがあるものだろう。私にも懐しい場面がいくつも思い出される。漱石はたえず人懐しい、そんな気持でいるのである。草平の「自叙伝」は、前年十二月二十日に春陽堂から出版されていた。三重吉は短篇集「女と赤い鳥」を十月に春陽堂から出版、「新小説」新年号に「黒血」を発表している。

二月二十八日。池辺三山、死去。午後三時頃、自宅で心臓発作を起こして急死したのだった。母・世喜子の三十五日忌の三日後のこと、という。享年四十八。午後十一時過ぎに報せを受けた漱石は、牛込・若松町へと車夫を走らせた。階下の一室で、白い晒しを取り除けて、死顔と対面する。

三月一日の「東京朝日新聞」（「大阪朝日新聞」は二日）に掲げられた「三山居士」は、この夜のうちに書き上げられたものだろう。「二月二十八日には生暖《なまあた》たかい風《かぜ》が朝《あさ》から吹《ふ》いた」と始まる追悼の一文である。

「余《よ》が毎日《まいにち》の日課《につくわ》として筆《ふで》を執《と》りつゝある『彼岸過迄《ひがんすぎまで》』を漸《やうや》く書《か》き上《あ》げたと同《おな》じ刻限《こくげん》」に、三山は絶望状態に陥った。「池辺君《いけべくん》が胸部《きようぶ》に末期《まつご》の苦痛《くつう》を感《かん》じて膏汗《あぶらあせ》を流《なが》しながら藻掻《もが》いてゐる間《あひだ》、余《よ》は池辺君《いけべくん》に対《たい》して何等《なんら》の顧慮《こりよ》も心配《しんぱい》も払《はら》ふ事《こと》が出来《でき》なかつたのは、君《きみ》の朋友《ほういう》として、朋友《ほういう》にあるまじき無頓着《むとんぢやく》な心持《こゝろもち》を抱《いだ》いてゐたと云《い》ふ点《てん》に於《おい》て、如何《いか》にも残念《ざんねん》な気《き》がする」と、漱石は感情を抑えきれない。無念極まりない、のである。

……余《よ》が修善寺《しゆぜんじ》で生死《せいし》の間《あひだ》に迷《まよ》ふ程《ほど》の心細《こゝろぼそ》い病《や》み方《かた》をして居《ゐ》た時《とき》、池辺君《いけべくん》は例《いつも》の通《とほ》りの長大《ちやうだい》な躯幹《からだ》を東《とう》京《きやう》から運《はこ》んで来《き》て、余《よ》の枕辺《まくらべ》に坐《すわ》つた。さうして苦《にが》い顔《かほ》をしながら、医者《いしや》に騙《だま》されて来《き》て見《み》たと云《い》つた。医者《いしや》に騙《だま》されたといふ彼《かれ》は、固《もと》より余《よ》を騙《だま》す積《つもり》で斯《か》ういふ言葉《ことば》を発《はつ》したのである。彼《かれ》の死《し》ぬ時《とき》には、斯《かう》いふ言葉《ことば》を考《かんが》へる余地《よち》すら余《よ》に与《あた》へられなかつた。枕辺《まくらべ》に坐《すわ》つて目礼《もくれい》をする一分時《ぷんじ》さへ許《ゆる》されなかつた。余《よ》はたゞ其晩《そのばん》の夜半《やはん》に彼《かれ》の死顔《しにがほ》を一目《ひとめ》見《み》た丈《だけ》である。

「夜半《やはん》の灯《ひ》に透《す》かして見《み》た池辺君《いけべくん》の顔《かほ》は、常《つね》と何《なん》の変《かは》る事《こと》もなかつた。刈《か》り込《こ》んだ髯《ひげ》に交《まじ》る白髪《しらが》が、忘《わす》る可《べ》からざる彼《かれ》の特徴《とくちよう》の如《ごと》くに余《よ》の眼《め》を射《い》た。たゞ血《ち》の漲《みな》ぎらない両頬《りやうほゝ》の蒼褪《あをざ》めた色《いろ》が、冷《つめ》たさうな無常《むじやう》の感《かん》じを余《よ》の胸《むね》に刻《きざ》んだ丈《だけ》である」と記される。漱石が最後に生きた三山の姿を見たのは、その母・世喜子の葬儀の日であった、という。一月下旬のことである。

……帽《ばう》を被《かぶ》らずに、草履《ざうり》の儘質素《まゝしつそ》な服装《なり》をして柩《ひつぎ》の後《あと》に続《つゞ》いた姿《すがた》を今《いま》見《み》る様《やう》に覚《おぼ》えてゐる。余《よ》は生《い》きた池辺《いけべ》君《くん》の最後《さいご》の記念《きねん》として其姿《そのすがた》を永久《えいきう》に深《ふか》く頭《あたま》の奥《おく》に仕《し》舞《ま》つて置《お》かなければならなくなつたかと思《おも》ふと、其時《そのとき》言葉《ことば》を交《か》はさなかつたのが、甚《はなは》だ名残惜《なごりを》しくてならない。池辺君《いけべくん》は其時《そのとき》から既《すで》に血色《けつしよく》が大変悪《たいへんわる》かつた。けれども其時《そのとき》なら口《くち》を利《き》く事《こと》が充分出来《じゆうぶんでき》たのである。

友達がなければやりきれない、そんな男の痛切な思いが凝縮した記述といえる。「草履《ざうり》の儘質素《まゝしつそ》な服装《なり》をして」と、漱石には最後の日まで、池辺三山は「西郷隆盛」なのだった。

三山・池辺吉太郎は熊本藩士・池辺吉十郎の長男。吉十郎は西南戦争で西郷軍に与し、熊本隊長として熊本城攻撃に参加するなど各地を転戦、敗北して捕えられ、明治十年十月二十六日に長崎で斬に処された。逆賊の妻として三十余年の月日を耐えた母の柩に従う稀代のジャーナリストの姿を、漱石は胸に刻んだのである。三山の心中を推量すれば、胸に迫るものがあったに違いない。三山は母の歿後、「一切の肉食を絶ち、毎朝墓参、五十日間の喪に服し」ていた、という（『周辺人物事典』）。三山の死は、忌明け前のことだった。

三月の何日のことかは判らない。「中央公論」の瀧田樗陰が訪ねて来て、新潮社から出版される「明治維新三大政治家」の序文執筆をもとめられたが、漱石はこれを断らざるを得なかった。日課である「彼岸過迄」の制作に追われ、ほかに集中する時間がとれなかったからである。「明治維新三大政治家（附・現代の人物二十三篇）」は四月一日に出版される。「中央公論」に掲げられた、大久保利通、岩倉具視、伊藤博文の三人を論じて口述したもので、筆録は瀧田樗陰。しかし、「彼岸過迄」を書き上げた漱石は（連載終了は四月二十九日）、その再版のために「序」を記す時間的余裕を得た。「池辺君の史論に就て」と題された漱石の「序」を附した再版は、五月十八日に刊行される。

そこに、一旦、執筆を断わった事情が、「書肆の要求によつて、間に合せのもの」を書くのは「池辺君の朋友としての余には如何にも苛《つら》かつた」からだ、と明かされている。「是は亡友のために書くのだといふ純粋な心を有《〔も〕》つて書きたい。其心が萌《〔きざ〕》さないのに、たゞ頼まれたから書きさへすれば義務は済むといふ当座逃れの考で原稿紙に向ふのは、どう思ひ直しても故人に対して申し訳がないやうな心持がした」というのだった。

「明治維新三大政治家」の語り口の面白さ、特徴については、「長州、薩州、勤王、佐幕、あらゆる複雑な光景が記憶の舞台を賑やかにする代りに、美事なパノラマとなつて、現に眼の前に活きたまゝ展開する。従つて話をする池辺君は決して過去を振り向いてゐない。正に維新前後の騒動の狂瀾の中にあつて、自由自在に立ち働らいてゐる」と評される。さらに、「遠くから眼鏡越に過去を眺めるのではなく、立派な志士として、自分自身死生の街に出入してゐる観がある。池辺君は恐らくさういふ風に生れた男なのだらう。さう思ふと、池辺君と西郷隆盛を連想した事が、他人にはどうでも、余には愈《いよいよ》面白くなつてくる」とつづいて、

　池辺君は大久保や岩倉について西郷隆盛論を話す筈であつたが、つい夫を実行する機会が来ないうちに死んで仕舞つたのださうである。甚だ残念な事をしたと読者は思ふだらう。余も同感者の一人である。然し若し余の幻覚を極端に引き延ばす事を許すならば、余は池辺君と西郷を一人と見傚《みな》して、其西郷の池辺から大久保や岩倉の批評を聞いてゐる心持でゐたいのだから、或《あるい》は西郷論の出来なかつた方が、偶然ながら詩的には余にとつて面白いのかも知れない。

と記されている。「池辺君は討死をしに生れて来たやうな男らしかつた」との一行が、なんとも印象的である。「討死」の一語が、正岡子規につづいて二人目に莫逆の友となる筈の男（私の想像裡では、漱石にもう少しのアクティブな性格があれば、二葉亭四迷の名前を加えたいところだが）への手向けの言葉なのだろうか。痛ましい。いわば未完の友情の記念《かたみ》として、「池辺君の史論に就て」はこう結ばれる。

　池辺君と余とは比較的新らしい交際である。然し新らしい割には親しい交際であつた。去年の秋社に或《ある》事件が起つて、それに関連した用向のため、互に話したり話されたりする必要と機会が与へられてから、余は大分深く彼の心の中に立ち入る事が出来た。彼も亦《また》余の性格のある方面を漸く呑み込んだらうと思ふ。もし池辺君が長く生きてゐたら、或は莫逆《ばくげき》の交りが二人の間に成立し得たかも知れなかつた。不幸にして其交りが熟し切らないうちに彼は死んだ。死んだけれども、余は未だに彼の朋友として存在するのである。其朋友の資格で、彼の遺稿の巻頭に、此一篇を掲げるのは余の喜びであり、又余の誇りである。（傍点・引用者）

三山亡きあとも、三山とともにある、というのである。漱石の無意識の底に、子規のほかにもう一人、三山が棲むことになったのだろうか。この年の九月に、「彼岸過

迄」が春陽堂から出版されるが（装幀は橋口五葉）、その別丁扉には、「此書を／亡児雛子と／亡友三山の／霊に捧ぐ」との献辞四行が茶色のインクで掲げられる。「彼岸過迄」のうちの一章「雨の降る日」について、漱石は中村蓊（古峡）へ宛てた手紙のなかに、「小生一人感懐深き事あり、あれは三月二日（ひな子の誕生日）に筆を起し同七日（同女の百ケ日）に脱稿、小生は亡女の為好い供養をしたと喜び居候」（三月二十一日）と記している。「日課」のような作業であったとはいえ、「彼岸過迄」が痛惜な思いのなかで続けられた制作であったことが理解される。

*

漱石の心身の疲労を癒すものの第一は、相変らずの謡の稽古であり、ついで寺田寅彦と誘い合わせて歩く展覧会巡りであり、観劇や音楽会などであった。

三月十七日には、上野へ「美術新報」主催の展覧会に赴き、津田青楓らの作品を観た。非売品の作品一点を購入したい、と青楓へ宛てて手紙で相談する。同時開催の青木繁の遺作展を観て、感心した。おなじ手紙に、「青木君の絵を久し振に見ましたあの人は天才と思ひます。あの室の中に立つて自から故人を惜いと思ふ気が致しました」とある。おなじ日に遅れて観に行った寺田寅彦から、手紙で青楓の「畠の向に人家のある」絵が良かったと知らされると、漱石は翌日、青楓へ宛てて「其方がよければそれにしてもよろしう御座います」と書き送る。その絵は「多分修善寺に行つた時描いた印象派風の画だつたと思ふ」と、のちに青楓は回想している（「研究年表」）。

三月二十日、中村蓊（古峡）への手紙には、「彼岸過迄のあとに大兄の小説を載せる事に相談出来候大兄は其後書き直しつゝありや」と記される。

地方へくばる引札広告の予告は成る可く早きがよき由作の名前と右予告（是は法螺丈で沢山のよし）を渋川君に廻して呉れ玉へ
載る前に一寸書き振其他につき拝見心付きたる処御注意致してもよろしく候先は右迄（傍点・引用者）

と、編集者の虫が騒ぎ出したかのようである。しかし、中村古峡の小説「殻」が「東京朝日新聞」に連載されるのは、七月二十六日からのこととなる。この間、五月一日から七月二十五日までは、正宗白鳥の「生霊」が連載されるが、そこに漱石が関与した形跡は確認されない。

四月十五日、浅草・等光寺での石川啄木の葬儀に、森田草平とともに列席した。「研究年表」に、「佐佐木信綱・北原白秋・相馬御風・木下杢太郎（太田正雄）・人見東明のほか、朝日新聞社の社員数十名会葬する」「森鷗外は来ない」とある。

「漱石の思ひ出」には、「子供《こども》が亡《な》くなりましてからといふものしばらくの間《あひだ》は、あとの子供《こども》たちにも親切《しんせつ》で、以前《いぜん》には殆《ほと》んどそんなこともなかつた一家総出《かそうで》でどつかへ行《ゆ》くなどゝいふことも致《いた》しました」と語られ、月島へ汐干狩に出掛けたこと、井之頭恩賜公園へ遊びに行ったことが回想されている。汐干狩の日は、雷が鳴る、夕立が来る、と「汐干《しほひ》どころの騒《さわ》ぎではなく、みんなずぶ濡《ぬ》れになつて這々《はう〳〵》の態《てい》でかへつて」来た、という。井ノ頭の公園では、「大層上機嫌《たいそうじやうきげん》で、広《ひろ》い池《いけ》のまはりで子供《こども》たちが嬉《うれ》しさうに遊《あそ》ぶのを、ベンチの上《うへ》に仰向《あふむ》けにねころんで始終《しじう》にこ〳〵しながら眺《なが》めて居《を》りました」と回想されている。いずれも四月十九日前後のことと推定される。

鏡子の回想は、

　長塚節《ながつかたかし》さんの長篇小説《ちやうへんせうせつ》「土《つち》」を自分《じぶん》の紹介《せうかい》で朝日《あさひ》新聞《しんぶん》にのせたのは此《こ》の少《すこ》し前《まへ》かと思《おも》ひますが、それが御縁《ごえん》になつて長塚《ながつか》さんがちよい〳〵お遊《あそ》びに見《み》えて居《を》りましたが、九州《しう》の方《はう》へいらつしやるについて、喉頭《こうとう》結核《けつかく》かにかゝつてられて、それを福岡大学《ふくをかだいがく》の久保猪之《くぼゐの》吉博士《きちはかせ》に診《み》て頂《いたゞ》きたいといふので、久保《くぼ》さんに宛《あ》てゝ紹介状《せうかいじやう》を書《か》いたのは此頃《このころ》だつたでございませう。

と、つづいている。長塚節は、「土」がようやく春陽堂から出版される運びとなり、二月二十四日に漱石を訪ねて、序文の執筆を依頼するが、「彼岸過迄」を書き上げるまでは読み返す暇がない、待ってくれ、といわれた。「土」の連載は大患の時期と重なり、漱石はそのほとんどを読んでいない。福岡医科大学（四十四年に九州帝国大学）病院の久保猪之吉博士への紹介状を貰ったのは、三月十七日のこと。二日後、節は西国へと旅立った。

　四月末の三日をかけて、漱石は「土」の校正刷を読み込んで、衝撃を受けた。「土」は漱石の「序」を得て（「序」の部分は茶色のインクで刷られている）、平福百穂の装幀で五月十五日に出版される。

「序」の冒頭部には、「此間《このあいだ》亡くなつた池辺君に会つて偶然話頭が小説に及んだ折、池辺君は何故『土』は出版にならないのだらうと云つて、大分長塚君の作を褒めてゐた」と、あたかもこの作品への導き手でもあるかのように、三山が登場する。「池辺君は其当時『朝日』の主筆だつたので『土』は始から仕舞《しまい》迄眼を通したのである。其上池辺君は自分で文学を知らないと云ひながら、其実摯実《しじつ》な批評眼をもつて『土』を根気よく読み通したのである」と記される。

衝撃を受けた、とは急所を衝かれた事態をいうのである。「土」に描かれたのは、漱石が生きてきた日常的な環境とはまるで異質な、見知らぬ世界であった。「是は到底余に書けるものでない」「今の文壇で長塚君を除いたら誰が書けるだらう」と、驚嘆した。

「土」の中に出て来る人物は、最も貧しい百姓である。教育もなければ品格もなければ、たゞ土の上に生み付けられて、土と共に生長した蛆《うじ》同様に憐れな百姓の生活である。先祖以来茨城の結城郡に居を移した地方の豪族として、多数の小作人を使用する長塚君は、彼等の獣類に近き、恐るべく困憊《こんぱい》を極めた生活状態を、一から十迄誠実に此「土」の中に収め尽したのである。彼等の下卑で、浅薄で、迷信が強くて、無邪気で、狡猾で、無欲で、強欲で、殆んど余等（今の文壇の作家を悉《ことごと》く含む）の想像にさへ上りがたい所を、あり〳〵と眼に映るやうに描写したのが「土」である。

「さうして『土』は長塚君以外に何人も手を著《つ》けられ得ない、苦しい百姓生活の、最も獣類に接近した部分を、精細に直叙したものであるから、誰も及ばないと云ふのである」という。

文学の世界の底知れぬ深い淵を覗いたような思いに捉われたに違いない。「人事を離れた天然に就いても、」「作者は鬼怒川沿岸の景色や、空や、春や、秋や、雪や風を綿密に研究してゐる」と感服する。

……畠のもの、畔《くろ》に立つ榛《はん》の木、蛙の声、鳥の音、苟《いやし》くも彼の郷土に存在する自然なら、一点一画の微に至る迄悉《ことごと》く其地方の特色を具へて叙述の筆に上つてゐる。だから何処《どこ》に何《ど》う出て来ても必ず独特《ユニーク》である。其独特《ユニーク》な点を、普通の作家の手に成つた自然の描写の平凡なのに比べて、余は誰も及ばないといふのである。

漱石は、三山が読んだのとおなじ息遣いで、「土」を読み進めたのだろう。「作としての『土』は、寧ろ苦しい読みものである」という。「涙さへ出されない苦しさである」「たゞ土の下《した》へ心が沈む丈で、人情から云つても道義心から云つても、殆んど此圧迫の賠償として何物も与へられてゐない。たゞ土を掘り下げて暗い中へ落ちて行く丈である」と、「土」が明治期の文学における屈指の名作でありながら、文学史の闇に置き去りにされていく運命を予見したかのようにも思われる。しかし、漱石の鋭敏な神経は素早く反応する。誰れもがこれを読むべきだ、と編集機能が発動したのだった。

……余はとくに歓楽に憧憬する若い男や若い女が、読み苦しいのを我慢して、此「土」を読む勇気を鼓舞する事を希望するのである。余の娘が年頃になつて、音楽会がどうだの、帝国座がどうだのと云ひ募る時分になつたら、余は是非此「土」を読ましたいと思つて居る。娘は屹度《きっと》厭だといふに違ない。より多くの興味を感ずる恋愛小説と取り換へて呉れといふに違ない。けれども余は其時娘に向つて、面白いから読めといふのではない。苦しいから読めといふのだと告げたいと思つて居る。（傍点・引用者）

「序」の末尾は、「余がかつて『土』を『朝日』に載せ出した時、ある文士が、我々は『土』などを読む義務はないと云つたと、わざ〳〵余に報知して来たものがあつた」、「わざ〳〵断わらんでも厭なら厭で黙つて読まずに居れば夫迄である」と、いささか激越した調子で結ばれる。「文士ならば同業の人に対して、たとひ無名氏にせよ、今少しの同情と尊敬があつて然るべきだと思ふ」とあるのは、喉頭結核に罹った作者を思い遣っての言であった。

*

能を観る、謡う愉しみのほかに、五月下旬頃からは、画と賛の組合せを試み、やがて文人画に熱中する。

五月二十七日、寺田寅彦へ小包で「詩と書」を贈る。別便に、「是は先頃君が僕も一つ書いてもらはうかと云はれし故此間十余枚一度に認めたる節大兄の分として特に書きたるもの故決して安いものに無之其積にて御保存願候」と、諧謔味ある文言が添えられている。「尤も表装などはなされぬ方結構に候書道も上達の見込有之故長命致せばもつとうまいものを記念としてあとへ置いて行つて上げる考に候然しいつ死ぬか分らぬ故まあ是を上げて置いてもし長生をしたら出来のよいものと取替やうといふ意味に候」と記すのだった。

おなじ日、宇治山田市の湯浅廉孫へ「詩」を送った。湯浅廉孫も五高での教え子で、当時は神宮皇学館で教授となっていた。別便に、「小生もいつ死ぬか分らぬ故記念として御保存被下度候」とある。

二十八日、戸川秋骨へ宛てた手紙に、「今日午前に至り不図自画自賛試みたく相成生れて始めて画をかき候然る所我ながら見上げた出来栄に有之大に喜び此手紙と同便にて差出候間御受取り願候」と記し、自惚れやの本領を発揮して、絵を描くことの喜びを伝えた。

この日、村上霽月への手紙には、「稽古と思ひひまさへあれば書き候ものゝ頼んだ人の迷惑は一向苦にならず随分我儘千万なる書家に候」という記述が見られる。

三十日、松根東洋城へは、「昨日の墨画御気に召し候よし満足の至り必ず差上べく候」と書き送っている。「金持の旦那なら表装をしてもらつて貰ふ処なれどまだ御馳走をして謡を聞いてもらふ程の余裕なき故画もあの儘にて差上候」と、上機嫌の様子である。

などなどと、凝り性ぶりは徹底している。何事に対しても全力で打ち込まなくては済まない性分なのである。

この頃のこととして、「漱石の思ひ出」には、こんなことが回想されている。「五葉《えう》さんの兄《にい》さんの橋口貢《はしぐちみつぐ》さんが、外交官《ぐわいかうくわん》で支那《しな》で領事《りやうじ》をしてらしたので、よく彼《かの》地《ち》の骨董品《こつとうひん》を送《おく》つて下《くだ》さいました」という。

……多《おほ》くはこま〴〵した文房具《ぶんばうぐ》の類《るゐ》か石摺《いしずり》の類《るゐ》でした。橋口《はしぐち》さんは以前《いぜん》私《わたし》どもが千駄《だ》木《ぎ》に居《ゐ》た頃《ころ》始終《しじう》おいでになつて、夏目《なつめ》と絵端書《ゑはがき》の交換《かうくわん》などをしてらしたのです。夏目《なつめ》はそれら支那骨董《しなこつとう》を又大変珍重《またたいへんちんちよう》がりまして、物《もの》によつては机《つくゑ》の上《うへ》において眺《なが》めたり磨《みが》いたりして居《を》りましたが、送《おく》つて下《くだ》さるものだけに満足《まんぞく》が出来《でき》ず、此方《こつち》から自分《じぶん》で欲《ほ》しいものを言《い》つてやつて買《か》つて頂《いたゞ》いたりもして居《を》りました。それがみんな三円《ゑん》だの五円《ゑん》だの、高々《たか〴〵》十円位《ゑんぐらゐ》がとまりなのです。支那《しな》のものは面白《おもしろ》くて安《やす》いといつて喜《よろこ》んで居《を》りました。

と、漱石の東洋（支那）趣味は、いよいよ増長するのだった。

文房具といえば、内田魯庵の依頼で、丸善発行のＰＲ冊子「万年筆の印象と図解カタログ」（六月三十日・発行）に随筆「余と万年筆」を執筆して、魯庵からオノト万年筆を贈られたのも、五月中のことであったと推定される。「余と万年筆」には、三、四年前から万年筆を使い始めたが、ペリカンとは相性が悪く、「彼岸過迄」はペリカンを見限って、以前通りのペンとペン軸に逆戻りした、と記されている。新しいオノトＧ万年筆は「明暗」の第百七十回あたり、大正五年の十一月頃（とは、漱石死去の一ヵ月前）まで、折れずに使用できた（内田百閒「漱石遺毛」）。また、漱石がブルー・ブラックを生理的に嫌って、セピア色のインクで「原稿紙を彩どる事」を好んだのは、ひろく知られていることかも知れない。「彼岸過迄」の献辞も、「土」の序文も茶色で刷られていたのは、漱石の指定であったのか、とも思われる。

　六月十日、高濱虚子に誘われて、靖国神社能楽堂で北白川宮成久親王および同妃が主催する行啓能を見る。皇后、皇太子、皇太子妃が行啓、山県有朋、松方正義ら元老、また乃木希典・陸軍大将（当時は学習院院長）の姿もあった。「日記」には、この日の感想として、「陛下殿下の態度謹慎にして最も敬愛に価す。之に反して陪覧の臣民共はまことに無識無礼なり」と記して、「陪覧の臣民共」への非難の文言を五項目に分けて掲げている。「㈠着席後恰《あたか》も見世物の如く陛下殿下の顔をじろ〳〵見る」などと。「㈢」には、「皇后陛下皇太子殿下喫烟せらる。而して我等は禁烟也。是は陛下殿下の方で我等臣民に対して遠慮ありて然るべし。若し自身喫烟を差支なしと思はゞ臣民にも同等の自由を許さるべし」などという記述もある。


㈤皇室は神の集合にあらず。近づき易く親しみ易くして我等の同情に訴へて敬愛の念を得らるべし。夫が一番堅固なる方法也。夫が一番長持のする方法也。政府及び宮内官吏の遺口もし当を失すれば皇室は愈重かるべし而して同時に愈臣民のハートより離れ去るべし。


　これが穏健なリベラリストたる漱石の信条の一端なのだろうか。漱石の念頭には、英国王室のあり方があったものと推測される。三十四年二月のヴィクトリア女王葬儀の日の模様が記憶に甦ったのかも知れない。あの日、漱石は人混みに紛れて、宿の主人に肩車をして貰って行列を見送ったのだった（「日記」）。

　七月の「日記」に、「大観画をやるといふ。余の書をくれといふ。仕方がないから御礼の詩をかくといふてやる。詩の方先づ出来上る」という記載がある。「御礼」とあるのは、十三日に笹川臨風と横山大観に招かれ、下谷の料理屋・伊予紋に出掛けているから、その返礼をいうのだろう。十五日、笹川臨風へ宛て、「一昨日はとくに御多忙中小生の為に盂蘭盆会御開被下難有候平野水（炭酸飲料、サイダーのことだろう――引用者・註）ばかり呑んで一向浮かれず中途にて茶漬をくひ退出甚だ我意の振舞平に御高免被下度候」と書き送っている。

　横山大観は明治元年、水戸の生れ。日本美術院の設立に関わった、文展を中心に活動する新時代の日本画家である。漱石の書は、文藝愛好家以外の間にもそれほどの評判を呼んでいたのか、と思う。漱石が嬉しくなかった筈はない。三ヵ月後、十月十三日に寺田寅彦とともに第六回文展を観て、その感想を「文展と藝術」と題して「東京朝日新聞」に十月十五日から二十八日まで連載するが（十二回）、そのなかで大観の出展作「瀟湘八景」について触れ、「君の絵には気の利いた様な間の抜けた様な趣があつて、大変に巧みな手際《てぎは》を見せると同時に、変に無粋《いき》な無頓着な所も具へてゐる。君の絵に見る脱俗の気は高士禅僧のそれと違つて、もつと平民的に呑気なものである」と評した。

……此間《あひだ》表装展覧会の時に観た君の画は、皆新らしかつた。けれども何か新らしいものを描かなければ申し訳がないと力味《りきみ》抜いた結果、やけに暗中に飛躍して、性情から湧いて出る感興もないのに筆を下したと思はれるものが多かつた。此八景はあんなものから見ると活きてゐる。

「横山大観君になつてゐる」と、つづく一行に、批評家もしくは編集者としての感覚が光っている。新しくなければいけない、だが新奇を衒ってはならない、索められるのはオリジナリティーだ、という漱石の一貫した方針が集約的に表現された一行といえるだろう。

見能、美術・音楽鑑賞、書画骨董、書と南画への挑戦と、趣味の生活を愉しんだ「彼岸過迄」以後の日々であったかのようだが、それが編集機能の発動が制限された鬱々たる日々でもあったことが、七月十五日に中勘助へ宛てた手紙によって知られる。

貴稿の儀は拝見の約束有之候も社の方へは何にも交渉致し居らずたとひ交渉致候も文藝欄全廃の今日小生と編輯とは全く無関係の姿故如何 相成可申《あいなりもうすべく》かも分らず候へば御任意にて適宜に御まとめ可然かと存候決して夫程堅き約束にてもなき事に執着して無理をなされぬ様呉々も希望致し候尊稿の運命小生の手中にて自由にならぬ今日は猶更御懸念の入《い》らぬ事と御承知被下度候（傍点・引用者）

「貴稿」「尊稿」は、中勘助が書き進めていた作品「銀の匙」のことをいう。「銀の匙」は翌年、四月八日から六月四日まで「東京朝日新聞」に連載されるが、この時は、中勘助は頼りにしていた漱石先生から冷たく突き放されたような思いに陥ったことと想像される。中勘助もまた、〝甘えっ子〟の一人なのである。
七月二十日、「天子重患の号外を手にす」とある（「日記」）。

七月二十一日、子供たちを避暑のために鎌倉・材木座の貸別荘へ送る。岡田（林原）耕三が家庭教師兼監督として附き添った。別荘の手配は、由比ヶ浜に住む菅虎雄に頼んだのだろう。一汽車早く鎌倉に着いた漱石は、菅の家を訪ねて書を論じたり、清の書家の書を見たりした。「日記」に「二階から海を見る。涼し」とある。

七月二十三日、妹を喪くした中勘助へ宛てて、悔みの言葉を書き送った。おなじ日、突然訪ねて来た中村是公に連れられて、築地の待合で藝者をあげて遊んだ。是公は相当な遊び人だったに違いない。悪友もまた、親友のうちなのである。

七月三十日、「午前零時四十分　陛下崩御の旨公示。同時践祚《せんそ》の式あり」。三十一日、「明治四十五年七月三十日以後を改めて大正元年と為す」という「改元の詔書」が下された（「日記」）。

＊

大正元（一九一二）年。——

夏の終りには、中村是公とともに二週間におよぶ旅に出掛けている。八月十七日午前九時半、上野停車場を出発、西那須野停車場へ。軽便鉄道に乗り換えて終点の関谷で下車。人力車で下塩原の米屋旅館へ向った。「日記」に記された「いゝ路なり蘇格土蘭土《スコットランド》を思ひ出す　松、山、谷　青藍の水」の一行が、上機嫌な様子を伝えている。二十三日は日光へ、以後、軽井沢・追分（二十五日）、志賀高原・山ノ内温泉郷（二十六―二十九日）、渋温泉、赤倉温泉を廻ったものと推察される。三十一日の夜、帰京した。痔疾に悩む身には、かなりの長途であったといえるだろう。

妻・鏡子は、これを「至極呑気《しごくのんき》な旅《たび》」という。「中村《なかむら》さんが御馴染《おなじみ》の新橋柳橋《しんばしやなぎばし》あたりのきれいどこをお連《つ》れになつての旅《たび》でして、夏目《なつめ》さんと御《ご》一緒《しよ》ならとお宅《たく》の方《はう》でも御安心《ごあんしん》なさるといふので、何《なん》でもかんでも一緒《しよ》に行《ゆ》けと誘《さそ》はれての上《うへ》の、つまりだしに使《つか》はれて参《ま》ゐつたやうなものでした」と明かすのである。もっとも、行く先々で是公ら一行と合流することはあっても、漱石には一人旅を愉しむ余裕もあったのだが。

……どこへ行《い》つても呑気《のんき》だつたのでせうが、その代《かは》りどこへ行《い》つても田舎《ゐなか》の人《ひと》の癖《くせ》で、何《なん》か書《か》いてくれといふ揮毫責《きがうぜ》めにあつたらしいのです。中村《なかむら》さんは満鉄総《まんてつそう》裁《さい》といふので依頼者《いらいしや》も自然多《しぜんおほ》かつたのでせうが、硯《すゞり》をつきつけられさうになると、この人《ひと》に書《か》かせろ、この人《ひと》はうまいんだからといつて、自分《じぶん》では逃《にげ》を打《う》つて、夏目《なつめ》にばかり押《お》しつけて居《を》られたさうです。塩原妙雲《しほばらめううん》寺《じ》に平元徳宗師《ひらもととくさうし》が居《を》られて所望《しよもう》されたものでせう。東《とう》京《きやう》にかへつてから妙雲寺《めううんじ》観瀑《くわんばく》といふ詩《し》を書《か》いて送《おく》つて居《を》りました。

また、「頼《たの》まれたのだと言《い》つて、一緒《しよ》に行《い》つた葭町《よしちやう》か柳橋《やなぎばし》かの藝者《げいしや》に絵《ゑ》を二三枚《まい》書《か》いてやつて居《を》りました。何《なん》でも菊《きく》の花《はな》を描《か》いて、それに俳句《はいく》の賛《さん》をしてゐたことをおぼえて居《を》ります」などとも語られている(「漱石の思ひ出」)。漱石に遊びごころがあったと知るのは、私には微笑ましいことと思われる。遊びごころとは思いやりであり、融和の精神に大事な栄養素なのである。これがなくては編集者とはいえない。

旅行中、中村是公からこんな相談をもちかけられた。九月二日の菅虎雄宛て書簡によって知られることとなのだが、是公は満鉄で学徳のたかい漢学者を招いて、修養上の講話をして貰いたい、という。漱石は「いつそ名僧知識でも招聘しては如何と云ひしに禅僧にても結構なり誰が好からんと聞く故余は斯ういふ点に於て一番名の売れたる宗演禅師を挙げたり」と記している。漱石の行動は迅速である。ついては、と釈宗演を識る菅虎雄に、師に都合を問い合わせてくれないか、というのだった。「中村君の主意は禅師の講話で在外人(重に社員)が精神上の慰藉を得るのが第一の目的」である。「いざとなれば僕なり中村君なり又は両人して老師に依頼に出ても差支ない」と記した通り、菅虎雄の尽力を得て九月十一日、中村是公、満鉄理事・犬塚信太郎と三人で糠雨のなか北鎌倉・東慶寺に登山(この頃には、釈宗演は円覚寺管長の職を退き、東慶寺に入山していた)、宗演禅師に正式な挨拶をした。漱石には明治二十七年以来、十八年ぶりの対面だったが、師の方では覚えていない。十二日の菅虎雄への礼状には、「宗演師は歳の所為《〔せい〕》か前年よりは顔に愛嬌がつきたるやに見受申候」と記されている。この日の印象を、漱石は二十二日に「大阪朝日新聞」に掲載される小品「初秋の一日」に記録した。

九月二十六日、神田・錦町の佐藤診療所で痔瘻の切開手術を受けた。コカインの局部麻酔で括約筋の一部を切離したが、手術は簡単に済んだ、という(佐藤恒祐「漱石先生と私」)。経過も順調で、二十八日には、今晩帰宅してよいと言われたものの、「面倒だから一週間ゐる事にする」(「日記」)と、そのまま入院生活をつづけた。ガーゼを替えに通院するのが億劫だったのだろう。だが、漱石の無意識が、孤独であることを要求したのだとも考えられる。「日記」には、

二十六日、「部屋から柳が一本見える風に揺られて枝のさきが動いてゐる。前の家で謡をしきりに謡ふ。赤煉瓦の倉の壁が見える」。

二十九日、「夕方洗濯屋の物干にある一列の洗ひ物がまだ乾かないと見えて物干から突き出した儘それなりになつてゐる。それが暮色を受けて薄藍に見える。たつぷ〔と〕り日が暮れて空の色が沈むといつの間にか白い色が浮き出して風に揺られてゐた」。

十月一日、「寐てゐて見てゐると前にある錬瓦の倉が見える。其所に打〔折〕釘の大きな様なものが一列に三本と山形の下に一本見える。是は装飾だらうか実用だらうかと考へる。装飾ならつまらないものである。実用なら何になるんだらう。あの折釘に縄をかけて上つて来てそれで仕舞に其釘の股に足を掛けて家根に上れるだらうかと色々考へる。とう／＼上れさうもないと思つてあきらめる。錬瓦の前に電線が三本ばかり風にふら／＼して見える」。

などという記述が見られる。二階の病室から眺めた近隣風景の観察なのだが、これを一種の心象風景として読むなら、長與病院での「日記」の記述が思い起こされる。いくつかの観察は、のちに「明暗」のなかに反影される。十月二日、退院。五日、「朝後架にてひよ鳥の鳴声を聞く」。診療所へ行くと、佐藤医師から「今日は尻が当り前になりました。漸く人間並の御尻になりました」と言われた、という。

○帰りに牛込見付を出ると、市谷八幡の方角の森と小石川の牛天神の森のなかの木が幾本か焦げたやうな色に変つてゐる。

秋の影響は既に梢を侵したのかと思ふ。夫だのに人はまだ大概単衣《ひとえ》を着てゐる。日はかんかん当つて目眩ゆい位である。

○車上にて「痔を切つて入院の時」の句を作る。

秋 風 や 屠 ら れ に 行 く 牛 の 尻

俳句の妙味は滑稽にあり、と嘯くような得意顔が目に浮かぶ。快心の一句だったのだろう、この句は八日に松根東洋城へ宛てた手紙にも記されている。

この頃の漱石が孤独であることをレッスンの一つのように自らに意識的に課していたのであろうことは、十月十二日の阿部次郎宛て書簡のなかに、「私は近頃孤独と

いふ事に慣れて藝術上の同情を受けないでもどうか斯うか暮らして行けるやうになりました。従つて自分の作物に対して賞賛の声などは全く予期して居ません」とあるところからも推察できる。それがまた、作家としての自信に繋がったことも明らかだろう。

山会という一種の文藝サロンの流れのなかで誕生した「吾輩は猫である」からまる八年、漱石に〝個〟である作家としての自覚が生じた。以後、「行人」「心」「道草」「明暗」が新たな決意のもとに書き継がれる。漱石の文学がマンネリズムの弊から免れることができたのは、編集者としての自覚がそれを許さなかったからだろう。

*

中勘助が野尻湖・弁天島での島籠りから帰京して、安倍能成と二人で漱石山房を訪れたのは十月半ばのこと。漱石は勘助から送られた小説原稿をまだ読んでいない。それからしばらく経って、野上豊一郎とともに再訪すると、書斎で「銀の匙」を読み終えた漱石が客間に現われて、「ありやいゝよ」と言った、という（中勘助「夏目先生と私」）。

……先生は私が今日来ることを予報しておいたので、まだ読みきつてなかつた私の原稿をお客様（先客のことである――引用者・註）を待たせておいて丁度今読み終つたのであつた。私は心のうちで恐縮した。先生は予想外に「銀の匙」をほめた。落ちついた書き方だといつた。大変口調がいいといつた。私は文章が時に稚気を帯びてやしまいかと思ふといつたら、先生は寧ろその反対を考へてるらしい口吻をもらした。

ただ、「原稿が汚くて読みにくいこと、誤字の多いこと、仮名を『めちや〳〵』に沢山使ふことを批難した」という。漱石は、翌年二月末に「銀の匙」を「東京朝日新聞」に推薦する。中勘助は八月に、「夢の日記」を小宮豊隆の推薦で「新小説」に発表していたが、漱石がそれを読んでいたかは判らない。

「大阪朝日新聞」の長谷川萬次郎（如是閑）から依頼されたのだろう、十一月十五日、漱石は武者小路実篤へ宛てて、「今度大阪の社の方で新進作家の小説を日曜附録へ（長さ新聞にて一頁）載せたき由にてあなたにも一つ願つて見てくれと申します。どうか御繁多中恐縮ですが書いてやつて下さいませんか」と書き送っている。

おなじ日、鈴木三重吉へ宛てても、「今度大阪朝日新聞社にて新進作家六七名に託し同紙の日曜附録に長さ一頁程の短篇を載せる由にて大兄にも一つ御尽力を煩はしたき旨申来候来年正月の準備其他にて嘸かし御多忙の事と存候へども御繰合せ御執筆相願〔度〕と存候」と記した。「出来の上は阪朝中長谷川萬次郎宛にて御届被下度候君の外の新進作家の名前も一見致候故為御参考〔入〕御覧候。中村星湖、小川未明、谷崎潤一郎、武者小路実篤、志賀直哉等の諸君に候」とある。

「大阪朝日新聞」では、改元の年を記念して、新たな文学の胎動を伝えたいとする意図があったのかも知れない。鈴木三重吉の「温室にて」は日曜附録ではなく、翌二年一月一、二日に本紙に掲載される。日曜附録には、長田幹彦「六時間の後」(五日)、小川未明「孤独」(十二日)、田村俊子「雪ぞら」(十九日)、長田秀雄「お道」(二月二日)、小宮豊隆「芝居茶屋」(九日)などが発表された。

　ところが、東京朝日新聞社では思いがけない事態が生じていた。渋川玄耳が退職したのである。十二月一日、中村蓊(古峡、四十三年に朝日新聞社を退社していた)へ宛てた返信のなかに、漱石は、

　渋川氏退社の事広告にて始めて承知意外に存候小生は事情一向存ぜず矢張寐耳に水の一人に候尤も同氏の評判については先達《せんだって》少々聞き及び候もさう云へば小生などもあまり立派な君子聖者にても無之《これなき》故其儘になる事とのみ思ひ居候処社長も案外の断行を敢てしたるものと存候(傍点・引用者)

と記している。東京朝日新聞社では、明治四十四年十一月十三日に編輯局局制が制定され即日実施、新人事が発令された。「朝日新聞社史」は、渋川玄耳退社の事情をこう伝えている。

　新人事でもっともめだったのは渋川玄耳の躍進であった。社会部長のほかに、編輯部次長、政治経済部次長を兼ね、論説にも関与することになった。しかし、渋川には以前から政治経済部のなかに反発があり、それのみならず、三山退陣のさなかに、本紙と欄外に記事の重複掲載があったことの責任を追及して、鈴木文治ら四人の社会部員らを退社処分にしたことで、社会部内にも、厳しすぎる渋川の処置に不満がこうじていた。さらにかつては親しかった渋川と松山のあいだにもミゾが生じ、対立が表面化して、政治経済部長の松山は村山にあてて渋川の論説選定委員の罷免を求めるなど、紛糾は深刻なものとなり、ついに渋川は大正元年十一月退社した。

渋川玄耳は十一月二十一日に辞表を提出、二十五日に受理された、という（「周辺人物事典」）。その後しばらくして、中国旅行へ出掛ける。「周辺人物事典」には、「漱石は池辺辞職後、渋川玄耳の重用に対して不快と不満を抱くようになった」などとあるが、池辺三山への敬意もしくは友情と比較するのは次元の異なる問題だろう。ともに文藝欄の計画を構想した、いわば同志であり、絶えず誠実に対応してくれた玄耳の昇格を、漱石が喜ばなかった筈はない。「研究年表」には、「十二月十八日（水）（推定）、午後、渋川柳次郎（玄耳）を訪ね縁側で話す」との記載がある。

中村蓊への手紙で、十一月三十日の夜にようやく「行人」の第一回分が仕上ったことが知られる。「気も乗らず自信もなく如何にも書きにくゝ候是が百回以上になるかと思ふと少々恐ろしく候小生の考では創作は天下の根気仕事の一なるべくと存候」との苦渋の言が添えられていた。「行人」は十二月六日から「東京朝日新聞」に連載されるが、年内は二十二、二十四日は休載となった。

この頃の漱石の心的状況について、鏡子の回想は暗い。

「機嫌《きげん》がよくつてにこ〳〵して居《ゐ》るのですが、暮《くれ》から妙《めう》に顔《かほ》が火照《ほて》つてていか〳〵して居《ゐ》るので、変《へん》だ変《へん》だと思《おも》つて居《を》りますと、又《また》も例《れい》の頭《あたま》がひどくなつて参《ま》ゐりました。丁度《ちやうど》この前《まへ》に一番《ばん》ひどかつた時《とき》から十年目《ねんめ》にあたります」と語られるのである。「漱石の思ひ出」のこの章は「二度目の危機」と題されている。

二　小さな未来図

大正二年。――

「此年《このとし》は正　月《しやうぐわつ》から六月　迄《ぐわつまで》が一番《ばん》ひどくつて、揚句《あげく》の果《はて》はたうとう又《また》もや胃《ゐ》を悪《わる》くして寝込《ねこ》んで了《しま》ひました。胃《ゐ》が悪《わる》くなると、それで段々《だん〳〵》頭《あたま》の方《はう》はなほつて来《く》るのでしたが、此時《このとき》は始《はじ》めは両方《りやうはう》でしたから、随分大変《ずゐぶんたいへん》でございました」と、鏡子は語る。「何《なん》でもお正　月《しやうぐわつ》の二日《ふつか》か三日《みつか》のことです」という。

……どうも女中《ぢよちう》が変《へん》だとか何《なん》とかひとり語《ごと》を言《い》つて居《を》りましたが、やがて女中《ぢよちう》に向《むか》つて、いきなり木《き》に竹《たけ》をついだやうに、そんなことは言《い》はないでくれとから申《まを》します。しかし女中《ぢよちう》は別《べつ》に何《なに》も言《い》はないのですから、怪訝《けげん》な顔《かほ》をして、何《なに》も申《まを》しませんでございますがと答《こた》へると、怖《こは》いいやな顔《かほ》をして黙《だま》つて了《しま》ひます。後《あと》で私《わたし》に、

「あんなことを言《い》はせちや困《こま》るよ。」

と大層《たいそう》不興気《ふきようげ》にたしなめて居《を》りました。火照《ほて》つた顔《かほ》と言《い》ひ、とんちんかんなことをいふことゝ言《い》ひ、先《ま》づ耳《み》から始《はじ》まることゝ言《い》ひ、又《また》も例《れい》の恐《おそ》ろしいのが襲《おそ》つて来《き》たのだと感付《かんづ》きましたから、女中達《ぢよちうだち》にも子供達《こどもだち》にも、あんまりべちやくちやおしでないよと警戒《けいかい》して居《を》りました。

神経衰弱もしくは錯乱の状態は幻聴から始まる。といっても、私に精神病理学上の知識がある訳ではない。ただ、当時の漱石の心的状況が、例えば、前年十二月四日の津田青楓へ宛てた手紙に「私は孤独に安んじたい。然し一人でも味方のある方がまだ愉快です。人間がまだ夫程純乎たる藝術〔家〕気質になれないからでせう」とあったこととの関連が気になるところである。「安んじたい」と記しながら、じつは漱石の意識は自己処罰のような苛酷な状態をもとめて、さ迷っていたのではないだろうか。私は漱石の無意識に潜む者の名前を思い浮べて、耳元で誰れが何を囁いたのかを知りたいと思うばかりである。

この後も、錯乱――鏡子のいう、「頭《あたま》が悪《わる》くなる」――状態は嵩じて、しきりに「難題」を吹っかけては、無視されたり返事が気に入らないと「難癖」をつけては苛めた。門前の路上で子供の頭をぽかぽか擲ったりする。

それでもちやん／＼と小説《せうせつ》は書《か》いて居《を》りましたが、終《しま》ひには胃《ゐ》と両方《りやうはう》を悪《わる》くしたので、一時執筆《いちじしつぴつ》を中止《ちうし》致《いた》しました。それは「行人《かうじん》」でしたが、こんな頭《あたま》で書《か》いたものか、この小説《せうせつ》は随分疑《ずゐぶんうたぐ》り深《ぶか》い変《へん》な目《め》で人《ひと》を見《み》てるところが書《か》いてあるかと思《おも》はれます。とにかく小宮《こみや》さんが私《わたし》に電話《でんわ》をかけて来《き》ましたら、自分《じぶん》で出《で》て行《い》つて、何《なん》の用《よう》だ、人《ひと》の細君《さいくん》を呼《よ》び出《だ》したりしてとか何《なん》とか言《い》つてどやしつけます。森田草平《もりたさうへい》さんでも鈴木《すゞき》三重吉《みへきち》さんでも、随分《ずゐぶん》ひどく怒《おこ》られたりして、手《て》のつけられないことがありました。

漱石山房に電話が架設されたのは、前年十二月九日のこと。番町局四五六〇番。電話口で交換手を怒鳴るなどさまざまなトラブルがあったことが、「漱石の思ひ出」に語られている。「電話《でんわ》では頭《あたま》が悪《わる》くなると始終問題《しじうもんだい》をおこして居《を》りました」とある。

森田草平がこっぴどく叱られたのは二月か三月のこと、という。酔払った小栗風葉を連れて、木曜会に出席した日のこと。矢来下で偶然出会った二人は、近くの鰻屋で飲んだ。風葉は「是非一度夏目さんに紹介して貰いたい」と頼む。山房を訪ねて部屋に入るなり、風葉は「いよう夏目君！」との挨拶、「天下語るに足るものは乃公と余あるのみ」などと話し出す。すると漱石は「馬鹿ッ！」と一喝、大声で「帰れ！」と命じた。その声は、別の部屋にいた鏡子にも聞こえた、という。じつは、「今日は罷《や》めにしよう」という風葉を無理に連れて行ったのは草平なのである（森田草平「続夏目漱石」）。

注目したいのは、草平が、「私はぎよつとしてしまつた。先生に叱られたからでも、呶鳴られたからでもない。それよりも、先生のその声が如何にも陰惨な、何とも形容の出来ない——もし云ふことを許されるならば、人間の声とも思はれないやうな、惻《いた》ましい声に聞えたからである」との回想を遺していることである。

二月、「五日」発行の奥附表記で講演集「社会と自分」が実業之日本社から出版された。菊判、函入り、角背の上製本である。扉の題字は、漱石が菅虎雄に揮毫を依頼したもの。灰色の下地に紙題簽を貼付しただけの意匠は上品な印象で、装幀者名の記載はないものの、漱石の意向を反映したものかと思われる。内容は、「道楽と職業」「現代日本の開化」「文藝の哲学的基礎」など六つの講演を記録したもの。校正には、岡田（林原）耕三が当った。

*

二月二十六日、「行人」は章を改めて「帰つてから」の第一回が始まる。

おなじ日、漱石は朝日新聞社の山本松之助（笑月、長谷川如是閑の実兄である）へ宛てて、「小生小説『帰つてから』と申す分済み次第あとのを掲載せねばならず候」として、こんな意向を伝えた。

……然るに先般小生方へ二つの作を見てくれと頼み来候いづれも面白く無名の文士を紹介する積にて朝日に掲載しても毫も恥かしき事無之しかも其うちの一篇は文学士中勘助と申す男の作りしものにて彼の八九歳頃の追立〔生〕記と申すやうなものにて珍らしさと品格の具はりたる文章と夫から純粋な書き振とにて優に朝日で紹介してやる価値ありと信じ候。

と、教え子の一人である無名の青年による作品「銀の匙」を「朝日新聞」につよく推薦するのだった。思えば、牧歌的な時代であった。

ところが、渋川玄耳が在職中、與謝野晶子との間で晶子がフランスから帰国したら「東京朝日」に小説を掲載するとの約束が交されていたと知って、漱石は困惑する。晶子はパリ滞在中の夫・寛を追って前年五月にシベリア鉄道で渡欧、寛とともにヨーロッパ各地を巡り、十月にマルセイユから単身帰国している。三月三日の山本松之助への手紙で、漱石は「先日は電話にて失礼致候其後與謝野さんの方は如何相成候や」などと問い合せたりするのだった。中勘助には、「渋川氏在社のみぎり與謝野の妻君に巴理《パリ》から帰つたら書かせる約束をして置いたとかにて先方で四月一日頃からの積で書いて居る由」と伝えている（三月四日）。

……尤も小生の小説が存外早く終り、向ふの準備が思ふ様はかどらねば大兄の分を先にするかも知れねども左もなくば晶子夫人のを先にする事に相談相極め申候其代り其後には訖度《きっと》大兄のを載せるといふ契約を電話で取り極め候故右甚だ遅れ勝にて御迷惑とは存候へども御承諾被下度候

漱石は一日も早く「無名氏」の小説を新聞に載せたい。新人作家の逸る気持を理解するからこそ、その期待に応えてあげたいのである。三月十六日の手紙に記された簡潔な二行は、懸念が晴れた喜びに満ちたものと感じられる。「拝啓君の小説は小生の次に掲載する事に相成候／與謝野の妻君は目下懐妊中にて執筆困難の由社へ申込候よし」とある。ところが、漱石自身の小説「帰つてから」がいつ終るか判らない。この時点では「今月一杯位つゞくやも知れず」というのである。

漱石の胃潰瘍が再発して、血便が出たのは三月下旬のこと。赤城元町の須賀保医師の診察を受け、その後二ヵ月ほど自宅で臥床生活をつづけることとなる。四月二日、山本松之助へ宛てて、「まだ原稿を書くと頭がふら／＼し。立つと足がふら／＼し。胸も時々痛みますが。今日ためしに一回かきました。是があとずつとつゞくとよう御座いますがあとが危険ですからあなたの方の都合の出来る迄少し溜めて置いて出す訳には参りますまいか」と書き送っている。三日にも一回分を仕上げているが、結局、第三章「帰つてから」三十八回を書き終えたところで、「行人」は七日で中断・休載を余儀なくされる。病気による中断は、入社以来初めてのことだった。

余談のようだが、鏡子は「いはば胃《ゐ》の病気《びやうき》がこのあたまの病気《びやうき》の救《すく》ひのやうなものでございました」と語っている（「漱石の思ひ出」）。「頭《あたま》の悪《わる》い時《とき》には実《じつ》に怖《こは》い人相《にんさう》にな」って、「いつもの式《しき》で、又《また》も別《わか》れ話《ばなし》です」。しかし、「終《しま》ひに胃《ゐ》を悪《わる》くして床《とこ》につくと、自然《しぜん》そんなこんなの

黒雲《くろくも》も家《いへ》から消《き》えて了《しま》ふのでした」というのである。

中勘助「銀の匙」は四月八日から「東京朝日新聞」に連載される。署名は那迦。これは事前に漱石に相談して、漱石から「作者の名は中勘助が最上等なれどそれで不都合なら致し方なく候那迦、奈迦、或は勘助、かんすけ、抔如何に御座候や」との返事を受けていた（三月二十一日）。「銀の匙」を「東京朝日新聞」に載せたことも、編集者・漱石の手柄の一つに数えるべきだろう。（與謝野晶子の小説「明るみへ」は「銀の匙」のあと、六月五日から九月十七日まで計百回が「東京朝日新聞」に連載された。）

*

九月、十八日から「行人」第四章「塵労」が東西の「朝日新聞」に連載される。再開に先立って十五日に、「行人続稿に就て」という短文が発表されたが、そこには「是《これ》は左《さ》して長いものでないから単行本として出版の時に書き添へる積《つもり》でゐましたが、『明るみへ』の後へ挿《はさ》んでも邪魔にならないといふ保証を社から与へられましたから、読者への義務を完《まつた》うするため、同じ紙上で稿を続《つ》ぐ事に取り極《き》めました」とある。連載は途中八回の休載を挿んで、十一月十五日（「大阪朝日」は十七日）に終了する。

九月末のある日のこと、という（「研究年表」）。帝国劇場へ近代劇協会公演の森鷗外・訳「マクベス」を観に行った文科大学哲学科の卒業生・和辻哲郎は、そこで漱石を紹介された（紹介者が誰れであったかは、不明である）。二十四歳の秀才青年は、中学校時代からの憧れの対象であった文学者と出会えて感激したのだろう。ながい間、出すのを躊躇っていた手紙を投函する。ファンレターともラヴ・レターとも見紛うような内容であったらしい。十月五日の漱石の返信に、「私はあなたの手紙を見て驚ろきました。天下に自分の事に多少の興味を有《も》つてゐる人はあつてもあなたの自白するやうな殆んど異性間の恋愛に近い熱度や感じを以て自分を注意してゐるものがあの時の高等学校にゐやうとは今日迄夢にも思ひませんでした」とあるところから、そう推察されるのである。

和辻哲郎は明治二十二年三月、兵庫県神崎郡・仁豊野《にぶの》（現・姫路市）の生まれ。五月生れの内田榮造（百閒）と同年である。姫路中学時代の十六、七歳の頃、「帝国文学」で「倫敦塔」を読んで以来、漱石の熱心なファンになった。第一高等学校に進むが、敬慕の念はいよいよ募って、声をかけることもできず、漱石の教室の窓外で授業の声だけを聞いていた、という。一高では九鬼周造、児島喜久雄、大貫雪之助（晶川）らと同級で、四十三年九月創刊の第二次「新思潮」に、谷崎潤一郎、木村荘太、大貫晶川らとともに同人として加わり、戯曲や小説などの創作活動をつづけていた。卒業論文は「ショーペンハウエルの厭世主義および解脱論について」。大正二年十月刊の「ニイチエ研究」は、思想家・和辻哲郎の最初の労作といえるが、これをラヴ・レター発信直後に漱石へ進呈している。

漱石は十月五日の手紙に、「高等学校で教へてゐる間たゞの一時間も学生から敬愛を受けて然るべき教師の態度を有《も》つてゐたといふ自覚はありませんでした。従つてあなたのやうな人が校内にゐやうとは何うしても思へなかつたのです」と記している。「けれどもあなたのいふ様に冷淡な人間では決してなかつたのです。冷淡な人間なら、あゝ肝癪は起しません」とあるのは、青年の甘えた僻みに答えたものだろう。この手紙に興味を惹かれるのは、まずは、ここに来る者は拒まず、去る者は追わずという、漱石の〝大人〟らしい態度が明瞭に確認されるからである。

　私はあなたを悪《にく》んではゐませんでした。然しあなたを好いてもゐませんでした。然しあなたが私を好いてゐると自白されると同時に私もあなたを好くやうになりました。是は頭の論理で同時にハートの論理であります。御世辞ではありません事実です。だから其事実丈で満足して下さい。

　私の処へセンチメンタルな手紙をよこすものが時々あります。私は寧ろそれを叱るやうにします。それで其人が自分を離れゝば已《やむ》を得ないと考へます、が、もし離れない以上私のいふ事は双方の為に未来で役に立つと信じてゐます。

漱石を中心とする精神気圏がこれまでも、師弟愛を超えた独特な知的、かつ友愛の空間であったことは繰り返すまでもない。そこに、青春特有の生臭い、いわば生理的な雰囲気が漂いはじめて、更なる濃度の段階を迎えるのである。爛熟、という語を用いてもよいかも知れない。漱石という存在が、全身で――「頭」と「ハート」で――若人を惹きつける光源となっていたのだった。

漱石自身がこうした事態に気づかなかった筈はない。この手紙に、「私は今道に入らうと心掛けてゐます。たとひ漠然たる言葉にせよ道に入らうと心掛けるものは冷淡ではありません」と記されていて、研究者によってはこの「道」を〝去私〟に通ずる禅的境地と捉える向きもあるようだが、ここにいう「道」は例の「孤独」を目指す境地であり、一種の現実逃避の場所をイメージしたものと見るべきだろう。若者たちの圧倒的な熱気に阻まれて、漱石の想念あるいは願望にもかかわらず、「道」は遠いのである。しかも漱石は来る者たちと、「未来」の約束までを交したのだった。余計な一言をつけ加えるなら、「頭の論理」と同時に「ハートの論理」を起動させるのは、編集者気質《エディターシップ》の要諦ともいえる。惚れ込むことから、仕事は始まるのである。

これまでは、苦学生で漱石が学費の保証人となった岡田耕三（明治二十年生まれ）を除けば、内田榮造ひとりが味噌っかす扱いされていたのだった。六高出身の独文科生は、教え子ではない。やがて、新旧の門弟間に世代による断層が生ずることが予感されるのである。芥川龍之介や久米正雄、松岡譲ら第三次「新思潮」のメンバーが、オーラに吸い寄せられるように漱石山房を訪れる日も近い。

*

臥床生活中のこととして、"Studio" のバックナンバーを取り出して眺めたりしていたことも、忘れずに記しておきたい。七月二日の津田青楓宛て書簡に、「今日古いスチューヂオを出して十冊ばかり見ました。さうして感心してゐます」とある。また、志賀直哉の第一創作集「留女《るめ》」を読んだことは、「時事新報」の読書アンケートに、「『留女』を読み感心致して、其時は作物が旨いと思ふ念より作者がえらいといふ気が多分に起り候。斯ういふ気持は作物に対してあまり起らぬものに候故わざ〳〵御質問に応じ申候」（七月七日）と答えているところから知られる。

十一月十五日に連載を終了した「行人」の単行本制作の作業が進められた。久々に大倉書店からの刊行が決まり、校正には内田榮造が当たる。文字遣いの疑問をめぐって、榮造との間で葉書による応酬がつづいた。装幀は橋口五葉。奥附の発行日表記は大正三年一月七日だが、大正二年のうちに出来上っていたものと考えられる。菊判、函入り。角背の継表紙で、茶色の背革に多色刷りの絵柄が鮮かに印刷され、書名は金箔押し。表紙の平《ヒラ》は淡い橙色の紙が用いられている。華麗に過ぎるような印象の美本である。

「十二月十日」には、春陽堂から縮刷本として「鶉籠・虞美人草」が出版されていた。「坊っちゃん」「二百十日」「草枕」「虞美人草」を収録する小型本（函入り、布表紙）で、こちらの装幀は津田青楓（以降、縮刷本のほとんどは津田青楓の装幀による）。これは大正十二年の関東大震災までの間に、八十七版が増刷されるという売行きを示した。

十二月三十一日、漱石は志賀直哉への返信を投函した。文中に、「武者小路君を通して御依頼した事につき御承諾の意を御洩し被下まして難有存じます」とある。

……夫に就てわざ〳〵会見の日取を御問合せになりましたが私の方は今いつが空いてゐるといふ程多忙の身体でもありませんからあなたの方で極めて一寸御通知を願ひたいと思ひます若し私の方で都合が悪ければ其時申上ますから御宅と私の家とは大変かけ隔つてゐて御気の毒です電車は江戸川終点か若松町行の柳町といふ停留所で御降りになるのです、是も序に申上ます

編集者・漱石は「白樺」の新進作家に、「東京朝日新聞」への連載小説執筆を依頼したのである。漱石の視界は、「未来」を的確に捉えていたというべきだろう。

大正三年。——

「心《こゝろ》」の一年である。

二月二日、志賀直哉へ宛てて、「両三日前社へ行つてあなたの小説の事をしつかり極めて来ました」と報じている。現在、長田幹彦の「霧」が連載中だが、「私が四月から其後を書きます、あなたのは私のあとへ出す事に致します」と知らせたのである。

三月二十九日の津田青楓への手紙には、「四月十日頃から又小説を書く筈です」との記述が見られる。「私は馬鹿に生れたせゐか世の中の人間がみんないやに見えます夫から下らない不愉快な事があると夫が五日も六日も不愉快で押して行きます、丸で梅雨の天気が晴れないのと同じ事です自分でも厭な性分だと思ひます」と精神の低気圧状態が記され、手紙は、

世の中にすきな人は段々なくなります、さうして天と地と草と木が美しく見えてきます、ことに此頃の春の光は甚だ好いのです、私は夫をたよりに生きてゐます

と結ばれる。この詩的な表現に触れると、低気圧の想念——それを無意識といってもよいだろう——のなかで、漱石はすでに「孤独」もしくは「道」の境地に辿り着いていたかのようにも思われる。「世の中にすきな人は……」とあるのは実感といえるが、「春の光」がこころ

の闇を照らしてくれる、というのだろうか。

三月三十日の山本松之助への手紙には、「今度は短篇をいくつか書いて見たいと思ひます、その一つ一つには違つた名をつけて行く積ですが予告の必要上全体の題が御入用かとも存じます故それを『心《こゝろ》』と致して置きます」と記されている。

と、早くから構想が練られ、順調に制作は進んでいるようだが、じつは、締切り間際の四月十四日になっても、寺田寅彦へ宛てて、「近頃は人を尋ねずあまり人も好まず何だかつまらなさうに暮し居候小説も書かねばならぬ羽目に臨みながら日一日となまけ未だに着手不仕《つかまつらず》候是も神経衰弱の結果かも知れず厄介に候」などと、愚痴のような文言を記す始末だった。あるいは、この愚痴がスタートの切っ掛けとなったのかも知れない、「心《こゝろ》」はなんとか四月二十日の連載開始に間に合ったのである。章名に「先生《せんせい》の遺書《ゐしょ》」とあるものの、連載はそのまま進行して、短篇連作の構想は実現しなかった。

四月の末、志賀直哉から関西方面へ出掛けるとの来信があり、漱石は返信（二十九日）に、「小説は私があらかじめ拝見する必要はないだらうと思ひます」と記して、「漢字のかなは訓読音読どちらにしていゝか他のものに分らない事が多いからつけて下さい」と、ルビの振り方についての注意を与えた。志賀直哉は制作に着手したことと推察される。

＊

漫画家・岡本一平が朝日新聞社に入社したのは大正元年八月のこと。渋川玄耳に資質を見込まれてのことだった。

岡本一平は明治十九年、北海道・函館の生れ、二十四年、東京に転居。東京美術学校西洋画科選科を卒業、美術学校教授・和田英作の指揮で帝国劇場建築装飾画の制作に携わり、完成後は背景部の一員となり舞台装置を担当する。和田英作は島崎藤村「若菜集」「緑蔭叢書」の挿画をはじめ数多くの文藝書の装幀を手がけ、「明星」「新小説」などの表紙画を描いたことでも知られる画家である（のち美術学校・校長）。四十三年、一平は大貫雪之助（晶川）の妹・かの子と結婚。翌年二月には長男・太郎が生れた。「新潮」を中心に、挿絵やコマ絵を描き、ポンチ絵作者としての活動を始めていたが、明治四十五・大正元年五月から七月まで「東京朝日新聞」に連載された正宗白鳥「生霊」の挿絵を描いて、社会部長・渋川玄耳に注目されたものと思われる。「東京朝日新聞」では漫画探訪記者となって、鋭いタッチで諷刺に富んだ漫画・漫文を掲げて紙面に精彩をあたえた。

「一平全集」の月報第五号に掲載されたＳＫ生「漱石先生と岡本氏」には、

> 岡本氏が東京朝日新聞社に入社したのは、大正元年の暮《ママ》で、翌年の秋頃朝日新聞社の鎌田氏が漱石先生の宅に伺ふと先生は岡本氏を激賞されて、
> 「鋭くて風刺的だが苦々しいところが無い。そして残酷さがない。」
> といつて賞讃されてゐた。その言葉を鎌田氏を通して耳にした岡本氏の喜びは並一通りではなかつたらう。岡本氏はその言葉を金科玉條として益々良き漫画を描くことに励んだものと見える。

とあって、記述は「その言葉が奇縁となつて、岡本氏は漱石先生のところへ出入りするやうになつた」とつづく。「先生は誇張しては賞めない代り、注目すると熱心に見て呉れる。一寸賞めてすぐ忘れるといふことがない。それだけに絶えず何かにつけて岡本氏を見てくれた」とは、漱石の性格を的確に捉えた寸評といえるだろう。「鎌田氏」は鎌田敬四郎、「心《こゝろ》」の担当者となる、明治十七年生まれの青年記者。「その後間もなく先生は、鎌田氏を通して岡本氏に本を出すことを勧められた。当時岡本氏は不羈奔放で自分の画集を出すなどといふことは夢にも思はなかつたらう」と、ＳＫ生は記している。岡本一平自らも当時を振り返って、「たゞ写生文的の味と俳画とを兼ねたやうなものを描いたので、さういふものが漫画かどうか知らずにゐた」と回想する（「岡本先生漫画苦心談」）。

漱石が鎌田敬四郎を通して、岡本一平に漫画集出版を勧めたのがいつのことなのか、正確には判らない。大正三年四月十五日の鎌田記者に宛てた手紙に、「一平さんの漫画はまだ出版になりませんか一平さんの画は百穂君（平福百穂。「ホトトギス」の表紙を描いたこともある──引用者・註）の挿画などより評判がいゝやうです」とあるところから、それよりは相当以前のことであったと推定される。なぜか私には、晩年の正岡子規が、「蕪村寺再建縁起」（挿絵は中村不折）に示されたように、病床でポンチ絵的趣向を楽しんでいる姿が懐しく思い起こされるのである。

おなじ手紙に、「一平さんの赤ん坊が死んだ事は始めて承知しました今度会つたらどうぞ忘れずに弔詞を述べて置いて下さい私は一平さんに妻君があらうとも思ひませんでした実際わかい顔をしてゐるではありませんか」

とも記されている。「一平さんの赤ん坊」は二年八月に生れた長女・豊子。三年四月十一日に亡くなったという。他人の私事や私生活に深い関心を払わないのが漱石の〝主義〟ともいえるが、ひな子を喪くした漱石には、幼女の死を聞くと、応えるものがあったに違いない。

　岡本一平の「探訪画趣」は六月十五日、磯部甲陽堂から出版された。漱石と杉村楚人冠の序文があり、和田英作による一平像が附されている。

　清水崑の「岡本一平伝」によると、「同書の中身は、一平が朝日新聞に入社した大正元年八月より翌年の大晦日までの間に同紙上に発表したもののうちから、あとで探しても版の見付からなかったものや、同じ標題でたくさん描いてあったものなどをふるいにかけて三分の一に凝縮したものだ」という。さらに、出版当時に一平が抱いた心懐についても、「いったい新聞の漫画というものは、その日その日、というより、その朝その朝が生命だ」「二日後に見ても一週間後に見てもなお面白いという類の漫画（又は挿絵）は、新聞のものとしては明かに上等ではない、と一平はひそかに独断していた」との、後進ならではの推量を加えている。「その一平が、一年半も前の用済みの時事的な漫画漫文を敢えて例外として勇気を鼓舞して世に問う気持になったのは何故かといえば、当時の文壇の巨匠である夏目漱石に特に目をかけられ慫慂をうけたことが、彼を驚喜せしめたからである」という。

　しかし、その時分の一平は、漫文や漫画を生涯の仕事としようなどという気は微塵もなかった。ただ新聞の仕事をする以上は新聞に向くような画文を、しかも自分の趣味に添わせながらかいてやろう、世の中を見物がてらにここ当分こんな道草を食うのも一つの勉強だ、ぐらいに高を括っていた。

　それが翌大正四年の夏になると「マッチの棒」、そのまた翌年の冬には「物見遊山」、八年の夏「欠伸をしに」という工合に次々出版を重ねていくうち、いつの間にやら一平の著作には「漫画漫文」という太鼓判が明瞭に烙されるようになる。

　漱石の序文は懇切なものだが、なかから二つの箇所を引用したい。一つは、出版を逡巡躊躇する著者を説得し、力づける編集者の言葉そのもののようにも思われる。

　……忙がしい我々は毎日毎日蛇《へび》が衣を脱《ぬ》ぐやうに、我々の過去を未練なく脱《ぬ》いで、ひたすら先へ先へと進むやうですが、たまには落ち付《つ》いて今迄通《とほ》つて来《き》た途《みち》を振り向きたくなるものです。其時茫然と考へてゐる丈では、眼に映《うつ》る過去は、映《うつ》らない時と大差なき位に、貧弱なものであります。あなたの太《ふと》い線《せん》、大きな手《て》、変《へん》な顔、すべてあなたに特有な形《かたち》で描かれた簡単な画は、其時《とき》我々に過去は斯《こ》んなものだと教へて呉れるのです。過去はこれ程馬鹿気て、愉快で、変てこに滑稽に通過されたのだと教へて呉れるのです。我々は落付いた眼《め》に笑を湛へて又齷齪《〔あくせく〕》と先《さき》へ進む事《こと》が出来ます。あなたの観察に皮肉はありますが、苦々《にが〳〵》しい所はないのですから。

もう一つは結語の部分で、ここにはオリジナリティ第一の漱石の姿勢が明瞭に示されて、編集者としての眼が「未来」への期待へと向けられている。漱石は一平の文章を褒めた。「あなたの画には必ず解題が付いてゐます。さうして其解題の文章が大変器用で面白く書《か》けてゐます」とある。

……あなたは東京の下町で育つたから、斯《〔こ〕》ういふ風に文章が軽く書きこなされるのかも知れませんが、いくら文章を書く腕があつても、画が其腕《うで》を抑えて働《はた》らかせないやうな性質のものならそれ迄です。面白い絵説《ゑとき》の書ける筈はありません。だから貴方《あなた》は画題を選ぶ眼《め》で、同時に文章になる画を描《か》いたと云はなければなりません。その点になると、今の日本の漫画家にあなたのやうなものは一人《ひとり》もないと云つても誇張ではありますまい。私は此絵《ゑ》と文とをうまく調和させる力を一層拡大して、大正の風俗とか東京名所とかいふ大きな書物を、あなたに書いて頂きたいやうな気がするのです。

編集者としての漱石の激励が岡本一平の「未来」を約束して、「漫画漫文」という表現の新ジャンルを生んだ、と記しても過言とはいえないだろう。岡本一平は大正十五年に「一平傑作集」を刊行するに際して、漱石のこの序文を再録、自序に「十五年目のこんにちにして漸く夏目先生の烱眼に服し始めた」と記して、漱石への感謝の念をあらためて噛み締めるのだった。

＊

七月の十日を過ぎた頃、志賀直哉が漱石山房を訪れて、連載小説の依頼を断ったことが、十三日に山本松之助へ宛てた漱石の手紙から知られる。「実は引きうけた小説の材料が引き受けた時と違つた気分になつてもとの通りの意気込でかけなた〔く〕なた〔つ〕たから甚だ勝手だがゆるして貰ひたい」というのだった。「段々事情を聞いて見ると先生の人生観といふやうなものが其後変化したため其問題を取り扱ふ態度が何うしてもうまく行かなくなつたのです」とある。

漱石は、「違約は勿論不都〔合〕ですが、同君の名声のため朝日のためにも気の入らない変なものを書く位なら約束を履行しない方が双方の便宜とも思ひましたが、多少私の責任もありますし、又残念といふ好意もあつたので再考を煩はしたのです。所が今朝口約の通り返事がきて好意は感謝するが今の峠を越さなければ筆を執る訳に行かないといふのです」と報じている。おなじ日、志賀直哉への返信には、「他〔日〕あなたの得意なものが出来たら其代り外へやらずに此方へ下さい」と記した。

志賀直哉が構想した小説は「時任信行」を主人公とするもので、前々年から書きついでいた「暗夜行路」前篇の草稿を活かしたものと考えられるが、漱石は「大阪朝日新聞」の談話記事「文壇のこのごろ」（大正四年十月十一日）のなかで、志賀直哉は「先頃東京朝日に小説を頼んだ時、五十回ばかり書いてよこして呉れたが、自分はどうしても主観と客観の間に立つて迷つて居るどちらかに突き抜けなければ書けなくなつたと云つて、止めて了つた」（傍点・引用者）と語り、いかにも「残念」そうな様子を滲ませている。「主観と客観」は、私小説か客観小説かをいうのである。

七月十五日の山本松之助への手紙にも、「志賀の断り方は道徳上不都合で小生も全く面喰ひましたが藝術上の立場からいふと至極尤もです」と編集者の苦衷を吐露しているが、差し迫った課題は、「心《こゝろ》」のあとの連載小説を誰れに依頼するか、である。「谷崎、田村俊子、岩野泡鳴、数へると名前は出て来ますが一向纏まりません、猶よく考へませうがあなたの方でも何うか御撰択を願ひます」とある。

「心《こゝろ》」連載のあとを新進作家何人かによる短篇シリーズとするという妙案を思い付いたのは、七月十六日の木曜会の夜であった、と推定される。提案したのは鈴木三重吉であったかも知れない。十七日、三重吉へ宛てて「昨日は失敬」として、「短篇集を出す事社に相談せし処賛成の由返答有之〔これあり〕就いては君一つ十回もしくは十二回位のものを直ぐ着手して出来る丈早く作つてくれ玉へ、其上あとへ出る二三の人をこしらへてくれ玉へ」と書き送っている。「無暗に親しいものがつゞかないで其間に変化のある方が面白くもあり又僕の立場からいつてもよろしい、兎に角君のは僕の終る前に間に合ふやうにしてくれ玉へ」と、漱石なりの配慮を忘れない。

十八日には、編集者としての姿勢がいよいよ剝き出しとなる。三重吉への返信から切迫した様子が窺える。「私の小説はまあ百回といふ見積ですが私の事だから（夫に社の方で可成《なるべく》長くしてくれとの注文ですからもう少しは出るかも知れません）」とあって、

……然し君の方ではまあ百回を目やすに置いて絞り出すなりひり出すなりして貰ひたいと思ひます。未明君の返事が来たら教へて下さい、其あとが幹彦俊子では少々つくやうですが其処へ何かはさみたい然しそんな事をいつてゐる場合でないから何でもいゝとして順序はこちらで変化してもよからうと思ひます。君にも気の毒だが精々奮発し〔て〕やつてもらひたい例の通り凝るのは却《かえ》つていけない只いゝ筋をつらまへてぐい／＼書いた方が数倍面白からうと思ふが、然し是は私の兎や角いふべき筋でないたゞ参考に申上げる迄です

などと記されている。「未明君」は小川未明（明治十五年生れ）。「愁人」「緑髪」などの創作集があり、四十五年には「讀売新聞」に「魯鈍な猫」を連載した。新浪漫主義文学の先駆者とされるが、作風は一口に言って、暗い。「幹彦俊子」は長田幹彦（二十年生れ）と田村俊子（十七年生れ）。幹彦は「澪」「祇園」「旅役者」と、情話文学の作者として評判を呼んでいた。俊子は懸賞小説一等当選の「あきらめ」を「大阪朝日新聞」に連載（四十四年）、すでに初期の代表作といえる「木乃伊《みいら》の口紅」（「中央公論」）も発表されている。「少々つくやう」というのは、官能的な筆致を指していうのだろう。編集者・漱石の事務処理能力とバランス感覚が鋭敏に起動する。

漱石は、まず武者小路実篤へ宛てて依頼状を投函した。事態は慌しい。十八日、三重吉へ、「今朝七時発の御手紙拝見秋聲白鳥両君ともに結構御頼ひ〔み〕下さい、小川君引受のよし是又結構私は武者小路に頼みましたまだ返事がありません、然し出来るなら武者小路氏と外に里見とか小泉とか長與とかいふ人を入れるやうに頼んだのです、多分むづかしいかも知れません」と書き送った。「里見」は里見弴（二十一年生れ）、「小泉」は小泉鉄《まがね》（十九年生れ）。漱石は「白樺」グループを信頼していたものと見られる。

十八日に三重吉が友人である青木健作（十六年生れ）へ宛てた手紙が遺されている。「時に、『朝日』が小生の立案に従つて、十五六人の作家の短篇を連戴〔原〕することに

なつた。漱石先生のがもう十五六回ですむ。そのあとですぐやり出すのだ。小生が先頭第一に書くのだ。第二には小生から小川未明に頼んで大急製作にかゝつて貰ふことにした。貴兄にも是非頼みたい。漱石氏も兄を推選〔原〕してゐられた」（傍点・引用者）と気負った調子だが、「注文」については具体的である。

○十回以上十二回を限度とした短篇。／○一回は十七字詰八十行より九十行まで。（90より長くては困る。）／○風俗壊乱は困る。／○八月十日頃までに全部小生の手元まで届けてほしい。／○他の人選未定。／○原稿料は一回四円乃至五円。未確定。／○八月十日では急ならば二三日は待つ。

漱石は野上豊一郎を通して、八重子にも打診した。また、二十日に久保田万太郎（二十二年生れ）へ宛てた返信に、「小宮君から申上げた事につき早速御承諾の御返事をいたゞき満足至極に存じます」とあるところから、一門総がかりでの対応であったことが知られる。締切りを八月十日に揃えたことについて、「私の方では順々に載せるのですから一度に原稿は入用でもありませんが実は読者にも作者にも都合よく順序をならべたいので斯〔こ〕んな御無理を申上げる次第です」との断り書きがある。

二十二日、「今日迄の経過」として三重吉へ送ったのとおなじ一覧表を別紙に添えて、山本松之助へ、「次の短篇作家は一々御相談のひまがなかつたので私の方でみんな極めました。断わられるかも知れないと思つてゐたらまづみんな承諾の形になつたのもその源因の一つです。何うぞあしからず」と報じている。

鈴　木
武者小路（八月五日乃至《ないし》十日）
幹　彦（同）
未　明（同）
俊　子（同）
里見醇〔弴〕（九月頃承諾）
久保田（承諾　原稿着日まだ不明）
青　木（八月五日乃至十日）
谷　崎（九月十日）
八重子（まだ返事なし）
後　藤（まだ返事なし）

「後藤」は後藤末雄（十九年生れ）、第二次「新思潮」同人。これが掲載予定の「順序」という。「順序をよくしないと変化がなくて面白くあるまいと思ひますから専断でさう極めて置きました」と記されている。「予告に是等の人の姓名をずつと並べるか又はだまつてゐて不意に、明日から誰《だれ》と断つて行くか夫は考へものでせう」とあるところ、編集者ならではの〝遊び〟感覚が躍動する。

志賀直哉の執筆辞退に起因する苦肉の策ではあったが、谷崎潤一郎、武者小路実篤、里見弴、久保田万太郎、また児童文学に進んだ小川未明ら、いずれも明治末期に頭角をあらわした新進作家の名前が並んだこのリストを眺めると、来るべき大正文学の輪郭が浮んでくる。ここに、芥川龍之介や菊池寛、佐藤春夫、宇野浩二らが登場するのを待てば、完璧なものになる、と。急拵えの作製だったが、これが編集者・漱石が描いた第一の未来図であったといえなくもない。

「心《こゝろ》」の連載は、八月十一日に百十回で終了した（脱稿は八月一日）。十二日から二十五日まで、武者小路実篤の「死」が連載される。一日の山本松之助宛て書簡に、「鈴木が一番先《さき》へ書く所へコタレまして、後へ廻してくれと申しますから武者小路君のものを一番目へ廻します」とあって、事情が察せられる。つづいて、小川未明「石炭の火」（八月二十六日—九月七日）、後藤末雄「柳」（九月九—二十日）、野上彌生子「或夜の話」（九月二十一日—十月四日）、長田幹彦「老兵の話」（十月五日—十八日）、青木健作「梅雨の後」（十月十九—二十九日）、久保田万太郎「路」（十月三十日—十一月九日）、田村俊子「山茶花」（十一月十—二十二日）、里見弴「母と子」（十一月二十三日—十二月三日）、谷崎潤一郎「金色の死」（十二月四—十七日）の順で掲げられる。結局、三重吉は書けず、代って小宮豊隆「礼吉の手紙」（十二月十八—三十日）が載った。最後になって門弟に甘い、教師としての漱石が現われたのを残念に思う。

*

「心」は「九月二十日」発行の奥附表記で、岩波書店から自費出版される。八月二十四日、岩波茂雄へ宛てて、「昨夜は失礼其節一寸御話申上候見返しの裏へつける判は別紙のやうなものに取極め申候」などと書き送っているところから、作業は急ピッチで進められていたことが推察される。「判」とは、漱石が自ら描いた図案で、歪な印形のなかにラテン語の ars longa, vita brevis. の句が白抜きされたもの。

『心《こゝろ》』を出版《しゆつぱん》するについて、方々《はう〴〵》の前々《まへ〳〵》から関係《くわんけい》のある書店《しよてん》からも出《だ》してくれるやうにといふ申出《まをしいで》もあつたのですが、」という鏡子の回想を俟つまでもなく、なぜ漱石が本造りの経験に乏しい、開業二年目の古書店からの申し出を受諾して、しかも自費による出版を企てたのかは最大の関心事といえるのだが、遺憾ながら、私の想像は十分には届かない。

岩波茂雄は明治十四年、長野県諏訪郡中洲村の生れ。一高に入学して阿部次郎、安倍能成らを知るが、学業を放棄、三十七年に除名退学となる。三十八年、帝国大学哲学選科に入り、四十一年、卒業、阿部次郎の紹介で神田高等女学校教頭の職に就いた。西郷南洲と吉田松陰を崇敬する青年で、安倍能成の「岩波茂雄伝」によると、女学校では「岩波の教育に対する熱情は実に盛んに燃え立つた」という。

神田神保町に古本屋・岩波書店を開いたのは大正二年八月五日。中洲村の田畑を売って、開業の資金とした。「岩波茂雄伝」に、「開店当時のことだつたらうが、漱石に店の看板を書いてもらひたいから、私に一緒にいつてくれとのことで、岩波は始めて漱石山房を訪うた。漱石は即座に快諾して、『岩波書店』と大書してくれた」とあるが、これが何日のことかは正確には判らない。「この時の文字が店の額になり、又屋上の看板に金字でかたどられて居たが、額も看板も大正十二年の関東大震災で焼失した」という。

岩波書店は「古本正札販売」の断行で知られたが、聖書の販売にも力を入れたのは内村鑑三への敬愛からで、個人誌「聖書之研究」は早くから店に並べていた。また、二年の暮には、星学の理学士で海軍大学教授であった蘆野敬三郎・編述の「宇宙之進化」の自費出版を引受けてもいる。

「岩波茂雄伝」には、「『こゝろ』の出版は、岩波が漱石のものを出したいと願つた時、外からもうるさく頼んで来るので、漱石も一つ自費で出して見ようかといふ気になつた」と、簡略に記されている。だが私は、岩波茂雄が出版を願い出たときの、漱石の心理の動きようを知りたい、と思う。醇朴な熱血漢として好感を抱いたであろうことは疑いないとしても、信用できる、という瞬時の判断の内実を探りたいのである。

新たな可能性に踏み出そうとする青年の熱情に共感し、応援したいと思ったのか、かつて無名の画学生であった橋口五葉を起用したときのように、無名の出版社であることに、ひそかな期待を膨ませて、喜びとしたのだろうか、「朝日新聞」文藝欄の目論見の一つがそうであったように、心が通う出版社に育てることで、やがて門弟をはじめとする若い世代の作家たちの著作が制約されることなく出版できるような構想を一瞬にして思い描いたのか。あるいは、意識の底に潜んでいた出版への興味が一挙に噴き出したのかも知れない。それなら、本とは何か、出版とは何か、というロンドン滞在中の古書漁りの読書生活以来抱きつづけてきた、創造的な関心につながるものだろう。または、本文の組版指定から装幀に至る全過程をわがものにしたいとする、いわば高度の〝遊び〟ごころの気紛れからだったのだろうか。などと、想像は頼りなく、空転するばかりなのである。いずれにせよ、漱石の反骨の虫のなせる業であったに違いない。漱石の出版受諾は熱情家・岩波茂雄を「すつかり感激」させた(「岩波茂雄伝」)。

もし子規が生き永らえていたら、と思う。新聞・雑誌の発行にとどまることなく、出版に身を乗り出していたことだろう、と。その志は虚子の俳書堂から籾山書店へと受け継がれた、ともいえるのだが。

鏡子の回想には、「ところがこれ迄《まで》は一切《さい》出版《しゆつぱん》のことは出版者《しゆつぱんしや》がやつてくれたのですが、今度《こんど》は一切合財《さいがつさい》面《めん》倒《だう》なことは岩波《いはなみ》へまかせるとは言《い》つても、まだ創業当時《さうげふたうじ》の素人《しろうと》であり、一々《いち〱》相談《さうだん》をしてやらなければならないので、中々《なか〱》手数《てすう》がかゝる様子《やうす》でした」と語られる。

……そこへ持《も》つて来《き》て岩波《いはなみ》さんが理想家《りさうか》で、何《なん》でもかんでも一番《ばん》いゝものを使《つか》つてひどく立派《りつぱ》なものを作《つく》らうとする。いゝものはいゝもので結構《けつかう》には違《ちが》ひないが、それならそれで定価《ていか》は高《たか》くなつて、結局《けつきよく》売《う》れなければ結局《けつきよく》損《そん》をしなければならないといふ破目《はめ》になるので、そこで夏目《なつめ》が、君《きみ》のやうに何《なに》もかもいゝものづくめでやらうとしちや引《ひ》き合《あ》はない。表紙《へうし》がよければ紙《かみ》を落《おと》すとか、用紙《ようし》がよければ箱張《はこば》りをもう少《すこ》し険約《けんやく》するとか、何《なん》とかそんな風《ふう》に工面《くめん》して、いゝ工合《ぐあひ》に本《ほん》といふものは作《つく》るのだ。元手《もとで》ばかりかけても、これが売《う》り物《もの》だといふことを少《すこ》しも考《かんが》へなくては、結局皆目《けつきよくかいもく》儲《まう》けがなくなつて了《しま》ふぢやないかと小言《こごと》を申《まを》します。ところが岩波《いはなみ》さんの方《はう》では、いくら小言《こごと》を言《い》はれたつて、何《なん》でもかんでも綺麗《きれい》な本《ほん》を作《つく》りたい一方《ぱう》なんだから、顔見《かほみ》る度《たび》に小言《こごと》です。

「それでも『心《こゝろ》』は自分《じぶん》で装幀《さうてい》するといふので、表紙《へうし》も見《み》かへしもみんな自分《じぶん》で指図《さしづ》してやつたやうです」とあって、「表紙《へうし》は橋口貢《はしぐちみつぐ》さんから贈《おく》られました支那《しな》の古代《こだい》の石鼓文《せつこぶん》とか申《まを》すものゝ石摺《いしず》りから取《と》つたもの」という。「心」(函・表表紙・扉は「心」、背表紙・本文冒頭には「こゝろ」と表記されている)は、菊判・函入り、角背の上製本に仕上ったが、岩波茂雄が気張ったほどには、豪華な装本とはいえない。天　金《ギルト・トップ》も施されず、表紙は紙装である。漱石の倹約の抑制が利いたのかも知れない。それでも不思議なほどの存在感を印象づけるのは、函および表紙の橙色の地と薄緑の「石鼓文」とのコントラストが強烈なためかと思われる。

自序が掲げられていて、そこに、「装幀の事は今迄専門家にばかり依頼してゐたのだが、今度はふとした動機から自分で遣つて見る気になつて、箱、表紙、見返し、扉及び奥附の模様及び題字、朱印、検印ともに、悉《〔ことごと〕》く自分で考案して自分で描いた」と記されている。「木版の刻は伊上凡骨氏を煩はした。夫から校正には岩波茂雄君の手を借りた」とあるが、「伊上凡骨」は木下杢太郎ら「パンの会」のグループと親交のある、斯界に知られる彫版師だった。

自費出版《じひしゆつぱん》ですから、最初《さいしよ》の費用《ひよう》は一切《さい》私《わたし》の方《はう》持《も》ちで、その代《かは》り段々《だん〱》儲《まう》かるに連《つ》れて、岩波《いはなみ》の方《はう》でそれを償却《しやうきやく》して行《ゆ》くといふ契約《けいやく》でして、それを年《ねん》二期《き》づゝに計算《けいさん》して、半期半期《はんきはんき》に儲《まうけ》を折半《せつぱん》して持《も》つて来《く》るといふ随分《ずゐぶん》やゝこしい方法《はうはふ》でした。が亡《な》くなる迄《まで》これを繰《く》りかへして居《を》りましたが、どうも面倒《めんだう》でたまりませんので、亡《な》くなつてから普通出版《ふつうしゆつぱん》に改《あらた》めて了《しま》ひました。

とは、鏡子の回想である。

創業間もない頃の岩波書店との関連で、漱石に、こんな話が遺されている。

「岩波茂雄伝」によると、「大正三年（一九一四）末から翌年の始にかけて」とある（「漱石の思ひ出」では、「心《こゝろ》」出版以前のこととされる）、岩波書店は台湾総督府立の図書館から、一万円の図書購入を一手に託された。前帝国図書館司書長、日本図書館協会会長の太田為三郎が同図書館の館長となり、日比谷図書館長の今澤慈海に諮って、とくに岩波書店を選んで納入業者に指定したのだという。岩波茂雄は「多分九段下の書店街のめぼしい本は全部集めたくらゐ」の勢いだったが、一万円分となると資金が足りない。そこで、『こゝろ』の出版で知遇を得て居た夏目漱石に、三千円の融通を申し込んだ所、漱石は即刻それを承知し、所持の株券を貸して、それを抵当に銀行から借用をするやうにしてやつた」と記されている。しかしここは、問題が問題だけに、臨場感ある鏡子の思い出を借りておきたい。

或《あ》る時岩波《ときいはなみ》さんが夏目《なつめ》のところへお見《み》えになつて、

何《なに》かとお話《はな》しになつて居《を》ります。と、夏目《なつめ》が私《わたし》を書斎《しよさい》に呼《よ》びまして、いきなり株券《かぶけん》を三千円《ゑん》ばかり持《も》つて来《き》て岩波《いはなみ》へ貸《か》してやれと、藪《やぶ》から棒《ぼう》にかういふのです。何《なに》が何《なん》だか一向様子《かうやうす》がわからないので、一体《たい》どういふわけで株券《かぶけん》を御用立《ごようだ》てするのですかと尋《たづ》ねますと、いや、話《はなし》はわかつてるんだと面倒臭《めんだうくさ》がつて居《を》りますから、それではいけません、よく伺《うかゞ》つた上《うへ》でなくてはと尋《たづ》ねますので、そこで事情《じじやう》を言《い》つてくれました。

事情を聞くと、「かういふ確《たし》かな、間違《まちが》ひつこのない商売《しやうばい》なんだから、その為《た》めにどうか三千円《ゑん》ばかりしばらくの間《あひだ》貸《か》してくれないか」との岩波の話。漱石は、「貸《か》してやってもいゝが、家《うち》には現金《げんきん》がないから、そんなら少《すこ》しばかりある株券《かぶけん》を貸《か》せるから、それを銀行《ぎんかう》で担《たん》保《ぽ》にして資金《しきん》を調達《てうたつ》したらいゝだらうとかういふのでした」。つづく箇所は「岩波茂雄伝」では、「漱石はたゞ暢気に考へたのを、漱石夫人が証文その他の手続をせねばと主張したのは、当然のことであるが、岩波はそれを意外に思つた程、まだ普通の商売的常識を欠いて居たのであつた」と記されるところである。当時の三千円は、今日の千五百万か二千万円にも相当するだろうか。鏡子は、「ともかく三千円《ゑん》といへば私《わたし》どもにとつては大金《たいきん》です」という。

……なる程《ほど》、夏目《なつめ》にも岩波《いはなみ》さんにも当事者同志双方間《たうじしやどうしさうはうま》違《ちがひ》がなければ何《なん》のことはないのでせうが、人間《にんげん》のことですからいつ何時《なんどき》どういふことがないとも限《かぎ》らない。其時《そのとき》になつて、万《まん》一面白《おもしろ》くないことなどがあつては困《こま》るから、ともかくどちらがかけても第《だい》三者《しや》にもわかるやうな契約《けいやく》をして頂《いたゞ》きたいと、私《わたし》が株券《かぶけん》を持《も》つて出《で》て、岩波《いはなみ》さんを前《まへ》にして一寸《ちよと》開《ひら》きなほつた形《かたち》で申《まを》したものです。岩波《いはなみ》さんはこれは様子《やうす》が違《ちが》ふぞとでもお思《おも》ひになつたものか、びつくりした顔《かほ》をしていらつしやいました。一体《たい》かういふことには呑気《のんき》な夏目《なつめ》のことですから、そんなに迄《まで》するのは気《き》の毒《どく》な位《くらゐ》にも思《おも》つたでせうが、ともかく私《わたし》のいふところに従《したが》ひまして、別《べつ》に君《きみ》を疑《うたが》ふわけではないが、細君《さいくん》があゝ迄《まで》いふのだから、契約《けいやく》は契約《けいやく》としておいてくれ給《たま》へといふことになつて、岩波《いはなみ》さんも手続《てつゞ》きをお踏《ふ》みになつて、株券《かぶけん》をお渡《わた》し致《いた》しました。

「かういふ例《れい》があつてからといふもの、時々《とき〴〵》大口《おほぐち》の注文《ちうもん》などにお金《かね》がいると、よく私《わたし》どものところへいらして、事情《じゞやう》を打《う》ちあけて融通《ゆうづう》をつけていらつしやいました」とも語られている。
鏡子も、また安倍能成も、漱石の「呑気」「暢気」をいうが、そんな筈はなかった、と私は思う。漱石が時に門弟たちの要求に応えて無頓着な素振りで金銭を貸し与えていたのは慥かであっても、そこには漱石なりの判断が働いていた。漱石とは、給与の額にこだわり、日記帳の余白に家計簿まがいの細々とした数字を書きつけたりする人物なのである。岩波茂雄の事業の「未来」に対して積極的に関わろう、関わりたいとする衝動が心内に生じたのだと推察される。ただ、なにが漱石を瞬時に突き動かしたのかは、無意識の声を聞くほかない。

岩波書店の土台づくりに、漱石は文字通りの物心両面で多大な、とは決定的な貢献をしたのである。岩波茂雄が阿部次郎や安倍能成を頼りにしたのは無論のことだが、やがて寺田寅彦や中勘助、野上彌生子、和辻哲郎、やや遅れて小宮豊隆らの門弟またその周囲にいた思想家・文学者の著作が続々と岩波書店から発刊され、昭和二年十一月には、遺言によって芥川龍之介の全集の出版があり、岩波書店という磁場における漱石の吸引力を象徴する〝事件〟となる。

第九章　新しい「真」

「心《こゝろ》」の出版と踵を接するように「九月二十三日」に鈴木三重吉を編輯兼発行者として、「須永の話」が上梓された（発売は東京堂）。表紙と扉に、「鈴木三重吉編　現代名作集（第一篇）」と刷られている。三五判、紙装。変哲のない簡素な造りの小型本である。装幀は津田青楓。「彼岸過迄」から須永の語りの部分だけを抜き出したもので、本文一四二頁。定価十五銭の廉価本だった。

鈴木三重吉が「ヘコタレ」て、「東京朝日新聞」に短篇を発表できなかったのには、理由があったとも考えられる。

一年前あたりから創作に行き詰ったことを自覚しはじめた三重吉は、暮れの二十二日に友人・青木健作へ宛てて、「もう思想が涸れた」と洩らしていた。まず思いつ

やうだ。何の興味もない。どこか島へでも行つて寐てゐたい」などと、創作上の苦悩を訴えている。

出版への構想がいつ、どんな経緯から生じたものかは判らない。八月二十二日の嶋田青峰宛ての書簡が「ホトトギス」九月号に掲載されたが、「私は九月から半分出版屋になる準備をしてゐます」とはじまる記述は、唐突な印象を免れない。文藝書が「極めて狭い範囲でしか読まれてゐない」のは、「大抵の人にはどれを読むべきかの選択が出来ない」、「本が高価なので一般の人が軽便に得う買はない」からだという。「だから私は永い間、この選択と減価との二つの便利を提供するやうな仕掛けを欲して居りました」とあって、「これまで二三の本屋に私の今度のやうな計画を提議して見ましたが、いづれも算盤の上を恐れて引受けてくれませんので、とうと思ひ切つて自分がやつて見る気になつたのです」と記されている。

それで私は大体私がこれまで読んだ、又、これから読んで面白いと思つた作品を選輯して「現代名作選集」と題し、一冊又は二冊の読切として毎月三四冊づゝ出版する考へです。六号縮刷、菊半型、一冊百頁以上、各冊十銭又は十二銭平均の予定。

いたのが新刊書店経営だった。

……来年はもう作では食へまい。只今本屋を出す計画で奔走中だ。まだ秘蜜《ママ》。赤門前あたりへ、「三重吉書店」といふのを出すのだ。資本千円。成田の和尚に委曲を話して五百円貸せと言つてやつた。まだ返事なし。他に津田が三百円出してくれる。今日は漱石先生をせびりに行くつもりだ。津田の装飾美術と花屋と本と三つを売るよ。小生ハツピを着て車を引くつもり也。春陽堂が顧問官だ。三重吉書店はアタルこと受合の由。

ところが、ひと月後の手紙には、「色々人に話して見たがどうも甘い《ママ》口もないよ。今日は一ん日一人で炉ばたに坐つてぽかんとしてゐた」と記す始末だった（大正三年一月二十七日）。「頭がいたいので酒も飲まん。昨夜は帝劇へ無名会のオセロを見に行つた。漱石先生と令夫人がゐられた」とある。生活は困窮する。高利貸しから借金をしたり、ゴーチエの「黄金の羊毛」を博文館の「少女文学叢書」のために、一日「半切四十枚」のスピードで訳出して凌いでいたが、四月二十八日にも、青木健作へ、「僕は一寸も書けんので弱つてゐる。桑の実以来一向物を書く頭にならん。すべてが只索然として蠟を嚙む

と予告され、「選輯の標準」なるものが詳細に、箇条書きで綴られているが、なかに「私は今度知名の大家数十名に御依頼して選定員になつて戴き、その人々に推挙された作品はたとへ一無名氏の作でも、その選定員諸氏の批評を加へて直ちに本書に収め、広く江湖に紹介するつもりでゐます」などとあるところ、誇大癖の三重吉らしい記述と思われる。しかし、

　九月には漱石、鷗外、荷風三氏の傑作中の傑作を抜いて発刊。第一編としては漱石先生の最近の特徴を代表する「須永の話」を出します。目下已に印刷中。九月早々発兌。先生の作品はそれより逆行して出世作「倫敦塔」まで上つて行くつもりです。

との告知から、「心」の連載が終了する頃は、三重吉は入稿指定やら津田青楓との装幀の打合せやらに追われていたことだろうと推察される。漱石が八月十八日に田村俊子へ宛てた手紙のなかに、「鈴木は都合によつてあの中へは加へない事にしました」と記されていた事情も理解されるのである。

「須永の話」には三重吉による「序」が附されていて、そこに、「この列冊《シリーズ》は、微かな一小作家たる私が、自分一人ですべてを計画し、自分で直接に出版するのである」と掲げられている。十月二十三日には、第二篇として森鷗外「堺事件」が出版されたが、これは「堺事件」と「安井夫人」を併録した、新作短篇集だった。つづいて長田幹彦「零落」（十一月）、森田草平「未練」（十二月）、岩野泡鳴「毒薬を飲む女（上篇）」（十二月）の刊行があり、大正四年一月に小川未明「紫色のダリヤ」と漱石の「倫敦塔」（「倫敦塔」と「行人」の最終章を併録）が上梓される。

　この後、野上彌生子の訳書を除けば最初の著書となる「父親と三人の娘」や田村俊子「春の晩」、正宗白鳥「地獄」、徳田秋聲「密会」、谷崎潤一郎「秘密」、木下杢太郎「穀倉」などを挟んで、第二十篇の長田幹彦「澪」（九月）までつづく。この「列冊《シリーズ》」は、変革期の文藝状況を象徴するものの一つとして、意義ある試みであったといえるだろう。また、例えば「父親と三人の娘」の「序」に、「『父親と三人の娘』は彌生子氏の作中でも最傑出したものゝ一つとして定評のあるもの」、「簡素な平和な中流生活的団欒の喜びと憂ひと悲哀とが、如実に活写されてゐる中に、同じ父の子の姉妹とはいへど、長じてはとり〴〵に違ひ分れて行く『女』の運命がしみ〴〵

と感ぜられる」と適切な評が見られるように、この仕事がおざなりなものではなかったことも慥かである。

しかし、出版の資金はどのように調達したのか。成田山の住職や全冊の装幀を担当した津田青楓の協力を得たのだろうか、不明である。

一週間ばかり前から行方知れずにいた夏目家の飼犬ヘクトーが、他所の家の池に死骸となって浮いていると知らされたのは、十月三十一日のことだった。三、四年前に賓生新から貰った犬で、風呂敷に包まれて漱石宅にやって来た。トロイの勇将の名前を借りて、ヘクトーと名附けたのは漱石である。

> 車夫《くるまや》は筵《むしろ》の中《なか》にヘクトーの死骸《しがい》を包《くる》んで帰《かへ》つて来《き》た。私《わたくし》はわざとそれには近付《ちかづ》かなかつた。白木《しらき》の小《ちひ》さい墓標《ぼへう》を買《か》つて来《こ》さして、それへ「秋風《あきかぜ》の聞《きこ》えぬ土《つち》に埋《う》めてやりぬ」といふ一句《く》を書《か》いた。私《わたくし》はそれを家《うち》のものに渡《わた》して、ヘクトーの眠《ねむ》つてゐる土《つち》の上《うへ》に建《た》てさせた。彼《かれ》の墓《はか》は猫《ねこ》の墓《はか》から東北《ひがしきた》に当《あた》つて、ほゞ一間《いつけん》ばかり離《はな》れてゐるが、私《わたくし》の書斎《しよさい》の、寒《さむ》い日《ひ》の照《て》らない北側《きたがは》の縁《えん》に出《で》て、硝子戸《がらすど》のうちから、霜《しも》に荒《あら》された裏庭《うらには》を覗《のぞ》くと、二《ふた》つとも能《よ》く見《み》える。もう薄黒《うすぐろ》く朽《く》ち掛《か》けた猫《ねこ》のに比《くら》べると、ヘクトーのはまだ生々《なま〳〵》しく光《ひか》つてゐる。然《しか》し間《ま》もなく二《ふた》つとも同《おな》じ色《いろ》に古《ふる》びて、人《ひと》の眼《め》に付《つ》かなくなるだらう。

「硝子戸の中（五）」のこの場面は、なぜか不思議に印象にのこる箇所である。「秋風の聞えぬ土に埋めてやりぬ」の句は、「わが犬のために」の詞書きを添えて「日記」に記されている。

＊

新潮社の「代表的名作選集」の第二編として、「坊っちゃん」が出版されたのは「十一月十九日」のことである。以後、大正十二年までの十年間に累計五六、七八〇部が発行されるというロング・セラーとなった。

中根駒十郎という男がいた。新潮社の創業者・佐藤義亮の義弟で明治十五年、愛知県岡崎の生れ。二十八年に上京、神田の大鳴学館に学んだのち三十一年に新声社（のち新潮社）に入り、いわば番頭となって義亮の活動を支えつづけた。島崎藤村、吉田絃二郎ら多くの著者から篤く信頼されたが、ことに芥川龍之介を敬愛して、親炙した。昭和三十九年歿。「駒十郎随聞」（昭和三十五年）と題する回想談が遺されているが、そこにこんな逸話がある。

駒十郎が漱石山房をはじめて訪ねたのは大正三年のことという。初対面の日、漱石は「中根君、僕は君の家を知ってるぞ」といって、駒十郎を驚かせた。

——僕は毎朝散歩するんだが、君の家は、三井の重役の小池という大きな家の前だろう。大きな門柱が立っていて、君の表札が、ちょうど松の木に蟬がとまったようにかかっている。姓は中根、名は駒十郎。ずいぶん変っているからなあ—、とこういわれる。

さらに先生は奥をうかがわれるようにして、一段と声を落され、

——僕は中根という姓には関心を持っている。

——どうしてでしょうか。

——僕の妻が中根姓だ。東京には中根というのは少ないんだ。

そこで、先生の奥様はどういう方のお嬢さまですか、とお聞きしましたら、貴族院の中根書記官長の娘だ、ということでした。

——いや君は面白い男だ。「坊っちゃん」を「代表的名作選集」に入れることは承知した。これから僕のもので入用のものがあったら、なんでも聞いてやるから、やって来たまえ、とおっしゃった。

と、なんとも他愛ないエピソードのようにも思われる。だが、漱石には、編集者は愛すべき存在なのである。というより、僅かな会話を交すうちに探りあてた、互の編集感覚が共振する瞬間を愉しんだのだ、というべきだろう。

それから十数年後、昭和二年七月のエピソードである。芥川龍之介は妻・文子へ宛てた遺書のなかに、「万一新潮社より抗議の出づることを惧る為に」として、「僕の作品の出版権は（若し出版するものありとせん乎）岩波茂雄氏に譲与すべし。（僕の新潮社に対する契約は破棄す。）僕は夏目先生を愛するが故に先生と出版書肆を同じうせんことを希望す」と記して死んだ。生前、「僕の全集を出すとき、必ず貴方にお願いしますよ」との固い約束が交されていたとはいえ、遺言とあれば、駒十郎は涙を呑むほかなかった。これまで、「煙草と悪魔」「傀儡師」「夜来の花」「黄雀風」「梅・馬・鶯」などと、何冊もの本を手掛けてきたのである。岩波書店からの刊本は一冊もない。

初七日の日の文壇関係者による全集出版の打合せの席でのことだろうか。駒十郎がせめて一巻本の選集を出版させて欲しいと諮ったところ、久米正雄から「新潮社は

ずるい、そういうことをして、いいものをさらってしまう」と詰られた、という。

　わたくし、十八歳で新潮社に入ってから、それまで只の一度も文士の方と争ったことはないのでありますが、久米先生の、「ずるい」「さらう」というお言葉にはグッと来た。まして満座の中でのお言葉であります。わたくし、（ウッ…）と、我慢しようと思ったが、（ウッ…）とやればやるほど、どうしようもなくなり、結局、爆発した。

「おいっ！　失敬なことをいうな！　クメッ！」

　最初の怒声が出ると、もういけませんナ。怒声が頭をポッポとさせ、カッカポッポすると、次の怒声、タンカを生み出すという悪循環、ついに「やい、オモテへ出ろいっ！」


「駒十郎随聞」を読み返して、この件りに触れる度に、遣り場のない駒十郎の怒りを想って私の目頭は熱くなる。そして同時に、漱石の強烈な磁力に驚嘆する。芥川の無意識に、漱石は一本の糸のようにもっとも純粋に近い型態で生きつづけていたのだ、と。精神のリレーあるいは連鎖とは、ときにこんな具体的な例として現出するものなのかも知れない。

　ここで、三年十一月十四日の岡田（林原）耕三へ宛てた漱石の手紙のなかに、「私は意識が生のすべてであると考へるが同じ意識が私の全部とは思はない死んでも自分［は］ある、しかも本来の自分には死んで始めて還れるのだと考へてゐる」などとあったことが思い合わされる。私には、この記述は漱石が自身の裡に子規をはじめとする何人かがいまなお「本来」の姿で生きていることを暗に物語ったもののように思われてならない。

「研究年表」には「松浦嘉一日記」から、十一月二十六日の木曜会でのこととして、「意識が滅亡しても、俺といふものは存在する。俺の魂は永久の生命を持つてゐる。だから、死は只意識の滅亡で、魂がいよ〳〵絶対境に入る目出度い状態である」との漱石の談話が紹介されている。漱石が科学を超えたものの存在を信じるのを知るのは初めてのことではないが、魂魄という一語がまるで生き物であるかのように眼前に浮ぶ気がするのである。

　鏡子の回想に、「この大正《たいしやう》三年《ねん》の十月《ぐわつ》に又《また》もや胃《ゐ》を悪《わる》くして一月《つき》ばかり床《とこ》につきましたが、いゝ按配《あんばい》に大《たい》したことにも至《いた》りませんでした」と語られている。

＊

大正四年。――

一月十三日から、東西の「朝日新聞」で「硝子戸の中」の連載がはじまる。これはまず大阪の長谷川如是閑から依頼された新年の原稿だったが、「もし此方でも都合がつくなら載せて頂きたい」と、一月九日にその何回分かを山本松之助へ送ったものである。「載せられるならゲラ丈をすぐ」、如是閑の方へ「送つて上げて下さい」と添えられていた。

内容は「小品」に分類されるもので、「硝子戸の中」（「中」は、原稿には「うち」とも「なか」ともルビが振られているという）は漱石の視座をいう。少し深読みをするなら、半透明な自身の内面を指す、ともいえるのだろう。来訪者との応対、愛犬ヘクトーの死や死者たちの思い出、幼少期の記憶などがとりとめもなく綴られて行くが、これが随筆文学中の名品の一つとなったことは疑いない。

「硝子戸の中」は二月十四日、「三十九」で脱稿。掉尾は、「自分の馬鹿な性質を、雲《くも》の上《うへ》から見下《みおろ》して笑《わら》ひたくなつた私は、自分で自分を軽蔑する気分に揺《ゆ》られながら、揺籃《らん》の中《なか》で眠《ねむ》る小供に過《す》ぎない」などとあって、

まだ鶯が庭で時々《とき〴〵》鳴《な》く。春風《はるかぜ》が折々思ひ出したやうに九花蘭《きうくわらん》の葉を揺《うご》かす。猫が何処《ど〔こ〕》かで痛《いた》く噛《か》まれた米《こめ》噛《かみ》を日に曝《さら》して、あたたかさうに眠《ねむ》つてゐる。先刻迄《さつきまで》庭で護謨《〔ゴム〕》風船を揚《あ》げて騒いでゐた小供達は、みんな連れ立《だ》つて活動写真へ行つてしまつた。家《いへ》も心《こゝろ》もひつそりしたうちに、私は硝子戸《ど》を開《あ》け放《はな》つて、静かな春の光《ひかり》のなかで、恍惚と此稿を書き終るのである。さうした後《あと》で、私は一寸肱《ちよつとひぢ》を曲《ま》げて、此縁側《このえんがは》に一眠《ひとねむ》り眠《ねむ》る積《〔つもり〕》である。

と結ばれる。「春は何時しか私の心を蕩揺し始めた」、あたかも漱石が初代のあの「猫」の「本来」に還ったかのように印象される。読ませる文章の力である。作品の主な発表場所が新聞紙上であったためか、漱石ほど不特定で多数の読者を意識して筆を執った作家は他にいない。

木下杢太郎から小説集「唐草表紙」の序を書くように頼まれたのは、新年になってからのことだろう。一月十二日以降、十八日までに五百八十頁もの校正刷りを読了して、杢太郎へ宛てて長文の手紙を認めたが、それが二月十日に正確堂から発刊される杢太郎の「唐草表紙」に「序」として掲げられた。「あなたの特色として第一に私の眼に映《うつ》つたのは、饒《ゆた》かな情緒を濃《こま》やかにしかも霧か霞のやうに、ぼうつと写し出す御手際です」、「過去はぼん

やりしたものです。さうして何処《どこ》かに懐《なつ》かしい匂ひを持《も》つてゐます。あなたはそれを巧に使ひこなして居るのでせう」と、読後感は適評といえる。おそらく、生と死の意識が錯綜した、当時の漱石の心境に合致するような色調を湛えた読み物だったのだろう。「過去が過去となりつゝも、猶《〔なお〕》意識の端《はじ》に幽霊のやうな朧気な姿となつて佇立《たゝず》んでゐ」るなどとの文言も見られる。

木下杢太郎は明治十八年生れ。四十四年十二月に東京帝大医科大学を卒業。大正五年に南満洲医学堂皮膚科担任教授兼奉天病院長となり奉天へ赴くが、「パンの会」の中心メンバーで、雑誌「スバル」の有力な寄稿者として知られる詩人、劇作家だった。

杢太郎と漱石の交流については、僅かなことしか伝わらない。杢太郎が一高時代に漱石から英語を教わったこと、自著を贈る度に礼状を受け取っていることなどである。美術を愛好する杢太郎は装本をいわば特技として工夫を凝らした。更紗の模様などを用いて、自著に和風また東洋趣味の雰囲気を醸していたから、それが漱石には羨しかった。戯曲集「和泉屋染物店」については、「あの装釘は近頃小生の見たる出版物中にて最も趣きあるものとして深く感服仕候」（大正元年十月四日）、「南蛮寺門前」については、「此前のと同様に大変好い表装ですなかの挿画も面白う御座います」（三年七月十六日）と記していた。「唐草表紙」が贈られると、「例の如く装幀甚だ美事に拝見致しました」（三月二日）と記した葉書を送る。

二月八日、福岡医科大学の久保猪之吉教授からの電報で、長塚節の訃が知らされた。長塚節は喉頭結核を悪化させ、入院中の医科大学病院で息を引き取ったのである。享年三十六。翌日、郵便で節の死を伝えてくれた斎藤茂吉への返信に漱石は、「惜しい事を致しました。私は生前別に同君の為に何も致しませんのを世話をしたやうに思つてゐられるのでせうか。何うも気の毒でなりません」と謙虚に記して、哀悼するのだった。二月十三日、長塚節の傾倒者である若い歌人へ宛てた手紙のなかに、「私は若い人が死ぬのを甚だ悲しく考へては自分の生きてゐるのが済まないと思ふ事もあるのです」との記述が見られる。

*

連載が終わると直ちに（あるいは終了以前からかも知れない）、「硝子戸の中」の刊行準備が進められた。岩波書店から「心」と同様に、自費で出版することに決め、新聞の切り抜きに訂正を施し、自装のための参考に更紗の図案などを眺めたことだろう。

三月十九日から西川一草亭、津田青楓兄弟に誘われて、漱石は京都に遊ぶ。

　三月九日に津田青楓へ宛てて、「御安着の由結構です僕も遊びに行きたくなつた小説は四月一日頃から書き出せばどうか間に合ふらしいのです夫で其前なら少しはひまも出来ると思ひますまだ是非行くとまでは決心もしてゐませんが大分心は動いてゐるのです」と記していた。「東京朝日新聞」では高濱虚子の「柿二つ」が一月一日から連載中で、四月中旬までつづく予定であった。さらに、「僕は京都に少々知人があるが大学の人などに挨拶に廻るのも面倒だから人に知られないで呑気に遊びたいのです其辺は御含みを願ひたい」と頼んでもいた。

　ここで鏡子の回想を聴くと、「津田《つだ》さんとは以前《いぜん》からの識《し》り合《あ》ひだつたのですが、自分《じぶん》が絵《ゑ》に熱中《ねつちう》しましてからといふものは、殊《こと》の外親《ほかした》しくもし、縮刷本《しゆくさつぼん》の装幀《さうてい》なども殆《ほと》んど津田《つだ》さんの手《て》を煩《はづら》はすやうになつて居《を》りました。又《また》絵《ゑ》の上《うへ》だけではなく、あのぬうつとして居《を》られる無口《むくち》なところなどが好《す》きでもあつたでせう」という。

　この津田《つだ》さんがどういふ御都合《ごつがふ》でしたか、大正《たいしやう》四年《ねん》の春先《はるさき》に京都《きやうと》の桃山《もゝやま》の奥《おく》の方《はう》へ移《うつ》られました。お立《た》ちになる前《まへ》に、どうも近年《きんねん》は病気《びやうき》ばかりして居《ゐ》る上《うへ》に、あたまの方《はう》もはつきりしない模様《もやう》だから、京都《きやうと》へ行《ゆ》かれたら、一《ひと》つ旅行《りよかう》に誘《さそ》つて、京都《きやうと》へ呼《よ》びよせて遊《あそ》ばせてやつて下《くだ》さい。違《ちが》つた土地《とち》で呑気《のんき》にしてましたら、きつと体《からだ》の為《た》めにも頭《あたま》の為《た》めにもいゝだらうからといふので、連《つ》れ出《だ》して下《くだ》さるやうに呉々《くれぐ》もお頼《たの》みしたのでした。それぢや僕《ぼく》が向《むか》うで落《お》ちついたらお誘《さそ》ひして見《み》ませうと言《い》つておわかれ致《いた》しました。

「津田《つだ》さんからの誘《さそ》ひが来《く》る。自分《じぶん》でも行《ゆ》かうかなといふ気《き》が萌《きざ》します。私《わたし》の方《はう》でも行《い》つてらしたらとすゝめます。行《ゆ》くのはいゝけれど、出《で》かける迄《まで》が億劫《おつくう》でなどゝ、又《また》もいつもの伝《でん》で消極的《せうきよくてき》な引《ひ》つ込《こ》み思案《しあん》をして居《を》りましたが、それでも思《おも》ひ切《き》つて彼岸《ひがん》の入《い》りに東京《とうきやう》をたちました」とある。

三月十九日、漱石は午前八時発の特急列車で京都へ向った。午後七時三十分、京都着。その前日、山本松之助へ宛てて手紙を送っている。

　私は一寸旅行致します今月一杯には帰るつもりですそれから「柿二つ」のあとの原稿を書くつもりです四月中旬迄つゞくといふ話ですからそれで間に合ふだらうと信じてゐます、私は虚子の小説が出来る丈長くなるのを希望して居ります、万一虚子君が予定より十回以上早く切り上げるやうな事があつたら已を得ないから中勘介〔助〕のを先へ出して頂きたいと思ひます原稿は留守でもわかるやうにして置きますから、右迄

駅に迎えに出ていた津田青楓とともに人力車で、北木屋町の宿・北大嘉《きたのたいが》へ。鴨川に面した部屋に泊る。以後、二十九日までの旅の記録は、例によって「日記」に詳しい。

まずは二十日、「一草亭君来、自画十五六幅を示さる。鶏、雀に蘆、雀、馬蓼、雀に蘆、椿、皆美事なり」と、書画の世界にどっぷり浸って上機嫌な様子である。午後、青楓、一草亭と一力茶屋の大石忌に赴き、蕎麦供養。仏壇に四十七士の人形が飾られている。夕食には祇園の茶屋・大友《だいとも》の女将・磯田多佳（「御多佳さん」とある）を呼んで晩くまで話に興じた。磯田多佳は明治十二年生れ、絵画・文藝好きで知られた藝妓で、一力の女将・おさだの妹。漱石は東京を発つ前に知人から、磯田多佳には是非会うようにと勧められていたという（「研究年表」）。

つづく日々は、寺廻り、書画を鑑賞して、自らも画帖を開いて絵筆を執った。藝妓たちとの遊興。茶屋遊びについては、中村是公仕込みの経験がある。そして美食三昧。料理に関しては、例えば「鯉の名物松清（とは、富小路御池角にあったという料理屋――引用者・註）。鯉こく、鯉のあめ煮。鯛の刺身、鯛のうま煮。海老の汁」（二十一日）、「門前の普茶料理で昼食、腥物《なまぐさもの》のなき支那料理。品数多くして食ひ切れず」（二十二日）、「淋しいから御多佳さんに遊びに来てくれと電話で頼む。飯を食はす為に自分で料理の品を択んであつらへる。鴨のロース、鯛の子、生瓜〔原〕花かつを、海老の汁、鯛のさしみ」（二十二日）などとの記載が見られる。この夜は、野村きみ（御君さん）、梅垣きぬ（金之助）の二人の藝妓が磯田多佳に付いて来たかも知れない。これでは漱石の胃は怺えられるわけがない。案の定、「腹工合あしく且天気あしゝ。天気晴るれど腹工合なほらず」（二十三日）、「腹工合あしし」（二十四日）、「胃いたむ」（二十五日）と記される始末となった。

二十五日、帰京を思い立って寝台車の切符を手配したところに、「御多佳さん」がやって来て、医者に診て貰えと勧められる。夜、「御君さん」と「金之助」が来て、青楓と「御多佳さん」の四人が話をするのを横になって聞いていたが、十一時頃、丸太町烏丸に住む医者が往診に来てくれた。二、三日静養する必要があると説得される。鏡子からの電報で異母姉・高田ふさの危篤を知らさ

れたものの、漱石は帰京を諦めざるを得ない。二十六日、「終日無言、平臥、不飲不食、午後に至り胃の工合少々よくなる。医者くる」。二十八日、「医者来、人工カルヽスをくれる」。二十九日、「又画帖をかく、午後御多佳さんがくる、晩食後合作をやる」。

さうかうして一週間《しうかん》ばかり遊《あそ》んで居《を》りますうちに、又々《また〱》胃《ゐ》の工合《ぐあひ》がよくないので、津田《つだ》さんを誘《さそ》つて奈良《なら》へ遊《あそ》びに行《い》つたりしようといふのを取《と》りとめて、あんまり悪《わる》くならないうちに東京《とうきやう》へかへらうと思《おも》つて居《ゐ》たさうですが、丁度《ちやうど》其頃《そのころ》高田《たかた》の姉《ねえ》さん、（夏目《なつめ》の姉《あね》）が不遇《ふぐう》のうちに突然脳溢血《とつぜんのういつけつ》かで亡《な》くなつて了《しま》ひました。知《し》らせてやりましたけれども、かへつて来《こ》られないといふことに、私《わたし》が葬儀万端《さうぎばんたん》にまゐりましてそれをすませたところへ、こん度《ど》は京都《きやうと》の方《はう》から、急《きふ》に病気《びやうき》だから来《き》てくれといふ電報《でんぱう》が参《ま》ゐりました。そこですぐ京都《きやうと》へ行《ゆ》きました。

鏡子の回想である。電報を打ったのは津田青楓だという。「私《わたし》が行《い》つた時《とき》には、大友《だいとも》（お多佳《たか》さんの家《いへ》）から宿《やど》へかへつて臥《ふせ》つて居《を》りましたが、いつもの病気《びやうき》で大《たい》したこともない様子《やうす》で、まあ〱と一安心《あんしん》しました。そこへ又皆《またみな》さんがお見舞《みま》ひを兼《か》ねて来《き》て下《くだ》さいます。中々《なか〱》賑《にぎや》かなことでした」と語られる。鏡子もまた、「御多佳さん」の得意とする一中節を聞いたり、「金之助」や「御君さん」たちと笑い興じたのだった。

病気《びやうき》は例《れい》によつて例《れい》のとほりなもので、落《お》ちつくと段々《だん〱》よくなりましたが、それからといふものは、ずつと床《とこ》の上《うへ》にねたり起《お》きたりして、自然《しぜん》に癒《なほ》るのを待《ま》つて居《を》りました。別《べつ》にむづかしい本《ほん》を読《よ》むでなし、自分《じぶん》でも大変悠々《たいへんいう〱》とした気持《きもち》で、少《すこ》しよくなつてからは、床《とこ》の上《うへ》に坐《す》はつては、よく絵《ゑ》を描《か》いたり、俳句《はいく》を短冊《たんざく》に書《か》いたりして居《を》りました。画帖《ぐわてふ》なんぞも大分《だいぶ》持《も》ち込《こ》まれて、自分《じぶん》では暇《ひま》なものですから、手当《てあた》り次第《しだい》によごして行《ゆ》くといつた工合《ぐあひ》でした。

「私《わたし》が京都《きやうと》へは初《はじ》めてゞしたので、随分方々《ずゐぶんはう〱》を見物《けんぶつ》しまして、それからもう汽車《きしや》に乗《の》つても大丈夫《だいぢやうぶ》といふ時《とき》を見計《みはか》らつて、東京《とうきやう》にかへりました。丁度《ちやうど》一月《つき》ばかり京都《きやうと》に居《ゐ》たわけです」とある。

漱石が妻・鏡子に附き添われて東京駅に帰着したのは、四月十七日午前十時過ぎのことだった。

京都滞在中の「三月二八日」、「硝子戸の中」は発行されていた。三六判変型、角背の小型本で紙装ながら天金が施されている。装幀は漱石。表紙は赤色の地に、多色刷りで花と鳥とをデフォルメした図案が二つ、小さく配置された。出版当時から、前年七月刊の「俳諧書簡集」の表紙デザインとの類似が指摘されたというが、漱石が意識したのは、ただ杢太郎本の装幀であったと考えたい。
「東京朝日新聞」には結局、中勘助の「つむじまがり」が載ることになり、四月十七日から連載が始まる。「銀の匙」の後篇である。前年十月十七日に漱石のもとへ送られていた原稿だったが、病み上りの漱石は「長いものをよむ勇気」がなかった。十日後、二十七日になって漱石は中勘助へ手紙を送る。

　拝啓病気はまあ癒りました御安心下さい一昨日と昨日とで玉稿を見ました面白う御座います、たゞ普通の小説としては事件がないから俗物は褒めないかも知れません私は大変好きですことに病後だから又所謂小説といふ悪どいものに食傷してゐる所だから甚だ心持の好い感じがしました、自分と懸け離れてゐる癖に自分とぴたりと合つたやうな親しい嬉しい感じです、尤も悪い所もありますが夫はまあ俗にいふ微疵であります。

いつものことながら、漱石の新人育成術には感服させられる。自身の作とはまるで異質な作品世界をたかく評価したのである。心情の籠ったこの記述は、しかし作家の言ではない。編集者のいわば無私の精神に導かれた発信であったと推察される。
「銀の匙」は後篇の方がいいと漱石が評価してくれた、と中勘助は当時を振り返る。「文章の彫琢が少いだけいゝ」との理由からだ、という。「先生は綺麗だといつた。描写といふことをいつた。また独創があるといふことをいつた」と回想される。あるときは、木曜会の席上でだろうか、安倍能成と阿部次郎に向ってそれぞれに「君にもわからないだらう」と語り掛けて、「君達には人生とか何とかいはなくちやいけないんぢやないのかね」と皮肉まじりに呟いた。そんなエピソードも記録されている（「夏目先生と私」）。幼少年期の記憶をもとに描かれた、淡泊な味わいをもつ「銀の匙」は、編集者たる漱石の評価によって名作として誕生したのである。

*

漱石の縮刷本の発行は明治四十四年の「吾輩ハ猫デアル」に始まるが、大正三年から四年にかけて「三四郎　それから　門」「坊ちゃん」「艸枕」「彼岸過迄四篇」（いずれも春陽堂）とつぎつぎに刊行され、四年五月には「文学評論」が、八月には「夢十夜」「満韓ところ〴〵」が春陽堂から、九月に「倫敦塔幻影の盾薤露行」が千章館からの発兌となる。いずれも三五判もしくは菊半截、袖珍本と称されたポケットサイズの小型本だった。鏡子の回想にもある通り、「此頃《このころ》は一般読書界《ぱんどくしよかい》では袖珍本流《しうちんほんりう》行《かう》の時《とき》でもあつた」のである。スピード化で生じた勤め人の生活スタイルまた労働環境の変化、教育の一般化による読者層の増大などが背景にあったと考えられる。

　鈴木三重吉は「中央公論」四月号に「八の馬鹿」を発表して、以後、小説の筆を絶った。それを機に、これまでの全作品をシリーズ化、全作集として順次発行することを思い立った。「三重吉全作集」は、予約者を募って直接頒布するという会員制の方法で、三月に発刊された。

　三重吉は凝り性である。装本にもさまざまな工夫を凝らした。菊半截の小型本。紅野敏郎・作製の年譜の記述を借りるなら、「三月、自家出版、袖珍版春陽堂発売の三重吉全作集第一巻『瓦』刊行。十三巻までつづく。申込みは千名近くあったという。背文字は漱石、津田青楓装幀、木版は伊上凡骨による美しい叢書である。朱枠を画した印刷もきれいで、丹念なかわいい美本である」という。会員数について、三重吉は友人へ宛てた手紙に「1200人」と記している。装幀には高野正哉、木版は大倉半兵衛の協力も得た。「年譜」にはさらに、「青楓あて書簡によれば、三重吉が、装幀について、こまごまと依頼しているおもむきがよくわかる。時には、いろいろ苦情を申し入れてもいる。終りのほうでは、なかなか気に入らず、青楓に怒りちらしたりしている。のち、あまりに神経質でしつこいので、ついに青楓も怒り、絶交になってもかまわぬくらいの決心をしたという」などと記されている。

　以後、「赤い鳥」「小猫」「女」「千鳥」「霧の雨」「金魚」と続刊され、五年七月刊の第十三冊「小鳥の巣」下巻までで終るが、毎冊に別刷りによる「手紙に代へて」を添えて、三重吉は自作解説を行った。

　しかし、台所事情はいよいよ苦しい。十月になると、年少の知人に宛てて、こんな愚痴を零すこととなる。

……こちらは本屋さんもアンマリさえ〴〵しないよ。名作集は、もう世間で飽きたし、一寸も売れんから、足の洗へる安全なうちに、一先づ20編で中止とした。全部で七万冊は売つた。損はしなかつた。全作集は会員が横着で1200人の内、着々と会費を払ふものが700人くらゐしかない。困つてゐる。表紙にもずゐぶん困る。青楓とケンカばかりしてゐる。新小説の顧問にも大分時間を取られる。これは無報酬である。その代り中々本屋の言ふことなんか聞かない。

……いくら三重吉が算盤勘定が巧いからと云つて、馴れぬ商売の上に、本屋としての土台が出来てゐないから、だん／＼喰ひ込みを生じて、屢々先生から金の融通をして貰つた。最後に申込んだ時には、たび／＼のことであるから、先生ももう金は借さぬときつぱり断られた。三重吉は押して願つたが、何うしても出すと云はれぬので、たうとうこんな事を云つた。いはく「実は『須永の話』を出した時、目先を見込んで先生の所へ、少し許り印税が余計に持つて来てある。その分だと思つて貸して下さい」と。これを聞いて、先生はくわつとなられた。あの位金銭上に於て他人に負ふことの嫌ひな先生が、今自分の弟子から負債《おひめ》があるやうなことを云はれたのだから、これは癇に触つたのも無理はない。いきなり奥さんに三重吉の云ふなり五十円の金を出させて、「さあ、これを持つて帰れ！」と云はれた。それには三重吉も弱つたが、今更云つたことを引込めるわけにも行かないので、すご／＼その金を持つて帰つたといふことである。

「これは併し三重吉も余程困つてゐたからであらうし、先生の所へ金が行き過ぎになつてゐたことも、三重吉の云ふ通りに相違あるまい。それにしても拙《まづ》い事を云つた

三重吉が「新小説」の顧問になったのは四年七月のこと。いつまでつづいたのかは判らない。それを知りたく思うのは、大正五年の九月号に、芥川龍之介が「芋粥」を寄稿しているからである。あるいは三重吉の依頼であったかも知れない、と考えるからである。

森田草平の「続 夏目漱石」に、衝撃的な（私には、であるが）エピソードが記されていた。何月何日のことかは判然としない。長い引用になる。「彼も」と記される、「一度晩年に先生の意に悖《もと》つたことがあつた」という。「それは三重吉も稈筆で、書くだけでは迚も喰つて行かれない所から、自費出版を思ひ立つた。自費出版だけならいゝが、後には他人の作の再録出版にも手を染めた。そして、その手初めに先生の『須永の話』を出させて貰つた」と、ここまでは刊行順についての草平の記憶違いは甚しいものの、これまで辿ってきた経緯と重なる。「それから次ぎ／＼に他の人の作も出して行く間に、」とある。

ものではある」、「なまじ算盤の持てたことが、彼の所謂『不徳の致す所』であつたとも云はれよう」とこの逸話は結ばれる。

　不肖の弟子ではある。三重吉は酒を呑む。木曜会の席でも夫人に酒をねだって、ちびりちびりと口にした。しかし、「続　夏目漱石」には、「三重吉はおせつかいで、酔ふと面倒な男ではあつたが、何処か地味で親身《しんみ》らしい親切気を持つてゐた」とも記されている。

　と、私が三重吉の行動につよく関心を寄せるのは、編集者としての漱石の遺伝子が少し歪んだかたちではあるが、三重吉の内面に受け継がれたと考えるからである。他の門弟たちとは異なり、自著の装本・装幀に拘ったというのもその理由の一つといえる。

　この後、三重吉は児童文学の領域へと進む。五年十二月に第一童話集「湖水の女」を春陽堂から出版。春陽堂刊の「世界童話集」全二十一巻を編集する傍ら、七年七月に童話・童謡雑誌「赤い鳥」を創刊して、児童文学界に新風を送り込んだことは、ひろく知られるところだろう。表紙絵・挿絵に清水良雄（明治二十四年生れの洋画家）を起用、その斬新な感覚は大正期の読書界に明るい光彩を放った。「赤い鳥」がどんな雑誌であったか、先を急ぐ必要に迫られているため、ここではふたたび前出の「年譜」の記述を借りたい。

「創刊号には、北原白秋の童謡『りす〱小栗鼠』、島崎藤村の『二人の兄弟』、芥川龍之介の『蜘蛛の糸』をはじめ、泉鏡花・徳田秋聲・小島政二郎・小山内薫・小宮豊隆ら文壇の作家・評論家も寄稿、とくに、童謡を受けもつた白秋、自由画の山本鼎らの協力が絶大であつた。綴方の三重吉、童謡の白秋、自由画の鼎が三本柱となる。以下、西條八十・三木露風・谷崎潤一郎・小川未明・青木健作・秋田雨雀・有島生馬・南部修太郎・久保田万太郎・菊池寛・豊島與志雄・佐藤春夫・宇野浩二・坪田譲治ら、ほとんど全文壇の作家が寄稿、日本の児童文学、児童教育の推進に大きな役割を果した」とある。ここに九年八月号に「一房の葡萄」を発表した有島武郎、また高濱虚子の名前を加えると、おおよその輪郭は明らかとなるだろう。芥川龍之介は「蜘蛛の糸」のほかに、「魔術」「杜子春」「アグニの神」などを寄稿した。

「年譜」の記述は、「編集には、最初、小島政二郎や小野浩らが手伝つた。第一次『赤い鳥』は昭和四年三月までつづき、三重吉は全力を投入してその経営に努力し、同時に、毎月一、二篇の童話を書いた」とつづいている。大正八年以降には赤い鳥社から「赤い鳥童謡」八集を発刊したりするのだった。

三重吉はデスクワークにも励んだ。誌面設計を工夫して、朱筆を手に、貰ってきた原稿の文字遣いを「赤い鳥」流に統一、勝手にパラグラフを増やしたりもした、という。「蜘蛛の糸」について、小島政二郎はのちに、三重吉が文字遣いばかりでなく、文章にまで手を加えたことを明かしている（『鷗外荷風万太郎』）。

三重吉には明敏な、ある場合には明敏にすぎる編集感覚があったと信じられる。そしてそれを具体的なかたちに実現する能力が備っていた、とも。それは草平や小宮豊隆らには欠落したものであり、安倍能成、阿部次郎にも編集感覚はまったく認められない。私には、『三重吉全作集』の漱石による題簽《だいせん》の背文字が、あたかも新しい途を歩む三重吉の背に貼られたエンブレムであったかのように印象されるのである。

＊

六月三日から九月十四日まで、東西の「朝日新聞」に「道草」が連載される。漱石唯一の自伝的作品といわれるものである。

六月四日、中村蓊《しげる》（古峡）からの手紙で、「道草」の後にふたたび自作を「東京朝日新聞」に載せて欲しいと頼まれたが、漱石はこれを断る。その理由として、「此間山本君にあつたら此次は有名な人のを載せたいといひました」と記している。「それから私は徳田秋聲君の意向を聞きました所同君は大いに書きたいといふ意志を或人を通して洩らしました。又社の方では徳田君の原稿が遅延するのを恐れて、永井君などに頼んだらといふ考もあ［つ］たやうです。然し私は荷風君は書くまいと思ふと答へて置きました」とある。これは中村蓊の前作が期待外れのものであったのを、編集者としての責任から、自身が反省したところに生じた言と思われる。蓊には、「書いて御覧なさい。さうして好ければ社の方へ推挙しませう」と励ますほかなかった。

「徳田秋聲」問題は多少の曲折を経て、九月十六日から「奔流」の連載が始まる（五年一月十四日まで）。曲折、とは「東京朝日新聞」側が秋聲の原稿遅延を案じ、また作品の内容が娼妓の一代記であることに、良識を第一とする新聞の立場からの懸念を示したところに生じた問題である。

六月二十五日、漱石は山本松之助へ宛てて、「秋聲君に原稿遅延の事を聞きたゞしましたる所、大阪のは速達を普通郵便で出したため一回後れた事実はあるさうですが其他は故障なく書いたのださうです」、「今度もし東朝へ書くやうになれば、八月一杯位に二三十回は書きためて一度に送る事が出来るさうです」と書き送った。秋聲は「大阪朝日新聞」に四年四月二十日から五月二十八日まで、「心と心」を連載した。「私は是丈慥《たしか》めればよからうと思ひますが何うでせう。たゞ原稿遅延といふ丈の故障なら前の弁解でも略《ほぼ》不都合のない丈の見当はついてゐますから御賛同下さる訳には参りませんか」と、漱石は秋聲をつよく推している。さらに一行、「他に御意見があるなら遠慮のない所を仰《おつしや》つて下さい」と添えられていた。

八月九日に徳田秋聲へ宛てた懇切な内容の書簡が遺されている。

　私は昨日電話で社と相談して見ましたが社の方では御存じの通りの穏健主義ですから女郎の一代記といふやうなものはあまり歓迎はしないやうです。然したとひ娼妓だつて藝者だつて人間ですから人間として意味のある叙述をするならば却つて華族や上流を種にして下劣な事を書くより立派だらうと考へますので其通りを社へ申しましたら社でも其意を諒としてもしあなたが社の方針やら一般俗社界に対する信用の上に立つ営業機関であるといふ事を御承知の上筆を執つ［て］下されば差支なからうといふ事になりました。

「私は右を御報知旁《かたがた》御注意を致すために此手紙を差上げるのです」という。「私は他人の意志を束縛して藝術上の作物を出してくれといふ馬鹿な事はしたくありません」と、断り書きがある。「私はそんな腕のある女の生涯などを知りません、又書かうと思つても書けません、人間を知るといふ上に於てさうした作物は私の参考になるんだから喜んで拝見したい」との記述は、立場の異なる作家としての本音でもあったが、秋聲の自尊心を擽ったことだろう。だが、その半分は編集者たる漱石の言であることに秋聲が気づいたかどうかは判らない。

編集上の苦労が並大抵のものではなかったことが察せられる。しかも、妬みや恨みを買うかも知れない危い仕事なのである。だがこの間にも、八月初めに徳田（近松）秋江が訪ねて来て、遊び過ぎて金に困ったから新聞に連載させて欲しいと、捩じ込むように頼んでいる。漱石は社の方とよく相談してみると話して帰らせたという。山本への手紙（八月七日）に「私には何といふ考もありません」とあって、冷静な対応がいかにも漱石といった決然たる態度を思わせる。

＊

「道草」は「十月十日」、岩波書店から通常の出版形態で刊行される。判型は菊判となり、函入り、角背のクロース装の本に仕上った。装幀は津田青楓。表紙の全面に大柄な花の絵が多色刷りで印刷され、派手な印象を妖しく漂わせている。背文字は金の箔押し、表裏の見返しにも絵柄がある。

この頃の木曜会の常連について、鏡子の回想がある。

「所謂《いはゆる》漱石門下《そうせきもんか》といはれた人達《ひとだち》の外《ほか》に、若《わか》い人達《ひとだち》が大分《だいぶ》お見《み》えになりまして、一時《じ》一寸《ちよつと》さびれたかと思《おも》はれた書《しよ》斎《さい》も随分《ずゐぶん》賑《にぎや》かになりました」と語られる。

……和辻哲郎《わつじてつらう》さん、太宰施門《だざいしもん》さん、江口渙《えぐちくわん》さん、内《うち》田《だ》百間《けん》さん、岡栄一郎《をかえいらう》さんなんかゞ、始終《しじう》ではなかつたでせうが、ちよい／＼おいでになつて居《ゐ》たやうです。中《なか》でも賑《にぎや》かなのは赤木桁平《あかぎかうへい》さんで、家中《うちぢう》に透《とほ》るやうな甲高《かんだか》い声《こゑ》で、始終喧嘩《しじうけんくわ》でもしてゐるやうに一人《ひとり》でしやべつてらつしやいました。姿《すがた》を見《み》たのは余程後《よほどのち》のことで、私《わたし》は声《こゑ》だけ聞《き》いてるのですが、「あの声《こゑ》はどなたです」と、尋《たづ》ねますと夏目《なつめ》が、あれは赤木桁平《あかぎかうへい》といつて、あの字《じ》をケタヘイと読《よ》むと怒《おこ》るんだよ。あれのいふことはよくきいてると片側町《かたかはまち》でね、裏《うら》は田圃《たんぼ》なんだよなどゝ、冗談《じようだん》を言《い》つてゐたことがありました。それから来《き》ては殆《ほと》んど商売《しやうばい》のやうに字《じ》や絵《ゑ》をおかゝせになる中央公論社《ちうあうこうろんしや》の瀧田樗陰《たきたちよいん》さん、この方《かた》も風変《ふうがは》りな常連《じやうれん》のお一人《ひとり》でした。

「しかし大半《たいはん》は私名前《わたしなまへ》や噂《うはさ》や、時《とき》には隣《となり》の部屋《へや》で聞《き》く声《こゑ》位《ぐらゐ》のもので、お会《あ》ひしてお顔《かほ》をおぼえたのは、夏目《なつめ》が亡《な》くなる時《とき》からでした」とある。

このうち、江口渙は文科大学英文科の学生で、「スバル」や「新小説」に二、三の小説を発表して、本人は「すっかり新進作家」のつもりでいたという。大正三年四月に仏文科に通う岡田（林原）耕三に連れられて、初めて木曜会に参加した。やがてプロレタリア文学の小説家、評論家として活動、のちに「わが文学半生記」を著し、そこに漱石門弟の新旧対立の様相を悉《つぶさ》に回想している。岡栄一郎もまた英文科の学生。金沢生れ、徳田秋聲の甥。秋聲との交渉の間に立った人物である。赤木桁平は本名・池崎忠孝、文藝評論家。六高校友会誌に書いた「鈴木三重吉論」が三重吉の紹介で「新潮」大正元年八月号に転載され、翌年、法科大学に入学する。「ホトトギス」三年一月号に「夏目漱石論」を発表していた。

芥川龍之介が岡田耕三の紹介で、久米正雄とともにはじめて漱石山房を訪れたのは十一月十八日のことである。

学生服を着た英文科の学生だった。間もなく松岡譲が参加、第三―四次「新思潮」の中心メンバーが木曜会で顔を揃えることとなり、常連となった。菊池寛が顔を見せたこともある。

　菊池寛を誘ったのは芥川龍之介だった。芥川の「あの頃の自分の事」（「中央公論」八年一月号）には、「自分は当時菊池へ宛てて、こんな手紙を書いた事があつた」として、京都にいた菊池への手紙の一部が紹介されている。なかに、「この頃久米と僕とが、夏目さんの所へ行くのは、久米から聞いてゐるだらう。始めて行つた時は、僕はすつかり固くなつてしまつた。今でもまだ全くその精神硬化症から自由になつちやゐない」という記述が見られる。

　面白いのは、出会った当初から芥川が漱石の放つ〝磁気〟に触れて過敏に感応したこと、そして理性の上での反撥と接近を繰り返しているのが観察されることである。「僕は二三度行つて、何だか夏目さんにヒプノタイズ（催眠術にかかること――引用者・註）されさうな」、「物騒な気がし出したから、この二三週間は行くのを見合せてゐる」とあって、

　……人格的なマグネティズム（磁気のこと――引用者・註）とでも云ふかな。兎に角さう云ふ危険性のあるものが、あの人の体からは何時でも放射してゐるんだ。だから夏目さんなんぞに接近するのは、一概に好いとばかりは云へないと思ふ。我々は大人と行かなくつても、まあいろんな点で全然小供ぢやなくなつてゐるから好いが、さもなかつたら、のつけにもうあの影響の捕虜になつて、自分自身の仕事にとりかかるだけの精神的自由を失つてしまふだらう。兎に角東京へ来たら、君も一度は会つて見給へ。あの人に会ふ為なら、実際それだけにわざわざ京都から出て来ても好い位だ。

（傍点・引用者）

　と記されていた。〝磁気〟がたんに漱石の存在、人格的魅力や包容力などをいうのではないことは明らかだろう。それは〝狂気〟というにちかい性質のものであったとも考えられる。のちに遺稿として「文藝春秋」昭和二年九月号に発表された「闇中問答」で、芥川は「或声」というシニカルな他者（無意識、というべきかも知れない）との対話を設定して、なかに、「或声　お前はそれでも夏目先生の弟子か？／僕　僕は勿論夏目先生の弟子だ。お前は文墨に親しんだ漱石先生を知つてゐるかも知れない。しかしあの気違ひじみた天才の夏目先生を知ら

ないだらう」との問答を記しているからである。
芥川は作家以前の無名の青年にすぎない。だが、これまでの門弟の誰れもが感取できなかった、目に見えない、危険な電磁波を理知的な感覚によって捉えたのだった。漱石夫人が「頭が悪い」としか表現できなかったものの正体に触れたのである。
木曜日のサロンに異質な青年が登場した。

*

十一月九日から十七日までの間、漱石は中村是公らと湯河原方面に遊んでいた。岫雲楼・天野屋旅館に泊る。「日記」によって軽便鉄道で、伊豆山にまで足を伸ばしたことが知られる。長尾峠から三島や駿河湾を眺め、鞍掛山からは相模・武蔵・安房・上総・下総・信濃・甲斐・伊豆・駿河・遠江と十ヵ国を眺望することができた。出発前の六日、和辻哲郎から「ゼエレン・キエルケゴオル」を贈られたことへの礼状に、「九日頃から一週間程旅行を致します僕のやうな無精なものは誘はれないと汽車などへ乗る機会はないのだからたまに誘つてくれる人のあるのは天恵かも知れない」と、弁解じみた言が記されている。旅が生涯を通じての最大の慰みの一つであったことが推察されるが、遊びを唯一の目的とした遠出はこれが最後のものとなった。旅から帰った翌日のことである。芥川や久米正雄らを書斎に迎えたのは、旅から帰った翌日のこととなる。

この年の秋に三冊の編纂本が出版されたことに触れておきたい。一つは、五月に春陽堂を退社した本多直次郎が企画して、友人が経営する千章館から出版された「倫敦塔幻影の盾薤露行」で、九月八日の発行。菊半截の小型本で布装・角背の上製本。装幀者は不詳である。二冊目は新潮社からの「色鳥」で、九月十二日に発行された。編者は不詳。もう一つは至誠堂書店の「大正名著文庫」の一冊として編まれた「金剛草」。十一月二十三日の発行である。こちらは、ながい手紙を何度も寄こして、熱心に漱石を説得しつづけた松本道別が編集にあたった。いずれも、漱石がこれまでに発表した小説・評論・随筆・俳句などのなかから一部分ずつをピックアップして、漱石文学のおおよそが摑めるようにと企画されたものである。「金剛草」の装幀は津田青楓。松本道別との間に交された葉書が数通遺されていて、漱石が編纂本の刊行に無関心ではなかった様子が窺える。十月四日の葉書に、「大正名著文庫といふ本はひどい本ですねあれで壱円二十銭とは驚ろきました。私はあの装釘なら断ると云つて番頭に話しました」と記されているところから、津田青楓の起用となったものと推察される。

「徳田（近松）秋江」問題は拗《こじ》れた。九月二十五日に漱石は秋江へ宛てて、「二三日前機会があつたのでもう一度社の意向を確めました」として、掲載するための条件を明記した。「十一月十五日迄に原稿半分、（かりに百回と見なし五十回分）丈御差出が出来れば今の秋聲君のあとへあなたのものを載せても宜しいのですが」と。翌々日、山本松之助への報告には、「昨夜拙宅訪問の上右条件つきにて執筆致し度旨の返事有之《これあり》候故小生は精々念を入れ手違なきやう駄目を押したる上にて承諾致し候」とある。また、十一月八日（湯河原へ出発する前日である）には、「十五日は例の近松君から原稿の来る日ですから若し又々違約といふ事になるとすぐ他の方面をあたつて見る必要が生ずるだらうと思ひます」と記す。漱石には秋江を信用することができない。

　突然候補者をきめる事は困難でありますが、もし万一の場合の節は谷崎君などがよからうと思ひます。同君は向島辺で宿所を知りませんが、支那料理の偕楽園で聞き合せればすぐ分ります。谷崎でなければ武者小路君もいゝだらうと思ひますが是は先方が十の六迄引き受けられないだらうと思ひます。（中略）それから此前話のあつた志賀直哉君は目下吾《〔我〕》孫子にゐます。此間会つたら近々短かいものを書いて見るとか云つてゐましたから、或は五六十回のものなら秋聲君の後に間に合ふかも知れません

　漱石が文学的理想の異なる立場の谷崎潤一郎に期待を寄せていたことが諒解される。だがこの手紙には、すでに編集者の怒りが兆していた。どれだけ念を押しても、ずぼらでしかも計算高い秋江は当てにならない。「非力な上に正月の中央公論などに手を延ばされてはとても此方へ約束通り寄こす事は出来ないでせう」（傍点・引用者）と警戒しながら、「恐らく専心朝日の方に取りかゝつてはゐるでせうが」として、「今度の十五回《〔日〕》も違約する様な事があつたら断然謝絶する方が社のためまた体面のためよろしからうといふのが私の意見であります」ときつく進言するのだった。ところが十七日、湯河原旅行から帰った直後に一報して、山本に確認すると、まだ原稿は届いていないとの返事。

　十二月十四日の山本宛ての手紙に、「例の徳田秋江先生よりは其後何とも揆《〔原〕》挨無之去る十日三十回分持参の約束も全く其儘の姿に候へども」とあって、この間、おそらく十一月中にあらたに約束が交されたものと思われるが、それにも梨《なし》の礫《つぶて》だったことが知られる。すでに新聞

社からは、漱石の指示に従って谷崎潤一郎に執筆依頼を済ませていたことが伝えられていた。「向〔むこう〕徳田秋江君より例の問題につき何とか中来候とも（中来るやうにも思はれず候へども）もう立消になつたものとして交渉に応ぜぬ事に取極め候右御含み迄申上候」と記して、この問題に決着をつけた。「東京朝日新聞」には大正五年一月十五日から、谷崎潤一郎「鬼の面」が連載される。谷崎には「朝日新聞」での連載ははじめてのことだった。

　十二月下旬、暮れも押し詰った頃に漱石は元旦から東西の「朝日新聞」に掲げられる原稿に着手した。「私の正月から書くものゝ名は点頭録といふ題で漫筆みたやうなものです」と山本松之助に伝えている（十二月二十五日）。追伸に、「リヨマチで腕が痛みますつゞけて机に凭〔よ〕る事が出来ません」との気がかりな一行が添えられていた。

＊

　大正五年。――

　漱石の歿年である。

「点頭録」は一月一日から二十一日まで九回に渡って連載された。「また正月が来た。振り返ると過去が丸で夢のやうに見える。何時の間《ま》に斯《か》う年齢《とし》を取つたものか不思議な位である」と書き出されるが、意図したような「漫筆」とはならず、二回目以降は第一次世界大戦をめぐる評論めいた記述に終始した。

　ただ、冒頭第一回に、「此《この》感じをもう少し強めると、過去は夢としてさへ存在しなくなる。全くの無になつてしまふ。実際近頃の私《わたくし》は時々たゞの無として自分の過去を観《くわん》ずる事がしば〳〵ある」と記されているのには着目される。「天が自分に又一年の寿命を借《か》して呉れた事は、平常から時間の欠乏を感じてゐる自分に取つては、何《ど》の位の幸福になるか分らない。自分は出来る丈《だけ》余命のあらん限りを最善に利用したいと心掛けてゐる」とは、年頭の挨拶のつもりであったのかもしれない。漱石は数えで五十となる年を迎えた。

　冒頭で、「過去は一の仮象《かしやう》に過ぎない」かを問う。「終に夢よりも不確実なもの」としての「我」、同時に「一挙手一投足の末に至る迄《まで》」を「認識しつゝ絶えず過去へ繰越《くりこ》してゐる」、確実なものとしての「我」、と二つの「我」についてながながと考察をつづけるのは、漱石がながい間、私とは何か、との疑問形を内面に抱えていたことの証しだろう。「過去」に拘りつづけた、無意識の表出ともいえる。

　一月八日、寶生新が訪ねて来て、謡のお温習《さら》いをしたのは久しぶりのことだったかも知れない。

一月十四日から十九日までは連日、相撲見物に出掛けた。朝日新聞社が用意した桟敷だった。漱石が相撲好きで太刀山を贔屓にしたことは知られるところだが、これほど毎日通い詰めたことがあったかどうか。八日には瀧田樗陰から相撲に関する本を贈られている。

しかし十九日、朝日新聞社の松山忠二郎へ宛てて、「小生去冬以来風邪の気味にてそれが為か左の肩より腕へかけては鈍痛はげしくリヨマチか肩の凝か知らざれど兎に角医者の手に合はず困り入候」と記す事態に見舞われていた。「現に原稿などをかくのが非常の苦痛と努力に候去年以来約束の相撲見物丈は原稿より骨が折れない故どうか斯うか今日迄継続致候も愈《［いよいよ］》となれば是も欠席の覚悟に候」とある。「夜中は痛みの為安眠の出来ぬ始末に候」との記述が痛々しい。

「漱石の思ひ出」にはこの正月あたりの回想として、「大患《たいくわん》以来毎年《いらいまいねん》引《ひ》き続《つゞ》いての病気《びやうき》に、此頃《このころ》ではすつかり老《ふ》け込《こ》んで、髪《かみ》といはず、髭《ひげ》と言《い》はず、随分白《ずゐぶんしろ》くなつて居《を》りました」と語られている。

正月《しやうぐわつ》のうちに片方《かたはう》の手《て》が痛《いた》いと申《まを》しまして、按摩《あんま》をしたりお湯《ゆ》に入《はい》つたりしてましたが、いつまでたつても同《おな》じやうな痛《いた》みで埒《らち》があきません。神経痛《しんけいつう》かリヨーマチスのやうなものらしいのですが、さりとて痛《いた》んで痛《いた》んで仕方《しかた》がないといふ程《ほど》でもなく、とにかくそれを気《き》にして不便《ふべん》がつて居《を》りました。そこで温泉《をんせん》へでも行《い》つてはといふので、湯《ゆ》ヶ原《はら》へ行《い》く事《こと》になりました。

漱石が転地療養のため湯河原へ赴くのは、一月二十八日のこと。昨秋泊った天野屋に二月十三日まで滞在する。二月に入って、鏡子が様子を見に天野屋に漱石を見舞うと、中村是公が満鉄の田中清次郎とその連れの女性とで漱石を囲んで昼食の最中だったという。鏡子は吃驚した。無論のこと、是公の方でも気まずい思いをしたことだろう。「一人《ひとり》で淋《さび》しいので呼《よ》んだものか、中村《なかむら》さんの方《はう》で見舞《みまひ》がてら遊《あそ》びにいらつしたものか、かうやつてしばらく一緒《いつしよ》にいらつしやるといふお話《はなし》でした」とある。

湯《ゆ》ヶ原《はら》でも療養《れうやう》に行《い》つたのですから呑気《のんき》の様子《やうす》でした。どこへ行《い》つてもつきものゝ字《じ》なんかを書《か》かされて、二月《ぐわつ》の半頃帰《なかばごろか》へつて参《ま》ゐりました。かへり際《ぎわ》に鎌倉《かまくら》の中村《なかむら》さんの別荘《べつさう》に二晩《ふたばん》ばかりとまつて来《き》たやうでございます。

と、皮肉まじりに語られる。

二月十四、十五日の二日、漱石は是公の別荘に泊り、帰途、東慶寺に急性肺炎で病臥中の釈宗演を見舞うが会えず、敬俊という僧に見舞いの挨拶を言づけた（二月十八日、鬼村元成宛て書簡）。

「点頭録」が九回までで中途半端で終ったのは、腕の痛みのせいで執筆が困難となったためだろう。帰宅後の二月十八日、山本松之助への手紙のなかで、「点頭録をずる〳〵べつたりにして済みません」と詫びている。「転地中に稿をつぐつま〔も〕りでありました所先方に知つた人があつて一所にのらくらして居たものだからつい御無沙汰を致しました」とあるのが、釈明といえるものかどうか。「谷崎君のあとの小説は書かなければならないのだからそれ次第とも考へますが同君のものは大体の所何日頃迄つゞきますか一寸伺ひます」と記されている。

＊

鈴木三重吉が「新小説」の編集を全面的に委嘱されたのは、前年十一月下旬のことだったと推定される。引き受けるべきかどうかを相談しに漱石山房を訪れたのは二十五日。芥川龍之介が久米正雄とともに二度目の木曜会に参加した夜である。三重吉は「新小説」編集長となった。だが「研究年表」に、この「一月（日不詳）、鈴木三重吉、『新小説』の編集の全責任を負う」とあるのが、具体的にどのような職務をいうのかは判らない。

瀧田樗陰のことに触れておかなくてはならない。漱石に書画を図々しくせがんで、門弟たちから疎んじられたという話である。

「漱石の思ひ出」には、「亡《な》くなる前《まへ》の丁度《ちやうど》一年間《ねんかん》といふもの、たしか前年《ぜんねん》の十一月頃《ぐわつごろ》からだつたさうですが、毎木曜《まいもくえう》の面会日《めんくわいび》となるとは、正午過《しやうごす》ぎ早々中央公論《はやばやちうあうこうろん》の瀧田樗陰《たきたちよいん》さんが俥《くるま》でいらつしやいました」と語られる。


……さうして紙《かみ》をどつさり持《も》ち込《こ》んで来《き》て、自分《じぶん》で墨《すみ》をおすりになり、毛氈《もうせん》を敷《し》き、紙《かみ》を展《の》べて、一切《さい》の準備《じゆんび》をとゝのへて、さあ、先生《せんせい》御《お》書《か》き下さいといつた工合《ぐあひ》に、殆《ほと》んど手《て》を持《も》たんばかりにして書《しよ》や絵《ゑ》をお書《か》かせになつたものです。それも少《すこ》し遅《おそ》く成《な》ると若《わか》い方達《かただち》が次々《つぎ〳〵》にお見《み》えになつて話《はなし》がはづむ。さうなると邪魔《じやま》だといふので、早《はや》くまだ皆《みな》さんがお見《み》えにならない前《まへ》にいらつしやいますのです。

「玄関《げんくわん》をお上《あが》りになる時《とき》には、あの太《ふと》つた金太郎《きんたらう》さんみたいな格好《かつかう》で、紙《かみ》とか毛氈《もうせん》とか筆洗《ひつせん》とかいふものを一抱《か》へ抱《か》へて上《あが》つていらつしやるのです。さうして二三時《じ》間《かん》の間《あひだ》といふもの、殆《ほと》んど休《やす》みなしに何《なに》かとお書《か》せになるのでした」という。

「一体《たい》瀧田《たきた》さんといふ方は遠慮《えんりよ》のない方《かた》で、どうも人《ひと》の迷惑《めいわく》などゝいふことには余《あま》り気《き》を使《つか》はない質《たち》の人《ひと》だつたやうです」とあるのは、適確な人物評というべきなのだろう。

……が、もう一たん来《き》てつかまへたとなると最後《さいご》、後《あと》から訪問客《はうもんきやく》があらうとそんなことにはお構《かま》ひなしに、どん〳〵御自分《ごじぶん》の計画《けいくわく》を運《はこ》ばせになるとしか見《み》えません。だもんですから皆《みな》さんで、瀧田《たきた》の奴《やつ》は失敬《しつけい》だ、不遠慮《ぶえんりよ》に先生《せんせい》を占領《せんりよう》してなどといふ不平《ふへい》もあつたやうです。しかしそんなことにかけては調法千万《てうはふせんばん》な人《ひと》で、何《なん》と言《い》はれようとかんと言《い》はれようと、どし〳〵自分《じぶん》の流儀《りうぎ》を実行《じつかう》してられたやうでした。

樗陰の注文は煩い。「こん度《ど》はかういふのを書《か》いて下《くだ》さい」に始まって、「屛風《びやうぶ》にするからとか、いや、何《なに》をかういふ風《ふう》に書《か》いて下《くだ》さいとか、この絵《ゑ》に賛《さん》を入《い》れて下《くだ》さいとかいつて中々《なか〳〵》註文《ちゆうもん》があるのです」という。だが、「それを気《き》むづかし屋《や》の夏目《なつめ》が文句《もんく》も言《い》はず、言《い》はれる儘《まゝ》に書《か》いてやつて居《ゐ》たのだから、余程《よほど》書かせる呼吸《こきふ》がうまかつたのでせう」とあるところは、刮目に値する。

……或《あ》る若《わか》い方《かた》などは、先生《せんせい》はおとなし過《す》ぎる、瀧田《たきた》は横暴《わうぼう》だなどゝこれを見て憤慨《ふんがい》して居《ゐ》た人《ひと》もありましたが、そこが瀧田《たきた》さんのうまいところで、とにかくその日《ひ》書《か》かせたものは、次《つぎ》の木曜日《もくえうび》迄《まで》には大急《おほいそ》ぎで表装《へうさう》をさせて持《も》つて来《こ》られ、さうしてそれに箱書《はこが》きをさせて一々共箱《ともはこ》になさるのですから、書《か》く方《はう》でも悪《わる》い気持《きもち》がしないのでせう。俺《おれ》のこんな下手《へた》なものなんかをどし〳〵表装《へうさう》する奴《やつ》が居《を》る。無駄《むだ》なことだなんて言《い》つてゝも、そこはやつぱりさう迄《まで》されて見《み》れば満更《まんざら》でもないでせうし、それにどうせ木曜日《もくえうび》は一日面会日《にちめんくわいび》につぶして居《ゐ》るのですから、紙《かみ》から一切《さいも》持つて来《き》て、好《す》きな手習《てなら》ひをさせてくれる位《ぐらゐ》に片方《かたはう》では考《かんが》へて居《ゐ》たのでせうから、そこはすなほにいくらもで御稽古《おけいこ》の積《つも》りで書《か》いたものと見《み》えます。

「書画《しよぐわ》には大分気《だいぶんき》が有《あ》つたやうですから、かうやつて大《おほい》に稽古《けいこ》して居《ゐ》て、いづれ腰《こし》を据《す》ゑていゝものを書《か》く位《ぐらゐ》の意気込《いきご》みで居《ゐ》たものと見《み》えます」と回想される。

なるほど樗陰は、鏡子のいう通り「余程《よほど》書かせる呼吸《こきふ》がうまかつた」のだろう。「正午過ぎ早々」と訪ねて行ったのも、漱石の体内時計を読み取って、絶好のタイミングを見計っての行動だったと考えられる。強引と見られる態度も、あるいは計算のうちであったのかも知れない。

樗陰が経験十年を超える編集者であり、しかも口述筆記の名手であったことは、池辺三山の遺著の一冊によっても知られる。作家また語り手の生理にまで自らの感覚を寄り添わせることができる。だが、ときにその矩《のり》を踰《こ》えることまでを漱石が許容したのは、樗陰への信頼があったのは無論だが、漱石の編集者としての感覚もまた、樗陰の要望、期待するところに自ずと呼応したからだと思われる。書画を愛好する共通の趣味に根差した、二つの生理の交歓といえる。それは羨望と嫉視、批難の眼で二人の遣り取りを眺めていた門弟たちの理解からは遠いものであった。

そして、樗陰が漱石に書かせた書画をすぐに表装したとあるのには、さらに感心させられる。書き放したままでは、作品とはいえない。樗陰は作品を作品として、見せるものにと完成させたのである。これが漱石を大いに喜ばせたであろうことと想像される。漱石の流儀に叶う行為だった。若い日に、自らが「木屑録」を冊子に仕立てて子規に示した漱石であったことが思い出される。漱石歿後の遺墨展の展示などによって明らかとなるが、樗陰は漱石の書画を遺品としてながく大切に保管した。

＊

湯河原からの帰京直後、出来上ったばかりの第四次「新思潮」の創刊号が届けられた（発行は「二月十五日」、郵便でであろう、十七日の木曜会は取り止めとなっている）。芥川の「鼻」や久米正雄の「父の死」、成瀬正一の「骨晒し」などが掲載されている。

二月十九日、漱石は芥川龍之介へ宛てて、「新思潮のあなたのものと久米君のものと成瀬君のものを読んで見ましたあなたのものは大変面白いと思ひます」として、激励の言葉を送った。「文章が要領を得て能く整つてゐます敬服しました。あゝいふものを是から二三十並べて御覧なさい文壇で類のない作家になれます」と。「ずん／＼御進みなさい群衆は眼中に置かない方が身体の薬です」との助言も添えられた。これが無名の新人をどれほど感激させ、力づけたかは、容易に想像されるところだろう。芥川は親しい友人への手紙に、「僕は同人諸君のどの原稿にも感心しない僕のにだけ好意を持つてゐる」と、自信に満ちた胸のうちを明かしていたのだが。

じつは、漱石は十七日のうちに、「新小説」の鈴木三重吉に、「鼻」を読むように勧めていたのである（「研究年表」）。「二三十並べて御覧なさい」は傍観者の言ではない。編集者の直感が刺激され、その能力が機敏に起動したのだった。

四月の初めの頃、漱石は胃の具合がまたまた不調となり、しばらく臥せったことがある。普段は長與胃腸病院にいた須賀保医師を頼りとして、薬を飲んでいたのだが、四月中に須賀医師は僅か十日ほどの患いで突然死去する。漱石はかかりつけの主治医を失った。

四月十八日、東京帝大に新設された物理的治療所で真鍋嘉一郎教授の診察を受け、リューマチとばかり思い込んでいた腕の痛みが糖尿病のためであることを知らされた。教授は昔、松山中学で漱石から英語を教えられた生徒の一人である。なにかの折りに漱石と出会って、健康が話題になり、それでは一度診てみようとの運びとなったのだという（「漱石の思ひ出」）。「それからといふもの、始終《しじう》尿《ねう》の検査《けんさ》をして貰《も》らつては、専《もつぱ》ら食《た》べ物《もの》などの指揮《しき》をうけて、その方《はう》の療養《れうやう》を続《つゞ》けて居《を》りました。それで糖《とう》分《ぶん》も日《ひ》に増《ま》し少《すく》なくなつて、自然《しぜん》手《て》の痛《いた》いのなども忘《わす》れるやうになりました」と、鏡子は回想する。当時はまだ、インシュリン治療などはない。

其後《そのご》ともずつと真鍋《まなべ》さんのおつしやるとほりに、日《ひ》を決《き》めては大学《だいがく》の物療《ぶつれう》へ尿《ねう》をお届《とど》けして検査《けんさ》して頂《いたゞ》いて居《を》りましたが、こんなことは随分《ずいぶん》几帳面《きちやうめん》で、自分《じぶん》から病気《びやうき》をしに此《よ》の中《なか》へ生《うま》れて来《き》たのだなどといつてる位《ぐらゐ》、食前食後《しよくぜんしよくご》の服薬《ふくやく》、食餌療法《しよくじれうはふ》、その他《た》いゝのいゝのかんのといふことを左程面倒臭《さほどめんだうくさ》いといつた顔《かほ》もせずにきちんと続《つゞ》けて居《ゐ》たものでした。

検査のために尿を届ける日々の経過、また真鍋医師からの検査報告については、四月二十三日から七月十一日あたりまでの「日記」のなかに克明に記される。

ただ気がかりなのは、その「日記」に花々の名前が数えきれないほどの量で記されていることである。漱石は病気になると、「日記」をつける。これまでも、病臥中の「日記」は意識と無意識との間を往き来する記述であると印象されるもので、眼に触れる植物の名前がそれを暗示するかのようにも思われたのだった。漱石の眼差しは、虚空のなかに小さな実在を探ったのだ、と。その特徴が今回もまた、顕著になったのである。

例えば、四月二十一日は「季節物」とあって、「若い歯朶延びつくす／彼岸桜殆んど散り尽す／小梅《ごめ》桜。花咲く。白及び紅」と、「柘榴《〔ざくろ〕》まだ芽を吹かず」の一行に至るまで、十七行がまるで一篇の詩のように並ぶ。五月四日、「柘榴芽を吹く。葉外部茶シン薄青一面に光る。カナメも同じ。薄の芽二尺程になる。床に牡丹同時に白水仙」。六月二十二、三日頃、「白百合、柘榴《ザクロ》の真紅の花。紫陽花、ジエレニアム」などと。七月九日には「小宅の庭前」と記されていて、不意を衝かれた思いがする。日がな一日、病床から庭を眺めて暮した子規の姿が目に浮んだからである。「〇鳳仙花　花（赤い）さく／〇わすれな草。　薄いら《〔ラ〕》エンダーカラーノ五瓣　極小」と、これも「〇カンナ（まだ咲かず）咲いたのもあり／〇虎の尾（五寸程／〇きりん草）」まで十四行が列記されるのだった。

漱石の意識の裡に子規がいまなお生きているかのように、未来形で甦っていたことは、三ヵ月後、十月十八日に松山中学の教師だった森次太郎（円月）へ宛てた、明月禅師の「大字」を送ってくれたことへの礼状に、「あの字は小供じみたうちに洒落気があります。器用が崇《〔祟〕》つてゐます。さうして其器用が天巧に達して居りません」と遠慮なく批評して、「正岡が今日迄生きてゐたら多分あの程度の字を書くだらうと思ひます。正岡の器用はどうしても抜けますまいと考へられるのです」とあるところからも確認される。未来形で、と記すのは、数え年五十の年を迎えた漱石の現在とともにある、との意からである。

谷崎潤一郎「鬼の面」の連載は五月二十五日に終了した。五月二十一日に山本松之助へ宛てた手紙に、「此間中から少々不快臥牀それで小説の書き出しが予定より少々遅くなつて済みませ〔ん〕」と記されていたが、「明暗」の連載は無事、二十六日からはじまる。六月十日までに二十四回分が書かれていたことが、同日の山本への手紙によって知られる。

＊

真夏となった。

しかし、八月五日の和辻哲郎への手紙からは小閑を得たかのような、のどかな様子が窺える。「此夏は大変凌ぎいゝやうで毎日小説を書くのも苦痛がない位です」とある。「明暗」は一日一回分を午前中に仕上げることにしていた。

……僕は庭の芭蕉の傍に畳み椅子を置いて其上に寐てゐます好い心持です身体の具合か小説を書くのも骨が折れません却つて愉快を感ずる事があります長い夏の

日を藝術的な労力で暮らすのはそれ自身に於て甚だ好い心持なのです其精神は身体の快楽に変化します僕の考では凡ての快楽は最後に生理的なものにリヂユースされるのです。賛成出来ませぬか。

と記して、「木曜は午後から夜へかけて何時でも居ります近頃は新思潮の同人がやつて来ますちと御出掛なさい」と誘うのだった。和辻にはすでに漱石にも送った「ニイチエ研究」「ゼエレン・キエルケゴオル」の二著があったが、この頃はまだ並行して小説を書いていたのである。「偶像再興」や「古寺巡礼」が岩波書店から刊行されるのは、漱石歿後の大正七、八年のこととなる。

八月二十一日、漱石は避暑のため十七日から千葉県一の宮海岸に滞在中の芥川龍之介と久米正雄の二人へ、連名宛てで手紙を送った。二人はともに七月に文科大学英文科を卒業。鈴木三重吉から「新小説」への寄稿をもとめられ、芥川は一の宮への出発前に小説一篇を書き上げていた。「芋粥」である。

漱石の手紙は、「あなたがたから端書がきたから奮発して此手紙を上げます」とはじまる。「僕は不相変『明暗』を午前中書いてゐます。心持は苦痛、快楽、器械的、此三つをかねてゐます。存外涼しいのが何より仕合せです」と報告され、「二三四日前から午後の日課として漢詩を作ります」と記される。「日に一つ位です。さうして七言律です。中々出来ません」と、小説を書くより楽しそうな様子が伝えられる。温和で明るい空気が文面全体を包んでいると感じられるのである。

「勉強をしますか。何か書きますか。君方は新時代の作家になる積でせう。僕も其積であなた方の将来を見てゐます。どうぞ偉くなつて下さい」と二人に対して、無防備なまでの期待を寄せるのだった。「文壇にもつと心持の好い愉快な空気を輸入したいと思ひます」の一行は、編集者としての未来図であったともいえるだろうが、この言がどれほど二人を鼓舞するものであったかを思う。

そして掉尾の数行には、漱石の澄みきった心境があたかも散文詩のように綴られる。引用したい。

今日からつく〳〵法師が鳴き出しました。もう秋が近づいて来たのでせう。

私はこんな長い手紙をたゞ書くのです。永い日が何時迄もつゞいて何うしても日が暮れないといふ証拠に書くのです。さういふ心持の中に入つてゐる自分を君等に紹介する為に書くのです。夫からさういふ心持でゐる事を自分で味つて見るために書くのです。日は長いのです。四方は蟬の声で埋つてゐます。

八月二十四日また九月一日にも、漱石は二人へ宛ててながい手紙を認めている。

二十四日の文面には、「あせつては不可《いけま》せん。頭を悪くしては不可せん。根気づくでお出でなさい。世の中は根気の前に頭を下げる事を知つてゐますが、火花の前には一瞬の記憶しか与へて呉れません。うん〱死ぬ迄押すのです。それ丈です」とのじつに有益な助言が記される。駿馬の逸る気持を抑えたのだろう。

八月三十一日は木曜日。「いつもなら君等が晩に来る所だけれども近頃は遠くにゐるから会ふ事も出来ない」と書き出して、「新思潮」九月号を読んでの感想を記した（投函は九月一日）。九月号には芥川の「猿」、久米の「艶書」のほか、松岡譲の「揺れ地蔵」、菊池寛の「身投救助業」などが掲げられている。「今度の号のは松岡君のも菊池君のも面白い」という。だが呑気に手放しで賞めたものではない。漱石の批評は懇切ではあるが、手厳しく的確なものだった。芥川の作品については、「解剖的な説明が、僕にはひし〱と逼らない。無理とも下手とも思はないが、現実感が書いてある通りの所まで伴つて行かれない」、また芥川の「妙な所に気の付く（アナトール　フランスの様な、インテレクチユアルな）点」が出ているところは「割愛しても差支ない」「或は割愛した方が好い」など、いずれもなるほどと首肯されるような評言が見られる。しかし、と思う。この指摘はたんに先輩作家による後進への指導の域を超えている。このとき漱石が編集者の眼で作品を読み込んでいたことに疑いはない、と。

「芋粥」は「新小説」九月号に載った。漱石は早速目を通して、九月二日、芥川へ宛てて「感想」を書き送る。「あれは何時もより骨を折り過ぎました。細叙絮説に過ぎました。然し其所に君の偉い所も現はれてゐます」とあって、具体的な指摘が記される。そして「段々晴の場所へ書きなれると硬くなる気分が薄らいで余所行はなくなります。さうしてどんな時にも日常茶飯でさつさと片付けて行かれます。その時始めて君の真面目は躍然として思ふ存分紙上に出て来ます」と励ますのだった。「此批評は君の参考の為です。僕自身を標準にする訳ではありません。自分の事は棚へ上げて君のために（未来の）一言するのです。たゞ芋粥丈を（前後を截断して）批評するならもつと賞めます」（傍点・引用者）とあるのは、芥川への期待の大きさを物語るものといえる。

この後、芥川は漱石を介して、「中央公論」十月号に

「手巾」を発表する。江口渙の回想「わが文学半生記」によれば、「この漱石の手紙のことが評判になると、あっちこっちの雑誌から、たちまち、芥川のところに原稿をたのみにいった。そして、その年の九月の『新小説』には『芋粥』をかき、十月の『中央公論』には『手巾』をかいた。この二作で、芥川の新進作家としての地位はゆるぎなく確立されたのであった」という。芥川がいかに注目される存在となったか、その様相は十一月三日に漱石が瀧田樗陰へ宛てた手紙からも知られる。

……芥川君は昨夜参《まいり》貴意申伝候処正月は既に新潮と文章世界の両方へ受合ひたるため他へは手をのばす余地無之由《これなきよし》に候若したつての御所望なれば直接の御交渉も可然と存候へども今回は是にて御断念来春を期し好きもの御書かせに相成候へば中央公論の為にも本人の為にもよろしかるべきかと存候（傍点・引用者）

江口渙は、漱石が芥川を「実質以上に高く評価」して、大きな期待を寄せたのは、「漱石山房に集まっていた古い弟子たちに対する失望」からであったと記している。そうとも考えられると頷かれはするものの、私は、すでに漱石の眼差しははるか遠くを見透していたものと思いたい。

＊

ところが、である。「全体此夏頃から《ぜんたいこのなつごろ》」という。鏡子は漱石の身体の異変に気づいていた。「何《なん》となく生気《せいき》がなく、背中《せなか》にアセモらしいものが出来《でき》て、お湯《ゆ》から上《あが》るとはそれに粉《こな》の薬《くすり》をすり込《こ》むやうに塗《ぬ》つてやるのでしたが、薬《くすり》を摺《す》り込《こ》みながら背《せ》をさすつて居《を》りますと、気《き》のせいか背中《せなか》の肉《にく》が一日増《にちま》しに落《お》ちてく気配《けはい》がします」と思い出される。

……気《き》がついて見《み》ると気《き》のせいかそれが大変《たいへん》ひどいやうで、指《ゆび》の尖《さき》で一日《にち》一日《にち》とやせて行《ゆ》くのがわかるのでした。夏《なつ》まけかしら、それとも糖尿病《とうねうびやう》の食餌療法《しよくじれうはふ》で食《た》べ物《もの》が違《ちが》つたので、からも目《め》に見《み》えて痩《や》せるのかしらと、何《な》にしてもいやなことだと思《おも》つて居《を》りました。が、自分《じぶん》で気《き》になる丈《だけ》にかへつて夏目《なつめ》には話《はなし》もしませんでしたが、それが十一月頃《ぐわつころ》になると、めつきり痩《や》せ衰《おとろ》へて居《を》りました。今《いま》から思《おも》へば秋頃《あきごろ》からもうそろ〳〵死《し》の徴候《てうかう》があつたのでございませう。

芥川龍之介の「漱石山房の秋」（「大阪毎日新聞」大正九

年一月一日）は短文ながら、漱石宅の玄関前から書斎の奥まで、内装の様子や家具の配置、書画・骨董・絵画など装飾品の数々に至るまでを詳細に描写したものだが、その最後は、

……もし夜寒が甚しければ、少し離れた瓦斯《ガス》煖炉《だんろ》にも赤々と火が動いてゐる。さうしてその机の後、二枚重ねた座蒲団の上には、何処か獅子を想はせる、背の低い半白の老人が、或は手紙の筆を走らせたり、或は唐本の詩集を繙したりしながら、端然と独り坐つてゐる。……

漱石山房の秋の夜は、かう云ふ蕭条《せうでう》たるものであつた。（傍点・引用者）

と結ばれる。これは幻像なのだが、当時の芥川の眼にも漱石の衰弱ぶりは明らかだったのだろう。

しかし、そんななかでも意気だけは軒昂だった、という。「則天去私《そくてんきよし》など〻いふこと、悟《さと》りとか道《みち》とかいふやうなことなどをしきりに御話《おはなし》して、非常《ひじやう》に意気込《いきご》んで居《ゐ》た［と］いふことです。後《あと》から思《おも》ひ合《あ》はせますと、いろ〳〵思《おも》ひ当《あた》る節《ふし》もございます」と回想されている（「漱石の思ひ出」）。

「即天去私」は、「点頭録」冒頭に記された「我」についての思索の延長線上に導き出された、観念的な思いつきに過ぎない。理想とすべき悟りの境地とするなら、すでに漱石は「つく〳〵法師」の声に囲まれて、その心境に浸っていた。目標とするものでもない。漱石が禅につよく惹かれ、倫理を問う作家であったのは慥かだが、この一語を恰好な符号として一人歩きさせたのは、門弟たち、ことに小宮豊隆の責任である。漱石の人格的魅力を強調するのに都合のよい言葉に思えたのだろう。森田草平は「小宮は漱石神社の神主だよ」と語っていたという（江口渙・前出）。「意気込んで居た」とあるのは小宮のことをいうのだろう。漱石自らが小宮へ宛てた手紙の文中に、「僕の無私といふ意味は六づかしいのでも何でもありません」「たゞ態度に無理がない」のをいう（十一月六日）、と記しているのだが。仮りに「即天去私」の現実的な意味を探るとするなら、衰弱の識閾下で、漱石は虚空に棲む誰れかの声に促されていたのだと思うほかない。

森田草平は、「則天去私」は当時における漱石の生活上の信條であったと理解する。「飽く迄生活の信條であつて、先生自身がそれになり切つてしまはれたわけではない」、「『則天去私』を信條とせられる一方、先生には絶えず藝術的意欲が燃え上つてゐた。たゞその信條ある

がために、一方の藝術的意欲が浄化され、いよいよ澄み切つて来るといふやうなことはあつたらう」と記すのだった（「続 夏目漱石」）。

「即天去私」とは、漱石好みの禅味を取り払っていえば、「常に自分を新しいところに置いて、自分を空しくしていなければならない」という教訓なのだろう。「天」はたえず「未来」へ向って進行するものなのだから。私はこの教訓を呉清源の言葉として記憶する（「棋聖・名人を語る」）。禅味に惑わされたのか、新しくあれ、との漱石の真意が門弟たちに届かなかったことを遺憾に思う。

十一月十五日、と「研究年表」に記される、「身体の工合少し悪いので、五、六日静養したい、『明暗』は大分書き溜めてあるから、当分差支えないと思うと朝日新聞社に連絡する」とある。また、「朝日新聞社では、『明暗』は一応打ち切り、三、四ヵ月静養して貰うことにして、次の小説の準備にかかっていると伝える」とも註記されている。「次の小説」とは、十二月十六日から連載が始められる正宗白鳥の「波の上」をいうのだろう。

この日、神戸・祥福寺の富澤敬道へ宛てて、饅頭を贈られたこととの礼状を送るが、なかに、

饅頭は食つたと雁に言伝よ

徳山の故事を思ひ出して

吾心点じ了りぬ正に秋

瓢箪はどうしました

瓢箪は鳴るか鳴らぬか秋の風

などの五句が記された。「徳山の故事」は「碧巌録」中の逸話。僧・徳山が路傍で茶店の老婆から点心を買おうと疏鈔を放下したことで、老婆にどんな心を点じようとしたのかを問われた話をいう。富澤敬道（のち円覚寺・帰源院住職）は禅僧。おなじ祥福寺で修行中の鬼村《きむら》元成《げんじょう》とともに、十月二十三日から三十一日まで漱石山房の離れに起居している。鬼村とは二年間ほど文通が交されていて、漱石は遠来の若い客二人を歓待した。

十一月十六日は、最後の木曜会の日となる。午後、瀧田樗陰がやって来て、梅の画をせがまれた。「全集」に収められた、「いたづらに書きたるものを梅とこそ」の一句は、このとき詠まれたものと思われる。諧謔のなかに意外と深い意味が隠されているような気もする。「春風未到意先到（春風未だ到らず、意先ず到る）」との詞書きがある。

夜には、居間に座りきれないほどの人数が顔を揃えたという（「研究年表」）。赤木桁平の回想に、「先生の機嫌

が平生よりもさらに善く、始終にこにこしながら、例の『則天去私』といふことに就いて話された」（「漱石先生の追憶」）と記されている。野心に燃える若者たちを前にして、無理のない自然な態度でいるようにと諭すつもりであったのだと推察される。漱石には、最後の時まで教師癖が脱けきらなかった。富澤敬道への手紙（十一月十五日）に、「私がもつと偉ければ宅へくる若い人ももつと偉くなる筈だと考へると実に自分の至らない所が情なくなります」などと記されていたことが思い合わされるのである。

十一月二十一日、午前中に「明暗」第百八十八回を書き上げ、次の原稿用紙の右肩に189と記した。夕刻、江川久子と辰野隆（仏文学者、谷崎潤一郎と一中、一高を通じての同級生だった）との結婚披露宴に列席。山田三良（東大教授、国際私法学者）の夫人から妹が結婚するので是非とも出席して欲しいと懇願され、鏡子とともに築地・精養軒に赴いたのだった。余興に柳家小さんの落語「うどんや」を聞く。食堂の席は男女別々になっていた。帰りに鏡子が、食卓に出ていた塩煎落花生を食べたかと聞くと、「食べた」との返事。南京豆は漱石の大好物の一つである。この返事は漱石の胃の具合を案ずる鏡子を不安にさせた。

*

漱石が息を引き取ったのは、十二月九日午後六時四十五分のことである。

辰野・江川の披露宴に出た翌日、昼近くに女中が書斎に薬を持って行くと、漱石は机に俯せになっていたという。驚いて駆けつけた鏡子が床をのべて、苦しむ漱石を寝かせた。それがそのまま死の床となったのだった。

二十七日の深更に内臓出血。「かれこれ十二時頃《じころ》のことでしたでせう、今迄《いままで》すや〱眠《ねむ》つて居《ゐ》た夏目《なつめ》がむつくり床《とこ》の上《うへ》に起《お》き上《あ》がりました。びつくりしまして、どうなすつたのと問《と》ひもあへず、頭《あたま》を掻《か》きむしるやうにして、『頭《あたま》がどうかして居《ゐ》る。水《みづ》をかけてくれ、水《みづ》をかけてくれ。』と呻《うな》るやうにせきたてます」と回想される（「漱石の思ひ出」）。看護婦を起こす、女中に湯を沸かせる、医者を呼ぶの天手古舞い。

……それからすぐに病人《びやうにん》のところへかけてかへつて参《ま》ゐりました。まだ目《め》を白《しろ》くして居《ゐ》ます。ともかくも水《みづ》をと思《おも》ひまして、側《そば》の薬罐《やくわん》から水《みづ》をふくんで口移《くちうつ》しに移《うつ》してやりまして、

「貴夫《あなた》、しつかりなさいよ、しつかりなさいよ。」

と叫《よ》びますと、いゝ按配《あんばい》にぽかりと目《め》をあけました。それに力《ちから》を得《え》て植木鉢《うゑきばち》に水《みづ》をやるやうに、じやあ〳〵頭《あたま》へ水《みづ》を打《ぶ》つかけてやりました。

翌朝になって、「胃部《ゐぶ》が瓢箪《へうたん》のやうにぷくつとふくれ上《あ》がつてゐる」のを見て、大きな内出血があったことを知った、とある。「お前《まへ》さつきおれの顔《かほ》に水《みづ》をかけてくれたね。」「だつてかけろと仰言《おつしや》つたから……」「さうだつたかい。いゝ気持《きもち》だつたよ。」との遣り取りも記録されている。

真鍋嘉一郎が主治医となり、大学を休講して、病床に付き添ってくれた。医者以外は面会謝絶とする。「この二十八日《にち》の夜《よ》から、門下《もんか》の方々《かた〴〵》が交代《かうたい》で夜番《よばん》をして下《くだ》さることになりました。お医者《いしや》さんの方《はう》も三人《にん》になつて、其《その》うちのどなたかお一人《ひとり》づゝ交代《かうたい》で附《つ》き切りで居《ゐ》られました」という。門弟たちは隣りの部屋に控えるのである。

しかしこれが当てになったものかどうか。「或《あ》る晩《ばん》などには、丁度《ちやうど》鈴木三重吉《すゞきみへきち》さんの夜番《よばん》の時《とき》で、お酒《さけ》が欲《ほ》しいが桜正宗《さくらまさむね》がいゝとか何《なん》とか言《い》つてるのをちやんと聞《き》き込《こ》んで、おい〳〵と私《わたし》を呼《よ》びますので傍《そば》へ参《ま》ゐりますと、皆《みな》が居《ゐ》るのに酒《さけ》なんぞ出《だ》すことはないよと申《まを》します」などと回想されるのだった。この連中にあっては、「則天去私」の教えも何もあったものではなかった。

十二月二日、「丁度真鍋《ちやうどまなべ》さんがいらした時《とき》に、便器《べんき》にかゝりながらうんといきむ気勢《きせい》なので、見《み》て居《を》られた真《ま》鍋《なべ》さんが驚《おどろ》いてとめようとされるうちに、それ切り又《また》もや目《め》を白《しろ》くして昏睡状態《こんすゐじやうたい》に陥《おちい》つて了《しま》ひました。其《そ》のいきんだので、又《また》もや第二回《だいくわい》の大内出血《だいないしゆつけつ》をしたのでございます」。

鏡子が漱石の死を覚悟したのは、六日頃のことという。病室に入って病人の顔を見ると、「死相《しさう》とでも申《まを》すのでございませうか、さういふ感《かん》じが現《あら》はれて居《を》りまして、これはとても助《たす》かりつこない、もう諦《あきら》めるより仕方《しかた》がないとかう思《おも》はせられました」と回想される。

と、「漱石の思ひ出」には臨終までの経緯が日毎に詳細に記録されている。だが、じつは私の眼が釘づけとなるのはただ一箇所、九日の日暮れどき、死の直前の記録なのである。午後には中村是公が現われて、是非会わせてくれという。「今《いま》はこれまでと思《おも》ひますのでお連《つ》れしまして、『貴方《あなた》、中村《なかむら》さんですよ。』と申《まを》しますと、もう目《め》を開《あ》けたりする気力《きりよく》もないらしく、目《め》をつぶつたまゝ、『中村誰《なかむらだ》れ?』と尋《たづ》ねます。で、『中村是公《なかむらぜこう》さんですよ。』と重《かさ》ねて申《まを》しますと、『あゝ、よし〳〵。』と言《い》つた切《き》りでございました」と回想された、その直後の出来事なのである。

　息《いき》を引《ひ》き取《と》る一時間《じかん》ばかりも前《まへ》のことでございましたでせう。高濱虚子《たかはまきよし》さんがいらつしやいまして、

「夏目《なつめ》さん。」

　と仰言《おつしや》ると、

「ハイ。」

　と返事《へんじ》をしました。それに力《ちから》を得《え》て、

「僕高濱《ぼくたかはま》ですが……」

　と仰言《おつしや》ると、

「有難《ありがた》う。」

　と申《まを》して居《ゐ》た位《くらゐ》で、ほんの死《し》ぬ少《すこ》し前迄《まへまで》は、時々昏《とき〴〵こん》睡状態《すゐぢやうたい》に陥《おちい》つても居《ゐ》たでせうが、中々《なか〳〵》はつきりして居《ゐ》たものでございます。


　と語られていた。「有難《ありがた》う」、この一語が意味するところを問いたいと思うのである。

　思えば、虚子が山会で「吾輩は猫である」の草稿を朗読した日から数えて、十二年のことだった。漱石の文人としての充実した幸運な生活の出発点には虚子がいた。虚子が未来への導き手となって、憧がれていた創作の途へと進むことができた。虚子、また「ホトトギス」がなければ、漱石の後半生はまるで違ったものとなっていたことだろう。帝国大学文科大学教授・夏目金之助はいても、〝夏目漱石〟が誕生したかは疑わしい。「有難う」に、その感謝の念が籠められていたのは慥かなことといえる。だが、それだけだろうか。

　間近に死が迫る床で、漱石は意識と無意識の境界、識閾をさ迷っている。虚子が、子規のもとへと導いてくれる迎えの使者であるかのように思えたのではないか、と私は推察する。漱石の無意識は、虚子が来てくれるのを待っていたのだ、と。衰弱しきった身体から無意識の触手が伸びて、虚空を摑もうとする。それを虚子の手が支えて、子規の魂の傍らへと導く。幻像ではある。しかし、ここまで編集者としての漱石の生涯を辿ってきた私の脳裡には、そんな光景《シーン》が鮮やかに思い描かれるのである。

＊

　編集者・正岡子規の遺伝子は、高濱虚子、夏目漱石、二人のなかに受け継がれた。その形跡は、「余はほとゝぎすと終始せんと欲する者なり。余死すとも固よりほとゝぎすは死せざるべし、しかもほとゝぎす死するの日は即ち是れ余の死する日ならざるべからず。ほとゝぎすは余の生命なり」（「ホトトギス」第二十号）とまで記した

子規の激越した意志を継いだ虚子には、反撥や挫折を含めて、顕著に観察されるところだが、漱石は目には見えないはたらきに促されて十二年を、子規とともに生きたのだった。あるいは、「ホトトギス」が漱石の「吾輩は猫である」によって甦ったことを知るなら、漱石は病床で子規が思い描いた「未来」をまるごと託されて生きたのだ、と記すべきかも知れない。

漱石が頭脳明敏で、独創的な文学者であり、しかも倫理的な人格者であったことは言を俟たない。ただ驚かされるのは、十二年の文学生活があたかも子規の経験の繰り返しであるかのように印象されたことである。子規の場合は「日本」、漱石は「東京朝日新聞」と、メディアつまりは発表場所との深い関わりをもったこと、また木曜会が根岸・子規庵の集まりを連想させることなどを始めとして、細部の隅々にまで類似の痕跡が確認されたのだった。子規が俳句・短歌を革新し、写生文を提唱、書ける散文へと大きな一歩を踏み出そうとしたことは知られる通りだが、漱石もまた明治文学の旧態を刷新して、現代小説のために新たな可能性の途を切り展いたのである。

漱石の自負がどこにあったか。それは例えば「明暗」に関して批判的な内容の手紙を寄越した若い愛読者への返信のなかに、「今自分は漱石なるものによつて始めて、新らしい真に接触する事が出来たと、貴方から云つて頂く事の出来ないのを私は遺憾に思ふ」（傍点・引用者）とあるところからも察せられる。そして「兎に角私の精神丈は其所にある事を御記憶迄に申上て置きます」というのである（大石泰蔵宛て、大正五年七月十九日）。「真」の一語が人間的真実を指すのか文学的リアリティーをいうのかは定かでないものの、いずれにせよ、たしかに漱石は「新らしい真」を表現することで、自然主義文学全盛の時代をくぐり抜け、私小説が文壇の主流となるのに抗して、風俗小説とは異なる知識人の文学の有り様を示したのだといえる。

新聞連載の責務を負ったためといえるが、漱石は当時としては類例の少い長篇型の作家となった。そして、ひたすら現代小説を書きつづけた。その多くは現代生活をもととして、学歴社会を背景に、新時代を象徴するような若い知識人たちの苦悩や葛藤、男女間の心理の陰翳、人間関係の軋轢などをテーマとするものだった。初期短篇集「漾虚集」の一著を除けば、歴史を題材としたもの、藝術もしくは藝術家を直接的な主題とするものはない。漱石に「土」は書けない。「五重塔」「いさなとり」も、「澀江抽斎」も。ただ一筋、「新らしい真」を自身の照準としたのだと考えられる。それなら、と思う。発表形式の制約までを考慮した制作意図そのものが編集感覚の発現であり、創作はすべて編集機能の発揮ではなかったか、と。編集という、時代を明敏に読み取るはたらきを思うのである。そしてついにその限界を超えることはできなかった、といえば、過言だろうか。しかし、そんな気もするのである。

　編集という作用が表現の場において、一面では、他者の一生までを変質させ、支配するものであることは断るまでもない。そんな悲喜劇は文学史の闇の底に無数に転がっている。その仕事は全人格を賭した行為ともいえるだろう。それは、褒められることを求めつづけた漱石自身が誰れよりもふかく知るところであった。見抜くこと、褒めることの怕さを、である。

　末期の眼に、寺田寅彦、橋口五葉、鈴木三重吉、野上彌生子、中勘助、芥川龍之介、また和辻哲郎、岡本一平らがそれぞれの「未来」において活躍する姿が捉えられていた。武者小路実篤、志賀直哉、谷崎潤一郎らを加えて新時代の文学の全体像が鮮明に浮んでいたと想像される。やがて、あの味噌っ滓・内田百閒が「夢十夜」の延長線上に、幻想文学に「新らしい真」を発見し、のちには法政大学での教え子たちを集めて、摩阿陀会で怪気焔をあげることになるだろう。

　漱石から放出された胞子が、いまもなお、消滅することはないと信じたい。

あとがき

本書は夏目漱石の文学的生涯を辿り、編集者としての側面に着目して、その内実を探ろうとした試みである。編集という目に見えないはたらきの発露の過程を検証したいと考えたのだった。

漱石がすぐれた編集感覚の持ち主で、実践家であったことには、早くから気づいていた。森田草平や鈴木三重吉らの庇護者的存在であり、朝日新聞紙上に文藝欄を創設、長塚節の「土」や中勘助の「銀の匙」を連載したこと、また芥川龍之介の文学的出発を激励の言葉をもって祝福したことなどは誰れもが知るところといえるだろう。

十年ばかり以前のことと思う。詩人の平出隆さんに誘われて根岸・子規庵を訪ね、近くの会場での子規をめぐるシンポジウムに参加した。その一、二年前に平出さんがそこで編集少年・正岡子規という展示を企画したと聞いたとき、瞬時に子規が漱石の内面に潜んでいた編集機能を目覚めさせたのだと直覚した。二人の宿命的な、神秘的とさえいえるような出会いを思ったのである。

しかし、あらためて子規と漱石との関わりを探るうちに、その底なしの深さ、あるいは高度な精神性に呆然たる思いを抱かされた。これはたんに友情などという語では表わせない。交流は濃密に過ぎる。編集への関心は到底、精神のリレーなどという表層的な美辞で片づけられるものではない。陰翳に富んだ心理の深い淵、不可知の領域を覗くために、「無意識」という不明瞭な一語を頻用せざるを得なかった所以である。

最近、文庫本で柴田宵曲の随筆集「団扇の画」を読み始めるとすぐに、「草枕」（明治三十九年）の一節が引用されているのに出会った。木瓜《ぼけ》について触れられた箇所である。

……木瓜は面白い花である。枝は頑固で、かつて曲つた事がない。そんなら真直かと云ふと、決して真直でもない。只真直な短かい枝に、真直な短かい枝が、ある角度で衝突して、斜《しゃ》に構へつゝ全体が出来上つて居る。そこへ、紅《べに》だか白だか要領を得ぬ花が安閑と咲く。柔かい葉さへちら／＼着ける。評して見ると木瓜は花のうちで、愚かにして悟つたものであらう。世間には拙を守ると云ふ人がある。此人が来世に生れ変ると屹度《きっと》木瓜になる。余も木瓜になりたい。

「拙」の一語から直ちに「子規の画」(明治四十四年)の一篇が思い出される。漱石は「子規《しき》は人間《にんげん》として、又文《またぶん》学者《がくしや》として、最《もつと》も『拙《せつ》』の欠乏《けつぼふ》した男《をとこ》であつた」と記していた。ところが、熊本時代に子規から贈られた東菊の絵を十数年ぶりに袋から取り出して表装すると、そこに「拙」なる一点を見出して興味を抱く、というより安堵したのだろう。「拙《まづ》くて且真面目《かつまじめ》である」と評する。

漱石もまた「拙」に乏しい人物であったことはいうまでもない。生まれ変っても木瓜になることはできそうにない。宵曲は二人の関係に言及して、「拙の欠けた人にして初めて拙を思う情の一層切なるものがあるのかも知れぬ」と記して、「木瓜咲くや漱石拙を守るべく」など熊本在住中に詠まれた三句を掲げている(「木瓜の連想」)。木瓜は「愚かにして悟つたもの」の表象であるという。漱石は自らの叶わぬ憧れを繰り返し記して、子規がおなじ思いを共有することを願ったのだろうか。こんなところにも、時空を距ててなお子規を想う漱石の痛切な心情が察せられるのである。

*

「新潮」連載にあたっては、矢野優編集長と松村正樹氏のあたたかい理解に支えられた。連載中は田畑茂樹氏の尽力を得た。有難う。

刊行に際しては前著「吉田健一」と同様、出版部の今田京二郎氏、斎藤暁子さん、また装幀室の望月玲子さんのお世話になった。記して感謝申しあげます。

平成三十年四月三十日

著者

に

ぬ

の

は

ひ

ち

つ

て

と

な

く

け

こ

さ

人名索引

初出誌　「新潮」
二〇一六年十月号、十二月号、二〇一七年三月号、五月号、
八月号、十月号、十二月号、二〇一八年三月号、五月号

【著者略歴】

1947年、神奈川県生まれ。大阪芸術大学文芸学科教授。

早稲田大学文学部在学中に小沢書店を創立、2000年9月までに数多くの文芸書の編集に携わった。

2006年刊の『美酒と革嚢——第一書房・長谷川巳之吉』で芸術選奨文部科学大臣賞、やまなし文学賞などを受賞。

2014年刊の『吉田健一』で大佛次郎賞を受賞。

他の著書に『われ発見せり——書肆ユリイカ・伊達得夫』、『藝文往来』、『本の背表紙』、『堀口大學　詩は一生の長い道』、『知命と成熟　13のレクイエム』がある。

編集者《へんしゅうしゃ》　漱石《そうせき》

二〇一八年 六 月三〇日　発行

著　者　長谷川郁夫《はせがわいくお》

発行者　佐藤隆信

発行所　株式会社新潮社
郵便番号一六二―八七一一
東京都新宿区矢来町七一
電話（編集部）〇三―三二六六―五四一一
（読者係）〇三―三二六六―五一一一
http://www.shinchosha.co.jp

印刷所　大日本印刷株式会社

製本所　加藤製本株式会社

価格はカバーに表示してあります。

ISBN978-4-10-336392-7　C0095

吉田健一　長谷川郁夫

批評、随筆、小説が三位一体となった、他に類をみない独自の文学世界を築きあげた吉田健一。その生涯と作品のすべてを膨大な資料を駆使して語り尽くす決定版評伝！

正岡子規　ドナルド・キーン　角地幸男訳

「写生」という手法を発見、俳句と短歌の世界に大変革をもたらし、国民的文芸にまで高めた正岡子規。チャレンジ精神に満ちたその生涯を精緻にたどる本格的評伝。

安部公房伝　安部ねり

父は何を託したのか？　未来の読者という、まだ見ぬ友人たちに……。その生涯・作品・思想を的確にたどり、資料写真頁、証言集と併せて立体的に肉薄する作家の真相。

評伝　野上彌生子
迷路を抜けて森へ　岩橋邦枝

死の瞬間までアムビシアスであり度い。老いをよせつけない向上心と気魄で、九十九歳でなお現役作家であり続けた野上彌生子の本格的評伝。〈紫式部文学賞、蓮如賞受賞〉

原節子の真実　石井妙子

小津との本当の関係、唯一の恋、空白の一年、引退の真相――埋れた肉声と痕跡から浮かび上がったのは、「国民的女優」の名と激しく葛藤する姿だった。決定版評伝。

つかこうへい正伝
1968-1982　長谷川康夫

「役者じゃねえ、オレがウケてんだ！」――『熱海殺人事件』『蒲田行進曲』を生んだ天才演出家の黄金期に光を当て、伝説の〝つか芝居〟を蘇らせる比類なき評伝。